JN015881

白鯨

MOBY-DICK

BAKU YUMEMAKURA

夢枕獏

角川書店

白鯨

— MOBY-DICK —

装画／やまあき道屯
ブックデザイン／大原由衣

目次

主要人物紹介

土佐の人々

中浜万次郎　漁師の家に生まれ、鯨に魅せられた少年。後のジョン万次郎。

悦助　万次郎の父。鰹の一本釣り漁師。万次郎が九歳のときに死す。

志を　万次郎の母。

時蔵　万次郎の兄。亡くなった悦助の代わりに一家を支える。

セキ　万次郎の姉。長女。身体が弱いため、外で働かずに母を手伝う。

シン　万次郎の姉。次女。父亡き後は、万次郎と共に外で働く。

ウメ　万次郎の妹。三女。

半九郎　〝化け鯨の半九郎〟と言われた伝説の銛打ち。万次郎に銛打ちを教える。

筆之丞　万次郎が乗る鰹船の船頭。万次郎らと漁に出た際、足摺岬沖で遭難する。

重助　筆之丞の弟。宇佐浦の漁師。万次郎らと共に足摺岬沖で遭難する。

五右衛門　筆之丞の弟。宇佐浦の漁師。万次郎らと共に足摺岬沖で遭難する。

寅右衛門　宇佐浦の漁師。万次郎らと共に足摺岬沖で遭難する。

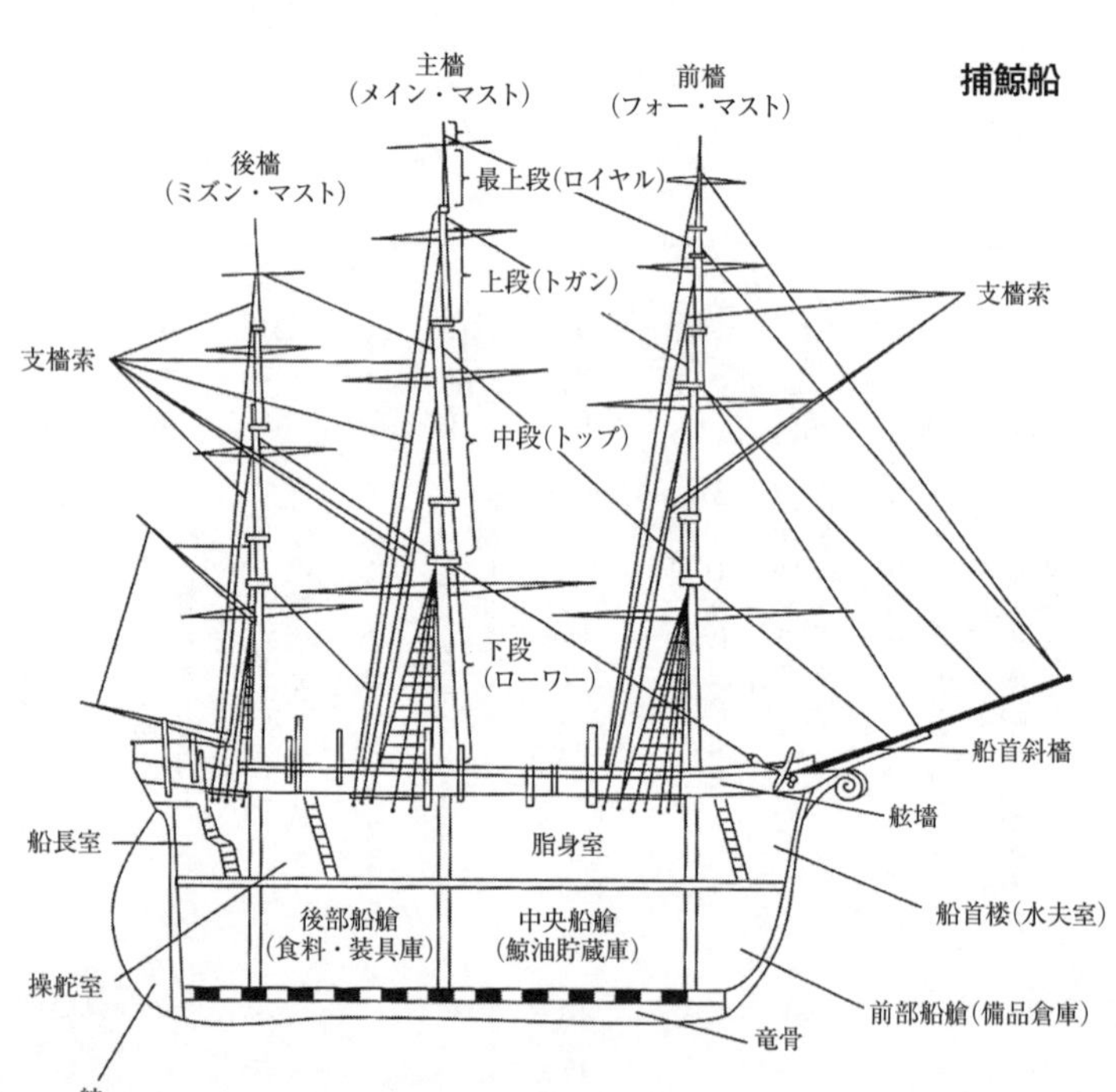

捕鯨船ピークオッド号の乗り組員

エイハブ　ピークオッド号船長。片足を奪ったモービィ・ディックに復讐を誓う。
クイークェグ　一番ボートのボート長。マルケサス出身で、全身に刺青を入れている。
イシュメール　一番ボートの銛打ち。万次郎の教育係を務める。
スタッブ　二等航海士。二番ボートのボート長。コッド岬出身の楽天家。
タシュテーゴ　二番ボートの銛打ち。ゲイ・ヘッド岬出身のアメリカ先住民。
フラスク　三等航海士。三番ボートのボート長。小柄だが強靭で恐れ知らず。
ダグー　三番ボートの銛打ち。ピークオッド号一の巨漢。アフリカ人。
フェダラー　銛打ち。拝火教徒の老人。頭にターバンを巻いた東洋人。
ピップ　ピークオッド号の雑用係を務める黒人の少年。
ガブリエル　ジェロボーム号とギャムした際に、ピークオッド号に乗り込む。
スターバック　一等航海士。ナンタケット島出身のクエイカー教徒。

捕鯨ボート

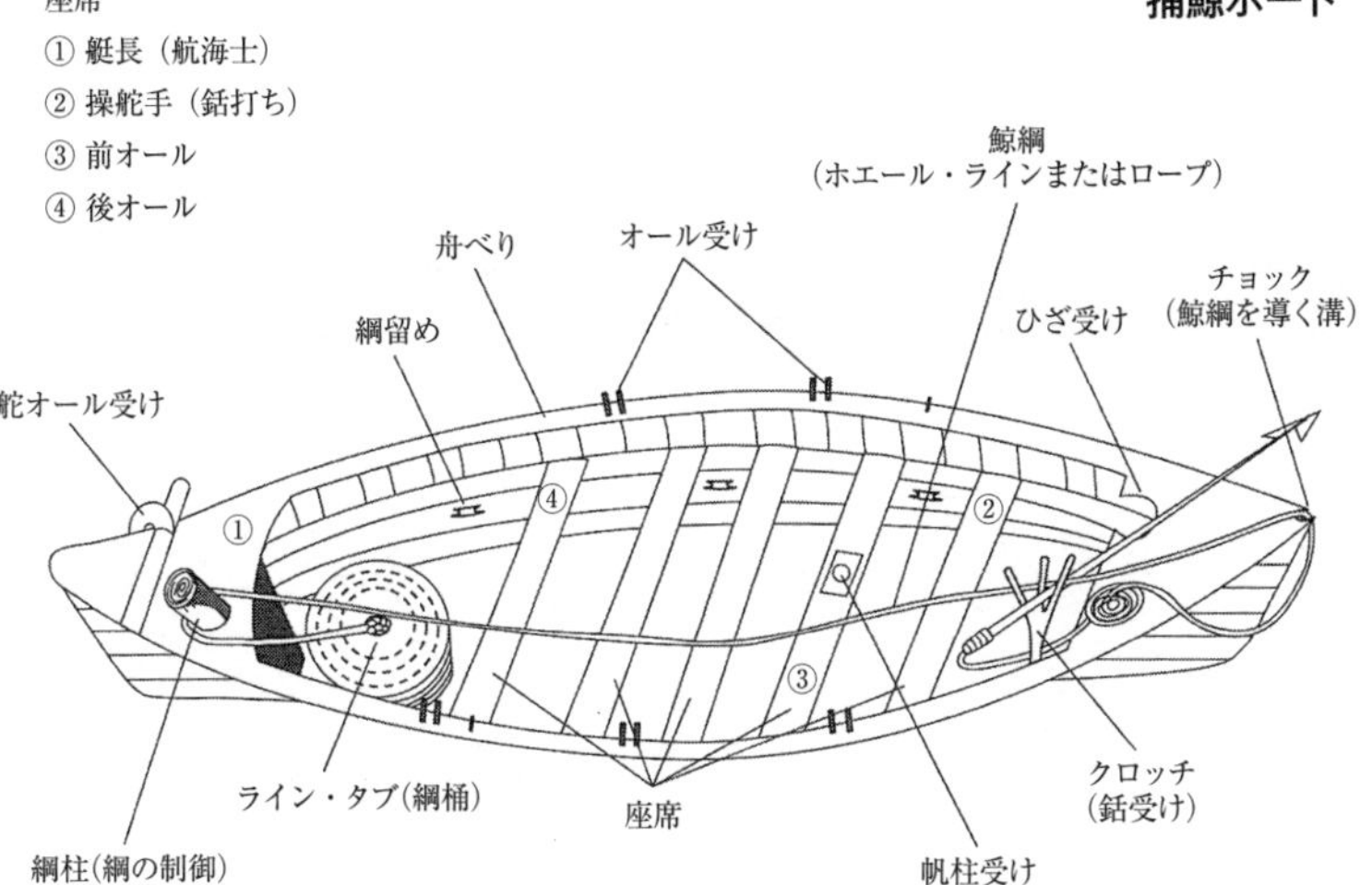

図版＝岩波文庫『白鯨』より

捕鯨船という海に浮かぶ無法者のとりでには、ときおり地球の未知の片隅や吹きだまりから各種各様のえたいの知れぬ有象無象がやってきて人員の穴埋めをするばかりか、船のほうでも、その種の奇妙な放浪者が大洋のただなかを板子一枚とか、難破船の破片とか、オールとかにつかまって海をただよったり、捕鯨ボートとか、カヌーとか、難破した日本のジャンクとかに乗って漂流しているところを発見すると拾いあげてやるのがならわしで、魔王ベルゼブルさながらの異形の者が舷側をよじのぼってきて船長室にはいりこみ、船長と会話をかわしたからといって、船首楼の水夫たちが大騒ぎをするということにはならないのである。

――ハーマン・メルヴィル『白鯨』
岩波文庫　八木敏雄・訳

一八四一年一月三日、アメリカのニューベッドフォードの対岸にあるフェアヘイブン港から、アクーシュネット号という一隻の捕鯨船が出港した。

この船と契約した水夫のうち、一一名が、出港前に脱落して逃亡したのだが、初めて捕鯨船に乗ることになる二十一歳の若者は、逃亡することなく、この船の乗り組員となったのである。

その若者の名は、ハーマン・メルヴィルといった。

同じく一八四一年一月二十七日（天保十二年正月五日）、メルヴィルの出港より二十四日遅れて、太平洋の島国、日本国は土佐の宇佐浦から、二丁櫓の小さな鰹船が海へ出ている。

船頭は筆之丞、その弟の重助と五右衛門、そして寅右衛門――この男たちに交じって、この舟には、ひとりの少年が乗り込んでいた。

中浜村の万次郎――後にジョン万次郎と呼ばれることになる満で数えて十四歳の少年であった。

序章

徳富蘇峰京橋に万次郎を訪ね、奇っ怪なる話を聴くこと

憂鬱の気にとらわれたエイハブは、十字架上のキリストのような表情を顔に浮かべ、何やら大いなる悲しみを名状しがたい王者の威厳にみなぎらせて立っていたのである。

——ハーマン・メルヴィル『白鯨』
岩波文庫　八木敏雄・訳

一

中浜万次郎が亡くなったのは、明治三十一年（一八九八）十一月十二日のことである。

享年、七十一。

晩年の万次郎は、京橋弓町にある家に、実子で長男の中浜東一郎と同居するかたちで住んでいた。

この家を徳富蘇峰が訪ねたのは、よく晴れた日の昼のことであった。

明治三十一年十月末——

万次郎が亡くなる半月ほど前のことである。

蘇峰は、万次郎から手紙をもらい、京橋まで足を運んできたのである。

その手紙に、話があるので、この日に訪ねてくるように書かれてあったからである。

この時、徳富蘇峰、三十五歳。

気鋭の文人にして、新聞記者、国民新聞社を設立して、『國民新聞』を創刊したのは明治二十三年——八年前、二十六歳の時である。勝海舟、板垣退助とも交友があり、当時の言論界きっての論客であった。

玄関で声をかけると、和装の万次郎が出てきて、

「よう来られました」

蘇峰を二階の自室へ案内した。

和室であった。

部屋の中央に座卓があり、それを挟むように、二枚の座蒲団が置かれていた。

うながされて、手前の座蒲団に、蘇峰は座した。

蘇峰自身も、和装である。

万次郎は、奥に座した。

どちらも、床の間を背負うかたちになっていないのは、万次郎の配慮であろう。

万次郎も、客に対して自分が床の間を背にするつもりはないのであろう。かといって若い蘇峰に床の間を

背負わせれば、蘇峰がそれを気にするかもしれない。自分が奥に座したのは、蘇峰に気を遣わせないためであろう。自然にそうおさまった。

　蘇峰の左手が窓で、そこから明るい陽光が畳の上に差していた。

「ご無沙汰です——」

　座して、蘇峰は頭を下げた。

「五年ぶりでしょうか」

　万次郎の言葉は、歳下の青年に対しても丁寧である。その言葉を発する上下の唇は、太く、それがそのまま意志の強さをあらわしているようであった。

「熱海以来です」

　蘇峰は答える。

　窓際には火鉢が置かれていて、炭が赤く燃えて、五徳の上に置かれた鉄瓶からは、盛んに湯気があがっている。

　座卓には、茶托の上に伏せた湯呑み茶碗がふたつ用意されていて、急須と茶筒がその横に並んでいる。

　そして、畳んだ布巾がひとつ。

　万次郎の手が、自然に動いて、茶筒を持ちあげた。

「あ、それはわたしが——」

　蘇峰は腰を浮かせかけたのだが、

「お呼びだてしておいて、お客様にこのようなことまでさせるわけにはいきません」

　万次郎は、そう言って、急須に茶葉を入れ、伏せていた湯呑み茶碗の口を上に向けた。

　布巾を手に取り、腰を浮かせ、膝で火鉢の方へにじりよって、右手に持った布巾で包むように、鉄瓶の絃を摑んだ。

　急須に、湯を注ぎ入れると、茶の淡い香りが部屋に満ちた。

　ふたつの湯呑みに、茶が入った。

「どうぞ」

　万次郎が、茶が入れられたばかりの、湯呑み茶碗の載った茶托を蘇峰の前に置いた。

「いただきます」

　蘇峰は、頭を小さく下げ、湯呑みを手に取った。ひと口飲んで、湯呑みを茶托にもどすと、万次郎もまた同様に、湯呑みを茶托の上にもどしたところであった。

　これで、ひと通りの儀式はすんだことになる。

　家の中は静かで、万次郎の他に人の気配はない。

万次郎は、背筋を直に伸ばして、蘇峰を見つめている。

万次郎の首には金の鎖が掛けられていて、その先が、懐へと消えている。

「お話とは、何でしょう」

蘇峰は訊ねた。

「あなたに、聴いていただきたいことがあるのです……」

万次郎は言った。

舌がうまく回らないところが多少はあるが、言葉をきちんと理解するのを妨げるほどではない。

「何でしょう?」

「熱海で、お話しできなかったことです」

「熱海で?」

「はい」

万次郎は、うなずいた。

実は、五年前、蘇峰は万次郎と熱海で出会っている。

万次郎の死後のことだが、蘇峰はそのおりのことを『人物景観』に次のように記している。

「予は曾て明治二十六年の三月、熱海に痾を養うの際、同一の旅館に中濱萬次郎翁あるを知り。翁を訪問し、且つ與に俱に小舟にて、初島に遊びたることを記憶する。当時予は三十一歳、翁は六十七歳。真に一個の好々爺であった。

予は此の歴史中の人物に、直接面会し、何か活ける史料を攫まんと欲し、百方之を叩いたが、正直のところ、何等の手答へも無った。然も自から維新開国史中の人物と、面を対し、膝を交へて相語ることの出来たるを愉快に思ふた」

「あの時は、本当に楽しかった……」

万次郎は、そのおりのことを思い出しているのか、窓の向こうに見える青い空に眼をやった。

「釣りをしましたね」

「ええ」

「わたしは、カサゴとメジナを二尾ずつ。それも手の平くらいの大きさでしたが、先生は、カサゴ、メジナ、ハタ、色々合わせて、十八尾も釣りました」

「よく覚えてますね」

「負けず嫌いなものですから、負けた時のことは忘れません」

蘇峰はそう言って微笑した。

「目の下一尺のハタと、一尺七寸のメジナ。あれはお見事でした。わたしだったら、竿を折られるか、糸を切られているところでした――」

「子供の頃に覚えた術ですから、なかなか忘れません」

万次郎の顔に、くったくのない笑みがこぼれた。

「土佐の中浜で漁師を――」

「はい」

「足摺岬でしたか。あのあたりは鰹が……」

「たくさん捕れます」

「そうだ、鯨だ。足摺岬は、確か鯨が回遊してくるのでしたね」

「はい」

万次郎は、うなずき、

「今日、おこしいただいたのは、その鯨の話を聞いていただこうと思いまして――」

そう言った。

蘇峰は、それを聞いて、少しがっかりした。

熱海で色々訊ねたのは、勝海舟、福沢諭吉、坂本龍馬、小栗上野介――維新を彩った人物たちの話であった。

この中浜万次郎は、その錚々たる顔ぶれの人間たちに会い、話をし、その声を耳にし、その姿や顔を実際に眼にしているのである。そういった人々の話や、万次郎が語らなければ、このまま歴史に埋もれてしまうかもしれない話を聞きたかったのだ。

その思いが、顔色に出たのであろうか。

「あなたの聞きたい話とは、少し違うかもしれませんが……」

万次郎の言葉に、慌てて、蘇峰は首を左右に振った。

「とんでもありません。ぜひうかがわせて下さい」

座卓に向かって、身を乗り出してみせた。

万次郎は、座卓の下に手をやって、そこから、子供の拳ほどの大きさの、桐の小箱を取り出した。

「これを――」

と、万次郎は、その桐の箱を差し出してきた。

「これは？」

「これから、わたしがあなたに語る話を証明するための品です」

万次郎から渡された小箱を蘇峰が持ってみると、中心のあたりに、わずかな重みがある。

石か、金属か、骨でも入っているのか。

「何でしょうか」

「どうぞ、家に帰られてから、お開けください」

万次郎は、謎のような言葉を口にした。

中身について、もう少し万次郎に訊ねたかったのだが、

「わかりました」

蘇峰は、その桐の小箱を、ひと口飲んだままの湯呑みの横に置いた。

「鯨と言えば、中浜先生は、捕鯨船に乗っておられたのでしたね」

話題をもどすつもりで、蘇峰は言った。

「そうです」

「漂流から、先生を救ってくれたのも、捕鯨船でしたね。船の名前は、確か、ジョン・ハウランド号でしたか……」

「私のことについて、調べて来られたのですね」

「調べるというほどのことではありません。皆がよく知っていることですから――」

「はい……」

万次郎は、いったんうなずいてみせてから、

「しかし、これから私があなたにお話ししようとすることは、あなたや皆さんが知っている私の経歴とは、少々違っております」

覚悟を決めたように、蘇峰を見た。

「え、何が違うのですか――」

「皆さんは、わたしが鳥島（とりしま）に流されて、そこでジョン・ハウランド号のホイットフィールド船長に助けられて、ハワイからアメリカ本土に渡り、そして、日本へ帰ってきたと考えておられるのではありませんか――」

「違うのですか」

「はい」

「しかし、これは皆、先生御自身が語ったことではありませんか――」

「その通りです」

「では、先生はこれまで真実を語っていなかったということですか――」

問いながら、蘇峰は、懐から手帳と鉛筆を取り出す機会を計っていた。

もしかしたら、この後、とんでもない話を、この漢（おとこ）から聴かされるのではないかという予感があった。

〝メモをとらせていただきたいのですがよろしいでし

ようか――〟

どう機会を捕らえてそれを言い出すか。

もし、それを口にしたら、万次郎はいやがるかもしれない。いっそ、問わずに何くわぬ顔で、手帳と鉛筆を取り出すのがいいのかもしれない。

しかし――

「はい……」

万次郎がうなずいたため、蘇峰は手帳のことを言い出しそこねてしまった。

「徳富くん」

万次郎が、声をかけてきた。

「なんでしょう」

「あなたは、鯨はお好きですか？」

その問いに答えるのを、蘇峰が少し躊躇（ちゅうちょ）したのは、それが鯨そのものについて発せられたものなのか、食べた時の鯨の味について問われたものなのか、判断ができなかったからだ。

蘇峰が一瞬迷ったその間に、万次郎が次の言葉を継いでいた。

「鯨は、素晴らしい……」

万次郎はつぶやいた。

その眼が、夢見るように、遠くへ向けられている。

「特に、マッコウクジラは、大きな山のようです。生命（いのち）そのもののような生き物と言っていい。たとえて言うなら海の森、それがマッコウクジラなのです」

遠く放たれていた万次郎の眼の先が、ゆっくりと蘇峰に戻ってきた。

「そのマッコウクジラの話を、これから私はあなたにしようと思っているのです」

「マッコウクジラ？」

「ただのマッコウクジラではありません。それは、山のように巨大なマッコウクジラです。私がこれからしようと思っているのは、美しい、白い、地球そのもののような、巨大なマッコウクジラの物語なのです」

万次郎は言った。

二

中浜万次郎は語る

いつかは、この話をしなければいけないと、私はずっと考えてきました。

日本へ帰ってきてから、十年、二十年、三十年、四十年以上も、ずっとそう思い続けてきました。しかし、これまで、このことを誰にもしゃべらずにきたのは、私自身が、未だにそれが本当にあったことなのかどうか、判断がつきかねていたからです。思い出せば苦しい。

　あの白い神々しい姿を思い出すだけで、呼吸さえ速くなってしまうのです。

　夢の話にしてしまえば、それはそれで楽になれるのかもしれません。しかし、夢にしても、眼を閉じれば今でもありありと鮮明に、あの白い鯨の姿が心の中に浮かんでくるのです。

　眠れぬ夜——

　闇の中で、冴えざえと心を尖らせている時思い出すのは、子供の頃の釣りのことでもなければ、鳥島でのあの悪夢のような辛い日々でもないのです。島でのあのたまらない飢えと渇きも、思い出すことはもちろんありますが、心に焼きついて離れないのは、あの白い鯨の姿なのです。

　この部屋の闇の中を、壁の中から現れたあの白い鯨が、ゆるゆると、深海でそうしているように、向こうの壁に向かって通り過ぎてゆくのです。

　まるで、時そのもののように……

　そして、その白い鯨に憑かれた漢の、あの嗄れた低い声——

「おう、白鯨よ、白鯨よ、モービィ・ディックよ……」

　甲板を歩く、靴の音と、骨が板に当たるあの音——

　かつん、

　ごつ、

　かつん、

　ごつ、

　その音が、白い鯨を追うように通り過ぎてゆくのです。

　蒲団の中で、仰向けになっている私の耳元で、その声と音が響くのです。

　いつかは、誰かに、この話をしなければいけないと、ずっと考えてきました。

　もしかしたら、それは、私の妄想かもしれない。

　そんなことは、本当はなかったのかもしれない。私が頭の中で、それがあったことだと思い込んでいるだけなのかもしれない。

あるいは、本当の私は、まだ十四歳で、海で木っ端につかまって、溺れている最中なのかもしれない。その十四歳の私が、死ぬ寸前に、勝手な妄想を頭の中に思い描いている——それが、アメリカでのことや、捕鯨船に乗ったことや、今、こうしてあなたと対面している、現在と私が思い込んでいるこの光景なのかもしれない。

話したところで、誰も信じてはくれないかもしれない。それが怖くて、ずっとこの話をするのを避けてきたのかもしれません。

しかし、もう、私の命もそうは長くない。

私にはわかります。

この頃は、手の指の先が、痺れることがある。舌がうまく回らないこともある。

私の言葉が、きちんとあなたに届いているかどうかも不安です。

私は、明治四年、四十四歳の時に、脳卒中をやっています。ロンドンから帰ってすぐの時です。その時は、半年ほどでなんとかもとのように動けるまでになりましたが、次は駄目でしょう。

また、同じ病に見まわれるような気がしています。それも、それほど遠くない未来に——

徳富くん。

だから、あなたをお呼びしたのです。

誰かに話をして、私の気がへんになったのか、それとも、これが本当にあったことなのかを判定していただきたいのです。

では、何故、その役をあなたにお願いせねばならないのか。

あなたとは、熱海で一度お会いしていますよね。

だからです。

熱海の宿でも、初島へゆく舟の中でも、あなたは私に色々と訊ねてきました。

あの時、私が、訊かれたことについて、素気ないほど口をつぐんでいたのは、すでに表の世界から身を引いていた人間としては、名のある方々について、あれこれ口にすべきではないと考えていたからです。いくら私がこれはさしさわりのないことだからと思っても、いったん口から出た言葉には、後でどのように尾鰭がつくかわかりません。一度話しはじめると、それがきっかけで、勢いでついつい余計なことまでしゃべってしまうというのが人間です。そうならないという自信が私にはなかったのです。

しかし、あなたとの話は愉快でした。

私はあまり酒はやらないのですが、熱海の宿では珍しく、あなたと一献傾けたのも、楽しかったからです。

朝の食事の時出された粥に、私が三盆白、白砂糖をたくさんかけて食べるのを見て、あなたは、びっくりしておられた。その時のあなたの顔もよく覚えております。

あなたもさっき言っておられましたが、一緒に釣りに出かけたおり、私が一尺七寸のグレを釣りあげたこともありました。あなたはメジナと呼んでおりましたが、私の生まれた土佐では、それをグレと呼んでいるのです。

まあ、あの釣りには、色々コツがあって、そのコツさえ摑めば、あなたもすぐにあのくらいは釣れるようになるはずです。

ええ、そうです。

なんで釣りのことから話し始めたのかというと、この物語をいったい誰にすべきかということを考えた時、一番に頭に浮かんだのが、あの時舟で見たあなたの顔だったからです。

ふたりで釣りに行って、相方のほうがたくさん釣ってしまうというのは、あまり気分のよいものではありません。

いや、そうなのですよ。

釣りのこのことばっかりは、どれほど歳をとろうが、人としての修行をどれほど積もうが、変わることはありません。

そのことは、私、よくわかっております。

あの時のあなたも、そういう顔をなさっておいででしたよ。

いくら相手が釣りの上手とわかっていても、くやしいのはかわりません。

でも、私が感心したのは、すぐに、

「やりましたね」

あなたが手を打って喜んでくれたことです。

続いてあなたは、

「竿も仕掛けも、エサもわたしと一緒なのに、何か違うことをやっているのではありませんか――」

このように言われましたね。

この時にはもう、あなたの顔が好奇心でいっぱいになっているのがわかりました。

あれは、本当に釣りにはまってしまった人の顔でしたよ。

あの時のあなたの好奇心でいっぱいになった顔を思い出してしまったのです。

あなたの好奇心に応えてさしあげたい、そう思ったのです。

そして、もうひとつ。

あなたの書いたものを、あれから幾つか読ませていただきました。

『国民之友』にお書きになった「書を読む遊民」には、私も感銘を受けました。若者に実業教育をさせるというのは、私も賛成です。

伊藤内閣に対しても、勇気をもって攻撃していましたね。

モスクワで、あなたは文豪トルストイにも会っておられます。

「人道と愛国心は背反する」

と、トルストイは言ったそうですが、あなたはこれにも反論していますね。

このあたりのことも、私には好もしく思われました。

それで、私は、あなたにこそ、この物語を聞いていただきたいと思うようになったのです。

それに、あなたは、勝海舟先生ともお知りあいだそうですね。

ええ。

私も、勝先生とは、親しくさせていただいております。

咸臨丸で、勝先生がアメリカにゆかれた時、一緒に行って通詞もつとめさせていただきましたし――

浅草のやっこといううなぎ屋では、よくうなぎを一緒に食べましたよ。

勝先生、土佐の武市瑞山、坂本龍馬と四人で、そこでうなぎを食べたこともあります。

熱海の後、勝先生から、あなたのことを聞かされたこともあります。

勝先生は、あなたのことを、ずいぶんと買っておられました。

はい。

そうです。

私も、勝先生には、たいへんお世話になりました。

幕府の仕事をするようになった頃、私の命をねらっている者たちがいるというので、岡田以蔵という凄まじい人物を、護衛につけてくれたのも勝先生でした。

　ええ。

　水戸藩の者や、尊皇攘夷派の人間たちが、私の命をねらっていたのです。

　それまで、岡田以蔵は、龍馬さんに言われて勝先生の護衛をしていたのですが、

「同じ土佐者どうしだ、おまえ、万次郎の護衛をやりなさい」

　そう言って、岡田以蔵を私につけてくれたのです。

　勝先生も、岡田以蔵に命を助けられたそうですが、私も、同じように命を助けられました。

　覚えています。

　谷中でしたよ。

　いつ死ぬかわからぬ身であったので、どうせなら生きているうちにと考えて、谷中に墓を作ったのです。

　その墓ができあがりましてね。

　岡田以蔵と連れだって、見に行った時ですよ。

　我々が墓の前に立った時、

「国賊！」

　叫んで、面を布で隠した壮漢四人が、三方からいきなり斬りつけてきたのです。

周囲の墓の陰に隠れてたんですね。

最初の一撃を、どうかわしたかなんて、覚えていませんよ。

　ぎゃりいん！

　という凄まじい音がして、もう、私を庇うようにして、岡田以蔵が前に立っていたんですよ。

　岡田以蔵が、剣を抜きざまに、襲ってきた剣をはじいたんだと思います。

　岡田以蔵は、剣を下段に構え、

「先生、墓を背に、動かずに立っていて下さい」

後ろにいる私にそう言ったのです。

　私は、こういうこともあるかと、かねてより懐に六連発のピストルを持っていたので、それを取り出そうとすると、

「おやめなさい。慣れぬものにたよると、かえって危険です。墓の後ろに、ふたりおります。墓を背にしたまま、絶対に動いてはなりません。必ず守ります」

　岡田以蔵はこう言うのです。

「なあに、ふたりも斬れば、逃げてゆくでしょう」

　その声の後、私が見たのは、ふたりの壮漢の肩と頸のあたりから、ぴゅう、ぴゅう、と、血煙が沫いたこ

とだけですね。

岡田以蔵が、どういう動きで、どう斬ったのかは、私には見えませんでした。一瞬のことでしたから。

ふたりが倒れるのを見て、残ったふたりはたちどころに走り去ってしまいました。

まさしく、私は、岡田以蔵に命を助けられたのです。

命を助けてくれたということでは、もうひとり、おります。

それは、直心影流の団野源之進という人物で、岡田以蔵の後に、私の護衛となってくれた方ですね。

同じく直心影流の榊原鍵吉、北辰一刀流の千葉周作と並んで、幕末の三剣客と言われていた方です。

ええ。

そうです。

よく御存じですね。

団野源之進は、私の妻、鉄の父親です。私にとっては義理の父ということになりますが、その時はまだ、そういう御縁になるとは思っておりませんでしたよ。

団野源之進も、勝先生の御縁で、私の護衛についてくださったのです。

いつでしたか、これは夜でしたよ。

団野源之進と一緒に、深川へ向かって小名木川の川岸を歩いていた時のことです。

すでに八十歳を大きく超えておられたはずですが、まだ矍鑠としておられましたよ。

月が、出ていましたね。

まだ、満月には間がある月でしたよ。

川の上には、舟が浮いておりました。

一艘か、二艘か。

灯りが点いていて、土佐にはない風情でしたね。

海が近いので、あれは、セイゴかボラでも釣っていたんでしょうねえ。

私はその舟に気をとられていたのですが、前から人影が歩いてくるのは見えました。

〽人間五十年
　下天のうちをくらぶれば
　夢幻のごとくなり……

お侍でしたよ。

酔った声で、幸若舞の一節を、気持ちよさそうに謡ってました。

その人が、だんだんと近づいてくる。

でね、すれちがったんです。

すれちがったその時、私の顔の横を、蛍がね、こう、すうっと飛んだんですよ。

「団さん、きれいだねえ……」

私はそんな呑気なことを言ったんですが、その時、謡う声が止んで、背後でどさりと人の倒れる音がしたんです。

振りかえってみたら、今すれちがったばかりのお侍が倒れている。

そして、なんと、その手には抜き身の刀が握られていたんですね。

「危なかった。もう一、二寸刃先が伸びていたら、先生の命はなかった。これは、相当な手練でありました……」

団野源之進は、そう言って、手に持っていた剣を、鞘に収めたのです。

そのお侍は、刺客だったんですね。

「相手がひとりでよかった。隠れるところがないこういう場所で、もしも三人以上いたらこの源之進にも守りきれません。この先、また襲撃があるやもしれません。相手が三人以上いたら、迷わず川へ飛び込んで下さい。先生は、泳ぎのほうなら、自分なぞよりずっとお達者でしょうから——」

その晩は、もう、それ以上のことは何もなかったのですが、団野源之進のその様子に感銘いたしましてね、結局、娘さんの鉄と一緒になったのは、その翌年のことでしたよ。

ああ——

話が、横道にそれてしまいましたね。

あなたが、勝先生のお知り合いだということで、つい、余計なことまで口にしてしまいました。やっぱり勢いですね。

話をもどしましょう。

白い鯨のことでした。

ええ。

本当に、そういう鯨がいるのです。

世の中には、どういう加減か、白い生き物が、時々生まれます。

白い青大将であったり、白い雉であったり、白い鱒であったり、時々自然界には、そういう本来の色とは違った白い生き物が生まれますよね。

生まれつき、本来あるはずの色素がない生き物——

あの白い鯨が、どうしてこの世に生じたのか、私にもわかりません。

しかし、その神々しさといったら……

あなたは、白という色については、どうお考えですか。

神の色？

それとも、悪魔の色でしょうか。

白は、恐怖を象徴する色であると言う人もおります。

純なる色。

聖なる色。

そして、不可思議の色。

五十数年も前のできごとであるのに、今でもあの日々のことは、鮮明に私の脳裏に浮かんでくるのです。

そして、これほど鮮明であるのに、これからあなたにお話しするこの物語が、実際にあったことなのかどうか、本当にあったことなのかどうか、時々わからなくなることがあるのです。しかし、だからこそ、こうしてこの話をあなたにしておきたいのです。

自分の死と共に、この話が消え去ってゆくのでもよいと、これまで私は思ってもきたのですが、いよいよ死が近く感じられるようになって、誰かに話しておきたいと思うようになったのです。

それで、あなたに来ていただいたのです。

どこから始めましょう。

いざ、あなたを眼の前にして、この話をしようとすると、考えが混乱して、どこから話し始めたものか、迷ってしまいます。

このことを考えると、いつも、たとえば今こうしている時でも、また、あの漢のしわがれた声が、耳に蘇ってきてしまうのです。

「追え、追え、逃すでないぞ」

もう、とっくに海の底に沈んだはずのあの船の中から、あの漢が今も叫び続けているようです。

あの漢が、深い海の底から手を伸ばしてきて、私の足首に指をからみつかせてくるような気がするのです。

眠っていても、背にした蒲団の下が深い海になっていて、そこから幾つもの腕が伸びてきて、私を暗い海底へと引きずり込もうとしているような気がするのです。

もどって来い——

そこはおまえのいる所ではない——

かつての仲間たちが、身体中に貝やフジツボをはりつけ、首に海草をからめた姿で、私を呼ぶのです。

それは、怖い、というよりは、どこか甘美で、まるで、母の胎内にもう一度呼びもどされているような気さえしてくるのです。

「スターバックよ、たしかにわしは狂っている。しかし、狂うてない者が、いったいこの世のどこにいるというのか」

「わしにはもはや、これが恋なのか、憎しみなのか、定かではないのだ」

「われらは、死んだら海になればよい。海の底で、海の生きものに喰われ、やがて、スターバックであったか、エイハブであったかなど、何もわからなくなってしまうのでいいのだ」

あの漢の声が響いてくると、現在こうしてこの部屋であなたと向きあっていることが夢で、実は、今も私はあの鯨の匂いのする船の寝台で横になって、波に揺られているのではないかと思えてきてしまうのです。

ああ——

すみません、お茶が冷めてしまいましたね。

この長い物語をお話しする前に、もう一杯お茶を淹れましょう。

そうですね、どこからこの話を始めるのかということでしたね。

それには、まず、私の子供の頃のことから語り始めるのがいいでしょう。

どうぞ、お楽に膝をゆるめて、私の話を聞いて下さい。

一章

鯨組のこと

いかなる邪悪な魔術によって彼らの魂が呪縛されて、ついにはエイハブの憎しみが彼ら自身の憎しみと区別しがたくなったのか、エイハブにとって不倶戴天の敵である白鯨がどうして彼ら自身の不倶戴天の敵になったのか、いったいどうしてこのようなことになったのか――つまり彼らにとって白鯨とは何だったのか、彼らの無意識の領域で、白鯨が漠然としていながらも疑問の余地なき実在として生命の海を遊弋する大いなる悪魔と見えてきたらしいのはなぜか――こういうことの一切を説明するためには、このイシュメールがもぐれる以上の深みにまでもぐらねばなるまい。

――ハーマン・メルヴィル『白鯨』
岩波文庫　八木敏雄・訳

一

万次郎が、跳ぶ。

こちらの岩から向こうの岩へ。

草鞋の底が、潮で濡れた岩を掴むようにして、七歳とは思えないほど大きな身体の重量を、そこで止める。岩がぬめっていても、草鞋を履いていれば滑ることはない。

万次郎は、右手に仕掛けのついた竿を二本、左手に竹で編んだ魚籠をぶら下げている。

岩の上に立って、万次郎は、後ろを振り返った。

「兄やん、早う」

万次郎より、岩三つほど遅れて、兄の時蔵が空身でやってくるところだった。

時蔵は、万次郎のように、岩から岩へとは跳べない。跳び移る岩がすぐ近くにあればもちろん跳ぶことはできるのだが、少し距離があったり、岩が大きかったりすると、横へ回り込んだり、いったん岩から下りて、次の岩に登るということをしないと、ひとつ向こうの岩までたどりつけないということが、しばしばあるのである。

同じ年頃の子供に比べて、時蔵は身体が弱い。逆に、万次郎は、丈夫で体力がある。

兄の時蔵を待たねばと思うのだが、気が急いているせいか、ついつい、万次郎の方が先行してしまうのである。

中浜浦は、土佐の足摺半島の西側にある。

浜から、沖に向かって両腕を広げて突き出したように岬が伸びていて、浦の一番奥に、山から、音無川という小さな川が海に流れ込んでいる。

万次郎が今歩いているのは、海に向かって伸ばした左腕にあたる真浜の岩の磯だ。

こっちへ向かって歩いてくる時蔵の背後に、うららかな春の山が見えている。山のあちこちに作られた畑の周囲に、菜の花の黄色がちらほらと見えている。大覚寺の桜が咲いているのも見えた。

「万次郎、おまえははやいのう」

やっと追いついた時蔵の息が、もうあがっている。

「今日は、この竿を試す日やけん」

万次郎は、右手に握った兄と自分の分、二本の竿を持ちあげてみせた。

竿は、半月ほど前に、家のすぐ裏手にある山から竹を切ってきて作ったものだ。

兄の時蔵とふたりで出かけて、とってきたのである。

いくらも登らない場所で、せいぜい近所の家の屋根を見下ろすくらいの高さだ。そこに、瘤竹が生えているのである。それほど大きくはならないが、磯で木端グレを釣るにはちょうどいい長さがある。

竹のとり方と竿の作り方は、昨年、漁師で父親の悦助から教えてもらった。

今度の竿は、自分で竹をとり、自分で枝をはらい、自分で作った。

瘤竹は、根元の節が瘤のようにごつごつしたものが、かなりのわりあいで混ざっている。竿を作る時には、そういう瘤のあるものを選ぶ。また、その瘤にもそれぞれ独自の形があり、好みによって、選ぶ竹が違ってくるのである。

「これじゃ、これがえい」

万次郎が選んだのは、長さが三尋はあろうかという竹であった。

瘤竹の中でも大きい方だ。

時蔵が、すでに切った竹を手に持ちながら言った。

「そりゃあ、長すぎるぞ、万次郎」

「もう、木端グレも、ゲンナイもいらん。わしがねろうちょうがは、ほんまもんのグレやけん——」

これまで、万次郎が使っていたのは、七尺五寸ほどの竿であった。

岩の上に立って、足元を釣るための竿だ。

だいたい、釣れるのは木端グレか、ゲンナイ、つまりネンブツダイである。グレの小さいものか、もともと大きくはならないネンブツダイを釣るにはちょうどいい。

　しかし、やや大きめのガシラやグレなども掛かることもある。そういう時、竿が短いと、魚とのやりとりに融通がきかず、結局、ばらしてしまうということが多い。

　実を言えば、竹をとりに行った前日に、大物が掛かって、竿を折られてしまったのである。

「ありゃあ、一尺半を超えちょった」

　やっと引き寄せてきたと思ったら、青い水の中でぎらりと腹を光らせて、魚が反転した。

　その瞬間に、おもいきりしなっていた竿が、折れてしまったのだ。

　それが、くやしくてならないのだ。

　その時は、

「あ、たあっ」

　思わず声が出た。

　さっきまで手に伝わってきていた、重い、跳ねまわる生き物の感触がふいに消えてしまったのだ。

　その晩、夢を見た。

　何度も、何度も、巨大な魚を掛け、そのたびに竿が折れてしまう夢だ。

　もっと長い竿があれば。

　それで——

「ほんなら、自分で、絶対に折れん竿ば、作っちゃらや」

　兄の時蔵を誘って、竹をとりにいったのだ。

　その場で、鉈で枝を落とし、節の出っ張ったところを削った。

　手元の瘤の部分は、そのまま残した。

　ほとんど歪みのない、直な、筋のいい竹であった。

　約二間半——四メートル六十センチ。

　兄の時蔵が、長すぎると口にしたのも無理はない長さであった。長いだけではない。いくら身体が大きいといっても、七歳の子供には手に余る重さである。

　その竹を、万次郎は家に持ち帰って、囲炉裏の上に天井から横に寝かせて紐でぶら下げた。水分を抜いて、乾燥させるためだ。そうすれば、軽くなる。さらに、火を燃やして、その火で炙って微妙な曲がりを調整する。

こういうことを、万次郎は、器用にやってのけた。父の悦助のやり方を見て、自分で覚えてしまったのである。

「おまえは、何でも覚えるのが早いにゃあ……」

悦助は、眼を細めて、ほとんど口を出さずに、万次郎の竿作りを眺めている。

「おまえは、言葉を覚えるのも、他の子供より、一年は早かったけんねえ」

母親の志(し)をも、万次郎のそういうところを喜んでいるようだった。

乾いて水分が抜け、その分軽くなったものの竿はまだ重い。

その竿の先に、木綿の糸を巻きつけ、蛇口(へびくち)を作り、巻いた糸だけを漆(うるし)で固めた。

そうやって完成させた竿であった。

二

竿は、両手で持った。

それでも、一尋半の竿より、遥(はる)か遠くまで届く。

この竿なら、大きなグレが釣れても、色々やりとりができる。

時蔵は、万次郎の横で竿を出している。

木端グレ——小さなグレとゲンナイは、次々に釣れた。

万次郎が三尾釣れば、時蔵は一尾を釣る。

釣れた魚は、横の潮溜(しおだ)まりに沈めた魚籠の中に入れる。口を大きく作ったでかい魚籠の中に石を入れて沈めてあるので、大きな波が来てももっていかれることはない。

魚籠の口のところから、中に向かって籤(ひご)の先を何本も出してあるので、魚を入れるには問題がなく、なおかつ、魚は中から逃げ出せないようになっている。

これで、釣った魚は帰る時まで生きている。

家に帰ったら、鱗(うろこ)をとり、煮るか焼くかして食べる。

刺し身もいい。

釣りは、おもしろい。

それだけではなく、釣った魚を食えるというのがいい。家の者にも喜ばれる。万次郎は母親の志をが喜んでくれるのが一番嬉(うれ)しかった。

しかし、どうして、さっきから釣れてくるのは、小さなグレばかりなのか。

遠くへ竿を出せば、

「でかいグレが、よう釣れよる」

父の悦助が、そう教えてくれた。

しかし、なかなか、大きなグレは釣れない。

餌は、潮溜まりで捕った、ガネニナである。

ガネが蟹、ニナが貝――ガネニナでヤドカリのことである。

それを貝の中から引き出して、鉤先にちょん掛けして、潮筋に送り込んでやるのだ。

浮子も錘も使わない。

餌と鉤の重さで飛ばし、なりゆきで沈めて海中を漂わせてやる。

魚を寄せるため、フナムシを捕って、それを潰して、足元から波に乗せて流してやる。自然にフナムシが、竿が届くあたりまで流されて、そのあたりでほどよく沈む。そこに、魚が集まっているはずなのだ。

しかし、釣れるのは、木端グレか、ゲンナイである。

時々釣れるのが、ベラだ。

どうして、こうなるのか。

その理由は理解している。

いつも竿を出しているから、経験でわかるのだ。

大きなグレも、エガミも寄ってきているのは間違いない。

ただ、それと一緒に、小さなグレやゲンナイが、その四倍、五倍と集まっているのである。足元にいるはずの小さな魚が、そちらの方にも集まっているのである。

それで、大きな魚が餌を咥える前に、小さな魚が釣れてしまうのである。

小さな魚が、水面近くに群れているのが見える。その下に、それよりずっと大きな魚影が動いているのも見える。

あそこまで、餌を沈めればいいのだ。

万次郎は、七歳であったが、釣りについては、すでにわかっていることがあった。

それは、

「釣れない時には工夫をする」

ということである。

「釣りのうまい者にゃ、せっかちな奴が多いんじゃ」

悦助が、そう言っていたことを思い出す。

のんびりした性格の人間は、釣れなくともそのまま辛抱して同じ釣りを続けてしまう。

それに対して、せっかちな人間は、工夫をする。

どうすれば釣れるのか。

あれこれ考えて、仕掛けを変えたり餌を変えたりする。もちろん、それが裏目に出ることもあるが、時には、餌や仕掛けを変えたことが大当たりして、馬鹿釣れすることも多々あるのである。そういう経験値が蓄積されるだけ、釣りが上手になるのだ。

小石を探して拾った。

小指の先ほどの大きさで、中央がくびれているやつだ。

それを、餌から一尺ほど上のあたりに、縛りつけたのである。

これを投入した。

餌が沈んでゆくのが見える。

今日いうところの、ミャク釣りである。

四尺、六尺あまりも沈んで、水面の反射で見えなくなった。

見えなくなった瞬間——

いきなり来た。

海中で、糸が張って、伸びるのが見えた。

次の瞬間、
ぐん、
と、竿先が曲がった。

大きい。

こらえようとしたが、こらえられなかった。

曲がった竿先が、一尺ほど水中に引き込まれていた。しまった。

「くううっ」

膝（ひざ）を曲げてこらえ、なんとか竿先を水面から上に出した。

大きな魚が、水中であばれている。

「お、大きい！」

明らかに、半月前逃した魚より引きが強い。

やりとりしながらこらえているうちに、少しずつ竿が立ってきた。

根に入られないように、注意深く竿を操りながら、暴れる魚を寄せてきた。

竿が長いから、こういうやりとりができるのだ。竿を長くしたのは正しかった。

ぎらり、と、太い刃物を寝かせたように、その魚の鱗が光る。

「グレだ！」

本物だった。

今、水中で暴れ、青く巨体を光らせているのは、間違いなくグレとわかった。

これまで見たこともないほど大きい。

心臓が激しく動いている。

「グレじゃ、兄やん！」

しかし、攩網がない。

攩網がない時は、どうやってこのグレを取り込めばいいのか。

万次郎は、岩から跳んだ。

横の岩の上に移動する。

もう、どこでこのグレを引きあげるか決めていた。

少し先の、大きな岩と岩の間、そこへ、波が何度も寄せてきているのを、万次郎は見ていた。

その波を利用して、グレを引きあげようと、万次郎は考えたのである。

魚が、ようやく海面に顔を出した。

やはり、グレであった。

顔を出させて、いったん空気を吸わせてしまえば、魚の抵抗は止む。

それはわかっている。

何度かグレは水中に潜ろうとして抵抗しかけたのだが、その度に、万次郎の手によって、海面に引きもどされた。

そして、ついに、寄せてくる波に呼吸を合わせ、波頭に乗せて、万次郎は、そのグレを引きあげてしまったのである。

「万次郎、やりよったな」

時蔵が、竿を置いて、近づいてきた。

みごとなグレだった。

手で採寸してみると、鼻先から尾まで、一尺八寸ある大物だった。

「よく糸も切られず、竿も折られんかったものや」

半月前、大きな奴を逃して、頭にかっと血が上っていたのが嘘のようであった。

今も、頭に血が上ってはいるが、その時とはこの感覚は別ものであった。

「ええ気分じゃ」

万次郎は笑った。

こうなってみると、あの時、竿が折れてくやしい思いをしたからこそ、今の悦びがより大きいような気がする。

そうしてみれば、竿が折れたことも、大きな魚が逃げたことも、釣りのおもしろみのためには必要だったことになる。

「兄やん、釣りはおもしろいのう」

万次郎は、グレから鉤をはずし、魚籠の中へやっと入れた。

魚籠の口を大きく作っておいてよかったと思った。

同じやり方で、万次郎は、さらにグレを三尾釣った。

最初のグレよりもわずかに小さいものの、それは測ったから言えることであって、ちょっと見ただけでは、その差はわからない。

次の一尾は、ばらした。

くやしがっていると、ふいに、

ブゥオ〜〜

と、むかいの山の上から、法螺貝（ほらがい）の鳴る音がした。

見やると、山の上から、白い煙があがっていた。

「鰹（かつお）や」

時蔵が言った。

それは、万次郎もわかっている。

海に突き出た山の上に、遠見（とおみ）番の者がいて、鰹のやってくるのを見つけたのであろう。

その時、法螺貝を鳴らして、狼煙（のろし）をあげるのである。

燃やしているのは、枯れた松の枝や、乾かした草だ。

それに、山で拾った狼の糞（ふん）を混ぜて燃やすのだ。狼の糞を混ぜると、白い煙がよくあがるのである。

海岸では、もう、漁師たちが群れて、船の準備を始めている。

六丁艪（ろくちょうろ）の鰹船だ。

ブゥオ〜〜

ブゥオ〜〜

男たちが、舟を囲んで押している。

早い舟は、もう、海に向かってコロの上を滑っている。

最初の舟が、飛沫（しぶき）をあげて、海に突入した。波の上に舳先（へさき）を持ちあげ、いったん斜めに傾（かし）いだ後、越えた波の裏側を滑り下りてゆく。

男たちが、舟に飛び乗った。

その男たちの中には、万次郎の父悦助もいるはずであった。

すぐに、六丁の艪が動きはじめた。

次々に、舟が海に入ってゆく。

舟の中央には、大きな平桶（ひらおけ）があり、そこに海水が張られて、その中には、生き餌となるキビナゴが泳いでいる。

ブゥオ〜〜

ブゥオ〜〜

ますます大きく、猛ったように法螺貝が鳴る。

ナブラを見たのか、鳥山を見たのか。

その両方であろう。

鰯の群を追って鰹の群がやってきたのだ。鰹たちは、小魚を下から追って、上へ追いつめる。小魚の群は、海面までやってくると、そこから上へはもう逃げることはできない。その群の中へ、大きな口を開けた鰹が、突入してゆくのである。

鰯の群は、それでも逃げようとして、海面から跳ね、踊る。これがナブラだ。

カモメも、鰯をねらってその上空に集まって群れる。これが、鳥山だ。

海面が煮え立ったようになり、空からは、カモメの群が、次々に海へ頭から突っ込んでゆく。

興奮する光景であった。

鰹は、一本釣りである。

鉤に掛けた生き餌を投入すると、次々に鉤に掛かった鰹があがってくる。あがってきた鰹を脇に抱え、鉤をはずすと、舟の中へ落とし、すぐにキビナゴをつけた鉤を投入する。またすぐに鰹が喰いつく。いっきに引き抜いて、脇に抱え、鉤をはずす。

その連続だ。

体力勝負である。

鰹船が、勢いよく海に繰り出してゆく勇壮な光景を見ると、万次郎の血はざわめく。

「おれも一本釣りの漁師になりてえ」

早く一人前になって、鰹船に乗りたかった。

中浜浦から、一艘、二艘、三艘と、外海に船が漕ぎ出してゆく。

「見えたぞ、兄やん」

左の岬の陰から、鳥山とナブラが見えてきた。

大きい。

幾つものナブラが立っている。

二ヶ所、三ヶ所、海の四ヶ所で大きなナブラが立ち、水飛沫がそこら中であがっている。

鰹が、水面に追い詰めた鰯を、群で喰い漁っているのである。

カモメの群がそのナブラの上で、声をあげて舞い狂っているのである。

途切れることなく、ナブラの中に、上空からカモメが飛び込んでゆく。

舟が、ナブラの上に来た。

竿が、舟の上に次々に持ちあがる。

鉤にちょん掛けされたキビナゴが海に投入されると、竿が、いきなり曲がった。

竿が立つ。

海から鰹が抜きあげられ、魚体が宙に躍った。

どの舟から出された竿も、次々に空に向かって立ってゆく。竿が立つたびに、鰹が抜きあげられ、舟に向かって宙を飛んだ。

その光景が、万次郎の立つ岩の上からも見える。

と——

左から右へと移動してゆくナブラの後ろに、水飛沫があがった。

ナブラの水飛沫ともカモメが水に突っ込む時の水飛沫とも違うものだ。

まるで、大きな人間が海の中にいて、その人間が、海中から水面近くまで唇を近づけ、水面下から、天に向かって大きく息を吐き出している——そういう場合であれば、あのような飛沫があがるかもしれない。

その、飛沫のあがったあたりに、海面下から海水を盛りあげてくるものがあった。

まず、三角形の黒いものが海面から突き出て、その下から、その、黒い、巨大な生物が出現したのであった。

見えたのは、背だけであった。

それでも、鰹船よりも遥かに大きいものであることは見てとれた。

直感的に、八間以上はありそうに思えた。

同様のものが、ナブラの周囲に、ひとつ、ふたつ、みっつ——

その巨大な生物が、ナブラと鰹船の船団を囲んでいるのである。

舟の、竿の動きが止まっていた。

鰹船に乗っている人間にも、その巨大な生物の存在がわかったらしい。

その時であった。

ナブラの中心から、垂直に持ちあがってくるものがあった。

それは、信じられないほど巨大な口を持ったものであった。

大きく開かれた口が、鰯の群をその中に捕らえながら、海中から出現した。

その口は、舟の上に立った男たちよりも高く、空の中へ持ちあがり、舟より大きな水飛沫をあげて、海中に没した。

舟が、大きく揺れる。

舟の周囲に、次々に同様の口が海中から持ちあがってきた。

怪物だ。

それが、何頭もいる。

舟など、ひと呑みにされてしまいそうな、大きな口であった。

「兄やん、あれは何や」

興奮して、万次郎が叫ぶ。

「鯨や」

時蔵の声も、興奮で震えていた。

「鯨⁉」

「そうや！」

それならば、さっきの水飛沫は鯨の潮吹きだったことになる。

鯨ならば、知っている。

何度か食べたことがある。

うまい。

大きな魚であるということも、知っている。

しかし——

これほど大きなものなのか。

これほど大きく、見た者の心が揺さぶられるものなのか。

万次郎の血が、煮えていた。

身体の芯の芯のところで、何かが滾っていた。

全身が、震えた。

ただ、単に巨大であること、そういう生き物が海にいて、眼の前で生きて動いている——

それに、万次郎は、激しく感動していたのである。

膝が、がくがくとなって、立っていられなくなりそうだった。座り込んでしまいそうであった。

しかし、万次郎は、そこに踏んばって、岩の上に立ち続けていた。

それが、どのくらいの時間であったのか。

長かったようにも、短かったようにも思えた。

気がついたら、鯨の姿は消えて、ナブラも鳥山も嘘のように収まって、広い海の上に十艘に余る鰹船が浮いているだけであった。

いつもの海だ。

さっきまで、煮え立つようであった光景、祭りのような気分――あれは何だったのか。

もう、グレを釣っている気分ではなくなっていた。

「帰ろう、兄やん……」

重い魚籠を海から引きあげ、それと、竿を二本持って、家にもどった。

家に帰って、魚籠を開けてみて、万次郎は驚いた。

魚籠の中に、三尺半はありそうな、大きなウツボが入っていたからである。

万次郎たちが釣った魚をねらって、魚籠の中に侵入したウツボであった。

三

その晩――

「ありゃあ、鰹鯨（かつおくじら）や」

万次郎に問われて、悦助はそう言った。

家族で、囲炉裏を囲んでいる。

万次郎と時蔵が釣ってきた、グレを焼いて食べている。

悦助は、いつもより機嫌が悪い。

鯨の出現で、鰹漁が思うにまかせなかったからだ。

「もともと、鰹は鯨につくもんやが、あれだけの数がおったんじゃ、漁にならん」

鰹鯨――当時の土佐ではこの名で呼ばれるが、今日的な呼び方をすれば、ニタリクジラである。土佐では、このニタリクジラとイワシクジラのことを、合わせて鰹鯨と呼んでいたのだが、今では、この二種が別種のものであると、わかっている。

春頃に、黒潮と共に北上して、足摺岬沖にやってくるのは、ニタリクジラが多いので、ここで、悦助が鰹鯨と呼んでいるのは、ほぼニタリクジラのことであると考えていいだろう。

ニタリクジラもイワシクジラもナガスクジラの仲間で、ニタリクジラは特にナガスクジラに似ていることから似鯨・ニタリクジラと呼ばれるようになったのである。

ナガスクジラの主食は、オキアミなどのプランクトンや、鰯などの小魚である。

ニタリクジラも、小魚の群を追ってやってくるのである。

家族単位の群で行動し、小魚の群を追って移動する。餌を捕食する時は海中で泡を出し、上昇してゆく泡で小魚の周囲を囲んで、海面へ追いつめてゆくのである。

海面近くで、ほぼ塊(かたまり)状態になった鰯の群の中へ、下から大きな口を開けて襲いかかるのだ。一尾ずつ咥えるのではなく、網で掬(すく)うように、まとめて群を口の中に入れ、その時に、海面から大きく頭を出す。

ナガスクジラの仲間は、上顎(うわあご)に、六十センチから八十センチの髭(ひげ)がびっしりと生えていて、この髭の間から海水を外へ出すと、漉(こ)されて鰯だけが口の中に残る。

その鰯を食べるのだ。

鯨類が一年に食べる魚の量は、人類が、漁業で捕獲する魚の量よりも圧倒的に多い。

ある試算によれば、全世界の人間が一年間に食べる魚の量は、約九千万トンであるのに対し、鯨類は、その三倍あまりから六倍に近い、二・八億トンから五億トンを食べると言われている。

ニタリクジラは、小魚の群を追いかけて移動してゆく。

鰹の群の中には、鯨つきのものがあって、鯨と共に移動してゆく。鯨と一緒にいれば、喰いっぱぐれがないし、鮫(さめ)などの外敵から身を守ることにもなるからである。

「だいたい、鰹鯨は、足摺岬までやってきたら、そこから東へ向かうもんや。こっちの方までは、めったに来ん。今日に限って、中浜まで、回ってきたがは、どういうわけかにゃあ——」

悦助は、溜め息をついた。

悦助が口にしたことは、本当のことだ。

鰯の群を追ってやってきた鰹鯨は、足摺岬沖で、ふたつの道をとることになる。

ひとつは、北東へ向かい、直接室戸岬(むろとみさき)の方へ移動してゆく道である。

もうひとつは、そのまま北上して、土佐湾の海岸線に沿って回り込むようにして、室戸岬へ向かう道である。

このふたつの道は、室戸沖で合流し、そのまま紀伊(きい)半島の方へ向かうのである。

足摺岬の西側に入り、瀬戸内海(せとないかい)へ入ってゆく鯨は、悦助の言うように、多くはないのである。

　その悦助の溜め息を、家族と一緒に万次郎は聞いている。

　小さな囲炉裏を、七人で囲んでいる。

　父の悦助と、母親の志を――そして、姉のセキとシン。兄の時蔵と万次郎、もうひとりは妹のウメだ。

「父(おと)やん、あのでっかい鯨は、どうやって釣るんや」

　万次郎が訊(き)く。

　万次郎の眼からは、まだ、興奮の光が消えていない。

「あれは、釣れん」

「どうしてや。でかい鉤が作れんのか。釣れんのに、どうして、鯨の肉を食べようがよ――」

「どんだけでかい鉤があったって、無理や」

「なら、どうやって鯨を捕るんや」

「銛(もり)で突くんや」

「銛で!?」

「そうよや」

「でかい銛でか」

「おまえの背丈より、もっと長い銛よや」

「それで、鯨が捕れるが？」

　万次郎の問いは、どこまでも続きそうであった。

「一度見りゃあ、わかる」

「何を見るんや」

「じゃから、鯨を捕るとこをや」

「どこへ行きゃあ見れるんや」

「窪津(くぼつ)や」

「窪津？」

「裏山の向こう側や。そこで鯨を捕っちょるき、見りゃあわかる」

「見に行きたい」

「子供ん足じゃ無理や。朝出て昼や。着いてすぐ帰っても夜になる」

　それで、話はおしまいや、とでも言うように、悦助は口をつぐんだ。

　しかし、まだ、万次郎の唇は動いている。

「凄(すご)かったにゃあ、でかかったにゃあ、兄やん」

　いつまでも時蔵に語りかけるのである。

　囲炉裏の火が、時おりはぜて火の粉をあげる。

「そんなに鯨が好きなら、鯨に喰われたらいい」

「そしたら、ずっと鯨と一緒や」

　セキとシンが、そう言って笑った。

　その夜――

寝床の中で、いつまでも万次郎は寝つけなかった。

眼を閉じると、海中から飛沫をあげて躍り出てきた、あの巨大な鯨の姿が浮かんでしまうのである。

とくとくと脈打つ心臓の音が、耳の奥で鳴り続けているのである。

四

万次郎が、窪津へ初めて行ったのは、一年後の、桜の散る頃であった。

毎年、鯨がやってくるのは春と秋であるということを、悦助から聞いたからである。

「そりゃあ、春や。春んなると、南の方からやってきて、室戸沖の方へ鯨は向かう。秋ごろに、またもどってきて、窪津沖を通る。その時に、鯨を捕るがよ」

「銛で突くがやろ」

「その前に、網に追い込んでな、鯨を動けんようにする。それで、羽刺(はざし)が一番銛を打ち込むがよ」

羽刺や一番銛など、初めて耳にする言葉が多く、全部が理解できたわけではないが、悦助の口調からその勇壮な光景が眼に浮かんだ。

「見たがか？　父(おと)やんは、それを見たがか？」

「何度かにゃ」

「聞かせてくれ、なあ――」

夜、眠る前に、幾度となく、何度となく、万次郎は、鯨捕りの話を悦助にねだった。

「鯨組や。鯨組の連中が、鯨を捕るんや」

「鯨組？」

「だから鯨を捕る連中のことをそう呼ぶがよ――」

それで、万次郎の心の中で、鯨を捕るという鯨組と鯨との、壮絶な闘いの光景が、頭の中に入りきれないほど膨らんでいたのである。

「連れていってくれ、おれも、鯨組が鯨を捕りゆうのを見たいがや」

「そのうちにゃ」

「そのうちっていつぞ」

「おまえが、もう少し大きくなってからや」

「どのくらい大きくなったらえいんじゃ」

「だから、もう少しや」

そのもう少しが、なかなかやってこない。

せがめば、

「ただ、見物のためだけには行ってられん。鯨の来るころは鰹でいそがしい」

このように悦助は言う。

結局、七歳の時には、窪津へゆくことはできなかった。

それならば――

独りでゆく。

万次郎がそう決心したのが、七歳の秋が終わる頃であった。

それで、翌年、八歳の春に、万次郎は独りで窪津までゆくことにしたのである。

もちろん、家族には内緒だった。

準備は、十日前から始めた。

米櫃（こめびつ）の米を、少しずつとっては、あらかじめ用意しておいた竹筒の中に入れた。いっぺんにたくさんの米をとると、わかってしまうからだ。米を入れたその竹筒は、魚籠の中に隠した。魚籠は、万次郎以外の者が触ることはない。兄の時蔵は、万次郎が誘わなければ、釣りにゆくことはないので、見つかる心配はない。

前日の昼に、釣りにゆく仕度をして、

「ちょっとこれを借りるぜ」

釜（かま）を持ち出した。

「何に使うが？」

母の志をに問われたが、それをどうするかは口にしなかった。

「晩飯には間に合うよう帰るけん」

そう言ってひとりで飛び出した。

「これ、万次郎」

志をは、後を追ってこようとしたが、その時には、もう、万次郎は全力で駆けだしていたので、追いつかれる心配はなかった。

魚籠を腰にぶら下げ、両手で釜を抱えた。

仕掛けを繋（つな）いだ竿は、右脇に挟んだ。

この日は、わざと短い竿にした。

長さ、七尺。

木端グレを釣るための竿だ。

真浜までゆき、岩の陰に前もって集めておいた流木で、飯を炊いた。

飯を炊いている間は、釣りをして、木端グレとゲンナイ、合わせて二十七尾を釣った。中には、一尺に余るグレも一尾混ざっている。

これで、そんなに怒られることはなかろうと思った。

たっぷりと塩を付けて、大きな握り飯をふたつ作った。

　家にもどる道は、ゆるやかな登りだ。

　左右に家が並ぶ細い道だった。

　少し歩いてゆけば、右側に家がある。

　道の途中で声をかけられた。

「どうや、万次郎、釣れたか？」

「早く帰ってきたがは、釣れんかったちゅうことか」

　近所の子供、善次郎と太助だった。

　家に帰る途中、狭い道の左側に、石を積みあげてあるところがある。

　その上に、ふたりが座っていて声をかけてきたのだ。

「これを見いや」

　万次郎は、抱えた釜を置いて、載せてあった蓋をとってみせた。

　かなりの数の魚が入っている。

「このグレはでかいにゃあ」

「一尺はありそうや」

　善次郎と太助が言う。

「なんや、魚籠の中に入りきらんで、釜の中入れてきたがか」

「そんなとこや」

「魚籠の中を見せてくれ」

　ふたりが、魚籠の中を覗き込もうとする。

「こっちは、なんも入っちょらん」

　魚籠の中には、握り飯が入っているので、見せられない。

　ここにいると面倒なことになりそうなので、万次郎は、釜を持って駆け出した。

「釣れたぜ」

　家に入るなり、万次郎は竿を置きながらそう言って、竈の上に釜を置いた。

「なんぞ、万次郎、おまえ、釜の中に魚を入れたがか。飯が魚臭うなるろうがや」

　中を見た志をは声をあげ、セキとシンはころころと笑った。

　それを、万次郎は、背中で聞いた。

　もう、出刃包丁と釜とを持って家を飛び出し、万次郎は近くの井戸へ向かっている。

　腰にはまだ魚籠をぶら下げている。

　セキとシンが、笑いながら追ってくる。

　その後から、兄の時蔵がついてくる。

　井戸の横の石の上に魚を出し、万次郎は、魚の鱗をとり、腸をとった。

それを、三人が見ている。

井戸の水を汲んで、釜を洗い、魚の臭いをとると、万次郎は、三人に背を向け、見つからぬように、魚籠の中から竹の皮に包んだ握り飯を取り出して、それを懐に隠した。

三人の方を向けば、懐に何か入れているのがわかってしまうので、

「兄やん、魚を魚籠に入れて、家まで釜と一緒に持っていってくれ」

背を向けたまま歩き出しながら、そう言った。

万次郎は、井戸端から家の前の通りへ出て、左へ向かった。

家とは逆の方向だ。

「どこへ行くがぞ」

時蔵が、その背に声をかけてくる。

「裏山よ」

後ろを振り向かず、万次郎が答える。

万次郎は、そのまま裏山に登って、竹藪の中に入った。

「あった」

万次郎が、三日前に竹を編んで作った、小ぶりの籠が、一本の竹の枝から紐でぶら下げられていた。

深さ六寸ほどの籠で、口の大きさは三寸ほどで、蓋がついている。その蓋というのは、深さが二寸ほどの大きさの籠であった。本体よりも少し口が広くなっているので、一方の籠へ被せて、蓋として使えるのである。

蓋を開けて、籠の中へ竹皮で包んだふたつの握り飯を入れ、再度蓋を被せて、その籠をもう一度竹の枝からぶら下げた。

――これでいい。

あとは、明日の朝だ。

家にもどった。

きちんと釜を洗っておいたせいか、志をの小言は短いものですんだ。

その夜――

なかなか寝つかれなかった。

狭い家だ。

囲炉裏の周囲に寝床を敷いて、一家七人が身体をよせ合うようにして寝ている。

眼を閉じていても、寝息を聞くだけで、それが誰の

ものであるかわかる。

規則正しい寝息は、上の姉のセキのもので、少し小さなものが、シン。時蔵の寝息にはやや乱れがあり、一番小さい寝息が、妹のものだ。

父の悦助は、鼾を掻く。

その鼾は、よく途中で止まった。

鼾が一度止まると、しばらく呼吸をする気配がない。どうしたのかと心配になる頃、悦助の喉の奥で、

「ごっ」

という、肉のからみあうような音がして、鼾が再開されるのである。

志をの寝息は、掠れて乾いている。規則正しく、それは姉のセキのものに似ているが、息を吸ってから吐くまでの間が少し長い。

ただ、万次郎の呼吸には一番近いので、知らぬ間に、眠る時は、母の寝息に自分のそれを合わせてしまう。

この夜は、眠れないので、ついつい、家族の寝息を数えてしまったのだが、万次郎の脳裏に浮かんでいるのは、海中から伸びあがってくるあの巨大な生き物の映像であった。

あの、海そのもののような生物——

あれに、もう一度、一年ぶりに出合うことができるのだ。

あの、海がこなごなに砕けたような飛沫。

あれを、また見ることができるのだ。

それは、明日だ。

万次郎は、いつの間にか、家族の寝息ではなく、自分の心臓の鼓動を数えていた。

五

万次郎は、木の根を踏みながら、細い坂道を登っている。

頭の上には、椿の枝が被さっている。葉がうるさいほどに繁っていて、赤い椿の花が点々と咲いている。

頭上に咲いているのと同じくらいの数、椿の花が地上に落ちていた。

落ちたばかりなのか、枝に咲いているのと変わらぬほどみずみずしい花が、そこら中に落ちているのが不思議であった。

時おり、桜の花が咲いている場所があって、そこへさしかかると、周囲がふわっと明るくなる。

木洩れ陽（こもれび）が、地面に斑（まだら）の光の模様を落としていた。

その光の斑が、風が吹くたびに揺れる。

いい気分だった。

その揺れる光を踏みながら、万次郎は歩いてゆく。

誰も気づいてはいないはずであった。

腰には、握り飯の入った籠と、水の入った竹筒をぶら下げている。

足取りは、軽かった。

背に、薄く汗を掻いている。

飯が済んだ後、

「ちょっと遊びに行ってくるけん」

そう言って、家を出た。

すぐに裏山に登って、竹の枝からぶらさげた、握り飯の入った籠をおろして腰に下げた。

そして、そのまま、山越えの道に入ったのである。

途中、音無川の上流で、たっぷり水を飲み、用意しておいた竹筒に水を入れた。

それから休みなく歩いているのである。

家の者には、どこへゆくかを告げていない。

夜、暗くなるまでにはもどるつもりだった。

悦助は、子供の足では一日かかるだろうと言っていたが、そんなことはあるまいと思っている。

村の何人かの大人に訊いたら、山越えの道で、窪津まで約三里とちょっとだ。

「まっすぐに行くんなら一里と少しだが、山道で、曲がりくねっちょうから、三里ほどやろ——」

だいたいが、そういう意見であった。

それならば、一日で行って帰ってくることはできる。

海沿いに土佐清水（とさしみず）まで行ってから回り込んでゆくよりは、山越えの方が早いだろう。

そう判断して、出発を決めたのだ。

大浜（おおはま）までなら、何度か行ったことがあり、これまでで一番遠くまで歩いたのは、松尾（まつお）までだ。

その時は、いつも、母の志をか、悦助がいた。

独りの遠出は初めてで、これまでのどの時よりも窪津は遠い。

その不安はあるが、それよりも、またあの鯨を見ることができるのかと思うと、そのわくわく感の方が不安を上まわっている。

問題は、窪津にたどりつけたとしても、本当に鯨を見ることができるかどうかだ。

「いくら窪津へ行ったからって、そういっつも鯨がやってくるわけじゃないけん」

鯨の話をするたびに、悦助がそう言っていたことを思い出す。

鯨が現れぬ方が多いとは、万次郎も承知している。だからと言って、行かなければ、ずっと鯨を見ることはできない。幾ら確率が低くとも、行けば鯨を見ることができるかもしれないのだ。

この違いは大きい。

太陽の高さを見ると、昼までにはまだ十分な時間がある。

夕方までに帰ればいい——

万次郎はそう思っている。

ただ、昼に、自分がもどってこないと気づいた時、母の志をは心配するであろう。

それを考えると、胸がちょっと痛くなる。

万次郎は、志をのことが好きであった。

いったい何が楽しいのかと思うほど、志をは働きづめだった。

父の悦助は、毎晩ではないが、時おり晩酌をする。

漁師仲間の集まりでも酒を飲む。

酒を飲んだ時の父は、楽しそうで、大きな声で笑うこともあるが、万次郎は志をの笑う顔を見たことがあまりない。

ただ、万次郎が、たくさん魚を釣ってきた時には、

「いや、たくさん魚を釣っちょうね」

嬉しそうな顔をする。

「万次郎、おまえは魚を持っちょう」

そんなことも口にする。

魚を持っちょう——

それは、万次郎が、釣りにゆくたびに、たくさん魚を釣ってくるからだ。

「いくら釣りの名人でも、魚を持っちょう人間とそうでない人間がおる」

これは、悦助が時おり口にする言葉だ。

「魚を持っちょう人間は、漁師仲間からは喜ばれる。魚を持っちょう人間と行けば、魚がたくさん釣れるけんな」

万次郎、おまえは魚を持っちょう人間じゃ——

悦助が嬉しそうに言ったことがある。

——魚を持っちょう。

万次郎も、そう言われるのは嬉しかった。

さらに言えば、母の志をがそう言って笑ってくれる

のはもっと嬉しかった。

その母を、自分が勝手に家を出てきてしまったことで心配させてしまうのは胸が痛かった。

最後の尾根を越えてからの下りは、早かった。

半分走るようにして下った。

小さな沢に出た。その沢に沿って少し行ったところで、海が見えた。

窪津の海だ。

波がきらきらと光っている。

自然に足が速くなった。

人家が見え、その屋根の向こうに、海が近くなっている。

船の並んだ浜が見える。

さらに足が速くなったところで、万次郎は音を聴いた。

ブゥオオオ……

ブゥオオオ……

法螺貝の吹き鳴らされる音だ。

鰹か!?

いや――

鯨だ。

中浜では鰹だが、窪津では――

「鯨や！」

叫んだ時には、万次郎は、全力で走り出している。

鯨だ！

血が踊っている。

浜まで出ると、そこら中で大騒ぎになっていた。

コロに載せられた鯨船が、一斉に海に向かって砂浜の斜面を走り出しているのである。

海へ向かう男たちを煽（あお）りたてるように、法螺貝が鳴る。

ブゥオオオ……

ブゥオオオ……

右の岬の上から、白い煙が青い空へ向かって立ち昇っている。

煙だけでなく、岬の上には白い旗があがって、風にはためいている。

鯨の来たことを知らせる旗だ。

浜には、もう、人が集まっている。

人を掻き分けるようにして船に向かって走る。足がもつれそうになる。

前にいた老人にぶつかりそうになって、つんのめるようにしてよけた。
「どこの者（もん）ぞ」
老人から声をかけられた。
他者（よそもん）だと、ひと目でわかるらしい。
「中浜よ」
万次郎は答えた。
「何しに来た」
「鯨を見に来たがよ！」
問いかけてきた老人に、万次郎は背中で叫ぶ。
波打ち際に出た。
小砂利の浜だ。
褌（ふんどし）一丁の男たちが押す鯨船が、次々に波を割って、海に出てゆく。
舷側（げんそく）に、赤、青、黄で彩色されている船、旗を立てている船、様々だ。
ブゥオ〜〜〜
ブゥオ〜〜〜
激しく法螺貝が鳴らされている。
男たちの叫ぶ声。
波の音。
浜全体が煮え立っている。
「どけっ」
「邪魔や！」
褌姿の男に、身体を突きとばされた。
横へ飛びのいて、万次郎は首を伸ばす。
「見えん」
海と波。
その上を走ってゆく鯨船。
しかし、肝心の鯨が見えない。
どこに鯨がいるのか。
高いところにゆくしかない。
万次郎は、視線をめぐらせた。
あった。
あの、旗があがっている右側の岬の上。
あそこへゆけばいい。
どうやってゆけばいいのか。
海を左に見ながら浜を走る。
岬へ向かって、ゆるやかに登ってゆく道が見えた。
あそこだ。
そこへ向かって走った。
登ってゆくと、すぐに道は急になり、細くなった。

上から聞こえてくる、法螺貝の音が、大きくなる。

すぐ上に、旗をあげ、法螺貝を鳴らしている山見小舎（ごや）があるのだ。

と——。

見えた。

海の上に、鯨の背が見えた。

右手から、ゆっくり土佐湾の方へ移動しながら、さかんに潮を吹きあげている。

二頭だ。

まだ遥か遠くだ。

眼の良さには自信がある。

漁師は、誰でもみんな眼がいい。しかし、万次郎は、村の誰よりも鳥山やナブラを見つけるのが早い。

現代の言い方でいえば、当時の漁師の視力は三・〇から四・六はある。

万次郎の場合は、五・六はあった。

ここでいい。

上まではゆかずに、萌（も）え出たばかりの草の上に、万次郎は腰を下ろした。

万次郎の周囲は、春の野だ。

野萱草（のかんぞう）。

菫（すみれ）。

仏の座。

繁縷（はこべら）。

春の草がいっぱいだ。

岬は、途中から、海へ向かって切り立った崖（がけ）になっている。

その途中に、万次郎は腰を下ろしている。

頭上には、赤い花を咲かせた椿の枝が被さっている。

眼下は、岩だ。

ごつごつした岩の筋が、遥か足の下から、沖に向かって伸びている。

波が、岩に砕けて白い飛沫をあげている。

その先が、青い海だ。

見れば、何艘もの船の半分以上が向かっているのは、鯨の方角ではなかった。

鯨は右方向からやってくるのに、船の半分余りは、左に向かって進んでいるのである。

見ているうちに、わかった。

左に向かっている船は、鯨を待ち伏せしようとしているらしい。

舷側に、色が塗られている船が右へ進んでいるのに対し、鯨を待ち伏せしようとしている船には、色が塗られていない。

　右へ向かっている船の方が数が多く、大小二本の旗が立っている。大きい方の旗には、黒地に白く横に二本の線が入っていて、その下にやはり白く「○」が染め抜いてある。

　左へ向かっている船に立てられている旗は、一本だけだ。

　数えてみると、右——鯨のいる方向へ向かっているのは、全部で十五艘だ。乗っている人間も多く、十二人いて、そのうち漕ぎ手が八人、八丁艪であった。

　左へ向かっている船は、四丁艪で、乗っているのは合わせて八人。それが十三艘。

　そして、不思議なのは、どちらの集団にも加わらない船が、二艘あったことだ。

　その二艘は、旗を立ててはおらず、左へ向かう十三艘の後から、少し遅れてついてゆく。

　その三種の船は、どうやら、それぞれに役割が決まっているらしい。

　万次郎が、勝手に思い描いていたのは、鯨を見つけたら、全部の船が、先を争って海へ出て、鯨に追いつくやいなや、我先にと争って鯨に銛を打ち込む光景であった。

　それが、そうではないと、上から眺めていてわかる。

　そのことに、不思議な感動を覚えている。

　——凄いにゃあ。

　見ていると、左に回った船から、次々に何かが海に投じられてゆく。

　海面に、樽(たる)や、板が浮いてゆく。

　どうやら、網を張っているらしい。網を張って、その網が沈まぬよう、樽や木の板を使っているのだとわかる。

　海の遠くではない。

　浮いているものが、樽や板であるとわかる距離だ。

　案外に近い。

　かなり大きな網であった。

　こちらへ向かってくる鯨を受けとめようとでもするかのように、おそろしく巨大な網が、半円形に、二重、三重に張られてゆく。

　鯨は、右に回った船に、もう囲まれていた。

　鯨の左右と後方に、それぞれ五艘ずつの船がついて、鯨を追いたてている。

その船に乗った者たちが、叫び声をあげて鯨を脅しているのであろう。その声が、ここまで届いてくる。何と叫んでいるのか、言葉までは聴きとれないが、優しい言葉ではない。

船縁(ふなべり)を、棒で叩(たた)く音。

乗っている者たちの動作を見ると、石のようなものを投げて、鯨の背にぶつけているようである。

どうして、鯨が潜って逃げようとしないのか、それが不思議だった。

この頃には、万次郎も、多少、ゆとりを持って、鯨と船を眺めることができるようになっていた。

ここでようやく、万次郎は、鯨を追っている船の方が、網を仕掛けた船よりも細いことがわかってきた。いずれも四丈と三尺くらいはあるであろうか。長さは同じくらいだが、鯨を追いたてている船は、幅が二尺以上も狭いように見える。

特に、水押(みよし)の部分が細く、波を切りやすいように上へ持ち上がっていて、漕ぎ手の数も八人と多いのは、鯨を追うため、速く動けるようになっているのであろう。

しかし、ここから見ても、鯨は大きい。

その長さ、船の倍はないにしても、二丈以上は間違いなく長い。全身が見えるわけではないが、頭から尾まで、六丈ほどはあるのではないか。

その量感は、圧倒的だ。

鯨を追っている船などは、鯨の尾の一撃で、ばらばらになってしまうであろう。

しかし、時おり海面に出てくる鯨の頭部を見ると、一年前に、中浜で見た鯨とは違っているようであった。

頭部が太く、大きく、その口もまた、人間なら歯を喰い縛っているように歪んで見える。

「なんちゅう鯨やろ……」

万次郎がつぶやいた時、

「背美鯨(せみくじら)や」

背後から声が聞こえた。

万次郎が振り返ると、すぐ後ろに老人が立っていた。

最初に眼に入ったのは、老人の顔の、夥(おびただ)しい数の皺(しわ)であった。どれほど皺があるのかわからない。そして、どの皺も、刃物で刻んだように深い。

一瞬、どこに眼があるのかわからなかった。

ここが眼であろうと思われる皺の奥に、濡れて黒く光っている眸(め)が見えた。

その皺のひとつずつの奥に、この老人が海で過ごした歳月と、塩の粒がぎっしりつまっているようだった。長くてまばらな白い髪が、ほうほうとあちこちに伸びて、白い鬚と一緒に、海からの風に揺れている。

年齢の見当がつかなかった。

着ているものも、ぼろぼろで、色が褪せて汗の染みやら汚れやらと混ざって、もとの色がわからない。ただ、背だけは、真っ直に伸びていた。

「せみくじら……」

万次郎が問うと、

「そうよ」

老人がうなずく。

「白い旗が二枚、あがっているのを見たろう」

老人の声は乾いていて、陽に一日当てられた浜の石をこすりあわせるような響きがあった。

「中浜から、来た小僧やにゃ」

それで、ようやく万次郎は、今目の前にいる老人が、さっき浜でぶつかりそうになった老人と同じ人物であるとわかったのである。

「さっきの爺っちゃん――」

万次郎は、草の上に立ちあがった。

「鯨が好きながか?」

「好きで」

「そうか、小僧は鯨が好きか」

「うん」

万次郎がうなずく。

「鯨の漁を見るのは、初めてかよ?」

「うん」

万次郎がそう言って顎を引くと、

「ごらん……」

老人が、海を指差した。

万次郎が海に眼をやると、海上では、すっかり網の仕度ができあがっていた。

大きく口をあけた生き物のように、やってくる鯨に向かって網が広げられている。

そこへ、二頭の鯨は、真っ直に泳いでゆく。

「勢子船の羽刺の腕がえいけん……」

老人は言った。

「勢子船?」

「今、鯨を追いたてよる船のことよ。船の真ん中へんに、大きな旗が立っちょって、そのすぐ後ろに小さな旗が立っちょるろ?」

「うん」

「それが勢子船よ。勢子船にも序列があって、白船と呼ばれるもんが一番偉い。二番目が赤船じゃが、白船の羽刺は沖配と呼ばれてよってねや、そいつの腕がえいけん、ほれ、鯨はもう、めったなことでは逃げきれん」

　老人の言う通りであった。

　二頭の鯨が、網の口に呑み込まれるのは、時間の問題であるように思われた。

「今、鯨を捕りようのは、鯨組？」

「そうよ、今年は津呂組じゃな」

「津呂組って？」

「土佐の鯨組は、窪津の者じゃないんよ。津呂組と浮津組に分かれちょってよ、毎年、室戸から、入れ代わって窪津までやってくるがよ。それで、春は、ああやって南からやってくる入れ廻しの鯨を捕るがよ」

　老人は説明した。

　しゃべっている間に、老人の声は、少しずつ大きくなってくる。

　何かの熱のようなものが老人の内部に点り、それが、しゃべるにつれて、だんだんと温度を増してくるようであった。

　八歳の万次郎に、それがどこまで伝わっているのかはわからないが、老人には、大柄な万次郎がもう少し年上に見えているのであろう。

「どうじゃ、鯨はえいじゃろう、小僧——」

「鯨はえいが、小僧やないけん。我には万次郎いう名前があるけん」

　万次郎は言った。

　老人は笑って、

「そうか、万次郎か。えい名やねや」

　顔の皺をさらに深くした。

「爺っちゃんの名は、なんて言うがか」

「わしの名は、半九郎じゃ……」

「半九郎？」

「化け鯨の半九郎よ」

「なんで、化け鯨ながか？」

「知らんでえいわよ。ほれ、もう、鯨が網ん中に入っちょう」

　老人に言われて、万次郎は、慌てて海に眼をやった。

　老人——化け鯨の半九郎の言う通りだった。

　二頭の鯨は、もう、網の中へ入っていた。

それに合わせるように、旗を一本だけ立てた船が、新たに網を下ろして、網の口を閉じてゆく。

「網船も、なかなかやりよるわ」

半九郎は、けたけたと笑った。

笑ったその口から歯が覗く。

前歯が半分失くなっていた。

残った歯も、色が黄色くなっており、歯茎が瘦せて、細い歯の根元が見えている。

笑った半九郎の息が、酒臭い。

「回れ、回れ、網を締めれや！」

半九郎が、海に向かって叫ぶ。

十三艘の網船が、次々に動き出して、網を絞って、その輪を小さくしてゆく。

それぞれの網船の動きがそろっている。

乱れがない。

掛け声が、ここまで届いてくる。

「赤紋も黒紋も、死ぬ気で漕げ！　手の豆も潰せ！心臓も吐き出させや!!」

半九郎が叫び出した。

その興奮が、万次郎にも憑っている。

「そこじゃ、いけ！」

万次郎が声をあげた時、鯨の一頭が網にぶつかった。

鯨が、大きく頭を出し、ここから見てもわかるくらいの飛沫をあげて、尾で海面を叩いた。

何艘もの網船が、大きく揺れた。

網の輪が、狭まってゆく。

鯨が、網にぶつかっては、右に左に向きを変える。

鯨と鯨がぶつかりあう。

鯨は、時に海中に没し、しばらく浮きあがってこないこともある。

と——

水の中からいきなり尾が大きく立ちあがり、激しく海面を叩く。

それを何度も繰り返す。

網の中に入っている勢子船は、鯨を遠巻きに囲んでいるのだが、いつ、その尾ではたかれるかわからない。

鯨は、狂ったように暴れている。

もがいている。

まるで、海の一部が、苦しみにのたうちまわっているようだ。

すると、勢子船の一艘が、海中から持ち上がってくる尾で、宙に撥ね飛ばされた。

乗っていた者たちが、空中にふっ飛んで海に落ちた。

その数、三人か、四人か。

海に落ちた者たちは、すぐに顔を海面から出して、近くの船へ泳いでゆく。さすがに、海の猛者（もさ）たちだ。

その上へ――

天から巨大な尾が下りてくる。

「あ、ばかたれ！」

見ていた半九郎が叫ぶ。

泳いでいた男たちの頭上から、尾が襲ってきた。

はたかれた。

四つほど、海面に浮いていたはずの人の頭が、それで見えなくなった。

遠目には、赤い染みのようなものが、海面に浮いてきた。

血だ。

「何しちょうらあ！」

半九郎が、拳（こぶし）を握って身悶（みもだ）える。

ふたりが、近くの勢子船に助けあげられる。

「ばかが、鯨を甘く見ようけんよや」

半九郎が、歯を噛（か）んだ。

いよいよ、網の輪が狭められ、鯨がもがく。

船が、翻弄（ほんろう）されて揺れる。

それが、万次郎には断末魔のように見える。

鯨の動きが、鈍くなった。

二頭の鯨の口から、白いあぶくのようなものが出ている。

すると、一艘の勢子船の水押の先端に、独りの男が立ちあがった。

船で、一番激しく揺れる場所である。

しかし、そこに仁王立ちになった男の両足は、波に大きくもまれているにもかかわらず、舳先に吸いついたように離れない。

銛を手にしているのがわかる。

同じように、他の船の舳先にも、立つ者が、三人、四人――

「いけっ、いけえっ!!」

半九郎が叫んでいる。

「あっ」

万次郎が声をあげた。

最初に舳先に立った男の手から、銛が飛んだ。

それが鯨の背に突き立った。

周囲の船の中から、

「わあっ」

という歓声があがる。

「二番銛いけっ、三番銛いけっ」

半九郎が、唾を飛ばす。

その声に合わせるように、次々に銛が飛びはじめた。

もう一頭の鯨の背に——

同じ鯨の背に——

二本、三本、四本と、銛が突き立ってゆく。

後から飛んだ銛には、縄が結わえつけられているものもある。

その縄に、桶がくくりつけられているものもある。

動きを止めかけていた二頭の鯨が、また暴れはじめた。

「化け鯨の爺っちゃん。あの桶はなん？」

「鯨が、潜らんようにするためよや。潜っても、すぐに浮いてくるようにするためよ——」

鯨が潜っても、桶の中には空気が入っている。その浮力で、鯨はすぐに浮いてくる。泳げば泳ぐほど、桶の抵抗で疲れて動けなくなる。

その理屈は、万次郎にもわかる。

だんだんと、鯨の動きが、鈍くなる。

すると、船から、ひとりの男が海に飛び込んだ。

その男の口には、大きな庖丁のようなものが咥えられている。

「ありゃあ、誰や」

万次郎が訊く。

「羽刺や、羽刺が手形庖丁を咥えて、海に飛び込んだがよ」

「何するがぞ」

「鯨の上に乗っかって、背中にあの庖丁で穴あけるがよ」

信じられないことを言う。

「まだ、鯨は暴れちゅうがよ」

「今やないと、いかんのじゃ。鯨が死んでからでは遅いわや」

「なんでや、死んでからでもえいがやないがか」

「死んだら、背美鯨は沈むがよ。ほんじゃけん、生きちょう間に、鯨の背に穴あけて、そこに縄を通して船から引っぱって、沈まんようにするがよ」

話している間にも、庖丁を口に咥えた羽刺が、鯨の背に這いあがろうとする。

動きが鈍くなったとはいえ、鯨がまだ暴れているため、なかなか這いあがれない。

「鯨で死ぬる奴は、みぃんな、この時に死ぬがよ」

半九郎が言う。

羽刺は、やっと鯨の背に這い上がった。

いったん沈んだ鯨の上に泳いでいって、鯨が浮上する時に、その背に乗ったのだ。

背に突きたっている銛を摑む。

その瞬間、また、鯨が潜った。

羽刺の姿が、鯨と一緒に完全に海中に没して見えなくなった。

「あっ」

と、万次郎が声をあげる。

「沈んだ!!」

どうする。

もしも手を放したら、もう一度、鯨の背に乗りなおさねばならない。なまやさしいことではない。体力を恐ろしく消耗する作業であると、見ていてもわかる。

鯨の背には、銛に結びつけられた縄や桶がある。それが身体にからみついたら――

さらには、網の中にはもう一頭の鯨もいるのだ。

鯨と鯨の間に挟まれたら、人の身体など、簡単に押し潰されて、内臓が口から出て、目の玉など飛び出してしまうであろう。

「どうするで、爺っちゃん！」

「うるさい、黙っちょれ！」

万次郎は、まるで、自分が鯨と一緒に海に呑み込まれたかのように、息を止めた。

どれだけ、海に潜っていられるか。

ひとつ、
ふたつ、
みっつ、
よっつ……

心の中で数をかぞえる。

ただ、桶に張った水の中に顔をつっこむのであれば、万次郎はいくらでも息を止めていることができた。

しかし、激しく暴れまわり、動いたりしながらだと、特に海であれば、そんなに長く息を止めていられるものではない。

あの羽刺、海に呑み込まれる前に、どれだけ息を吸い込むことができたのか。

ひゃくにじゅうし――

百二十四までかぞえた時、鯨が浮きあがってきた。

まだ、羽刺は、銛にしがみついて、鯨の背に立っていた。

どよめきのような歓声が、船からも、浜からもあがった。

いつの間にか、浜は、人で埋めつくされていた。

三百人——

四百人——

それ以上は、いそうであった。

「凄い！」

万次郎は叫ぶ。

「凄いよ、化け鯨の爺っちゃん!!」

それから、数度、鯨は海に潜ったが、羽刺はその背の上に乗っていた。

その羽刺の口から、赤いものが流れ出している。

咥えた手形庖丁で、口を切ったのであろうか。

すでに、もう一頭の鯨の上にも、別の羽刺が立っている。

「鯨捕がよ、一番多く死ぬるがは、この時ながよ」

半九郎が、さっき言ったことをもう一度口にした。

「そらあ、ほんまながか」

「ほんまや」

さっき、海に浮いている時に、頭から落ちてきた尾ではたかれた者が何人かいる。

何人かは、助けられて船に這いあがったが、何人かは、どうなったかここからではわからない。はたかれた者が死んでいてもおかしくはなかった。

半九郎は、羽刺が、手形庖丁で鯨の背に穴を開けにゆくまでが、一番危険であるという。

確かに、半九郎の言う通りだと万次郎は思った。

弱ったとはいえ、興奮して暴れている鯨の背に立っているのである。

銛が突き立てられているところからは、大量の血が流れ出している。網の内側の海の色が、赤くなっている。

鯨が、潮を吹く。

どんどん動きが弱よわしくなっている。鯨の口から出る泡の量が増していた。

いよいよ、羽刺が、手形庖丁を持って、鯨の背に跨がって、そこを剔りはじめた。

これほど血が残っていたのかと思えるほどの大量の血が、あらたに流れ出てきた。

大人の腕が、一本、二本、楽に入るくらいの穴だ。

作業を終えた羽刺が、船に向かって何か叫んでいるようであった。

近くに待機していた、二艘の船が、鯨に向かって漕ぎ寄せてゆく。

鯨を挟むように船が停まると、船から縄が鯨に向かって投げられた。

羽刺が、受け取った縄を背の穴に通して、反対側の船にその縄を渡す。

これで、鯨は死んでも沈まない。

「船が二艘、鯨を挟んじょうやろ、あれが持双船（もっそうぶね）や。あれで、鯨を浜まで引いていくがよ」

半九郎が言っている間に、あらたにもうひとりの人間が、鯨の背に飛び乗った。その手に、直刀の剣が握られている。

「下羽刺（したはざし）や」

半九郎が言った。

「なにをするがで」

「これから、鯨にとどめを刺すがよ。見とれ――」

鯨の上に、あらたに乗った男は、剣を両手で逆手に持ち、鯨の背の上で、両足を広げて立った。

「ええか。鯨の潮を吹く穴の近くにな、ゼンザイちゅうところがあるがよ。鯨の頭からあばら骨の間や。そこへあの剣を刺して鯨の心臓を突くがよ。そうすると、鯨はほんまに死ぬ」

剣の重さ、約二貫目（七・五キログラム）。

重い。

そして、長い。

「かあっ！」

実際には、その口が、かっ、と大きく開かれたのが見えただけなのだが、万次郎には、下羽刺がそう叫んだ声が聞こえたような気がした。

下羽刺の男は、全体重を乗せて、おもいきりその剣を鯨の背に突き立てた。

ぐぐっと、剣が柄元近くまで鯨の背に潜り込んだ。

鯨の身体が、最後に大きく震え、海面から大きな尾がゆらりと持ちあがり、沈んだ。そして、鯨は動かなくなった。

持双船の艪が動き出した。

いずれも、鯨につけた側の艪は使えないので、片側四丁の艪――合わせて八丁の艪を使っている。

ゆるり、ゆるりと、大きな鯨ごと、持双船が動き出した。

その周囲を、勢子船が囲んで動き出した。艪を持っていない男たちが、船の上に立ちあがって、踊り出した。

歌声と、微かな鉦の音が響いてくる。

男たちが、両手を持ちあげて揺らし、足を踏み、尻を振っている。

「どうぜえ、小僧」

半九郎が、眼を細めて声をかけてきた。

その途端に、どれが皺だか眼だか、わからなくなった。

六

捕鯨の歴史は、旧い。

人類は、新石器時代には、もう、鯨を捕っていたらしい。

日本でいえば、縄文時代にはすでに、鯨を捕獲して食べる、という行為をしていたものと考えられる。縄文時代の遺跡から、鯨類の骨がかなり出土しているからである。

土佐の捕鯨のことでいえば、始まりがいつであるかという明確な資料はないが、承平年間（九三一～九三八）に成立した、源順が撰をした『和名類聚抄』に、

「我が幡多郡に鯨野郷と云へる所あり」

と記されている。

この鯨野郷は、現在の地名で言えば伊佐のことであり、イサは、鯨のことを勇魚と呼ぶことからもわかる通り、鯨の古名であるので、土州伊佐の地が、平安時代から鯨と関わりの深かった場所であったということがわかるのである。

天正十九年（一五九一）、土佐の国主であった長曾我部元親が、浦戸湾で捕らえた鯨を、豊臣秀吉に献上したと『土佐物語』にはある。

はっきりした記録では、寛永初年（一六二四）に、津呂の庄屋多田五郎右衛門尉義平が、捕鯨船十三艘を造って、突鯨の漁法を始めたといわれている。

山見で発見した鯨に船を漕ぎ寄せて、銛で突いてこれを仕留め、捕獲したのである。

室戸岬の周辺を漁場としてこの突鯨の漁が行われていた時、すでに鯨組は、津呂組と浮津組に分かれており、このふたつの組が、争うようにして鯨を捕ってい

たのである。

網捕鯨が土州の地で始まったのは、天和二年（一六八二）に、多田吉左衛門、浮津覚右衛門、水尻吉衛門の三人が紀州熊野の太地まで出かけ、その漁法を学んできてからである。

紀州から、羽刺十人、漁夫六十人が、多田吉左衛門たちと共に土州へやってきて、網捕鯨の方法を伝えたのである。

この網捕鯨が、窪津へ伝えられた。

土佐の西の地である窪津が、藩営の捕鯨場とされたのは、天和三年（一六八三）のことであった。

窪津へは、一年交代で、室戸から、津呂組、浮津組の鯨組がやってきて、漁をした。

捕鯨は、藩の許可制の事業であり、藩の認可を受けていない窪津の漁師たちは、自らの手で鯨を捕ることはできなかった。鯨のことで地元の人間たちができるのは、他の土地からやってきた、津呂組、浮津組の手伝いだけである。

それだけではなく、鰹などについても、捕鯨の邪魔にならぬよう、窪津の地元漁師にとってはかなり制限されたものになったのである。

それでも、この捕鯨によって、窪津がある時期潤ったというのは、事実である。

鯨組によって、いったいどれだけの人数が窪津の地にやってきたかというのを示す資料がある。

まず、勢子船一艘につき、どれほどの人間が必要となるのか。

万次郎が生まれる三十二年前の「寛政七卯年年正月書・扇屋太三右衛門蔵」の記載によれば——

羽刺、一人。船頭、一人。下艪押、二人。平水主、五人。炊、一人。取付、二人。

合わせて十二人である。

これが十五艘だから、全部で百八十人。

網船一艘で、八人。網船は十三艘あるので、合わせて百四人。

持双船が、一艘六人で、二艘。合わせて十二人。

これに、当本の番頭一人、手代八人、納屋夫八人、筋師五人、市艇一艘の乗り手四人、他に船大工、樽屋、鍛冶、山見の者九人、魚切十一人や日雇いの者、津呂組、浮津組についている商人が、それぞれ、八十九人と六十八人いる。

これをすべて合わせれば、四百数十人の人間が、鯨の時期には他の土地からやってきたことになる。さらに、それぞれの職人になにかあった時のため、予備となる人員もいたであろうし、この人数の者たちを相手に、他の土地から様々な商売を仕掛けにくる者たちもいたことであろうから、その人数、五百人を超えていたであろうことは、想像に難くない。

明らかに、窪津の地元民の人口より多かった。

七

浜は、ごったがえしていた。

万次郎は、これだけの人間をいっぺんに見たことがない。

中浜村も、鰹のことでは栄えていたが、一度にこれほどの人数が浜に溢れるということはなかった。

これは、祭りだ。

人混みの中から、万次郎は鯨が解体されてゆくのを眺めている。

浅場まで持双船で運ばれてきた鯨は、轆轤で海岸に引きあげられる。

浅瀬で背を出している鯨の尾に、縄が巻きつけられ、縛られる。縄の端は轆轤に繋がっていて、その轆轤を何人もの人間が回すことによって縄が巻きあげられ、鯨が陸に引きあげられてくるのである。

二頭の鯨が引きあげられ、その場で解体作業が始まった。

解体は、何人もの職人の手で、手早く行われる。解体に使われるのは、柄を含めて、長さが二尺半から三尺はありそうな鯨庖丁である。それを両手に握って、鯨を切り分けてゆくのである。

まず、尾を切り離すところから始まって、順次、頭の方へと移ってゆく。切り分けられた肉は、皮を下にして、台に載せられ、これも轆轤で引きあげられ、そこでさらに切り分けられる。

骨以外、内臓から舌から脂から、すべてが利用される。食用以外にも、鯨からとれた脂は、行燈や害虫の駆除にも使われた。

鯨の髭も、文楽の人形に使われたり、からくり用の発条にも使用されたりと、余すところがない。

鯨の筋は、熨斗にも、利用されているのである。

万次郎の周囲は、騒がしい。

人の叫ぶ声や、話し声、笑い声で満ちている。時に、喧嘩に近い怒声も飛び交う。

その喧噪の中にいて、万次郎は、まだ見たことのない土佐の城下や大坂の賑わいは、こんなものであろうかと考えていた。

「どや、鯨はおもしろいかよ」

万次郎の後ろから、声がかかる。

半九郎だ。

この人混みの中で、はぐれたと思っていたのだが、いつの間にか万次郎の後ろに立っていたのである。

「鯨はほんま、おもしろいのう」

万次郎の声は、はずんでいる。

「どうよ、おまん、鯨喰いたいろう」

「喰えるかよ」

「ああ、喰えるさ」

「ほんまか。喰いたい。喰いたい」

万次郎は、さっきから、そのことを考えていたのである。

思わず笑みがこぼれた。

「今、もろうてきちゃる」

半九郎は、ゆらゆらと人混みの中を歩き出した。見れば、いつどこで手に入れたのか、右手に、笊を持っている。よほど古いのであろう、編んだ竹の色が燻んでいて、二ヶ所ほど破れたように穴が空いている。

台の上で、鯨を切り分けている男たちの傍まで歩いてゆくと、

「鯨の肉を、ちいとばあ、分けてくれんか——」

半九郎は言った。

「なんや、化け爺いやないがか」

鯨を切り分けている男が、手を止めることなく、半九郎に眼をやった。

「鯨の肉を、分けてくれんかのう」

男は、答えずに、自分の手元に眼をもどした。

「どういてや、えいやいか。いっぺんに二頭も捕れちように」

男は答えない。

「ちょっとよ、ちょっとでかまんに……」

半九郎の声は、泣きそうになっている。

「三頭捕れたって、十頭捕れたって、おんしにやる鯨はないがよ」

「そんなこと言わんと頼まあよ」

「犬にやる分はあっても、おんしにやる分はないわよ。そればあ鯨が喰いたかったら、独りで鯨を捕りに行き

ゃあえいろうが」

男はちらっとだけ、半九郎に眼をやって、すぐにまた手元に視線をもどした。

「なあ、頼まあよ」

半九郎が、頭を下げる。

「ほんじゃけん、独りで鯨を捕りに行きゃえいやろと言いよるろう」

男が言う。

そのやりとりは、全部万次郎にも聞こえている。

さすがに、万次郎も、半九郎が気の毒になって、男たちに近づき、

「そんなに、いじわるせんでもえいやいか。こればあ鯨の肉があるがやけん」

そう言った。

鯨の肉を切り分けていた男の手が止まり、その眼が万次郎を見た。

「なんや、見かけんガキやが」

「中浜から、鯨を見に来たがよ」

「そん中浜のガキが、どうしてこんな化け爺いとつるんじょらあや」

「つるんじょうわけやない」

「威勢のいいガキやが、言うちょくで。こんな爺いとくっついちょったら、いずれ船漕ぎに使われて、海でおっ死ぬで。悪いことは言わん。今のうちに手を切っちょくことや――」

ここで、半九郎が、手にした笊を、男に向かって投げつけた。

それが、男の顔にぶつかって、庖丁を持った手があやまって、鯨の身を斜めに削いでいた。

「おまん、いったい誰に向こうてものを言いよるがぞ。おりゃあ、おまんが親父の褌の中にもおらんうちから、鯨を捕りよったがぞ――」

「うるさい。独り働きの銛突き爺いが。おいぼれやと思うて、おとなしゅうに話を聞いちょりようがやに。おとなしく消えや。いつまでもやかましいこと言いよったら、これをくらわしちゃるど――」

男は、持っていた庖丁を振りあげた。

「なんや、そらあ」

「やる気かあ」

男は、前に出てきて、庖丁で、軽く宙を突いてきた。

一瞬、半九郎が怯んだところへ、男はいきなり腹を目がけて右足で蹴り込んできた。

その足が、半九郎の腹にめり込んだ。

「おげっ」

と呻いて、半九郎は後ろへ飛ばされていた。

倒れぬように、半九郎は後ろへ向かって足を送ろうとしたのだが、足の速度が、倒れる速度に追いつかなかった。

鯨の血のこぼれた小砂利の上に、半九郎は仰向けに倒れていた。

「なにしよらあや」

万次郎は、倒れた半九郎に駆け寄って、男を睨んだ。

異様であったのは、この騒ぎの中で、誰も男を止めないことだった。遠巻きに半九郎を見てはいるが、声をかけてはこない。

老人が、庖丁を持った若い男に蹴りとばされ、仰向けに倒れたというのに、この場を収めようと声をかけてくる者は、誰もいなかった。

「爺っちゃん、行こう」

万次郎は、半九郎の脇の下へ手を入れて、抱き起こした。

「歩けるがか？」

半九郎に肩を貸して立たせ、
万次郎は言った。

万次郎が歩き出すと、半九郎は、やっと自らも足を運び出した。

ふたりが進んでゆくと、人垣が割れた。

「くそ、くそ……」

万次郎の顔の横で、半九郎の口が、くやしそうな声をあげている。

「あいつ、殺しちゃる。殺しちゃる……」

そんな言葉をぶつぶつつぶやいている。

人混みを抜けた時、そのつぶやきが、泣き声にかわっていた。

うえっ、
ひっく、
うえっ、
うええ……

半九郎は、皺だらけの頬をびたびたに濡らし、顔を歪めて泣いていたのである。

「こらえてや、爺っちゃん」

事情はわからないが、この老人のくやしさや哀しみのようなものが、体温と共に、直に万次郎に伝わってきた。

「くやしいのう、爺っちゃん。くやしいのう……」

そう言っている万次郎の眼からも、涙がこぼれている。

あれ？

なんで自分は泣いているのか。

どうして涙がこぼれてくるのか。

それが、万次郎自身にも不思議だった。

「すまんのう、すまんのう……」

半九郎は泣きながら謝っている。

「謝らんでかまん。ひどいがはあっちの方やけん」

「おまんに、鯨を喰わしちゃりたかったんじゃが……」

「もう、えいがね」

「久しぶりに、わしとまっとうに口を利いてくれたのがおまんじゃ。わしゃあ、嬉しゅうてのう。それで、おまんに鯨を……」

「だいじょうぶじゃ」

「わしが、もう十年若かったら、あんな小僧は、この手で歯の二、三本もたたき折っちゃるとこじゃが……」

半九郎は、ここで少し咳き込んだ。

「爺っちゃんは、幾つんなるがか？」

「八十と八つじゃ」

「ほー」

と、万次郎は声をあげた。

「おまんは幾つじゃ」

「八つじゃ」

「なんや。わしゃ、また、十一か十二くらいかと思いよった」

ここで、半九郎は足を止めた。

すでに、周囲に人の喧噪はない。

村の者は、みんな二頭の鯨のまわりに集まっている。

山見の岬の下あたりであった。

「もう、えい……」

万次郎の身体を、向こうへ押しやろうとする。

「どうしたがじゃ」

「もう、ひとりで歩けるけん」

万次郎を押しやって、半九郎はひとりで立った。

さすがに、もう泣き止んでいる。

「行け、小僧——」

半九郎は言った。

「中浜へ帰れ。さっきの男も言いよったやろ。わしなんかとつるみよったら、ろくなことないぞ——」

半九郎は独りで歩き出そうとして、よろけ、そこへ左膝を突いた。

「我は、そんなこと気にせんが——」

万次郎は半九郎を助け起こそうとしたが、半九郎はその手をはたいて、

「えいわ。独りで起きらあよ」

自分で立ち上がった。

「爺っちゃん。家はどこぜえ。送っちゃるけん——」

「独りで、大丈夫や言いようろ」

「なら、爺っちゃん家へ、遊びに行かしてくれんね。ほんならえいろう」

「わしの家にか——」

「昔、鯨捕りよったが。鯨の話を聞かしてくれ」

「鯨の話か……」

「うん」

万次郎は、真っ直に、どこにも逸れない視線を、半九郎に向けた。

「おかしな小僧やのう」

「えいんか?」

「ついて来いや」

老人は言った。

八

海を見下ろす丘の途中に、粗末な小屋があった。

海に向かう斜面の樹は、ほとんど切りはらわれていて、斜面の始まる際に、椿の老樹が二本生えているだけだ。

海がよく見える。

背後は、椿と椎の森だ。

板を葺いた屋根の上に、椿の花を付けた枝が被さっている。

小屋は、粗末で小さかった。大工が作ったものではなく、自分で建てたもののようであった。

入口らしきものがあって、そこに戸はなく、上から菰がぶら下がっているだけだ。

その菰をあげて、

「入れ……」

そう言って、半九郎から先に中へ入っていった。

入ったところは、三畳ほどの土間で、その奥が、三畳ほどの板の間だった。

土間に、水瓶らしきものがあって、その口は板で塞がれていた。その板の上に柄杓が置いてある。

壁は、木の枝か竹を芯にしたものに、土を塗ったものだ。

土はあちこちではがれ落ちていて、隙間風も入りそうだった。

板の間の中央よりやや横にずらして、二尺四方の囲炉裏が切ってある。隅に、筵が二枚、重ねて置かれていて、その上に藁が積まれている。

半九郎、どうやら夜着など持ってはおらず、夜にはこの藁の中に潜って眠っているのであろう。

囲炉裏には、自在鉤などはなく、梁から、木の枝が囲炉裏の上へぶら下げられているだけだ。その枝からさらに分かれた枝の根元から二、三寸のところをはらってあるので、その短く切られた枝に、鍋などをぶら下げるのであろう。

土間の、石を組んだ竈の上には、釜が載っている。竈の横に木の台があって、そこに、皿と木の椀がひとつずつ、刃の欠けた庖丁、木の柄杓などが載っている。

土間の、竈に近い壁際に薪にするための板や、枯れ木、流木などが積まれている。

貧しい暮らしぶりが、ひと目でわかる家であった。しかも、独り暮らしのようである。

「あがれ」

半九郎が、そう言って、先に板の間へあがった。

万次郎が、続いてあがる。

囲炉裏の奥に、半九郎が腰を下ろした。

「座れ」

言われるままに、万次郎も板の上に尻を落として、囲炉裏の前に座した。

ちょうど、万次郎から見て左側の囲炉裏の縁に、半九郎が座している。

半九郎の前の囲炉裏の縁に、口の欠けた湯呑み茶碗が置いてあった。

囲炉裏からは、まだ、熱気が伝わってくるところをみると、灰の下に熾火が残っているらしい。

囲炉裏に近い壁が、窓になっていて、そこが開いていた。

上側を止めている窓の板を、下から外側へ押し開き、つっかい棒をして、閉じないようにしてある。

「しかし、残念やったのう……」

半九郎が、灰の中に刺してあった火箸を手に取りながら言った。

半九郎の、胡座（あぐら）をかいた両膝と脛（すね）が剝（む）き出しになっている。骨ばった脚だった。同様に胡座をかいた万次郎の脛も剝き出しになっているが、万次郎の脚の方が、子供ながらに逞（たくま）しい。

「何がや」

万次郎が言う。

「おまんに、鯨を喰わせられんかったことよ」

半九郎が、火箸の先で、灰の中の燠を掘り起こしはじめた。

灰の中から、赤く焼けた炭が、ころころと出てきた。

半九郎は、その燠を火箸の先でつまんでは中央に寄せてゆく。

火がないと、寒いというほどではないが、囲炉裏に火の色があれば心が落ち着く。

「心配いらなあよ」

「何のことや?」

「さっき、だいじょうぶや言うたろう」

〝さっき〟というのは、万次郎の肩をかりて、半九郎がよろばいながら歩き始めた時のことだ。

〝おまんに鯨を……〟

と、半九郎が言った時、

〝だいじょうぶじゃ〟

と、万次郎が答えている。

その時のことを、万次郎は言っているらしい。

「見いや」

万次郎は懐に手を入れて、そこから、竹の皮に包まれたものと、赤い塊を取り出して、それを囲炉裏の縁を囲んでいる木の上へ置いた。

「へへ――」

万次郎は、半九郎を見やって、自慢そうに笑ってみせた。

囲炉裏の縁に置かれた赤いもの――

それは、大人の拳大ほどの肉であった。

「なんぜえ、これは?」

「鯨の肉や」

万次郎は言った。

「それは、わかっちょう」

半九郎は、万次郎を見た。

「これを、どうしたんが?」

「あの、鯨を切っちょう奴が、爺っちゃんに笊ぶつけられて、手元を狂わせて切りそこねたんや。その塊が台の端に転がってきたんでな」

「くすねたんか」

「違うわい。もろうてきたがよ」

「はしこいガキやな」

半九郎が、ようやく笑った。

笑いながら、半九郎は立ちあがっている。

立ちあがる時に、置いてあった鯨の肉を掴んでいる。

「何するがぞ」

「鯨を喰わしちゃるがよ」

土間に下り、台に置いてあった俎板の上に、鯨の肉と庖丁を載せて、外へ出た。

万次郎も立ちあがり、

「どこいくがよ」

半九郎の後を追った。

半九郎が、家の横手へ回り込んでゆくと、そこに、ひと抱えありそうな桶が置いてあった。

裏の山の中から、節を抜いた竹を割って、それをつないだ懸樋の口がその上に突き出ていて、そこからわずかずつながら水が桶の中にこぼれ落ちている。

桶の縁に近いところに、柄杓の柄が渡してあった。

「この桶は、もともとは、鯨を捕る網に縛りつけちょった樽じゃ――」

言いながら、半九郎は、樽の縁から縁へ渡すようにして俎板を置いた。

柄杓で水を汲んで、まず手を洗い、俎板を洗って、鯨の肉を洗った。

板と鯨の肉の水を十分切ってから、半九郎は庖丁を握った。

鯨の肉に庖丁をあて、刺し身でも作るように、それを薄く切ってゆく。

「小僧、生姜じゃ」

「生姜？」

「そのへんに生えちょうじゃろ。それを適当に引っこ抜いて持ってきたらえい」

「わかった」

生姜は、すぐに見つかった。

「家ん中に、おろし金があるけん、生姜を洗うたら、それでたっぷり擦りおろしちょけ」

柄杓で水を汲み、抜いてきたばかりの生姜に水をかけて、泥を落とした。

家の中に入って、おろし金で生姜を擦りおろしていると、俎板の上に、切ったばかりの鯨の肉を載せて、半九郎がもどってきた。

「この肉の上へ、擦った生姜を載せるがよ」

「どればあ?」

「全部じゃ」

言われた通り、おろし金の上の生姜を、全部、鯨の肉の上へ載せた。

「醬油（しょうゆ）じゃ」

「醬油?」

「そこじゃ」

半九郎が顎（あご）をしゃくる。

台の隅に、一合徳利が置いてあった。

これか——

万次郎がその徳利を手に取ると、

「かけい」

半九郎が、両手に持った俎板を突き出してきた。

万次郎が、鯨の上で徳利を傾けると、醬油が溢れ出てきた。

「たっぷりとじゃ」

言われたように、たっぷりかけてやった。

「それくらいでえい」

肉から俎板の上へこぼれた醬油が、外へ流れ落ちそうになる。

「中へ運んじょくんや」

万次郎が、醬油がこぼれ落ちぬよう鯨肉の載った俎板を運んで、囲炉裏の角のところへ上手に置いた。

「座れ」

後ろから声がした。

どこから持ってきたのか、右手に一升徳利と、左手に湯呑み茶碗をふたつ持っている。

半九郎が、まず座して、一升徳利とふたつの湯呑み茶碗を、囲炉裏の縁に置いた。

湯呑み茶碗のひとつは自分の前に、もうひとつは、万次郎の前に。

半九郎は、まず、自分の湯呑みになみなみと注いでから、次に万次郎の湯呑みに酒を注いだ。

「米は切らしても、酒を切らしたことはないがよ」

半九郎は徳利を床に置き、

「飲め」

そう言って、自分の前に置いた、酒の注がれた湯呑みを手にとった。

「酒をかや」

万次郎は、眼の前の、酒の入った湯呑みを見つめている。

「そうや」

　半九郎は、左手に持った湯呑みを、持ちあげる途中で止めたまま、万次郎を見つめている。

「どうした、酒は初めてか？」

「初めてやない」

「ほう」

「親父が飲みよるのを、こっそり飲んだことがある」

「どうやったぞ」

「あんまり、うまいとは思わんかった」

　一年ほど前だ。

　父の悦助が、毎日のように酒を飲んでいるのを見て、訊ねたことがある。

「酒いうのは、うまいがか？」

「子供が知らんでもえい味や」

　悦助には、そうはぐらかされた。

　それで、ある時、こっそり、家の者に隠れて悦助の酒を飲んだのだ。

　はじめは、匂いを嗅ぎ、おそるおそる、少し。

　次には、ひと口をいっきに。

噎せた。

口の中と喉と腹が、かっ、と熱くなった。

　匂いや、悦助がうまそうに飲むのを見て、甘いものだろうと期待していたのだが、どうにも表現しようのない味が口中に広がって——

〝これは、うまいもんやない——〟

　酒については、それで見切ったつもりになっていた。

　その酒を、今、半九郎から飲めと言われているのである。

「小僧よ、酒はねや、うまい、まずいで飲むもんやないがぜ」

　半九郎は言った。

「ほんなら、何故飲むがぜ」

　万次郎が訊く。

「色々よ」

「色々って何や」

「文句言わんで飲め。飲んだら、わかる」

　難しい理屈を並べずに飲め——

　これは、土佐という国においては、どの地方であれ、最後通牒に等しい。

　それは、子供ながら、万次郎の骨にまで染み込んだ考え方である。

「飲むがよ」

湯呑みを持って、ひと息に飲んだ。

息を止め、水を飲むように、喉を鳴らして飲んだ。

喉が渇いていたせいか、あっという間に、酒は腹におさまった。そう言えば、中浜から窪津へ出る間に、竹筒の水をひと口飲んだだけで、ずっと水分をとっていなかった。

うまかった。

水としてうまかったのか、酒だからうまかったのか、それは万次郎にもわからない。

ふう、

と息を吐いて、湯呑みを囲炉裏の縁にもどした。

その後、火のような温度を持ったものが、喉、食道、胃と、ゆっくり下がってゆくのがわかる。

「ほう……」

半九郎は、皺のような眼をさらに細め、

「たいしたもんや」

自分の湯呑みの酒を、これもひと息に干した。

「あとは手酌や」

言いながら、半九郎は、もう一升徳利を手にして、自分の空になった湯呑みに、酒を注ぎ入れている。

手酌も何も、最初から、徳利に手を触れているのは、半九郎だけである。

「鯨じゃ、喰え」

半九郎が言った。

言い終えぬうちに、半九郎は徳利を置いて、右手を俎板の上に伸ばし、鯨肉を二、三枚つまんでいる。

半九郎の、赤い舌が、べろりと伸びた。

「箸らあいらん、手で喰え」

そう言って、生き物のようなその赤い舌の上に、半九郎が鯨の肉を載せた。

肉を載せたまま、舌が口の中に引っ込む。

半九郎の顎が上下に動く。

万次郎は、右手を伸ばして、たっぷり生姜が載って、醬油をまぶされた鯨肉を、枚数も考えずにつまみとって、口の中に放り込んだ。

肉は、柔らかい。

嚙めば歯が潜る。

潜るが、妙な弾力があって、すぐには嚙み切れない。

嚙むうちに、鯨の血の味、匂いが口の中に広がった。

それが、たっぷりかけられた醬油と生姜の味とからまって、うまい。

「うまいがよ」

万次郎は言った。

「こんなにうまい鯨は初めてや」

これまで、何度か鯨を食べたことはあったが、こんなに鯨をうまいと思ったのは初めてであった。

万次郎の腹の中には、すでに、ぽうっと火が点っている。

その火の熱が、ゆっくりと身体の中に広がってゆく。

もう一度つまみ、食べる。

「おまんがくすねた鯨じゃ、好きなあばあ喰うたらえい」

「くすねたがやないがぜ。もろうた鯨じゃ言うちょろうが——」

万次郎は、少し饒舌（じょうぜつ）になっている。

万次郎は、竹の皮を開いて、中の握り飯を出して、三度目につまんだ鯨をその握り飯の上に載せてかぶりついた。

昼はとっくに過ぎていた。

しかし、中浜を出てから、万次郎は一度も握り飯に手をつけていなかったのである。

「爺っちゃん、握り飯、ひとつどうぜ」

「いらん」

「えいのか」

「酒が米のかわりや。あとは、鯨の肉があったらばえい」

半九郎は、もう、三杯目を自分の湯呑みに注いでいる。

「爺っちゃんよ」

万次郎は、指についた飯粒を歯と舌でこそぎ落としながら言った。

「なんぜ」

「おれも、鯨捕りになれるがか?」

問われた半九郎は、口から離したばかりの湯呑みを宙で止め、少し間を置いてから、

「ま、無理やな」

そう言った。

「どうしてや。何故、なれんがか」

「鯨捕るがは、鯨組に入らんといかんのじゃ。鯨組は、室戸の、津呂組と浮津組しかない。どっちにしたって、入れるのは室戸の者（もん）だけや。窪津の者が、ましてや中浜の者が入ることはできん——」

「そら、おかしいわよ。同じ土佐者で、どうして入れ

んのじゃ」

「藩のエラい者が、そう決めたけんよ」

「爺っちゃんはどうながぜ。爺っちゃんは窪津の者じゃないがかよ」

「わしゃ、こっちの者じゃないがよ。もともとは室戸の者や。津呂組で、白船の羽刺をしよったがぞ——」

「白船の羽刺かよ」

万次郎はびっくりした。

さっき、海で鯨の網取りを見ながら、鯨組で一番エラいのは羽刺で、羽刺の中でも一番エラいのが、白船の羽刺であると、半九郎から聞かされたばかりだったからだ。

「ほんなら、爺っちゃんは、室戸の者ちゅうことながか——」

「そうじゃ」

「けど、爺っちゃんが今しゃべりゆうは、こっちの幡多の言葉じゃ」

「こっちは、長いけんのう。住みついてからは、三十年以上や」

「どうして、こっちに住みついたがよ」

「おまんが知らんでえいこっちゃ」


半九郎は、途中で止めていた湯呑みを、再び口まで持ってゆき、中の酒をひと息に干した。

空になった湯呑みを置き、また、それに酒を注ぐ。

「鯨組に入りたかったらよ、室戸の嬶（かか）あをもろうたらえい——いや、室戸の、鯨組の家に婿養子に入って、そっから修業をして、鯨捕りになるしかないがよ」

「ややこしい話やなあ」

嬶あをどうするの、婿養子がどうだのと、八歳の万次郎には遠い話であった。

「万次郎、おまんに男の兄弟はおるか？」

「兄やんがひとりじゃ」

「ほんなら、次男坊か」

「そうよ」

「それやったら、いずれ、家を出るがやな」

「ふうん……」

万次郎はうなずき、また鯨の肉をほおばって、握り飯を齧（かじ）った。

「爺っちゃんよ」

飯を嚙みながら、万次郎が言う。

「なんぜえ」

「爺っちゃんは、なんで化け鯨らあいうて呼ばれようがか」

「知らん」

「さっき、自分で言いよったがね。他の者も、化け鯨ち言いよったが——」

「知らんわよ」

「なら、鯨の話ならえいじゃろう。なあ、鯨を突くいうんは、どげな気持ちにならあよ——」

「さあな」

「羽刺やったんじゃろが。どうぜ。心臓がどきどきするやろか——」

「そや」

「それだけかや」

「心臓が、口から飛び出そうになる。口ん中がからからに乾いてねや、息もできんようになる」

「それから?」

「なんせ、相手がでっかいけんのう。こっちの魂のありったけを使うても、まだ足りんのよ——」

「ほれで?」

「足が震える。目だまがころげ落ちそうになる……」

「くわあ！」

万次郎は声をあげる。


身体の中が熱い。

それを醒まそうとして、湯呑みに酒を注いで、水がわりにまた飲んだ。

「最後には、狂うけん」

半九郎は言った。

「狂う！」

「狂って、自分がどっかにおらんなって、自分が別の者になる」

「別の者!?」

「ああ。神サマだかなんだかわからんが、自分以外のまったく違う自分になってな。その狂った先のところで、急に、何かが静かになるがよ」

「静かに?」

「そうよ。自分が澄んで、身体が透明になって、なんやら真っ赤なもんが、自分の臍の中心でぎらぎら光っちょう」

「ほいで!?」

「世界が半分ずつになっちょう。半分は自分で、半分は鯨じゃ。ようするに、鯨と自分を合わせて、ひとつの世界ということや」

「ふええ！」

「そん時に叫びよるんじゃ。獣みたいな声でよ。内臓を、みんな吐き出すような声でよ。叫んだ時には、もう、銛が手を放れちょう……」

「凄いのう」

万次郎は唸（うな）った。

半九郎の言っていることは、ほとんどわからなかったが、何かとてつもなく凄いことを口にしているのだということはわかった。

「凄いのう」

「凄いのう」

身体が、煮えているようだった。

身体の中心に火があって、肉が、内側から、その火で炙られているようであった。

万次郎は、酔っている。

しかし、自分が酔っているということが、万次郎にはわからない。

「さっきの、好かん男は、爺っちゃんのことを、独り働きの羽刺や言いよったがぜ」

「言わせちょったらえい」

半九郎が、ぐいと酒を飲む。

半九郎もまた、酔っている。

もともと酒が入っていたところへ、ここに来てからは、万次郎の四倍はすでに飲んでいるのである。

「だいたい、網取りらあいうのは、卑怯者（ひきょうもん）のやり方や」

「どうして卑怯者ながよ。爺っちゃんやち、さっき、みんなが鯨捕りようのを悦んで見よったやないか――」

〝いけっ、いけえっ‼〟

〝二番銛いけっ、三番銛いけっ〟

自分の横に並んだ半九郎が、そう叫んでいるのを、万次郎は確かに耳にしている。

少なくとも、彼らは命を懸けて鯨を捕っているのだ。

それが、どうして卑怯なのか。

「あん時は、あん時や」

半九郎は、酒を呷（あお）って、湯呑みを囲炉裏の縁に置いた。

「子供と違（ちご）うての、大人の心はいつもひとつのもんでできあがっとるわけやない。いずれにしろ、鯨を捕るゆうんは命がけや。ほんじゃけん、鯨を捕りゆうのを見ると、興奮してしまうがよ」

「卑怯者の説明をしとらんぜよ、爺っちゃんよ」

「小僧、さっきおまんが見た網取り法はな、昔からやってきた鯨の捕り方やない」

「へえ」

「昔は、みんな、突き取りやった」

「突き取り?」

「網らあに追い込まんと、鯨を追って、船で近づき、羽刺が銛で突いて鯨を捕るがぞ」

「それでも、船は何艘も出るがじゃろ?」

「そや」

「それは、卑怯やないのか」

「それも、卑怯や」

「どうすれば、卑怯やないろうか」

「独りや」

「独りって?」

「四丁艪の船一艘で、羽刺独りで、鯨を突く」

「他にはおらんがか」

「他には、漕ぎ手が四人。縄使いの者がひとり——それに羽刺が独り。六人で鯨と闘うがよ——」

「そんなんが、できるんか」

「できる」

半九郎は、空になった湯呑みに、また、酒を注ぎ入れる。

「そんなん、やったやつがおるんか」

「おる」

きっぱりと半九郎はうなずいた。

「どこにおらあよ」

万次郎が問うと、半九郎は一升徳利を置いて、湯呑みを持ち、

「ここや」

そう言って酒を呷った。

「おれや。この化け鯨の半九郎が、この世でただ一人の独り羽刺やった」

「爺っちゃんが!?」

「そや」

「捕ったんか。爺っちゃんは、独りで鯨を捕ったことがあるがか」

「もちろんや」

「何頭や。何頭、独りで鯨を捕ったんか」

「三頭や!」

「三頭!!」

「三十年も前のことやけん」

半九郎は、湯呑みを、また囲炉裏の縁に置いた。

まだ、半分、酒が残っている。

「それで、独り羽刺はやめたんか」

「ああ、やめた」

「いつ？」

「三十年前じゃ。わしが、五十八の時じゃ――」

「どうして、やめたがよ」

万次郎が言うと、ふいに、半九郎の饒舌が止んだ。

その目が、囲炉裏の熾を見つめている。

細い皺の奥にある眸に、熾の火が映って、ぽつんと赤く光っている。

「出合ってしもうたんじゃ……」

ぼそりと半九郎は言った。

「何にじゃ」

万次郎が問うと、また、半九郎はおし黙った。

声をかけられない。

万次郎が見つめていると、

「化け鯨じゃ……」

半九郎が、誰にともなくつぶやいた。

さっき、万次郎が訊ねた時、

〝知らんわよ〟

と言っていた〝化け鯨〟について、半九郎は自ら口にしていた。

「化け鯨って？」

「この世のもんとは思えんばあ、でかい鯨や……」

熾を見つめながら、半九郎は言った。

半九郎の眸の奥に、熾の火の色とは違う、針先のように尖(とが)った光が点っていた。

「ただの大きさやない。そこらの鯨なんぞひと呑みにされるばあ、でかい鯨よ……」

半九郎は、右手を伸ばして、まだ酒が半分入っている湯呑みを手にとった。

それを、口に向かって持ちあげてゆく途中で、いったん止めた。

「その化け鯨に出合(でお)うてよ、このわしのなんもかんもが狂うてしもうたんや……」

ごくり、

ごくり、

と、半九郎が、湯呑みの酒をゆっくりと飲む。

「ふう……」

酒を乾(ほ)して、息を吐いた。

その眼がすわっている。

酔っているのか、酔いが醒めてしまったのか、万次郎はわからない。

　半九郎の眼は、虚空を見つめている。

　空になった湯呑みは、下ろしかけたその途中で止まってしまっている。

「誰も、わしの言うことを信用せん……」

　ぽつりと、半九郎がつぶやく。

「そんな、化け鯨がおってたまるかと誰もが言うのじゃ。自分の身を守るために、このわしが嘘をついちょうと……」

　半九郎は、小さく、首を左右に振った。

「わしは、嘘なんぞついちょらん。あの化け鯨は本当におるがぞ。このわしが、このふたつの目ん玉でちゃんと見ちょうが。忘れるものか。この三十年、ただの一度も、あいつのことは忘れたことがない。忘れてたまるか。わしゃあ、忘れんぞ。いつか死んで、この身体がのうなっても、忘れてたまるかよ……」

　半九郎は、顔をあげ、

「なあ……」

　幽鬼のような顔で、万次郎を見た。

　何かに憑(とりつ)かれたような眼だった。

　湯呑みを置き、

「話しちゃるわい。三十年前、何があったかを。あの、化け鯨——白い、この世のものとも思えんような、真っ白な鯨のことをよ……」

二章

神の鯨のこと

されば、生命を賭して白鯨を追う者たちが、かみくだかれたボートの破片や引き裂かれて沈みゆく同僚の手足がただようさなか、鯨の不吉な憤怒がかもす凝乳のように白く泡立つ海面を泳いで、まるで幼児が花嫁にほほえみかけるように静謐で、あっけらかんとした陽光がふりそそぐあたりに避難したとき、彼らがいかほど狂おしい怒りに燃え立つことを余儀なくされたかは想像にかたくあるまい。

――ハーマン・メルヴィル『白鯨』
岩波文庫　八木敏雄・訳

一

独り羽刺の半九郎三十年前白き化け鯨と出合いしことを語る

おれもな、若かったよ。

なにしろ、三十四年前のことやけん。五十四歳さ。

世間じゃ五十四歳と言うたら爺いやろうが、まだまだ若い者にゃ、力でも、走ることでも、もちろん酒でも負けんかったよ。

白船の羽刺をやめたのが、五十四の時よ。窪津の網元の娘で、お多江っていう娘を嬶あにもろうたのさ。二度目の嬶あよ。最初のは、おれが四十六の時に死んでしもうてよ、八年間ずっと独り身やったけんな。

お多江と一緒になった時に羽刺をやめたがよ。ずっとこっちに住むようになったんは、そん時からや。

どっちとも、子はできんかったがな。

普通は、三十五を超えたら、まずできん仕事よ。しかしおれは、五十四までやったがよ。

そりゃあ、引きとめられたよ。

しかしおれには考えてることがあってよ。

何かって？

鯨を、独りで捕ることよ。

鯨を独りで突いて捕る。網らあ使わん。鯨と一対一よ。

その工夫をしてみたかったがよ。

ずっと考えよったがよ。

十年以上もさ。

そのことを口にしたら、みんな、おれのことを馬鹿や言うたよ。

狂うちょるとさ。

まあ、あたりまえやけんど。

なんたって、銛(もり)打ち独りで鯨を捕ろういうがやけんよ。

ただ、馬鹿にせんかったのが、津呂組(つろぐみ)の鯨方頭元(おやかた)の奥宮三九郎正敬(おくみやさんくろうまさたか)よ。

　何しろ、その頃は、鯨組は羽振りがよかった。特に津呂組はね。

　おれが羽刺をやめた二年後の享和(きょうわ)三年（一八〇三）には頭元は用人格(ようにんかく)になって、三人扶持(ぶち)よ。次の年の文(ぶん)化(か)元年には、これまで使(つこ)うちょった網を、網目七尺の広目網にして、その翌年は大漁よ。それで、御用銀百貫目を藩に献上したりしてね。

　頭のえい、たいしたお人やったよ。

　おれが、この独り羽刺の話をした時、

「おもしろいやないか、半九郎さん」

　頭元はすぐにそう言うてくれたよ。

　先(せん)の頭元の四郎左衛門(しろうざえもん)もそうだったが、この三九郎というお人は、人をその気にさせるのが上手でね。

「やってみろうよ、独り羽刺」

　あっさりとそう言うたがよ。

　十年前から考えちょったって言うたろう。

　どうやりゃあ、羽刺独りで鯨が捕れるか。

　鯨を追っかけて、突くだけやない。潜った鯨をどうやって追いかけるのか。

　勢子船(せこ)も、新しいかたちにせねやならん。それをどんなもんにしたらえいか。

　潜った鯨を浮きあがらせて、早く息を吸わせるにはどうしたらえいか。

　そんなことを、ずっと考えよった。

　そういうことを、頭元に話したがよ。

　そうしたら、やってみようういうて――

　頭が下がったね。

　腕のえい、源太(げんた)っていう船大工もつけてくれてよ。

「半九郎さん、おまんの考えちょることがうもういったら、これからもっともっと、津呂組も栄えるがぜ」

　そんなわけで、反対していた津呂組の連中を、頭元が説得してくれたがよ。

　ただし、山見が見つけた鯨にゃあ、こっちは手が出せん、そういうことになった。

　まあ、網取りの連中の仕事を横からとるわけにはいかんから、そりゃあ、こっちも呑むしかないにゃあ。

まあ、おれも五十四やったけん。

なんとか間に合うたわけよ。

なにしろ、ひとりで鯨とやり合おういうわけやけん、さすがに、おれでも六十を超えたら無理やと思うちょったよ。三年あったら、なんとかなるとは、考えちょったけんど。

三年と言うたら、五十七や。普通の人間やったら、孫あやしよる歳や。けんど、おれには自信があったがよ。

実際にゃ、最初に鯨を仕とめるまでに、四年かかってしもうたけどね。

はじめは、船やった。

何しろ普通の勢子船は、八丁艪よ。これを四人、四丁艪で操ろういうがやけん、これまでとは違うものにせにゃあならん。それまでは、長さ四丈三尺、幅六尺八寸よ。

こいつを、丁度えいもんにするまで、二年かかった。四艘目よ。四艘目にやっとおれの考えちょった勢子船ができあがったがよ。

船大工の源太が、えい仕事をしたがよ。あいつにとったらなんとも迷惑な話やったろうけんど、なんとかしてくれたがよ。

長さは、三丈八尺。

幅は、六尺二寸。

舳先のところへ、二尺四方の台を作ってもろうた。

普通の舳先よりも、三尺高いところにね。

人が立つための台よ。

誰が立つかって？

おれよ。

この半九郎さまが、そこに銛を持って仁王立ちになるための台よ。

銛だってただの銛やない。

長さ一丈八尺だ。

重さやち、三貫と五百匁よ。

めったな野郎にゃ扱えん長さで、重さだ。このおれだから使えるがよ。

その銛に付ける銛縄も工夫しちょらあね。

新しい麻で作った太さ一寸三分の縄よ。

長さは、三十五尋。

その縄が十尋出たところから、長さ一尺半の杉板を、一尋ごとに全部で十枚括りつけちょうがよ。

何のためかわかるかえ。

潜った鯨を弱らせるためよ。

鯨が潜ったら、この板が、水を受けて凧（たこ）みたいに浮かびあがろうとするけん、鯨に余計な力を使わせるがよ。

その後にね、樽（たる）を十も括りつけたらえいとはじめは考えたけんど、これがむずかしい。船にね、樽を十も載せられん。かというて、船をでかくしたら、こんどは四人じゃ船をうまく操れん。艪を増やしたら、もとの勢子船と同じになってしまうけん。

で、どうしたと思う。

こっから先だ。

こっから先が、この半九郎さまが考えに考えた、一世一代の大からくりよ。

なにかわかるかよ、小僧。

樽よ。

そうよ、樽よ。

知っちょうかよ。

長崎（ながさき）あたりにやってくる南蛮の船は、言（ゆ）うてみたらでかい樽やけん。

なに!?

わからん？

教えちゃる。

この日本国の船はよ、あっちの船が樽なら桶（おけ）ながよ。桶やけん、波を被（かぶ）れば、中へ水が入る。水が入ったら沈むがよ。

ところが、樽やったら、中へ水が入ることたあない。たとえ、船がひっくり返っても、そのまんま浮いちょう。

それで、おれの船の舳先から七尺半までを、樽にしたがよ。いや、樽みたいに中に水が入らんようにしたがよ。

えいかや。

銛を受けた鯨は、まず走る。

そして潜る。

その分、縄を繰り出してやるがやけんど、ほっといたらいくらでも走るけん、どればあ縄があっても足りやせん。縄の余りがなくなったところで、いきなり、がつんと船が引っ張られるがよ。間違（まちご）うて、この時、船の横から引っ張られたら、船をひっくり返されてしまう。それで、縄を操る者（もん）の腕のみせどころだ。船の舳先のところへ、縄の受けを造っちょってよ、そこで鯨の引く力を受けるがよ。

しかし、鯨がでかいと、そのまんま海に引き込まれてしまう。

だから、樽ながよ。

船の舳先から七尺までが樽みたいになってたら、そこが浮こうとするけん、鯨の引く力をこらえることができるがよ。いったん頭が引き込まれても、また浮くがよ。

その舳先の縄を受けるところをとてつもなく丈夫にしておかないかんけどね。

結局、太さ一尺半の樫の丸太の中を刳りぬいて、そこに縄をくぐらせた。

ちょうど、縄にくくりつけた杉板が出終わったあとの分を、その穴にくぐらせておくがよ。

最後、つまり縄の一番終わりのところは、太い帆柱の根元に造った転に結わえつけちょう。

そうよ。

おれの考えた勢子船には、帆をつけたがよ。

普通はないけんどね。

まあ、必要やったがよ。

網取りよりは、ずっと沖へ出るけんね。

風を使って動く方が、最初はえい。鯨が走った時は、この帆が空気を摑んで鯨を弱らせる役にたつけん。

銛は、全部で五本。

でかいのは、一番銛の時に使うがだけよ。最後にとどめで使う剣。それから手形庖丁が一本。これだけあったらえいがよ。

後は、腕と、肚ひとつやけん。

艪を使う連中四人は、室戸の人間から選んだ。何しろ、おれのところで仕事がしたいいう人間が、何人もおったけん。その中から決めたがよ。

若くて、気が利いちょって、力が強い奴らよ。

甚平、新太、長太郎、喜助いうやつらよ。

で、縄を操る男が、窪津の龍助いうやつよ。

そう、窪津よ。

ああ、窪津の人間は、鯨組に入れんよ。

それは言うたろう。

だけど、この龍助は、わけありやったがよ。

わけありって、おまんにわかるかどうかしらんけど、頭元の三九郎が、嬶あやない別の——窪津の女に産ませた子やったがよ。

わかるかよ?

奥宮家が、津呂鯨方頭元になったのが、寛政四年（一七九二）のことよ。それ以前の頭元だった多田家から奥宮家に権利が移ったがよ。

けんど、それでいきなり、奥宮家が窪津に来たわけやない。

なんと言うたって鯨組の頭元よ。それまで鯨についちゃあなんちゃあ知らん素人がいきなりなれるもんやないけんね。

奥宮家だって、津呂組の人間として、ずっと鯨に関わって、窪津には一年おきにやってきよった。

おれやち、多田家が頭元をやりよった頃から羽刺をしよる。

まあ、えいわ。

おまんにゃわからんろうけんね。

おれが船の羽刺をやめた時、龍助は十五やったよ。

三九郎が、おまんの船に龍助を乗せちゃってくれと頼み込んできたがよ。

まあ、それが、独り羽刺を、おれがやらしてもらうことの条件みたいなもんやったわけよ。

しかし、この龍助が、ようできた。

教えたこたあ、すぐにのみ込むし、力は強い、男っぷりもえい。

荷物になるというよりは、乗ってもろうてありがたいくらいのやつやったよ。

どれだけ鍛えても、音をあげたりせんかった。

まあ、細かいことははぶくけんど。

船もできあがった。

艪を漕ぐ息もぴったり。

縄を出す呼吸ももうしぶんない。

何度も海へ出て、こういう時はどうする、こうなったらこうする、そういうことの息が合う。

もちろん、艪を握る若い連中も素人やない。

何年も海で鯨の経験を積んじょる。

さすがに、龍助は、まだ鯨こそ捕ったことはなかったけんど、船のことには慣れちょうし、おれが、遠慮のう鍛えたけん。

あとは、海へ出て経験を積むだけよ。

で、初めて、鯨を捕るために海へ出たのが、文化二年（一八〇五）の春よ。

おれが、五十八、龍助は十九の年やったよ。

おれたちがねろうたのは、入れ廻しの鯨よ。

入れ廻し、わかるかえ。

春になると、南から鯨がやってくる。

これが、足摺岬（あしずりみさき）の沖で、ふた手に分かれるがよ。そのまんま、沖を、室戸の方へ向かう鯨と、土佐（とさ）湾の中に入って、岸沿いに室戸へ向かう鯨とね。この岸沿いに室戸へ向かうのが、入れ廻しの鯨よ。

春に、窪津で捕る鯨は、ほとんどがこの入れ廻しの鯨ながよ。けんど、入れ廻しの鯨の全部を捕れるもんやない。

網を逃れて、そのまんま入れ廻しの海の道を進んでいくやつがおる。

どうせ逃げてしまう鯨よ。

この鯨をねらういうことで、話がついたがよ。網を逃れた鯨を捕られても、津呂組（うち）は困らんけんね。困るのは、室戸で、入れ廻しの鯨をねらいよる浮津（うきつ）組の連中よ。それやって、こっちで全部捕るわけやないけんね。

山見が鯨を見つける。

旗があがる。

法螺（ほら）が鳴る。

勢子船は鯨を追い、網船は網を広げて鯨を捕らえる。

おれらあは、その網船よりもっと後ろ——網から逃げた鯨がやってくるあたりで、鯨を待ち伏せするがよ。

どや。

えい作戦やろう。

鯨の道についたら、おれは誰よりもよくわかっちょる。

言うたろう。

みんな、三十を過ぎて、四十になる前にゃ鯨捕るのをやめる。おれは、その時、五十八や。はじめて鯨に銛を打ち込んだのが、二十一の時よ。勢子船に乗った時から数えたら、四十三年、鯨を追いかけよらあ。

鯨のことで、おれの知らんことはない。

白船の羽刺をやめてからも、毎年、この若い者（もん）らを連れて、訓練で、窪津と室戸とで鯨を追いかけよったがよ。

必ずこの道を通る——

そこで、鯨を待ち伏せた。

波が少し高かった。

あっちの方じゃ、鯨が一頭、網に追い込まれたらしい。

その騒ぎが風に乗って届いてくる。

こっちの船が、波の上に持ちあげられると、勢子船、網船の差物(さしもの)——旗の先がちらちら見える。

声が聴こえりゃ、あっちが今どんな状態かは手に取るようにわかる。

今、白船の羽刺が、一番銛を握って立ったな。

あ、この歓声は、一番銛が鯨の背に突き立った時のもんや。

それが、みんなわかるがよ。

高さ三丈の帆柱の上に、龍助が立っている。

そうよ、柱の上から四尺ほど下のところに、両足がのせられるくらいの板が取りつけられちょる。そこへ乗って、鯨を探すがよ。

鯨を見つけたら、そこから、あっちだのこっちだのって、漕ぎ手とおれに、鯨のいる方向を教える役だ。

みんな、おれが考えて工夫したことよ。

おれはおれで、舳先の銛打ち台の上に立ってよ、鯨を探しよる。

「そろそろぞ……」

おれが言うた時、

「鯨アっ！」

龍助が叫んだね。

おれも、見よった。

思いがけのう近い場所で、鯨が潮を噴きあげた。

「背美鯨(せみくじら)ぜよ！」

おれも声をあげたよ。

えいかよ。

噴きあがる潮で、それがどんな鯨かわかるがよ。

背美鯨は左右に噴き分け、座頭(ざとう)鯨は上を丸く噴き、長須(ながす)鯨は高く噴くが丸くならん。小鯨はぷっと噴いて、能曾(のそ)鯨や鰯(いわし)鯨は高く噴く。それで、抹香(まっこう)鯨は大きく噴いて、噴き分ける。

その時、おれが見たのは、左右に噴き分けた潮やった。

「右いっ！」

おれは、左手に銛を持ち、右手をあげて船の進むべき道を、示した。

おれはね、これだけでえい。

船の進むべき方向を、手で示す——

そうすれば、甚平、新太、長太郎、喜助の四人が、漕ぐ手の力を勝手に加減して、行きたい方向へ船をやる。

みごとなもんよ。

順調や。

こういう時は、早い。

次々と事が運ぶんけん。

あっという間に、気がついたら、鯨の背に銛をぶち込んじょる。

「龍助、降りろっ」

舳先に仁王立ちになって、おれは叫んだ。

後ろらあ見んかった。

龍助がうまくやるろういうこたあ、わかっちょったけんね。

潮が見える。

鯨が近づいてくる。

船が近づいてゆく。

えいかよ。

こういう時、真っ直鯨に向かって漕いだら、駄目ながよ。

あっちも動きよるけんね。

鯨の速さと、こっちの船の速さを頭の中で考えて、ちょうど鯨と出合うところへ船を向かわせるがよ。

「漕げ、漕げ。ふんばれ。おふくろが死んだけんいうて、会いに行けると思うなよ!!」

舳先が、波に乗っかって、ぐわっと持ちあがる。


次には沈んで、舳先が海に叩きつけられる。

その上に、銛を両手に握って立つがよ。

長さ、一丈八尺。

三貫と五百匁。

来た。

心臓を、口から吐き出しそうになる。

音が消える。

肉が澄む。

海とひとつになる。

鯨が、ぐうっと背を持ちあげる。

すぐ先や。

それへ合わせたように、波に持ちあげられて、舳先が跳ねあがる。

ここしかない。

おれは、跳んだ。

おもいきりや。

信じられん高さよ。

空から海全部を見下ろすような高さよ。

鯨の背中がはるか下に見えちょう。

おれは、そこに向かって落ちていく。

「くわあっ!!」

おれは、自分の目方（めかた）の全てを銛先にのっけて、打ち込んだ。

銛を。

投げるがやない。

銛を握ったまま、打ち込むがや。

もちろん、鯨を憎う思うような気持ちは少しもないがよ。

なんもない。

無理に言うがやったら、そうやな、尊敬や。

ま、おるかおらんかはともかく、神サンに対して心に抱くあの気持ちやな。

畏怖（いふ）ちゅうがかな。

そんで、もうひとつ言うたら、愛（いと）しいんやな。

愛しゅうて愛しゅうてたまらんもんに向かって、真っ直に自分のありったけをぶつけるがよ。

潜ったよ。

おれが。

鯨ん中までね。

鯨の芯（しん）まで、おれが届いたがよ。

知っちょうか。

鯨いうがは、脂肪（あぶら）が皮の下一尺まであるけん。それを貫いて、その奥まで銛が届いたのがはっきりわかったね。

鯨があばれて、おれは、宙に撥（は）ね飛ばされた。

空と海が、何度もくるくる入れかわって、海ん中へまっさかさまよ。

海面へ顔をあげる。

船が見えた。

もう、鯨は見えんかったよ。

おれは、もう、船に向かって泳いだね。

すぐじゃ。

すぐに、船まで泳ぎつかにゃならん。

縄がね、するする伸びてゆく。

龍助が、もう、一枚目の板を、海へ投げ込んだところやった。

次々に、板を投げ込む。

なにしろ鯨に引っ張られるより先に、板を投げ込まにゃならんから、たいへんや。こっちを見向きもせんかったよ。

それでえい。

おれが見込んだだけはある。

板を全部投げ込んだところで、ようやく龍助はちらっとおれを見た。

それだけよ。

あとは、龍助は、縄を見ている。

おれが、船縁（ふなべり）に手をかけた時には、もう、縄は、船の舳先の穴からずんずん出よるがよ。

息はぴったりよ。

近くにおった喜助が、おれの手を握って船の上に引っ張りあげる。

「次、行くぞ」

おれが、次の銛を持って、舳先の台の上に立った時、縄が伸びきった。

がくん、
と船に衝撃が走って、舳先が海の中に潜り込む。

舳先が波を被る。

海の中へ船の頭が突っ込む。

おれたちはびしょ濡（ぬ）れや。

しかし船がそのまま海に引きずり込まれることはなかった。

舳先を櫓にしちょってよかった。

船が、ぐいぐいと動き出した。

たまらんね。

縄が、青い海中に斜めに潜って、縄は波を切り、おれは風を切っている。

海そのものと、おれが繋（つな）がっている。

鯨の速さが、少しずつ鈍ってゆくのがわかる。

最初は、銛を打ち込まれた驚きと痛みで、全力で走るけんど、それをいつまでも続けられるもんやない。

人やってそうや。

息を止めて、全力で走ったら、すぐに疲れる。

長く走る時はゆっくり走らにゃならんからの。それを、全力で泳いじょう。

おまけに、十枚もの杉板がついちょうし、それが、右に左に動きようけん、鯨の尾に縄が絡みつく。

それにな、鯨ちゅうがは、普通の魚みたいに、ずっと水の中に潜っちょれるわけやない。息をするために、時々水面に出てこないかん。長く潜っちょれても、千五百か千八百数えられる時間や。

全力で泳いじょう時は、これがもっと短こうなる。

こん理屈はわかろうが。

そん時、張っていた縄が、いきなり緩んだがよ。

「き、切れた？」

振り返ると、龍助が、不安な顔でおれを見あげよる。

「違う。浮きあがっちょうがや」

おれは言うた。

「たぐれ、たぐれ!!」

おれが叫ぶと、龍助は、緩んだ縄を必死でたぐりだした。たぐりながら、縄で輪を作り蜷局（とぐろ）を巻く蛇のように、輪を船底に溜（た）めてゆく。

どこに鯨が浮上するか。

それは、羽刺の勘というしかない。

水の澄み具合、風の強さ、風の向き、潮の速さ、方向――そういうものから判断するしかないけんど、最後は、羽刺の勘よ。

「左！」

おれが叫んで右手で方向を示す。

その方向へ、船が動く。

おれの手足のようや。

「来るぞ！」

進んでゆく先の海面が、もりもりと盛りあがる。

その小山のような海の盛りあがりの中から、それを割って、鯨が出現する。

波飛沫（なみしぶき）を四方に巻き散らして、頭を出した鯨が、さらに大きな飛沫をあげて、海に倒れ込む。


これで、しばらくは、鯨も海には潜れん。

いい距離だ。

銛を投げる。

えいか、小僧。

銛を投げるいうても、ただ真っ直鯨に向こうて投げるのとは違うぞ。

空に向こうて投げるんや。

空に向こうて投げられた銛が、切先を下にして落ちてくる。その時、その切先の下におる鯨の背に銛が突き立つがよ。ちゃんとねろうて投げよ。

えいか。

もしも、波の揺れのない陸（おか）でやったら、上に投げた銛が、落ちてきて地面に置いた丼の上から突き割ることができるくらい、おれらは正確に銛を投げるがぞ。

もう一本。

もう一本。

続けておれは投げたね。

それから、最後の銛は、鯨の尾じゃ。鯨の尾の横――付け根に近いところに、太い血の脈があってよ。そこを突いてやれば、血がびっくりするばあ多く、流れて、鯨が早（はよ）うに弱るんじゃ。

それにな、尾には板のついた縄がからまっちょってよ、これが鯨を弱らせゆうがやろう。でよ——

もののみごとに、おれは、そこを銛で突いてやったがよ。

血が噴き出してよ。

鯨は、もう弱っちょう。

どんどん動きが鈍うなってきよる。

そこで、次は手形庖丁をこう口に咥えてよ、海に飛び込むんじゃ。

だいじょうぶじゃ。

手形庖丁は、普通の鯨庖丁より、刃を薄くしてあって、軽うできちょう。竹の節をひとつ柄にぶら下げちょうけんよ。海に落ちても、刃先を下にして、浮くがじゃ。水やったら沈むが海水なら沈まん。その塩梅がちょうどよう作っちょうがじゃ。

それに、鞘もあるけん。

その刃を入れたままの鞘を咥えて飛び込み、浮いちゅう鯨の下に潜るがよ。そこで、この手形庖丁で、鯨の腹を突くがじゃ。

これがまた、危険でよ。

それまで静かやった鯨が、いきなり暴れ出すことがあるがよ。そりゃあ、あたりまえちや。鯨も人も、背よりは腹が急所じゃ。腹の方が柔らこうできちょるけん。

鯨の、その時の暴れ方にもよるが、できるだけ腹を刺して、今度は、本当に鯨が弱りよるのを、海に浮いて待つがじゃ。

鯨がもっと弱ったのを待って、こんどは鯨の背に登るがよ。

登るのはたいへんやが、いったん登ってしまえば、そこには何本も銛が突き立っちょうからな、その銛に摑まれば、まあ、ちょっとばあ鯨が動いても、まず落ちることはない。

それで、いよいよ、剣を使うがよ。

それは、船から投げてもらう。

その時は、龍助やったな。

龍助が、剣を投げてきた。

剣ゆうても、短い銛やな。

長さが五尺半。

刃の部分は四尺の、おれが注文した寸法や。

重さは二貫半。

ただ、銛のように刃先に返しがあるわけやない。

鯨の心臓までするりと届く、直な剣や。

これで、突く。

こんとき、また鯨は暴れたけんど、もうだいじょうぶや。

もう、鯨の背の上を歩ける。

剣を鯨の背から抜いてよ。

いよいよとどめよ。

ねらうのは、ただひとつ、鯨の心の臓よ。

心臓をねらうにも、やり方がある。

潮を噴く穴と頭との間の、穴に近いところに、ゼンザイという場所がある。ここから剣を刺して、心臓まで先を届かせるがよ。

そうやった。

とどめを刺す前に、やることがあった。

手形を切らないかんかった。

鯨の背の一番上のあたり——その右側から左側へな、穴を開けないかん。向こうからこっちへ、穴を通すがよ。それを、手形を切るというがよ。それに使うから手形庖丁よ。

背中に剣を差し込んで、それに摑まりながらやる。よう切れる庖丁ぜ。

これで、背の肉を剔(えぐ)るがよ。

ちょうど、おれの腕が、そっちからこっちへずっぽり抜けるばあの穴じゃ。

この時に鯨が暴れよる。

時には、そのまま海中に引き込まれる。

そん時も、鯨は潜ったね。

こっちも息を止める。

海中で鯨と人間さまの我慢くらべよ。小僧よ。

そん時にな、開けた穴に、自分の腕を突っ込んで、拳(こぶし)を引っかけて耐えるがよ。

それでよ、その腕が、海の中で熱いんがよ。まるで、煮えた湯の中に手を突っ込んだみたいでよ。

血よ。

鯨の血が熱いのよ。

鯨も生き物(もん)やけんのう。

この血の熱さには、いつも驚かされるわ。

その生き物を殺して、おれらが生きてゆくがよ。殺生せんと生きられんのが生き物よ。生き物は、みんな他の生き物を喰(く)うて生きちょう。鯨だってそうよ。人間やちそうよ。

まあ、生き物を殺さねばならんのなら、せめては、こっちも命を懸けてやらんとのう。それが、鯨捕りの矜持ちゅうもんよ。

ついに、鯨が浮上する。

もう、穴は開いちょう。

その穴に、縄を通すがよ。

何の縄か？

言わんかったか。

さっき投げてもろうた剣に、縄が括りつけちょう。その縄を解いて使うがよ。解くいうたち、まあ、解けんけん、手形庖丁で切って、その縄の先を穴に通して縛るがよ。

背美鯨はよ、死ぬと水に沈むがよ。その鯨を沈まんように、船に結わえちょくがよ。

持双船のやることを、勢子船でやろうちゅうわけや。あっちは二艘、こっちは一艘やけんどな。

それから、とどめじゃ。

剣を持ってな、ゼンザイからおもいきり突き入れるんじゃ。

心臓に、剣を入れた時、本当に最後のひと暴れをする鯨も多いけんど、そん時ゃあ、おとなしかったがよ。

そりゃあ、暴れはしたけんど、船を沈めたりおれを振り飛ばすようなもんやなかった。

船を寄せて、鯨を縛って、それで戦は終わっちょらあ。

ここまで、最初に銛を打ち込んでから、一刻（約二時間）とちょっとよ。

手際のえい仕事やった。

でよ、おれらは、待ったがやけん。

窪津から、ここまで、持双船がやってくるのをよ。山見の連中には、おれらが何をやってるか、見えるけん。

遠見鏡もある。

帆柱に、白い旗もあげた。

鯨を仕とめたらあげるいう約束をしちょったけんな。

ところが、なかなか船が来んかった。

あたり前言やああたり前よや。

あっちやって、鯨が捕れちょう。

持双船を使うちょる最中じゃ。

それが済んでから、こっちにくるには時間がかかるゆうがは、おれも覚悟しちょったけんね。しかし、それが、おれが思うた以上に時間がかかったいうことや。

鯨を船の左側に繋いじょうけん、右側の艪しか使えん。

それだけじゃ、とても船らあ操れん。

帆をあげて、なんとか、船が遠くへ行かんようにしちょったがやけんど、そのうちによ、おそろしいことがおこりはじめたがよ。

何かって？

鯨が沈みはじめたがよ。

いったん沈みはじめたら、どんどん鯨は重うなる。

縄を緩めたら、鯨は沈んで、もう人の力じゃ海面まで持ちあげられん。そんな、なまやさしい重さやないけんのう。

それで、船が、どんどん左に傾いてゆくがよ。

糞（くそ）！

こんなことがあってたまるかよ。

生命をかけて、四年かけて、ようやく捕った鯨やに。

糞！

糞！

糞！

船が、ほとんど横に立ってしもうてよ、海水がじゃぶじゃぶ船に入ってきよるがよ。

六人で、叫んだがよ。

声をあげて、なんとかしようとしたけんどできんかった。

それで、おりゃあ、終（つい）に決心したがよ。

「糞ったれ！」

手形庖丁を船縁に叩きつけるようにして、縄を切ったがよ。

ああ、おれは、今でも、そん時の判断は正しかったと思うちょるよ。

ああせんかったら、船は間違いなくひっくり返っちょったし、おれたちの何人か、もしかしたら全員が死んじょったろうよ。

結局、持双船や勢子船がやってきた時は、おれたち六人は、呆（ほう）けたようになって、船の上へ、仰向（あおむ）けんなって、空ばあ睨（にら）んじょった。

それで、おれらあは、狂うてしもうた。

寝ても覚めても、鯨、鯨、鯨、鯨、鯨よ。

起きちょっても鯨の夢を見よらあよ。

どうして、あの時鯨を持ち帰れんかったのか。

どうすりゃ、あの鯨を持ち帰ることができたのか。

それぱっかりよ。

もう、病人のようじゃったよ。

それでもな、おれらあは、それなりにはもてはやされたけん。

仮にも、六人で鯨を捕りよったんじゃけん。

でも、そりゃあ、半分よ。

残りの半分の人間は、えい顔せんかったな。

そのえい顔せんかった人間らあの半分は、嘘やち言いよったがね。残りの半分は、そんなことされたら困るゆう人間らあや。六人で鯨捕れるんなら、他の人間はいらんいうことになってしまいよるけん。

それに、嫉妬や。

自分らができんことを、おれらあがやってしもうたけん。

男の嫉妬や。

えいか、小僧、よう覚えちょきや。

男の嫉妬いうがは、女の嫉妬より、倍は始末の悪いもんじゃゆうことをな。

まあ、今はわからんでも、いずれはわかる。嫉妬はな、しゃあない。誰でも、自分よりえい仕事する者に嫉妬するもんや。けどな、その嫉妬は男は肚にためて発条にせにゃいかんもんや。

えいか。

世の中には、二種類の男しかおらんけん。

嫉妬をおのれの力にできるもんと、できんもんとよ。

世間の悪口はあったがね。

おれらあは、負けんかったよ。

さっそく、船を改良したけん。

船大工の源太が、はりきったがよ。

舳先だけやのうて、艫の方まで、櫓にしたがよ。おまけに、艫の方からも、縄を出せるようにしてよ。鯨の沈もうとする力が、横やのうて全部艫の方へかかるようにしたがよ。

それも、半月でよ。

たいした男よ。

それで、船ができあがったその日に、おれらあは海に出て、ついにな、鯨をしとめたがやけん。

五十尺に余る、みごとな鯨よ。

みんな手際もよかった。

今度は、持双船のくるのも早かったしのう。

持双船二艘が鯨の両脇について、おれらあが前から引いたんじゃ。

浜では、大騒ぎよ。

このおれの一番えい日じゃったよ。

どげなもんじゃ。

おれらあを嘘つき呼ばわりしよった連中も大人しゅうなってな。

嫉妬しよった連中も、こりゃあ黙るしかないわな。

えいか。

そして、これからが肝心の話や。

鯨を一頭しとめてよ、それから十日後に、おれらは、あの化け鯨に出合（でお）うたんじゃ。

言うちゃったろう。

白い、この世のものとも思われん、大きな鯨じゃ。

そうよ。

白い、抹香鯨よ。

二

えいか、小僧。

抹香鯨が他の鯨と違うがは、どこかわかるか。

いや、わからんでえい。

知らんのがあたりまえや。

教えちゃろう。

抹香鯨はな、潜るがよ。

背美鯨より、十倍、二十倍、おそらくは百倍くらいは潜りよる。

それに、ひと回りはでかい。

力も強い。

潜っちょう時間も長い。

何もかんも、桁違（けたちが）いや。

その抹香鯨に、おれらあはでくわしたがよ。

化け鯨によ。

言うたろうが、初めて鯨を捕ってから十日目のことよ。

それで、あいつに出合うてしもうたわけよ。

抹香鯨やった。

背美鯨やなかった。

今から思やあ、まあ、それも運命ちゅうことやがね。

でよ、ここぞと思うところで、おれらあは船を停めて待ちよったんや。

あっちじゃ、一頭、鯨が網に入ってよ、さかんに怒鳴りあう声が、風にのって、微（かす）かに届いてきよった。

それでも何頭かの鯨は、網から逃れたはずやけん、じきにこのあたりに浮いてくるろうかと思いよったが、なかなか浮いてこん。

　こっちも、焦(じ)れてきた。

　何か、おかしい。

　そんな気がした。

　何て言うたらえいろうか。

　海の気配がよ、いつもと違うがよ。

　鳥も騒がん。風も変になまあったかい。

　帆柱の上の龍助も、まだ鯨を見つけきれん。

　おれは舳先に立ってよ、銛を握って、海を睨んじょった。

　船が少しずつ、少しずつ、窪津から離れていくのはしょうがないけんね。

　鯨が浮かんもんやけん、もう少し先へ、もう少し先へいうて、動いていったがよ。

　そうしたら——

「鯨あっ」

　いうて、龍助が叫びよった。

　おれも、同時に、見つけちょった。

　左手の方角に、潮があがったのよ。

　大きく噴き分ける潮よ。

「抹香鯨ぜよ」

　おれは、左手をそっちへ向けながら言うた。

　いつ、どう入れかわったか、背美鯨じゃのうて、抹香鯨が外海から入ってきたわけや。

　艪が動き出す。

　近づいてゆく。

　背が見えた。

　ふたつ。

　大きな背と、小さな背。

「親子や！」

　おれは、言うたよ。

　そん時ゃ、まだ、おれの声は落ち着いたもんよ。

　抹香鯨なら、鯨蠟(げいろう)がたっぷりとれるし、龍涎香(りゅうぜんこう)もとれるけんね。髭はないかわりに、そっちの方が、高く売れよる。

　えいか、小僧。

　抹香鯨と背美鯨の違いはどこや。

　まあ、その姿は違う。抹香鯨は、頭がこう、ごつんとでこうてよ、まるでいきり立った男のあそこみたいなもんや。

　けんど、おれの言うちょる違いいうのは、見た目のことやないがよ。

その性（たち）のことや。

えいか、さっきも言うたが、抹香鯨は潜るがよ。

深く、深く、海の底の底まで——海がおれらに何か秘密を持っちょるなら、その秘密の底まで、海がおれらに何か隠しごとをしちょるなら、その隠しごとの底まで潜るのよ。

百尋、二百尋やない。

千尋、二千尋まで潜るがぞ。

測ったことはないけんどな。

誰も知らんいうたら知らんことや。

しかし、おれにはわかっちょう。

抹香鯨はよ、誰も知らん海の心臓まで眺めることができるがぞ。

そう、そうや、ただ深く潜るだけやないがよ、抹香鯨はどの鯨よりも長い時間、海に潜っちょれるがよ。

一刻（約二時間）は、潜っちょう。

だから、網取りでは、抹香鯨はあまり狙わんのや。

狙うとしたら、海の浅いとこや。

けんど、おれは、ただの男やない。

独り羽刺の半九郎さまや。

　このおれの考えに考えた船まで持っちょって、しかもその船におれは乗っちょって、特別の銛まで持っちょう。

みんな、腕っこきや。

これは、引き下がれんわねや。

近づいて行くうちに、わかったちや。

母と子の鯨やってな。

えいか、小僧、抹香鯨はな、たいてい群れで動くもんながよ。家族でおる。他に、鯨の姿は見えんかったから、こりゃあ、群れからはぐれた母子の二頭やろうと思うたがよ。

もちろん、狙うんなら大きい母鯨の方や。

ほれで、近づいて行ったらよ、まさに、おれが、銛を持って跳ぼうとしたその時——

母鯨が潜ったのよ。

それでも、おれは、跳んじょったね。

いったんついた勢いは止めれん。

それで、おれがどうしたか、わかるかや。

子よ。

子鯨をねろうたがよ。

子鯨の方は、逃げ遅れてな、まだ背中を海面に出しちょったがよ。その背中目がけてよ、おれは銛を突き立てたがよ。

まだ、生まれて、一年か、二年か——二十尺あるかどうかいうばあの大きさや。

始末は楽やったよ。

板までは出したけんど、そっから先はほとんど出さんと済んだ。

それから四半刻もかからんうちに、寄せてよ、船に繋いだがよ。

龍助が、自分の銛を持ってきちょったけんの、その銛を打ち込んで、銛に繋いだ縄を引いて、寄せて、繋いだがよ。

おれの銛は、もちろん、抜いたよ。

子供やったし、跳んだ時にはもう、どうするかは決めちょったけんね。銛は浅く打ち込んだ。

手形庖丁だけで、背の肉を切ってよ、アブラ身の中から、おれは、自分の銛を抜いたというわけよ。

で、子鯨は、生かしちょった。

わかるかえ。

鯨いうもんは、家族仲がえいがよ。

特に、母鯨と子鯨はな。


いったん逃げはしたものの、母鯨が必ずもどってくると、おれにはわかっちょった。

知っちょうか。

鯨は、海の中でお互いに話をしようがよ。

船に乗ってても、それがわかるがよ。

鯨が声をあげると、船縁がびりびり震えたり、鳴ったりすらあよ。

まあ、慣れた奴は、それで鯨が近くにいるか、遠くにおるか、どっちに向かいよる最中か、そういうことまでわかるがよ。

だから、子鯨を生かしちょったいうのは、鳴かせて、母鯨を呼ぶためよ。

「油断すなよ」

おれは、皆に言い聞かせた。

いつ、母鯨がもどってきてもえいようにねや。

おれらあは、待った。

半刻は待ったろうかね。

その間に、船はどんどん流されちょう。

窪津が遠くなっていきよう。

しかし、おれは、心配はしちょらんかったよ。

どうしてかわかるかよ。

抹香鯨はよ、死んでも浮いちょるけんよ。背美鯨は死んだら沈みよるが、抹香鯨は浮くがよ。

仕とめるのはたいへんやけんど、仕とめたあとは、そういうわけで楽ながよ。

そしたらな、気がついたちや。

船が、細かく震えちょうことによ。

最初に気づいたのは、もちろん、おれよ。

舳先の台の上にのっちょう、おれの足が、その震動に気がついたがよ。

子供の鳴く声やない。

それは、わかったよ、すぐにね。

最初は細(こま)こうて、小さな震えやったが、それだけで、その背後にあるもんの量がわかる。

しかも、その震えが、だんだん大きゅうなってくる。

「来るぞ、母鯨じゃ」

おれは言うたよ。

前か、後ろか。

右か、左か。

どこかに、必ず、母鯨が姿を現わす。

ところが、とんでもないことが起こったがよ。

何がって、船が震えるその震えの大きさが、どんどん大きゅうなってきて、もうこのへんじゃろというところになっても、まだ止まらんのよ。

おれの知っちゅうどの鯨の時よりも、船の震えが大きゅうなってゆくがよ。

しまいにゃ、びりびりゅうのを通り越して船全体が、近づいてくるその音に共鳴して、オン、オンと泣き叫びよるがやけん。

たまらんぜよ。

これまで、おれが経験したこともないばあ巨大(おおき)なもんが近づいて来ちょう。

わかるのはそれだけよ。

さすがに、みんなの顔も、青褪(あおざ)めちょったよ。

しかし、ここで怖(お)じ気づいたら、駄目やけん。

いったん、人が怖じけたら、どれほどこんまい鯨を見たち逃げ出さにゃあいかんようになる。

「な、な、何です⁉」

「何が起こっちょう⁉」

新太と甚平が、おれを見よう。

「へたるなや！」

おれは叫んだ。

「肚をくれ、ここで死ね‼」

その時には、オン、オンと船がおめいちょって、その震えが、おれたちのはらわたまでゆさぶっちょう。

来る⁉

どこや⁉

真下やった。

海を見おろすおれの足元に、白いもんが見えた。

それが、ぐんぐん大きゅうなってきようがよ。

何じゃ、これは⁉

そう思うた時、船底に、何かおそろしくでかいもんが、がつんとぶつかったがよ。

船が、こう、ぐうと持ちあげられたがよ。

おれが、海に落ちんかったのは奇跡のようなもんや。

おれは、後ろに倒れて、船ん中に転がり落ちちょった。

そいつの頭の上に乗りかかって、船は海の上に浮きあがっちょった。

船が、どんどん、蒼い天に向こうて持ちあげられていくがよ。

それはよ、山やったけん。

鯨なんてもんやない。

白い、眩しい山や。

山そのものよ。

その山が、海ん中から、空に向こうてずんずん盛りあがっていくがよ。

三十尺は持ちあげられたかね。

途中から、船が、そいつの白い頭から背を滑り落ちていくがよ。

船が、海面に叩きつけられた時、おれははっきり見たがよ。

でかい、白い山が、青い空と雲に向かって、そびえ立っちょうのを。

そのてっぺんは、陽を受けて、きらきらきらきら、夢のように光っちょった。

海からそそり立った、反り返った男のあれよ。

滝のように、海水が上から注いできたな。

奇跡のように、船は沈まんかったよ。

おれらあは、魂が抜かれたように、そいつを見よったがよ。

こんな、化けもんみたいな鯨がおるがか。

まるで、地響きのような音をたてて、鯨が海へ潜ったがよ。

揺れちょう船ん中で、おれらあはずぶ濡れで顔を見合わせちょったよ。

龍助の奴あ、立ちあがってふぬけになったような面（つら）しておれの方を見ちょったよ。

その顔は、笑っちょうみたいやったね。

その時、おれは、気がついちょった。

龍助の足元にある縄が、音もたてんと、するするするする海に向こうて伸びていくのを。あの、子鯨の背に突き立てた銛につながっちょう縄よ。子鯨が逃げちょうのか、あの白い化け鯨に縄がからんで引っ張られちょうのか、おれにはわからんかったよ。

しかし、問題は、龍助の足やった。

その縄が、龍助の右足にからんじょったがよ。

おれは、ぞっとしたね。

「足抜け!!」

叫んじょった。

叫んで、龍助に飛びかかった。

しかし、おれの手が龍助に届くより先に、龍助の呆けた笑みが、そのまま引ったくられるように消えちょった。

龍助の奴、声もあげんかったよ。

なんも言わずに、海ん中へ引きずりこまれちょった。

おれは、船縁を伸びてゆく縄に、手形庖丁を叩きつけてよ、縄をぶった切ったがよ。

それでも、もう遅かった。

糞。

糞、

糞、

糞!!

怒りに眼の前が真っくらになってよ。

おれは、自分の口が何か叫びよるのはわかっちょったが、何をどう叫んじょるのかもうわからんかった。

わめきながら、おれは銛を両手に握ってよ、舳先に突っ立って、哭（おら）んだのよ。

「出て来いや、化け鯨ァ!!」

眼は、血走っちょったと思うよ。

新太も、甚平も、長太郎も、喜助も、もう腰が抜けてよ、船ん中でがたがた震えちょうだけやった。

無理もない。

おれ独りや。

おれは、独りで、あの化け鯨と闘うちゃるつもりやった。

もう、鯨を捕るだとか、捕りゃあえらい銭になるやとか、そんなこたあ、どうでもよくなっちょった。
何かに憑(とりつ)かれちょったんやな。
揺れよる舳先の上に仁王立ちんなってよ、
「こわいか、おまん、化け鯨!!」
「この独り羽刺の半九郎さんを殺してみいや!!」
「このおれを、丸呑みにして、地獄へ連れていけえ!!」
狂うちょったね。
そうしたら、いきなりや。
いきなり、真下から、船を撥ねあげられたちや。
おれらあは、船ごと宙に舞ったよ。
でかい、白い尾や。
あれで、下からはたかれたがよ。
船は、それで、ばらばらよ。
おれは宙で、くるくるまわっちょった。
それでも、おれは、銛を放さんかったよ。
銛は、羽刺の命やけん。
放すもんかね。
回って、落ちはじめた時、おれは見たちや。
おれの真下によ、あの化け鯨の白い背中があったがよ。
「くそったれえ!!」
落ちながら、おれは、おもいきり、その背へ銛を突き通してやったよ。
おれは、そのまんま、海の中へ引きずり込まれた。
それでも、おれは、銛を放さんかったね。
放してたまるか。
おれは、白船の羽刺の半九郎ぞ!!
この世で初めての、独り羽刺の半九郎さまぞ!!!
息を止めた。
踏んばった。
そうしたら――
ポン、
と、耳の中で何かが鳴りよったがよ。
右の耳じゃ。
わかるかえ。
耳ん中にある鼓膜が破れる音よ。
その音がした途端、冷たい海水が耳の奥まで、ぎちゅっと音をたてて入ってきてよ。
錐(きり)で、こう、突かれたような痛みが、耳から頭を貫いたのよ。
それっきり、おれは、気イ失(うしの)うてしもうたがよ。

気がついたら、おれは、独りで海に浮いちょったがね。

近くに、船の板きれが浮いちょってよ、それに摑まって、おりゃあ命拾いをしたっちゅうわけやな。

命拾いはしたが、そのまんま、潮と風に流されてよ。

二日、二晩じゃ。

他に、仲間アどこにもおらんかった。

「龍助!」

「新太!」

仲間の名前を叫んだりしたが、おれ独りよ。

広い海の真ん中で、誰もおらん。

おれ独りが生き残っちょったがよ。

なんや、もう、このまま生きちょってもしょうがない。

このまま、死ねばいいと、何度も思うたがよ。

しかし、死ねんかったわ。

なんでやろうかね。

おれの肚の中は、煮えくりかえっちょったわ。

よほどくやしかったんやろねえ。

あの、白い鯨のことが、頭から離れんがよ。

もう一回や。

もう一回。

いつかまた、あの白い化け鯨に出合うて、この仇をとらないかん。

ずっとそんなことばっかり考えよったがよ。

室戸近くまで流されて、そこで、おりゃあ、室戸の鰹船に拾われたがよ。

結局、誰も助からんかった。

おれ独りが生き残った。

あの、白い化け鯨のことを話しても、だあれも信用せん。

ただの鯨を捕りそこのうて、その鯨にやられたがやろと言うがよ。どうすることもできんかった言いわけのために、そのでかい白鯨のことをでっちあげたがやろうとな。

頭元の倅の龍助を死なせたがも、いかんかった。

他に、若い者四人、みんな死なせて、おれだけが生き残ったけんなあ。

どうも、こうも、ならん。

「も一回や。も一回、やらせてくれ」

何度頼み込んでも、もう、誰も鼻もひっかけてくれん。

いつかまた来る。

鯨いうがは、同じ海を行ったり来たりして暮らしとる生きもんや。だから、必ずまた、あの白い鯨はやってくる。

そう思うてよ。毎日毎日、何年も何年も、三十年ずっと海を見続けてきたがよ。

あの白い鯨を、みんなに見せつけちゃったら、おれが嘘をついたりしてないことがわかるやろと思うてな。

しかし、白い鯨は、二度と現れんかった。

そのうちに、おれも、酒びたりになってよ。

嬶あの多江も、おっ死(ち)んでしもうてよ。

本当の独りぼっちや。

白い化け鯨に憑かれた、糞以下の爺いがこのおれよ。

今じゃ、つまはじきで、誰にも相手にされんがよ。

えいか、小僧よ、人生にはな、二度目はない。それを、よう覚えとくがや。

どや。

わかったか。

これが、今、おまんの眼の前におる爺いの正体や。

独り羽刺の半九郎さまの、おいぼれた姿や。

何言うがかよ。

泣いてなんぞ、おらんわい。

もう、行け。

こんな爺いは放っちょって、自分の家に帰れ。

鯨捕りになりたいなどと、本気で思うちょうがやったら、悪いことは言わん。

やめちょきや。

えいか、わかったか、小僧。

三章

万次郎海の大蛇に呑まれて鳥島に至ること

それゆえ、モービィ・ディックが前年にインド洋のセイシェル漁場、あるいは日本沿岸の火山湾で見かけられたからといって、翌年の同時期にピークオッド号がこの同海域のいずれかをおとずれたとしても、確実にモービィ・ディックにお目にかかれるとはかぎらない。これまでモービィ・ディックが時おり姿をみせた漁場についても、おなじである。これらの漁場はモービィ・ディックがたまさか逗留する場所、いわば海の宿場であって、長期にわたって滞在する場所ではない。

――ハーマン・メルヴィル『白鯨』
岩波文庫　八木敏雄・訳

一

突然に、風が変わったのである。

北西の風だ。

足摺岬の東、三里半くらいの海の上だ。

延縄漁をやっていたのである。


天保十二年（一八四一）の正月、七日のことだ。

万次郎は、十四歳になっていた。

船が、激しく上下に動いている。

長さ四間（約七メートル）余りの小さな船だ。

土佐は宇佐浦の徳右衛門の持ち船だ。

これを、宇佐の筆之丞という漁師が借りて漁に出たのである。

三十七歳になるこの筆之丞を入れて、仲間は五人。

筆之丞の弟の重助、その下の弟の五右衛門、その三人とは同郷の寅右衛門、そして、中浜の万次郎。

重助は二十四歳。五右衛門は十五歳、寅右衛門が二十五歳。

宇佐浦の漁師四人の仲間に、五人目として、他者である幡多中浜の万次郎が加わったかたちになる。

宇佐浦を出たのが、正月五日のことであった。

船に積み込んだのは、漁具以外では、米を二斗五升。

そして、薪と水だ。

この五日は、ドントという漁場で作業をしたが、不漁であった。

その晩は、宇佐浦より西の興津浦に停泊。

翌六日、佐賀浦から十四、五里沖の縄場洋という漁場で漁をするも、釣れたのは小物が十四、五尾であった。

この日は、井ノ岬に近い白浜で停泊。

そして、七日の早朝に白浜を出て、足摺岬の沖五里ほどの漁場へ向かった。そのあたりの海底には、長さ数十里にわたる海溝があって、様々な魚が捕れるのである。土佐の漁師たちがハジカリ洋のシと呼んでいる漁場であった。

そこへゆく途中で、筆之丞が予定を変えた。

他の船の多くがその海域に向かっており、同じ海域で何艘もの船が同じ漁をするのでは、不慣れな万次郎がいては作業がはかどらぬであろうと考えて、さらに十数里離れた漁場へ向かうことにしたのである。

そこで、たくさんの鯵が釣れた。

「万次郎、おまんは、やはり魚を持っちょう――」

筆之丞は喜んだのだが、巳の刻になって、西南西の風が吹きはじめた。

空を見あげれば、雲の動きが速い。

他の船は、次々に帆を開いて、布崎の方へ逃げてゆく。

「縄あげい」

筆之丞が声をかけて、万次郎たちの船も、陸の方へ、七、八里、船を漕ぎ寄せたところで風が止んだ。

そこで、筆之丞は船を止め、その海域でまた延縄を再開したのである。

ここでも、おもしろいように鯵が釣れた。

夢中になっているうちに、知らぬ間に海が変化していた。

最初に、それに気づいたのは、万次郎であった。

波の色が妙に重くなって、うねりが大きくなっていたのである。

海が、尋常の様子ではない。

「頭、なんか近づいちょう……」

万次郎が言った時、いきなり、

どかん、

と、音をたてるようにして、北西の風が吹きはじめたのである。

船の周囲に、無数の、幾千、幾万もの小さな波頭が、数えきれないほど立っていた。

空を動く雲が、白から灰色になり、黒くなって、陽が翳っていた。

見渡せば、周囲に船は一艘もない。

「縄あげい！」

大急ぎで縄をあげてゆく。

この間に、風も波もますます高くなり、白波の頂から風で飛ばされた、波飛沫の粒が、小石のように顔に当たってくる。

それが、痛いほどであった。

帆を畳んだままにして、陸に向かって艪を漕いだ。

主艪が一丁。

予備の艪が左右に一丁ずつ。

三本の艪を、交代で、懸命に漕ぎに漕いだ。

陸に近づけば、風が弱まるはずなのだが、その陸は北にある。船はなかなか進まず、風はさらに強くなった。

波はすでに山のように左右から盛りあがり、船を空に向かって持ちあげては、波の底に落とす。

途中、風が北東にかわった。

船の真横から、風と波が押し寄せてくる。

船は、何度も転覆しそうになった。

空は青黒く、あたりはますます暗くなって、白い波頭が、船の周囲で、海の妖物の如く、盛りあがっては襲ってくる。

陸が、見えなくなった。

雨こそ降ってはいないが、風で波飛沫が飛ばされ、土煙ならぬ波煙で、どちらを見遣っても、同じような巨大な波に囲まれているばかりである。

大事な主艪が流されそうになる。

ここにいたっては、もはや、艪を操るどころではない。主艪が流されぬよう、鉈で船梁に穴を開け、そこにも主艪を縛りつけようとしたのだが、その作業の最中に、主艪が真ん中から折れてしまった。

何度も波を被るうちに、ついに予備の艪二丁まで波にさらわれ、万次郎たちの船は嵐の海に浮かぶ、文字通りの一枚の木の葉と化してしまったのである。

どうして、こうなってしまったのか。

そもそもは、万次郎九歳の時、父の悦助が亡くなってからであった。

二

初めて窪津へ行った時――
万次郎が家に帰ったのは、次の日になってからだった。

当然、家の者は心配をした。

帰ってからわかったことだが、家の者はもちろん、近所の者や親類の者が、夕方から松明を持って万次郎を捜し続けていたという。

裏山や、海はもちろん、大浜まで足を運んだ者もいた。

独りで釣りに出かけて海へ落ち、沖へ流されてしまったのではないかと言う者もいた。

それにしては、竿も魚籠も残っている。

誰も、万次郎がどうなったかわからない。

当の万次郎は、まだ、半九郎の家にいた。

半九郎の話を聞いているうちに気持ちが悪くなり、吐いてしまったのだ。

そのまま眠ってしまい、眼が覚めたら朝になっていたのである。

半九郎はすでに起きていて、飯の仕度をしていた。飯といっても、雑穀を炊いて粥にしたものと、干した鯵を焼いたものだ。

頭ががんがんして、ほとんど食欲はなかったが、無理矢理それを腹に流し込んで、半九郎の家を飛び出した。

走るようにして、家に帰りついた時には、昼になっていた。

「どこに行っちょったがぞ」

父親の悦助に、頬をはたかれた。

眼をまっ赤に泣きはらした母の志をは、万次郎に抱きついて嗚咽した。

それを見て、セキとシンがわあわあと声をあげて泣きはじめた。

兄の時蔵は、

「生きちょってよかったが——」

万次郎の腕を、何度も何度も叩いた。

さすがに、悪いことをしたと、万次郎は思った。

とくに、志をの泣き顔を見た時は、万次郎も、眼から涙がこぼれてきた。

「窪津へ鯨ア、見に行ってたんや。父やんが連れてってくれんからひとりで行ったがよ——」

万次郎は、泣きながら言った。

おれは、鯨捕りになりたいんや——

さすがに、それは言葉にできなかった。

次に、万次郎が窪津へ出かけたのは、ひと月後であった。

この時も、内緒で出かけた。

陽のあるうちにもどってくればだいじょうぶであろうと考えてのことであった。

また、鯨漁を見たかったのだが、そういつも鯨がやってくるわけではない。

どこにいても、鯨がやってくれば法螺貝が鳴る。旗があがる。それから海に向かえばよい。

半九郎の家に向かった。

「なんや、この前の小僧か」

やってきた万次郎を、家の前にいた半九郎は、無愛想な声でむかえた。

しかし、その顔には、どこか嬉しそうな表情があった。

「なんしに来た？」

「鯨見に来たんや」

「鯨いうても、そういつも捕れるもんやないけん」

「そんなことくらい、わかっちょう」

「ははあ」

半九郎は、にんまりと笑い、

「おまん、鯨に憑かれちょうかよ」

そう言った。

半九郎は、万次郎の胸を、爪の伸びた右の人差し指で突いて、

「ここん中を、寝ても覚めても、鯨が泳いじょうか。飯食ってても、糞ひってる時でも、そん鯨が、おまんを休ませてくれんろうが。寝ていても鯨の夢を見ゆうかよ——」

黄色い歯を見せた。

その通りだった。

毎日毎日、息をするのが苦しいくらいに鯨のことを思っている。

それに、我慢できずに、ここへやってきてしまったのだ。

「わかっちょうわかっちょう」

半九郎は、何もかも承知しているように、家の中へ入っていって、どこに置いてあったのか、一本の銛を持って出てきた。

「おまんに、えいもんを見せちゃろう」

家の横手へ、その銛を持って歩いてゆく。

半九郎が立ち止まった。

「どや、そのあたりに、適当な大きさの木が落ちちょうが」

万次郎に言った。

半九郎の言う適当な大きさというのがどのくらいのものかはわからなかったが、確かに、万次郎の足元には木っ端が幾つも転がっていた。

山から拾ってきた木を、ここで割って薪にしているらしい。

海岸から拾ってきたものらしい、案外大きな流木もあった。

自分の二の腕ほどの大きさのものを拾いあげ、

「これでえいがか？」

万次郎が訊く。

「違う。もっと小さいもんや」

半九郎がそう言うので、万次郎はいったん手にした木片を捨て、その半分ほどの大きさの木片を拾いあげた。

「それでえい」

「これをどうするんや」

「そやな、あそこの椿の根元くらいに置いたらえい」

言われた通り、万次郎は、その木片——おそらくは、半九郎が薪を作った時の破片を椿の根元に置いた。

ちょうど、万次郎の手のひらに隠れてしまうくらいの大きさのものだ。

半九郎は、二歩、三歩、四歩退がって、

「こんなもんやろう」

そこに立ち止まった。

ちょうど、万次郎が置いた木片まで、六間（約十一メートル）くらいの距離のところだ。

半九郎は、銛を右手に握り、腰を落とした。

「見ちょれ」

波の上にいるように、膝で調子を取り、

「ほあっ」

銛を投げた。

銛は、上に飛んだ。

青い空に向かって飛び、山なりに放物線を描いて落下し、

かっ、

音をたてて、地に突き立っていた。

万次郎が、駆け寄った。

銛は、みごとに万次郎が置いた木片を貫き、地面の中に八寸余りも潜り込んでいた。

「どや」

半九郎が、笑いながら歩いてきた。

「凄(すご)い……」

万次郎は息を呑(の)んでいた。

「もともとは、投げるゆうより、高いところから跳んで、自分の目方(めかた)で鯨を刺すために、特別に作っちょうもんや」

「どうぜ」

半九郎が銛を引き抜き、
万次郎の眼の前にそれを突き出してきた。

「なんぜ」

「持ってみい」

「えいんか」

「えいから言いよらや」

万次郎が、それを受け取った。

重かった。

想像していたのよりずっと。

木の柄は、手あぶらで黒光りしている。

銛の先は、ぴかぴかと刃先が輝いている。

「毎晩のように、これを持ってよ。十日に一ぺんは、これを研いで磨いちょう……」

半九郎がつぶやく。

「毎晩？」

「三十年間、毎晩や。しかし、一度も使(つこ)うちょらん……」

化け鯨のことがあった後、あらたに作らせた銛だという。

ずっしりとしているが、いやな重さではない。

これを一度投げたら、鳥のように飛んで、雲まで届きそうな気がした。

長さ一丈八尺。

三貫と五百匁(もんめ)。

丈(たけ)は万次郎の四倍近く、重さは万次郎の三分の一近い。

これを、半九郎は、その貧弱な身体で六間も投げて、しかも小さな木片を貫いたのだ。

その身体のどこに、それだけの力があるのか。

「これ、投げてもえいか……」

万次郎が言った。

その言葉を待っていたかのように、にんまり笑って、

「えいよ」

半九郎はうなずいた。

あっさりと許しが出たことが信じられず、

「ほんまか!?」

万次郎はもう一度問うた。

「その椿の木ば、鯨じゃ思うてねろうてみい。このあたりからでよかろうが――」

半九郎が言った。

半九郎が示したのは、半九郎が投げた場所より、椿の木に近い場所であった。

眼見当で三間――半九郎が今投げた距離の半分くらいだ。

「もうちょっと……」

万次郎が退がる。

「このくらいでえいか?」

万次郎が足を止めたのは、椿の方から四間ほどのところだった。

手に持っているものの重さ、自分の体力と経験知――そういうものから、このくらいの距離ならと身体が判断したところだ。

距離が三間なら、銛の長さが一丈八尺もあるので、その半分のところを持ったとしても、銛先から椿の木までは、わずか九尺ほどになってしまう。それでは、もの足りない。それで、一間退がったのだ。

銛の中ほどより、やや前――手で握った時に、ちょうど銛先と柄が水平になるくらいの、重さのつりあいがとれているところだ。

右手でそこを握る。

「好きにしたらえい――」

半九郎は、にやにやしながら万次郎を眺めている。

腰を落として、構えた。

左足を前にして、右足を後ろにする。

こんな感じだったか――

さっき、半九郎が投げた時の格好を思い出し、膝を曲げて腰を落とす。

銛が、どんどん重くなってくる。

持ち方をかえた。

柄の尻に近い方へ、右手を移動させ、使っていなかった左手を、銛先に近い方の柄の部分にそえた。

「ほう……」

と、小さく半九郎が声をあげる。

万次郎が、もう一度、腰を落とす。

膝を浅く上下させる。

いい感じだ。

腕というよりは、腰と膝で銛の重さを支える感じ

――

だんだん、血の温度があがってくる。

息が止まる。

苦しくなる。

「ほあああっ」

身体の中に溜まった苦しいものを、吐き出すように、声をあげておもいきり投げた。

自分の中に溜まっていたものが、銛と一緒に飛び出したような気がした。

投げた後、身体が前に泳いでいた。

がっ、
と音がして、銛が椿の幹に突き立った。

銛が、一瞬、止まった。

次の瞬間、銛の柄が急に下がり、先が木から抜けて根元に銛が落ちた。

「ふえええっ」

万次郎は、それを見とどけてから、地面に転がった。

「くはあっ」

尻を地につき、喘ぐ。

「駄目やあっ」

叫んだ。

銛先が当たった場所が、考えていたよりもずっと下であったことがくやしかった。

ねらうなら、もっと上をねらわねばならなかったのだ。

それに、銛は、幹に刺さって止まるはずであった。

それが止まらなかった。

そういうことが、みんなくやしかった。

「くそっ」

しかし、万次郎のその眼が笑っている。

「いかんいかん、まるで、なっちょらん」

半九郎が近づいてきた。

「しかし正直、銛が届くとは思うちょらんかった。木にあたっても、刺さらずに、跳ねかえされて落ちようもんじゃと思うちょったが、ちょっとでも刺さったゆうがは、上出来じゃ――」

「爺っちゃん、おれも、羽刺になれようか？」

万次郎が訊いた。

「前にも言うたろうが。室戸へ行って、浮津か津呂の誰かの家に、養子として入らにゃならんぞ」

そう言われて、万次郎の顔から笑みが消えた。

母、志をの顔が、脳裏に浮かんだからである。

それから、自然に、万次郎は半九郎のところへ通うようになった。

行けば、そこで、銛を投げさせてもらえるからである。

最初は、十日に一回だったのが、七日に一回になり、五日に一回になり、三月（みつき）もしないうちに、三日に一回は通うようになった。

すぐに、家の者はおかしいと気づいたが、

「窪津へ行っちょるんじゃ」

正直に万次郎は、告白した。

「窪津のどこぜ」

悦助は当然のことを訊（たず）ねた。

「半九郎ゆう爺（じい）さんのとこよ。もとは津呂組の羽刺じゃ」

「そこで何しよるがか」

「銛じゃ。銛の投げ方教わっちょう」

「銛じゃと？　そんなことができるがか――」

「できゆうがよ」

「あっちは迷惑しようがやないがか」

「喜んじょうわい」

万次郎は言った。

向こうのことが気にはなったが、万次郎は、嘘をついているようには見えない。しかし、万次郎がそう思っていても、向こうが本当は迷惑しているということは充分考えられる。

しかし、そこから先は、水掛け論になる。

「何で銛打ちの稽古（けいこ）しようがぞ。鯨組にでも入るつもりか――」

「そうや、そのつもりよ」

「中浜の者は、鯨組には入れんぞ」

以前も口にしたことを悦助は言った。

「そんくらい、わかっちょう」

「そんなら、どうして銛の稽古らあしゆうがぞ――」

「おもしろいけんよ」

そのひと言で、それ以上問えなくなった。

向こうが迷惑をしているなら、やめさせなくてはいけないが、仮に、本当にその半九郎が独り暮らしの老人なら、万次郎がいい遊び相手になっていることも考えられる。

万次郎が、妙にひとなつこいところがあるのは、悦助もわかっている。

本当に相手に気にいられて、銛打ちを教えてもらっているのかもしれない。

万次郎からしばらく話を聞いて、

「もう、えい」

悦助は言った。

もう少し放っておこうと思ったのである。

「窪津へ行くのもえいが、いく時は家の者にちゃんと言うてからいけ。暗(くろ)うなるまでにはちゃんともどってくるがぞ――」

それを、万次郎に約束させた。

窪津に、知り合いがいないわけではない。

そのうちに、その伝(つて)をたどって、半九郎というのがどういう人物か訊ねておく必要がある。場合によったら、きちんと挨拶(あいさつ)をしておかねばならないようなこともあるかもしれない。

「鯨捕りか――」

この先、どういうことになるのか、悦助には見当もつかない。

言葉に出してつぶやいてから、悦助は少し咳(せ)き込んだ。

この頃、身体がだるく、すぐに疲れる。

咳(せき)がなかなか止まらない。

秋の鰹(かつお)がひと息ついたところで、窪津まで足を運んでみるか。

そんなことを悦助は考えていたのだが、それが実現することはなかったのである。

三

万次郎は、三日に一度のわりあいで、窪津まで足を運ぶようになった。

窪津へゆく時は、母の志をが、半九郎の分まで飯や干した鰺などを持たせてくれるので、それが、万次郎にとってはありがたかった。

狭いながら、家一軒に家族で住んでいる。悦助が働いているし、中浜は鰹という収入源があるので、万次郎の家は、それほど貧しい暮らしをしているわけではなかった。

通う間に、万次郎の身体は、めきめきと骨が音を立てるようにして伸び、大きくなっていった。

特に、銛を持つ右腕と肩は、大人のように太くなり、筋肉も盛りあがっていった。

窪津へ通ううちに、ひとつ、わかったことがあった。

半九郎のもとに、足を運んでくる女がいたのである。

何度かに一度、半九郎の家で、顔を合わせるのである。

歳の頃なら、三十代の半ばくらいであろうか。

半九郎のところへやってきては、家の中を掃除したり、かたづけものをしたり、時には米を運んで来たりしているようである。

初めて顔を合わせたのは、窪津へ通い出して三月ほども過ぎた頃であったろうか。

半九郎の家へと登ってゆく細い径の途中でその女とすれちがったのだ。すれちがう時に、女は万次郎を見て、ぺこりと頭を下げて通り過ぎていった。

突然のことで、万次郎もあわてて頭を下げたのだが、この先にある家は、半九郎の家しかないことは、もう、万次郎にもわかっていた。つまり、その女は、半九郎の家から、かえってくる途中であったということになる。

「今、そこで、女の人に会うたがよ」

半九郎に言うと、

「ほうか」

他人事のような返事をする。

「爺っちゃんのとこに来たがやないがか。誰や――」

「知らん」

「知らんゆうても、おれを見て頭下げて行きよったがよ。爺っちゃんの知りあいじゃないがか――」

「知らん言うとるやろ」

半九郎がそう言うので、その時は、その話はそこまでになった。

しかし、夏が終わる頃、またその女に会った。

今度は、半九郎の家の前であった。

万次郎が、半九郎の家の前まで行った時、入口の菰を持ちあげて、中から女が出てきた。先日出会った女だった。

女は、赤い眼をしていた。

泣いているのである。

万次郎がいるのに気づき、女は小さく頭を下げ、そのまま顔を伏せて通り過ぎていった。

伏せた顔を背中で隠すようにして去っていったが、背中の向こう側で、右手がそっと涙をぬぐったのを万次郎は見逃さなかった。

万次郎が家の中に入ってゆくと、半九郎は、囲炉裏の前で脛をむきだしにして胡座をかき、両腕で銛を抱え、その刃先を睨んでいた。

「爺っちゃん、また来たぜ」

万次郎が声をかけると、そこで初めて、半九郎は顔をあげた。

「中浜の小僧か」

ぶすっとした返事であった。いつもなら、そういう時、口元か眼元に、嬉しそうな色が浮かぶのだが、それがなかった。

「なあ、今、そこでこの前見た女の人に会うた。でも泣きよったがよ——」

万次郎は、言った。

「なんかあったがか」

「おまんが知らんでえい話じゃ」

家の中を見渡せば、いつもよりかたづいている。

もともと、ものが多い家ではなかったが、それなりに乱雑になっていた囲炉裏回りが整えられており、鍋などが、きちんと棚に置かれている。

泣いていたあの女がやったのに間ちがいない。

どういう女か知りたかったが、それ以上問うことができずに、そのままになってしまったのである。

それから、二度ほど、その女とは径ですれちがうことがあった。

どの時も、声をかけられずに頭を下げるだけだったが、家に入ると、中が整っていて、わずかながら米があったりするので、あの女が置いていったものであろうと思うようになったのである。

不思議なことに、径で、もどってくる女とすれちがうことはあっても、家にいる時に出会うということはなかった。

朝、万次郎が中浜を出て、どのくらいの時間で窪津に着くかは見当がついている。だから、その女は、わざわざ万次郎がいない時間帯の見当をつけて、足を運んでくるのであろう。

結局、万次郎は、その女が誰であるかを半九郎の口から聞かされることはなかったのである。

四

鰹の時期が終わった後、悦助が窪津へ行かなかったのには理由がある。

身体をこわしてしまったのだ。

いったん咳をすると、その咳が止まらなくなり、ものを食べていても酒を飲んでいても、急にむせたりするということが多くなった。

鰹漁がある間は、なんとかがんばっていたのだが、終わったとたんに、身体もひとまわりは縮んでしまった。

それでも正月をまるまる休んでいたら、多少は元気を取り戻し、鰺漁や鯖漁に出られるようになっていた。

万次郎はあいかわらず、窪津へ通っている。

九歳になっていた。

すでに、丈は悦助に近く、右腕は大人並みの太さがあった。

四間離れた所から投げて椿の木に刺さった銛は、もう落ちることはない。

それを繰り返しているうちに、この春にその椿の木が枯れてしまった。その枯れた椿に、九歳になった万次郎は銛を投げている。

「この距離を覚えちょけ。この距離やったら、眼を瞑っちょっても、的に当たるようになったら、どんな距離でも、銛が当たるようになるけん」

半九郎が言う。

銛の研ぎ方も、半九郎に教わった。

庖丁などであれば、砥石に刃をあてて研ぐのだが、この長い銛は、砥石の方を刃にあてて研ぐのである。

「力が入りすぎじゃ。女ごの身体さするように、こんな風に、優しゅうにやるがよ」

研いでいる最中は、鯨の話になる。

「えいか、鯨はよ、この世で一番神さんに近い生き物やけん――」

そういう話の最中に、万次郎は訊ねたことがあった。

それは、銛についてだった。

研いでいる銛は、カエシがふたつあった。

片側にひとつ、反対の側にひとつ――合わせてふたつ。一方が長く、一方が短い。鯨に刺さった時に、抜けないためのカエシである。

そのカエシの根元あたりに、何やら模様が入っているのである。それが気になっていたのだ。

「爺っちゃん、これはなんぜ？」

万次郎が訊ねると、

「それは、半じゃ」

半九郎が答える。

「はん？」

「半九郎の半じゃ。まだ、その漢字は習うちょらんか」

「習うちょらん」

万次郎は、その文字を眺めながらつぶやいた。

ひらがなは、全て読めるし、もう書くこともできる。

しかし、漢字は限られている。

山、川、海、父、母などの他は、一から万までの数。あとは、銭だとか金だとか魚だとか鯨だとか、自分の興味のある漢字が書けて、自分の名前の万次郎も書ける。

しかし、半は読めなかった。

まだ、習っていなかった。

万次郎は、昔から言葉の覚えは早く、普通の子供よりずっと早くしゃべることができるようになった。文字にしても、一度教われば、覚えて忘れることがない。

半の字を読めなかったのは、ただ、習っていなかったからにすぎない。

「そうか、爺っちゃんのはんは、こういう字を書くがか」

そういう話をしたこともあった。

鯨が出た時には、鯨漁を見物し、鯨が来ない時は、銛投げの稽古をした。

これを繰り返して、いったい何になるのか、そういう思いが頭をよぎることもあったが、銛を持った時の全身にかかる重さ、投げた時の解放感――そういったことが心地よかった。あれこれ考えるより、自分の肉が銛を投げることを悦(よろこ)んでいる、そういう感覚に身をまかせている時間は楽しかった。

九歳の夏に、家の許しをもらって、半九郎の家に泊まったことがあった。

家の外で、焚火(たきび)をしながら、干した鯵を齧(かじ)り、漬けものを食べ、握り飯を食べた。

半九郎は、ほとんど握り飯には手をつけず、鯵を食い、それを酒で腹に流し込んでいる。

ふたりが座っているのは、山の中から転がしてきた石である。

火を挟んで、向かいあっている。

月が中天に昇っていて、闇の奥から波の音が聴こえてくる。

風は、潮の香りがした。

水を引いている山の中の小さな沢に蛍(ほたる)が棲(す)みついていて、時おり、家の近くまで黄色い光が三つ、四つ、飛んで来る。

黄色い光は、闇の中をすうっと動いて消え、眼で追っていた先には出現せず、思いがけないところで、また光る。

時々、その光が消えたままになることもあった。

酒を飲むと饒舌（じょうぜつ）になる半九郎が、この時は、やけに静かだった。

「爺っちゃん、静かやね」

万次郎が、声をかけた。

すでに、一方の沈黙が耐えがたくなるような、そんな関係ではなくなっていた。

しゃべりたくなければ、ずっと黙っていてもいい。無駄な気を遣わせなくてもいい仲であった。

だから、万次郎のその言葉は、自然に出たもので、半九郎に気を遣ってのものではなかった。

「そうやな、波の音がよう聞こえちょう……」

そう言って、半九郎は、手に持った湯呑みを持ち上げて、酒を飲む。

足元には、酒の入った徳利がひとつ、立っている。

半九郎は、万次郎の言った言葉を、静かな夜である、というように理解したらしい。

しかし、それを違うよと訂正するつもりは、万次郎にはない。どちらでもよいことだった。

半九郎の頭のすぐ上を、蛍がすうっと動く。

それを眼で追って、

「蛍か……」

半九郎がつぶやく。

焚火の煙があるため、蛍はあまり近くまでは寄ってこない。同時に蚊もまた寄ってこないのだが、どうかすると、近くまで飛んでくる蛍もいるのである。

「蛍はな、死んだ者の魂やという人間もおる……」

半九郎は、蛍を眼で追いながら言った。

「わしゃあ、蛍見るたんびに、死んだ者（もん）のことばっかり思い出す。ありゃあ、最初の女房か、死んだ多江（たえ）かのうってなあ。ふたりとも、苦労かけっぱなしで死んでしまいよったがよ……」

蛍にむかって半九郎はつぶやいている。

「あれは、死んだ龍助（りょうすけ）か、新太（しんた）か。おい、このわしを呼びに来たか……」

この一年で半九郎は、すっかり酒が弱くなっている。昨年はちゃんと投げてみせた銛が、今は万次郎の半分も飛ばなくなっている。

「なあ、このわしの一生は、何じゃったがやろう……」

半九郎は、焚火ごしに万次郎を見やった。

万次郎は、答えられない。

「小僧、急げ……」

半九郎は言った。

「急ぐ……?」

「わしゃあ、今年で八十九や。まさか九十近くまで生きちょうとは思っちょらんかったわ。なってみれば、いったいわしのこれまで生きたがは何じゃろうと思うちょう……」

半九郎の眼が、だんだんと遠くなってゆく。

波の音が聴こえている。

焚火が小さくはぜて、赤い蛍のように闇に飛ぶ。

「人の一生なんちゅうもんは、あの蛍みたいなもんよ。闇ん中で、ふわっと光って、すうっと飛んで、消える。その光っちょう間よ。あのすうっと動いとるその間だけや、人が生きちょうのはよ……」

半九郎の視線が、万次郎にもどってくる。

「じゃから急げ。心に思うことあれば急げ。何をやるにしろ早すぎるちゅうことはない。鯨にはねられて天に舞い、海に沈んで浮いてくる。その時に、海ん中から空が見えるんじゃ。その空が光っちょう。その光に向かって懸命に浮いていくがじゃ。必死でもがいてよ。それがまあ、わしの一生やったかのう……」

半九郎は、小さく首を左右に振った。

半九郎の手から、湯呑みがころりと地に落ちた。

こくん、と首が前に倒れる。

「爺っちゃん……」

返事はなかった。

半九郎は、低く鼾(いびき)をかいて眠っていた。

その白い髪に、蛍が一匹とまっていた。

五

万次郎の父、悦助が亡くなったのは、その年の秋であった。

まだ、鰹漁が盛んなうちに、海に出られなくなり、家で療養していたのである。

ひと月ほど寝込み、酒も飲まなくなった。

身体もどんどん瘦(や)せてゆき、頰骨の出っぱりが目立つようになった。食も細くなり、ほとんど固形物が喉を通らなくなったのである。

亡くなる前の日――

「今日は気分がえい」

と、海まで万次郎に支えられながら歩き、しばらく海を眺め、もどってから、少しだけ酒を飲んだ。

その夕方から、意識を失い、いくら声をかけても眼を開くことはなかった。

そして翌日の朝方、寝息も聴こえなくなり、呼吸するのをやめ、脈もなくなって、死んだのである。

あっけないような、それなりに何かをまっとうしたような、万次郎にとっては、はじめて体験する身内の死であった。

昨日までは息をし、自分と一緒に海まで行った。

「海はえいのう、万次郎……」

横にいる万次郎に、悦助はそうつぶやいた。

そして、少しながら、酒まで飲んだ。

そう長くはなかろうと思っていたが、まさか、その晩のうちに死んでしまうとは――

ふたりの姉は声をあげて泣き、時蔵もまた泣いた。

万次郎は、声をあげなかった。

涙は出た。

おそろしいほどたくさん涙がこぼれたが、泣き声はあげなかった。

母の志をは、気丈にも泣かなかった。

泣いたのは、葬式も終わり、親類の者も帰った後だった。家族だけになって、夜、食事をしている時に、いきなり声をあげて泣き出したのだ。

万次郎が耳にした、はじめての母の泣く声であった。

万次郎が、窪津へ行ったのは、悦助が亡くなってひと月後であった。

悦助が亡くなるひと月前から足を運んでいなかったので、二ヶ月ぶりの窪津であった。

朝、中浜を出て、昼になる前に窪津へ着いた。いつもより時間がかかってしまったのは、死について考えていたためだ。

人は、どうして死ぬのか――

頭の中で、その問いがぐるぐる回っていた。

人は、死んだらどうなるのか――そういうことを考えていたら、自然に足が遅くなったのだ。

すぐに半九郎の家に、足を向けた。

「爺っちゃん」

外から、声をかけたが返事はない。

菰をあげて、中へ入る。

誰もいなかった。

いつもと、雰囲気が違う。

人の気配がないのである。

たまに、半九郎が留守の時にやってきたことはあるが、その時には、人の気配はあった。焼けた炭の匂いや、食べ物の匂い、人の汗の匂い——そういうものがあった。

それがなかったのである。

「爺っちゃん……」

半九郎は、いったいどうしたのか。

外へ出た。

すると、そこに、女が立っていた。

あの、時おり見かける女だった。

「爺っちゃんは?」

万次郎は、女に問うた。

と——

女の眼に、みるみる涙がふくらんできて、それがほろりとこぼれて頰を伝った。

胸騒ぎがした。

「こっち——」

女が言った。

女が歩き出す。

家の少し先へ向かった。

道は、そこでなくなって、草地の斜面になった。

海がよく見えた。

海を見下ろす丘だ。

海の上を、大きな風が吹いている。

たまらぬくらい、潮の香りを含んだ風だ。

女が立ち止まる。

女の足元に、大人の頭ほどの石が転がっていた。

「ここよ……」

女が言った。

その石に〝半九郎〟と、つたない字が彫られていた。

すでに、万次郎は、半九郎の文字が読めるようになっている。

石に、人の名が刻まれている——その意味が、万次郎はもうわかるようになっていた。

「ひと月前に……」

女が言った。

ひと月前と言えば、ちょうど父の悦助が亡くなった頃だ。

「この頃は、中浜の小僧は顔を見せんがって、毎日口にしよったけんど……」

女は、半九郎の口真似をするようにして言った。

「毎日？」

「前は、五日に一ぺんくらい、様子を見に顔を出してたけん。その時に、お米を持ってきたり、お酒を持ってきたり……でも寝込んでからは毎日――」

女は、両眼の端に浮いてきた涙を指の先でぬぐった。

「小僧め、病気にでもなっちょうと違うか。おまえ、中浜まで様子を見に行ってくれんかって。二ヶ月くらい前から、だんだん、立ちあがるのも辛（つら）くなったようで、十日もしたら寝込むようになって、厠（かわや）だけは、自分で立ちあがって、なんとか行きようやったけんど……」

「――――」

「寝込んでからは、あなたの話ばっかり……」

そうだったのか。

この女の人が、ずっと、半九郎の面倒をみていたのか――

しかし、この女性と半九郎との関係は？

万次郎の心に浮かんだ疑問を感じとったのか、

「菜（な）をっていうがよ。父の半九郎が、二度目に嫁にもらった多江が、わたしの母やけん」

その話なら、耳にしたことがある。

その多江さんは網元の娘で、もう死んでいると半九郎は言っていたはずだ。

しかし、娘がいるとは知らなかった。

これまで、半九郎はずっと娘のことを隠していたことになる。

「その顔じゃ、わたしのことは半九郎から耳にしていなかったみたいやね――」

父と子のはずなのに、菜をは、半九郎のことを他人行儀な呼び方をした。

「あの人の周りの人は、みんな苦労しっぱなしだった。あの人も、そのことはようわかっちょうから、わたしが嫁いでからは、半九郎の方から縁切りされたがよ。もう、親でもない子でもないって。迷惑かけとうないって、あの人なりに考えたがやないろうか。あなたの来る時には顔を出すなって言いよったのも、同じ理由からやと思うけんど、死ぬ間際には、わたしなんかのことより、あなたのことばっかり……」

女――菜をは、海へ視線を向けた。

「ありがとう……」

菜をは、頭を下げた。

その後、万次郎に向きなおった。

「あなたがおってくれて、ほんとうによかった……」

「そんな……」

万次郎の眼からは、ぽろぽろぽろぽろぽろ涙がこぼれていた。

あとは言葉にならなかった。

——小僧、鯨が好きか。

——小僧、銛はこう持つんじゃ。

——小僧、もそっと酒を飲め。

小僧。

小僧。

小僧。

初めて会った日に、一緒に食べた鯨の味を思い出した。

——箸（はし）らあいらん、手で喰（く）え。

涙が止まらない。

「ちょっと、待っちょうてね」

菜をは、そう言って姿を消した。

半九郎の家の方へもどっていったらしい。

すぐに、菜をはもどってきた。

手に、長い棒を一本持っていた。

一方の先端が、油紙で包まれている。

もちろん、万次郎にはそれが何だかわかる。

半九郎の銛だ。

「これを、あなたにやってくれって——」

菜をが、それを差し出してきた。

万次郎が、それを受け取る。

馴染（なじ）んだ重さが手にあった。

油紙を取る。

黒光りする金属の先端が姿を現した。

まるで、半九郎の意思そのもののようだ。

〝半〟

の字が、刃の根元にある。

〝おれはまだここに生きちょうぜ〟

半九郎の声が聴こえたような気がした。

「亡くなる、前の日よ」

菜をがつぶやく。

「爺っちゃん、他に何か？」

「白い化け鯨と、もう一回、やりたかったいうて……」

「もう一回？」

「ええ」

菜をがうなずく。

――しかし、おれにゃあ、もうできんから、これを中浜の小僧にやっちゃってくれ。

――いつか、あの白い鯨に、こいつをぶち込んじゃってくれ。

掠れた声で、そう言っていたという。

「おりゃあ、これで寝る。明日、来て、まだ寝ちょったら、もう起こさんでえいがよ……」

菜をが立ちあがって帰ろうとすると、

「おい、行くな、菜を……」

半九郎が、呼び止めたという。

これまで、一度もなかったことである。

菜をが、枕元にまた座ると、

「なあ菜をよ、おりゃあ馬鹿な男やったよなあ。本当にすまんかった。他人のことは考えん、自分のことばっかりや。そのどんづまりでよ、独りでくたばりゃあえいもんと思いよったのが、このていたらくよ。ろくでなしの愚かもんやったが、鯨のことだけは……」

そこで、半九郎は言葉を止めた。

「鯨のことだけは、なんなが？」

「なんだったんやろうなあ……」

溜め息と共につぶやいた。

菜をも、ついしみじみとなって、

「なんやったんでしょうねえ」

同じようにつぶやいて、破れた天井を見あげ、再び半九郎を見下ろすと、もう寝息をたてていた。

転がっていた銛を、半九郎の身体の横に、半九郎に添い寝させるように置いて家を出た。

翌日――

気になって、いつもより早めに様子を見に行ったら、半九郎は寝床の上に、前のめりに倒れて死んでいたのだという。

半九郎の横に置いていた銛が消えていた。

うつ伏せになった半九郎の顔がわずかにもちあがっている。

眼が見えた。

その眼は、かっ、と大きく見開かれて、外を睨んでいたという。

外へ出たら、出入り口を出たちょうど正面にある椿の幹に、銛が深々と突き立っていた。

夜半に、白い化け鯨の夢でも見たか――

起きあがり、

「こん、化け鯨があっ‼」

叫んで銛を摑み、仁王立ちになって、最後にこの銛を幻影の鯨目がけて投げたのか。

　葬儀は、菜をと、網元の息子と、神楽山海蔵院の僧侶の三人だけでとりおこない、遺体は家のそばの海の見える場所に埋めた。

　それからひと月、毎日、半九郎の墓参りをかねて、万次郎の来そうな時間に、ここまで足を運んでいたのだという。

「あなたに、その銛を渡したかったけん……」

　菜をはそう言った。

「いただきます……」

　万次郎は、頭を下げて、手の中の銛を握りしめた。

　話を聴いて、これまでより銛が重くなったような気がした。

　それは、半九郎の哀しみの重さであるような気がした。半九郎の抱えていた怒りや、くやしい思いや、そういうものの何もかもが、この銛に宿っているのだろう。

　半九郎は、これからこの場所にあって、地の中から、海を睨み続けてすごすのだろう。

　万次郎はそう思った。

　あの、夢のような白い鯨がやってくるのを待ちながら――

六

　万次郎が、働きに出たのは、父の悦助が亡くなった翌年の正月、十歳の時であった。

　悦助が海へ出て漁をしている間は、その収入でそこそこはやっていけたのだが、一家でただひとりの働き手である悦助が亡くなると、万次郎の家は、たちまち食べていけなくなってしまったのである。

　何しろ、兄時蔵、姉のセキとシン、万次郎、そしてウメの五人兄弟である。

　これだけの子供を、母親の志をは、女手ひとつで育てていかねばならなくなったのである。

　時蔵は、身体が弱くて、外に働きに出られる状態ではない。

　長女のセキと万次郎が働きに出、時蔵とシンが、母を手伝い、幼いウメの面倒を、家でみることになったのである。

万次郎が、働きに出たのは、中浜の老役をやっていた今津家であった。万次郎の家のすぐ近くである。

仕事は、米搗き、子守り、薪割り——さらに、漁期で海が凪ぎの時には、炊として船に乗った。

炊というのは、船の上で飯を炊くのが役目である。

鰹漁という仕事は、いったん海へ出たら、夕方まで家にもどることができない。海の上で、糞もひれば小便もし、飯も食う。

その飯の仕度を、船の仲間に代わってやるのである。

中浜は、鰹漁で栄えた村であった。

鼻前七浦という言葉がある。

足摺岬の先端が鼻と呼ばれていることから成った言葉である。岬の先端から数えて、岬の西側に、伊佐、松尾、大浜、中浜、清水、越、養老という七つの浦が順番に並んでいる。この七浦が、鼻前七浦ということになる。

この七浦からあげられる鰹で作られた鰹節が、清水節であった。この清水節、文政五年（一八二二）の「諸國鰹節番附表」によれば、その最高位である東大関の名が与えられている。

鰹の水あげ量でも、土佐一であった。

なお、中浜産の鰹節は、その清水節の中でも最高の品質をほこっていたのである。

中浜の鰹節製造の一切は、山城屋がとりしきっていた。

山西屋というのもあったが、これは山城屋の分家であり、中浜の鰹の実質的支配をしていたのは、全て山城屋であった。

万次郎の時代が全盛で、五隻の廻船を所有し、これとは別に四隻の炭船も所有しており、中浜の鰹船は全部で十七隻あったが、このことごとくが山城屋のものであった。

山城屋が所有する廻船のうち、最も大きなものが五百石の春日丸である。中浜の鰹節はこの春日丸によって、江戸や上方など全国へ運ばれたため、この最高級品の鰹節は、春日節とも呼ばれていたのである。

使用人が、七百人。

中浜村の住民より多いのは、他の土地から鰹節製造のため、人が集められていたということであろう。

万次郎の奉公先である老役の今津家も、山城屋には頭があがらなかったであろうとは、想像に難くない。

奉公しながら、万次郎が日々、怠らなかったのは、銛を投げることであった。

半九郎からもらったあの銛である。

さすがに、家に置くにも、扱うにも一丈八尺は長すぎるので、柄を切って短くした。

一丈八尺の銛は、高いところから跳んで、自分の体重を乗せて突き下ろすためのものだ。それを、投げやすい長さにしたのである。

長さ、六尺八寸。

これならば、片手で投げることができる。

いずれ、いつであるかはわからないが、その時が来たら、長い柄をまた付ければいい。

もうひとつやったのは、山から竹を切ってきて、柄の最後に、ふた節分を、嵌め込んだことだ。ふた節分の空気が入っているので、これで、銛は、先が沈んでも柄の尻のところが、わずかに浮くのである。

当然万次郎の身長よりも、銛の方が長いが、斜めに背負えば、自由に動くこともできる。

そうして、万次郎は、この銛を常に持ち歩くようになったのである。

十三歳になった時、万次郎の背丈は、大人よりも大きくなっていた。

七

丈のみでなく、肉もついてきた。

十三歳までは、身体の線のどこかにまだ細いものがあったが、十三歳になった時にはそれも消えた。通常の子供よりは早い速度で身体ができあがってゆくのである。

中浜村のどの大人と比べても遜色ない身体ができあがっていて、しかも、まだその肉体は育つ途上であった。

万次郎は、その肉体と自分をもてあましていた。

この身体を存分に使いきりたい。くたくたになるまで、倒れてしまうまで、この肉体を虐めてみたい。

走る。

泳ぐ。

銛を投げる。

もうだめだと思うくらい身体を使っても、ひと晩眠ると、身体はけろりとしている。

身体が熱い。

火照っている。

何をやっても、何をどうしても、まだ足りないと、自分の身体が叫んでいる。肉が呻いている。

炊として、鰹船に乗る。

しかし、いったん鰹の群に遭遇すれば、炊も何もない。

鰹を釣る。

一本釣りだ。

鰹で煮えたようになっている海にキビナゴを柄杓で放り込むと、海面がさらに沸き立つ。

竿を持たせてもらえるようになったのは昨年からだ。

必死になって、鰹を釣りあげる。

釣りあげ、鰹を脇に抱え、鉤をはずして後ろへ放り投げる。

戦場のようだ。

生きた鰹が腕の中で尾をはたき、全身を生命の限りに震わせる。

父の悦助がやっていた仕事だ。

これもおもしろい。

いったん始まると、他のことが考えられなくなる。

へとへとになって、陸にもどる。

しかし、陸にあがる頃には、もう、身体がもとにもどっている。

肉が白熱したようになって、この火照りをどうしたらいいのか、自分でもわからない。

「おまんは魚を持っちょう」

同じ船の仲間に、よくそう言われた。

万次郎が乗ると、鰹がよく釣れる。

鰹の群が船からなかなか離れない。

万次郎の乗った船は、いつも他の船より鰹の水あげが多い。

「どうしてそんなに釣れらあよ」

他の船の者に訊かれて、

「万次郎がおるからよ」

自分の乗った船の船頭がそういう。

「万次郎、こんどはわしらの船に乗らんか――」

そう言われるのは、嬉しい。

誇らしい。

しかし、何かが足りなかった。

それは何か――

そういう時、決まって頭に浮かぶのは、窪津で見たあの巨大な、海そのもののような鯨の姿だった。

夜、眠れば、鯨の夢を見る。

時にそれは、まだ見たことのない白い鯨の姿になって現れる。

闇の底から、白い化け鯨が夢の中に浮上してくる。

眼の前を悠々と泳ぎ、尾鰭を高く天に持ちあげる。

その背に、半九郎が仁王立ちになって、鯨の背に刺さった銛を両手で握っている。

左の手が、銛から離れる。

その手がふわりと持ちあがって、万次郎に向かって、おいでおいでをする。

「来いよう……」

半九郎が言う。

「来いよう――」

「来いよう――」

その手が、おいでおいでと動く。

小僧、なんでまだそんなところにおるんじゃ。早うこっちへ来んか……

その唇が、そう動くのが見える。

「爺っちゃん……」

自分の声で眼が醒める。

眼を開く。

自分と天井の間の闇の中を、白い巨大な鯨がゆっくりと通り過ぎてゆくのが見える。

万次郎は、それを下から見あげている。

動く空のようだ。

白い鯨は、だんだんと通り過ぎ、壁の向こうに消えていった。

今、外に出れば、月と星の空を、ゆっくりと天に昇ってゆく鯨の姿が見えるのだろうか。

鯨――

その生き物がどれだけ凄いか、どれだけ強いのか、万次郎はまだそれを体感したことがない。

悩ましい。

苦しくてたまらない。

気がつくと、股間のものが大きく硬くなって、痛いほどもちあがっている。

万次郎は、自分の内部に棲む得体の知れない欲望を、どうしていいかわからなかった。

万次郎は、いつも銛を背負って歩いている。

最初の頃は、

「おまん、鯨捕りにでもなるがか」

村の者によく訊かれた。

〝そうや〟

〝鯨組に入るんや〟

〝鯨組に入って鯨を捕りたいんや〟

万次郎は、そう叫びたかった。

だが、それは口にしなかった。

「鯨組にでも入るつもりか。やめときや、中浜の者（もん）は、鯨組には入れんき」

黙れ。

そのくらいはわかっちょう。

だが、それも口にできない。

さすがに、鰹船に乗る時は銛を持たなかったが、それ以外の時は、常に自分の傍（そば）にそれを置いていた。

今津家で、しばしばさせられた仕事は、子守りと米搗きであった。

他には、魚を扱うのが上手（うま）かったので、寄り合いなどがあって手が足りない時は、鰹を捌（さば）く仕事を手伝ったりもした。

子守りと米搗きについては、いい方法を発見した。

浜に干してあった網を、船と船の間にわたして吊床（つりどこ）状のものを作り、そこで子供を寝かせるのである。

米搗きについては、石臼（いしうす）を使っていた。その臼の中に、小砂利をひと掴みほど入れて、米を搗くのである。そうすると、仕事が早く終わるのだ。

子守りの時は、網の中で子供を寝かせ、浜で銛を投げる稽古をした。

米搗きも早く終わらせて、あまった時間を、勝手に銛を投げる稽古の時間にあてた。

いずれも、二度ほど見つかって、お目玉をくらった。

米に砂利の粒が混じったことで発覚し、子守りの方は、山城屋の者に見つけられて、それで主（あるじ）の今津家に知らせがいったのである。

万次郎は、納得がいかない。

米については、小石を入れた方が作業が早くなるのは明らかだった。割れた石をうっかり見落としてしまったのはまずかったが、このやり方を見つけたことは、褒めてもらえないのか。

子供のことで言えば、別に、子供は、怪我をしたわけではない。網の中で眠っており、泣き叫んでいたということでもない。銛を投げている最中に眼は離したものの、泣けばすぐに駆け寄ることのできる距離でのことであった。

何故、叱られるのか。

それは、割れた石が入っていたことであり、漁具である網を無断で使ってしまったことではないか。

二度目の時、家に、今津家の者がふたりやってきて、怒鳴られた。

「わしが考えてやりよるがやに……」

万次郎は言った。

しかし、その後叱られたのは、万次郎でなく、母の志をであった。

「おまんの躾がなっちょらん」

男たちに言われて、志をは、ぺこぺことひたすら頭を下げ続けた。

「やったがはおれや。どうして、おっ母あが怒られにゃならんのや」

今津家の者がいる前で、それを口にした時、母の志をに頰をはたかれた。

「それは、おまえが一人前やないからやけん。ほいじゃけん、あたしが代わりに叱られるがよ。あたりまえのことや」

志をは、本気で怒っていた。


「子供が、怪我せんかったんは、たまたまや。米の方は、石が混じっとったことだけやない。米までが割れて、形が悪くなっちょう。いくら、割れた米でも味が同じやゆうても、そんな理屈は通らんよ」

兄の時蔵の前だった。

セキとシン、それからウメも見ていた。

「おまんは、この頃、おかしゅうなっちょう。寝ても醒めても、鯨、鯨、鯨や。狂っちょう。夢みたいなこと言わんと、鰹のことでがんばらんか」

そこへ、割り込んできたのが、時蔵だった。

「ワシが悪いんや。みんなワシが悪いんや。長男のくせして、身体が悪いからゆうて、よう働かん。ほいで、みんな、万次郎にやらせちょう。悪いのはワシや！」

時蔵は、顔を歪めて泣いていた。

これか!?

と、万次郎は思った。

半九郎が出合ったのは、こういうことだったのか。

〝鯨のことだけやった〟

あの化け鯨の半九郎も、家ではこういうことがあったのか!?

なんだかわからないが、急に、その場にいたたまれなくなった。

外へ走り出た。

「こりゃ、待ちなさい、万次郎」

志をが叫ぶ。

「待ちや」

今津家からきた男が声をかけてきた。

万次郎の足は止まらなかった。

夕方だ。

外はもう、暗くなりかけている。

飛び出す時に、壁にたてかけておいた銛を摑んでいる。

「待ちや」

「待ちなさい、万次郎」

ふたりの声を、背で聞いた。

狭い道を、海へ向かって駆ける。

よく遊んだ道だ。

左右の家に、もう、灯が点(とも)っている。

それが、後ろに遠ざかる。

浜に出る。

冷たい海の風が、頰を刺した。

海に向かって走った。

砂の上を。

小砂利の上を。

そして、岩の上を。

走ることしかできない。

止まれなかった。

このままゆく。

どこまでゆくのか。

わからない。

わかるものか。

わからないところへ向かって走る。

岩の上を跳ぶ。

どこに、どのような岩があるのか、その岩から向こうの岩までどのくらいの距離か、みんなわかっている。

跳ぶ。

跳ぶ。

跳ぶ。

「万次郎！」

「待て――」

ふたりが追ってくる。

その声が遠くなる。

真浜(まはま)だ。

もうすぐ岬だ。

もう、その先はない。

止まるしかない場所だ。

しかし、止まらなかった。

止まりたくなかった。

走りながら、銛を背に負った。銛に付いている縄で、背に縛りつける。

迷わずに海に飛び込んでいた。

海の水の方が、風よりもむしろ温かかった。

泳ぐ。

波が、顔を打つ。

もっと打ってこい。

そう思った。

岬の向こうへ出た。

その途端に、波のうねりが大きくなった。

波に、身体が高く持ちあげられる。

知っている。

岬の向こうへ出れば、波が大きくなり、海が川のように流れていることぐらいよくわかっている。

負けない。

おいで……

そういう声が、沖から聴こえたような気がした。

負けてたまるか。

何に負けないのか、何に負けてたまるかなのか、自分でもわからない。

ただ、負けたくなかった。

黒々と流れる海の川を、万次郎は泳いだ。

銛を、海水とほとんど同じ重さにしておいてよかった。竹ふた節分の浮力があるので、銛の重みで自分が沈むということがない。

しかし、銛を負っていることと、肩から背へ縄を回していることで、泳ぎづらい。

陽は暮れた。

行手も背後も、ただ闇と波だけだ。

思ったよりも、海水は温かかったが、それでも冬の海だ。

冬の海——しかも、夜の海に落ちた者は、通常まず助からない。

潮(しお)が温かいといっても、それは外気と比べたらということで、夏の海とは比べようもない。いずれ、寒さのため、身体が痺(しび)れて動けなくなる。

そういうことも、わかっていた。

しかし、それを、今、自分は体感している。

どれだけ泳いだら、自分は身体が動かなくなるのか。

身体が動かなくなったら、溺れて死ぬ。

自分は、死ぬのか。

そんなことも思った。

潮に乗って、岬を左へ回り込んでゆく。

それが回りきれずに潮の川に沖へ押し出されたら、死ぬしかない。

さすがに、身体が、海水の冷たさで痺れてきた。

手足の動きが鈍くなる。

おいで……

また、呼ぶ声がした。

眼の前を、白い鯨の大きな背が、悠々と動いてゆく。

おいで……

声が聴こえる。

鯨の背に、人影があった。

半九郎だった。

半九郎が、鯨の背に立って、手まねきして万次郎を呼んでいるのである。

「爺っちゃん……」

万次郎は、小さくその名をつぶやいていた。

八

「起きや、おい、起きんか——」

そういう声がした。

母の志をの声ではない。

男の声だ。

何ごとか——

薄眼を開ける。

男の顔が、万次郎を見下ろしていた。

無精髭の生えた、いかつい顔の男だ。

いっぺんに思い出した。

昨日の夕方、中浜の真浜から海に飛び込んで大浜まで泳いできたのだ。

大浜には、何度か来たことがある。砂浜の北側に小川があったはずだ。

わずかな月明かりをたよりに、おそろしく冷たい水で、銛を洗った。

川の向こう側の森の中に、住吉宮があるのを思い出し、濡れた身体で石段を登って社にたどりつき、風の来ない建物の陰の、濡れ縁の上で、横になったのである。

半時ほどは、寒くて寒くて身体が震えていたが、そのうちに体温で着物が乾き、身体が乾くと共に、寝いってしまったのである。

上体を起こすと、

「生きちょったか」

声をかけてきた男が言った。

その男のまわりには、他に三人の男が立っていた。

男は、三十代の後半かと思えるが、他の三人は若い。ふたりは二十代、もう一人は万次郎といくらも変わらないように見えた。

「身体はごついが、起きた顔を見たら、若い者やないか――」

三十代の男が言う。

「おんちゃんたちは?」

「わしらは、宇佐浦の漁師よ。今は、こっちまで、魚を捕りに来ちゅう」

宇佐浦と言えば、窪津よりずっと遠い東の村だ。

鰹の時期が終わると、鯖や鯵や鱸に漁を変えて、宇佐浦の方の者たちまでが、足摺岬沖までやってくるのだ。

大浜は、そういった船の、水や、食料や、薪の補給基地となっているのである。

「大浜の若い衆は、鯨の銛らあ抱えて外で寝ゆうがか――」

男が訊ねてきた。

「違うわ。わしは大浜の者じゃないけん。中浜村の万次郎じゃ」

万次郎は、銛を右手に握って濡れ縁の上に立ちあがった。

「なんや、身体がでかいやつやのう。齢は幾つや」

「十三や」

「身体つきは大人以上やいうに、十三とは若いのう」

「もう、一人前や」

「おもろい餓鬼やのう」

「宇佐浦から、何しに来たんや」

「捕った鯵と鯖を、下ろしに来たがよ。ほいたら仲間の者が病気になってのう。もともと身体が弱かった奴やき、昨日、宇佐浦に帰したとこや。それで、人手が足りんようになって、住吉さんにお参りに来たところよ。船の安全と、人手が見つかるようにな……」

「ほうか、おんちゃんたちは、人手を探しとるんか」

「そや」

「人手なら、ここにおるけん」

「ここ?」

「わしや」

万次郎は言った。

「船に乗ったことはあるがか?」

二十代半ばと見える男が、訊ねてきた。

「中浜で、鰹船に乗っとった」

「何をやりよった」

「炊や。群が来た時は、一緒に釣っとったけん」

「ふうん……」

三十代の男が、値踏みするような眼で、万次郎を眺めた。

「どや、わしを船に乗せてくれんか。わしは魚（イオ）を持っちょうけん、わしが乗った船はいつも大漁やぞ」

「魚（イオ）を持っちょうじゃと?」

「そや、試しに一度、わしを乗せてみんかよ——」

万次郎が言うと、男は、意見を求めるように、〝船に乗ったことはあるがか〟と訊ねてきた二十代の男に視線を向け、

「どうや、重助——」

そう声をかけた。

声をかけられた男は、どことなく声をかけた男と顔だちが似ていなくもない。

その男——重助は、

「おい、万次郎ゆうたか。わしら、たしかに人手は欲しいが、どこの誰ともわからん者（もん）を、いきなり船には乗せれんがよ」

そう言った。

「中浜の万次郎やゆうたろうが」

「それはわかっちゅう。その中浜の者が、どうして、こんなところで寝ゆうがな?」

重助に問われた。

万次郎は、一瞬、沈黙した。

「どや」

重ねて問われ、

「男には、いろんな事情があるんや」

万次郎は、唇を嚙（か）んだ。

「そらそうや」

一番年長の男は、笑った。

「筆之丞兄（にい）やん。そんなら、試しゆうことで、一回乗せて様子見たらどうや。使えるもんなら、わしらが宇

佐にもどるまで、こっちにいる間、船に乗せてやるいうことでえいがやないか――」

重助は言った。

「わしゃあ、役にたつけん」

言った途端に、万次郎の腹が、きゅるるるる、と音をたてた。

「なんや、おまん、腹が減っちゅうがか――」

筆之丞が言うと、四人の男たちが声をあげて笑った。

その笑い声が、自然に万次郎を船に乗せてもいいという、許諾の返事になった。

九

筆之丞が船頭(ふながしら)をしている鰹船は、長さは四間余り、艪が二丁、小さいが帆を掛けることもできる船であった。

宇佐浦西浜の徳右衛門という人物の持ち船であった。

この船を、筆之丞があずかって、操業しているのである。

この時、筆之丞は、三十七歳。万次郎と会った時にいた三人、重助は二十四歳で、筆之丞の弟だ。もうひとり、五右衛門という十五歳の男がいて、この男もまた、筆之丞の弟である。他に寅右衛門という二十五歳の男がいるが、この寅右衛門だけが、兄弟ではなかった。

彼らの船に乗って、その日のうちに漁に出た。

そして、筆之丞の船は、他の船より先に、大浜にもどってきたのである。

理由は、船に積みきれなくなるほど、鯵と鯖が釣れたからである。

浜で火を焚(た)き、まだ明るいうちから飲みはじめた。

砂の上に流木を転がして、そこに座り、皆で火を囲んでいるのである。

「おまんは、ほんまに魚(イオ)を持っちゅう」

筆之丞は、上機嫌だった。

初めて乗り込んだ他の浦の船で、しかも初めて会う人間ばかりの船で、足手まといにならなかったばかりでなく、万次郎はありがたいくらいに役に立ったからである。

機嫌がいいのは、筆之丞だけではない。

重助、五右衛門、寅右衛門もまた機嫌がよかった。

皆が酒を飲んだ。

万次郎より一歳上の、筆之丞の一番下の弟もまた酒を飲んだ。

万次郎だけが飲まなかった。

「なんや、万次郎、おまん、酒を飲まんがか――」

筆之丞に問われて、

「飲まんわけやない。そんなに好きやないだけのことやけん――」

万次郎は答えた。

酒の匂いを嗅(か)ぐと、半九郎のところで飲んだ時のことを思い出してしまうのだ。あの時は酔って気持ちが悪くなり、何度も吐いている。その記憶が蘇(よみがえ)って、酒が入らなくなるのだ。

「どや、万次郎、わしらの船に乗らんか――」

筆之丞が言った。

「おまんは、魚(イオ)を持っちゅうだけやない。仕事の呼吸がえい。四、五年も修業すれば、船を一艘任せられるくらいにはなる。どや？」

「ほんまか」

「ほんまや」

筆之丞は、すっかり万次郎が気に入ってしまったようであった。

「しかし、男ゆう者(もん)には、事情があろう」

筆之丞は、万次郎の眼を見ながら笑った。

「おまんの事情を、ここで言うてみい」

筆之丞は、本気の印に、手にしていた酒を飲み干して、杯を砂の上に置いた。

「わしゃあ、ほんまのことを言えば、気にいらんことがあって、昨日の夜、中浜から逃げてきたがやけん――」

万次郎は言った。

「逃げてきたやと？」

「海に飛び込んで、鼻の先を回って、大浜まで泳いできたんじゃ」

「そん銛持ってか？」

「背中に縛ってや」

「よう溺れんかったな。そんなことしたら、大の大人でも死ぬとこや」

「泳ぎは得意じゃけん」

「いったい何があったんや」

筆之丞が問うてきた。

万次郎は、一瞬、迷ったが、

「こういうわけや」

逃げてきた原因について、語った。

聞き終えて、

「おまんの気持ちはわかるけんど……」

筆之丞は腕を組んで口を開いた。

「しかし、万次郎、そりゃあ、おまんがいかん——」

「そや、わしが悪いんや」

素直に万次郎はそれを認めた。

「おっかさんも、心配しちゅうろうが……」

「たぶん……」

「たぶんやない。絶対や」

筆之丞は、迷わず言った。

「そや、心配しちょるでえ」

「そや」

「心配しちょる」

重助、寅右衛門、五右衛門もそう言った。

「わしら男衆が海へ出ちゅう間、女衆はみんなそうや。母親なら、なおさらや。わしらはな、海へ出たら、何があろうと、必ず生きて帰らないかん」

筆之丞が、腕を組んだまま、自分に言い聞かせるように言った。

「わかっちょう……」


万次郎は、涙ぐんでいる。

自分も海の男だ。

漁師のせがれだ。

母の志をが、父の悦助が海に出ている間や、海が時化た時に、どれだけ心配していたかは、よくわかっている。

「万次郎、行くぞ」

筆之丞が立ちあがった。

「どこへじゃ」

「おまんの家じゃ。わしらが一緒に行っちゃろう。一度、同じ船ん乗ったら仲間や。おまんは、家にもどって、おっかさんにも、その今津屋の旦那にも謝るんじゃ。わしらも一緒に行って、頭を下げちゃる。それで、わしから頼んじゃる」

筆之丞は言った。

「何を？」

「おまんを、わしらの船で預からせてくれってな」

「ほんまか!?」

急なことのなりゆきに、万次郎は驚いている。

ありがたい申し出であった。

自分の身体の中には、得体の知れないものが棲んでいる――万次郎はそう思っている。それが何であるかは、うまく言葉にできない。

海に、半九郎が語ったあの巨大な白い化け鯨が潜んでいるように、自分という海の深みにも、巨大な何ものかが棲んでいる。そして、その生き物が、時々あばれ出すのだ。

昨日もそうだった。

海に飛び込んだとき、もう中浜へはもどらない――いや、もどれない。

それを感じていた。

それを心のどこかで思っていた。

あの時、もう、中浜を出る覚悟は決まっていたのだ。ただ、心配なのは、家のことであった。

時蔵や、セキ、シン、ウメ――母親の志をのことが心配であった。

父の悦助が亡くなった今は、自分が家のことを背負わねばならない。

自分が他の土地へ行ってしまったら、家のことはどうするのか。

万次郎の肚の中を覗き見たように、

「何も心配することはないきに。わしがみんな心得ちゅう」

筆之丞が言った。

そこへ――

陸の方から人の近づいてくる気配があった。

大浜の漁師の男だ。

五人の前までやってくると、

「こん中に、中浜の万次郎いう者はおらんか?」

そう言った。

「おう、ここにおるよ」

筆之丞が言った。

「わしじゃ」

万次郎が答えると、

「中浜から、おまんを捜して、人が来ちょう。今日の朝から、ずっとじゃ――」

漁師の男が言った。

その男の後ろにいる者の顔を見た時、

「おっ母あ……」

万次郎は、流木から立ちあがっていた。

そこに、母の志をと、今津家の使用人ふたり、合わせて三人が立っていたからである。

十

冬の海風は、おそろしく冷たかった。

持ってきたものを、ありったけ着込んだが、まだ寒い。しかし、雨が降らなかったのが幸いした。もしも雨でずぶ濡れになっていたら、何人かは凍え死んでいたろう。

風と波に翻弄されながらも、なんとか船が沈まなかったのは、筆之丞が桁を立て、隅帆を開き、波を真後ろから受けるようにして、ひと晩中船が沈まぬよう操っていたからだ。

東の空が白みはじめる前、ようやく風が半分ほどにおさまった。それでも、時おり強い風が吹き、波も高かったが、舵を取らずとも、船が転覆するほどではない状況となって、五人はようやく、船の中で、うとうととしたのである。

浅い眠りの中で、万次郎が思い出していたのは、母の志をのことであった。

大浜の砂浜で志をと出会った時、志をは泣いて万次郎にしがみついてきた。

昨夜からずっと、万次郎を捜していたのだという。

「わしらも少し、言い過ぎた」

今津屋の者たちもそう言った。

おそらく、生きていれば、鼻の先を回って大浜まで泳いで行ったのではないかということになって、早朝には大浜にやってきて万次郎のことを、浜の者たちに訊ねまわっていたのだという。

話は、筆之丞がつけてくれた。

中浜でもてあましているのなら、宇佐浦で万次郎を預からせて欲しいと。

給金については、今津屋で万次郎がもらっているのと同額を払い、その金をこちらへやってくる時に、届けさせるからと。

入ってくる金は同額で、しかも、万次郎は家では食べないから、それだけでも志をは助かる。食費がひとり分、浮くことになるからだ。

とりあえず、この場で三月分を前渡しで払うという気前のいい話であった。

いったん、万次郎は家にもどり、親類の者たちに挨拶をし、時蔵や、セキ、シン、ウメたちと共にひと晩を家ですごし、翌日には、もう、大浜の筆之丞たちと合流したのである。

正月は、宇佐浦ですごした。

そして、五日に宇佐浦を出て、昨日、七日に、海で天候の急変に出合ったのである。

そういうことを、うとうとしながら、万次郎は思い出していた。

「陸が見えゆう」

筆之丞のその声で、万次郎も、他の三人も覚醒した。

顔をあげると、遠くに、確かに陸が見えていた。

未明の、青黒い空の雲を背景にして、海に突き出た岬が見える。

微かに、海岸近くに家が点々と並んでいるのも見えた。

「室戸や」

筆之丞は言った。

船は、わずかひと晩で、土佐の西の端から東の端――足摺岬から室戸半島まで流されてきたことになる。

万次郎にとっては、初めて見る室戸半島であった。

しかし、艪がないため、船を漕ぎ寄せることができない。

「室戸言えば、鯨組の連中が、山見をしてるはずや。山見の誰かが、わしらを見つけてくれるかもしれん」

言っている間にも、室戸はどんどん遠ざかってゆき、そして、次に見えてきたのが紀伊半島であった。

室戸よりも大きく、山も高い。

まだ水平線の向こうにあるというのに、山の連なりが見えている。

「あれは、御大師さまの山やろうか――」

重助が言う。

御大師さま、つまり弘法大師空海のことだ。

空海といえば、四国にあっては誰もが知る名前である。

讃岐、阿波、伊予、そして土佐を合わせた四国の人間にとっては神にも等しい。四国八十八ヶ所の巡礼は昔から盛んであり、空海はその中心的存在であった。

その空海の生誕地が讃岐であれば、晩年の空海が暮らした聖地が、紀伊半島の高野山であった。

もちろん、万次郎たちのいる海上からその山容は望むべくもないが、紀伊の山を眼にした時、漂流中の五人の脳裏に、空海と高野山が思い浮かんだことは間違いない。

「南無大師遍照金剛……」

筆之丞は、思わず紀伊の山並みに向かって手を合わせ、空海の密号を唱えた。

しかし、紀伊の地は遥かに遠い。

舵も艪もない船をどう操っても、たどりつくことができないことは、流されている万次郎も、筆之丞も、全員がよくわかっていた。

もはや、ここにいたっては、神仏に祈るしかない。

たちまち、紀伊の山も見えなくなった。

九日になって、北西の風になった。

しかし、見えるのは、海と空だけだ。

幸いにして、食料は、事前に船に積み込んだものがあった。

釣った魚もある。

ただ、水が少ない。

十日には、雨が降りはじめた。

その雨の中で、船の中にある木っ端を集め、板きれを割って火を起こし、粥を炊き、魚を焼いて食べた。

雨は、ほどなくみぞれにかわった。

このみぞれを手に受け、それを飲んで喉の渇きを癒やした。

正月の十一日——

流されてからは五日目。

すでに、船は黒潮という地球上で最も巨大な川に呑み込まれていたのである。

黒潮は、何年かに一度、大蛇行をする。

幾つかの種類が知られているが、そのうちの最も大きなものは、本来であれば日本列島に沿って北上するところ、紀伊半島沖から南下して、北緯三十度あたりまで流れてゆき、そこで反転して、再び北上する。

この大蛇行の起こる年は、決まって、紀伊半島から伊豆諸島にかけて巨大な冷水塊が出現する時である。北上してきた黒潮が、この冷水塊にぶつかって流れを変え、南下するのである。

万次郎たちは、この巨大な海の蛇に呑み込まれ、その腹の中でなす術もなく、神仏に祈っていたのである。

十二日——

すでに、万次郎たちは、自分たちが南へ流されていることはわかっていた。潮が南へ船を運び、西風が船を東へ流している。

食料も水も、尽きかけていた。

米を二斗五升積んで宇佐を出ているが、その半分以上が波にさらわれて失くなっていた。

米は多少残っていたが、もう、炊くだけの水が残っていないのだ。

船の上で、五人が横になっている。

船の影などどこにも見えない。

皆、口数が少なくなっている。

ゆらりと船が波に持ちあげられ、ゆらりと落ちてゆく。

船は絶え間なく揺れている。

「すまんのう、万次郎――」

筆之丞が声をかけてきた。

「わしが声をかけたばっかりに、おまんをこんな目に遭わせてしもうた……」

「気にせんでえいけん。わしは、自分で決めて、こん船に乗ったんじゃ。頭（かしら）が謝るようなことは、なにもないけん」

本当に、そう思っている。

「こん船に乗ったのは、そうかもしれんが、判断をあやまったのは、わしじゃ。魚が釣れよって、つい、空のことを考えんかった。他の船は、ちゃんと逃げたが、この船は逃げ遅れた、わしのせいや――」

「そんなことないけん。運が悪かっただけや」

「海で、運のことを言いよったら、どうしようもない。わしらは、運にまかせて海へ出ちゅうわけやないからのう……」

なんとしても、生きて帰るんや――

それが、五人の共通した思いであった。

十三日の昼――

漂流を始めてから七日目。

流されてゆく先に、島が見えた。

栄螺（さざえ）のようなかたちをした島であった。

「島や。島が見えゆう」

寅右衛門が、声をあげて、船の中で立ちあがった。

それで、皆が、その島のことに気がついたのである。

「助かった……」

重助が言う。

すでに、水も、米も、なくなっていた。

釣った魚も食べ尽くしている。

見えた島になんとかたどりつければ、水も、食いものも、どうにかなろうとの思いが重助にはあったのであろう。

「島や言うても、そこに水や食いもんがあるかどうかはわからん。助かったどうかは、これからや」

筆之丞が言う。

島が、だんだん近づいてくる。

風向きを見、少しずつ大きくなってくる島をしばらく睨んでいた筆之丞は、

「いかん……」

そうつぶやいた。

「何がいかん」

万次郎が訊ねる。

「島に近づくがはえいが、このままやと、島の横を通り過ぎる」

万次郎は、近づいてくる島との距離を、頭の中で測った。それに風で近づく分と、潮で流されてゆく分を合わせて考える。

確かに、このままでは、船は島の少し右側を通りすぎてしまいそうであった。

方向を変えねばならないのだが、艪も舵もない状態ではどうしようもない。

手で漕いで、どうにかなることではないと、漁師だけあって、五人全員がわかっていた。

帆柱に、帆を張るための桁をあげた。この帆柱から横に渡した桁があれば、それが風を受けて、多少なりとも帆の役目を果たすことになる。

そして、隅帆をあげた。

小さい隅帆ではあったが、この隅帆をあげたりさげたりすることによって、風を調整すれば、なんとか船の方向を定めることはできる。

風を受けた時、隅帆をうまくつかえば、船首の向きを、多少は調整できるのである。

「隅帆、しばらくたため」

「桁の右を前へ」

筆之丞の指示は、的確であった。

島が、だんだんと近づいてくる。

しかし、風に運ばれて、黒潮の流れからはいつの間にか出てしまっており、今は、潮そのものは東から流れてくる。

それでも、なんとか島の様子がわかるところまではやってきた。

奇怪な島であった。

高い崖ばかりで、どこへ船をつければ上陸できるのか、見当もつかなかった。

おまけに島の周囲には岩礁が屹立していて、波も荒く、船がぶつかれば、それでだめになってしまう。

それに、樹というものが、ほとんど見えない。

やがて、夕方が近づいた。

そこで、島の二丁（約二百二十メートル）ほどのところで錨を下ろし、そこで休むことにしたのである。

だいぶ南へ流されたのであろう。

寒くはあったが、凍えるほどではない。

風も穏やかになっていた。

風そのものが弱くなったことと、島陰に入ったため、風を島が遮ってくれているのである。

ここで、雨が降った。

その雨を着ているもので受け、桶に溜めた。

島があるということは、魚が釣れるということである。岸が近いところ、つまり、ほどよく海が浅い方が、魚がいるのである。

延縄の道具を利用して、魚を釣った。

アカバという魚を、延縄の仕掛けで何尾か釣りあげることができて、それを皆で食べた。

朝、魚をまた釣り、それを皆で食べ、相談をした。

どうすれば、島に上陸できるのか。

「あそこに、磯が見えちょう」

万次郎が言った。

岩礁が船から島までの間に、幾つも見える。

波が寄せると、そこだけ海水が盛りあがって、白く泡立つ。波が引くと、そこに黒々とした岩が覗く。

その周囲には、幾つも岩が露出しているのである。

波も荒い。

その奥に、白い砂地がわずかに覗いている。

あそこからなら、なんとか上陸できそうであった。

しかし、そこへは船を着岸できそうにない。

島との間の流れは速い。

艪も舵もない状態では、岩や岩礁をよけて、そこまでゆくことは不可能であった。

ここで、錨をあげたら、船が流されて島から遠ざかってしまう可能性もある。

二丁と言えば、充分泳ぐことのできる距離だが、いったん、見えている小さな磯に入りそびれると、そのまま流されるか、近くの岩礁か岩に叩きつけられて、身体中傷だらけになるか、岩の上に這いあがってもそこから動けないかだ。

あと一丁は、島に船を近づける必要がある。

その距離ならば、全力で泳げば、なんとか磯にたどりつけそうであった。

相談をした。

結局、決まったのは、次のようなことだった。幸いにも島へ向かって風が吹いていることから、隅帆と桁を使って、少しでも船を島に近づける。近くの岩に船を乗りあげて、そこから島まで泳ぐ。もしも、岩に乗りあげた船がしばらくそこに残っているようなら、あとでそれを回収することもできる。

そういうことになった。

その準備にかかった。

延縄の道具や、鍋や桶を、船に縛りつけ、ひとまずは、人間だけでも島に上陸する。

船と荷のことは、その後に考える。

その準備ができた。

万次郎は、自分の銛に縄を付け、いつでも背負えるようにした。

筆之丞が、鉈を右手に握って、

「えいか」

皆を睨む。

重助、寅右衛門、五右衛門——そして万次郎がうなずく。

「かあっ」

筆之丞が、鉈の刃を、船縁に叩きつけた。

船縁の上にあった、錨を繋いでいる縄が切れた。

たちまち、潮に乗って、船が流れ出す。

錨の縄を切ったのは、その錨を回収している間に、船が潮にどんどん流されてしまうと判断したからだ。

風に乗って、船が島に近づいてゆく。

しかし、潮の流れが速い。

どんどん右手へと流されてゆく。

船が風で島に近づく速度と、潮の流れの速さを、頭の中で計算する。

「間にあわん!!」

筆之丞が叫んだ。

磯の手前に波を被っては姿を現す岩がある。

それより向こうへ行ければなんとかなるのだが、それができないと、船は島を離れ、再び漂流が始まってしまうことになる。

誰もが、それをわかっている。

その岩のかなり手前で、船は潮に流されてしまう。

「ああ、糞!」

「飛び込め、飛び込め!」

「泳げ!」

皆が声をあげている時、万次郎が船の上に立ちあがった。

「騒ぐ(ほたえ)なや」

万次郎が、叫ぶ。

万次郎は、舳先(へさき)に仁王立ちになった。

その右手に、銛が握られている。

「だいじょうぶや。わしがなんとかするけん」

「どうする気じゃ！」

筆之丞が問うが、万次郎はもう答えない。

集中しているため、誰の声も聞こえなくなっているのだ。

凝(じ)っと前方の波を被っては姿を現す黒い岩を睨んでいる。

船が、島に近づいてゆく。

船が、流されてゆく。

岩が、左側になった。

万次郎は、息を吸い込む。

呼吸を止める。

波が、船を上下させる。

万次郎の身体も上下に動く。

絶対にはずせない。

岩が、姿を現すその瞬間をねらわなければならない。

しかし、岩が姿を現した時に投げるのでは、銛が届いた時には、岩は海水の下だ。

やりなおしはできない。

これまで、何百回、何千回、何万回と、この銛を投げてきたのだ。

一度、頭の中でねらいを定めたら、眼をつむっていても、思うところに銛を突き立てることができる。

あの岩は、鯨だ。

あの波飛沫は、鯨の噴く潮だ。

今だ。

右手を引き、左手を柄に添えて、銛先を浮かせ、その銛を、右手の力で風の中に軽く押し出してやる。

同時に船板を踏んだ右足から力を腰へ送り、腰に来たその力を、腰を回転させてさらに強め、背をねじり、肩を回し、その全ての力を腕に乗せ、
投げた。

「ほきゃあああっ‼」

自分の右手から、体内に溜められた光が、走り出たような気がした。

一瞬のことだ。

わずか一瞬の刻の中に、その全ての動作を間違いなくやる。

それで、銛は届く。

その距離、十一間（二十メートル）。

岩が姿を現したそこへ、銛が飛び込んでゆく。

ぎがっ、
という音が聞こえた。

岩の中央にある、岩と岩の透き間、割れ目の中へ、銛先が潜り込んでいた。

銛には、縄が結わえつけられている。

「縄を！」

万次郎が叫ぶ。

その意味は、みんなにわかった。

縄を張って、その縄をたぐるのだ。

「おおおっ！」

皆が歓声をあげる。

「えいぞ」

「ようやった、万次郎」

五人全員で、縄を引く。

銛は、はずれなかった。縄も切れなかった。

船が、岩に近づいてゆく。

波と共に、船が岩の上に乗りあげる。

ががっ、
ごつごつん、
と、船が岩の上に乗った。

姿を現した岩の上に、船は斜めに乗りあげている。

次に来た波で、ごりごりっと、船底が岩に擦られて、船が揺れる。

今にも転覆しそうであった。

「飛び込め！」

筆之丞が叫ぶ。

まず、海に飛び込んだのが、寅右衛門であった。次が、五右衛門だ。

万次郎が三番目になったのは、岩の上に立って、波を被りながら銛を回収しようとしていたからである。

銛は、岩の透き間にはさまったようになって、動きはするが、はずれない。

すぐに万次郎はあきらめた。

すぐ横で、船が激しく波で揺らされているため、危険だったからだ。

最後に、重助、筆之丞が海に飛び込もうとした時、これまでで最も大きな波がきて、船がひっくり返されて海に浮いた。

筆之丞と重助は、そのひっくり返った船の中に閉じ込められてしまった。

周囲は、岩だらけだ。

船縁をくぐって、脱出するにも、船が揺れ動いていて、とてもできることではない。

もうだめだと思っていたところへ、次の波で船がまたひっくり返って岩の上に乗った。

筆之丞も重助も、岩に擦られ身体中が傷だらけになっていたが、海に浮いていた。

ふたりも、必死になって、泳ぎ出した。

こうして、ようやく全員が、小さな磯の砂浜にたどりついたのである。

「無事か⁉」

筆之丞が言う。

「なんとか、みんな……」

寅右衛門が答える。

「ようやった、ようやった、万次郎。おまんのおかげや……」

そう言う筆之丞の身体は、岩に擦られた傷で血だらけだ。

皆が、砂の上に立ちあがっていたが、重助だけが立ちあがれず、砂の上でもがいている。

波が寄せてくるたびに、重助の足から腰近くまで濡らしてゆく。

このままでは、再び海に引きもどされてしまいそうであった。

「大丈夫か――」

筆之丞が、歩み寄って、重助を助け起こそうとすると、重助が呻く。

「どうした、重助?」

「足や、足が折れちゅう」

重助が言う。

「どっちや?」

「右や」

苦痛に顔をしかめながら、重助が言う。

重助は、筆之丞に肩を貸されて立とうとするが、右足が動かせない。

外見は、曲がっているようには見えないが、右の脛(すね)のあたりがふくらんでくるのがわかる。

脛の骨に、罅(ひび)が入ったらしい。

その時――

「あーっ」

という声があがった。

五右衛門が、絶望的な眼で、海を見ていた。

万次郎も、五右衛門と同じ光景をその眼で見ていた。

船が、岩に叩きつけられ、ねじれ、音を立てて壊れてゆくのである。

もはや、船を修理して再び海へ出るという望みは、完全に絶たれてしまったことになる。

船は、何度か波を受ける間に、ついにばらばらになった。

その板きれや、木材が、磯や岩の間に寄せてくる。

それを皆で拾いあつめた。

船にあったほとんどのものが、失われていた。

「もう、駄目や……」

重助がつぶやいた。

皆で、あるものを砂の上に並べた。

船の残骸である大小の板きれと木材。

出刃庖丁が一本。これは、魚を捌くためのもので、海に飛び込む時に、寅右衛門が、とっさに口に咥えたものだ。

ずぶ濡れのどてらが一枚。

縄が、三間半ほど。

桶がひとつ。

それだけであった。

「これだけか……」

筆之丞が言う。

そこへ——

「まだあるけん」

そう言ったのは万次郎であった。

「何があるんじゃ」

「あれや」

万次郎は、海の方を指差した。

一丁ほど先の、波に見え隠れする岩の上に、一本の棒のようなものが突き立っている。

さっき、万次郎が投げた銛であった。

「あれを、とってくる」

万次郎は、海に向かって走り出した。

「おい、万次郎」

その背へ、筆之丞が声をかけたが、万次郎は止まらない。ざぶざぶと波の中へ腰まで駆け込んで、頭から海へ飛び込んでいた。

波に合わせて、岩の上へ這いあがる。

膝と肘が岩に擦られて、擦り傷ができたが、たいしたことではない。

岩の上に立ち、銛を両手で握って動かす。

今は、横に揺れる船がないので、落ちついて作業ができる。何度か動かしているうちに、銛がはずれた。

まだ、縄もついている。

岩で擦られ切れてはいるが、それでも四間ほどはあった。

縄を腰に何重にも巻きつけ、銛を右手に握って、万次郎は海に飛び込んだ。

ここは、磯に向かう波にうまく乗りながらゆけば、銛を背負う必要はない。さっき、一度泳いでいるので、波の強さも、波が引いたり押したりする方向もわかる。

砂の上にあがってきた時、万次郎が右手に握った銛の先に、黄色い塊が巻きついて、ぐねぐねと動いていた。

ウツボであった。

「今晩の飯を突いてきたぜよ」

万次郎は、笑いながら言った。

十一

島は、巨大な岩のようであった。

とてつもなく大きな岩が、海から天に向かってそそり立っているのである。

重助を残し、他の四人で一周したが、周囲はおよそ一里ほどと思われた。

無人島であった。

グミやチガヤやイバラが自生していたが、大きな樹というのは一本もない。せいぜい、高いもので五尺ほどだ。

探さねばならないのは、食料となるものと水である。

しかし、わかったのは、この島には、川と呼べるものが一本もないということであった。

食べられそうな植物は、唯一イタドリがあったが、これは崖の途中に生えているため、とることはできそうになかった。

島の上部は、広い草原になっており、西南の方角に、大小の鳥が群れていて、そこに、土佐ではトークロー、と呼ばれる大形の鳥の営巣地があった。トークロー、つまりアホウドリのことである。見たところでは、二千羽以上はいるであろうか。

その巣の中には雛の姿もあり、なんと、人が近づいても逃げようとしない。これは、簡単に捕らえることができそうである。

その営巣地の崖下に、洞窟があった。

入口が小さく、腹這いにならないと、中に入ることができない。

入ってゆくと、中は思いの他広く、天井の高さは九尺ほど、広さは一丈五尺四方くらいはあった。

洞窟の奥に、水が滴り落ちている場所があった。

この水を桶で受ければ、なんとか飲み水は確保できそうであった。

ひとまず、食料と水は、なんとかなることがわかった。

「ここに、火を燃やした跡がある」

そう言ったのは、万次郎であった。

奥のひと隅に、石を並べて竈のようなものが作られていて、そこに半分炭になった木が転がっているのが、入口からの明かりで、なんとか見てとれた。

「こりゃあ、わしら、助かるぜよ」

筆之丞が、嬉しそうに言った。

こういうことであった。

この洞窟には、過去に人が住んだと思われる跡が残っている。しかも、そこに、屍体が転がっていない。

ということは、つまり、その人間は生きてこの島を脱出したことになる。

ならば、自分たちも生きてこの島を出ることができる、というのが筆之丞の考えであった。

その通りであった。

後になって、知られることだが、この島には、日本から漂流してきた船が漂着したことが、延宝八年（一六八〇）から数えて、万次郎の時代まで十二例ほどある。

万次郎たちは、その十三番目ということになる。

知られているということは、つまり、その十二例の人々はこの島を脱出できたということになる。

ただ、他の多くの船は、商船であり、だいたい千石くらいの大船だ。

船には食料や水が多くあり、船を修理して自ら脱出した例も少なからずある。

万次郎たちが不幸であったのは、十三例中で最も小さな船であり、しかも釣り船でありながら、釣り鉤の一本も持ち出せず、食料も水もなく、さらに火打ち石がなかったため、火をもたなかったことだ。

つまり、沖を船が通りかかっても、火を焚いて、自分たちの存在を知らしめることができなかったのである。

しかし、もちろん、万次郎たちはそんなことは知識としても持ち合わせがない。

筆之丞も、自分と皆を鼓舞するために口にしたことであった。

「そうじゃ、がんばろう」

「なんとか、みんなで生き抜こう」

皆で、口々にはげましあい、この洞窟に住むことになったのである。

まず、拾い集めた板きれを持ってきて、それを洞窟の中に敷いた。

それで、多少なりとも家らしくなった。

こうして、万次郎たちの、島での生活が始まったのである。

五人がなんとか生きてゆけるだけの食料は確保することができた。

アホウドリは、素手でいくらでも捕まえることができたし、棒を持っていって、それで叩いて殺すのが一番楽な方法であった。

捕ってきたアホウドリは、羽根を毟り、銛と出刃庖丁で肉片にし、海水にくぐらせて、それを岩の上に置いて、天日干しにして食べた。

潮が引いた時には、トコブシや栄螺、小さな貝などが採れたので、それを生で食べたり、アホウドリと同様に、干して食べたりした。

時おり、万次郎が、銛で魚を突いてくる。何しろ鯨を捕るための銛なので、小さな魚は突けないが、大きなガシラやウツボならば突くことができる。

日々、気温は高くなっていったので、上陸した時身につけていたものだけで、夜の寒さもしのぐことができたが、困ったのは水のことであった。

雨がしばらく降らないと、岩から垂れてくる水が止まってしまうのである。

水が無くなった時には、自分の小便を手で受けて、それを飲んだりもした。

水の確保のために、もう一度徹底して島を調べることにした。出かけたのは、万次郎と筆之丞である。

島の上部の草原に、石を積んだ場所があるのを見つけ、草を取り除いてみたら、そこに古い井戸があった。中を見ると、濁った水が溜まっている。地下水というよりは、雨水が溜まったものであろうと考えられた。

とても飲めるようなものとは思えなかったので、いざという時、最後の最後にこの井戸の水に手をつければいいと決めた。

その井戸の近くには、二基の墓があった。

この島に漂着し、悪戦苦闘したあげくに死んだ者たちの墓であろう。しかし、墓があるということは、生き残った者もいるということだ。

万次郎と筆之丞は、手を合わせ、

「南無大師遍照金剛――」

弘法大師の密号を、三度唱えたのであった。

洞窟にもどってこの報告をすると、

「わしらも、ここで死ぬがやろうか」

五右衛門が、不安気な顔でそう言った。

「だいじょうぶやき。墓があったということは、それを作った者がおるということよ。墓を作った者は生きのびたゆうことやろうが――」

筆之丞が言う。

「そや、必ずここを生きて出るんや」

万次郎は、強い言葉でそう言った。

「そんなこと言うても、いったいどうやってここを出るがよ」

五右衛門が言う。

「いつか、船が沖を通る。そん時に、助けを呼べばえい」

筆之丞は言った。

「どうやって呼ぶんや。沖には、声は届かんぜよ。火を焚こうにも、ここには火がないやないか――」

絶望的な言葉を、五右衛門が吐いた。

「馬鹿たれ」

筆之丞が、五右衛門の頰をはたいた。

「わしらは死なん。わしらは生き抜くんや。死んでたまるか――」

「生きて、それで、こん島で死ぬがか。こん島でのたれ死ぬために生きるがか」

五右衛門はただだっ子のように泣いている。

まだ、十五歳であった。

全員がおし黙ってしまった。

その沈黙が続きそうになった時、

「泣いとる場合やなか。船よ。船を探すがよ。わしが船を見つけちゃるけん！」

万次郎が、そう言って洞窟の外へ飛び出していった。

ほどなく——

信じられぬことに、

「船や！」

外から万次郎の叫ぶ声が聴こえた。

「船が見えちょう!!」

嬉々とした声であった。

皆が、あわてて外へ出た。脚を怪我した重助も、片足を引き摺りながら外へ出た。

すぐ先の岩の上に、万次郎が立って、沖を睨んで手を振っている。

手を振りながら、

「船や！」

叫んでいる。

「船やあ!!」

確かに、船が見えた。

水平線の上に、遠い雲のように、白い帆が見えている。

日本の船ではない。

異国の船とわかる。

「おーい」

筆之丞が叫んだ。

「助けてくれ！」

「おーい」

「おーい」

五右衛門、重助、寅右衛門も叫ぶ。

しかし、船にその声が届くはずもない。

「着ちゅうもんを脱いで振るんや!!」

筆之丞が言った。

皆、着ているものを脱いで、それを振った。

船に乗っている者ならばわかる。

船に乗っている時、島が見えれば、誰であれ乗り組員は必ず島を見る。それは間違いない。声は届かずとも、島で動くものを見れば、必ず寄ってくる。

しかし、こちらから船は見えても船の上の人は見えない。

ということは、船からも、島は見えても人は見えないということであろう。

この島には水がない。水があれば、その補給のために島にやってくることはあろうが、水がないとなれば、それもかなわない。唯一の希望は、誰かが遠眼鏡でこの島を眺めているかもしれないということだ。

遠眼鏡ならば、人の姿を確認できるかもしれない。確認できれば、必ず船は寄ってくるはずであった。

船乗りとは、そういうものだからだ。漂流している者があれば、何をおいても必ず助ける。それは、日本国の船であれ、異国の船であれ同じだ。海がどれほど過酷な場所か、船に乗る者ならみんなわかっているからだ。

しかし、船は方向をかえることなく、左から右へ、水平線の上を通り過ぎてゆき、やがて、小さくなって、その影も見えなくなった。

計り知れない絶望感が、皆を襲った。

素っ裸のまま、皆がその場にへたり込んでいた。

その時――

低い、地鳴りのような音が響いてきた。

地の底を、巨大な獣が通り過ぎてゆくような。

「なんじゃや⁉」

万次郎の眼の前の海の表面が、ささくれ立っていた。

やがて、激しい揺れが、襲ってきた。

島全体が、音をたててみしみしと軋むように揺れ出した。

「地震や!」

筆之丞が言う。

万次郎たちが漂着した鳥島は、火山島であった。火山から噴出された溶岩が作った島だ。今の揺れは、地中の深いところを、太い蛇が這うように、マグマが移動したために起こったものであった。

背後で、岩の崩れる音がした。

崖の上から、幾つもの岩が崩れ落ちて、海に飛沫をあげて落ちてゆく。

揺れがおさまった。

「みんな、無事か⁉」

筆之丞が叫ぶ。

「無事や」

万次郎が答える。

全員が無事であった。

怪我をした者もいない。

「あれを――」

寅右衛門が背後を振り返り、洞窟を指差した。

見れば、洞窟の天井が崩れて、入口が半分塞がっていたのである。もしも、あのまま洞窟の中にいたら、何人かは必ず巻き添えとなって、命を落としていたことであろう。

「わしらは、運がえい。穴ん中におったら、このうちの何人かは間違いなく、死んじょったとこや——」

筆之丞の言う通りであった。

「あの船は、わしらの命を救うために現れたんや。御大師さまの御使いや。わしらは、御大師さまに守られちゅう——」

筆之丞の言葉には、不思議な力があった。

いつ、いかなる時でも、筆之丞は皆を励ますことを忘れなかった。

さらに、御大師さま——弘法大師空海の名は、土佐に生まれた者たちにとって、魔法の言葉であった。

その名を唱えることによって、万次郎たちは、なんとか、生きるための闘いを放棄することなく、島で生き続けることができたのであった。

四章

万次郎片足の船長にして
海の魔王エイハブと出会うこと

「ドアの内側の、この高さのところにエイハブのハンモックがつりさがっている。頭はこっちのほうだ。引き金をひくだけで、スターバックは生きて帰れるのだ。妻や子どもをだきしめることができるのだ。――おお、メアリー！　メアリー！　――息子よ！　息子よ！　息子よ！　――だが、もしわたしがあなたを殺すことなく、生きて目覚めをむかえさせるとしたら、エイハブよ、来週のきょうあたりには、スターバックの肉体は全乗組みの肉体ともども、海の藻屑と消えていることだろう！　大いなる神よ、汝はいずこにおわすや？」

（マスケット銃を手にせしスターバックの独白）

――ハーマン・メルヴィル『白鯨』

岩波文庫　八木敏雄・訳

一

それを見つけたのは、万次郎だった。

岩穴から出て、斜面を右へ少し行ったところに、大きな岩がある。

その上に立つと、沖がよく見えるのだ。

やることがない時には、その岩の上から、沖を眺めるのである。

眼下六丈が海だ。

足の下で、波が砕け、白泡が立っている。

その大岩から、右手方向へ、大小の岩が、ごつごつと海に転がり落ちるようにして、沖に向かって斜めに伸びている。先端は海に落ち込んでいて、五丈ほど先の海の中から、黒い岩がぽこんと頭を出している。

その岩に、何かがひっかかって、波がくるたびに、上下に揺れているのである。

最初は気づかなかった。

しかし、海を眺めているうちに、だんだんとそれが見えてきて、気づいたのである。波が、それを揺すっているうちに、少しずつ動いて、見えるようになったのであろう。

「なんや？」

よく見ると、木でできた箱のようなものであった。

どこからか流れてきたものが、たまたまその岩に引っかかったのであろう。

このままでは、波に揺られているうちに、その箱は岩から離れ、沖へ流れ去ってしまうであろうと思われた。

「なんか、木の箱のようなもんが、流れついちょう」

万次郎は、穴の中に向かって声をかけた。

筆之丞、五右衛門、寅右衛門、重助の四人が、洞窟から外に出てきた。

皆、陽に焼けて、身につけているものもぼろぼろだ。

すでに、島に漂着してから百日以上が過ぎている。

全員が痩せ細っていた。

「何ごとや」

筆之丞が、岩の上に登ってきて、万次郎に並んだ。

「あそこや、あそこの岩に、木の箱のようなもんが流れついちょう」

確かに、万次郎の言う通りであった。

ぽつんと海面から突き出た岩に、箱のようなものがひっかかって波に揺れている。

長さは六尺余りもあるであろうか。

「ほんまや」

筆之丞がうなずく。

「何な」

「わからん」

ただ、わかることがある。

それが箱である以上、中に何か入っているかもしれないということだ。

そこで考えているより、行動するのが万次郎である。

「ちょっと、あの箱、取りに行ってくるけん」

言った時には、万次郎は岩を駆け下りていた。

「おい、万次郎」

筆之丞が声をかけた時には、岩を下り終えて、次の岩の上へ跳んでいた。

背に銛を負っているのに、速い。

「気をつけや、あの岩のあたりは、潮の流れが速いきに――」

「わかっちょう」

万次郎は、振り向きもせず答えていた。

突き出た岩の先端に万次郎が立った時、海から顔を出している岩から、件の木の箱は離れていた。

たちまち、木の箱は、潮に乗り沖へと運ばれてゆく。

「糞」

万次郎は、背から銛を下ろし、その柄を右手に握っていた。

「ちょう!」

万次郎は、銛を投げていた。

ほとんど、ねらいを定めない。間を計ったりもしなかった。そんなことをしている間に、木の箱が島から離れていってしまうからである。

どん、
山なりに宙を飛んで、銛の先端が、箱の上に突き立っていた。

やった！

もちろん、銛には紐がついている。

もともとは縄であったのだが、紐があると何かと便利なため、麻の縄をほぐして、何本かの紐を作ったのである。今、銛についているのは、そのうちの一本であった。

この紐で、銛の刺さった木の箱を引き寄せるつもりだった。

万次郎の読みでは、紐は、木の箱を引き寄せるのに、充分な強度があるはずであった。

が——

重い。

考えていた以上に、木の箱は重く、そして潮の流れが強かった。

左手に紐の端を握り、右手に紐の途中を握り、右肘をひっかけて、万次郎はこらえた。

箱が止まった。

しかし、箱はまだ強い力で向こうへ引かれている。

「いかん」

万次郎が声をあげたのは、ぴん、と張った紐が、それまで木の箱がひっかかっていた岩の角にかかったからである。

岩の角で、紐が擦れた。

みちみちみち、
っと、万次郎の手に、張った紐の繊維が千切れてゆく感触が伝わってきた。

「む」

と、こらえようとしたその瞬間、
ぶつん、
と紐が切れて、万次郎は後ろへ転がっていた。

万次郎は、すぐに立ちあがって、箱を見た。

銛の刺さった箱が、沖へ沖へと流されてゆく。

ここでも、万次郎は迷わなかった。

岩を蹴って、頭から海へと飛び込んでいたのである。

箱に向かって、万次郎は泳いだ。

万次郎にとって、箱よりも大事なものが、あの銛であった。

流れる潮の強さも、速さも、万次郎はわかっていた。箱まで泳ぎつき、銛を回収して、島まで泳いでもどってくることができると判断したからこそ、飛び込んだのだ。多少は流される。もとの場所までは無理としても、なんとか島までは泳いでもどることができるはずであった。

水を掻きながら、泳ぐ。

昔から、泳ぐのは得意だった。

真冬の夜に、真浜から海へ飛び込み、中浜から大浜まで泳いだこともあるのだ。

なんとか、箱まで泳ぎつき、箱にしがみついた。

すでに、その箱は、半分以上も海中に沈んでいた。

いったいどれだけの間、この海に浮いていたのか。

それを考えているゆとりはない。

銛を摑んで、万次郎は引いた。

抜けない。

銛を両手で握り、箱を傾け、両足を箱にあてて、おもいきり引いた。

めりめりめりっ、

と音がして、板が割れ、その板と共に、銛が万次郎の手にもどった。

その時、傾いた箱の中を、万次郎は見た。

蓋と思われる板が割れて、そこから、箱の中に入っているものを、万次郎はありありと見たのである。

「おわっ！」

見た瞬間、海中にあった万次郎の体毛がそそけ立った。

大量の海水を飲んだ。

水が気管に入ってむせた。

その箱の中に入っていたのは、人の死体だったのである。

すでに箱の中には水が浸入していて、その死体は水に浸かっていた。

死体の髪が、傾いた箱の海水の中で、ゆらゆら揺れているのもはっきり万次郎は見ていた。

初めて見る異国人であった。

青いシャツを着ていた。

海水に浸かっていたせいか、死体はまだ腐ってはいなかった。ただ、顔や手の表面は白くふやけていた。

そして、腹が膨らみかけているのがわかった。海で溺(おぼ)れて死んだ者の身体は、まず、内臓が腐って、ガスが腹腔(ふくこう)に溜(た)まり、それが腹を膨らませるのである。

頭に浮かんだその様子まで、万次郎は、一瞬のうちに、ありありと脳に焼きつけてしまったのである。

万次郎は、必死でその木箱を蹴って、身体を遠ざけ、呼吸を整える。

木箱が、ゆらゆらと波に上下しながら遠くなってゆく。

そこで、万次郎は、ようやく周囲を見回す余裕ができた。

そして、ぞっとした。

島が、自分が思っていたよりも遥(はる)かに遠くなっていたからである。

「まんじろー……」

「マンジロー……」

「おーい……」

という声も聞こえる。

大岩の上に立って、筆之丞たちが、自分の名を叫んでいるのである。

おそらく、全力で叫んでいるのだろうが、その声は小さい。

木箱と死体に気をとられているうちに、潮流につかまり想像以上に流されたのだ。

万次郎は、銛に繋(つな)いでいる紐を口に咥(くわ)え、泳ぎはじめた。

しかし、どれだけ必死に泳いでも、島はどんどん遠くなってゆく。

すぐに万次郎は気がついた。

銛の先に、まだ、割れた板がくっついているのだ。

それが、海水の抵抗を受けて、前進を妨げているのである。

万次郎は、咥えていた紐を放した。

半九郎の銛を捨てたのである。

島を目がけて泳ぐ。

すぐに、邪魔になることがわかり、着ているものの両袖(りようそで)をちぎって捨てた。

しかし、駄目であった。

さっきよりはマシであったが、島から離されてゆくのがわかる。

中浜で泳いでいて、これに似たような体験をしたことを、万次郎は思い出した。

いくら陸(おか)に向かって泳いでも、沖に流されてゆくのである。その時は、あきらめて泳ぐのをやめた時、潮の流れが変化して、自分が陸に向かって波に運ばれれはじめたのだ。それで、ようやく陸にたどりついたのだが、あやうく流されて死ぬところであった。

後になってわかったのが、海にも川のような流れが幾つもあるということであった。

とくに、岸に向かって近づいてゆく流れと、岸から離れてゆく流れが、陸の周囲にはあるということに気がついた。

岸から離れてゆく流れに乗った時には、あわてずに、岸と平行に、横へ泳ぐ。すると、やがて、岸に近づく流れに乗る。そうしたら、岸に向かってゆっくり泳ぎ出せばいいのだ。

そのことを、万次郎は思い出したのである。

しかし、今の状態と、中浜との違いもわかった。

今、自分が直面しているのは、中浜の海で体験したことより、もっと深刻であるということだ。

自分が今浮いているこの場所には、島に近づいてゆく流れは、ない。

おそらく、ない。

岸に近づく流れ、離れてゆく流れは、陸にはあっても、小さな島にはない。あってもずっと小規模なもので、これだけ島から離れてしまっては、それもない。

今、自分が乗っている流れは、岸に近づいたり離れたりという流れよりは、もっとずっと巨大で、強い力を持っており、しかも速い。

万次郎は、泳ぐのをやめた。

今、やるべきは、いたずらに体力を消耗することではなく、冷静になることだ。

島は、もう遥かに小さくなっている。

万次郎は、仰向けになって力を抜き、海に浮いた。

どうする？

この広い海の上で、どれだけ生きられるか？

あきらめない。

その思いだけが、仰向けに浮いた万次郎の胸に点っている。

考えれば考えるほど、絶望的であった。

どうしたらいいのか。

筆之丞たちが、自分を助けに来ることは、できない。

絶対にそれはできない。それについては、考えるのをやめた。

万次郎が考えたのは、さっき自分が捨ててきた、銛と板のことであった。

よく考えたら、あれは、捨てるべきではなかった。

板は、力を使わずに浮くためには必要なものだ。

あの板に摑まっていれば、たぶん、海に浮きながら、眠ることができる。

幸いにも、海水は温かい。

浸かっていても、すぐに体温を奪われて死ぬようなことはないであろう。

あの板を捜すことだ。

おそらく、同じこの潮の流れに乗っているであろうから、同じ方向に向かって流されているはずであった。

しかし、海の流れは、それほど単純ではない。

風も考えに入れなければならない。

風を受ける面の広さ、大きさ、水の抵抗を受ける大きさなどで、すぐに漂流物の位置は変わる。しかし、どれだけ絶望的でも、あの板と銛を見つけることができねば、自分が死ぬ時が早まるであろうことはわかっている。

万次郎は、島を背にして、ゆっくりと泳ぎ出した。

できるだけ体力を使わない。

さっきは、どれだけ泳いだろうか。

あれと同じ距離を泳げばいい。

見つかる可能性がどれだけ小さくともやらねばならない。

ゆっくりと、周囲を注意深く見回しながら泳いでゆく。しかし、海に頭ひとつ浮かせているだけでは、視界はおそろしく狭い。

波の一番上に来た時だけは、かろうじて視界が広くなるが、仮に、近くにあの板と銛が浮いていたとしても、あっちが波の陰になっていれば、発見することはできぬであろう。

それに、銛は、海面から突き立ってはおらず、板を上にして、海面下に隠れているはずであった。

この広い海では、捜すのは難しい。しかし、捜さねばならない。

しばらく泳いで、万次郎はあきらめた。

結局、板と銛は、見つけることができなかった。

もしかしたら、泳ぎすぎて追い越してしまったのかもしれない。

万次郎は、海の上に、仰向けに浮いた。

人の身体は、海水より軽い。

脱力すれば、人の身体は浮くようになっている。身の一部が、必ず海面より上に出るのだ。その上に出る部分を、顔——鼻と口にすればいいのだ。

しかし、それも、適当に身体を動かし、手や足の位置をうまく保っていないと、顔が水面下に沈んでしまう。うまく浮いていても、波があるので、何度も波を顔に被って、海水を肺に吸い込んでしまうことになる。海水が肺に入れば、むせる。むせて、咳をして、体力を一気に消耗することになる。

万次郎は、海の人間だ。

それはよくわかっている。

それでも、何度も波に顔をはたかれて、海水を飲み、吸い、むせた。

夕刻になった。

もの凄い夕焼けが、空を覆った。

真っ赤だ。

それを見あげているうちに、その赤がだんだんと褪せてゆき、いつの間にか夜になった。

星空になった。

凄まじい星空だった。

仰向けに海に浮いた万次郎の上に、星空が被さっている。

北斗七星が見える。

そして、北極星も見える。

知った空を見て、ふいになつかしくなった。

見知ったものは、空の星だけだ。

「おっ母ア……」

万次郎は、つぶやいた。

母志をの顔、父悦助の顔、兄時蔵の顔、セキ、シン、ウメ——みんなの顔や声が浮かぶ。

小僧、鯨が好きか……

ふいに、半九郎の声が、耳の奥に蘇る。

海はえいのう……

悦助が、耳元で囁いている。

みんなに囲まれているような気分になった。

その時——

ざぶりと顔が波を被って、肺に海水を吸い込んでしまった。

むせた。

何度も咳をした。

苦しい。

呼吸ができない。

いつの間にか、眠っていたのだ。

なんとか呼吸を整えて、また、波の上に仰向けに浮いた。

いつの間にか、月が中天に昇っていた。

半月よりやや膨らんでいる、歪(いびつ)な月だ。

身体が冷えていた。

さすがに、夜になると、身体が冷える。

昼、太陽が出ていれば、その陽差しで海水の表面が温められる。

陽光を身体に受けていれば、それだけでも温かい。

しかし、いくら南で気温も高くなっているとはいえ、夜は冷える。

身体が、痺(しび)れかけている。

どうしたらいいのか。

このまま死ぬのか。

夜の闇が、ふいに怖(おそ)ろしくなった。

海の深みに、鯨(くじら)でもない、鮫(さめ)でもない、大きな獣が潜んでいて、それに、背中からひと呑(の)みにされてしまうのではないか。

あるいは、鮫が、自分のすぐ下にいて、今にも自分を襲ってくるのではないか。

それが、たまらなく恐い。

独りぼっちだ。

誰もいない。

こんなところで、死ぬのか。

今、どれだけがんばろうと、どうせ、死ぬのだ。それならば、今、がんばって生きたって、それにどういう意味があるのか。

そんなことを考えている。

ああ、これは、人の世に生きていても同じことだな——

そんなことを思った。

中浜で暮らして、漁師になっても、それは同じではないか。

毎日毎日、魚を捕って、飯を食って、そして、いつか死ぬ。

そこにあるのは、長いか短いかの差だけで、同じではないか。どうせ、全ての人は、いつか死ぬために生きているんじゃないのか——

いつの間にか、また、うとうととした。

顔に波を受け、むせて、また眼を覚ます。

疲れていた。

身体も動かなくなっている。

寒い。
これは、もう死ぬな。
おれは、もう助からないな。
そんなことを考えている。
そんなことを考えていて、あわててそれを打ち消す。
死ぬもんか。
必ず生きるんじゃ。
生きて、中浜に帰るんじゃ。
火が点いたように、身体が一瞬だけ熱くなる。
しかし、一瞬だ。
寒い。
小便をする。
小便をした時だけ、わずかに腰から腹にかけてが温かくなる。
気持ちがいい。
しかし、それも一瞬だ。
小便と共に体温も逃げ、すぐに、さっきまでより寒くなる。
自分の身体が、もう、どうなっているか、よくわからない。
どれだけの時間が過ぎたのかもわからない。
無限に、自分と会話をし続けているようなものだ。
その会話にも、もう、疲れている。
考えることすらできなくなって、夜の海に浮いている。
と――
そう思っていた時、大の字に伸ばしていた右手に、こつん、と何かが触れた。
何か⁉
あの、銛の刺さった板であった。
両手で、板を摑む。
銛の先が突き出ている。
なつかしい、眼に焼きついているかたち。
こんなところにいたのか――
「爺っちゃん……」
その板にしがみつく。
ほんの少しだけ、身体が楽になった。
銛の重さはほぼ海水と同じだが、板の浮力の分だけ身体が浮く。
銛には、まだ紐が付いていた。
わしを置いてくんやないで……
半九郎の声が聴こえたような気がした。

どうしたんや……

半九郎が語りかけてくる。

そんなに疲れた顔をして……

それだけか……

おまんは、そこまでか……

もう、こっちへ来たいゆうとるんか……

まさか、おまん、もうあきらめちょうがやないろうな……

「なにゆうがか――」

万次郎は、声に出して言った。

「わしゃあ、中浜の万次郎じゃ。海の男や。海の男が海で死んでたまるかよ……」

万次郎は、板から鋲を抜いた。

それまで、鋲の通っていた穴に、紐を通した。

縛る。

そして、着ているものと、背中との間にその板を差し込み、残った紐で着ているものごと、身体に縛りつけた。

余った紐を、何度か身体に巻きつけ、仰向けになった。

ああ――

なんて楽なんだ。

板の浮力が、そのまま背中を押し上げている。

袖がない分、腕から体温は逃げているが、背中を板で押さえたことによって、背中側の肌の周囲の水は動きが鈍くなる。

海に裸同然で浮いていたら、どんどん海水に体温は奪われてゆくが、どれほどわずかにしろ、これで、体温を多少は温存できることになる。

わしゃあ、死なんけん――

星の空を見あげながら、万次郎はつぶやいた。

二

少しだけ、眠ることができた。

浅い眠りだ。

眠っている間中、自分の肉の中に棲(す)む色々なもののけたちと話をした。その多くは、死んだ者たちだ。

半九郎――

父の悦助――

そして、まだ会ったこともない龍助(りょうすけ)――

彼らは、みんな優しかった。

ねぎらいの言葉をかけてくれる。

ようがんばっちょうのう、万次郎……

これは悦助の声だ。

ようがんばっちょう……

もう、えいがよ……

そればあがんばったんやからのう……

おまんはえらい……

次が半九郎だ。

のう、万次郎……

その銛を、わしに返してくれんか……

見つけたんや……

見つけたんや……あの白い化け鯨を……

その銛で、もうひと勝負してくるけん……

なあ、万次郎、その銛を……

次は、誰の声かわからない。

男の声だ。

わからないのなら、まだ会ったことのない龍助だろう。

何故なら、頭に海草をからみつかせていたからだ。

おい……

そういう声が聴こえた。


それで、眼を開けたら、海面に立っている若い男が見おろしていたのだ。

その頭に、海草がからみついていたのだ。

ただの穴になった左眼からは、蟹（かに）が出入りしていた。

その口の中でよく動く舌が、やけに黒いと思っていたら、それはナマコだった。

そのナマコの舌で、
おい……

おおおおい……

と、声をかけてくるのである。

どや、わしらの仲間にならんか……

その男が言う。

わしら？

心の中で思う。

そや、わしらや……

わしもおるがよ……

わしも……

わしも……

他に、四人の顔が、ぐるりと万次郎を囲んで上から見下ろしているのである。

たぶん、甚平（じんべい）、新太（しんた）、長太郎（ちょうたろう）、喜助（きすけ）なのだろう。

みんな、身体に海草をからみつかせ、肉のあちこちに穴が開いて、そこからウツボだの蟹だのが出入りしている。

みんな死人（しびと）だ。

何故なら、彼らはみんな、海の上に立って万次郎を見おろしているからだ。

生きている者には、そんなことはできない。

ようがんばったのう……

もう、ええぞ……

わしらの仲間になればえい……

わしらは、みぃんな、あの化け鯨にやられたんや……

どや……

と、龍助が手を伸ばしてくる。

自分の手が、その手に向かって伸びる。

「だめや……」

つぶやいて、手をひっこめる。

どうしてや……

こっちはえいぞ……

苦しいことなんぞ、なんもない……

「わしは、まだ、やらにゃならんことがあるけん……」

なんや……

何をやろうちゅうのや……

「なにって……」

何をやりたいんかわからんが、それはこっちでもできるで……

そや……

そや……

そや……

こっちでもできる……

「いや、できないんや」

だから、何をやりたいんや……

「羽刺（はざし）になるんや」

羽刺？

「そや、羽刺んなって、鯨を捕るんや」

万次郎は言った。

そんなん、こっちでもできるわよ……

そや……

そや……

「いや、できんがよ」

なんでや……

「だって、その腕、ぼろぼろや。みんな、骨も見えちょう。そんな腕で、銛が投げられるんか……」

龍助は、自分の両腕を見る。

そやな、この腕じゃ、銛は投げられんかのう……

無理かのう……

哀しそうな顔をした。

「泣くなや」

言った時、がぼっ、と口の中に海水が入ってきた。むせて、眼を覚ました。

まあるい、凄まじい星空を見あげていた。

眠っていたのだ。

どれだけ眠っていたのか。

星は、まだ、いくらも動いてはいないようだった。

ひとりぼっちだ。

この広い世界に誰もいない。

淋しい。

声をかけられた時、あっちへ行っていればよかったか。

もしかしたら、丸まる一日眠って、また夜になって眼を覚ましたか。

何もわからない。

自分の身体から、時間の感覚が消え去っている。

何度も眠っては、もののけたちと会話をし、何度も眼が覚める。

長い夜だった。

身体は、冷えきっている。

全身が痺れて、もう、自分の手や足が、どこにあるかわからない。

波に揺られているのが、いい気持ちだった。

いつの間にか、星の数が減ってきていた。

空が白っぽくなって、つま先の向こうの天が、やけに赤い。

いつの間にか、夜が明けていた。

強い陽差しが、真上から照りつけて、眼を開けていられない。

よく晴れていて、雲が白い。

たぶん、陽に照らされて、身体も海水も、少しは温められているはずなのに、それがわからない。

ただ、やたらと喉が渇いていた。

水が飲みたくてたまらない。

身体の回りに、こんなに水があるのに、それを飲むことができない。

身体はふやけているのに、肉の中はひからびた木乃伊（ミイラ）のようだ。

もし、この海水を飲んだらどうなるかはわかっている。

漂流中に経験したことだ。

前よりもっと喉が渇くようになる。

濃い塩水に、身体中の水分を吸いとられてしまう。

でも、飲みたい。

あとでどんなに苦しくても、水が喉を通ってゆく時の、あの感触だけでも味わいたい。

それができたら、どんなにいいだろう。

でも、それは後だ。

いよいよの最後の最後に、もう死ぬっていう時にやろう。

その時まで、この楽しみはとっておくのだ。

もう、身体の感覚がない。

身体が消えてしまって、頭だけが海に浮いているようだ。

昼なのに、眠い。

まぶしいのに、眠い。

眠ったら、もう起きられない。

そんな気がした。

死ぬんなら、死ぬんでいい。

眠ってしまえ。

そっちの方が楽だ。

楽……

………楽
楽…………

楽………………

………………楽
楽………………………

眼の隅に、何かが見えた。

黒い、何かの塊（かたまり）のようなもの。

それがだんだんと近づいてくるようだ。

というのも、それが、少しずつ大きくなってくるからだ。

船だ。

まるで、夢の中からやってきて、現（うつつ）の世界にたちあらわれてきたような船だ。

近づいてくると、見たこともないような巨大な船だった。

異国の船。

白い帆が、幾つも風を孕(はら)んで膨らんでいる。
なんだか、不気味な船だ。
この船は、死人(しびと)を乗せた船ではないか。
海で死んだ者たちが乗る船だ。
その船が、自分を迎えに来たのだ。
それが証拠に、その船から、小さな舟が下ろされ、その舟が近づいてくる。
人の声が聞こえる。
「おい、クイークェグよ、まだ生きてるぜ……」
声が言う。
何と言っているのか。
異国の言葉だ。
何と言っているのかわからない。
「ほんとだ、イシュメールよ、まだ生きてる」
なんだ。
あの世の者たちは、わからない言語で言葉を交わすのか。
舟の上から、人の顔が覗(のぞ)き込んでいる。
太い、大きな腕が伸びてきて、右腕を掴まれた。
いい気持ちで海に浮いていたのに、空気の中に引きあげられてしまった。

硬い、板の上に乗せられた。
海の上を、ぐいぐいと力強く自分の身体が動いてゆくのがわかる。
身体を持ちあげられ――
抱えられ――
宙を動き、そして、また硬い板の上に寝かされた。
人の声だが、何と言っているかわからない。
「東洋人だな」
やがて、上半身を起こされ、口に何か硬いものがあてられた。
木でできたものだ。
唇に、何か柔らかいものが触れていた。
その柔らかくて冷たいものが、口の中に少しずつ流れ込んでくる。
水だ。
水とわかった途端に、それを飲んだ。
貪(むさぼ)るように飲んだ。
身体の中に、その水が染み込んでゆく。
音をたてて、乾ききった自分の身体がその水を吸収しているのがわかる。
すぐに、水は無くなった。

次の水が、運ばれてくるのがわかった。

木のコップだ。

取手がついている。

それが唇にあてられる前に、万次郎は左手を伸ばしてそのコップを掴み、口に引き寄せた。

また、ひと息に飲んだ。

「うまい……」

喘（あえ）ぎながら、万次郎は言った。

水を飲むことに夢中で、息をするのを忘れていたのだ。

万次郎を囲んでいる者たちに、緊張が走るのがわかった。

足音が近づいてきた。

不思議な足音だ。

か、

ごつん。

か、

ごつん。

足に履いているものが、木の板に当たる音だとわかる。

靴の音だが、万次郎は、まだ靴を見たことがない。

そして、その靴よりも、もっと硬いものが板に当たる音。

靴音と、その硬い音が、交互に響きながら近づいてくる。

この後、万次郎の耳の奥に、一生棲みつくことになる音であった。

「生きとったか――」

その声が言う。

しかし、万次郎には、その言葉の意味はわからない。

今、万次郎は、初めて、英語という異国の言葉を耳にしているのである。

万次郎は、そこで、ようやくはっきりと眼を開いた。

そうして、万次郎は、自分の前に立つ男――エイハブ船長を初めて見たのであった。

一本の、大きな古木のような漢（おとこ）であった。

歳経た樫（かし）の巨木――

これまでどれだけの風雪に耐えてきたのか、その立ち姿を見ればわかる。その幹の表面に刻まれた大小様々な溝――皺（しわ）が深い。

年齢は、四十代後半か、五十代になっているであろうか。

頭には、鍔の丸い、黒い帽子を被っていた。

その帽子から覗く髪には、白いものが混ざっている。

顔色は、黒い。

顔の皮膚の内側まで、陽と潮が染み込んでいるようであった。

鼻は鷲鼻で、上唇より下唇の方が厚い。

もう、だいぶ暖かくなってきたというのに、ツイードのズボンを穿き、黒い外套に身を包んでいる。その外套のボタンを、上まできっちり留めている。

荒涼とした冬の海が、そこに人のかたちをもって立ったようであった。

ツイードのズボンに入っているのは、右脚だけで、左脚は義足――白っぽい棒のようなものでできていた。右足には革の靴を履いている。

さっき聞こえた、
かっ、
ごつん、
かっ、
ごつん。

という足音は、この二本の足によって生み出されたものであるとわかった。

「かっ」

というのは、右足の靴がたてる音で、

「ごつん」

というのは、左足の白い、硬そうな棒の先が板を踏む時にたてる音だ。

その漢の、黒い力のある瞳が、凝っと万次郎を見つめていた。

「まだ、小僧だな……」

皺枯れた、低い、太い声が響いた。

「スターバックよ、この小僧を見つけたのは誰だ？」

「スタッブです」

別の声が言う。

この会話は、万次郎の耳には届いているが、意味までは伝わっていない。

「助けに行ったのは、イシュメールとクイークェグ、タシュテーゴ、ダグーか……」

「そうです」

という声が響く。

万次郎は、朦朧とした意識の中で、彼らの会話を聴いている。

異国の船の、異国の人間たち。

何人もの人間たちが、自分を囲んでいる。

髭面の男。

頭に布を巻いた男。

そして、驚くほど肌の黒い男もその中に何人か交ざっている。

「どうだ、フェダラーよ。見れば、この小僧は、おまえと同じ東洋人だ。この小僧はどこからやってきたのだ。この小僧の訪れは、このピークオッド号に、幸いをもたらすのか、禍いをもたらすのか⁉」

「おお、偉大なる海の主エイハブよ。この世の全ての事象は裏表じゃ。今、異国からこのピークオッド号に、一本の銛がもたらされた。この銛が、もしもあのモービィ・ディックの心臓を貫くのであればこれは吉兆、もしも、エイハブよ、この銛があなたの胸を貫くのであれば凶兆――もちろんこれは、あなたにとってということですな。仮にあのスターバックにとってということであれば、この銛があなたの胸を貫くのは、神の意向ということになるかな。全ての事象は神の心の表と裏。つまり、この世のあらゆるできごとは、二面性をもってこの宇宙にたちあらわれてくるもの。されば本日このピークオッド号に、この異国の若者が助けられたというのは――」

「うるさい」

エイハブが、フェダラーの長広舌を遮った。

「おまえが今やるべきことは、おまえの知る限りの言語をもって、この小僧に問うことだ。モービィ・ディックはどこにいるかと。おまえはどこから来たのか。いかなる理由があって、ただ独り、鯨を打つ銛を持ってこの海を漂流していたのか。おまえの乗っていた船はどうしたのか。もしや、巨大な白いマッコウクジラにやられたのではないか――とな」

「もちろん、承知しておりますとも――」

万次郎の前に立ったのは、頭に白いターバンを巻いた老人であった。

白い髭で顔の下半分は覆われていて、身につけているシャツはぼろぼろである。

そして、その老人は、次々に様々な言語で万次郎に話しかけてきた。

英語。

中国語。

フランス語。

アラビア語。

デンマーク語。

インディアンの言語。

南太平洋の島々で使われる様々な言語。

しかし、そのどの言語も、万次郎にはわからなかった。

やがて、フェダラーはしゃべるのをやめ、エイハブに向きなおり、

「わかったぞ」

そう言った。

「この若者は、かの頑丈なる閂によって閉ざされた国、日本の人間でござりましょう――」

「どうしてそれがわかる?」

「わたしは今、知る限りの、おそらくは世界中の全ての言語をもって、この若者に語りかけたのだが、しかし、どの言葉も通じなかった。そのような国は、この地球にただひとつ、日本国をおいて他にないと――」

「なるほど、そういうことか」

エイハブが、うなずいて万次郎を見た。

暗い、淵のような眸であった。

暗い淵の底で、その苦悩が、深海に棲む生物のような、仄かな光を放っているようであった。

万次郎は、こんな眸をした人間を、独り、知っていた。

「爺っちゃん……」

エイハブの眸は、あの、半九郎と同じ光をその底に潜ませていたのである。

「何か言うたぞ」

エイハブが言う。

「わかりませんな。わからぬということは、つまり、それ故に日本人――」

フェダラーが言う。

彼らの言葉を聞いているうちに、万次郎は思い出していた。

自分が、何者であるかを。

土佐沖で、強風にやられ、何日も漂流したあげくに南の島へ流れついたことを。

その島で、これまでなんとか生きのびてきたことを。

あの島には、まだ、仲間がいるのだ。

筆之丞。

寅右衛門。

五右衛門。

重助。

自分が流されてゆくのを、彼らは見ていたはずだ。

今頃は心配しているに違いない。

一昼夜、自分は流されてきたのだ。

「助けてくれ。まだ、わいの仲間があの島におるんや」

万次郎は言った。

しかし、その言葉が伝わっている気配はない。

どうしたらいいのか。

身を起こし、

「お願いや、仲間がおるんや。助けてくれ……」

必死で、身振りと手振りを交えて訴えたが、男たちは、小さく首を左右に振るばかりであった。

なんと、もどかしいのか。

いったい、どうしたらいいのか。

もしも、言葉が通じたのなら、説明できるのに。

しかし、伝えられたとして、あの島の場所をどうやって教えたらいいのか。

万次郎にわかっているのは、おおまかな星の位置だけだ。

太陽の高さと星の位置で、自分がだいたいどこにいるのかわかる——そのくらいの知識は万次郎にもある。

だが、機器を使って、正確にその位置を測ったわけではない。もし仮に、その場所を正確に伝えられたとして、この船がそこまで行ってくれるのかどうか。

「どうやら、この小僧は、同じ船の仲間のことを心配しているようだな……」

エイハブが言った。

海で、漂流者を助けた。

当然、漂流の理由は難破である。

もちろん、その難破した船には他の乗り組員もいるであろう。

助けられたものが、まず第一に心配するのは、他の仲間のことであろう。

そこまでは、誰もが考えつくことである。だから、ピークオッド号の乗り組員たちも、万次郎が懸命に口にしていることについてそこまでの想像はつく。しかし、その先がわからない。

「心配するな。今もピップという若い者を、船首に立たせている。檣(マスト)の上にも、鯨を探している者がいる。漂流している者がいれば、必ず見つけ出す」

〝おい、クイークェグよ、まだ生きてるぜ〟

そう言った男の声だった。

その声の響きは、まだ耳の奥に残っている。
その言葉を口にしたのは、イシュメールであった。
どの男が、今の言葉を口にしたのか。
その男を、万次郎は、眼で探そうとした。
ひとりの男と眼が合った。
その男が、万次郎を見つめて、心配そうに微笑している。
その光景が、急速に薄くなってゆき、ぼやけてゆく。
たまらなく眠かった。
「な、仲間が……」
その、消えかける心配そうな顔に向かって、万次郎は声をかけた。
男の唇が動いて、何かを口にした。
しかし、その声は、微かに意味不明の声として万次郎に届いただけであった。
万次郎は、眼を閉じていた。
ことん、
と、万次郎の後頭部が、甲板の上に落ちた。
そのまま、万次郎は、深い、泥のような眠りの中へ落ちていったのである。

五章

万次郎ピークオッド号の乗り組員となること

「エイハブ」というのは元来不吉な名である。旧約聖書（「列王記上」一六・二八―二二・四〇）によれば、アハブ（エイハブのこと）はエホバを捨て、邪神バアルに仕えて偶像崇拝者になった。彼は「サマリアにさえバアルの神殿を建て、その中にバアルの祭壇を築いた。アハブはまたアシュラ像を造り、それまでのイスラエルのどの王にもまして、イスラエルの神、主の怒りを招くことを行った」人物である。アハブは最後には戦闘で死に、その死体をはこんだ戦車を池で洗おうとしたところ、「犬の群れが彼の血をなめ、遊女たちがそこで身を洗った」という。『白鯨』のエイハブはこのアハブに似ているところもあるが、ピーレグ船長は「エイハブにはエイハブなりの人間性がある」（本書二二七頁）と指摘している。

――ハーマン・メルヴィル『白鯨』（上）の注（69）より
岩波文庫　八木敏雄・訳

一

身体が揺れていた。

ゆっくりと背中から押しあげられて、登りきった後、背中から沈んでゆく。

身体は、横にも揺られているようであった。

不思議な揺れだった。

しかし、どこか、なつかしい。

子供の頃に、これを味わったことがあったはずだ。

万次郎（まんじろう）は、自分が、ゆっくりと眼覚めつつあることを、感じとっていた。

深い海の底にあった意識の泡が、海面に向かって少しずつ浮きあがってゆくようであった。その海の底で、これまでどんな夢を見ていたのか。ずいぶん色々な人々と会話を繰り返していたような気もするが、それが誰であったか、どのような会話であったか、もう思い出せない。

ぎっ……

ぎっ……

という、木の軋（きし）むような音。

その音が、だんだんと鮮明になってくる。

人の声も聴こえていた。

そして――

万次郎は眼を開いたのである。

ひとつの顔が、万次郎を見おろしていた。

奇怪な顔であった。

頭部に、毛が一本もないのである。

坊主頭なのだが、万次郎の知る日本の僧侶の頭とは違っていた。黒とも青ともつかない色とかたちが、その頭部の表面にあるのである。

はじめは、短く刈り込まれた髪が、そう見えるのかと思ったのだが、そうではなかった。

それは、描かれた模様であった。

四角。

三角。

渦。

直線。

ギザギザのようなもの。

円。

様々な模様が、頭のてっぺんから額、顔中に描かれていたのである。

頬にもその模様は描かれ、シャツの襟元からその下にまで続いていた。

入れ墨であった。

青と黒の中間の色だ。

その入れ墨の模様が、髪の毛に見えたのだ。

ぎょろりとした丸い眼。

上下の唇の厚さが同じ。

どこかで、見た顔だ。

ああ――

思い出した。

海に浮いていた時、この自分を引きあげてくれた男の顔だ。

万次郎と視線が合うと、男の眼がふいに細められた。

奇怪な顔が、思いがけなく優しい表情になった。

「気がついたようだぞ、イシュメール」

男の太い唇が動く。

もちろん、万次郎には、その言葉の意味はわからない。

続いて、もうひとつの顔が覗き込んできた。

黒髪で、眸の色が黒い。

短い無精髭が、顔の下半分を覆っていた。

「まるまる一日眠っていたな……」

イシュメールが、万次郎を見おろしながらつぶやく。

万次郎は、顔をあげた。

薄暗い部屋だった。

男の臭いがたち込めている。

汗や、髪や、体液の饐(す)えたような臭いに、血の臭いが混ざっている。鯨(くじら)の血の臭いだ。魚の臭いよりはずっと獣臭いのでそれとわかる。

部屋のあちこちに、網のようなものが、天井や梁(はり)からぶら下げられている。網の両端が束ねられて、一本の縄になっていて、その縄が、天井や梁に結(ゆ)わえつけられているのである。

ハンモックだ。

そのハンモックで、眠っている男たちが何人か——

万次郎もまた、そういうハンモックのひとつで、仰(あお)向(む)けになって眠っていたのである。

身体には、毛布が掛けられていた。

部屋全体が、ゆるゆると持ちあげられては沈むということを繰り返している。

船の中にいるのだとわかった。

ぎっ……

ぎっ……

というのは、船が波に揺すられるたびに、構造材が軋む音だ。

しかし、これが船ならば、なんと大きな船であるか。

自分の家が、まるごとこの部屋の中に収まってしまう広さがある。

これは、本当に船なのか。

子供の頃、何度か、干してある網を、陸にあげている船と船の間に張って、その上で寝たことがある。

船の揺れに合わせて、万次郎が仰向けになっている網——ハンモックが揺れる。

眠りながら、この揺れはどこかなつかしい気がしたのは、子供の頃のことを思い出したからであろうか。

万次郎は、ハンモックの上で、上体を起こし、足を外へ出した。

素足の裏が、木の床に触れる。

「飲むか？」

黒髪の男が、左手に持っていたものを差し出してきた。

木のコップだ。

中に水が入っていた。

万次郎は、コップを受け取り、何度かに分け、喉を鳴らしてこれを飲んだ。

うまかった。

それで、はじめて、万次郎は自分が身につけているものに気がついた。

黒髪の、今眼の前にいる男が身につけているようなもの――洗いざらしの青い綿のシャツとズボンだ。

シャツもズボンも丈はちょうどよかったが、ズボンの腰まわりが少しだぶついているようであった。

着ていたものが濡れていたので、眠っているうちにそれを脱がせて、今、身につけているものを着せてくれたのであろう。

万次郎が目覚めたのを知って、人が集まってきた。

ここで、万次郎に、全ての記憶が蘇ってきた。

漂着した島で、岩にひっかかって、波に洗われている木の箱――

その中から出てきた、腐敗した異国人の死体。

そのままただひとり漂流して、潮に流され続けたこと。

そして、船を見たのだ。

その船から小舟が下ろされ、自分は助けられた。

すると、今、自分がいるこの場所は、あの船の中なのであろう。

まず、礼を言わなくては――

「ありがとうございます」

そう言った時、万次郎の腹が鳴った。

皆に聴こえるほど大きな音だった。

集まっていた者たちが、声をあげて笑った。

「立てるかい？」

黒髪の男が、万次郎の手を握った。うながすように、軽く上方へ引かれた。

立て――

そう言われたような気がして、万次郎はそこに立ちあがった。

立ったその一瞬だけ、足元がふらついたがすぐに、万次郎の両足は、木でできた床を踏んで、しっかりとその場に立っていた。

もう、ふらつく心配はなくなっていた。

部屋の中央に、大きなテーブルがひとつ設置されていた。

そこまで連れてゆかれ、椅子に座らされた。

畳二畳くらいの、長いテーブルだった。

天板は、もちろん一枚の板ではなく、長い板を何枚も並べて作られたものだ。

座って、テーブルに手を触れると、少し力を込めたくらいではびくともしない頑丈な作りであるのがわかる。作りが頑丈なだけではない。テーブルの脚も、釘で床に留めてあるらしい。

嵐に遭遇し、船がどれだけ揺れても大丈夫なように、そうしてあるのだろう。

大きな屋敷のような船だった。

落ちついて、あたりを見回す。

すぐ頭の上に、ランプがぶら下がっていて、灯りが点されていた。

明るい。

万次郎にとっては、はじめて眼にするランプである。ほやの中で、炎があがっていた。ガラスでできたほやだ。ギヤマンというガラスの存在は、もちろん万次郎も知っていたが、実際にガラスを見るのは、初めてだった。

窓にも、ガラスが使われているらしい。

その窓の採光だけでは暗いので、ランプに灯りが点されているらしい。

これから、いったい何事が起こるのかと待っていると、肌の色の黒い少年が、木の皿を持って入ってきた。

その皿の上に、茹でたばかりのジャガイモが、ふたつ、入っていた。

湯気があがっている。

万次郎は、この時、初めてジャガイモを見た。

すでに、この頃、ジャガイモは日本国にも入っていたが、日本人が好んだのは、サツマイモの方である。だから、まだ、万次郎はジャガイモを食べたことがない。

いい匂いだ。

すると、黒い髪の男——イシュメールが、

「食べろ」

身振り手振りでそのように伝えてきた。

いいのか？

そういう眼で眺めると、集まった水夫の男たちが、

「食え」

「食え」

顔と、身振りと、言葉でうながしてくる。

言葉はわからずとも、彼らの身振りと表情で、何を言っているのかはわかる。

万次郎は、ジャガイモに手を伸ばした。

熱い。

二度、三度、両手で持ちかえて、かぶりつく。

うまい。

塩がふりかけられていて、その塩味もちょうどよかった。

イシュメールが、右手を出して、ジャガイモを持った万次郎の手を押さえた。

「急ぐなよ。いいか、ゆっくりとだ。ゆっくり、よく噛んで食べるんだ――」

手を押さえられたといっても、強い力ではない。

その後、イシュメールは、両手で口の中に食べものをどんどん詰め込むような動作をして、それはやめた方がいいというように、顔をしかめて、顎を小さく左右に振った。

もちろん、その意味を、すぐに万次郎は理解した。

漂流して、腹が減っている。

これまで、胃に余分な食物を入れたことがない。その状態の時に、いきなり大量の固形物を腹に入れるのはよくないことだと、万次郎も理解している。

「もっと食いたいだろうが、今は、この大きさのジャガイモが二個だ」

イシュメールが言う。

とにかく、万次郎はうなずく。

ジャガイモひとつを食べ終える前に、椀が出てきた。

その中に、たっぷりとスープが入っている。

野菜のスープだ。

「ジャガイモより、こっちのスープを先に飲むんだ。順序が逆になったが、スープを先にした方がいい」

スープの入った椀が、眼の前に置かれた。

大きなスプーンが、椀の中に差し込まれていた。そのスプーンを使って、スープを飲んだ。

うまかった。

胃から、その汁が、腹の中に染み込んでくる。

スープを、噛むようにして飲んだ。

みしり、
みしり、
と、音をたてて身体中の細胞がふくらんで、肉体がおそろしい速さで回復してゆくのがわかる。

「ふう」

ジャガイモ二個と、スープ一杯を腹に入れ終えて、万次郎は手を合わせ、

「ごちそうさまでした」

集まっている者たちに向かって、そう言った。

軽く腹を叩いて、笑ってみせた。

本当は、もっと食べたいところであったが、今はこのくらいにしておくのがいいのだろう。

「外へ出るかい」

イシュメールが声をかけてきた。

右手で腕を引かれ、イシュメールの左手の指が扉と思われるものを示したので、すぐにその言葉の意味がわかった。

「えいんか？」

「かまわないよ。出よう」

不思議なことに、まったく言葉がわからない者どうしのはずなのに、会話ができている。その会話が成立していることもわからないのに通じあっている。

これは、万次郎の、人見知りしない性格と、もの怖じしないところからくるのであろう。

それに、万次郎の場合、血肉が好奇心でできあがっているようなところがあった。

扉を開けたところが、登りの階段になっていた。

外へ出た。


眩しい光の中に、万次郎は立っていた。

まず、眼に入ったのは、青い海であった。

波の群れが、遥か水平線の向こうまで累々と重なりあいながら続いている。

丘のように高い場所から眺めるのでなければ、こういう風景を見ることはできない。

次は、空ではなく、雲でもなく、白い帆であった。

空の視界の半分以上をふさいで、頭上に無数の帆が膨らんでいるのである。

大小合わせて、その数、十数枚。

偉容であった。

巨大な山を、真下から仰ぎ見るようであった。

これは、もはや、船というよりは城ではないか。

壮観であった。

大きな太い檣が三本。

そこに張られた帆が、腹いっぱいに風を受けている。

船は、どれほどの大きさであろうか。

見たところ、万次郎の知るどの船よりも大きい。

長さ、約三十間。

幅は、約六間。

万次郎の常識を超えていた。

　この当時、日本で一番大きな船と言えば、弁財船——千石船である。

　長さ五十尺、幅二十五尺——長さも幅も、およそ三分の一だ。そして、帆はひとつだけ。

　万次郎が今乗っている船は、とてつもない大きさと言っていい。

　凄い……

　あらためて見回せば、自分は今、船の前にある船室から甲板に出てきたところであった。

　これほどの大きさのものが、海に浮き、動くのか。

「でかいのう……」

　万次郎はつぶやいた。

　万次郎が何に驚いているのか、イシュメールもクイークエグも、わかっているらしい。

「こういう船を見るのは、はじめてかい」

　イシュメールは言った。

「たまらん」

　帆を見あげながら、万次郎はつぶやいた。

　そこで、思い出したのが、仲間のことであった。

　筆之丞、五右衛門、重助、寅右衛門がまだあの島に残っている。

「そや、わしには仲間がおるんや」

　万次郎は、イシュメールに向かい、

「わしの仲間が、島に取り残されちゅう。四人おるんや。なんとか、その島まで行ってくれんか——」

　万次郎は、身振りと手振りで、必死になって説明した。

　やりとりしているうちに、万次郎の仲間がまだどこかの島に取り残されている、というところまでは、理解してもらえたようであったのだが、その後の会話がどこまで通じているのかがわからない。

　おそらく、その島はどこにあるのかとは、問われたような気がする。

　しかし、万次郎は、その島の場所を説明することができなかった。

　見当で星の位置などについて語ったが、正確ではないため、いくら言葉が通じたとしても、その島がどこにあるかを特定することは不可能であろうと思われた。

　誰かが、紙とペンを持ってきて、万次郎に手渡してくれたが、いったい何を書いたらいいのかがわからない。せいぜい、島の絵を描くことができるだけだ。

　うろ覚えで、島のかたちを絵にして、その中に四人の人間がいるという図を描いてみせたのだが、反応は鈍かった。

途中で、万次郎はあきらめた。

こうなったら、彼らの言葉を学ぶしかない。

言葉を学んで、その時にもう一度、仲間のことを話すしかない。

少なくとも、仲間の四人は、すぐに死ぬというような状況ではない。自分が言葉を覚えるのにどのくらいかかるかはわからないが、しばらくは、彼らはあの島でなんとか生きのびてくれるであろう。

そう考えたら、少し、気持ちが楽になった。

そこへ、ひとりの身体の大きな黒人が近づいてきた。

その手に、万次郎の銛を持っていた。

おそろしく身体の大きな男であった。

ぼろぼろのズボンを穿いて、上半身にはチョッキを一枚身につけているだけだ。

肌が黒光りしている。

肉の量感は、人というよりは象だ。

普通の人間が歩いても、甲板の板は軋み音をあげないのに、この男が歩く時だけ、床が苦しげな音をたてる。

他の人間よりも、頭ひとつ高くそびえている。

銛無しで闘って、素手で鯨を絞め殺してしまいそうな迫力がある。

チョッキのボタンが嵌められていないが、留めると、ちょっと力を入れただけで、ボタンがはじけ飛んでしまうからであろう。そのチョッキの布地を、下から、張り出した胸の肉が大きく持ちあげている。

子供なら、その胸の下で雨やどりができそうであった。

万次郎を囲んでいた人間の集団が、左右に割れた。

誰がやってきたか、床の軋む音で後ろを振り向かずともわかるらしい。

「これは、おまえのだろう」

その黒人が、右手に持った銛を、万次郎に差し出してきた。

太い指が、銛の柄をつかんでいる。

「わしの銛や」

万次郎が、銛を手にした。

しっくりと、手になじむ重さが心地よい。自分の身体の一部がもどってきたようであった。

「おまえは、銛打ちか？」

黒人の太い唇が動き、大きな白い歯が見えた。

しかし、万次郎には、何を言われたのかわからない。

黒人の太い指が万次郎を差し、その手が持ちあげられて、銛を握るかたちになり、その銛を投げる動作をしてみせた。

なんとか、意味は伝わった。

「そや、わしは銛打ちや」

万次郎は、手にした銛を持ちあげて、投げる動作をしてみせた。

それで、意味が相手にも伝わったらしい。

黒人は、顎を、大きく引いて、一、二度、うなずいてみせ、

「おまえ、鯨を何頭殺したことがあるのだ」

そう問うてきた。

しかし、この身体の大きな黒人が、何かを訊(たず)ねてきたということは理解できたが、その内容までは、万次郎にわかるはずもない。

万次郎が、首を傾(かし)げてみせると、

「おい、ピップ、底の抜けた桶(おけ)がどこかに転がっていたろう。それと、おれの銛を持ってくるんだ」

黒人の大男はそう言った。

すると、さっき、ジャガイモとスープを運んできてくれた黒人の少年が、

「わかりました」

はずむように一度跳びあがってから、姿を消し、すぐにもどってきた。

底の抜けた桶に右腕を通し、その右手に、銛を握っていた。

縄を結わえつけていない銛だ。

もう一方の手に赤果実を握っているのだが、それがアッポー——リンゴと呼ばれるものであることは、万次郎がまだ知らぬことであった。

「ダグーさん、持ってきましたよ」

ダグーと呼ばれた黒人が、銛を受け取って、

「おい、ピップ、その桶を適当な所へ置いてくれ」

そう言った。

この時、集まった者たちの間に歓声があがったのは、この大男の黒人——ダグーが、何をしようとしているのかわかったからであろう。

「もう少し向こうだ」

ピップが、甲板に桶を置こうとすると、さらに遠くにせよと、ダグーが要求する。

「このあたりでいいですか」

「ああ、そこでいい」

右舷に近い、甲板の上に、その桶が置かれた。

これから何が起こるか承知している者たちは、立っているところから位置を移動して、ダグーと置かれた桶との間に、誰もいない空間を作った。

ダグーは、右手に銛を持ち、右舷に寄った。

立ち止まったダグーから、置かれた桶までは、およそ八間――

集まった者たちの眼が、これから始まることへの期待で熱を帯びて光っている。

ダグーは、持った銛の重さを確かめるように、二度、三度、持ちあげて、近くにいた万次郎の胸を、左手の甲で軽く叩いた。

「見てろよ」

肩の高さで上下していた銛が、静止した。

その銛が後方に引かれ、

「ホウッ」

銛が放たれた。

斜め上に飛んだ銛が、山なりの弧を描いて落ちてゆく。

かっ、
と、銛が、甲板の上に突き刺さった。

なんと、銛は、そこに置かれた底のない桶の輪の中に突き立っていたのである。

見物していた者たちから、どっと歓声があがった。

分厚い唇に、笑みを浮かべ、胸をそびやかすようにして万次郎を見、ダグーは桶に近づき、銛を抜いてもどってきた。

「次はおまえだ」

万次郎の前に立ったダグーが言った。

いったん万次郎を指差し、同じその指で、ダグーは桶を示した。

おまえにできるか⁉

そう言われたのだと万次郎は思った。

なんということだ。

おもしろい――

万次郎はそう思った。

通常の日本人であれば、萎縮してしまうようなこの場面で、万次郎は血を沸き立たせていた。

やりたい。

自分にできるだろうか――

そういう気持ちよりも先に、まず、

〝やりたい〟

そう思ったのである。

「もちろんじゃ」

万次郎は、自分の銛を持って、二度、それを持ちあげてみせた。

またもや、歓声があがった。

ダグーが、万次郎に自分が立っていた場所を譲って、脇へのいた。

そこへ、万次郎が立つ。

心臓が鳴っている。

顔が熱くなっている。

呼吸が速くなっている。

おもしろい。

こんなにおもしろく、楽しいことがあるのか。

大きく息を吸い、吐く。

それを、数度くりかえした。

すぐに呼吸が落ちついてくる。

銛をかまえて、桶を見る。

こうしてみると、遠い。

桶の口は、どのくらいの大きさか。

一尺ほどであろう。

難しい大きさではない。

だが、異国の者たちに囲まれて、技の比べっこをするということが、自分の精神状態を通常ではない場所へ押しあげてしまっている。

しかも、船は絶えず揺れているのである。

だいじょうぶじゃ——

あの島へ上陸する時に、もっと揺れている船の上から、桶の口径よりも狭い岩の透き間に銛を通したのだ。

眼で、距離を測る。

船の揺れを、膝（ひざ）で吸収し、息を整え、

「ちょう！」

万次郎は投げた。

銛は、放物線を描いて、桶の円の中に突き立っていた。

さっきより、大きい歓声があがった。

万次郎は、桶まで歩み寄り、銛を引き抜いてもどってきた。

ダグーが、笑いながら万次郎を迎えて、右手を差し出してきた。

どうしていいかわからずにいると、銛を握った万次

郎の手を、ダグーの右手が握ってきた。

万次郎は、銛を左手に持ちかえた。

あらためて、手を握りあった。

このお互いに手を握りあうことが、友情のしるしなのか、挨拶なのか——

歓声の中に、万次郎は立っている。

悪い気分ではない。

そこへ——

「おい、ダグー、おれにも遊ばせろよ」

出てきた男がいた。

小柄な男で、金色の髪をしていた。

折り目のしっかりついたシャツを着て、左手に銛を持っていた。

両袖とも、肘のところまできっちり巻きあげている。

「フラスク……」

ダグーの声が変化していた。

ふいに現れたこの男に、ダグーは少し緊張しているらしい。

自分より頭ひとつ半ほど低い、この小柄な男とダグーはどのような関係にあるのか。

三等航海士のフラスクという人物であった。


万次郎よりも背は低かったが、身体は固まったばかりの溶岩のように、がっしりとしていて、熱気まで帯びていた。

笑わない顔で、フラスクは万次郎を見、ダグーを見た。

「鯨ってのは、動くもんだ。動かないものに銛をあてても、実力はわからんよ」

「そのくらいは承知していますぜ、フラスク——」

「ならいいがな」

フラスクはピップを見やり、

「あの桶を右手で持って立て——」

そう言った。

「お、桶を?」

まだ、かじっていないリンゴを左手に持って、ピップは訊ねた。

「そうだ」

「わ、わかりました」

「わかったら急げ」

「は、はい」

慌ててピップは桶のところまで走り、それを右手で持ちあげた。

「その桶を右手で輪がこちらに向くように持つんだ」

ピップが桶を、身体の前に持ちあげた。

「そうじゃない。身体の横へ出すんだ。おれの銛に貫かれたくなかったらな――」

「はいっ」

ピップは、硬くなって、右手に持った桶を横へ伸ばした。

桶の輪がこちらの方に向いている。抜けた底から、向こうの景色が見えていた。

「おれが、よし、と言ったら手から桶を放すんだ」

「は、はい」

フラスクが、さっき万次郎が立っていた場所に立って、銛を構えた。

船が、二度、三度、四度揺れた時――

「よし！」

その声で、ピップが手を放した。

桶が、輪をこちらに向けたまま落下してゆく。

この時には、もう、フラスクの手から銛が放たれていた。

「ヒョオッ」

桶が、甲板まで落ちきる前に、フラスクの放った銛が、落下中の桶の輪をくぐって、その先の甲板の上に突き立っていた。

どっと歓声があがった。

おそるべき技であった。

これを成功させるために必要なのは、ただ、動くものに銛をあてる技術だけではない。

速さが必要であった。

銛が輪をくぐっている間も、桶は落下しているからだ。銛の速度が遅いと、銛が、桶の輪の内側にぶつかってしまう。

フラスクは、甲板から銛を抜いてもどってくると、

「できるか？」

万次郎に問うてきた。

これまで、どういう会話が彼らの間でなされてきたのかはわからないが、同じことをやってみろと、フラスクから挑戦されていることはわかる。

「やる」

万次郎は、言った。

見物人が、どよめいた。

「ピップ。ゆけ――」

フラスクが言うと、ピップは泣きそうな顔で桶のと

ころまで歩いてゆき、それを手にとった。

ピップは、桶を持って、かたちが輪になるようにして、万次郎の方に向けた。

万次郎は、銛を構えた。

落下してゆく桶そのものをねらっては、駄目だとわかっている。桶のさらに下――落下してゆくその速度にあわせて、桶が通過してゆくであろう場所をねらわねばならない。

桶が落下した時、それを見ていてはだめだ。

桶が、黒人の少年の指を離れた瞬間には、決めた場所に向かって銛を放たねばならない。

できるかどうかは、もう、万次郎の頭の中にはない。

桶の輪を貫く――そのことだけで、頭がいっぱいになっている。

意識を研ぎ澄ませる。

黒人の少年の手から離れた桶が、床までの距離の三分の二を通過するあたり――そこにねらいをさだめた。

「はいっ!」

万次郎が声をあげると、ピップが手を放した。

桶が落下する。

「ひゅっ!」

投げる。

桶の輪を、万次郎の放った銛が貫き、くぐって、向こうの甲板に斜めに突き刺さった。

男たちがどよめいた。

万次郎は、その場で、両手を膝にあてて喘いでいた。呼吸を止め、銛を放つそのことだけに集中したため、全力で山道を駆けたのと同じくらいの緊張と体力を使ってしまったのである。

ただ、その顔には、笑みが溢れている。

万次郎が、銛を手にもどってくると、男たちの間で、大合唱が起こっていた。

「クイークェグ!」

「クイークェグ!」

「クイークェグ!」

手を叩きながら、どうやら誰かの名前を呼んでいるらしい。

そこへ、のっそりと、銛を手にして現れた漢がいた。万次郎を海から引っぱりあげた、全身入れ墨のあの漢であった。

先ほど、眼を覚ました時にも自分を見下ろしていた漢だ。

ジャガイモとスープを腹に入れている時にも、万次郎の傍についてくれた。

この甲板に出る時にも一緒だった。

尖んがっているその頭の先まで入れ墨が施されている。

さっきまでは、手に銛を持っていなかったはずだ。

自分が、銛勝負をしている時に、誰かが持ってきて手渡したか、本人が取りにいったのか。

いずれにしても、右手に銛を持った姿が様になっている。

銛打ち——この船の羽刺なのであろう。

この漢の名前は、クイークェグというのか。

クイークェグは、万次郎の前で足を止めると、

「イシュメール」

ひとりの男に声をかけた。

男たちが、歓声をあげる。

その男が、困った表情を浮かべ、前に出てきた。

さっき、水を与えて、ジャガイモを勧めてくれた男だ。

この黒髪の男が、イシュメールか。

万次郎は、その名前と顔を、頭の中に刻み込んだ。

こんどは何をするのか。

「ピップ」

クイークェグが、黒人の少年に声をかける。

あの少年がピップだ。

万次郎は、また、その名を頭に刻む。

すでに、ダグーとフラスクの名前と顔も覚え込んでいる。

手にしたリンゴを、左袖で拭いて、今まさに齧ろうとしていた黒人の少年は、

「ヒャッ」

と声をあげて、口に運ぼうとしていたリンゴを宙で止めた。

「それを投げてよこせ」

クイークェグが言った。

ピップが、手にしていたリンゴを、クイークェグに向かって投げた。

飛んできたリンゴを左手で摑むと、クイークェグは、イシュメールに歩みより、その頭の上に載せた。

クイークェグが手を放す。

落ちそうになったリンゴを、イシュメールがあわてて両手で押さえる。

イシュメールは、顔をしかめて、

「神よ……」

天を仰いだ。

「だいじょうぶだ。おれは絶対に失敗はしない」

「これまではな」

「おまえの神より、おれとおれのヨージョを信用しろ。おれが、いつでもどこでも、正確にリンゴに銛を突き立てることができるのは、知っているだろう」

「ああ」

「たとえ、そのリンゴが、友よ、イシュメールの頭の上に載っていたとしてもだ」

「もしも失敗したら？」

「心配ない。おまえは、おれに、文句を言わないだろう」

ここで、男たちが、どっと笑った。

失敗したら、イシュメールはもちろん文句を言える状態ではない。

このゲームを始める前の、お決まりのやりとりのようにも聞こえるのだが、万次郎には、何故、男たちが笑ったのか、わからなかった。

イシュメールの頭の上に載せたリンゴを、クイークェグが、銛を投げて刺す――そういうことをやろうとしているのだとはわかる。

それで、頭の上にリンゴを載せる役を、イシュメールが頼まれて、尻ごみしている――その様子を見て、男たちが笑ったのであろうこともわかる。

しかし、そこにある、クイークェグとイシュメールの、信頼関係を背景にした、その場の機微までは、万次郎のわからぬところであった。

「死んだら、おまえの神は、おれをどこへ連れていってくれるんだ、クイークェグよ――」

イシュメールが問うた。

「いつでも、おいしい果実が森になっていて、海に行けば魚がいくらでもとれる。女たちは気だてがよくて、水が美しい。そういうところだ――」

クイークェグが言うと、

「それは、おまえの島だろう」

イシュメールが言う。

「そうだ」

「そうか。ヨージョがおまえの島にもう一度連れていってくれるっていうんなら、それもいいかもしれないな」

イシュメールは、頭の上のリンゴを左手で押さえたまま、船の中央にある主檣（メイン・マスト）の方へ歩いてゆき、檣（マスト）に背をあずけて立った。

左手でリンゴの位置を調整して、手を離した。

リンゴは落ちずに、イシュメールの頭の上に載っている。

「おい、今日ははずれるぜ、イシュメール」

「金を借りておくんだったよ」

「おまえは、いいやつだったって、みんなに言うよ。だけど、馬鹿なやつだったってな——」

皆が、口々に勝手なことを口にしている。

それを見ながら、

「本気か!?」

万次郎は考えている。

人の頭の上に載せたリンゴに、本気で投げた銛をあてるつもりなのか。

万次郎も、柿の実を置いて、それに銛をあてるくらいのことはできる。

実際にやったこともある。

十間離れたところから投げて、ほぼ当てられる。

それが、人の頭の上に載っていなければの話だ。

しかも、船の上は、たえず波によって揺れ動いている。

リンゴや柿の実を載せているのが、自分の身うち——時蔵（ときぞう）や母の志（し）をだったらどうか。いや、知り合いの頭の上でなくとも、それはできることではない。

いつもはできることでも、そういう状況になれば、手元が狂うということもある。

いや、間違いなく狂う。

大きく上の方にはずすか、あるいは左右のいずれかにはずれるか。だが、こういう時に限って、投げた銛は、頭部にあたってしまうものだ。

自分だったらできない。

それを、クイークェグはやろうとしているのだ。やるクイークェグも、リンゴを頭の上に載せたイシュメールも、普通じゃない。それを見物している他の男たちも、おかしい。

狂っている。

桶の輪に銛を通す——そこまでは遊びだ。

しかし、これは、遊びでやることではない。

クイークェグは、銛を構えた。

クイークェグの身体が、静かに波に揺られて上下している。クイークェグのみではない。そこにいる全員が同様に揺れている。

すでに、声をあげる者はいない。

船の上は、静まりかえっている。

聞こえるのは、船が波を分ける音と、風が帆をはためかす音だけだ。

いや、きりきりとその場の大気を締めあげるような無音の軋み音も、耳の奥で鳴っているようだ。

と——

「ホウッ!」

クイークェグの手から、銛が飛んだ。

銛は、みごとにリンゴを貫いて、イシュメールの背後の檣(マスト)に突き立った。

男たちが、称賛の声をあげる。

船の上が沸きかえった。

リンゴは、ふたつに割れて、イシュメールの足元に落ちていた。

クイークェグとイシュメールが、並んで万次郎のところまで歩いてきた。

クイークェグが、万次郎の前で立ち止まり、右手の人差し指を立てた。

その指先で、万次郎の胸をさした。

もちろん、意味はわかる。

——次はおまえの番だ。

そう言っているのである。

しかし、できるわけがない。

やるつもりもない。

もし、やろうとしても、リンゴを頭の上に載せてくれる人間がこの船の中にいるわけもない。

「ピップ」

クイークェグが、黒人の少年の名前を呼んだ。

「ひややややっ」

ピップは、泣きそうな顔で、首を左右に振った。

おまえが、頭にリンゴを載せろ——

そう言われたと思ったに違いない。

「そうじゃない。船倉へ行って、リンゴをもひとつ持ってこい——」

クイークェグが言うと、

「ヒャッ」

またもやピップは跳びあがり、素足で走って、船倉の入口に駆け込んだ。

その時見えた少年の足の裏が、綺麗(きれい)な桃色をしていることに、万次郎は気がついた。

すぐに、ピップはもどってきた。

怯(おび)えた表情で、おそるおそる、ピップは手にしていたリンゴをクイークェグに渡した。

クイークェグがリンゴを手にすると、素早くピップは、さっき桶を持って立っていた場所まで駆けもどった。

それでも、万次郎たちが見えるところにいるのは、この後どういうことが起こるのか、見とどけたいという好奇心からであろう。

クイークェグは、持っていたリンゴを、万次郎に向かって差し出し、

「見せてくれ」

そう言った。

そのリンゴを左手に持って、万次郎は途方に暮れた。

どうすればいいのか。

「おい、ピップ。日本人が困ってるぞ。おまえ助けてやらんのか」

「こら、逃げるな」

そういう声があがっている。

ここは、何かをやらねばならない。

船のどこかに、この甘酸っぱい香りのする果実を置いて、それを、銛で貫くのだ。

人の頭に置くわけにはいかない。

しかし、どうすればいいのか。

このまま、やらずに逃げてしまうことはできる。しかし、それは癪(しゃく)だった。

ここで引き退(さ)がるのはくやしかった。

どうする。

誰かの頭の上が駄目なら、自分の頭に載せてやるのはどうだろうか。

でも、どうやって——

そこまで考えた時、万次郎の頭に閃(ひらめ)いたものがあった。

そうか。

そういうやり方なら、できるかもしれない。

帆を見あげる。

山のような量感の帆が、はためいている。

それをしばらく見つめ、万次郎は視線を船の上にもどした。

万次郎は、右手に銛を持ち、左手にリンゴを握って、

「そこから、少し退がってくれ」

集まっている男たちに向かって言った。

男たちは、何を言われているのか、わからない様子で万次郎を囲んでいる。

「みんな、退がってくれ」

それを、何度か万次郎が身振りで伝えると、男たちも万次郎の言うことを理解したらしい。

男たちが退がった。

いったん上を見あげ、次に男たちが退がることによってできた甲板の空間を見やり、

「そのあたりでいい」

万次郎がうなずくと、男たちが退がるのをやめた。

甲板の上に、幅一間半、奥行き三間ほどの広場ができた。

万次郎は、立ち位置を変えた。

「やるよ」

万次郎は、甲板にできた小さな広場の端に立った。

何が始まるのか——

そういう雰囲気が、男たちを包んでいる。

——何を見せてくれるのか。

——何をしようとしているのか。

そういう好奇心で、男たちの意識が張りつめてゆく。


万次郎は、何度も上を見あげては、呼吸を整えた。

馬鹿なことをやろうとしていると、自分でもわかっている。やろうとしているのは、賭(か)けだともわかっている。

賭けているのは自分の命だ。

失敗したからと言って、必ず死ぬわけではないこともわかっている。

しかし、大怪我(おおけが)をする可能性も、死ぬ可能性もあることもわかっている。

理性は、やめろと言っている。

これまで、こんなことのために銛を投げる稽古(けいこ)をしてきたわけではない。

せっかく助かった命を、なんという馬鹿げたことに使うのか。

やめろ。

どんなに恥をかいても、やめるべきだ。

万次郎の中の母の志をは、手を合わせてやめてくれと言っている。

時蔵もそう言っている。

筆之丞もそう言っている。

頭に浮かぶ、全ての人間の顔がそう言っている。

万次郎自身も、そう思っているのだ。
しかし、身体が動いてしまう。
甲板の上に、仁王立ちになり、身体が銛を構えてしまう。
呼吸が整わない。
乱れる。
銛を下げて、呼吸を整える。
また、銛を持ちあげる。
自然に呼吸が荒くなって、また銛を下げ、息を整える。
それを見ている男たちも、いったい何事が起こるのかと意識を張りつめている。
船が揺れる。
船の揺れに、呼吸を合わせる。
同じ拍子で、波が船を揺すっている。
この揺れに身体と意識を乗せるのだ。
船そのものになる。
波そのものになる。
それができなければやれないことをやろうとしているのだ。
左手にリンゴ。
右手に銛。
やれる。
自信を持て。
必ずやれる。
呼吸し、呼吸を止め。
呼吸し、呼吸を止め。
船が揺れて、自身が持ちあげられて――
今だ！
「ヒョオ！」
万次郎は、投げた。
銛を。
上に。
銛が、ほぼ真上に向かって飛んだ。
それが、上空で弧を描き、切先を下に向ける。
その時には、万次郎は、前に三歩踏み出していた。
足を止め、背筋を伸ばし、左手に持ったリンゴを肩口から頭の後ろへ回した。
ここだ。
銛が落ちてくる。
その銛を、万次郎は見ていない。
銛は、自分の後頭部の三寸後ろを通過し、左手に持ったこの果実を貫いて、踵のすぐ後ろの甲板に突き刺さるはずであった。

その時――

船が揺れた。

これまでの規則的な揺れと違う、大きな揺れだ。

何度かに一度やってくる大きな波に、船がぶつかったのだ。

しまった⁉

「あっ！」

と、男たちが叫んだ時、万次郎は、勢いよく左から突きとばされていた。

万次郎は、男たちの足元に転がっていた。

転がった場所から、万次郎は顔をあげた。

さっきまで、万次郎がいた場所に、黒いコートを着た男が立っていた。

明るい陽光の中に、そこだけ闇が煮凝ったように見える男だった。

その黒いコートの男の手に、砕けて半分になったリンゴが握られている。

その男は、強い意志が、そのまま顔から突き出たような鷲鼻で、片足だった。

左脚が、白い棒でできている。

万次郎は、昨日、この男を見ている。

エイハブ船長であった。

その鯨の骨でできた義足の先に、万次郎が投げた銛が突き立っていた。

「何をやっておる……」

錆びた鉄が軋むような声で、エイハブ船長が言った。

男たちが、静まりかえった。

誰も声を出す者はいない。

その静寂の中に、中央檣のてっぺんから、力の限りの叫び声が降ってきた。

「鯨あっ‼」

その声は言った。

その瞬間に、船上の空気が一変していた。

大きな緊張に、船全体が包まれたのである。

「潮吹き！」

「潮吹き！」

声が降ってくる。

その声を上から受けながら、何人かがもう走り出している。船の左舷に吊してある、三艘のボートに向かって、突進してゆく。

すでに、クイークェグ、イシュメール、スタッブ、フラスク、ダグーの姿は消えていた。

下の船倉でも、大きなざわめきが生まれているのがわかる。

多くの者は、上を見あげた。

主檣（メイン・マスト）の上――鯨の見張り台に人が立っていて、その人間が叫び続けている。

「あっちだ、あそこだ」

主檣（メイン・マスト）の上にいる男が、右手を伸ばし、人差し指で、右舷方向を指差している。

「風下直角（リー・ビーム）の方向！」

「マッコウクジラか？」

エイハブが、叫（おら）ぶ。

「マッコウクジラですっ!!」

エイハブは、右手に持ったリンゴを握り潰（つぶ）して、

「かかれっ!!」

叫んでいた。

この間にも、ボートを吊している綱を、駆け寄った者たちが握っている。

なおも上から、声が降ってくる。

「風下直角（リー・ビーム）、群れだっ!!」

エイハブが、海を睨（にら）んでいる。

「距離、二マイル！」

船員たちが、右舷に集まっていた。

万次郎も、その中にまざっている。

青い海の、波が幾重にも重なった彼方（かなた）に、いくつかの鯨の潮吹きが見てとれる。

マッコウクジラだ!!

万次郎は、その潮吹きを見て、そう思う。

すでに、ボートを吊している綱が動き、滑車が回りはじめている。

三艘のボートが、揺れながら海面に近づいてゆく。

海に向かって降りてゆくボートには、すでに何人かが乗り込んでいる。

クイークェグとイシュメールが、同じ船に乗っている。

もう一艘には、スタッブとタシュテーゴが。

もう一艘には、さっき、万次郎と銛の投げ合いをしたフラスクとダグーが。

船倉から、あわただしく出てきた者たちが、左舷に走ってゆく。

遅れた数人が、宙で揺れているボートに跳び下りる。

ボートが海面に浮いた時には、三艘のボートに、それぞれ六人ずつが乗り込んでいた。

どのボートにも、オールが五本。

右舷に三本。

左舷に二本。

クイークェグとイシュメールは、それぞれもうオールを握っている。

五人がオールを握り、ひとりが、後部——艫に座った。

ボートから、縄がはずされて、自由になった。

「さあ、漕げ、背中が折れても漕ぐんだ。わかったな、おまえたち!!」

エイハブが、上から、下のボートの男たちに、溶けた鉄を注ぎかけるように声をかけた。

「おおう」

「うおお」

「ひゃあ」

三艘のボートで、男たちが叫ぶ。

「いいか、おまえたち、おふくろが死んだって、手を止めるなよ」

艫に座ったスタッブが吼える。

「心臓が止まったって、手を休めるんじゃないぞ」

フラスクが声をはりあげる。

万次郎は、彼らがそれぞれどういう意味の言葉を発しているのかはわからなかったが、その雰囲気で、互いに鼓舞しあっているのだということはわかる。

万次郎の心臓が、うるさいほど耳の奥で鳴っている。

ボートが動き出した。

そうして、万次郎が初めて眼にする、ピークオッド号の捕鯨が始まったのである。

二

その巨大なマッコウクジラが、右舷に横づけされた時、ボートと船の上から、男たちの歓声があがった。

ひときわ大きな声があがったのは、スタッブのボートからであった。

この鯨に、一番銛を突き立てたのは、スタッブのボートのタシュテーゴだったからだ。もちろん、これは、タシュテーゴが最初に銛を打ち込んだ名誉を担うものであるというのは言うまでもないが、そのボートの頭であるスタッブが、その手柄や称賛の声を、スタッブ自身を含めたボートの乗り組員六人全員を代表して、受ける権利を持っているのである。

　一番銛を突き立てたタシュテーゴは、銛打ちオールと呼ばれる一番オールを漕ぐことになっている。ボートの一番前にあって、他の四人と共に、鯨を追ってオールを漕ぐ。つまり、鯨に対しては背中を向けているのである。

　ボート頭であるスタッブだけが、艫に座って前を向いている。

　そこで、スタッブが、進行方向に向かって左側のオールを漕がせたり、右側のオールを漕がせたり、その都度命令して鯨を追うのである。

　ロープつきの銛を突き立てられた鯨が走り出した後、一番銛を打ったタシュテーゴと、ボート頭のスタッブが、その場所を入れ代わる。

　鯨に引かれて、海を突っ走っているボートの上で、タシュテーゴが前から後ろへやってきて、スタッブが後ろから前に移動する。

　そして、その後は、スタッブが、必要に応じて、また銛を打ったり、槍(やり)を打ったりするのである。

　弱った鯨にとどめを刺すのも、スタッブの役目だ。

　残った二艘のボートは、これを助けて様々に動いたり、銛や槍を打ち込んだりするが、いずれにしても、一番銛を打ち込んだ、スタッブのボートが——つまりは、スタッブが、この鯨を捕るにあたっての最大功労者となるのである。

　しかし、万次郎には、むろん、そこまでのことは理解できていない。

　万次郎は、船の上から、三艘のボートが鯨を追って右へ移動したり、左へ移動したり、銛や槍を投げるのを見ていただけである。

　時に、鯨は、潜り、走る。

　その現場は、船から遠いこともあり、近いこともあったが、多くの場合は、遠くの波の上のできごとであった。

　窪津(くぼつ)で見た捕鯨の様子は、高い場所から見下ろしていたので、小さいながら、よく見えた。しかし、海面より高いとはいえ、船の上からでは波に邪魔されて見えないところが多くなるのだ。

　それでも、鯨が暴れたりする姿や、その時に立てる水飛沫(みずしぶき)は遠望することができた。

　微(かす)かながら、男たちのおめく声や、騒ぐ声は風に乗って届いてくる――そういう距離であった。

もう、万次郎は、皆に忘れられていた。

〝鯨ぁっ〟

という声があがった時から、船にいる全員が、万次郎の存在を忘れてしまったらしい。

それぞれが、自分の持ち場について、その仕事に懸命になっているのである。

鯨の尾に、ロープが回され、船と鯨が繋がった後、まず頭が落とされた。

鯨の頭は巨大で、鯨の長さのおよそ三分の一を占める。

さらには、重い。

その頭部を、太綱で船尾に係留する。

そして、ここで、右舷に立てられていた鯨の脂身を切りとる時に足場となる、〝コ〟の字形をした大きな台が横に倒される。

この脂身切りの足場には、人が乗ることができる。

その上に、何人もの人間が、脂身を切るために使用される柄の長い庖丁を持って、立つのである。

万次郎は、右舷前方に回って、身を乗り出してその光景を眺めている。

その時――

ばしゃり、
という水音がした。

波の上に、幾つもの、黒い、三角形をしたものが見えていた。

鮫の背鰭であった。

見れば、鯨と船の周囲の海中に、大きな魚影が幾つも見えていた。

鮫の群れだ。

鯨の血の臭いを嗅ぎつけて、集まってきたのである。

ボートに残った者たちが、槍で鮫を突いて追い払おうとするが、追い払う以上に鮫が集まってくる。

鮫が水中で、鯨にかぶりつくのが見える。

「急がせろよ、スターバック」

エイハブ船長が、獅子が唸るような声で言う。

「いいか、手を動かしていない者がいたら、その男がたとえ親でも海へ突き落とせ。そいつが喰われている間は、大事な鯨は無事だろうからな！」

すでに、船の上では、ある作業が始まっていた。

大きな、葡萄の房の如きものが、主檣中段に揺れながら持ちあがってきた。それが、甲板から竜骨までを貫いて立てられている檣頭(マスト・ヘッド)に固定された。

その大きな葡萄の房のように見えるものは、ちょうど、鯨の真上あたりにぶら下がった。

それは、幾つもの滑車の集合体であった。

そこには、幾本もの縄がかけられていて、その縄は、丈夫そうな巻き揚げ機と繋がっている。

滑車からは、縄が下がり、その縄の先には大きな鋼鉄製の鉤(かぎ)がぶら下がっていた。

この時には、もう、足場の上に立った、長い柄の庖丁を持ったスタッブが、その庖丁を、海の上に浮いた鯨の背に突き立てて、分厚い皮に穴を開けている。

穴が開くと、さらに何人かが加わって、その穴の周囲に切れ込みを入れてゆく。

滑車から、鉤が下りてきて、その先が、先ほど鯨の背に開けられた、穴に差し込まれる。

この作業をしているのは、鯨の背に乗った、クイークェグとイシュメールである。

もしも、鯨の背から落ちたら、たちまち鮫の餌食(えじき)になってしまうであろう。

危険な作業であった。

クイークェグとイシュメールが、ボートにもどった。

同時に、数人の男たちが、巻き揚げ機のハンドルに取りついて、それを回しはじめた。たわんでいた縄がぴんと張って、鯨の皮の穴に引っかけられていた鉤が、皮ごと鯨を引っ張りあげる。

ヨウ　ホウ　ヨウ

ヨウ　ホウ　ヨウ

声をあげてさらに力を込め、男たちがハンドルを回すと、ピークオッド号の船体が、鯨の重さを受けて、ぎちぎちと軋み音をあげながら右に傾いてゆく。

船の至るところに使用されているボルトというボルトが、

ちい、

ちい、

と、鼠(ねずみ)のような声をあげる。

脂身切りの足場に立った男たちが、長柄の庖丁で、脂身の内側を突いたり、刃先を突き入れたりして、脂身をはがそうとする。

いきなり、

めりっ、

という音がした。

続いて、めりめりめりっと音をたてて、鯨の皮がめくれあがってきた。

その時、右へ傾いていたピークオッド号が、再びもとの水平な状態にもどるため、檣（マスト）の先を跳ねあげるようにして、左舷に向かって半回転した。

実際には、四分の一――いや五分の一回転よりもさらに小さな角度であったろうが、檣（マスト）の先端の揺れは、船のどの部分よりも大きかった。

檣（マスト）の上にいた男は、その揺れに合わせて、

「ハイヤーッ！」

まるで、暴れ馬に乗ってでもいるように、高い声をあげた。

船は、いったん、正常な位置よりもさらに左に傾き、また右に傾き、また左に傾いた。

それを、二度、三度繰り返した後、船は再び水平な状態にもどっていたのである。

二尺半ほどの幅で、鯨の皮が剝（む）けてゆく。

皮は、一度剝け始めると、あとは同じ速度で剝け続ける。

脂身切りの足場に立つ男たちが、長柄の庖丁を使って、切り込みを入れたり、皮の下に庖丁の先を突っ込んだりしながら、身をはがれやすくするので、ほぼ一定の速度で皮が剝けてゆくのである。

黒い皮の内側が、厚い、白い脂肪の層である。

それは、万次郎の見たところでは一尺に余る厚さがありそうであった。一尺半はないにしても、それに近い厚みはありそうに思えた。

その皮が、まるで梨の実の皮を庖丁で剝くように、螺旋（らせん）を描いて切りとられてゆくのである。

皮が剝かれてゆけば、頭部のない鯨の身体が、海中で回転する。

ここで、

皮を引っかけている鉤は、持ちあげられて、ついに主檣（メイン・マスト）の中段の高さになった。

「よし！」

エイハブが叫ぶと、巻き揚げ機を回していた男たちがようやく手を止めた。

長い脂肪層の巨大な帯が、宙にぶら下がった。その一方の端は、まだ、鯨の身体とつながっている。

波で船が揺られているので、その皮が、ゆらりゆらりと揺れている。皮は重いので、ぶつかってきたら、とても手でその勢いを止められるものではない。倒されるか、場合によっては海に落とされる。海に落ちた

ら、たちまち集まっている鮫の餌食になってしまうであろう。

　鮫の半分は、頭部の方へ集まってはいるが、鯨の身体の方にかぶりついて、肉をごっそり持ってゆくやつもいるのである。

　鯨の皮剝きといっても、これはこれで命がけの作業であった。

　鉤を吊している滑車が、移動して、甲板の上にもどってきた。

　滑車をぶら下げている棒は、その先がちょうど鯨の真上にあるのだが、波などによって、それが左右にぶれないのは、棒の先端近くに二本のロープが取りつけられていて、そこから左右、斜め下方に張られているからだ。

　そのロープが緩められ、一方のロープが引かれることによって、海に向かって突き出ていた棒の先端が、甲板の上にもどってくるのである。

　つまり、鉤にぶら下げられている鯨の皮も、引かれて甲板の上にやってきたことになる。

　そこへ、ひとりの男が、両手に一本の長い刀を持って出てきた。

両手でないとあつかえない、巨大な庖丁だ。

　これは斬り込み刀（ボーディング・ソード）と呼ばれる刃物なのだが、万次郎には、まだ、その名称まではわかっていない。

　この斬り込み刀（ボーディング・ソード）で、男は、ぶら下がった鯨の皮の、ちょうど自分の腹の高さほどのところへ穴を穿（うが）ちはじめた。

　穴が開くと、そこへ、上から、今鯨の皮をぶら下げているのと同じ大きさの鉤が下りてきた。

　その鉤の先が、今、鯨の皮に穿ったばかりの穴に差し込まれた。

　そして、その穴の少し上に向かって、男は、斬り込み刀（ボーディング・ソード）をふるいはじめた。

「アヤッ！」

「アヤッ！」

　両手で、何度か刃を皮に打ち込むと、ようやく皮が両断されて、二本の皮が宙にぶら下がることになった。

　一本の皮は、甲板の上にぶら下がり、もう一本の皮の端は、まだ、鯨とつながっている。

　まだ鯨とつながっている方の皮を吊した鉤は、また、上に持ち上げられながら鯨の真上に移動してゆく。

　そうしてまた、鯨の皮剝きの作業が始まった。

一方、甲板の上には、巨大な鯨の皮の帯がぶら下がって揺れている。

男は、今度は、その皮に向かって、斬り込み刀（ボーディング・ソード）を打ち込んでゆく。

二尺半ほどの長さを、男は切り離した。

こうして、男は、鯨の皮を切り離してゆく。

切り離された分だけ、鉤が下がってくる。

この作業をやり終えるのとほぼ同時に、再び、剝かれた鯨の皮が甲板の上にぶら下がった。

それをまた、男が、手頃な大きさと長さに切りそろえてゆく。

その皮が、さらに細かく切られて、前部甲板にある大きな竈（かまど）の上に載せられた鍋（なべ）で煮られ、脂が精製されるのである。

男たちが、船の上で、懸命に働いている。

時に怒声が飛びかい、時に笑い声が跳ねる。

そういう光景を眺めるのが、万次郎には嬉（うれ）しかった。

ほとんどうっとりとなって、万次郎は初めて見る様々な光景を、眼に焼きつけている。

昼食を挟んで、ほとんどの作業が夕方までには終わっていた。

三

その晩——

万次郎は、昨日と同じハンモックで寝た。

灯りが消されると、すぐに、男たちは眠りに落ちた。

あちこちの寝台から、男たちの寝息や鼾（いびき）が聴こえてくる。

昼の作業で筋肉を酷使したため、疲れきっていたのであろう。

しかし、闇の中で、万次郎は寝つけなかった。

眼を閉じても、開いても、同じ濃さの闇が自分を包んでいる。眼を開いていると、眼から闇が流れ込んできて、体内がその闇で満たされてゆく。

昼の興奮が、まだ身体の中に残っていて、肉が火照（ほて）って万次郎を寝かせないのである。

波に、船が揺すりあげられ、また落ちてゆく。その時に、船体が軋み音をあげる。板や柱、檣（マスト）の繋ぎ目（つなめ）や合わせ目——船内に何千、何万とあるその合わせ目や繋ぎ目が、波に船が揺すられるたびに、一斉に鳴くのである。まるで、小さな生き物のようであった。

その生き物たちの鳴き声も心地いいし、絶えず身体が波に揺れているのもいい。

しかし、眠れなかった。

解体作業が終わり、皮を剝がれて白い丸裸になった鯨が、海に遺棄される。

海面直下を、白い鯨の塊がゆっくり遠ざかってゆく。

その鯨の死体の上を舐めてゆく波に、夕陽の残照がきらきらと光る——その光景も美しかった。

その後で、船の右舷後尾に係留されていた鯨の頭部が、半分海から引きあげられた。

全部引きあげないのは、頭部が巨大で、重すぎたからだ。

半分海中に沈んでいるのなら、浮力が働くので、その分だけ頭は軽くなるのだが、頭全部を引きあげるというのは、できないのである。

鯨の頭部がその状態になった時、後部甲板へ、エイハブが出てきた。

コツン、

コツン、

義足である鯨の骨が、甲板の板にぶつかる音を響かせながら、後部右舷までやってくると、そこで、エイハブは足を止めた。

すると、それまで、そのあたりで好きに話をしていたり、騒いだりしていた連中が、すうっと姿を消し、声を発する者がいなくなった。

エイハブ船長を独りにしてやろうというはからいであるのか、エイハブ船長をいやがって男たちが逃げたのか、それは万次郎にはわからなかった。

エイハブは、これから、何かの宗教的な儀式を始めようとする司祭のようにも見えた。

エイハブは、夕刻の陽を浴びながら、鯨の頭部を見下ろし、

「おお、汝、海の老人よ。鯨の頭よ……」

低い声で語りかけた。

「このおれに語るのだ。そなたの見たものについて。海の秘密について……」

エイハブの声は、おだやかで、ほとんど宗教者のようであった。

「おお、汝よ。語れ。海が我々に隠しているもののことを。この海にあまたいる潜り手の中で、おまえほどの深みに至ったものは、この世にない……」

エイハブの、低い、黒い声が、鯨の頭の上に注がれ

てゆく。

「その深みには、歴史に名をとどめることなく死んだ強者どもの屍体や、剣や鎧も沈んでいることであろう。この地上の全ての財宝を集めたよりも、さらに多くの宝が沈んでいることであろう。無数の船乗りの屍とも、添い寝をしたことであろう。すでに、沈んだ剣や鎧は錆びつき、岩とも泥とも区別がつかなくなっているであろうか……」

エイハブは、真っ赤になった陽をその顔に浴びている。

陽が沈んでゆく。

「おう……」

「おう……」

エイハブは、声をあげる。

「汝、海の賢者よ。海の秘密を知りたる者よ。おまえは、あの、白い鯨を見たか!?」

もとより、万次郎には、その時、エイハブが何を言っていたのかはわからない。

しかし、その声、声の抑揚、響き、そういうものは、耳の奥に残っている。

それが、その声が、闇の中にいると、はっきり蘇ってくるのである。

暗くなり、星が出てくるまで、エイハブはそこで、鯨の頭部に語り続けていた。

まるで、それを恐れるように、船の他の乗り組員たちは、エイハブに近づかなかった。

あの時、エイハブは、いったい何を語っていたのか。

「このおれは、このわしは、苦しい。狂おしい。このわしの命あるうちに、わしはあの白鯨に出合うことがあるのであろうか。おお、スターバックよ。我に語れ、このわしが向かう先におわすは、神か、悪魔か——」

ここで、エイハブは、頭を小さく左右に振り、

「いや、そうではない。そうではない。それは、神でも悪魔でもない。あの白い鯨だ。モービィ・ディックだ……」

そうつぶやいた。

その声の低さ、抑揚、そういったことまで、眠れぬまま、万次郎は思い出している。

そして、中浜の家のこと——

島に残したままの筆之丞たちのこと——

そういうことを思い出しているうちに、いつか、万次郎は、眠りの海に沈んでいた。

六章

ピークオッド号、アルバトロス号とギャムすること

「白鯨のゆがんだあぎとでも、死のあぎとでも、わたしはひるみません、エイハブ船長、それがちゃんとした商売の道理にかなっているのならば、です。わたしがここにおりますのは、鯨をとるためでして、船長の復讐に手をかすためではありません。たとえあなたの復讐がうまくいったとしても、鯨油にして何バレルになるでしょうか、エイハブ船長？　ナンタケットの市場では、さしたるもうけにはなりませんよ」

——ハーマン・メルヴィル『白鯨』
岩波文庫　八木敏雄・訳

一

万次郎は、ほぼ二ヶ月で、彼らの言葉をある程度なら、話すことができるようになっていた。

これには、幾つかの理由がある。

ひとつには、万次郎には、異国の言葉を自分のものにするということに、もともと才能があったのだ。

もうひとつには、万次郎のもの怖じしないという性格である。さらに加えれば、何にでも興味を持つ、知らないことを知りたいという好奇心が、人一倍強かった。

そして、これは一番重要なことだが、島に残っている仲間がいたことである。一刻も早く彼らの言葉を覚え、筆之丞たちの救出に向かわねばという思いが強くあったのである。

さらに、大事なことのひとつに、ピークオッド号の乗り組員のほとんどが、鯨が現れねば暇をもてあましていたということがあったのである。

万次郎が彼らに興味を持ったのと同様に、彼らもまた万次郎に興味を持ち、あれこれと声をかけてきては、万次郎の話し相手になってくれたということが大きい。

そういった乗り組員の中でも、特に、イシュメールとは仲よくなっていた。このイシュメールが、ピークオッド号における万次郎の教育係となったのである。

おりに触れて、万次郎は、島に残してきた仲間のことを、船員たちに語ってきた。

多くの場合、それを語る相手はイシュメールであった。

そういった会話を何度か繰り返し、ようやく万次郎が、このことについて事態を正確に理解できたのは、十日ほど前のことであった。

わかったことのひとつは、イシュメールを含めて、船に乗っている者たちは、万次郎が何度も嘆願している仲間の救出については、かなり早い段階から理解していたということであった。

しかし、救出するにしても、その島がどこにあるかわからないのであれば、助けに行きようがない――というのが、ピークオッド号の乗り組員たちの言い分であった。

万次郎を救出した場所については、ピークオッド号の航海日誌を見れば、記録が残っているので、だいたいの見当はつく。したがって何とかそのあたりの海域に行くことはできるのだが、かんじんの島にはどうやってゆくのか。

万次郎は、そこから先を案内できないのである。

なんとか言えるのは、北極星の高さくらいで、それにしても、正確なものではない。それだけの情報では、よほど熱心に捜しまわらないと、島にはたどりつけない。

万次郎が、潮に流されていた一昼夜という時間を計算して、海流を川にたとえるなら、その上流方向を捜すという方法もなくはないが、たどりつけない可能性が高い。

「色々相談をしたのだが、ピークオッド号を、その島の探索のために使うわけにはいかないということになったんだ」

イシュメールは、万次郎にそう言った。

「残念だが、理解してほしい」

そういうことであった。

万次郎が、あらかじめ想定していた答えであり、納得するしかない答えでもあった。

「ただ、他の船に助けられている可能性もある。あきらめなくていい。この海域には、アメリカの捕鯨船だけでなく、オランダの船も通るからな」

イシュメールは、そう言って、万次郎を慰めてくれたのである。

この二ヶ月のことに関して言えば、万次郎は、言葉のみを学んでいたのではない。

船の中での細ごまとした仕事や、船の構造などについても、イシュメールに案内されて、色々学んだのである。

ちなみに、船は、ざっと三層になっている。

一番上の層が、甲板である。

まん中の二層目が、食料庫、船員たちの部屋、鯨の脂身を細かく刻む場所になっている。食料庫の横には、牛や豚、鶏を飼う部屋もあって、ピークオッド号には、この時、食料となる一頭の牛と二頭の豚、十八羽の鶏が載せられていた。当然ながら、この動物たちに食べさせるための飼料も船には積まれているのである。

万次郎がピークオッド号に助けられる前、すでに、一頭の牛と一頭の豚、八羽の鶏が船員たちの胃袋に収まっているのだという。残った鶏のうち十五羽は、卵を産ませるための雌鳥だが、雄鳥は食用のためだ。

それをイシュメールに教えられて、万次郎は、

「凄い……」

溜め息ともつかない賛嘆の言葉を吐いている。

漁師の家に生まれて、多少は船の知識もあり、中浜にやってくる千石船なども何度か目にしてその大きさに驚いていたのだが、それが見すぼらしく思えてしまう。

この圧倒的な差は、いったいどうだ。

窪津では、鯨がやってくるのを待って、漁をするのだが、ピークオッド号は、鯨を追って、捕るのである。

一番下の層は、鯨の脂を入れた樽置き場だ。

ひと抱えもある大きな樽が、数えきれないほどびっしりと並べられている。脂が入っている樽だけで、二千に余る数があった。

船員たちは、二層目の船首に近い場所にある大部屋がねぐらで、二段式のベッドと、ハンモックが幾つかつるされている。

部屋の中央に大きなテーブルがあって、このテーブルは、動かぬように釘で固定されていた。

船長から、一等航海士、二等航海士、三等航海士、そして三人の銛打ちまでは、船尾に部屋があった。

そして、船長——エイハブだけは寝台つきの個室があり、それとはまた別に、船長と一等航海士、二等航海士、三等航海士、そして三人の銛打ちたちが、集まって食事をしたり、今後のことについて相談をしたりするための部屋が用意されていた。

つまり、船尾には、船長の個室、食事部屋、三人の航海士と三人の銛打ちのための六人部屋、合わせて三部屋があったのである。

イシュメールの話では、ピークオッド号の乗り組員

は、総勢で三十四名。そのうち七名が船尾の部屋に。残りの二十七名の平水夫が、船首の部屋で暮らすように設計がなされているのである。

万次郎は、船首にある平水夫の部屋をあてがわれた。二段になった寝台の、上の段に万次郎は眠ることになった。下の段が、イシュメールであった。二段ベッドの、たまたま、イシュメールの寝台の上が空いていて、そこに、万次郎は眠ることになったのである。

この二ヶ月で、色々な仕事もするようになった。

船全体の、雑用係である。

似たような仕事をしている者は、他にもいた。

銛勝負をした時に、細身の黒人の少年がいた。ピップという名前で、船倉までリンゴを取りに行った少年だ。

あちこちの現場を手伝うのが仕事で、船の雑用を、当人にかわってやることもあるし、命じられれば、何でもやることになっている。

しかし、このピップは、雑用係と言ってもエイハブ船長のお気に入りだから、エイハブの仕事をこなすことが多く、いつでも自由に使えるわけではない。

そして、もうひとり、給仕の、団子小僧と呼ばれる白人の少年がいる。

ピップよりやや歳が上で、痩せたピップに比べて、はるかに肉の量が多い。どちらかというなら、太っている。

この少年は、乗り組員全員の雑用係と言ってよかった。

ピップと団子小僧、万次郎は、このふたりの雑用を手伝うことになったのである。

その他にも、切りとられてきた鯨の脂身を小さく切り分ける作業を手伝ったり、それを甲板の大鍋で煮て脂をとる作業もやるようになった。

その作業を、万次郎は、この二ヶ月間のあいだに何度かやっている。つまり、それだけ鯨が捕れたということだ。

もちろん、食事のため料理を作ったり湯を沸かしたりするのに、薪は不可欠であった。そのための燃料もピークオッド号には積まれているのだが、役に立つのが、脂をとった後の鯨の皮である。これを甲板で乾燥させると、よく燃えて、薪のかわりになるのである。

なんと、鯨は自らの皮で焼かれ、煮られて脂を人間から搾りとられているのであった。

それから、万次郎にとっては不思議なことがひとつあった。

それは、ピークオッド号の乗り組員の全員が、鯨の肉を食べないことである。

皮ごと脂身を切りとったあげくに、巨大な鯨の肉塊を、彼らはそのまま海に捨てて鮫(さめ)の餌にしてしまうのである。

「何故、鯨の肉を食べないのか⁉」

万次郎は、イシュメールに訊(たず)ねたことがあった。

答えは、

「他に食べるものがあるからね」

であった。

別に、鯨を神聖視していて、畏(おそ)れ多くて食べることができないという、宗教的な意味でもなく、また逆に、鯨の肉を忌(い)み嫌って食べないというのでもない。

ただ、普通に食べないのだ。

かといって、まったく口にしないというわけでもなく、乗り組員の何人かは、鯨が捕れた時、

「今日は、鯨の肉を焼いてくれ」

コックにわざわざ注文して、鯨の肉をステーキにしたりしているのである。

もしも、ここに、醤油(しょうゆ)があったら、うまい鯨の肉にありつけるのに――

と、万次郎は何度思ったことであろうか。

幸いにも、積み込んだ食料の中にはニンニクも生姜(しょうが)もあるので、土佐(とさ)風に、鯨の肉を食べることは充分にできるのである。

万次郎が、ギャムという、不思議な、捕鯨船どうしの儀式を見たのは、ピークオッド号に乗り込んでから、二ヶ月と五日ほどが過ぎた頃であった。

檣(マスト)の上から、

「左舷(さげん)前方に、船、発見！」

そういう声が降ってきたのだ。

よく晴れた日であった。

空には、白い夏の雲が湧きあがり、ほどのよい風を受けて、船が順調に進んでいた時だ。

「捕鯨船だ！」

鯨の時と違って、船全体が、いきなりざわっと揺れて、たちまち状況が一変する――そんな感じではなかった。

ただ、船全体が、にわかに活気づいて、珍しいものでも見ようとするように、みんなが甲板に集まってき

たのである。

向こうの船も、こちらに気づいているとわかる。ピークオッド号が、近づいてゆくのに合わせるかのように、向こうの船もこちらに向かって近づいてくるからである。

船影を見ると、確かに向こうも捕鯨船のようである。

「何が始まるんですか」

万次郎が、まだたどたどしいが、しっかり意味が伝わる英語でイシュメールに訊ねた。

「ギャムだ」

「ギャム？」

「船どうしが、お互いに情報の交換をするのさ」

海の上で、捕鯨船と捕鯨船が出合うと、互いに近づいて、情報の交換をし合うのである。

どこでどれだけの鯨が捕れたとか、そういう情報はもちろん、急な病人が出たりして、薬がない時には、融通しあう。

物資や、食料、水なども譲りあったりする。物々交換であったり、金で買いとったり、その都度、交換されるものは様々だ。そして、時には人も。

しかし、最も楽しみなのは、家族からの手紙である。同じ港を後から出港した船は、先に出港した船の船員にあてられた家族からの手紙を預かっているのである。海で出合った時に、渡してもらうためだ。

妻が妊娠している時に海に出た者は、このギャムによって、生まれた子供が男の子であったか、女の子であったかを知ることになる。

出合った船が、もう鯨油を十分に採った後ならば、先に故郷に帰ることになる。そういう船に、こんどは船員たちが、家族への手紙を託すのである。

ほぼ全ての――少なくともナンタケットを出港する捕鯨船は、

〝何々号の誰それあて〟

という手紙を預かって、それを船ごとに分けて保管してあるのである。

当然、それぞれの船は、これまでギャムを行った他の船の情報を持っている。

どの船は、まだ二年は帰れないであろうということや、あの船は、もう一年もしないうちに帰ることができるであろうということなどが、互いの船に知らされるのである。

このギャムの時、それぞれの船からボートを下ろし、そのボートに一等航海士が乗って、互いに相手の船にあがって挨拶を交わしあう。

そういうことを、イシュメールは、万次郎に語った。

この間にも、二隻の船はどんどん近づいてきていた。

「アルバトロス号だ！」

声をあげたのは、左舷前方にいたタシュテーゴであった。

このゲイ・ヘッド岬生まれのインディアンは、船影だけで、その船名がわかるらしい。

そのひと声で、甲板にいた男たちから、歓声があがった。

「ナンタケットの船だぞ！」

そういう声も聴こえた。

アメリカ東海岸のナンタケット島は、他ならぬこのピークオッド号が出港した地である。アルバトロス号は、そのナンタケットを母港とする捕鯨船であった。

ピークオッド号の出港より一年余り前に、ナンタケットを出ているはずであった。

当然ながら、乗り組員の中には知り合いもいる。

近づいてきたアルバトロス号の甲板に、船員が集まってこちらを見ているのもわかる。

二隻の船の航跡が交わった。

アルバトロス号は、ピークオッド号が通ったそのすぐ後、船尾の向こうを、船体を左に傾けながら通りすぎていった。

その時に、細かい部分までがよく見えた。

万次郎にとっては、ピークオッド号に続いて、真近に眺める異国の船だ。その万次郎の眼から見ても、アルバトロス号は、異様な船であった。

まず、その姿が古い。

幽霊船――船に幽霊というものがあるとするなら、まさしくこういう船であろう。

船全体が、黒く煤けたようになっていて、帆ですらも、灰色だ。

船体の横腹には、幾条もの傷がついていて、そこに赤錆が浮き出ている。

どこかで、岩礁にこすられたか、巨大な鯨にぶつけられたか。

鯨の身体の表面には、フジツボなどが無数にくっついている。ぶつかった時に、それが船体をこすってゆけば、あのような傷がつくかもしれない。

帆柱や帆桁、様々な索具も、船の骨が、そのまま見えてしまっているようだ。さながら帆は、かろうじて背骨に引っかかっている背中の皮のようである。

こちらを向いて、声をあげている船員たちも、喜びの表情を表してはいるものの、どこか、覇気がない。

まるで、海に出たまま、数十年、一度も陸地に立ち寄ることもなく、波の上をさまよい続けてきた船のようであった。

アルバトロス号は、大きく左に舵を取りながら、ピークオッド号の右舷に並ぼうとしていた。

ピークオッド号が、その動きに合わせて停まる。

ピークオッド号の船員たちも、左舷から右舷に移動する。

そうして、二隻の、ナンタケットを母港とする船は、太平洋のただ中で隣りあって並んだのである。

「アッホイ！」

手をメガホンにして、まず声をかけたのは、エイハブであった。

「エイハブだ。ジーン・ジャックマンはどこだ？」

エイハブが、叫ぶ。

ジーン・ジャックマン――アルバトロス号の船長の名前だ。

すでに、二船には、信号旗が掲げられている。

信号旗というのは、アメリカ合衆国の組合に入っている捕鯨船の全てが所有している。

船それぞれが違う旗を持っていて、それは登録され、一冊の図鑑になっており、その本はどの捕鯨船の船長室にも置かれている。

洋上で出合った二隻は、真っ先に、檣の上にこの旗を掲げることになる。

だから、タシュテーゴのように、全てのナンタケットの船影を記憶していなくとも、この信号旗を見れば、船名がわかるのである。旗を記憶していない場合は、信号旗の図鑑を開けば、船名がわかる。船名がわかれば、自然に、船長の名前もわかることになっている。

ただし、それは、その船が、先に出港している場合だ。

ナンタケットの捕鯨船のほとんどは、船主である株式会社によって所有されている。

船長の持ちものではない。

船長は、船主である各株式会社によって雇われている存在で、エイハブとて、それは例外ではない。

通常は、船主が、所有する船の船長を決めるのだ。

しかし、逆のケースもある。

それは、船長が、この仕事の熟練者で、出港するたびに、船を、鯨油の入った樽で満杯にしてもどってくるような男の場合だ。

そういう船長は、あまたくる船主からの依頼の中から、好きな船を——つまり、一番いい条件を出してくれるところを選べるのである。たとえば、エイハブのように。

つまり、先に出港した船は、後から出港した船の船長が誰であるかわからない。しかし、後から出港した船は、先に出港した船の船長が誰であるか、わかっていることになる。

「私だ」

ピークオッド号の右舷に並んだアルバトロス号の左舷に、いかめしいなりをした、ひとりの男が姿を現して、声をあげた。

エイハブ同様に、頭に黒い帽子を被った男であった。

エイハブと違っているのは、その胸に、勲章らしきものを幾つもぶら下げていることだ。もちろん、それが彼のどのような功労に対して与えられたものであるかはわかりようがない。

帽子の下から覗く髪は白く、エイハブよりずっと歳をとった人物であるということは、それでわかった。

ピークオッド号を発見してから、これまでの間に、帽子と勲章をつけたいかめしい服を取り出して、それを身につけたのであろう。

「ピークオッド号の船長、エイハブだ。貴殿がアルバトロス号の船長か——」

この時には、ピップが手渡した、銅製のメガホンを、エイハブは口にあてている。

「いかにも」

答えたジーン・ジャックマンも、同様にメガホンを口にあてている。

「ジーン・ジャックマンよ、貴殿は、白い鯨をこの航海で見たことがあるか——」

ギャムの時、エイハブがいつも真っ先にする質問であった。

「いいや、見たことはない」

ジーン・ジャックマンの答えに、たちまち、アルバトロス号に対するエイハブの興味が失せてゆくのがわかった。

すぐにも錨をあげて、その場を立ち去りそうになったエイハブに、ジーン・ジャックマンが言った。

「しかし、一ヶ月前に我々がギャムをしたジェロボーム号が出合ったそうだ」

「なに!?」

エイハブの声に、再び火気がともった。

この時には、ギャムのための準備ができて、双方が、ボートを下ろす用意が整っていた。

「待て――」

「どうした」

そう言ったのは、ジーン・ジャックマンである。

「こちらから、我々がゆく。そちらはボートを下ろす必要はない」

「なんだと!?」

「我が船に、疫病(えきびょう)が出た」

ジーン・ジャックマンは言った。

「なんだって!?」

エイハブの声が大きくなる。

「ふたり、死人が出た」

ジーン・ジャックマンが、悲痛な声で言った。

エイハブと同様に、向こうも大きな声を出しているのだが、その声の半分は、さほど強くもない風にさらわれて、わずかしか届いてこない。

「もともと病気だった者と、鯨の尾にはたかれて怪我をしていた者のふたりだ。残りの者は、感染はしたものの、今は元気になりつつある――」

アルバトロス号が、幽霊船のように見えた理由はこれだったのだ。

「薬は?」

「十分ある。欲しいのは、新しい新聞と手紙だ。あるならば、それをとりにゆきたい」

「新聞も手紙もある。すぐに用意させよう」

「ボートで、貴船の下までゆく。手紙と新聞を上から投げ落としてくれ。貴船にはあがらない。話があれば、その時にどうだ」

「白鯨の話を聞かせてくれ」

「待っていてくれ」

この会話の間に、ボートは海に下ろされ、五人の漕(こ)ぎ手がオールを握っている。

ジーン・ジャックマンは、縄梯子(なわばしご)を使ってアルバトロス号からボートの上に降りてゆく。

ジャックマン船長の乗ったボートが近づいてくる。

船長は、ボートの後部に立っている。

荒れてはいないものの、そこそこのうねりがあって、ボートはそれなりに揺れるのだが、正装したジャックマン船長は、足を踏んばって、微動だにしない。

ボートの漕ぎ手は、手なれた者たちばかりのようで、たちまちピークオッド号の右舷に近づいてきて、すぐ下に停まった。

「アッホイ」

下から、ジャックマン船長が声をかけてきた。

ピークオッド号の甲板と海の上のボート、波による上下はあるものの、先ほどよりはずっと距離が近いため、怒鳴らずとも、少し大きめの声で、よく届いた。

アルバトロス号が出港してからの新聞を、幾つかの束にして投げ落としてやり、次にはアルバトロス号の船員にあてた手紙を預かっていたので、それも投げ落としてやった。

そして、その後、エイハブ船長とジャックマン船長の対話が始まったのである。

二

「白鯨の話を聞かせて欲しい」

まず、エイハブはそう切り出した。

「貴殿は、先ほど、一ヶ月ほど前ギャムを行ったジェロボーム号が、白い鯨——つまり、モービィ・ディックと遭遇したと口にしたが、本当か？」

「真実(まこと)である」

ジャックマン船長は、背をそらせるようにして、エイハブを見あげながら言った。

「それはいつだ。どの海域だ」

「我々がジェロボーム号とギャムを行った海域のことか——」

「違う」

エイハブは、じれったいのを押し殺すような声で、そう言った。

「ジェロボーム号が、モービィ・ディックと遭遇した日と海域だ」

「日ならば、ひと月半前。海域でいえば、ここから北に、順風で半月は進んだあたり——つまり、あの日本国の海域である」

「ジェロボーム号といえば、我らと同じナンタケットの捕鯨船だ。このピークオッド号より、二年は前に出港しているはずだ。船長はメイヒューだったはずだ」

「いかにもその通り」

「で、遭遇してどうだったのだ。ジェロボーム号は、モービィ・ディックを狩ったのか」

「狩った」

ジャックマン船長の言葉に、エイハブは歯軋りと、こわい表情で応えた。

「で、首尾は？」

「ボートが、尾の一撃で木っ端微塵にされ、銛打ちのひとりが、海にはたき落とされて死んだらしい」

それを聞いていたエイハブの顔に、隠しきれない、喜悦の笑みが湧きあがってきた。

「さもあろう。さもあろう。あの、神が使わしたがごとき白き悪魔が、そうかんたんに、このエイハブの銛以外のものでやられるわけはなかろうさ」

上機嫌——といってもいいエイハブの声であった。

「で、最初にモービィ・ディックを発見するという栄誉を荷ったのは？」

「ガブリエルという平水夫の男だ」

ジャックマン船長がその名を口にした途端、

「なに!?」

エイハブが、その眸を一瞬よく研がれた鑿の刃先のように光らせた。

「今、貴殿は、ガブリエルと言うたか」

「ああ、言った。この男がいわくつきでね、今、我らの船に入り込んでいる疫病の症状が、ジェロボーム号で最初に出たのが、このガブリエルだ。つまり、我らのアルバトロス号がこの疫病をもらったのは、ジェロボーム号とギャムを行った時ということになる」

ジャックマン船長の言葉は、ふたりのやりとりを聞いているピークオッド号の他の乗り組員には、不吉に響いたらしい。

というのも、ジャックマンが言い終えた時、何人かの船員の間から、

「おう……」

という低い声があがったからだ。

しかし、エイハブは、そんな疫病のことなどどうでもいいと言うように、

「一番銛を打ち込んだのは？」

喉の奥で、岩をこすり合わせるような声でそう訊ねた。

「ラッドという、一等航海士だ。銛を打ち込んだ瞬間に、モービィ・ディックは、高く尾を天に持ちあげて、潜った。その時の尾のひと打ちで、ボートはばらばら。

逃げ遅れたラッドが、それでくたばったということだな」

「さもあろう、さもあろう」

　エイハブは、さっきと同じ言葉を、うなずきながら、まるで歌うように口にした。

　その唇から、牙(きば)の如き白い歯が覗いている。

「それ以上のことは、聞いてはおらぬ。もっと詳しいことが知りたくば、ジェロボーム号に行き合(お)うて、船長のメイヒューに訊(き)くことだな」

　上下するボートの上で、背筋を伸ばしたまま、ジャックマン船長は言った。

　この間、風と波が、ボートをピークオッド号から引き離そうとするのを、漕ぎ手たちが懸命にオールを操って、元の位置にとどまらせている。

　この後、エイハブは、これまで何樽の鯨油を採ったか、他の船とギャムをした時のことなどを短く語った。

　エイハブ自身は、もう、一刻も早く錨をあげて北へ向かいたがっているのが、傍眼(はため)にもよくわかった。

　エイハブが、話をきりあげようとしたその時——

「実は、七日前に、ニューベッドフォードの捕鯨船・ジョン・ハウランド号とギャムをした。船長はホイットフィールドという男だ」

「それで？」

「このあたりから、南西に三日ほど行ったところに、無人島がある。そこで、十日前、四人の日本人を救助したという話だ」

「ほう……」

　エイハブが、万次郎の方をひと睨(にら)みした。

　エイハブとジャックマン船長のやりとりは、万次郎の耳にも届いている。

　しかし、理解できているのは、半分にも満たないくらいだ。ピークオッド号の乗り組員たちが万次郎に話しかける時には、ゆっくりと、わかりやすい発音でしゃべってくれるのだが、ふたりの会話は、同国人どうしが、通常の速度で行っているため、充分に、その意が聴きとれないのである。

　それでも、南の島で、日本人の漂流者が救助されたらしいということはわかる。

「おれの仲間だ！」

　万次郎は、声をあげ、船縁(ふなべり)から身を乗り出した。

「その日本人の名は何というんだ。人数は四人でいいのか!?」

たどたどしいながら、英語で叫んだ。

「四人だ。名は、わからん。ジョン・ハウランド号に出合うた時に訊ねよ」

その声が、少し小さくなっている。

ボートが、ピークオッド号から離れはじめたのだ。

ボートに向かって、エイハブは声をあげる。

「三年だ。ナンタケットに先に帰ったら伝えてくれ。三年でピークオッド号はもどると。これからの手紙は全て、太平洋宛だ。三年でもどらなかったら、手紙の宛先は――」

エイハブは、そこで言葉を切り、深く息を吸い込んでから、

「海の底だ！」

天に向かって叫んだ。

「ごきげんよう……」

ジャックマン船長が、ボートの上で手を振っている。

ボートが、アルバトロス号に向かって遠くなってゆく。ボートとピークオッド号の間に、吹く風がその厚みを増してゆく。

生きていた……

もどってゆくボートを眺めながら、万次郎は、その言葉を噛(か)みしめていた。

それも、助けられたのだ。

助けた船の名は、ジョン・ハウランド号。

筆之丞(ふでのじょう)――

寅右衛門(とらえもん)――

五右衛門(ごえもん)――

重助(じゅうすけ)――

みんな無事だったのだ。

自分と同じように、捕鯨船の上で生きているのだ。

ジャックマン船長は、まだ、こちらを見ながら手を振っている。

がらがらという音が、ピークオッド号に響いている。

ギャムのため、下ろしていた錨が、巻きあげられているのだ。

「よかったな……」

ぽん、と背を叩(たた)かれた。

イシュメールが叩いたのだ。

錨があがった。

帆が、風をいっぱいに受けている。

ピークオッド号が、うねるように動き出した。

「うわて舵！」

エイハブが叫ぶ。

「世界をめぐる旅に、出発！」

七章

人類の箱舟
ピークオッド号のこと

「もう一度言っておくが、スターバック――もう少し深いところを見るのだな。あらゆる目に見えるものは、いいか、ボール紙の仮面にすぎん。だが、個々のできごとには――生きた人間がしでかす、のっぴきならぬ行為には――そこにおいてはだな、何だかわからんが、それでもなお筋のとおった何かが、筋のとおらぬ仮面の背後からぬうっと出てきて、その目鼻立ちのととのった正体を見せつけるのだ。人間、何かをぶちこわそうというのなら、仮面をこそぶちこわせ！　壁をぶちこわさずに、どうして囚人が外に出られるか？　わしにとって、あの白い鯨が、迫りくるその壁なのだ【略】」

――ハーマン・メルヴィル『白鯨』
岩波文庫　八木敏雄・訳

一

万次郎がピークオッド号に助けられて、すでに二ヶ月と十日が過ぎている。

この間で、最も嬉しかったことと言えば、仲間の四人――筆之丞、寅右衛門、五右衛門、重助たちが、ジョン・ハウランド号という捕鯨船に無事救われたというのを、ギャムによって、アルバトロス号の船長から知らされたことであった。

この期間に、船員たちの顔や名前もほとんど記憶してしまった。

主だった者たちでいえば、まず、ピークオッド号の船長エイハブがいる。

見た眼でいえば、五十歳を超えているか――

しかしながら、髪には白いものが交ざっている。

以前の航海のおり、白鯨モービィ・ディックに左足を喰いちぎられて、今は本業である鯨の脂をとることよりも、その復讐に心を奪われている。その左足の膝から下は、鯨の骨で作られた義足である。

鉤のような鷲鼻で、眼光鋭く、その眼で睨めば、木の板にも穴を穿つことくらいはできそうであった。

こつん、こつんと甲板を打つエイハブの義足の音を耳にすると、それまで楽しそうに談笑していた者の顔から笑みが消え、その唇からは言葉が消えた。

船首楼の平水夫部屋で、夜、眠っている時でも、この足音が頭上から聞こえて来ることがしばしばあった。

その足音が、船首から船尾にかけて、何度も往復するのである。時に、それは長い間停止し、いなくなったのかと思うと、また動き出す。

時に――

「神よ……」

祈りのような声が響き、

「悪魔め……」

続いて呪いの言葉のような声が響く。

ぶつぶつと、何やらわからぬ言葉をつぶやいたり、低い呻き声を放ったりする。

「地獄の門をくぐって出てきた連中と、話をしているんだろうよ……」

イシュメールは、万次郎にそう言ったことがある。

エイハブは、ピークオッド号の中に生じた、暗い、冷たい風のようなものだ。その風が吹いてくると、陽気な海の男たちが、首筋に手をあてて、どういう会話の最中であれ、その口を一瞬閉ざすのである。

ピークオッド号の絶対権力者にして、その心に誰よりも複雑な、深い感情を抱えているのが、このエイハブ船長ではないか。

万次郎はそう思っている。

次に名をあげるとすれば、一等航海士のスターバックだ。

エイハブは、おりにふれて、

「スターバックよ、おまえはどう思う」

「スターバックよ、弱気な者からは、運が去ってゆくものだ。たとえそれが、神ではなく悪魔が与えてくれた運であってもな」

この一等航海士の名を口にするが、実はまだ、万次郎はこの人物と顔を合わせてはいないのだ。

最初の一ヶ月ほどは、あまり気にならなかったのだが、乗り組員の名前と顔を覚えてゆくにつれて、だんだんそれが気になってきたのである。

ある時、万次郎は、イシュメールに訊ねたことがある。

「スターバックさんという方は、どなたですか。私は会ったことがありますか。私がピークオッド号に助けられた時、エイハブ船長が、その名前を口にしていたような気がするのですが……」

すると、イシュメールは、その顔に実に複雑そうな表情を作り、しばし口をつぐんでから、

「スターバックは、ずっと後ろの船室に閉じ込め――いや、閉じこもっていて、出てこないんだ」

　このように言った。

「後ろの船室というのは、船長室ですか。それとも、銛打ちの皆さんや、一等航海士、二等航海士、三等航海士の皆さんがいる部屋のことですか――」

　万次郎は、ピークオッド号の多くの場所に案内されたが、船尾にある三部屋のうち、この二部屋には足を踏み入れたことがなかった。

「今、きみが口にした男たちが眠るための部屋だ。彼は、その部屋に閉じこもって、同室の誰が声をかけても出てこようとしないのだ――」

「何かあったのですか」

　イシュメールは、困ったように首を小さく左右に振った。

「あったと言えばあったのだが……」

「これまで、エイハブ船長の口以外から、スターバックさんの名前が出るのを耳にしたことがありません。そのことと、何か……」

「この船の中で、スターバックの名前を口にしていいのは、エイハブ船長だけなのだ。その理由は、残念ながら、ぼくはきみに説明できないのだ。だからといって、他の者に訊ねても、答えは同じはずだ。きみが、このピークオッド号の中でこれからも快適にすごしたかったら、スターバックの名前は口にしないことだ……」

　申しわけなさそうに、イシュメールは言った。

　それ以上問うのは、万次郎もできず、

「わかりました」

　そううなずくしかなかったのである。

「しかし、念のために言っておこう。スターバックの名前を、この船で口にしない方がいいというのは、彼の性格や人間性とは別の話だということを――」

　その時、イシュメールは、話の終わりにこう付け加えた。

「スターバックは、このピークオッド号の中で、もっとも穏やかに自分の考えを語ることのできる人間で、鯨に銛を打ち込む時以外は、大声をはりあげるということがない。ナンタケット生まれのクエイカー教徒で、今住んでいる本土のコッド岬には若い奥さんも子供もいる。善良で、正直で、誰よりも用心深いけれど、勇気を示す必要がある時は、躊躇することなくそれを実行することのできる人物だよ。ピークオッド号の良心といってもいい――」

手放しの称讃(しょうさん)だった。

――そんな人が、今、心の病(やまい)で苦しんじゅうか。

万次郎は、イシュメールの話を聴きながら、そう思った。

「いずれにしろ、この船では、スターバックの名前を口にするのは避けた方がいい。特にエイハブ船長に聴こえるようなところではね――」

それが、その時行われたイシュメールとの会話のしめくくりとなったのである。

二

二等航海士のスタッブは、スターバックと同じく、本土のコッド岬の出身である。

身体はずんぐりしているが、皮膚の下に詰まっているのは、鮪(まぐろ)の尾にあるものより強靭(きょうじん)な硬い筋肉で、獲物を見つけてから銛を投げるまでに、迷うということがない。鯨を発見してから、どこにどう銛を打ち込むかを普通は逡巡(しゅんじゅん)するものだが、スタッブにはそのためらいがないのである。

それでいて、銛は正確に、ねらった場所に突き立つ。

運命について、気を遣わない。

勇敢ではないが、臆病(おくびょう)でもない。

海面で鯨が猛(たけ)り狂っている時でも、鼻歌を口ずさみながら、銛を投げることができるのである。

このスタッブのことを、ただの楽天家と言ってしまえばそれだけだが、それは注意深くないという意味では、もちろんない。

パイプを五本持っていて、そのパイプは、それぞれに形が違っているのだが、共通しているのは、それが黒くて小さいということだ。

寝床の枕元には、いつもこの五本のパイプが置いてあって、煙草を喫(す)う時も喫わない時も、スタッブの口にはいつもそのうちのどれかが咥(くわ)えられている。

朝起きた時には、五本のうちのどれかを咥えてから起きあがるので、パイプはもうスタッブの顔の一部になってしまっている。

「死ぬ時は死ぬ」

スタッブが時々口にするのがその言葉だ。

「人には役わりがある。人が生きるというのは、その時その時、その役わりをひたすらまっとうするために働くことだ。つまり、鯨捕りならば、鯨をどうやって捕るかということに専念すればいいのだ――」

だから――

――いつ、どこで、どのように死ぬかということは、人が考えるべきことではない。

〝それは、神にまかせておけばいい〟

口にこそしないものの、ピークオッド号の乗り組員たちは、スタッブがそう考えていることをよくわかっている。

このスタッブがボート長を務めるボートの銛打ちが、インディアンのタシュテーゴである。

黒い髪はつやつやとして長く、頬骨が高い。

眸は黒くて丸い。

かつて、先祖が、弓と槍を手にして北米の原野を駆けまわり、鹿や熊を狩っていた頃から受け継がれてきたものが、タシュテーゴの中には残っている。

陸で獣を狩るのと同様に、鯨を狩る。

先祖が獲物を狩るのに使っていた矢にかえて、今、タシュテーゴは銛を握っているのである。

眼がよくて、誰よりも早く鯨を見つけることができるのが、タシュテーゴであった。

タシュテーゴの肌は、黄褐色で、筋肉も、スタッブのようにごつごつと岩の如く盛り上がっているわけではない。しかし、必要な筋肉はきちんとあるべき量だけついていて、全身は鞭のようにしなやかに、よく曲がり、伸びる。

二本の腕も二本の脚も、それ自体が独立して動く蛇のようであった。

スタッブが、ピークオッド号の中で一番信頼している銛打ちが、このタシュテーゴだった。

三

三等航海士のフラスクは、ナンタケット島のすぐ西にあるマーサズ・ヴィニャード島の出身であった。

小柄で金髪、いつも酒が入っているのではないかと思わせるほどの赤ら顔をしている。

スターバック、スタッブと共に、ボートの長をやっている。この三人の中では、フラスクが一番小柄で若い。

ピップが手から放した桶の輪に、投げた銛をくぐらせるという勝負を、万次郎とやった人物である。

生まれつきであるのか、これまで生きてきたなかで習得した性質であるのか、フラスクは、何に対しても恐怖心をほとんど抱いていないように見える。

鯨のことも、たんに海に潜ることのできる巨大化した鼠であるとしか考えていないらしい。

それを想像力があると考えるべきなのか、想像力の欠如と考えるべきなのかはともかく、そのことは、フラスク自身をしばしば危険にさらすこともあるが、たまに、それ故に事故からフラスクを守ることもある。

つまり、鯨に対して、必要以上の恐怖心を持たぬため、冷静に判断し、冷静に行動ができるのである。

しかし、それがまた逆に、必要以上に鯨を追ったりする行為となって、本人と、ボートに乗り込んでいる漕ぎ手たちの命を危うい状況に追い込んだりもするのである。

鯨に対する恐怖というのは、裏返せば、鯨という生命体に対する畏敬の念であったり、その神秘に対する尊敬の念とも繋がってくる感情である。

普通、畏れの感情を抱いたり恐怖の感情を抱いたりしない者は、人との信頼関係をなかなか築けないものなのだが、フラスクと黒人の大男ダグーは、強い信頼関係で繋がっているのである。

ダグーは、フラスクが長をやっているボートの銛打ちであり、ピークオッド号でも一番身体が大きい。

いつも、船ではほとんど上半身裸同然の姿ですごしており、たまにその黒い上半身に革製のチョッキを着ていることがある。

いつも、その両耳には金の輪をぶら下げている。

その肌は、濡れた鯨の背よりも黒々と光り、時に、ほのかな虹色の輝きを放つこともある。

万次郎と銛勝負をした最初の人間で、甲板に置かれた底の抜けた桶の輪の中に、投げた銛を突き立てる競争をした。

素手で鯨と格闘して勝てる男がこの世にいるとしたら、それは、このダグーであろう。

このピークオッド号一番の巨漢と、ピークオッド号で一番小柄なフラスクとは、クイークェグとイシュメールのように、不思議な信頼関係で結ばれており、もしもフラスクが、

「海に飛び込んで鯨を素手で捕まえてこい」

このように言えば、ダグーは迷いもせずに頭から海

に飛び込んで、鯨にしがみついてゆくであろう。

　そして、ダグーの場合、本当に独りで鯨を抱えてもどってきそうな雰囲気があったのである。

四

　ピークオッド号には、四艘(そう)のボートが吊(つ)り下げられている。

　左舷(さげん)に三艘、右舷に一艘。

　何故、右舷に一艘なのかといえば、右舷には、鯨の皮を剝(は)ぐ時に使われる足場が備えつけられているからであり、それ以上、ボートを吊り下げるべき場所がないのである。

　左舷の三艘は、乗り手も漕ぎ手も、銛打ちも決まっている。

　一艘につき、長がひとり、漕ぎ手が五人、全部で六人が乗り込むことになる。

　この漕ぎ手五人のうち、右舷の一番前に座る漕ぎ手が銛打ちだ。

　長は、ボートの後ろにあって、漕ぎ手に指図して、ボートの向きや速度を調整するのが仕事である。

　ボートが鯨に近づいたら、右舷の前でオールを握っていた漕ぎ手が銛打ちに変身して、銛を鯨に打ち込む。

　そして、この後、不思議な交代劇が狭いボートの中で繰り広げられることになる。

　後ろにいる長と、先頭にいた銛打ちが、その場所を入れ代わるのである。

　なにしろ、この交代劇は、鯨に一番銛が打ち込まれた後に行われるので、危険極まりない。

　なにしろ、一番銛に括(くく)りつけられたロープをあらかじめ巻いて入れておく綱桶(ライン・タブ)がボートの後方にあり、前方の舳先(へさき)には、この縄を受けるための構(チヨック)と呼ばれる溝がある。

　銛を打たれて走り出した鯨は、全力でロープを引くため、この構(チヨック)と綱桶(ライン・タブ)の間のロープは、常にぴんと張られていることになる。この張られて鉄棒のように硬くなったロープが、ボートの中央を縦に通っているのである。

　桶(おけ)から出たロープは、いったんボートの最後尾に回され、そこに立っている短いが極めて丈夫な綱柱(つなばしら)に一度巻きつけられている。この綱柱に巻きついているロープと綱柱との摩擦を利用することによって、鯨とやりとりすることになるのだが、これはあくまでも、ロープが舳先の構(チヨック)という溝に入っているからこそ可能なのであり、もしもはずれたらたちまちボートは転覆してしまうことになる。あるいは、ロープが緩(ゆる)んで乗員の誰かの足にからんだりしたら、その人間はあっという間に海中に引きさらわれて死んでしまう。

それ故、銛打ちとボート長との交代は、非合理な行為なのだが、それが、ナンタケットの捕鯨船の伝統なのである。また、この危険な交代を行うので、ボート長と銛打ちとは、絶対的な信頼関係が必要なのであり、逆にその行為がそういう信頼関係を生むのである。

舳先に移動したボート長は、そこで、銛打ち役となり、鯨をしとめるための槍を投げることとなる。

原則として、一艘のボートの乗り組員六人のうち、銛や槍を投げるのは、銛打ちとボート長のふたりであり、漕ぎ手四人は、ボートを漕ぐのが役目なのである。しかしながら、状況が千変万化するボートの中にあって、時に漕ぎ手も銛や槍を打ち、ロープを操ったりせねばならないのはいうまでもない。

三艘のボートのそれぞれに、誰が乗り込むかはいつも決まっている。

一番ボートには、ボート長として一等航海士のスターバックが乗り込み、銛打ちはクイークェグが乗り込む。ちなみにイシュメールは、この一番ボートの漕ぎ手である。

しかし、万次郎が実際に眼にした光景は、クイークェグがボート長として一番ボートに乗り、イシュメールが銛打ちとして一番前でオールを握っている姿だ。これは、スターバックが、心の病で閉じこもっているからであろう。

二番ボートには、二等航海士のスタッブがボート長として乗り込み、銛打ちとしてインディアンのタシュテーゴが乗り込む。

三番ボートには、三等航海士のフラスクがボート長として乗り込み、黒人の大男ダグーが銛打ちとして乗り込む。

では、ピークオッド号の右舷に吊されている四番ボートには、いったい誰が乗り込むのか。

この四番ボートは、基本的には予備であり、一番、二番、三番ボートのうちどれかが使用できなくなり、修理もできなくなった時に使用されるのだが、そういった状況でなくとも、時にこのボートが出動することがある。

相手の鯨が大きかったおりや、時にはエイハブ船長の気まぐれで――

これまで、万次郎は、ボートが海に下ろされるのを十度見たが、そのうちこの四番ボートが出動したのは二回であった。

そして、その時のいずれも、乗り手の六人は、同じだった。

まず、ボート長は、ピークオッド号の船長エイハブが自らその役を担(にな)った。

普通、船長は、直接捕鯨には加わらぬものだが、エイハブは、その時自ら銛を握ったのである。

捕鯨という、この世で最も過酷で重労働を強いられる行為を前に、狂おしく血が煮えたち、その血を静めるために、エイハブは時おり銛を握らずにはおれないのか。

あるいは、求め続けてきた白鯨、モービィ・ディックに遭遇した時、自ら一番銛を打ち込むため、腕がなまらないようにしているのか。

そこまではわからない。

ただ、奇怪であったのは、エイハブ以外の乗り組員五人全員が、支那人(シナ)であったことだ。

銛打ちは、フェダラーという支那人の拝火教徒の老人だった。

頭に布を巻いているのだが、それがターバンと呼ばれるものであることを、万次郎はイシュメールから教えられた。

しかし、驚いたのは、フェダラーが頭に巻いているターバンは、自らの長い髪と、布の紐(ひも)とを縒(よ)り合わせたものであったことを知った時であった。

その髪も、髭(ひげ)も白かったため、初めは全部が布であると思い込んでいたのである。

老人――といっても、かろうじて六十代の手前くらいであろうか。

肌の色は濃い褐色(かっしょく)で、額の皺(しわ)には、十年、二十年昔に浴びた潮の結晶が擦り込まれているように見えた。

万次郎がピークオッド号に助けられた時、〝日本人である〟ことをきっぱりと言ってのけた人物であった。

五

他に、乗り組員としては、料理長のジョン。

給仕の団子小僧。

雑役をするピップ。

鍛冶屋。

大工。

そういった人間たちもいる。

特筆すべきは、その人種の多様性だ。

これまであげた人間たちでも、エイハブをはじめとするアメリカ人、インディアンのタシュテーゴ、アフリカ人であるダグー、マルケサス出身のクイークェグ、支那人のフェダラーがいる。

そして、万次郎自身は、日本人であった。

他に――

フランス人水夫、

オランダ人水夫、

アイスランド人水夫、

マルタ島の水夫、

シシリー島の水夫、

ロング・アイランドの水夫、

アゾレス諸島の水夫、

マン島の水夫、

東インドの水夫、

タヒチ島の水夫、

ポルトガルの水夫、

デンマークの水夫、

イギリス人の水夫、

スペイン人の水夫、

サンチャゴ島の水夫、

ベルファストの水夫、

ざっとこれだけの、出身地の違う者たちが、ピークオッド号という船に乗り合わせているのである。

人種の坩堝であり、翻って考えれば、ピークオッド号そのものが、新興国アメリカ合衆国の象徴そのものであると言っていい。

ピークオッド号の乗り組員が三十四名――これに日本国の万次郎が加わって、総勢三十五名が、この国家の国民ということになる。

それは、未来へ向かって航海すべく、海に浮かべられた、箱舟であった。

この人種の箱舟の中にあって、万次郎は特別な存在――異人種ではない。異人種というのなら、誰もがピークオッド号の中では異人種ということになる。

それが、万次郎には不思議と心地よかった。

えいのう——

えいのう——

万次郎は、心の中で、その言葉を何度も繰り返した。

これまで、万次郎を縛りつけていた、何かの箍(たが)がはずれてしまったようであった。

広い。

世界は広い。

好奇心の塊(かたまり)のようなこの若者は、ピークオッド号の中で、嬉々(きき)として呼吸していたのである。

八章

嵐に不思議なる火
出現すること

ヘラクレスをわれらの仲間にいれるべきか否かについて、わたしはずいぶん悩んできた。ギリシャ神話によれば、かの古代世界のデイヴィ・クロケットにしてキット・カーソンたる怪力無双にして善行のほまれ高き勇者は、鯨にのみこまれてまた吐きだされたという経歴を有しているが——そのことをもって鯨捕りとするにたりるかどうか、それはなお問題ではあろう。ヘラクレスが鯨の内部から腹を銛で打った可能性はあるが、実際に鯨に銛を投擲したという証拠は見あたらない。そうではあるが、ヘラクレスを意図せざる鯨捕りとみとめてもよさそうな気もする。すくなくとも、ヘラクレスが鯨をつかまえたのでないにしても、鯨がヘラクレスをつかまえたのは事実だからである。わたしは、ヘラクレスをわが一党のひとりとみとめる。

——ハーマン・メルヴィル『白鯨』
岩波文庫　八木敏雄・訳

一

万次郎は、狭い寝床の中で、仰向けになって眼を閉じている。

身体が、絶え間なく、上下に大きく揺すられている。

大きなうねりに乗せられ、身体がぐんぐんと上昇してゆく。

そのてっぺんまで到達すると、ふわりと身体が浮いたように軽くなって、こんどは奈落の底に向かって落ちてゆく。そしてまた、奈落の底から上に持ちあげられてゆくのである。

一番底と一番高い場所とでは、その落差は船底から檣のてっぺんまでくらいはあるであろうか。

それに、横の動きや、斜めの動きが加わるのである。

ピークオッド号は、風と波に翻弄されていた。

風が檣にぶつかって切り裂かれる音。

笛のような高い音。

何本ものロープが、びょうびょうと鳴る音。

波の猛る音。

そういった音で、闇が満ちていた。

時おり、瞼の裏が青く光るのは、稲妻だ。

その光のすぐ後に、雷鳴が轟く。

そして、外から聞こえてくる人の叫ぶ声。

「嵐が来る……」

エイハブが、そう言ったのは、まだ昼、太陽が南中を終えたばかりの時であった。

頭上の空は青く、いつもの空とそれほど変わったところがあるわけではない。

ただ、午前中から吹いていた風が、午後になって少し強さを増していたのは、万次郎も感じていた。

空を流れる雲の速度も、いつもよりは速い――そのくらいであった。

が――

昼を過ぎて、南東の水平線のわずか上に、雲の群が見えた。その雲の群が、水平線の上を右から左まで埋め尽くしていた。

波のうねりが、それとわかるほどに大きくなっている。

「大きいぞ……」

エイハブの判断は早かった。

「帆をたため！」

そのひと言で、船員たちが一斉に動き出した。

まず、帆綱に下げられていたシャツやシーツ、下着などの洗濯物が、次々にとりはらわれた。

帆綱が緩められ、一枚ずつ帆が下ろされてゆく。

料理人のフリースは、調理室に引っ込んで、料理を始めた。

早ければ半日、普通で一日、時には三日も嵐は続くことがある。嵐が去ってからも、風はしばらく強く、波も高い。

つまり、これから三日、火を使ったりする料理がまともにできない可能性が充分にあるのである。

料理といっても、ジャガイモを茹でるという簡単なものだ。それさえできていれば、後はパンとバターでいい。

様々な荷が固定され、四艘のボートもあらためて、動かぬように縄が縛りなおされた。

すでに、ピークオッド号の作業については万次郎も理解しており、それらの仕事を手伝った。

ひと通りの作業を終えた時――

「もう、帆綱が唄いはじめておるわ……」

檣を見あげて、エイハブが言った。

帆綱が、強くなった風で鳴っているのである。

ひゅううううううう……

うううううううううう…………

船全体で、百本に余る綱が、嵐の前触れの風に、声をあげはじめていた。

「今のうちに、喰っておけ」

支給されたジャガイモに塩をふってそこで食べ、水で腹に流し込んだ。

食べ終えた時には、空の半分が黒い雲でおおわれ、万次郎の頰を、硬いものが打った。

粒の大きな、小石のような雨であった。

びしっ、

びしっ、

と、甲板の上を、雨の粒が次々に打ちはじめた。

波の大きさが倍になっている。

エイハブは、被っていた帽子を脱ぎ、それを左手に持ちその左手で主檣を抱えるようにして身体を支え、

「小僧！」

万次郎に向かって、声をあげた。

「この檣はな、おまえの国の樹だ。前の航海の時、嵐でへし折られてな、困った挙げ句に、おまえの国にひそかに上陸して切り出してきた杉よ。嵐に折られぬよう、おまえが祈れ」

最初の稲妻が閃いたのは、夕刻であった。

夕刻なのに、夜のような暗さの中で、折れ曲がった銛のように天から、稲妻が海に突き刺さった。

そして、ばりばりばり、という大気が引き裂かれるような音と、大砲を撃つような大きな音が重なって響いたのだ。

「放電線は海に投げたかっ」

エイハブが叫ぶ。

「前のも後ろのもみんなだ！」

何人かが走り出す。

そこで、何か思い出したように、

「やめよ！」

エイハブが、まだ叫んだ。

「やめよ、スターバック!!」

嵐のただ中であるにもかかわらず、船室にいる者まで届く声であった。

ピークオッド号には、三本の檣が立っており、その先端には、避雷針が取りつけられている。

そして、その避雷針からは、放電線と呼ばれる鎖が

伸びている。通常、その鎖は檣（マスト）に近い船内に巻かれて置いてあるのだが、雷が近づいた時などは、避雷針と繋（つな）げられて、鎖の先端を海の中に放り込むのだ。

そうすれば、たとえ雷が落ちても、電気は海に流れ、檣（マスト）も船も破壊されたり燃えたりせずにすむのである。

しかし、今、エイハブはそれをやめろと言っているのである。

「どうだ、スターバックよ。おまえは、ナンタケットに帰りたがっていたな――」

その言葉を、エイハブは、万次郎のすぐ眼の前で口にしていた。

万次郎は、周囲を見回した。

イシュメールがいる。

クイークェグがいる。

スタッブがいて、タシュテーゴがいて、フラスクがいて、ダグーがいる。

フェダラーもいて、ピップもいて、他の水夫たちもいる。

しかし、スターバックがいない。

全員がずぶ濡（ぬ）れだ。

放電線を海へ投げ込めば、甲板での作業は終わりだ。

ピークオッド号は、揺れに揺れている。

稲妻が、また光った。

左頰にえぐれたような傷のあるエイハブの顔が、青白く幽鬼のように浮かびあがる。

それも一瞬だ。

すぐに、凄（すさ）まじい雷鳴が届いてくる。

その衝撃が、全身を震わせる。

ぴょおおおおお……

ぶぅおおおおお……

ぶぶぶぶぶおおお……

雨と風と雷鳴の中で、帆綱が一斉に唄っている。

その中で、エイハブが叫んでいる。

「妻に会いたかろう。娘の顔も見たかろう。温かい暖炉と、できたてのスープも欲しかろう。娘が、笑いながら、おまえにしがみついてくるか――」

エイハブの眼は、虚空を睨（にら）んでいる。

「そんなものは、まやかしだ。そんな夢のような暮らしなぞどこにもない。おまえらは、よくわかっているはずだ。帰れば、年金の心配をし、老いた親の面倒を見ねばならず、子は親の望むようには育たず、妻はぐちばかりだ。スターバックよ、おまえが思っている家は、おまえの頭の中にしかないのだ。天国のように、この地上のどこにもないものだ。おまえは、そこに帰りたいというのか。その幻想の中に」

エイハブの眼が、虚空からもどってきて、船員たちの上に注がれる。

「今、ここにいること、ここで起こっていること、それのみが真実なのだ。この船は、白鯨を追っている。このピークオッド号は、モービィ・ディックを殺すために、今、この海に浮いている。命ながらえることのみが、生きることではない。その命を何のために使うかだ」

エイハブの視線がまたあがる。

「聞け！　皆々よ聞け!!」

天の神に向かって、叫んでいるようであった。

びゅうううううううう………

びょおおおおおおおおお………

「諸君よ、賭けをしようではないか。このエイハブと……」

また、エイハブの視線が地上にもどってきた。

「諸君の多くは、スターバックと同じ考えを持っていることであろう。ピークオッド号の船倉は、鯨油でほぼ、満杯に近くなっている。ここからナンタケットを目指して帰る途中でも、喜望峰を回り込む前に、何頭かの鯨と出合うであろう。そうすれば、鯨油を溢れんばかりにして、予定の半分でナンタケットに凱旋だ。諸君、そうしようではないか――」

エイハブの眼が、また、虚空を睨む。

「ただし、それはこのピークオッド号が雷にやられてしまったらばだ。放電線を使わずに、雷を受け、三本の檣のうち一本でも失ってしまったら、残りの檣に帆を張って、喜望峰を越えてナンタケットを目指そうではないか。しかし、もしも三本の檣が無事であったら、このピークオッド号は、白鯨を追う。それでどうだ、スターバックよ！」

狂気のようなものが、エイハブの精神を支配していた。

乗り組員の多くの顔は、青褪めている。

「お言葉ですがね、エイハブ船長」

そう言ったのは、フラスクであった。

「なんだ」

エイハブが睨む。

その目に睨まれたら誰もがすくみあがるところなの

だが、フラスクだけは平然として、その視線を受けている。

「わたしも賭けは嫌いじゃない。カードで遊ぶし、なけなしの金をとられてすっからかんになったこともある。しかし、賭けるのは金だけだ。命は賭けられないね。どこにいるんだかわからない神を相手にして――いや、悪魔かね、とにかくそういう連中に命を預けるようなことはできないよ。眠っているライオンの口をこじあけて、その中に首を突っ込んで一時間我慢するなんてこたあ、できない相談だ。ライオンがいつ口を閉じるか、寝返りを打つか、そんなことは誰にもわからない。神だって悪魔だってね――」

「臆病者（おくびょうもの）め」

「そりゃあ、言いすぎですぜ、船長。わたしは、相手が鯨なら、それがどれだけでかかろうが、たとえそいつがあのモービィ・ディックだとしても、向かっていきますよ。銛を手に持たせてくれればね。ただ、銛も持たせてもらえず、素手で鯨を殴り殺してこいって話にゃ、乗れないってことで――」

皆の心のうちを代弁するように、フラスクは言った。

「言うたな、フラスク。ここでモービィ・ディックの名を出すか――」

「モービィ・ディックだって、どれだけ色が白かろうが、どれだけ大きかろうが、所詮（しょせん）は鯨でしょう。二本、銛を打ち込んで駄目なら、三本。三本で駄目なら四本、それでも足りなければ、五本、六本打ち込めばいいって話じゃありませんか――」

「フラスクよ、おぬしはあのモービィ・ディックを見たことがないから、そのような口がきけるんだ。モービィ・ディックと遭遇したとき、おまえがたとえ自慢の銛をその手に持っていたとしても、何もできずに震えているだけであろうと、わしは言うておくぞ――」

エイハブは言った。

エイハブの、濡れて額に張りついた髪を、風が何度もひきはがしては宙に踊らせる。

エイハブは、凄まじい眼つきで、フラスクを睨んでいる。

誰もが、エイハブのその視線に押されて口がきけない。

船が、大きく揺れている。

片方の脚が義足であるエイハブはともすれば転げそうになるのを、左手で檣（マスト）にしがみついて、バランスを保っている。

　フラスクが口を開く。

「その時にならねばわからぬことについて、今、口を挟むのはやめておきましょう。それより、スタッブ、あんたはどうなんだ。二等航海士として、一等航海士のスターバックのぶんまでここでひとこと言わねばならないところじゃないのか――」

　小柄な身体の背筋を伸ばし、フラスクはスタッブを見やった。

「お、おれは――」

　スタッブは、言葉を詰まらせた。

「おれは、鯨がおそろしい……」

　その〝おそろしい〟というスタッブが放ったばかりの言葉を、突然強さを増した風が、スタッブの口から吹きちぎって、たちまち荒れ狂う波の彼方（かなた）へ運び去ってゆく。

「おれは、みんなから、楽天家だと思われてるってことは、よくわかっている。それは、たとえば明日の天気のことと同じで、明日晴れるか雨になるか、そんなことは気にかけやしない。明日、鯨に出合うかどうか、そんなことで思い悩むことはしない。しかし、それで、おれが、鯨のことをみくびったり、安全なペットの猫がちょっと大きくなったくらいのもんだと思ってるに違いないとおまえさんたちが考えているんだとしたら、それは大きな間違いだと、ここではっきり言うておく。おれは、鯨ほど剣呑（けんのん）で厄介な生き物はこの世にいないと思ってるよ」

　スタッブが語っているうちにも、風はますます強くなり、帆綱の全てが大声で唄い出している。

　ピークオッド号は、一個の竪琴（たてごと）と化して嵐の中で風の指に掻（か）き鳴らされている。

「さて、それでこの嵐のことだ、フラスクよ。おれは、鯨よりも嵐の方が、おっかねえ厄介な相手だと思ってるよ。時には、角（つの）を出したカミさんよりもな。しかし、いいか、フラスクよ、それからピークオッド号のみんな。ここではっきりさせておくぞ、おれには、鯨よりも、嵐よりも、角出したカミさんよりも怖（こえ）えものがあるってことをな。ついでにそいつの名前も教えてやろう。それはこの船の最高責任者にして、最高の権力者であるエイハブ船長だよ」

「だから、どうだというのかな、スタッブよ」

　フラスクが問う。

「つまり、このおれは、エイハブ船長殿に乗っかるってことだ。檣が一本でも、雷によって焼け折れたら、おれたちゃ故郷へ帰ることができるんだ。それにどんな文句があるってんだ」

言っている間にも、雨風がますます猛ってきて、もはや、会話にならず、怒鳴りあっているような状況となっていた。

二

万次郎は、眼を開いた。

灯りが眼に入る。

天井からぶら下げられたランプの灯りだ。

いつもの夜であれば、天井からはもっと多くのランプがぶら下げられ、空いた瓶に鯨油を入れ、芯をたてて ランプにしたものがテーブルの上に置かれているのだが、さすがに今は、点されているランプはひとつだけであった。ピークオッド号が、嵐で大きく、絶え間なく揺れ続けているため、どういう間違いが起こるかわからないからだ。

万が一にも、ランプが落ちたりしたら、たちまち油に火が燃え移り、ピークオッド号が丸焼けになってしまうからだ。

いつもなら、鼾でうるさいほどなのだが、今、それはほとんど聞こえていない。

ほとんどの者が、眼を閉じてはいても、ほんとうはまだ起きているからだ。

ピークオッド号が、斜めに持ちあげられてゆく。万次郎のいる、右舷の前方が持ちあがり、左舷が斜め下になる。

高い。

そこで、ふっと一瞬身体が軽くなる。

次に、いっきに、奈落の底に突き落とされてゆく。

船室にふたつだけある小さな丸い窓に閃光が走る。

部屋の中がその一瞬だけ青く浮かびあがり、同時に、雷鳴が轟く。

その雷鳴が、ピークオッド号の船体をびりびりと震わせる。その震えが、背にしたベッドから、直接万次郎の身体に届いてくる。

閃光と、雷鳴と、震え——

それが、さっきからずっと繰りかえされているのだ。

そして、人の叫ぶ声。

何人かが、甲板にあって、必死で嵐と闘っているのである。

波に対しては、常に船首か船尾を向けておかねばならず、この嵐の中で、それをやるのは至難の業だ。

ロープが緩めば縛り直さねばならず、特にボートを固定しているロープや、鯨の脂身を持ちあげるための滑車などを固定しておくロープは念入りに見なければならない。その作業はひとりではできず、何人かが共同でやることになる。

さらに、大きな波がぶつかってくれば、揺れるだけではなく、その波が甲板にいる者をさらってゆくこともある。

波にさらわれ、嵐の海に放り出されたら、待っているのは確実な死だ。

命がけの作業であった。

もちろん、これは交代で行われねばならない。三十人に余る人間全員が甲板に出てしまったらたいへんなことになるからだ。

机だけでなく、椅子も、嵐に備えて固定してあるのだが、それでも波で何度も揺すられているうちに、緩んできて、やがて音をたてるようになる。

雨と、風、波の音。

ロープが激しく唄う音。

船体が軋る音。

千、万、何十万ヶ所にも及ぶ板と板、木と木の合わせ目が、一斉に哭き叫ぶ声。

これまで船内に隠れていた妖異の群れが、それまで潜んでいた場所から嵐と共に現れ出てきたようであった。

そして、いきなり轟く雷鳴。

閃光。

雷が、右、左、頭の上——四方八方から同時に音を響かせ、大気を引き裂いてゆく。

雷の真っただ中に、ピークオッド号は浮いているようであった。

土佐沖から流された時よりもさらに強い風と波。

脳裏には、母の志をの顔が浮かんでいる。

「眠れないのかい……」

下から声が聴こえてきた。

イシュメールだ。

眠れずに、眼を開いているのが、わかってしまったのだろう。

「ああ、起きちゅうがじゃ」

思わず、土佐の言葉が口から出た。

「起きてる」

英語で言いなおした。

「こういう時、きみの国では何に祈るんだい？」

神さんか、仏さんじゃ――

そう言おうとしてから、

「御大師さまじゃ」

これも、土佐の言葉を口にした。

最初の日本語は、思わずもれたのだが、二度目のは、意図的に国の言葉を口にしたのだ。

祈るなら、神か仏――

土佐の者が祈るのなら、弘法大師である。

しかし、それを、覚えたばかりの英語で口にするのがためらわれて、国の言葉で言ったのである。

「オダイシサマ……」

「仏さまじゃ」

万次郎は英語で言った。

仏は英語でもホトケと発音した。

「ホトケ……」

「そうじゃ」

「そのホトケは、嵐を鎮める力があるのかい？」

「ある」

ここは、万次郎は、迷わずに口にした。

「しかし、その力があるかどうかということより、こっちの願いを聞いてくれるかどうかだな」

すでに、万次郎の発する言葉は英語になっている。

「それは、ぼくらの神も同じだな……」

イシュメールが言った時――

「火だ!!」

そういう声が、上から降ってきた。

タシュテーゴの声だった。

「火!?」

イシュメールが起きあがる。

万次郎も起きあがった。

寝台のあちこちで、人が起きあがる気配があった。

万次郎も、火という言葉はわかる。

ピークオッド号の甲板のどこかで、火事が発生したのか!?

こんなに雨の激しい時に？

「火だ！」

「燃えてるぞ！」

そういう声が、天井の格子窓から降ってくる。

そこは、天井だが、ピークオッド号の甲板でもある。

そして、出入り口だ。梯子を登ってその格子窓を下から押しあげればピークオッド号の甲板に出ることができる。

今は、雨と波が入らぬよう、格子窓には上から木の板が打ちつけられている。

ざわっ、
と、闇の中で、皆が息を呑む気配があった。

「どうした⁉」

「何ごとだ⁉」

皆が起きあがってくる。

万次郎が床に立った時には、もう、イシュメールが梯子を登って、天井を塞いでいる板に手をかけているところであった。

万次郎は、そのすぐ後に続いた。

イシュメールが、格子窓を押し開けると、いきなり激しい水飛沫が万次郎の顔に注いできた。

強い風と、轟音。

稲妻の光。

そして、冷気。

夏だが、雨はおそろしく冷たい。

「どうした⁉」

イシュメールが出てゆく。

続いて、万次郎も出てゆく。

途端に、ピークオッド号が揺すりあげられ、斜めに大きく持ちあげられた。

万次郎は、すぐ先にある帆綱の一本にしがみついた。

イシュメールも、同じ帆綱に腕を絡めている。

たちまち、全身がずぶ濡れになってゆく。

すぐ向こうで、スタッブとタシュテーゴが舵輪にしがみついている。

「何があったんです⁉」

イシュメールが、大声で問う。

「あれだ」

スタッブが、顔を上へ向けている。

タシュテーゴも、片膝をつき、舵輪にしがみつきながら、上を見あげている。

閃光が、大気を打った。

ぴしゃっ‼

という音。

続いて、

ばりばりばりばりばりばり！

という音。

一瞬、ピークオッド号の甲板が、稲妻の明かりの中に、青く浮きあがる。

帆綱にしがみついている何人かの平水夫たちの姿と顔が見えた。

しかし、不思議であるのは、稲妻の閃光が去った後でも、まだ、彼らの姿と顔が見えていることであった。

万次郎は、顔をあげて、スタッブとタシュテーゴが見あげているものを見た。

そこに、奇怪な光景があった。

三本ある檣(マスト)の先端に、それぞれ青白い焔(ほのお)が燃えていたのである。

それだけではない。

帆を張る時に使われる、檣(マスト)に横に渡された何本もの帆桁(ほげた)の先にも焔が燃えていて、これほどの風と雨の中で、消えずに青白く光っているのである。

この世の焔の色ではなかった。

その明かりが、ピークオッド号の甲板を妖(あや)しく照らしていたのである。

「セントエルモの火だ——」

スタッブが言った。

「おれは、ずっと昔に、これと同じものを見たことがある！」

その声も、風にちぎられて、切れ切れだ。

すでに、何人もの人間が、甲板に出てきていた。

そして、この奇怪な火を見て、

「おう」

「これは」

誰もが皆、声をあげ、恐怖に頬を引きつらせた。

「船が燃える」

「ピークオッド号が、悪魔の火に焼かれるぞ！」

そういう声があがる。

「アフラ・マズダの火ぞ。アフラ・マズダが、悪魔アーリマンを滅ぼすために使わした火じゃ——」

主檣(メイン・マスト)の下で、高いしわがれた声で叫んでいるのは、頭にターバンを巻いた、フェダラーであった。

そこへ——

「心配するな、これはセントエルモの火だ！」

スタッブの声が響く。

そして、閃光、稲妻、雷鳴。

万次郎は、その時異様な感覚を味わっていた。

自分の周囲の大気がびりびりと震えているのである。何かの不思議な力の中に、包まれているような感じであった。

濡れているはずなのに、身体中の体毛が、立ちあがってくる感覚。

髪が逆立っているようだ。

「セントエルモの火?」

万次郎は、イシュメールに問うた。

「何なのですか、こいつは⁉」

「ぼくも、見るのは初めてだ」

イシュメールが興奮した声で言う。

「聖エラスムスの火だ」

イシュメールは言うが、もちろん、万次郎にはなんのことかわからない。

エラスムスは、キリスト教カトリック教会の聖人である。このエラスムスを英語読みすれば、エルモとなり、聖人と合わせて聖エルモということになる。

エラスムスは、西暦で二〇〇年代後半から三〇〇年代初め頃まで生きたフォルミアの司教である。生きたまま腹を裂かれ、腸を巻きとられるという拷問を受けて殉教者となった。

生前、祈ることによって、落雷から人々を守ったという伝説があり、このことから、船乗りたちを雷から守る守護聖人として崇められるようになったのである。

つまり、このセントエルモの火が現れると、聖エラスムスが雷から船を守ってくれるものと船乗りの多くは信じていたのである。

しかし、セントエルモの火のことは知っていても、実際にそれを眼にしたことのある者は少ない。

今日的な呼び方をしてしまえばコロナ放電だが、信ずる者は今もいる。

むしろ、セントエルモの火が現れたことで、水夫たちは安心しなければならないのだが、そこまでの余裕は、もちろん、万次郎を含めて、船員たちにはない。

「けち火じゃなかか⁉」

万次郎は、土佐の言葉で、イシュメールに問うた。

けち火——というのは、土佐に伝わる怪しい光、火の玉、発火現象を指す言葉だ。

人の生き霊や怨霊が、火の玉と化したものと言われているが、船上においても時おりこの現象が現れる。

その海に現れるけち火のことを、万次郎は村の古老たちから耳にしている。

つまり、万次郎にとってこのセントエルモの火は、聖なる火ではなく、怪(あやか)しの火ということになるのである。

いずれにしろ、これは、ピークオッド号が帯電した大気、雷雲の真っただ中にいることを意味するもので、いつ、雷が落ちてもおかしくない状況にあったことになる。

そこへ――

「何ごとか⁉」

太く、低い声が響いた。

波の音と風が、船乗りたちの半分以上をさらってゆく中で、その声は誰の耳にも獣のように潜り込んできた。

エイハブ船長の声であった。

エイハブ船長が、主檣(メイン・マスト)の根元に、鯨の骨の足を踏んばって、ゆるがぬ岩のように立っていた。

エイハブは、帽子を被(かぶ)り、つまり、いつものエイハブ船長そのものとして、そこに立っていたのである。

エイハブは、両手に自分の銛を握り、その切先(きっさき)を甲板に突き立ててバランスをとり、大きく上下し続ける船の揺れを、踏み殺すようにして仁王立ちになっていた。

「何ごとだ。何を、騒いでいる」

エイハブは言った。

「セントエルモの火です、船長！」

スタッブが叫ぶ。

「騒ぐな」

エイハブは、唸(うな)るような声で言い、三本の檣(マスト)を見あげた。

どの檣(マスト)の先端からも、どの帆桁の先端からも、青い焔がめらめらと立ちのぼっている。

「皆承知じゃ。驚くことではない。セントエルモの火なら、四年前に東シナ海で見ている。六年前、喜望峰を回り込んで太平洋(たいへいよう)に出た時にもな。他の者ならともかく、このエイハブにとっては、恐れるようなものではない。この稲妻と同様にな――」

エイハブは、甲板に突き立てていた銛を抜いて、石突(いしづき)の部分を甲板についた。

「来よ……」

エイハブが、右手に握った銛を持ちあげ、天に向かって突きあげた。

「来よ」

二度目にエイハブが言った時、ふいに、奇怪なことが起こった。その銛の先端に灯りが点ったのである。

青白く、めらめらと燃える焔だ。檣（マスト）や帆桁の先端で燃えているセントエルモの火と同じものであった。

見ていた者たちから、どよめきの声があがった。

「見よ！」

エイハブが咆（ほ）える。

「これが神の火であろうが、悪魔の火であろうが、わしは、その火を支配しているのだ。このエイハブがな——」

エイハブは、どこにもつかまることなく、銛を杖（つえ）がわりにすることもなく、そこに立っている。

不思議なことが起こっていた。

いつの間にか、あれほど激しく甲板を叩（たた）いていた雨が止んでいたのである。

そして、風も——

風が、弱くなっていた。

変わらないのは、波のうねりだけだ。

「皆々よ、案ずるな。このエイハブは守られておるのだ。あのモービィ・ディックと出合うためにな」

船の上は、静まりかえっていた。

そこに、エイハブの声が響く。

「見るがいい」

エイハブが、銛の先端に向かって、左手を伸ばした。

指先を、そこで燃えているセントエルモの火に伸ばし、焔を摑（つか）んだ。

なんと、銛の先端で燃えているセントエルモの火は、エイハブの左手に移っていたのである。

エイハブが、左手を皆に向かって差し出した。

その掌（たなごころ）の上で、青い焔が燃えている。

船上に、幾つもの叫び声があがった。

「エイハブ！」

「エイハブ！」

「エイハブ！」

皆が、エイハブ船長の名を叫ぶ。

エイハブの掌の上に燃えていた焔が、すうっと消えた。

それと、ほぼ同時に、船のあちこちで燃えていたセントエルモの火は、消えていたのである。

皆が、檣（マスト）を見あげた。

濃い、紺の天が見えた。

その中心――檣(マスト)の先で、満月が皓々(こうこう)と美しく輝いていた。

透明な空に、無数の星がきらめいていた。

波だけが変わらずに高い。

嵐は、どこかに去っていた。

今日的な言い方をするなら、ピークオッド号が台風の目の中に入ったということなのだが、この時船にいる者の中に、そこまでの知識を持っている人間はいない。

凪は、わずかにしかない。

奇跡が起こったとしか思えない。

そこへ――

エイハブの眼が、主檣(メイン・マスト)の根元を睨んでいる。

エイハブの声が響いた。

「誰だ!?」

その根元から、鎖が伸びていた。

エイハブが、その鎖を眼で追ってゆく。

その鎖は、途中で船縁(ふなべり)の手摺(てすり)を越え、海中に落ちていた。

「放電線を海へ入れたのは誰だ!?」

見れば、三本の檣(マスト)の放電線が、全て海へ投げ入れられていたのである。

嵐が来た時、エイハブが、海へ投げ込むなと命じていた放電線であった。

あの時、その場で、誰もがエイハブ船長の言うことを、呑み込んだはずであった。

しかし、それを呑み込んでいなかった者がいたということになる。

「放電線を海へ投げたのが誰かは、後で調べよう。ピップ」

エイハブが、帆綱に摑まりながら、自分を見ている黒人の少年を呼んだ。

「ハ、ハイッ！」

ピップは、跳びあがって返事をした。

「おまえ、その放電線を早いとこ巻きあげるのだ。急げ！」

しかし、ピップは動けない。

凪が止んでいるとはいえ、波は高く、ピークオッド号は揺れに揺れていて、何度かに一度は、巨大な波が手摺を越えて、激しく甲板を洗っているのである。

へたをすると、海へ転げ落ちるか波にひきさらわれてしまう。

「どうした！」

エイハブの声が、さらに荒くなる。

「ひゃっ」

ピップは、声をあげるばかりで、そこから動けない。帆綱から手を放して船縁まで歩いてゆけたとしても、放電線を海から引きあげることなどできそうにない。

「わしがやる」

エイハブは、銛を杖がわりにして歩き出した。

いくら銛を杖にしたところで、左足は義足である。三点を甲板についてそこで踏ん張っているのならともかく、歩行をすると、短い時間ながら、二点で身体を支えねばならなくなる。極めて危うい行為であった。

その時、これまで以上に、大きくピークオッド号が揺れたのである。

「ぬ!?」

甲板から離れていた銛を突いて、エイハブはそこで踏んばり、揺れをこらえようとした。

踏んばりきれなかった。

エイハブの身体が浮いた。

身体が大きく傾いたところへ、巨大な波が舷墻を越えて、エイハブにぶつかってきた。

「くわっ」

エイハブ船長の手から、銛が飛んだ。

エイハブは、波に引き倒され、そのままさらわれてゆく。

がらん、
と、銛が、万次郎の足元に転がってきた。

万次郎は、その銛を飛びつくようにして拾いあげた。

右手に銛を握った。

エイハブは、船からこぼれ落ちてゆく大量の海水に運ばれて、今、まさに舷墻から荒れ狂っている海に転げ落ちそうになっていた。

万次郎は、それを見ていたのである。

迷っている時ではなかった。

「しゃあっ!!」

万次郎は、銛を投げていた。

その銛は、あやまたず宙を飛んで、今、海に転げ落ちる寸前の、エイハブの着ていた外套の裾に当たり、それを舷墻に貫き止めて、エイハブが海に転げ落ちるのを防いでいたのである。

フラスク、スタッブ、クイークェグが、エイハブ船長に走り寄った。

「だいじょうぶですか、船長」

フラスクが、エイハブを左手で抱え起こす。右手で舷墻に摑まりながら、フラスクはエイハブの身体をしっかりと押さえている。

クイークェグが、万次郎が投げたエイハブの銛を抜いた。

スタッブが、エイハブの身体を右手で抱えながら、フラスクと共に、エイハブが二度目、三度目の波にさらわれそうになるのを支えている。

「今、天がこのわしを殺すものか」

エイハブが唸る。

「神はな、わしとモービィ・ディックの闘いを見たいとおおせになったということだ」

エイハブは、ずぶ濡れの身体をよじるようにして、ふたりの手を振りほどき、そこに立った。

「だいじょうぶだ！」

クイークェグが、右手に持った銛を突きあげると、男たちの間に歓声があがった。

「凄(すご)いな、万次郎」

万次郎の肩を横から叩いてきたのは、イシュメールであった。

三

陽光が、波がめくれあがるたびに、その腹のあたりをぎらぎらと光らせている。

風は止んでいた。

波はまだ高かったが、甲板を歩けないほどではない。

あの後——ピークオッド号は、再び暴風雨にさらされた。

海は、一晩中荒れ狂い続けたが、日の出と共に、雨も風も止んだ。

そして、昼になる頃には、なんとか甲板の上を歩けるような状態になったのである。

再び帆が掲げられ、ピークオッド号は、また北東の方角に向かって進みはじめたのである。

風で、かなり南に吹きもどされていた。

その分を取りもどさねばならない。

張られた帆が風を受け、ピークオッド号が波の上を動き出すと、エイハブ船長から声がかかり、皆が甲板の上に集められた。

不安な一夜を過ごした者たちばかりだ。

「諸君、昨夜の嵐が、捕鯨船の一回の航海で、一度出合うかどうかという大きなものであったことは、誰もが認めるところであろう」

　エイハブの声は、落ちついている。

「よく乗りきった。ここは、神ではなく諸君に感謝しておくべきだろう。よくやった」

　エイハブは、そこに集まった者たちを、舐めるように睨んでいる。

「ところで、昨夜、このエイハブの命令に叛いた者がいる。わしが、そのままにしておけと言うた放電線を、海に投げ込んだ者がいる。そして、その犯人は、この中にいる。スターバックよ、おまえがやったのか⁉」

　エイハブは、激しく問うてから、首を左右に振った。

「誰でもよいわ。誰がやったのかを、わしは責めぬ。犯人が誰であるかも問わぬ。しかし、よく聞け、問わぬかわりに、わしはあらためておまえたちに宣言しておく。このピークオッド号は、たとえ全ての帆が破れようと、舵が折れようと、我らの命ある限り、モービィ・ディックを追うことをな――」

　甲板に集まった者たちの多くは、エイハブがセントエルモの火をその手で摑むのを見ている。見ていない者も、見た者からその話は耳にしている。エイハブの言うことは、本当だ、エイハブは神に守られている――ほとんどの者がそう信じていた。

　船員たちは、そういう顔でエイハブを見ている。

「モービィ・ディックを仕留めるのは、このエイハブである」

　エイハブが言うと、船員たちの間から、どよめきのような声が湧きあがった。

　あまり表情を変えないのが、イシュメールとクイークェグ、フラスクと、そしてフェダラーであった。

　苦い表情をしているのが、スタッブだった。

　他の者たちの大半は、酔ったような眼つきで、エイハブを見つめている。信仰心のようなものまでその眼には宿っていた。

「あやつの背には、森のように銛が突き立っている。そのうち、一番深くまで潜り込んでいるのが、このエイハブの銛だ」

おう――

という声があがる。

　エイハブは、主檣を背にして、しゃべっている。

　エイハブの左足――つまり、鯨の骨で作られた義足の先は、主檣(メイン・マスト)の根元近くに穿(うが)たれた、丸い穴の中に差し込まれていた。

いつも、エイハブが立ち止まるあたり——甲板の上に、浅い、丸い穴が穿たれており、エイハブはその丸い穴に義足の先を突っ込んで、バランスをとっているのである。

エイハブは、左手をコートのポケットの中に差し入れ、その手を引き出して、高く掲げた。

「見よ」

エイハブの左手の指に、金色に光るものが摘(つま)まれていた。

「ダブロン金貨だ！」

エイハブが吼(ほ)える。

おお——

船員たちが、声をあげた。

「一オンスある。諸君らの給料の数ヶ月分だ」

皆の反応をうかがうように、エイハブは、そこで一度言葉を切った。

皆の視線が、エイハブが左手に摘んだものの上に注がれている。

「スターバック、ハンマーだ！」

エイハブが叫ぶ。

「はい」

うなずいて、走り出したのは、スタッブであった。

スタッブが、ハンマーを手にしてもどってきた。

エイハブは、そのハンマーを右手に握った。

エイハブは、左手に摘んだダブロン金貨を、主檣(メイン・マスト)の縦に走る裂け目にあてた。

ハンマーで、金貨を叩く。

ダブロン金貨が、その裂け目に潜り込んでゆく。

金貨は、ハンマーに叩かれ、歪(ゆが)み、一部が潰(つぶ)れたが、裂け目の中に、三分の一近く潜り込んだ。

左手を放し、ハンマーを握ったまま、エイハブは皆を振り向いた。

「おまえたちの誰でもよい。モービィ・ディック発見！　最初にそう叫んだ者に、この金貨を進呈しようではないか。これを、くれてやろう。眉間(みけん)に太い皺(しわ)のよった、顎(あご)のまがった白い鯨を見た者は、大声で狂ったように叫べ。白鯨発見!!　とな——」

エイハブの眼が、爛々(らんらん)と光っている。

「白い尾鰭(おびれ)の右側に、三つ穴のあいた鯨を見た者は、吼えよ。白い怪物発見、とな。このダブロン金貨は、最初にその言葉を叫んだ者のものだ！」

エイハブの声に煽られたように、歓声があがった。

「おれが最初に見つけますぜ！」

「おれが!!」

「おれが!!!」

沸きたつ波のように、その声が広がった。

「船長、やつは潜る時に、尾鰭で二度、三度、天を扇ぐような仕草をしませんか!?」

ゲイ・ヘッド出身のインディアン、タシュテーゴが言う。

「その通りだ」

エイハブが答える。

「やつの潮吹きは、他の鯨とは違う。枝分かれが激しくて、とてつもなく高くあがる。海が噴火したかのように!!」

ダグーが言う。

「その通りだ」

エイハブが答える。

「わたしも、昔、見たことがありますよ。背中に、森のように、夥しい数の銛をはやしている白い鯨だ。その銛の数だけ、船を沈めてきた化け鯨だ」

スタッブが言う。

「タシュテーゴよ、ダグーよ、スタッブよ、そうだ。それがモービィ・ディックだ。それが白鯨だ。その怪物と闘い、一度はその背に乗って海に引き込まれ、そして、唯一生還したのが、このエイハブぞ!!」

おう……

おう……

おう……

と、声があがる。

「この片足はくれてやったがな。モービィ・ディックの肉の一部は、このエイハブの左足よ。その左足が、わしを呼ぶのだ。必ずわしは、このエイハブは、あやつと巡り会う。あやつとわしは、そういう運命なのだ」

エイハブは、太い、石を擦りあわせるような声で言った。

「会わずにおくものか。帆が擦りきれても、喜望峰を巡り、ホーン岬を回り、ノルウェーの大渦巻きメエルシュトレエムに呑まれ、地獄の底まで落ちようとも、巡り会わずにおくものか。このピークオッド号の上に立つ者は皆、そのためにここにいるのだ。白い雲が海に映っているのを見ても叫べ。白い泡を見ても咆えよ。モービィ・ディック発見、白鯨発見とな」

エイハブは、泣きそうな顔になって、そう叫んでから、

「スターバックよ。おまえも覚悟せよ」

呻くように言った。

「酒だ。誰か、ラムをひと瓶持ってこい」

そう叫んだ後、ふいにエイハブは、万次郎を見た。

「小僧、おぬしはこれから銛打ちだ。クイークェグのボートに乗れ」

その声が、ピークオッド号に響き渡った。

九章

クイークェグの神ヨージョ運命を予言すること

おお、ティモール・ジャックよ！　高名なるレヴィヤタンよ！　おぬしは氷山のように傷だらけの巨体をその名にちなむ東洋の海峡にひそませ、その吹きあげる潮はオムベイのヤシの浜辺からしばしば見られるというではないか？　おお、ニュージーランド・トムよ！　おぬしがそうではなかったのか――入れ墨島(タトウー・ランド)と呼ばれるその島の近海をゆくあらゆる船乗りを震撼(しんかん)させたのは？　おお、モーカンよ！　日本近海の王者よ！　その高く吹きあげる潮の柱は、ときおり紺碧(こんぺき)の空にそびえる雪白(ゆきじろ)の十字架とも見えたというが――それこそおぬしのしわざではなかったか？　おお、ドン・ミゲールよ！　背中に神秘的な象形文字をきざんだカメにも似た容姿のチリの鯨――それこそおぬしではなかったか？

――ハーマン・メルヴィル『白鯨』
岩波文庫　八木敏雄・訳

一

捕鯨船に助けられた漂流者が、そのままその船の銛(もり)打ちになるということは、よくあることではない。それは、たとえピークオッド号であれ、例外ではない。

船には、純然たる序列が存在する。

上から、船長、一等航海士、二等航海士、三等航海士という順位があって、その後に、一等航海士のボートの銛打ち、二等航海士のボートの銛打ち、三等航海士のボートの銛打ちと続く。

この六名は、いわゆる船首楼(せんしゅろう)の大部屋ではなく、船長に次ぐ部屋が、船尾に与えられているのである。もちろん、この六名は相部屋ではあるけれども、平水夫たち二十数名が共に起居する大部屋よりは、ずっと住み心地がいい。

その序列によって、一航海あたりの給料も違うし、食事の順番も違う。船長を別にすれば、一等航海士は誰よりも先に食卓についていいし、その食卓から誰よりも後に立ちあがっていいのである。

万次郎(まんじろう)が銛打ちになるということは、その序列の中に割って入ることであった。

しかし、エイハブもただ感情のみで、ものごとを決定する人間ではない。

エイハブにとって、ただひとつ例外的であったのがモービィ・ディックのことであり、この白い鯨のこととなると、時にエイハブは感情と激情の怪物と化したりする。

しかし、通常の判断に関する限り、エイハブは常に鋭利であり、その判断の裏には、それがどんなに直情的に見えようとも、確とした信念と、この男なりの論理、理屈が存在するのである。

そして、船における序列について、誰よりもよく理解しているのが、他ならぬエイハブであった。

なぜならば、ピークオッド号においてエイハブが駆使する権力そのものが、この序列によって保たれているのだということを、エイハブ自身がよくわかっていたからである。もっとも、ピークオッド号におけるエイハブ船長の影響力は、単に序列のみによるのではなく、その類い稀なる個性、その人格にもよるところが甚だしく大きい。そして、そのことも、エイハブはよく理解していたのである。

エイハブが、万次郎に乗れと口にしたクイークェグのボートは、一番ボートであり、そのボート頭は、一等航海士のスターバックが務めていた。

今は、そのスターバックのやっていた仕事をクイークェグがこなし、クイークェグがやっていた、先頭でボートを漕ぎ、鯨にボートで一番初めに銛を打ち込む仕事を、イシュメールがやっている。

万次郎は、そのイシュメールの仕事をやれと、エイハブに命じられたことになる。

ただ、すでに記したように、エイハブも、その感情だけで、船内のあれこれを決めてゆくわけではない。

エイハブは、その決定を下したあと、次のようにつけ加えた。

「おまえたちの中には、この決定に異を唱えたり、不審を抱く者もいることであろう。この日本人は、漂流者ではないかと——」

エイハブは、乗り組員たちを、見下ろすように眺めた。

「しかし、よく聞くがよい。このピークオッド号は、その人間が漂流者であれ、何であれ、ただ飯を食わせるわけにはいかないということだ。誰であれ、働いてもらわねばならん。その仕事が、甲板掃除であれ、脂身を煮ることであれ、パンを切る仕事であれな。このことに異論はあるまい」

エイハブの言葉に皆がうなずく。

「その漂流者が、甲板掃除が得意であればその仕事を、その漂流者が、脂身を切るのが得意であればその仕事を、その漂流者が、銛を打つのが得意であれば、その仕事を!」

エイハブの言葉に、異論を唱える者はいなかった。

少なくとも表面上は——

「おまえたちは、ピークオッド号に乗る前に、契約をした。株主であるピーレグと、ビルダッドと会い、サインをして、この船に乗り込んだのだ。それと同じように、今、ピーレグとビルダッドに代わり、このエイハブが、この小僧を雇うのだ。そのふたりが、この場にいない以上これは、法によって許された、このエイハブの権限である」

エイハブの言うことは、理に適って(かな)いる。

「着いた港で、あらたに人を雇い入れるということは、二年、三年と海を旅する捕鯨船にはよくあることだ。今回は、それが、たまたま海の上であり、それが漂流者であったということだ。今回のこの契約が、すでにかわされている諸君たちの契約の内容を少しでも損なうことがあるであろうか。否!」

エイハブは、声を大きくした。

「断じて、否!」

エイハブの言葉に、数名の船員がうなずく。

「このことによって、諸君らの約束された給料が減るということはない。むしろ、諸君らの給料は増えるかもしれないのだ。このマンジローの銛の腕は、おまえたちも見たはずだ。マンジローが、銛打ちになることによって、あと十頭捕れる鯨が、十三頭になるかもしれない。あと、二十頭捕れる鯨が、二十六頭になるかもしれない。それは、おまえたちにもわかるであろう」

さっきよりも、多い数の船員がうなずいた。

船長にしろ、一等航海士にしろ、あるいはコック、雑用係に至るまで、捕鯨船の乗り組員は、全て、船に乗る前に、捕鯨船の持ち主——つまり、株主と会って契約をする。

給料として、あがりの何パーセントをもらえるのか、話しあってその数字を決めるのである。

その契約の多くは、出来高払いである。

鯨油が多く採れれば、その分給料はあがる。

その時その時の鯨油の相場で、給料が多くなったり少なくなったりする。いずれにしろ、鯨が多く捕れれば、給料があがるのは間違いないのだ。

「このマンジローが、すでにピークオッド号の仕事の多くを、うまくこなしているのは、諸君もわかっているであろう。その仕事に、まだいたらぬところが、多少あるのは仕方がない。しかし、はじめは我らの言葉を話すこともできなかったマンジローが、ピークオッド号に乗って、まだ三ヶ月も過ぎていないのに、今は皆の知る通り、我らと不自由なく会話をしている。しかも、銛の腕は、このピークオッド号の銛打ちの誰と比べても遜色(そんしょく)がないというのは、誰もが認めるところであろう」

うなずく者の数が増えている。

「言うておく。たとえ銛打ちになっても、マンジローの寝るところは、今と同じ、船首楼の大部屋だ。そして、給料は、鯨一頭分あたり、スターバックの十分の一だ。どうだ。この決定に異存がある者は、今、この場でこのエイハブに向かって言え。もしも今、それを口にしないのなら、心に何を思っていても、それはこのピークオッド号を降りてから口にせよ。よいな」

皆の視線が、ひとりの男の上に注がれた。

その男は、イシュメールであった。

何故なら、イシュメールは、クイークェグがボート頭を務める一番ボートの銛打ちだったからである。

そもそも、一番ボートのボート頭はスターバックであった。そのスターバックがボート頭をやることができなくなって、そのボートの銛打ちだったクイークェグがボート頭になり、漕ぎ手だったイシュメールが、銛打ちとなったのである。

つまり、銛打ちとしてイシュメールは、まだ新参者であり、万次郎と交代するとしたら、イシュメールしかいなかったのである。

二番ボートのスタッブとタシュテーゴ、三番ボートのフラスクとダグーは、それぞれ固い絆(きずな)で結ばれており、ボート頭に対する銛打ちの敬愛と忠誠は、騎士に対してその従者が抱くものと近い。クイークェグとイシュメールは、ふたりでピークオッド号に乗り込んでおり、仲はよいのだが、その関係は対等な友人であり、騎士と従者というのとは違うものであった。

従って、万次郎と代わる銛打ちは、エイハブが提案したように、イシュメールしかいなかったのである。

乗り組員たちも、その事情はよくわかっていた。

だから、エイハブの言葉にどのような反応を示すのか、皆が興味を抱いて、イシュメールを見たのである。

そこへ——

「ちょっと待って下さい」

口を挟んだ者がいた。

全員が、その声の主の方へ視線を向けた。

万次郎だった。

「ぼくにも言わせて下さい」

皆の視線を受けながら、万次郎は言った。

「何だ、小僧よ。まさか、もっと給料が欲しいと言うつもりなのではあるまいな」

エイハブが言った。

「そうではありません」

「ではなんだ」

「ぼくには、自信がありません」

「なに⁉」

「鯨を仕とめるのに、どれだけ正確に銛を飛ばせるのか、どれだけ強く銛を打ち込めるかも大事ですが、それよりもっと大事なことがあるのを、ぼくは知っています」

「ほう……では、訊こう。それは何だね」

「信頼です」

「信頼?」

「ボート頭——つまり銛頭と、銛打ちとの信頼です。そして、ボートの漕ぎ手たちとの信頼関係がなければ、どれだけ上手に銛を投げることができても、失敗するということです」

万次郎は言った。

「小僧よ、おまえの言う通りだ」

エイハブはうなずく。

「一番ボートの銛頭であるクイークェグさんと、銛打ちのイシュメールさんとの間にはゆるぎない信頼関係があります。イシュメールさんは、頭にリンゴを載せて、クイークェグさんの銛を受けました。これは、クイークェグさんのことをよほど信頼していなければできないことです」

「しかし、小僧よ、信頼関係については言うまでもないが、それだけでは鯨を仕留められぬぞ」

ここは、すぐに〝はい〟とうなずくにはいかない。

微妙な問題があったからだ。

エイハブが口にした言葉の裏には、いくら信頼関係があっても、銛打ちの技術が優れていなくては、やはり鯨を仕留めることはできないという意味が含まれていたからだ。

ここでうなずけば、イシュメールにその技術がないと口にするのと同じことになってしまう。

「小僧、おまえの気持ちはどうなのだ」

エイハブが問うてきた。

「おまえは、このピークオッド号の銛打ちになりたいのか、なりたくないのか――」

なりたい。

もちろん、万次郎はそう思っている。

もう何年も前から、羽刺になりたいと、ずっと思ってきたのだ。そのために、ずっと、銛を投げて稽古をしてきたのだ。毎日毎日、ほとんど休むことなく、銛を投げ続けてきたのだ。

半九郎から譲り受けたあの銛を。

エイハブに銛打ちになれと言われて、天にも昇る心地がした。

――本当に!?

――本当にえいがか!?

どうなのか。

銛打ちになりたいのか。

――なりたい。

わしゃあ、羽刺になりたいがじゃ!

大きな声で叫びたいほどだ。

しかし――

それを、今、ここで口にしてよいのか。

イシュメールを見る。

イシュメールも、万次郎を見ていた。

「ぼくに恥をかかせないでくれ、マンジロー」

イシュメールは言った。

「ぼくは、きみに同情されたくない」

イシュメールの眼が、怖い。

その眼が、万次郎を睨んでいる。

「捕鯨船に乗って、銛打ちになりたくない人間なんて、どこにもいないことを、ぼくはよく知っている。それが、アメリカ人であれイギリス人であれ、支那人であれだ。日本人だってそうだろう。たしかに、きみは偶然このピークオッド号に乗り込んだ人間には違いないが、きみは、自分の銛を、この海をたった独りで漂流している時でさえ、手放さなかったじゃないか――」

「――」

「きみがもし、ぼくに同情をして、船長の申し出を拒むんなら、それは、ぼくという人間を馬鹿にすることに他ならない。ぼくは、きみが、ぼくよりずっと優れた銛打ちであることは、よくわかっているつもりだ。きみが持っている技術を、ぼくは持ち合わせていない。しかし、自分の運命を受け入れる勇気、そういうものの持ち合わせまでない人間だと思われることは、銛打ちの職を解かれることより、さらに不名誉なことだと思っている。きみに足りぬのは、このピークオッド号での経験知だけだ。ぼくは、一ヶ月で慣れた。きみならば、もっと早く慣れるだろう」

イシュメールは、よどむことなく、胸を張って、そう言った。

そこへ、船員たちの間から、ゆっくりと前に歩み出てきた者がいた。クイークェグだった。クイークェグは揺れる甲板を、押さえ込むように左右の素足で踏みしめながら歩いてくると、立ち止まった。

「ピップ！」

クイークェグが言った。

「おれの銛と、リンゴだ」

「ウヒャッ」

と、黒人の少年はそこで跳びあがると、船倉に向かって走っていった。

すぐに、銛とリンゴを持ってもどってきた。

銛とリンゴをクイークェグは受け取り、リンゴを万次郎に向かって差し出した。

「このリンゴを頭の上に載せて、檣(マスト)の前に立つんだ」

船員たちが、どよめいた。

クイークェグが何をしようとしているのか、万次郎はすぐに理解できた。

この顔中奇怪な刺青(いれずみ)だらけの男は、万次郎がピークオッド号に助けられたおりにやってみせた、あの、人の頭の上に載せたリンゴを、投げた銛で貫くというゲームをここでまたやろうとしているのである。

あの時、頭の上にリンゴを載せたのは、イシュメールであった。今、その時のイシュメールの役を、万次郎にやらせようとしているのである。

刺青の中にあるクイークェグの眼からは、どのような表情も読みとることはできなかった。

いったい、どういうつもりなのか。

と、万次郎は考える。

自分のボートの銛打ちとして、イシュメールを残したいために、脅して万次郎を引きさがらせようとしているのか。

もしも、これを恐れて逃げ出したら、当然、自分は銛打ちにはなれぬであろう。

しかし、受けたら——

わざと、自分の頭をねらって投げてくるかもしれない。クイークェグの腕なら、殺さずに、頭に浅い傷をつけるだけで、すますこともできるであろう。額を貫いて、殺すことだってできるだろう。そうなったとしても、いつもより海が荒れているので、しくじったと言い逃れることもできる。

強制はしていないのだ。

やる、やらぬは、万次郎の意思にゆだねられている。

失敗して万次郎が死んだら、海へ屍体(したい)を捨てればいいだけのことだ。

「おい……」

と、イシュメールが後ろからクイークェグの肩に手を載せた時——

「やります」

万次郎は、右手を伸ばして、クイークェグから、リンゴを受け取っていた。

船の中に、どよめきがあがった。

「おい、マンジロー」

イシュメールの声は、主檣(メイン・マスト)に向かって歩き出した万次郎の背中にぶつかった。

万次郎は、主檣(メイン・マスト)の前に、背中をつけて立ち、頭の上にリンゴを載せた。

万次郎の前に、クイークェグが立っている。

右手に銛を握り、踏んばった両足で、甲板を押さえ込んでいる。

乗り組員は、左右に割れて、ふたりを見守っている。

エイハブは、イシュメールが口を開いた時から、まだ、ひと言も発してはいない。ただ、口を固く結んで成りゆきを見守っているだけである。

せわしく、万次郎とクイークェグとの間に視線を行き来させているのは、イシュメールだ。

明らかに、この前の時より船が揺れている。

頭の上に載せたリンゴも、檣(マスト)に背をあてていなければ、すぐに転げ落ちてしまうであろう。

クイークェグが、悠々と銛を構えるのを、万次郎は、眼を見開いて睨んでいる。

絶対に、眼を閉じない。

心の中で、万次郎は誓っている。

それでも、腹の底から不安がこみあげてくる。

確かに、自分は、嵐のさなかに、揺れる船の上で、波にさらわれそうになったエイハブのコートを銛で貫いて、海に落ちるのを防いでいる。あの時は夢中だった。

今、波は、昨晩よりは明らかに小さいものの、常の海に比べれば、波の高さは倍以上もある。こんなに揺れる船の中で、頭の上のリンゴに銛を当てることができるのか。

足が震える。

逃げ出したくなる。

何故、クイークェグは銛を投げないのか。

自分が逃げ出すのを待っているのか。

逃げるもんか。

クイークェグを睨む。

「しゃあああああっ!」

万次郎は叫んだ。

身体の中に満ちてくる不安を、振りはらうためだった。

「眼を閉じるなよ」

クイークェグは言った。

と——

銛を構えていたクイークェグの身体が、ふいに動いた。

銛が飛んだ。

サクッ、
という音が、万次郎の頭の上でした。

ゴッ、
という音がして、銛の切先（きっさき）が、万次郎の頭の上の檣（マスト）に突き立っていた。

リンゴが、ふたつに割れて、万次郎の足元に落ちてきた。

クイークェグが、ゆっくりと歩いてきて、万次郎の頭の上の銛を引き抜いた。

万次郎を見る。

奇怪な刺青の中の眼が、微（かす）かに笑っているように見えた。

銛を左手に持ち、

「おれのボートの銛打ちになってくれ」

右手を差し出してきた。

その右手を、万次郎が握った。

「お願いします」

万次郎が言った時、ピークオッド号の上に、歓声があがった。

歓声が静まったところへ、エイハブが歩み出てきた。帆綱の一本を右手で摑み、身体を安定させると、

「決まったな」

エイハブがつぶやいた。

「小僧よ、今日からおまえは、一番ボートの銛打ちだ」

エイハブは、歯の間から鉄錆がこぼれてくるような声で、そう言った。

イシュメールが出てきて、万次郎の肩を叩いた。

「よろしく頼む」

差し出されたイシュメールの手を、万次郎は握った。

二

イシュメールの説明は、こまやかだった。

万次郎も、この二ヶ月余りの間で、ピークオッド号が鯨を捕るところを何度も見ているので、だいたいのところは理解していたが、実際にやるとなると眼で見た知識だけではどうしようもない。

それで、ボートを下ろして、何度か、実際の鯨捕りさながらの訓練をした。そういう時にも、イシュメールは、万次郎にあれこれと貴重なアドバイスをしてくれたのである。

「イシュメールさんは、どうして、わたしにこんなによくしてくれるのですか」

万次郎は、そう訊ねたことがある。

昼に、ボートからの銛打ちの訓練をした日の夜のことであった。

場所は、右舷の甲板で、ふたり並んで舷墻に肘をのせ、話をしている時であった。

「外へ出ようか――」

イシュメールに誘われて、ふたりで夜の甲板に出た時のことだ。

問われたイシュメールは、万次郎の問いに、しばらくの間、言葉を発しなかった。

何をどう答えたらいいのか、考えているようであった。

すぐに答えを出さないというのは、イシュメールの誠実さと言っていい。不用意に答えたら、自身の思いが、間違って万次郎に伝わるかもしれないと考えたのであろう。

「きみに対する好奇心かな——」

　ややあって、イシュメールは言った。

「好奇心？」

「興味だよ。きみが、鯨に銛を打ち込む姿を見てみたくなったんだ」

「でも——」

「もちろん、ぼくは、ぼく自身にも興味を持っていたよ。自分が、銛打ちになったら、どうなってしまうんだろう、ってね。どれだけ興奮するんだろう。鯨に銛を打ち込んだ時の手応えはどうだろう……。実際、それは、素晴らしい体験だった——」

　イシュメールは、波の上できらきら輝く月光を見つめながらしゃべっている。

　万次郎も、同じ月光を見つめている。

「ぼくは、ピークオッド号には、ボートの漕ぎ手として乗り込んだんだ。それが、銛打ちをさせてもらえるなんてね。これはとてつもなく貴重な、ありがたい体験だったよ——」

「でも、その折角の機会を、ぼくが……」

「気にしなくていい。銛打ちにはなってみたかったが、自分には、その技術も力もない。それは、やってみてよくわかったことだ。しかし、きみには才能がある——」

「——」

「もうひとつ言っておくとね、実は、ぼくは作家になりたいと、以前からずっと思っていたのさ」

「作家？」

　万次郎は訊ねた。

「文筆業と言えばいいのかな。きみの国では何と呼ばれているのかわからないのだけれどね」

　イシュメールは、海に向かってそうつぶやく。

「文学だよ。文学と言っても、色々あるけどね。詩もそうだし、戯曲もまた文学として語られることもある。紀行文やエッセイもそう。だけど、ぼくが書きたいのは、物語だよ。大きな、壮大なる物語。どのような民族も、神話という物語を持っている。イギリス人も、ギリシャ人も、そして、たぶん、きみたち日本人もね。でも、残念ながら、我々アメリカ人には、その神話がないんだ。それは、アメリカが、まだできたばかりの国だからだよ。アメリカは、色々な民族が集まってできた国なんだ。だから、誰もが、その出身地である国や民族の神話は持っているんだけれど、アメリカには、そういうものがないんだ。だから、ぼくは、アメリカという国が持つべき神話たりうる、壮大な物語をこの手で作りあげてみたいんだ」

　いつになく、イシュメールは饒舌(じょうぜつ)だった。

「普通はね、神話や物語があって、それが国家を作ってゆくんだ。けれど、アメリカは逆なんだよ。まず、神話より先に、国家ができてしまったんだ。神話を持たない国、物語を持たない国、そういう歪(いびつ)な国は、いずれ滅びてゆくような気がするんだ。だから、ぼくは、そういう物語を書きたいんだよ。混沌(カオス)そのもののような、時に破壊的で、暴力的で、名づけられないもの。世界中の神話的物語の多くがそうであるように、その意味を示し難いもの。だから、その物語は、完璧(かんぺき)であってはならないんだ。名づけられない混沌をそのまま内包した不完全なる物語こそが、完全な物語なのではないかと思うんだ。それが、どういう物語かはわからないのだけれど、ぼくは今、自分のことを、それを捜すための旅の途上にある旅人だと思ってるんだ。ぼくは旅するオデュッセウスだよ。いや、もしかしたらぼくがホメロスで、エイハブがオデュッセウスなのか。いずれにしても、アメリカは、あらたな『オデュッセイア』を必要としているんだ」

　イシュメールが語っていることの半分も万次郎は理解できなかったが、この七歳齢上(としうえ)の青年が、心の裡(うち)に熱い温度を持ったものを秘めているのだということは、よくわかった。

「おかしいかな？」

　イシュメールの声が、大きくなった。

　万次郎の方へ顔を向け、その言葉を発したからだとわかる。

　万次郎が、イシュメールの方を向くと、イシュメールが、真剣な顔でこちらを見つめていた。

「そんなことありません」

　万次郎は、ふいに胸が熱くなって、語調を強めてそう言った。

「ありがとう……」

　イシュメールは言った。

「こんなことは、これまで誰にも言ったことはないんだ。クイークェグにもね。きみだからしゃべってしまったんだろうな――」

　イシュメールが、また、視線を海の波にもどした。

　海面で、黒ぐろと波がうねっている。

　月の光が、波の先端から、きらきらとこぼれる。

「船に乗る前にね、エドガーに会ったんだ。ぼくより九歳齢上の、詩人にして、作家、そして優秀な評論家だよ。加えて、どこか精神を病んでいる。これは作家としては、必要な要素だよ。エドガー・アラン・ポー……」

　もちろん、万次郎の知らない名前だ。

「ピークオッド号に乗船する一ヶ月前だよ。フィラデルフィアの、彼の自宅を訪ねたんだ。ぼくは、彼の書いた詩や物語が好きでね。特に、『アッシャー家の崩壊』は凄いよ。きみは読んだことがあるかい――いや、ないよね。あれこそが、ぼくが目指すのとはまた違う形のアメリカの新しい神話たる文学だと思う。この航海に出る決心をした時に、なんとしても会いたくて手紙を書いたんだよ。そうしたら、会ってくれるという返事をもらってね。喜んで出かけていったんだ……」

　イシュメールは、また、海に向かってつぶやきはじめた。

　波が、イシュメールの語る物語を、次々と海に呑み込んでゆく。

「その時、彼の次の作品の草稿を読ませてもらったんだけど、これが、びっくりするような話でね。『メエルシュトレエムに呑まれて』と『モルグ街の殺人』というタイトルの物語さ。これまでこの世になかった、まったく新しいスタイルの物語。あらたなアメリカの神話として、機能し得る作品だよ。しかし、こういう物語を、アメリカはどう受け止めるのだろうか。むしろ、最初は、まったく、受け入れられぬことこそが、新国家の神話たるべき物語の条件であるような気もするのだけれどね……」

　万次郎は、これは、イシュメールが、自分自身に向かって言っている言葉ではないかと思った。

　この歳上の若者も、今、その胸の裡にこみあげてくる大きな何かに押し潰されそうになっているのだろう。それに負けまいとして、今、万次郎に心の内を語っているのだろう。

　イシュメールは、その神話を探す旅――自らの神話を生きるための旅の途上にあるのだ。

「ぼくは、この旅で色々な体験をしたいんだ。一時（いっとき）だったけれど、銛打ちになれたことも貴重な体験だったし、その銛打ちにもっとふさわしい人間がいて、自分がまたボート漕ぎにもどるというのも——つまり、挫折（ざせつ）というのも、また、それ以上に貴重な体験なのさ。幸も不幸も、栄光も挫折も、作家にとっては、体験として等分に貴重なのだ。むしろ、挫折という体験こそが、作家にとっては必要なものなんじゃないかと思う。だから……」

その後の言葉を、イシュメールは言わなかった。

しかし、万次郎は、イシュメールがどういう言葉を呑み込んだのか、よくわかった。

〝だから、きみは、ぼくのことを少しも心配する必要はないのだ〟

たぶん、そう言いたかったに違いない。

おそらくは、くやしかったことであろう。悲しかったことであろう。

そういうことを、みんな呑み込んで、だからこそ、イシュメールは、あれこれとボート上で銛打ちの役割について、教えてくれるのであろう。まるで、兄弟のように。

兄時蔵（ときぞう）のことを、万次郎は思い出していた。

万次郎は、異国船の上で、土佐中浜（とさなかのはま）のことを考えていた。

三

「ここにいたのか」

そういう声がしたので、万次郎とイシュメールは、同時に振り返った。

声のした方——後甲板の方から、ひとつの人影が近づいてきた。

その声からも、歩き方からも、誰であるかはすぐにわかった。

クイークェグだ。

「これから、船首楼へ行くつもりだったんだが、ここで会えてよかった」

ふたりの前まで歩いてくると、クイークェグはそう言った。

「何かあったのかい」

イシュメールが訊ねると、

「あった」

クイークェグがうなずく。

「何があったんだ」

「ヨージョが予言をした」

クイークェグが、右手に握ったものを、月明かりの中に差し出した。

それは、黒い、木彫りの人形であった。黒檀を彫ったのかと思えるほど黒い人形だ。

高さは、十五センチほどで、膝を前に曲げて腰を落とし、両手を、大きく丸い腹の上に、左右から載せている。胸が大きく、女の人形であるとわかる。腹が出ているのは、妊娠しているからなのであろうか。

眼が、顔の半分以上を占めるほど大きい。

クイークェグが、ヨージョと呼んでいる神像であることは、すでに万次郎もわかっている。

クイークェグは、毎晩、眠る前に、このヨージョを床に置いて祈る。祈る前に、木屑か紙をヨージョの前に置いて、それに火を点ける。その時に、食べものを焼いて、それをヨージョへの捧げものにするのである。

食べものは、特に何とは決まっていない。

晩飯に出た野菜の一部、ビスケットの欠片、魚の骨——そういうものを焼く。

この儀式の後に、ヨージョから託宣を聞くのである。多くの場合、ヨージョは語らないが、必要な時には必要なことを、必要な言葉で予言するのである。

ヨージョから託宣を受ける——これが、毎夜の、クイークェグの儀式だった。

しかし、ヨージョの予言する声は、クイークェグの耳にしか聴こえない。

「どんな予言なんだ」

イシュメールが問う。

「おれは死ぬ」

あまりにもあっさりとした、まるで明朝の食事を何にするか決めたことを告げるような言い方であったので、イシュメールは、もう一度問うことになった。

「なんだって?」

「おれは死ぬ、そう言ったんだ」

「どういうことだ」

人は死ぬ。

誰であれ、間違いなく、いつか人は死ぬのである。そういう意味でなら、イシュメールであれ、クイークェグであれ、皆同じだ。別に間違ったことを口にしたわけではない。ただ、いつ、誰がどのように死ぬか、それがわかっていないだけだ。

「言った通りだ」

クイークェグは、右手に左手をそえて、黒い人形を両手で包んだ。

「このヨージョがそう言ったのだ」

「何と言ったんだ」

「風は、運命に向かって船を運んでいると。船に乗る者は、皆その運命と出合い、試されるであろうと——」

「そんなのは、何も予言していないのと同じだ。何故、それでおまえが死ななくちゃいけないのだ」

「ヨージョは言った。おまえは、その試みによって、おまえの故郷、すなわちわたしのもとに還ってくるであろうと——」

「わたしというのは？」

「ヨージョのことだ。ヨージョのもとへ還るというのは、つまり、死ぬということだ。それが、いつかわからない。一週間後か、一ヶ月後か、三ヶ月後か——それとも明日か。だから、今日のうちに、おまえに礼を言っておかねばならないと思ったのだ。それで、おまえを捜していたのだ。ありがとう、イシュメールよ。おまえと出会えて、おれは幸せだった。それを言っておきたかった」

刺青の男、クイークェグは、淡々としてそう言った。

冗談でも、ふざけているのでもない。

あたりまえの事実を、あたりまえに告げた——そんな顔をしている。自分の死を告げながら、その表情には、恐怖も何もない。むしろ、どちらかというのなら、その声には、わずかながら悦びの響きすらあった。

「安心しろ、イシュメールよ」

クイークェグは、ここでようやく微笑した。

「おれは、正直に生きた。卑怯な真似は、一度もしたことがない。弱い者を打ち据えたことも一度だってない。おれが立ち向かったのは、いついかなる時でも、強い者であった。おれは、それを誇りに思っている。安心せよ、イシュメールよ、おれは、間違いなく、ヨージョのもとへ行けるだろう」

クイークェグは、真っ直にイシュメールを見ている。

「おれは、愚かではあったかもしれないが、弱い者をあざけったことは一度もない。おれが闘ったのは、常に強い相手だった。それを生きている間に言っておきたかった。信じて欲しい、友よ……」

クイークェグと向き合っていたイシュメールの眼から、ふいに涙が溢れ出た。

「信じてるさ、クイークェグ……」

イシュメールは言った。

「あたりまえじゃないか」

イシュメールは、両腕を広げ、クイークェグの身体を抱擁した。

「泣くことはない、友よ……」

クイークェグもまた、両腕を優しくイシュメールの背に回した。

抱擁が解かれ、再びクイークェグと向きあって、イシュメールは言った。

「ヨージョは、他にも予言を？」

「した」

「それは、どういう予言なんだい？」

「言う必要はない。ただ……」

と、クイークェグは、万次郎を見た。

「今、この場にいるおまえには、言っておいてもいいだろう。これは、たぶん、おまえのことだろうからな」

「ぼくの？」

万次郎が問う。

「ヨージョは言った。海で拾われし者よ、汝は試みの時、過去に出合い、運命をその手に握るであろう、と……」

クイークェグが、おごそかな声で告げた。

「どういう意味ですか」

「わからん。自分で考えろ。予言とは、常にそういうものだ」

クイークェグは、きっぱりとそう言った。

四

ギ……

ギ……

と、ピークオッド号が、静かに軋んでいる。

波は穏やかだ。

万次郎は、寝台の上で、仰向けになって、その音を聴いている。

天井から吊されたランプのうち、ふたつに灯りが点っている。

船内——船首楼の大部屋が、ぼんやりと見えているが、万次郎が見つめているのは、ほの暗い、寝台の上の天井だ。

仲間たちの寝息や鼾が聴こえているが、万次郎は寝つけなかった。

さっき耳にした、ヨージョの予言が、まだ頭の中に残っている。

いったい、どういう意味なのか。

考えても仕方のないことだとはわかっている。

そして、本当に、ヨージョの予言は当たるのだろうか。

予言が当たるかどうかはともかく、クイークェグが、自分の試みによる死を信じているというのは、間違いがない。それで、どうして、あそこまでクイークェグは平然としていられるのか。

下の寝台で横になっているイシュメールは、もう眠ってしまったのだろうか。

そういう思いが、頭の中を巡っているのである。

両手を組んで、頭をその上にのせている。

ヨージョのことや、イシュメールとクイークェグが仲よくなったいきさつは、ふたりから聴かされている。

クイークェグのボートに銛打ちとして乗り込むことになってから、ふたりと話す機会が増えたのだ。

イシュメールとクイークェグが出会ったのは、ニューベッドフォードの潮吹き亭という安宿であった。

捕鯨船で働くつもりだったイシュメールが、ナンタケットに渡る船の出港待ちをするために選んだ宿が、潮吹き亭だったのである。

そこで、偶然相部屋になったのが、同様に、捕鯨船に乗ろうとしていたクイークェグであった。

クイークェグは、マルケサス諸島のある島の出身で、彼は、その村の長の息子だった。

「クイークェグの村は、人喰いをするんだよ――」

これは、イシュメールが、ある時万次郎に言った言葉である。

「それで、クイークェグさんは、その、人を食べたことがあるんですか?」

万次郎が訊ねると、

「自分で訊いてごらん」

これが、イシュメールの答えだった。

「あなたは、人を食べたことがあるんですか?」

その場にいたクイークェグに、万次郎は訊ねている。

「ある」

それがクイークェグの答えだった。

「腹が減ったから喰うのではない。戦（いくさ）をして、殺した相手の肉を食べるのだ。敬意と、尊敬の心を込めて食う。相手の戦士の魂が、この身体に宿るようにな――」

首も狩るらしい。

しかし、世界史的に見て、この世で一番、同一民族の人の首を狩った民族は、おそらく日本人であろう。平安（へいあん）から戦国時代にかけて、これほど相手の首をとることに執着した民族は、他に類を見ない。

しかし、もちろん万次郎は、まだそこまでの思考を持つには至っていない。

通常の声で、表情を変えることなく、そう言ってのけたクイークェグに、万次郎は驚いただけである。

ともあれ、潮吹き亭で、イシュメールとクイークェグは、深い友情を結ぶに至ったのである。

結局――

ピークオッド号を選んだのは、イシュメールだった。イシュメールが、自身とクイークェグの全権大使として、ピークオッド号の持ち主――株主であるピーレグとビルダッドと交渉して、仕事から給料までを決めたのである。

というのは、ヨージョの予言があったからであった。ヨージョが、どの船にするかは、全てイシュメールにまかせるようにと、クイークェグに託宣を下したのだ。

それで、ふたりは、ピークオッド号に乗り込むことになったのだが、ふたりの友情は、寝る場所が、それぞれ船首楼の大部屋と、船尾の銛打ち部屋とに分かれた後も、変わらず続いているのである。

万次郎は万次郎で、自分の生い立ちや、日本のことを、これまで何度となくイシュメールに語ってきたのだが、イシュメールたちの話で興味深かったのは、ふたりが、ピークオッド号に乗り込むのより前に出会ったエライジャという男のことであった。

出会った場所は、ナンタケット――ピークオッド号で、契約書に署名して、宿に帰る時であったという。港を後にして、街の通りに入ったところで、後ろから声をかけられたのだ。

「おまえらは、あの船に乗る気か⁉」

ふたりが足を止めて振り返ると、そこに立っていたのが、エライジャだった。

色褪（あ）せたジャケットに、つぎはぎだらけのズボン、首にはぼろきれのようなハンカチを巻きつけていた。

見るからに見すぼらしい風体で、歳の頃なら五十前後と思えた。

イシュメールが、その時頭にまず浮かべたのは、

〝もの乞いか？〟

という言葉であった。

その顔は、万次郎に語ったイシュメールの言葉を借りれば、

「天然痘の融合性瘢痕が顔一面のあらゆる方向に溝をほり、干上がった奔流の川床のように複雑なうねを形成していた」

という。

「どうだね、おまえたちは、まさか、あの悪魔の船、ピークオッド号に乗るつもりなのではあるまいな」

その言葉から判断するに、この男は、イシュメールたちが、ピークオッド号を出た時から、後を尾行けてきたらしい。

「やめておけ、あの船には乗るんじゃない」

男は言った。

「どうして、そんなことを言うのですか。我々は今、納得する条件でサインを済ませてきたばかりだというのに――」

イシュメールが言うと、

「あの船の船長が、エイハブだからだ」

男が近寄ってきた。

その息から、酒の匂いが漂ってくる。

だいぶ酒が入っているらしい。

「何故、エイハブ船長の船に乗らない方がいいんですか。それよりも、あなたはどなたです？　いったいどのような権利があって、そのようなことを言うのですか」

「わしは、エライジャさ。権利は、この左腕だ」

そう言って、その男――エライジャは肩を揺すって左袖を振ってみせた。

そこではじめて、イシュメールは、その左袖の中に、中身――つまり左腕がないことに気がついた。

「その腕……」

「わかったかね、あの船に乗るということは、いや、エイハブの船に乗るということは、こうなるということなのだよ、おまえさんがた。その覚悟はあるのかね」

「捕鯨船に乗るというのは、常にそういう危険と隣り

合わせになるということです。エイハブ船長の船だけが、例外ではありませんよ」

「言うたな、小僧。このわしの生きた年月の半分も生きとらんのに、このエライジャに捕鯨船のなんたるかを教えてくれようってのか、おまえさんは――」

「あなたは、捕鯨船に乗ったことが――」

「あるとも。ナンタケットの、誰よりも重い銛を打つ、左利きのエライジャと言えば知らぬ者はない。この左袖の中に、腕が一本あった頃はな」

エライジャは、さっきから押し黙っているクイークエグへ視線を向けると、一歩、歩み寄って、

「おまえさんは、銛打ちかね」

右手で、クイークェグの肩をぽんぽんと叩いた。

「そうだ」

クイークェグがうなずく。

「いい面構えだ。なかなか使いそうだが、あんたも、その顔つきだと、ピークオッド号に乗るのをやめるつもりはなさそうだな」

「ヨージョが、許した」

「ヨージョ？」

「おれの神だ」

「昔から、信心深い男は、優秀な銛打ちにはなれぬよ。ナット・スウェインを知っておるか。昔、この界隈じゃ知られた銛打ちだったが、教会にゆくようになって駄目になった。鮫のように凶暴な心がなくなったら、銛打ちはやってゆかれぬぞ」

クイークェグは、無言で、エライジャの言うことを聞いている。

「よく聞くがいい。おまえさんがた。わしの名前、エライジャは、『聖書』の最大の預言者だということを。アハブの没落を預言したのは、このエライジャであるということをな」

「知っていますよ、エライジャさん」

イシュメールは言った。

「ほう、えらそうに言うが、いったいおまえさん、エイハブの何を知っていると言うのかね。その昔、あやつが、ホーン岬沖で、死んだように三日三晩、甲板の上に転がっていたことは知らんだろう。ペルーの港のサンタの祭壇の前でスペイン人と殺し合ったことはどうだ。銀の聖餐式用の器につばを吐いたのを知っているか。前の航海で、白いでかい鯨に左脚を食われたことはどうだ」

エライジャの声が、だんだん大きくなってきて、

「どうだ、知っているか⁉」

最後は叫び声のようになった。

「エライジャさん、さっきも言いましたが、我々はもう、サインを済ませたのですよ――」

イシュメールは落ちついた声で言った。

「ふん。それが何だというのだ。サインひとつで、おまえたちは、地獄への道案内を、悪魔に頼んでしまったのだぞ」

ここで、ぬうっと前に出てきたのが、これまで黙ってエライジャの言うことを聞いていたクイークェグだった。

「われらの島では、人は予言をしない。予言をするのはヨージョだけだ。あんたは人の身で、我らの運命について口を挟もうというのか――」

「予言ではない。これは、決まってしまった未来に対しての忠告だ。おまえたちは、エイハブがどうして、左脚を失ったか、知っているのか。あれは、でっかいマッコウクジラに喰いちぎられたからなのだ。太平洋の日本沖でな――」

「それは、白い鯨で、モービィ・ディックというんでしょう」

「知っとるのか」

「ビルダッドとピーレグから聞きましたよ。彼らは、何か隠しごとをして、我々を無理やりピークオッド号に乗せたわけではないのです――」

イシュメールは言った。

エライジャは唇を嚙み、

「おまえたちに何がわかる。あのふたりは金の亡者だ。船が、鯨油を満杯にしてもどってくるのなら、乗り組員が鯨に喰われ、人数が半分になっていたとしたって、心の中では嗤っていられる連中だぞ」

そう言った。

「エライジャさん。あなたは過去のできごとという大きな石で、未来へゆく道を塞いでしまっている。わたしの母だって、わたしが船乗りになると告げた時は、今あなたが口にしたことの、百倍もの理屈で、ゆくなと言ってきましたよ。わたしは十代で船乗りになって、四度航海をしました。しかし、恐れるようなことは何もありませんでしたよ。どれも輝かしい体験で、良い友人が何人もできました。今度は捕鯨船ですが、この旅は、過去の旅以上に、わたしに新しい知見をもたら

してくれるものと信じています……」

イシュメールの言葉に、エライジャは鼻白んだような表情になって、小さく舌打ちした。

「わしは、忠告した。よいか、それをよく覚えておけ。おまえたちが海の藻屑となる時は、祈りの言葉を唱える前に、まず、このわしの忠告を思い出すのだな。そして、もうひとつは、フェダラーだ」

「フェダラー?」

「支那人にして、拝火教徒――ゾロアスターの僕だ。もしも、この男とガブリエルという男が、ピークオッド号に乗り込むようなことがあったら、どちらかを船から突き落とすか自らが海に飛び込むしかないとしれ。海に飛び込んだ方が、まだ命が助かる可能性が高い。わしがもし、漂流者で、海で溺れかけていたとしても、手を差しのべてくれた船の船長がエイハブで、その船にフェダラーとガブリエルが乗っていたら、わしはその手を振り払うだろうよ。まあ、幸いにもガブリエルは、ジェロボーム号に乗って、ピークオッド号よりも先にナンタケットを出て行っちまったがな……」

言うだけ言って、エライジャは、そこでふたりに、ぷい、と背を向けていた。

そうして、エライジャはその場から去っていったというのである。

その話を、寝台で仰向けになっている万次郎は思い出していた。

エライジャについてはその時が初耳だったが、フェダラーはこの船に乗っている。

このフェダラーについては、最初、乗り組員の誰もが、船にいることすら知らなかったという。

フェダラーだけではない。

イシュメールの話では、フェダラーを含めた五人の支那人は、ずっと船倉に隠れていたのだという。

おそらく、この五人が秘密裏にピークオッド号に乗り込んでいたのを知っていたのは、エイハブ船長と、料理人のジョン・フリース、食事を船倉まで運んでいた団子小僧の三人だけだったのではないか――イシュメールはそう言った。

イシュメールの話では、五人が姿を現したのは、船がナンタケットを出てから、二十日ほど過ぎた頃であったという。

この航海において、最初の捕鯨があった日だ。

その日――

鯨を発見したのは、主檣の上にあがっていた、インディアンのタシュテーゴであった。

「タウン・ホー！」

その声が、上から降ってきた。

この〝タウン・ホー〟は、「鯨だ！」を意味するインディアンの言葉だ。

鯨を発見した時のタシュテーゴの第一声は、いつもこの〝タウン・ホー！〟である。

ちなみに、ピークオッド号の名前は、同じくインディアンの言葉に由来する。その語源であるピーコットは、白人によって滅ぼされたインディアンのある部族の名称であった。

このことも、万次郎は、イシュメールとの対話の中で知らされたのであった。

「鯨発見！」

この瞬間に、ピークオッド号の甲板の風景が一変した。

乗り組員のほぼ全員が、せわしく動きはじめたのである。その時、思いがけなく船倉から出てきた五人の東洋人がいた。

それを率いていたのが、フェダラーであったのである。

その五人について、

「まるで、黒い幽鬼の群のようだったよ」

と、イシュメールは、万次郎に対して回想している。

いずれも、黒木綿の支那服を着て、同じく黒いだぶだぶのズボンを穿いていた。

フェダラーは、肌の色が黄褐色で、白い髭をはやしていた。

その頭にのっているのは、白いターバンと見えたのだが、これが、実は自らの長い白髪と布を編み込んで、頭に巻きつけたものだったのである。

この五人の周囲だけ、大気の温度が下がっているのではないかと思えた。

甲板にいた者たち全員が驚いて、やりかけていた作業の手を止めていた。

そして――

幽鬼の如くに出てきた五人が、足を止めたのは、なんと、舵輪の傍に立っていたエイハブ船長の前であった。

イシュメールたちが見守る前で、五人は、東洋人がよくやるように、エイハブに対して頭をゆるやかに下

げ、再び持ちあげて、

「出てきた……」

フェダラーが言った。

「約束通りだ。よく出てきた」

エイハブは、胸を反らすようにしてそう言った。

「初陣の血は、まず、そなたらの神に捧げよう。それが、アフラ・マズダであれ、アンラ・マンユであれ、な——」

エイハブは、拝火教徒の神の名を口にした。

アフラ・マズダは、古代ペルシアで信仰された拝火教——すなわちゾロアスター教における最高神である。

光の神だ。

それ故、拝火教徒にとって、火は神そのものでもある。

逆に、アンラ・マンユは、悪神であり、闇そのものだ。

このアフラ・マズダとアンラ・マンユ——光と闇は、遥(はる)か過去から現在まで、この宇宙を舞台として、常に戦い続けているのだという。

その闘いの表出が、現世において我々人が見聞するあらゆる現象なのである。

そして、いつか、未来において善なる光の神であるアフラ・マズダが、悪なる闇の神であるアンラ・マンユに勝って、平和で安息に満ちた時代になる——

これが、ゾロアスター教徒が描く神と悪魔との闘いのシナリオであった。

ここまではキリスト教の宇宙観と似た部分もあるのだが、ゾロアスター教から発展的に生まれたマニ教においては、この善神と悪神の闘いは、勝ったり負けたりしながら未来永劫(みらいえいごう)続いてゆくものであると考えられているのである。

しかし、それは、ここでは別の話だ。

「驚くでない、皆の者よ」

エイハブは、乗り組員たちに向かって言った。

「わしが、この者たちの存在をこれまで皆に隠していたのは、この者たちがこのピークオッド号に乗っているのを知ったら、降ろせと言う者が現れるに違いないと思ったからだ」

エイハブが言った時、

「それは、わたしのことですか」

そう声をかけて歩み出てきたのは、一等航海士のスターバックであった。

「おお、わが古き友、スターバックよ。やはり最初に声をかけてきたのはおまえか」

「船長、このフェダラーは、まさにあの時もこのピークオッド号にいた男ではありませんか――」

　スターバックは、怒りを押し殺したような声で言い、エイハブの前に立った。

　背が高く、その身体は一見痩(や)せているが、イシュメールの言葉を借りれば〝二度焼きしたビスケット〟のように引きしまった筋肉に包まれている。

　ナンタケットの、クエイカー教徒の家に生まれ、見た眼で言えば高校の教師をしているのが似合いそうな風貌(ふうぼう)をしていた。実際、古代のギリシャに生まれたら、ソクラテスと哲学的問答を、半日、オリーブの木陰でしてもおかしくないような雰囲気があった。

　怒ったような声、顔をしていても、どこか落ちついている。

　普通の人間とはちがい、スターバックにとっては、勇気や、怒り、そういった感情すらも、その場その場において、

「自分の意思を発露するための道具にすぎなかったのではないか」

　と、イシュメールは、後(のち)に、万次郎に語っている。

「おお、スターバックよ。このエイハブの内なる良識よ。おまえの言うことは、全てこのエイハブが承知していることだ。しかし、他の者たちには、わからぬこともあろう。それは、説明をしておく必要がある。だが、それは後だ。何故なら、今、すぐそこの海で、鯨が我らを待っているからだ」

　ここで、エイハブは、その視線をスターバックからはずし、

「皆のもの、鯨だ。務(つと)めよ！」

　大きな声で叫んだ。

「エホバでも、アフラ・マズダでもよい。最初の鯨の血を、おぬしら自身の信じる神のために捧げよ‼」

　一番先に、海に浮かんだのは、四番ボートであった。

　フェダラーを中心にした漕ぎ手たちがオールを握り、なんと、エイハブ船長自らが、ボート頭として最後尾に乗り込んだ。

　フェダラーたちの動きには、わずかの乱れもなかった。全員が、手際よく綱を解き、船を下ろし、それに乗り込んだ。

　この間、支那人たちは、必要なこと以外は、口にし

なかった。ほぼ無言であったと言っていい。

海の男たちが、特に捕鯨船の乗り組員が、こういう時に半分じゃれあって口にする、

「くたばれ！」

「おまえのおふくろの墓に糞をぶっかけてやるぞ！」

「家に帰って、カミさんのケツでも舐めてろ！」

などのような、作業ののろい仲間に対する挨拶のような声など、ひとつもあがらなかった。

そして、スターバックの一番ボート、スタッブの二番ボート、フラスクの三番ボートが海に浮いて、鯨を追ったのである。

最初に、件の鯨に銛を打ち込んだのは、エイハブ船長が乗り込んだ四番ボートであった。これは、つまり、フェダラーという、妖しい支那人の銛が、最初に鯨に突き立ったということだ。

これは、他のボートが、エイハブ船長のボートに敬意を払って遠慮した結果ではない。エイハブ船長の乗り込んだ四番ボートの、並外れた統率力のなせる業であった。

そして、鯨にとどめを刺したのは、もちろんエイハブ船長であった。長い槍を使い、ひと突きで、鯨の心臓の動きを止めてしまったのだ。

ピークオッド号で、フェダラーたちの話が再開したのは、鯨の死体が引きあげられ、細かく切られた脂身が、大釜で煮られている時であった。

場所は、その大釜の横であり、そのきっかけを作ったのは、話が中断された時に、まさに発言しようとしていたスターバックであった。

「エイハブ船長」

スターバックが、大釜の横に立っていたエイハブに声をかけてきたのである。

通常のことで言えば、鯨を処理するこの頃には、もう、捕鯨船の船長は、自室にひっ込んでしまっているということが少なくないのだが、さすがに、航海最初の一頭目の鯨であったので、作業の最後まで、手ぬかりはないかとエイハブは眼を光らせるため、そこに残っていたのである。

つけ加えておけば、エイハブは、スターバックが声をかけてくるのを、その場で待っていた節もあった。

フェダラーという怪人を頭とした、五人の支那人を、何故、ここまで匿っていたか、その説明を今しておく

ことが、ピークオッド号にとって良いと考えていたのであろう。

「先ほどの話の続きをしたいんですが、お時間はありますかね」

「もちろん。次の鯨が発見されるまではな」

　この会話が、始まった時、甲板の上に、乗り組員のほとんどが集まっていたというのも、多くの者が、さっきの話の続きを聞きたいと考えていたからであろう。

　自然に、スターバックが、乗り組員を代表してエイハブに質問するかたちになった。それは、乗り組員ほぼ全員が疑問に思っていることを訊ねるのは、一等航海士たる自分の役目であるとスターバックが考えていたからであろう。

　そして、その場には、もちろん、件の五人の支那人たちもいたのである。

「エイハブ船長、だいたい、このピークオッド号くらいの船になると、乗り組員は、三十三人から、三十六人です。数えてみたら、それが少ない。どういうことかとこれまで考えていたのですが、五人の人間を、二十日近くも船倉に隠しておいたというのは、いったいどういうことですかね。彼らは、何者で何のためにこのピークオッド号に乗ったのです?」

　スターバックは、ほぼひと息にそう質問した。

「おお、わが古き友スターバックよ。おまえとは、これまで十一度の嵐と一緒に闘い、水を求めて上陸したフィジーのある島では、共にナイフと銃を手にして、人喰い族と闘ったこともある」

　エイハブの言葉に、スターバックはうなずいた。

「日本沖で、そこの檣（マスト）が嵐で折れた時も、共にひそかに日本国に上陸して、首尾よく代わりの木材を手に入れてきた。命がけの冒険を共にしてきた」

「どれも覚えてますよ」

　スターバックがうなずく。

「おまえとおれは、いつも行動を共にしてきた」

「あの、白い鯨と出合った時もね」

「そうだ。その通りだ」

　エイハブは、うなずき、

「ひとつずつ答えよう。この五人が何者かと、おまえは問うたな。訊ねるまでもなく、おまえは知っているはずだ。このフェダラーのことをな。さっきおまえが口にした、あの化け物のような白い鯨、モービィ・ディックと遭遇した航海で、フェダラーは我らと共に船上にいた。わかっている。スターバックよ。おまえは、自分のためにではなく、皆のために訊ねたのだ。この五人が何者で、このエイハブが、何のためにこの船に乗り込ませたのか、それをどうしてこれまで黙っていたか、おまえはすべて承知している。承知していて訊ねたのだ。皆のためにな――」

そう言って、エイハブは乗り組員たちに視線を向けた。

「諸君」

エイハブは、右手を持ちあげて、声を大きくした。

「この五人は、このエイハブのためのボートの漕ぎ手であり、このフェダラーは、このエイハブのための銛打ちだ。では、どうして、この五人をピークオッド号に乗せたのか。それは――」

「あの白い鯨のためでしょう!」

スターバックが言う。

「その通りだ」

エイハブはうなずく。

「しかし、スターバックよ。おれはおまえもこの船に乗せた。国家には、王に仕える賢者が必要なように、このピークオッド号には、おまえという存在が必要だからだ。このエイハブが、道をあやまたぬように、正確な羅針儀のように、行先を示してくれる者が必要なのだ」

エイハブは、しゃべりながら、体内を何ものかに内側から喰われているように、苦しそうに身をよじりはじめた。

「しかし、王に限らず、人というものは、常に正しい方向へと歩を進めるわけではない。その道が、奈落へと続く通路であるとわかっていても、そちらへ向かってしまうものなのだ。神に背くことができるのも、悪魔に魂を売ることができるのも、人間なればこそなのだ。人は、神に顔を向けたまま、後ずさりしながら神から遠ざかることもできるのだ。その矛盾を抱えているからこその人なのだ」

「ああ、エイハブよ。わたしが代わりに言いましょう。あなたは、あの、あなたの左脚を奪っていった、モービィ・ディックに復讐をしたいのです。そのために、あの五人を、ピークオッド号に乗せたのです。何故なら、その五人の中に、フェダラーがいるからです。あのフェダラーこそが、あなたをモービィ・ディックへと導く羅針儀だからです。そして、わたしは、このスターバックは、あなたをモービィ・ディックから遠ざけるための羅針儀なのです。そうでしょう」

「おお、そうだ。その通りだ。スターバックよ」

「彼ら五人が、このピークオッド号に乗っていることをこれまであなたが隠していたのは、わたしが知ったら、ピークオッド号を引き返させるとわかっていたからです。それで、もう、後もどりができなくなるほど、ナンタケットから遠ざかったところで、鯨発見を理由にして、彼らを出てこさせたのです。違いますか――」

「おう、スターバックよ、その通りだ。おまえには、このエイハブの心の裡が見えているのだな」

「もちろんですとも。わたしは、あの白い悪魔に、あなたが身も心も憑かれているのが心配なのです」

スターバックは、エイハブに詰めよった。

エイハブは、スターバックから顔を背けた。

顔を背けているエイハブの視線の先へ、スターバックは自分の身を移した。

「あの白い鯨は、人智の及ぶ生き物ではありません。時の流れてゆくのを、神ならぬ人の身が止められましょうか。この大海の上を吹く風を、人が止められましょうか。あれは、モービィ・ディックはそういうものです。人が手を触れてよいものではありません。愚かなことはおやめなさい」

「なんだと!?」

エイハブが顔をあげた。

「なんだと、スターバック。なんだと、スターバック……」

地の底から、溶けた岩が溢れ出てくるような声だった。

エイハブの腹の中で、何かがごりごりと音をたてて煮えているようであった。

「人にはな、最後の最後の、どんづまりのところで、たったひとつだけ権利があるのだ。それはな、愚かな道を選んで、自らを滅ぼす権利だ。神に唾する権利だ。アダムを見よ、イヴを見よ。人には、禁断の実に歯をあてる権利があるのだ。自ら、業火の中に身を投ずる権利だ」

「それは、わたしも認めます。しかし――」

「しかし!?」

「業火に身を投ずるのは、あなたが独りですべきことです。ピークオッド号の他の乗り組員を道連れにしてよい話ではありません」

「スターバックよ。おれは、あの鯨の王と呼ばれたモーカンを前にした時、おまえがいかに勇敢であったかを知っている。おまえが臆病風(おくびょうかぜ)に吹かれてそんなことを口にしているのではないことを知っている。しかし、あのモービィ・ディックが、神の造られた最高の作品であるにしろ、他の何であるにしろ、大きかろうが色が白かろうが、鯨は鯨ではないか。おれの銛は、間違いなく、あやつの背に突き立ったのだ。おれは、あやつの背で、あやつがもがくのを間違いなく感じていたのだ」

　エイハブは、自分に言い聞かせるように、そう言った。

「確かに、あれは神秘だ。しかし、それを言うなら、全ての生命が、神秘なのではないか。スターバックよ。おれも、おまえも——」

　エイハブは、両手を広げて、皮膚の下を流れる血を睨むように、それに眼を落とした。

「船長、そのくらいで……」

　そこで、声をかけてきたのが、この騒ぎのもととなった人物、フェダラーであった。

　フェダラーは、声に出さずに、笑うように喉(のど)をひくつかせた後、

「我々は、今、このピークオッド号に乗っている——これが現実じゃ」

　エイハブとスターバックの顔を舐めまわすように見、嗄(しわが)れた声で言った。

「もうひとつの現実は、このピークオッド号は、鯨を捕る船であるということだな。今日、我々がやったことを、明日も、明日以降も、やってゆかねばならぬ。我々の、今日の仕事ぶりは、見ていただけましたかな、スターバック先生……」

　フェダラーが問う。

「見た……」

「鯨を見つけたら、今日と同じことを我々はやらねばならぬのじゃ。それが、青い鯨であれ、白い大きな鯨——たとえばモービィ・ディックであれ……」

「————」

　スターバックは、フェダラーに対して何かを言いかけたのだが、その言葉は喉の奥に詰まって、外には出てこなかった。

「今日のところは、それでよいのではないかな……」

フェダラーのその言葉は、スターバックに次の言葉を言わせなかった。

それで、その場は、なんとなくそれでおさまったようになってしまったのである。


万次郎は、闇の中に仰向けになって、この話をしてくれた時の、イシュメールの口調、眼の光を思い出している。

イシュメールは、スターバックのことは口にするなと言っておきながら、その時は、自らスターバックの名を口にしたのである。

この時には、もう、万次郎は、この船にスターバックという人物がいないことを、ほぼ確信していた。

最初の鯨が捕れた時にはこの船にいて、エイハブとも話をしていたスターバックが、どうしていなくなってしまったのか。

万次郎には、わからなかった。

わからないまま、万次郎は、まだ見たことのない白い鯨——モービィ・ディックのことを考えていた。

十章

万次郎生まれて初めて鯨に銛を打つこと

もしあの二重にかんぬきをかけた国、日本が外国に門戸を開くことがあるとすれば、その功績は捕鯨船にのみ帰せられるべきだろう。事実、日本の開国は目前にせまっている。

——ハーマン・メルヴィル『白鯨』
岩波文庫　八木敏雄・訳

一

万次郎が、鯨に銛を打つ機会は、ほどなくやってきた。

それは、よく晴れた日の午後であった。

南中していた太陽が、少しばかり西へ傾いた頃——

万次郎は、甲板に立ち、左舷の舷墻に両肘をついて、海を眺めていた。

風は、わずかに吹いていた。

ほどよい風によって船が運ばれている時は、船上にいる者が体感する風の強さは、実際のものよりはやや弱くなる。

それは、船が風によって風の吹く方向へ動いているからであり、仮に後ろから帆が風を受けている場合、船の進む速度の分だけ、風が弱まっているのである。

その風の中に、万次郎は、臭いを嗅いでいた。

ほんの、わずかな、あるかなしかの微かな臭いだ。気がつかなければ、そのままになってしまいそうな臭い——

ほのかな、しかし、生臭いにおい。

これは——

鯨だ⁉

鯨の潮吹きの臭気には、独特の生臭さがある。

遠くから嗅げば、生乾きで腐りかけた、鯵の臭いに似ていなくもない。似ていると言われれば、そうかとうなずくこともできるし、違うと言われても同様にうなずくことができる。

しかし、この風の中に混ざっているのは——

鯨⁉

風上へ眼を向ける。

もしも、この臭いのもとが鯨なら、風上の離れた場所の海面で、鯨が潮を吹いていることになる。

「鯨ァ‼」

檣（マスト）の上から声が降ってきた。

「潮吹き発見、左舷（さげん）前方！」

檣頭（マスト・ヘッド）に立ったスペイン人の水夫が、左手を鯨のいる方角に向けて、真っ直（まっすぐ）に伸ばしている。

巣穴から出てくる蟻の群のように、船員たちが次々に甲板に飛び出てくる。

「マッコウクジラだ！」

スペイン人水夫は、叫び続けている。

「色は⁉」

部屋から出てきたエイハブが、檣頭（マスト・ヘッド）に向かって、吠（ほ）える。

「黒‼」

「かかれっ、かかれ‼　これはおまえたちの仕事だぞ」

エイハブが、左舷の舷墻を両手で摑（つか）み、獅子（しし）のように、喚（おめ）いている。

「小僧、初陣だ。死んでこい‼」

万次郎は、エイハブの声を、走りながら背中で受けた。

船中が、一気に巨大な心臓になったようだ。

万次郎は、銛を右手に摑み、下ろされてきたボートに飛び乗った。

血管が、破裂しそうになっている。

窪津（くぼつ）で見た、あの光景と同じだ。

村中が、沸き立つ釜（かま）のようになって、鯨組の連中が、褌（ふんどし）姿で浜を走ってゆく。鳴らされる法螺貝（ほらがい）。雄叫（おたけ）び。

自分は今、あの中にいるのだ。

身体がぶるぶると震えている。

もちろん、武者震いだ。

よかった。

いきなり煮えた釜の中に投げ込まれたようだ。それがよかった。ゆっくりと釜の中に自分で足先から入ってゆくのでは、ためらいや、恐れや、いろいろなものが心の中に生じてしまう。

しかし、これはいきなりだ。

いきなり、もう、現場の真っただ中に放り込まれたのだ。

遅れた者が、舷墻を越えて、ボートに跳び下りてくる。

青い海面が近づいてくる。

ボートが波の上に浮いた時には、全員がそろっていた。

銛受けに銛を置いた。

半九郎から譲られた、あの銛だ。

「いくぞ！」

横から声がかかった。

イシュメールだ。

ひとつ後ろの座席、ボートの右舷にイシュメールがいて、もう、オールを握っている。

万次郎は、銛打ちなので、左舷の一番前に座り、受けが右舷にある一番オールを漕ぐのが役目だ。イシュメールは右舷の一番前、二番オールを漕ぐのが役目である。

「背骨が折れても、漕げ！」

激しい声だ。あの温厚なイシュメールはもうどこにもいない。

万次郎は、オールを握った。

ぞくりと、背中の体毛が逆立った。

何人いたかはわからないが、これまでの漕ぎ手の手脂で、握りのところが黒光りしている。そこを握った途端、そこから、びりびりと伝わってくるものがあった。

これまでこのオールを握ってきた者たちの怨念の声のようなものだ。

自分の前にはイシュメールが、その前にはクイークエグが握ったオールだ。さらにその前も、さらにさらにその前も……

自分の肉の内部から、激しく噴きあげてくるものがあった。

死んだ父の悦助の顔、母志をの顔、兄時蔵、セキ、シン、ウメ……

そして、半九郎。

〝おまんは幾つじゃ〟

〝八つじゃ〟

〝小僧、酒はねや、うまい、まずいで飲むもんやないがぜ〟

〝爺っちゃん、おれも、羽刺になれようか？〟

〝最後には、狂うけん〟

〝小僧、急げ……〟

それらの記憶がひとつになって、こみあげて、迸った。

「しゃあああっ!!」

万次郎は吼えた。

激しいもの、凶暴なもの、豊かなもの、優しいもの、哀しみ、怒り、あらゆるものが、その声と共に自分の身体と天地を貫いた。

ほんの一瞬だ。

それで、何もかもが消し飛んだ。

万次郎は、真っ白になった。

「漕ぐがじゃ!!」

万次郎は叫んでいる。

英語ではない。

幡多弁だ。

銛打ち、一番オールを漕ぐ者は、常に声をあげて、他の漕ぎ手を鼓舞し続けねばならない。

それが、土佐の言葉になって出る。

それで、通じているのかどうかは、もう万次郎の頭の中にはない。

知るか。

どっちだってえい。

「ありったけじゃ！」

「ありったけのもんを出すがよっ!!」

そうだ。

これまでの生涯で出合ったこと全て、父の悦助が死んだこと、半九郎が亡くなったこと、半九郎が馬鹿にされて泣いたこと、グレが釣れたこと、これまでのみんなありったけをかきあつめて、オールを漕ぐ。そのどれかの思いが、あと一回オールを漕ぐ力になるのなら、その思いは無駄じゃなかったってことだ。

もう、鯨は見えていない。

見えているのは、オールを握っている仲間の背と、こっちを向いて船尾で舵を握っているクイークェグの顔だけだ。

あとは、そのクイークェグの指示通りに、ひたすら漕ぐだけだ。

「右！」

「左！」

クイークェグが、手を上げて、方向を示し、吼える。

それに合わせてオールを漕ぐだけだ。

あの、いつもむっつりとした、無表情に近いクイークェグの顔が、笑っている。

白い歯が見えている。

練習の時には見せなかった表情だ。

こんな表情もするんだな、クイークェグ。

クイークェグは、自分が笑っていることに気づいているんだろうか。

そんな思考が、一瞬浮かんで、すぐ消える。

思おうとして思えるものではない。

考えようとして、考えるのでもない。

勝手に脳が思い、勝手に脳が考えることを一瞬思い、一瞬考えるだけだ。

漕ぐ。

漕ぐ。

「潜るぞ！」

クイークェグが叫ぶ。

「尾が立ちあがった。でかい!!」

飛沫（しぶき）の音が、万次郎にも聞こえた。

背がぞくぞくする。

大きな岩で、背をこすられているようだ。

進行方向には背を向けてオールを漕いでいるので見えないが、クイークェグが口にする言葉で、万次郎の脳裏に映像が浮かぶ。

巨大な尾が、天に向かって高く持ちあがり、くるりと翻（ひるがえ）って、潜ってゆく。

その後から、尾が跳ね飛ばした飛沫が海面に落ちる驟雨（しゅうう）のような音が響いてくる。

「止まれ！」

クイークェグの声で、皆が、漕ぐ手を止める。

小さな泡が、青い海面に、ふつふつと浮きあがってくる。

鯨の尾とその身体が巻き込んだ空気が、無数の泡となって海中から浮きあがってきているのである。

その幾つもの泡の上に、ボートは浮かんでいる。

他の二艘（そう）のボート――スタッブとフラスクのボートも追いついてきた。

「どっちだ!?」

フラスクが怒鳴る。

「どのくらいまで泳ぐ!?」

スタッブが叫ぶ。

こういう時、鯨の何割かは、潜る前に進んでいたのと同じ方向に泳いでゆく。

しかし、時に、逆方向へも泳ぐことがある。

右へ行ったり、左へ行ったり、その時の風向きや、潮の流れ、ボートが鯨に対してどのような角度で追ってきたか、そういうことで泳ぐ距離や方向、潜っている時間が変化する。

それを、経験知と勘で、判断するのがボート頭だ。

「こっちだ」

　クイークェグが、左手を持ちあげて、左斜め前方を指差した。

　三艘のボートの漕ぎ手たちが、オールを動かしはじめた。

　万次郎は、漕いだ。

　全員が、背骨をいたわりもせず、ひたすら漕ぐ。

　と――

「ここでいい」

　クイークェグが言う。

　ボートの上の動きが止まる。

　それまで進んできた惰性によって、ボートは前へ動いているが、もう、オールは動いていない。

「待て――」

　クイークェグが言う。

「もう少しだ……」

　と――

　万次郎の、左手側――ボートの右舷の海に、海中からふつふつと白い泡が浮かんできた。

　綺麗な天然の青に泡の白が混ざって、美しい色になる。

「この真下だ」

　クイークェグが言う。

　鯨はこのボートの真下にいる。

　いつ、あの巨大な身体が海面に姿を現すのか。

　それが、もし、この海面の真下から鯨が浮上してきたら、このボートなどひとたまりもない。

　ひっくり返され、乗っていた者たちは、皆海へ投げ出され、船は破損して、大惨事になる。

　海から浮いてくる泡の粒が、少しずつ前方へ移動してゆく。

　鯨が海中をまだ先へ進んでいるのである。

「追うぞ!」

　クイークェグが言うと、漕ぎ手の腕が動き出す。

　キイッ、
　ギシッ、
　キイッ、
　ギシッ、
　ボートが、泡を追って動き出した。

　しばらく漕ぐと、

「止まれ!」

　クイークェグが言った。

　漕ぎ手が、漕ぐのをやめる。

ボートが、惰性だけで前へ動いてゆく。

「浮くぞ、この先だ」

クイークェグが叫ぶ。

「立て、マンジローっ!!」

その声で、万次郎はオールから手を放し、船首近くに立ち、銛受け(クロッチ)に立てかけておいた自分の銛に手を伸ばした。

銛を握って、船首に立つ。

むりむりと、全身に力が湧きあがってくる。

通常は、何度も鯨を追いかけて、漕ぎ手が疲労困憊(こんぱい)したところで、ボート頭から「立て」の合図が下る。

しかし、まだ、そこまでの疲労は、肉体に蓄積されていない。

クイークェグの指示が適切だったからである。

「浮いてくるぞ!」

クイークェグが、怒鳴る。

「三十三フィート向こうだ!!」

万次郎にも、それはわかっている。

ちょうど、それくらいむこうの海面に、泡が浮いてきている。

三十三フィート——約十一メートル。


銛を投げねばならない距離としては、かなりの数字だ。

通常は、遠くても二十数フィートだ。

しかし、近すぎると、鯨がボートを見てまた潜る可能性がある。

近ければ、銛が当たって鯨が暴れ出したら、ボートをひっくり返されることもある。

鯨に銛を打ち込めるのであれば、できるだけ離れていた方がいいのだ。

鯨を追いかけまわした挙げ句、疲労困憊した状態で投げれば、ねらいをはずしたり、銛の当たりが浅かったりする。

五十回銛を打つ機会があって、それが成功するのは、五回くらいだ。

十回に一回——

その機会が、いきなりやってきたことになる。

万次郎の筋肉は、煮えている。

まだ、銛を打つ余力は、十二分にある。

万次郎の能力を考えに入れて、クイークェグは、この距離を選んだのであろう。

鯨が、浮いてきた。

海面がどんどん白くなって、その泡の中から、黒い小山が浮上してきた。

巨大な水飛沫をあげて、その山が姿を現した。

二

「ヒョオオッ！」

「来たぞ！」

「鯨だ!!」

三艘のボートから、歓声があがる。

ボート三艘は、ほぼ、鯨から等距離にいたが、準備ができていたのは、一番ボート――すなわち、万次郎のボートであった。

二番ボート、三番ボートは、なおも横から鯨に近づいてゆく。

海面に背を出し、鯨が悠々と泳ぎ出した。

ここだ！

万次郎は、逆らわなかった。

自然に身体が動いていた。

投げた。

おもいきり。

銛が、天の雲に向かって飛んだ。

それが、美しい、山なりの放物線を描いて落下してゆく。

万次郎の想いそのもののように――

夢のような光景だ。

するすると、銛に括りつけられた縄が伸びてゆく。

ただでさえ重い銛に、縄の重さが加わっている。

それを、三十三フィート飛ばす。

誰にでもできることではない。

当たった。

万次郎の投げた銛が、鯨の背に突き立ったのだ。

一番銛だ。

この時、ようやく、他のボートからも銛が飛んだところであった。

二番銛、三番銛が、鯨の背に突き立つ。

この時、万次郎の耳は、鯨の雄叫びを聞いたような気がした。

何をするか!?

何をするか、人間ども!!

そして――

鯨は、おそろしい勢いで泳ぎはじめたのであった。

鯨は、進行方向に対して、頭を持ちあげている。
鯨――特にマッコウクジラは、その全身の重さに比べて、頭部が非常に軽い。そのため、大きくて水の抵抗の強い頭を、泳ぐ時に、半分まで海面より上に出すことができるのだ。頭をあげた分、それだけ水の抵抗が減って、泳ぐ速度があがるのである。

まだ、ボートは動き出していない。

舳先（へさき）の、縄を受ける構（チヨツク）の手前に、三角台と呼ばれるものがある。左舷と右舷の舷墻に板を渡して、舳先部分の三角形の空間に蓋（ふた）をするかたちにしたものだ。その上に、銛へと繋（つな）がる縄が、蛇のとぐろのように巻いて置かれている。

鯨が泳ぎ出したため、その縄が凄（すご）い勢いで解け、構（チヨツク）を通って海へ出てゆく。

その縄は、ボートの後方へと、伸びている。ボートの艫（とも）近くに、桶（おけ）が置かれていて、その桶にとぐろを巻いた縄が入っていて、舳先の縄――つまり、銛と結びつけられている縄と繋がっているのである。

ただ、この縄は、桶からいったん艫へ伸び、艫にもある三角台の上に立つ縄柱を半回転して、ボートの中央を、舳先に向かって伸びている。

この縄柱は、実に丈夫にできていて、本来は木偶（ロガーヘッド）の棒と呼ばれ、竜骨まで届いており、艫の三角台からは、二フィートほど上に突き出ている。その太さは、人の掌（たなごころ）と拳（こぶし）の中間くらいである。

クイークェグは、縄が出てゆく速度をひと呼吸ほど睨（にら）んでから、綱桶からひと尋（ひろ）ほど縄をたぐり出して、縄柱に二度、巻きつけた。

「くるぞ！」

クイークェグが叫ぶ。

がくん、

と、衝撃があって、ボートはそのまま鯨と同じ速度で波を切って進みはじめた。

凄い力だ。

縄柱に巻きつけられた縄が、柱の木をこすりながら前方へ出てゆく。縄と柱の接する部分から、青い煙があがりはじめた。

鯨の力が思っていたよりもずっと強い。

速度も考えていた以上だ。

クイークェグは、出てゆく綱にシャツの裾（すそ）を被（かぶ）せ、その上から両手で縄を握った。両手で握ることによって、摩擦力を増やし、縄の出てゆく速度を緩（ゆる）めようとしたのだ。

たちまち、両手が熱くなり、握っていられなくなる。

「水だ。綱桶に水をかけろ!!」

クイークェグが叫ぶ。

「は、はいっ」

いちばん後ろの漕ぎ手がオールから手を離し、帽子を脱ぎ、それで海水を掬(すく)って、ざぶりとクイークェグの両手に掛けた。

次が縄柱。

そこでさらに水を汲(く)んで、ざぶり、ざぶりと、綱桶の中の縄に水を掛ける。

これで煙は止まった。

しかし、まだ、縄は出てゆく。

凄(すさ)まじい力だ。

舳先の構(チョック)から艫の縄柱まで、ボートの中央を一直線に縄が伸びている。縄は、石のように硬い。ボートが楽器なら、その縄は、切れるぎりぎりまで張った弦(げん)のようなものであった。

縄は、縒糸(よりいと)を五十一本束ねて編んだものだ。縒糸一本で百十二ポンドの重さに耐えることができるので、五十一本だと約二・六トンの重さに耐えられるようにできている。

長さは千二百フィート――つまり三百六十五メートルに余る長さがあることになる。

めったにはないことだが、場合によってはそれが伸びきってしまうことがある。その時は、縄の尻(しり)はボートのどこにも結ばれていないので、縄はそのまま鯨に持っていかれてしまうことになる。危険なのは、縄の途中に瘤(こぶ)ができていたり、縄がボートのどこかに引っかかってしまうことだ。その状態で鯨が潜ったら、縄の瘤が構(チョック)に引っかかり、一気にボートもろとも、乗り組員は海中に引きずり込まれてしまう。

その時は、そうなる寸前に、斧(おの)で縄を切らねばならなくなる。

ボートが海中に引きずり込まれるのを回避するもうひとつの方法は、縄が出きる前に、他のボートと合流して、こちらのボートの縄の最後のところに、合流したボートの縄を繋いでしまうことであった。

二艘のボートの縄を繋ぐといっても、たやすいことではない。

何しろ一艘のボートの縄の先には海の王であるマッコウクジラがいて、そのボートを勢いよく引いている最中だからである。もう一艘のボートが並走しようとしても、なかなか追いつけるものではない。

この場合、一番一般的な方法は、まず鯨に引かれていない方のボートの縄の先端を、鯨に引かれているボートに投げ入れ、その縄に十分なゆとりをもたせた状態で、その途中部分を鯨に引かれているボートの縄柱に何周か巻きつけて固定する——つまり、鯨は一艘目のボートを引き、一艘目のボートが二艘目を引くことになるのである。つまるところ、鯨にはボート二艘分の負荷がかかることになるのだが、肝心なのは、この二艘のボートを、横に並べて鯨に引かせるわけにはいかないということだ。

たとえば、二艘のボートの銛一本ずつ——つまり一本の縄のついた銛が同時に鯨に突き刺さったとすると、たいへんなことになる。そうなると、二艘のボートが接触して転覆したり、縄の長さに差があっても一方のボートの縄がもう一方のボートをからめとったりして、たちまち大きな事故になるからである。

だから、一艘目のボートが二艘目のボートを引き、縦列で鯨と繋がる必要があるのである。

その上で、二艘目のボートから投げ入れられた縄の先端を、一艘目のボートの縄と結ぶのである。

これには、互いのボートの舳先には構(チョック)があり、結んだ目はその構(チョック)をとおらなかったりするので、それを避けるためのややこしい方法があるのだが、ボートのオールを握る人間は、たいてい誰でもこの役割を荷(にな)うことができるのである。

時には、まさに鯨が引いている縄を、涙を呑んで、ボートに用意されている斧で切らねばならない場合もある。

しかし、この時、鯨は潜らなかった。

ただひたすら、前に向かって泳ぎ続けたのである。

それでも、安心はできない。縄が出きった状態で引かれている最中に、いきなり鯨が潜り出すこともあるからだ。

「代わるぞ！」

クイークェグが、叫ぶ。

「ヤー!!」

舳先の万次郎が、立ちあがる。

艫のクイークェグが立ちあがる。

万次郎は後ろへ。

クイークェグは前へ。

ふたりが、前と後ろを入れかわるのだ。

他の四人のボートの漕ぎ手は、オールを海面と水平にする。

こうすると、オールをまたぎ易くすることになり、移動が早いのだ。

石のように硬くなった縄が、ボートの中央に前後に張られている。その縄を時に摑みながら移動し、万次郎とクイークェグは、ボートの真ん中ですれちがった。

すでに、縄は三分の二ほどが引き出されていたが、そこで止まっていた。

万次郎が艫に、クイークェグが舳先に移動し終えた。

「たぐれ、たぐれ！」

クイークェグが、大声で命じた。

オールを持っていた男たちのうちの三人が、オールから手を離し、縄を握ってそれを引きはじめた。

鯨をボートに引き寄せようとしているのではない。ボートの方を、鯨に引き寄せようとしているのである。

ボートが、だんだん鯨に近づいてゆく。

ボートと鯨が近づいた分、縄にたるみができる。

万次郎は、たるんだ縄を手元に引いて、その緩んだ分を縄柱にいったん回してから、綱桶がかりの男に、その緩んだ分の縄を送ってゆく。綱桶がかりの男が、縄の緩みを巻き取りながら、桶の中にもどしてゆく。

綱桶がかりは、ボートの漕ぎ手で、一番艫に近いオールを握っている男の担当だ。

「たぐれ、たぐれえっ！」

もう、鯨は、頭を持ちあげて泳いではいない。

背を水上に出したり、水面下に潜らせたりしながら泳いでいる。

苦しい息つぎをするように、何度も潮を噴く。

すでに、クイークェグは、舳先の三角台の上に立って、その手に槍を構えて仁王立ちになっている。

鯨との距離が、三十五フィートほどになった時、

「ホウッ」

クイークェグの手から槍が飛んだ。

槍の方が銛より軽く、縄が繋げられていない分、さらに槍の方が軽い。

それだけ、槍の方が銛よりも遠くへ届くのである。

美しい、山なりの放物線が、青い空に描かれた。

槍先が、鯨の背に吸い込まれた。

鯨が、潜る。

「緩めろ‼」

クイークェグが怒鳴る。

万次郎は、綱桶から縄をたぐり寄せ、五フィート分くらいをたるませた。

きしきしきしっ、
と、縄が悲鳴をあげ、たるみがほぼひと息に消えて、がくん、とボートがつんのめるように前に出た。

めきっ、
と、縄に締めあげられて、縄柱が悲鳴をあげた。

舳先の構(チヨック)から、さっきまで前に伸びていた縄が、今は斜めに海中に潜っている。

ボートの舳先が、海面に対して、その鼻先を斜めに突っ込もうとしている。まるで、ボートが、海の香りをより近くで嗅ごうとしているかのようであった。縄が、海に潜る縄の角度が、どんどん急になってゆく。

どうする⁉

万次郎は、クイークェグを睨むように見ている。

いつ、縄を緩めろという指示が出てもいいようにだ。

すでに、縄柱に一回転巻きつけてある縄であったが、指示が出たら、それをただちに半回転分にしなければならなかったからだ。

しかし、クイークェグは、その指示を出さなかった。

その鯨が、すでに、ボートを海に引きずり込むだけの力を持っていないと判断したからであろう。

急になってゆく縄の角度が、途中で安定した。

斜めに潜ってゆこうとする鯨の力と、船の持つ浮く力が、拮抗(きっこう)したらしい。

「オール!」

クイークェグが叫ぶ。

漕ぎ手が、オールを海中に入れて、止める。

漕がなかった。

オールに当たる海水の抵抗で、鯨にさらに負荷をかけるためだ。

ボートを漕ぐには、手を手前に引く力が必要なのだが、このやり方だと、逆に前へ押す力が必要になる。

「踏んばれ!」

声をあげたのは、イシュメールだった。

「こらえろっ!」

ボートの漕ぎ手たちも、すでにかなりの体力を消耗しているはずであった。

疲労しているのは、鯨ばかりではないのだ。

「地獄の底を覗きにゆくぞっ‼」

イシュメールの言葉に、

「おうっ」

という男たちの雄叫びがあがる。

ボートの後方から、歓声が届いてきた。

万次郎が後ろを向くと、二十メートルほど後方の海上に、鯨の大きな尾が天に向かって翻るのが見えた。

一番ボートを追ってきた二艘のボートが、途中でもう一頭の鯨と遭遇して、今、慌てて銛を投げたらそれがみごとに当たった——そういう状況らしい。

一番ボートを追っていた二艘のボートは、二頭目の鯨にこれからかかりっきりになるのだろう。二艘のボートの動きで、それがわかる。

自分たちは、これから、この一番ボートのみで、巨大な海の獣と対決せねばならないのだ。

「なんともないがや！」

万次郎の口から、土佐弁が迸り出る。

「これで対等じゃ!!」

万次郎が、故郷の言葉で叫ぶと、

「おおう」

オールを握る者たちの声が、きれいに重なって、大気を裂いた。

その時、
ふっ、
と、縄に加わっていた力が消失した。

舳先を前に傾けていた船が、くわっともとにもどる。

それが何であるか、万次郎にはわかった。

釣りをしている時、これまでにも、何度となく体験してきたことだ。

磯で釣りをしていると、大きなグレが掛かる。竿と糸を通じて、グレとやり取りをする。その時、急に糸が緩むことがある。

大きく曲がっていた竿がもとにもどり、竿に伝わってきていた生き物の気配が、嘘のように消失する。

何が起こったのか。

魚が、逃げる途中で、反転し、海面に向かって泳ぎ出したのだ。

それと同じことが起こったのである。

〝浮いてくるがよ！〟

万次郎がその言葉を発しようとした時、

「浮くぞ！」

クイークェグが、声をはりあげた。

鯨が、ぐんぐん浮いてくるのがわかる。

「たぐれ、たぐれ、たぐれ！」

クイークェグが、叫んでいる。

しかし、いくらたぐっても、縄は緩んだままだ。

「浮くぞ!!」

クイークェグの言葉の通りに、鯨が海面から小山のような頭を出した。左舷前方だ。

そして鯨は、さらにさらに高い天に向かって登ってゆこうとする。

鯨が、宙を泳ぐ。

鯨の身体が、ほぼ垂直に、海面に立ちあがった。

海に潜っているのは、尾の先だけだ。

この世のものでない光景。

見たか。

人間ども。

見たか。

これがおれの姿だ。

見て、そして、ひれ伏せ。

鯨は、そう言っているようであった。

激しく、飛沫が降り注いだ。

鯨は巨大な山が倒れ込むようにして頭から海に潜った。

驟雨のように、上から海水が注いでくる。

再び鯨の姿は見えなくなった。

ごん、
と、溝を通っていた縄が張って、舳先が一瞬、海に潜りそうになった。しかし、舳先は鼻面を波の中に一瞬突っ込みはしたものの、ボートそのものが海に引き込まれるということはなかった。

鯨自体が、すでにそこまでの力を残していなかったのだ。

銛を打ち込まれ、出血しながら長時間ボートを引いて泳ぎ、ついちょっと前には、長い槍を打ち込まれたのだ。

ボートを海中に引きずり込もうとしたのだが、それができず、鯨はまた泳ぎ出した。人で言えば、ずっと潜って泳いだあと、海面に出て充分息を吸わないうちに、再び水中に潜ってしまったようなものだ。

人なら、苦しくなって、すぐに顔をあげることになる。

この鯨もそうだった。

そこまで、先ほどの半分の時間もかからなかった。

縄も伸びていなかったので、浮上した時、たて続けに、二本の槍を背に受けていた。

万次郎とクイークェグが投げた槍であった。

鯨は、銛と槍を背に生やしたまま、悠々と泳ぎ出した。

その背へ、さらに槍が突き立つ。

「マンジロー、行けっ！」

「休むな！」

「槍だ!!」

万次郎は、槍を手に持って、投げる。

二本──

一本も外すことなく、槍が鯨の背に突き立ってゆく。

鯨の泳ぐ速度が、だんだんと遅くなってゆく。

そして──

ついに、鯨が泳ぐのをやめた。

海面に背を出して、人が喘(あえ)ぐが如(ごと)くに、ふしゅー、ふしゅーっと、潮を噴いている。

しかし、ここで槍を投げるのをためらっていたら、永久に鯨を捕ることはできない。

ボートが近づいてゆく。

鯨は動かない。

「こういう時こそ、気をつけるんだ。おとなしくなった女と鯨には、心を許すんじゃないぞ」

クイークェグが言う。

わかっている。

鯨の潮噴きは、死にゆく人が、最後の呼吸を繰り返しているようにも思えた。

「シャア！」

万次郎の手から、また槍が放たれた。

槍が、鯨の背に突き立った。

その瞬間──

狂乱したように、鯨が暴れ出したのである。

槍が突き立った場所が悪く、鯨にあらたな刺激を与えてしまったのか。

それとも、弱ったふりをしてこちらを油断させ、ボートが近づくのを待って暴れ出したのか。

おそらくは、後者だ。

鯨は待っていたのだ。

自分の尾の一撃が届く場所まで、ボートが近づいてくるのを。

鯨は、暴れ、そして狂った。

尾を立て、落とし、海面を叩(たた)き、身をくねらせてもがいた。

いきなり嵐がそこに出現したようになった。

激しく、海水が、上から横から叩きつけてくる。尾が潜った。

「来るぞ！」

クイークェグが叫んだその時、火山の噴火のような勢いで、舟底を海中から鯨の尾が跳ねあげてきた。

ボートが、完全に宙に浮いていた。

何人かが、海に投げ出された。

万次郎もそのひとりだった。

万次郎の身体は、宙で一回転し、海に頭から落ちていた。

水を掻いて、浮きあがる。

浮きあがると、そこにあったのは、銛と槍を生やした鯨の背であった。

「くそっ」

万次郎は、その鯨の背に向かって泳ぎ、這いあがった。

鯨が暴れているため、すぐに落ちそうになる。

「くわっ」

鯨の背に、両手両足で這い上がり、背から生えていた銛を右手で摑んだ。

最初に自分が投げた銛であった。

その銛に左足をからめ、落ちるのを防ぎながら、近くに突き立っている槍を摑んだ。

それを、両手で引き抜く。

銛には、強力な、ごつい返しがついているため、ちょっと引いただけでは抜けそうにないが、槍には返しがついていないため、なんとか引き抜くことができるのだ。

「やれっ、マンジロー。立てろ、立てろ！」

クイークェグが、ボートの上から叫んでいる。

「心臓だ。心臓をねらうんだっ！」

もうひとり、そう叫んでいるのはイシュメールだった。

ボートの上にいるのはこのふたりだけだった。

他の三人は、万次郎と一緒に海に投げ出されたのだ。

ボート近くの海面に、三人の頭が、浮いたり沈んだりしているのが見える。

クイークェグも、イシュメールも、から身だった。

手に、槍もオールも握ってはいない。ボートが、鯨の尾の一撃で跳ねあげられた時、いずれも海に落ちたのだ。

海に落ちた三人が、周囲に浮いているオールや槍を、泳ぎながら回収しようとしているのが見てとれる。

「おまえの右足の少し先、二フィート向こうだ。そこへ、やつの中心目がけて槍を突き立てろ。心臓はそこだ。教えたろう！」

クイークェグが叫んでいる。

万次郎は槍を右手で持ち、ねらいを定めようとする。

ここか。

ここか。

ここでいいのか。

これまでの訓練で頭の中に入れたことが、きれいにみんな飛んでしまっている。

空っぽだ。

左手は、銛を握ってバランスをとっている。

ふんばっている両足の裏に、どくん、どくんと脈打つ、鯨の心臓の鼓動が伝わってくる。

ここだ。

間違いない。

左手を銛から離す。

両手で槍を握る。

眼が、槍のように尖って、もう、その場所を捉えている。


そこへ向かって――

「かあああああっ!!」

突いた。

全部の体重を乗せた。

全部の想いを乗せた。

志をのことも。

悦助のことも。

時蔵のことも。

セキのことも。

シンのことも。

ウメのことも。

そして、半九郎のことも。

何もかも、全部だ。

自分のありったけを込めなければ鯨に槍が届かない。

こんなに巨大で、こんなに神々しいものに対して、ちっぽけな自分の重さだけではどうにもなるものではない。

だから、これまで、自分が出会ってきた人の思いや哀しみや、様々なものを、自分の重さに乗せるのだ。

そうでなければ届かない。偉大なものの生命を奪うというのは、そういうことなのだ。

半九郎の爺っちゃん。

どんなにか、もう一度、鯨と対決したかったことだろう。

〝小僧、鯨が好きか〟

半九郎の声が響く。

鯨よ。

なんで、おまえを殺さねばならないのか。

おれは、こんなにおまえのことが好きで、こんなに心を震わせているのに、どうして。

すまない。

すまない。

様々な想いが、からまり合い、こんがらがってこんがらがって、でかいぐしゃぐしゃの結び目のようになっている。それがおれだ。それが、中浜(なかのはま)の万次郎じゃ。

それをまるごと届けるしかない。

「かあああああっ!!」

「かあああああっ!!」

潜ってゆく。

槍が潜ってゆく。

鯨がのたうつ。

万次郎のすぐ横の穴から、
ぶしゅううう、
ぶしゅううう、
潮が噴き出されてくる。

血の混ざった赤い潮だ。

それで、万次郎は、ずぶ濡(ぬ)れになっている。

髪の先から、鼻の先から、顎(あご)の先から、赤い色をした潮が、したたり落ちる。

「こなくそ!」

突き立てる。

潜った。

鯨がである。

背に乗って、ふんばって槍を握っている万次郎ごと、鯨が潜った。

万次郎も、海中に引き込まれた。

いきなり、音が消えた。

青い沈黙の中に、万次郎はつつまれていた。

響いているのは、足の裏から届いてくる、鯨の心臓の鼓動だけだ。

海の中で、回っている。

鯨が潜る。

放すもんか。

あんまり深く海に沈むと、耳の膜がやぶれゆうがよ――

それを教えてくれたのは誰だったたか。

父の悦助だったたか。

呼吸ができない。

息を止め続ける。

頭が、がんがんしてくる。

どっちが上で、どっちが下かもわからない。

放すもんか。

この鯨と心中じゃ。

暗い。

あたりは暗い。

意識を失いかけているのか、それとも本当に暗いのか。

どうなっているのか。

もう、だめだ。

死ぬのか、おれは……

そう思った時、変化があった。

暗かった周囲が、ゆっくりと明るくなってくるようだった。

少しずつ、少しずつ。

鯨が浮きあがろうとしているらしい。

だんだんと明るくなり、さらに明るくなって――

ざあっ、

と、万次郎の周囲から水がこぼれ落ちて、万次郎は陽光の中にいた。

青い空。

青い海。

白い雲。

「がはっ」

万次郎は、大きく口を開けて、息を吸い込んだ。

「がひゅう」

「がひゅううう」

いくら息を吸い込んでも吸い込んでも、まだ足りなかった。

万次郎は、まだ、槍を両手に握っていた。

鯨の背だった。

「マンジロー、やったぞ」

「凄いぞ、マンジロー」

向こうのボートの上で、クイークェグとイシュメールが叫んでいる。

鯨は、死んでいた。

鯨の周囲の海が、その血で赤く染まっている。

ボートの上に、浮いていたオールや、槍がもどされている。

やがて、泳いでいた三人がボートにもどり、彼らの手にオールが握られた。

オールが動き出した。

ボートが、鯨に近づいてくる。

万次郎は、喘ぎながら、それを見つめている。

万次郎は、まだ、槍を両手で握っている。

鯨の隣に、ボートが横づけされた。

「手を放せ、マンジロー。槍を放していったんボートに戻るんだ」

イシュメールが言う。

しかし、万次郎は、動けなかった。

「どうした?」

「手が、槍から離れんがじゃ」

万次郎は、土佐の言葉で言った。

いくら手を放そうとしても、槍の柄から手が離れないのである。

「待ってろ」

イシュメールが立ちあがって、鯨の上に跳び乗ってきた。

「よくやったな」

イシュメールが、万次郎の指を、一本ずつ槍の柄からひきはがしはじめた。

ようやく槍から指が離れた時、万次郎はそこにへたり込んでいた。

「立てるか」

イシュメールが、万次郎の手を取って、立たせようとする。

「だいじょうぶじゃ」

万次郎は、膝(ひざ)を持ちあげながら土佐弁で答えた。

「ひとりで立てる」

ふらつきながらも、万次郎は、鯨の背の上に立った。

「おおおっ!」

ボートから、歓声があがる。

這いずるようにして、万次郎は、ボートにもどった。

「大きな鯨だ。よくやった、マンジロー」

クイークェグが、握手を求めてきた。

その手を万次郎は握り、

「ありがとう、クイークェグ、イシュメール、それから、みんなのおかげだ」
そう言ってから、万次郎は、ボートの上にへたり込んだ。
ボートの漕ぎ手たちが、次々に万次郎に握手を求めてきた。
「よし、これから鯨を引くぞ」
イシュメールが言った。
この時には、他の二艘のボートが近くにやってきていた。
どうやら、向こうで見つけたもう一頭の鯨は、捕ることができなかったらしい。
三艘のボートで、鯨を引いた。
巨大な鯨は、哀しいくらいゆっくりと、海面を引かれてゆく。
向こうに、ピークオッド号が見えている。
ピークオッド号もまた、こちらに向かって進んできているのである。
ピークオッド号の上で、歓声があがった。
その声が、風に乗って万次郎まで届いてきた。

十一章

ジェロボーム号から来た男のこと

フラスクの監督下に当直をつとめていた者たちは――まるでヘロデ王に殺された無辜のおさなごたちの亡霊がなかば言葉にならぬ言葉で訴えかけているような――実に哀しげで物狂おしく、とてもこの世のものとは思われぬ叫喚に度肝をぬかれ、すっかり夢をさまされ、その絶叫が聞こえているあいだ、あのローマの奴隷の彫像さながらに、ある者はすわり、ある者は何かによりかかったまま、身動きもせず、それに耳をかたむけた。乗組みのうち、キリスト教徒や文明化された者たちはそれを人魚の誘惑と見なしておびえたが、異教徒の銛打ちたちは平然としていた。しかし、最年長の水夫であるマン島の男は、身の毛もよだつあの声はさきごろ海で溺れた者たちの声だといいはった。

――ハーマン・メルヴィル『白鯨』
岩波文庫　八木敏雄・訳

一

万次郎が最初の捕鯨に出た時、実はふたつの事件が起こっていたのである。

その事件のうちのひとつは、まさに万次郎が鯨と格闘している最中に、別のボートで起こった。

そして、もうひとつの事件については、捕った鯨の脂とりをやっている最中に生じたのである。

最初の事件――万次郎のボートではない別のボートで起こった事件については、ピップが関わっていた。

この時、一番初めに海に浮かんだのは、万次郎の乗ったボートであった。次が、スタッブとタシュテーゴのボートで、三番目がフラスクとダグーのボートであった。

何故、フラスクのボートが一番遅れてしまったのか。

それは、フラスクのボートの漕ぎ手が、怪我をしてしまったからである。

その漕ぎ手はボートに乗ろうと走っている時に転び、その身をかばうために出した右腕を甲板についた時、その腕を折ってしまったのだ。

その男は、左手で右腕を押さえ、

「やっちまった」

と叫んだ。

その右腕が、いやな角度に曲がっていたのである。

そして、その時、一番近くにいたのがピップだったのである。

一瞬ためらった後、

「おまえが乗れ、ピップ」

そう言ったのは、その時まさにボートに乗り込もうとしていたフラスクであった。

身長だけのことで言えば、フラスクは、この黒人の少年よりも低い。しかし、フラスクはピークオッド号の三等航海士であり、自分のボートの漕ぎ手を誰にするかは、彼自身が決めることができる。小柄で金髪。その碧い眸に込められた意志の強さは、場合によってはエイハブすらも視線をそらすことがある。

「いつぞやの失敗を、取り返すチャンスだぞ、ピップ――」

その眸に射すくめられては、ピップもさからうことはできない。

「ウヒャイ」

ピップは跳びあがり、そのままボートに転げ落ちるようにして乗り込み、オールを握ることになったのである。

場所は、ボートの漕ぎ手としては一番後ろ――つまり、フラスクのすぐ前であった。

何故、ピップがそこに座ることになったのかというと、腕を折った水夫の座る場所がそこだったからだ。

つまり、ピップは、自然に綱桶がかりもやることになってしまったのである。

病気になったり、怪我をしたり、その他様々な原因でボートの漕ぎ手が代わることは、珍しいことではない。

かくして、哀れなピップは、フラスクのボートに乗り込むことになってしまったのである。

フラスクのボートは、万次郎に銛を打ち込まれて走り出した鯨に引きずられてゆく一番ボートを、遅れながらも後ろから追っていた。しかも、慣れないオールを握るピップがいるにもかかわらず、スタッブのボートよりもわずかに先行していた。

その時に、フラスクが叫んだのである。

「待て――」

全員が、オールを漕ぐ手を止めていた。

「もう一頭、鯨がいる」

惰性で前へ進んでゆくボートの上にフラスクが立ちあがった。

「どこだ」

次にフラスクがやったのは、縄柱の上に立つことであった。

高さ六十センチほど――言うなれば直径がさほどない丸太の切り株の上に立つのと同じで、しかも波で揺れるボート上でのことであり、誰にでもできる芸当ではない。

逆に言えば、小柄なフラスクなればこその技で、これ以外に、ボートの上から高い視界を得る方法はない。

「このフラスクさまの鼻は、船の誰よりも利くのだ。どんな遠くで噴く鯨の潮の臭いだって、おれは嗅ぎつけるのだからな――」

どうやらフラスクは、あらたな鯨の臭いを嗅いだらしい。

揺れる縄柱の上に立って、フラスクは、あたりを、特に風上を眺めている。

「ううむ、臭うぞ、臭うぞ。しかし、これでは三つ先の波でさえ見えぬ。誰か、檣のかわりにオールを立てよ。そのてっぺんへ、おれを乗せてくれぬか、どうだ、ダグー」

フラスクが言うと、

「承知しましたぜ」

ボートの一番前でダグーが腰を持ちあげた。

左右の船縁を摑みながら、ピークオッド号一番の巨漢であるダグーが、ボートの最後尾までやってくると、三角台の上に両足を踏ん張って立った。

「来ましたぜ、檣が」

ダグーは、上に向けた両手を腹の前で重ねて、フラスクに言った。

「ならば、その檣頭に登らせてもらおうか」

フラスクは、ダグーの重ねた両手の上に右足を載せ、ダグーの両肩に左右の手をかけると、左足で三角台を蹴った。

ダグーが、それに合わせて両手を持ちあげる。

この時には、もう、フラスクはダグーの頭に右手をかけ、分厚い胸を駆け登って、なんとダグーの両肩の上に、両足で立っていたのである。

「おう」

という声が、漕ぎ手たちからあがった。

「よく見えるぞ、ダグー。できればもう四十フィートほどは欲しいところだが、贅沢は言うまいよ」

そう言って、フラスクは、悠々と視線を波の彼方に向けた。

すぐ後ろからやってきたスタッブのボートの水夫たちもオールを漕ぐ手を止めて、その光景を眺めている。

ダグーの巨体と、小柄なフラスクの身体があったればこそできることであった。

ピークオッド号の奇観である。

賛嘆しつつも、皆がさほど驚いていないのは、この光景は、このふたりが時おり見せる姿だからであろう。

「見つけたぞ、見つけたぞ、あそこで哀れな鯨が潮を噴いているぞ」

フラスクが、ダグーの肩から飛び降りる。

ダグーが当初の持ち場にもどってオールを握る。

「漕げ、漕げ、今日という日がハルマゲドンの日であっても漕げ！」

フラスクが叫ぶ。

「よいか、諸君たちの子が、今、カミさんのあそこから出かかっていたって、その手を止めるでないぞ」

ボートが、フラスクの示す方向に向かって動き出す。

「続け！」

スタッブも叫ぶ。

そうして、二艘（そう）のボートは、もう一頭の鯨を追って、動き出したのである。

ほどなく二艘のボートは、鯨が視認できるところまで迫っていた。

「よいか、今日は鯨が二頭だ。ひと晩中脂とりだ。明日の昼まで寝られると思うなよ」

フラスクが叫ぶ。

「ダグーよ、立て。銛を握れ。あの鯨が男でも女でもいい。おまえのでかい銛を、おもいきり突き立ててやるのだ」

ダグーが、銛を握って立ちあがる。

「おああっ！」

銛が飛んだ。

それが、鯨の背に突き立った。

鯨が走りはじめた。

舳先（へさき）の三角台に巻いた縄が、するすると出てゆく。

「ピップ！」

フラスクが叫んだ。

ピップの役目は、やがて縄が張って鯨にボートが引かれるようになる前に、ほどよく綱桶の縄を出しておくことであった。

しかし、ピップは、いきなりのことで狼狽（ろうばい）し、綱桶からではなく、舳先に巻いてある縄を引き寄せることで、縄にゆとりを作ってしまったのである。

「違うぞ！」

それを、フラスクがとがめて叫んだのである。

それで、ピップはさらに逆上した。

綱桶に手を伸ばそうとしてそこに転び、手元に緩めて引きよせた縄が、身体に巻きついてしまったのである。

「馬鹿、ほどけ、ピップ!!」

フラスクが怒鳴る。

もしも、その縄がほどけぬ場合、考えられることは幾つかある。

まず、鯨に引かれる縄が張った時、いっきにピップは舳先まで引き摺(ず)られ、途中にいる漕ぎ手たちを薙(な)ぎ倒し、舳先の構(チョック)にピップ自身が引っかかって縄が止まることだ。その場合、ひと息に縄に締めあげられ、いっきにあばら骨が折れ、内臓を口と尻(しり)からひり出して絶命する。

運よく、構(チョック)から縄がはずれても、ピップはそのまま海に引き摺り込まれて、運がよければ溺(おぼ)れ死ぬ。運が悪ければ、縄柱で縄の伸びてゆくのをフラスクが止めた瞬間に、最初のケースと同様に、縄に締めあげられ、死ぬ。違うのは、それが空気中か海中かということだけだ。

すでに、縄を解いている時間はない。

ことを見てとったダグーは、斧(おの)を手に取って、それを、構(チョック)から出てゆく縄の上にかざし、

「どうします、フラスクの旦那(だんな)」

冷静にそう言った。

「ううぬ⁉」

フラスクは、ピップと縄を睨(にら)んで唸(うな)った。

もう、わずかの時間もない。

瞬間の判断が必要な時であった。

もしも、ここで縄を切れば、ピップの命は助かるが、鯨を逃がすことになる。

ボート頭がフラスクである以上、ダグーが勝手に縄を切るわけにはいかないのだ。

このまま捕鯨を続ければ、ピップは死ぬかもしれないが、鯨を二頭手に入れることができる。

ピップは、ことがあまりに突然に起こったため、泣き叫んだりする余裕もなかった。

ただ、泣きそうな眼で、フラスクを見ている。

眼に涙を浮かべる間さえない。

ただ、どういう状況にあるかは、ピップもわかっている。

がくがくとその両膝が震えているからだ。

「お願い……」

ピップは言った。

縄が出てゆく。

「切れっ！」

フラスクが叫んだ瞬間、斧が打ち下ろされた。

パアン、
と、縄が切れたのは、まさに、ピップの腕と胸の筋肉を、縄が半分ほど締めあげた時だった。

ピップは、ボートの艫の方へ、転げるように倒れ、縄柱で額を打っていた。

そのまま、ピップは、声をあげて泣き出した。

「ううぬ、ううぬ……」

フラスクは、己れの内部から溢れてくる感情を押し殺そうとするように唸っている。

いつも冷静なこの男にしては珍しいことであった。

「鯨、行っちまいましたぜ……」

ダグーがつぶやく。

「小僧、これで二度目だ。二度目だぞ、小僧。前の失敗があるから、二度目はなかろうと考えたおれが間違いだった。いいか、ピップよ、三度目はないぞ――」

フラスクは、唸りながらそう言った。

「ひっ」

「ひっ」

ボートの中に、ピップの泣き声だけが響いていた。

二

そのような事件があったということを、万次郎は、ピークオッド号にもどってから耳にしたのである。

もうひとつの事件については、鯨の脂身から脂をとるため、脂身を切り分けている最中に起こった。

「なんでえ、こりゃあ」

その作業をやっていた男が、声をあげたのである。

近くにいた者たちが、その声につられて寄ってゆくと、件の男が、右手に庖丁を、左手に何かを持って、その何かを上に持ちあげているところだった。

万次郎も、それを見た。

それは、灰色の、石のようなものであった。しかし、ただの石でないことは、すぐにわかった。明らかに人の手で加工されたものであり、その形状はピークオッド号の乗り組員なら誰でも知っている銛先のかたちをしていたのである。

「いってえ、誰がこんなもので鯨を捕ろうとしやがったんでえ」

男は言った。

鯨という生命体は、人類の歴史の中で、かなり古い時代から人に食されてきた生き物である。

日本で言えば、縄文時代——つまり世界的には新石器時代の貝塚から、食用にされたと思われる鯨の骨が発見されており、捕鯨の図が描かれた土器までが出土しているのである。

古代から、人類が石器——石の銛によって鯨を捕ってきたというのは、当時の捕鯨船に乗る者たちの多くにとっては、知識のうちであった。

万次郎も、鯨を捕るということが、昔から行われてきたということは知っていたが、それが石器を使うような頃からであるというところまでは知らなかった。

そういった知識について知ったのは、ピークオッド号に乗って、イシュメールたちからそういう話を聞かされてからである。

しかし、その鯨を捕るための石の銛が、鯨の体内から出てきたというのは、驚きであった。

鯨が長寿であるというのは、この時、すでに一般的に知られていることであった。

種類によって違うのだが、たとえばマッコウクジラは、長命の個体で七十五年くらいは生きる。

当時、実際にはどれくらいという記録こそなかったものの、人の寿命くらいは生きる、いや、人の寿命よりも長く生きるのではないか——とは、普通に考えられていた。

しかし、それにしても、その体内から新石器時代の銛先が出てきたというのは、誰にとっても驚きのことであった。

仕留めた鯨の体内から、銛が出てくるということは、ないことではない。ただ、それが石の銛であったということが、ピークオッド号の乗り組員たちを、その場に集めてしまったのである。

「小僧よ、こいつは、おまえさんの仕留めた鯨だぜ」

スタッブが、万次郎に声をかけてきた。

「最初に仕留めた鯨がこれだ。もしかしたらおまえは、他人(ひと)にはない何かを持ってるのかもしれねえな」

〝魚(イオ)を持っちょう〟

万次郎は、中浜でそう言われていたことを思い出していた。

そう言われるのは嬉(うれ)しかったが、そのことについて、これまで深く考えたことはなかったし、自分が特別な人間だと思ったこともなかった。ただ、他人より釣りが好きで、色々工夫をする。それが良い釣果を生んで〝魚(イオ)を持っちょう〟という話になっているのだろう。

しかし、自分には、もしかすると、そういう才能というか、運のようなものがあるのかもしれない。

この世界には、人の考えでは計りしれない何かの力が働いていて、時々、人は、そのような力の作用の中にその身をからめとられることがあるのかもしれない。日本人的な思考で言うなら、運命とでもいうべき何かの力に、自分は、この身体を摑みとられているのかもしれないと万次郎は思った。

鯨の体内から出てきた石器。千年、二千年――いや、四千年、五千年も昔に、誰かがこの鯨を捕ろうとしたことがあったのであろうか。

あるいは、一万年も前か。

その頃から、人は鯨を捕ってきたのか。

その頃に、もう、半九郎(はんくろう)のような人間がいたというのであろうか。エイハブの如(ごと)き人物がいたのであろうか。

そして、自分のような人間も――

この石の銛先のことについては、その次の日に、博学なイシュメールが、万次郎に語ってくれた。

「鯨が長命の生物だというのは、ぼくも知っているが、まさか、一万年、千年生きるものはいないだろうと思うよ。しかし、そのくらい太古から生き続けているのではないかと思わせてしまうくらい、鯨が偉大な生命体であるというのは間違いない。エイハブ船長の追っているモービィ・ディックが、もしかしたら千年生きる奇跡の鯨であるのかもしれないけどね――」

鯨の神格化は、海の他の生き物、他の魚に比べて顕著であった。

マッコウクジラが、深海まで潜ることのできる生き物であることは知られているが、その深海では、大西(たいせい)洋(よう)と太平洋(たいへいよう)が、実は繋(つな)がっていて、その通路を鯨は自由に行き来しているのではないかと、大まじめに考える鯨捕りは、実際にいたのである。

たとえば、太平洋で背に銛を受けた鯨が、ひと月もしないうちに、大西洋に現れて捕獲されたという噂が、時おり、捕鯨船の水夫たちの間で、まことしやかに囁かれていたりするのである。

何故、そういうことが言われるようになったのかというと、国や土地、船、人によってそれぞれ銛の形状が異なるからである。それ故、太平洋のある地域でしか使用されていないはずの、ある形状をした銛が、大西洋で捕獲された鯨の身体の中から見つかるということが、たまにあったりすると、それが話題になり、そういうできごとがあるたびに、鯨は神格化され、人智の及ばぬ生態を持つ生き物であるという、様々な神話の如き伝説が生まれてゆくのである。

鯨の体内から発見された石器についてのイシュメールの見解はこうだ。

「ノルウェーなどではね、四千年、五千年も前から、鯨を捕っていたけれどね、その頃使われていた銛と言えば、石や動物の骨などでできたものだよ。今のように、鉄でできた銛が使われるようになったのは、ずっと最近のことなのだ。北方の民族だって、我々が鉄の銛を持ち込むまでは、そんなだったんだ。彼らが鉄の銛を使うようになってから、まだ二百年たってはいないんだ。それも、一度に全部に広まったんじゃない。いまだに、何十年も、何百年も、昔ながらの漁をしている民族もいる。仮に、きみが捕った鯨が、鯨としては高齢で、たとえば七十五年前にそういう民族から銛を受けて、なんとか逃げおおすことができたとしたら――」

ここで、イシュメールは言葉を切って、万次郎を見つめた。

「石器が体内から出てくることも、あるかもしれないってことですね」

万次郎はうなずいた。

「そうだよ。いささか興醒めする見解かもしれないけれどね」

「いいえ、おもしろいです。そういう風にものごとを考えてゆくというのは――」

新しい技術だけではない。

新しいものの考え方、思想まで、万次郎は貪るが如くに吸収している最中であった。

三

石器のこともさることながら、ピークオッド号の中で話題になったのは、ピップの事件の方であった。

誰もが、すぐに、ピップの異変に気がついていた。どちらかと言えば、ピップは人なつっこく陽気で、よく笑い、何か頼まれれば、ヒャイ、と小さく叫んで跳びあがり、黒い小動物のように船の中を駆けまわって仕事をしていた。

そのピップが、笑わなくなったのである。

何か頼まれて跳びあがることもしなくなり、怖いほど、眸の色が澄んできた。

舷側に立って、その澄んだ眸で遠くを眺め、やけに透きとおった高い声で、万次郎の知らない歌を唄った。

仕事を頼まれると、びくりと身体をすくませて、言われた仕事をやりにゆく。

「無理もないだろう。ピップは、これで二度目だからな――」

イシュメールは、万次郎に言った。

「二度目？」

万次郎は、イシュメールに問うた。

「前にも似たようなことがあったのさ」

「似たようなこと？」

「きみがピークオッド号に助けられる五日ほど前のことだ」

その時も、漕ぎ手が急に動けなくなり、今回と同様にピップが代わってオールを握ったのだという。

やはり、フラスクのボートだった。

その時――

ダグーの放った銛が、鯨に刺さって、縄が走り出した。その縄がぴんと張った瞬間、立っていた場所が悪かったのか、その縄にはじかれて、ピップは海に落ちてしまったのである。

ボートは、鯨に引かれて波の上を走り出した。とてもピップを拾いあげている余裕はなかった。

それで、ピップは海の上に置き去りにされてしまったのである。

ピップが助けられたのは、それから五時間後、あたりが暗くなってからだった。

もちろん、フラスクは、後で助けにもどるつもりであったのだが、ピップにはそんなことはわからない。

見捨てられたと思った。仮に、いくらフラスクがあとでもどってこようとしても、潮の流れも、風もある。ピップが同じ場所に浮いていることはないし、海にはどのような目印もない。ピップを発見できない可能性の方がずっと高い。

フラスクも、ピップも、それは充分承知のうえだ。

他の船も、鯨を追うのに夢中で、まさか、フラスクのボートで、そんな事故があったことなどわからない。

ピップが、どれだけ絶望して、波に揺られていたか――万次郎は、自身がそれを体験しているだけに、よくわかる。

どれだけ叫んでも、少し離れれば、もう声は届かない。

声は嗄れ、叫び続けて疲れ果てていたところへ、ピップを捜しにやってきたフラスクのボートに発見されたのである。

そういうことが以前にあり、そして、今回の事件であった。

ピップの精神が病んでしまったというのは、しかたのないことといえた。

頼まれれば、いつもと同じように仕事はしたが、ピップは、もう、跳びあがることもなく、笑うこともなくなった。

仕事以外の時は、舷側に立って、遠い眼をして水平線と雲を眺め、透きとおった高い声で、歌うようになってしまったのである。

この間に、ピークオッド号は、万次郎にとっては二度目のギャムを行っている。

それは、ナンタケット船籍のバチェラー号という船で、なんと、鯨油で満たされた樽で船倉は満杯になっているのだという。

バチェラー号は、ナンタケットに向かって帰港する途中、ピークオッド号と出合ったのである。

船どうしが、メガホンでやりとりをした。

「白鯨を見たか」

という、エイハブの問いに、

「白い鯨など見たことがない。モービィ・ディックなどという鯨が、この世にいると思っているのか――」

バチェラー号の船長は、そんなことを言ってよこした。

それで、エイハブの興味は失せていた。

「我が船に来い。好きなだけ酒を飲んでゆけ――」

バチェラー号の船長に何度も誘われたのだが、エイハブはそれを無視して早々にその場を後にしてしまったのである。

ジェロボーム号に出合ったのは、それから七日後のことであった。

ジェロボーム号を発見したのは、主檣（メイン・マスト）に上っていた万次郎であった。

「船影あり！」

もちろん、万次郎には、その船がジェロボーム号であるとはわからない。

「ジェロボーム号だ！」

そう言ったのは、遠眼鏡で船影を確認したエイハブであった。

「信号旗を揚げよ！」

そうして、ピークオッド号と、ジェロボーム号は太平洋上でギャムをしたのである。

エイハブは、自らボートに乗り込み、ジェロボーム号に上船し、そして、もどってきた。

もどってきたエイハブが、ジェロボーム号から連れてきたのが、ガブリエルであったのである。

甲板に降り立つなり、

「諸君に、我が古き友人を紹介しよう」

エイハブはそう言った。

エイハブの後ろに立っていた男は、口を歪（ゆが）めるようにして笑みを浮かべ、集まった乗り組員の顔を眺めやり、

「久しぶりだな、スタッブ、タシュテーゴ、それからフェダラーよ」

にいっ、と黄色い歯を見せた。

髪は長く、額から眼まで垂れ下がっており、眼窩（がんか）の奥に、暗い色をした眸が光っている。

上下の唇は薄い。

その薄い唇が動いて、

「ガブリエルだ」

男はそう言った。

黒いズボンに、黒いシャツ、それに黒いベストを着ている。何もかもが黒ずくめだ。

ただ、左耳の上にかかっている髪の一部が、白髪（はくはつ）である。

「スタッブよ。なんで、こんな疫病神が、この船に乗り込んできやがったんだと、そういう顔をしているな」

そう問うてきた。

「おまえさんの乗り込んだ船には、必ず死人が出るからな……」

スタッブが言う。

「ぬかせ。どのような捕鯨船だって、死人は出るさ。おれのせいじゃない」

「この船からも死人が出るなら、その死人が、おまえさんであることを祈るよ」

スタッブの言葉に、ガブリエルはくくく、と笑って、

「おれの仕事は、死人を出すことじゃない。モービィ・ディックを発見することだ——」

スタッブを見た。

「そういうことだ」

エイハブはうなずき、

「前の時もそうだった。ジェロボーム号でもそうだった。そして、今、このピークオッド号でもそうなるだろう。ガブリエルの乗った船は、必ずモービィ・ディックと出合うのだ。出合わずにはおれぬのだ」

低い、硬い声で、己れに確認するように言った。

ガブリエルは、乗り組員たちを見回して、

「初めての顔がほとんどだが、ところで、スタッブよ、スターバックの顔が見えねえな——」

十二章

エイハブ、その脚を白鯨の贄とすること

かなり以前から、ときおり間をおいてのことだったが、主としてマッコウ鯨をねらう捕鯨業者が漁場とする、文明から遠くはなれた僻海で、群れをはなれた孤独な白い鯨が目撃されていた。しかし、捕鯨業者のすべてがその存在を承知していたわけではなかった。さらに言うなら、そのごく一部の者が白鯨を見かけたことがあるだけのことで、この鯨を白鯨と承知して実際に戦いをいどんだ者の数となると微々たるものであった。

――ハーマン・メルヴィル『白鯨』
岩波文庫　八木敏雄・訳

一

ガブリエルの身分は、ジェロボーム号ではただの平水夫であり、エイハブももちろんこの男をただの平水夫として雇っている。

しかし、この男は、まるで自分が一等航海士か、時に船長であるかの如くにふるまった。場合によっては、船長よりも上位の、あたかも自分が神であるかのような言葉遣いをした。

「ピークオッド号にいることが、おれの仕事なのだ」

ガブリエルは、はっきりとそういう言葉を口にした。

その言葉のみならず態度も尊大で、ピークオッド号の乗り組員たちは、この男のことをけむたがった。

というのも、この男がジェロボーム号で蔓延した熱病の大もとであったという、アルバトロス号の船長の話もさることながら、ジェロボーム号で、ガブリエルがどのような存在であったかを、フラスクが語ったからである。熱病については、すでに収まっており、心配はなくなっていたのだが、このフラスクの話が皆をガブリエルから遠ざけたのである。

もっとも、フラスクが、この男について語った相手は、仲のよかった平水夫ただ独りだけだったのだが、その話が、一日もしないうちに、ピークオッド号中に広まってしまったのである。

フラスクが、どうしてジェロボーム号の事情について知っていたのかというと、エイハブ船長がジェロボーム号に乗り込んだおり、一緒についていったのがフラスクだったからだ。

　これは、エイハブが、あえて、ギャムの同行者に、ガブリエルのことを知らないフラスクを選んだためと思われる。エイハブがガブリエルをピークオッド号に譲ってくれないかという交渉をメイヒュー船長としている間に、フラスクはしっかり他の乗り組員から、ジェロボーム号の事情や、そこでのガブリエルの評判について聞いていたのである。

　ピークオッド号とジェロボーム号が、海の上で並んだ時、メガホンによる会話で、蔓延していた熱病がすでに収まったということを聞いて、エイハブは、フラスクと共に出かけていったのだ。まさか、それが、ガブリエルをピークオッド号に乗せるためであったとは、他の者は、エイハブがガブリエルを連れてもどってきた時に初めて知ったことであった。

　エイハブは、ボートでジェロボーム号まで漕ぎよせ、上から鯨の脂身のついた皮を持ちあげる鎖つきの鉤を下ろしてもらい、それにまたがってジェロボーム号に引きあげられたのである。

　これは、エイハブが片脚を失っているため縄梯子に足をかけることができないからであった。どうかすると、滑稽に見えかねない、引きあげられてゆくエイハブのその姿は、不思議なくらい堂々としていて、乗り込む時の様子もあたりを睥睨する王の如くであった。

　それは、その一部始終をピークオッド号から眺めていた万次郎も感じたことである。

　もどってきたその日の晩に、フラスクは、仲のよい水夫を後甲板に呼んで、その時の話を語ったのである。

「おい、ガブリエルのやつが、どうしてこんなに簡単に、熱病で人手が不足しているはずのジェロボーム号を出て、このピークオッド号に乗り込むことができたかわかるか――」

　フラスクは言った。

「わかりません」

　と、その平水夫は答えた。

「それはな、やつが、ジェロボーム号の厄介者だったからだ」

　フラスクがそう言ったのは、もちろん平水夫のひとりにこれを伝えれば、すぐに皆の知るところとなるであろうと考えてのことであった。

　フラスクは、ボート頭と銛打ちしかいない船尾楼で、スタッブから、

「どうして、ガブリエルみてえな野郎を、このピーク

オッド号につれてきたのだ」

「何故とめなかったのだ」

そう責められて、ジェロボーム号でのことを、残らず語ったのである。

もちろん、そこには、フェダラーも、タシュテーゴも、そしてダグーもクイークェグもいた。

そこでの話が済んで、わざわざフラスクは、平水夫のひとりを、その話を伝えるために後甲板に呼び出したというわけなのだった。

本来、フラスクは、そのような話をわざわざ言いふらすような性格ではなかったのだが、

「おまえ、皆に伝えておけ」

スタッブにそう言われてしまったのである。

「何故、おれが言わねばならんのだ」

「いいのか。このままでは、たちまち、このピークォッド号が、ジェロボーム号のようになっちまうぞ。それは、おまえだって避けたいのではないか」

「それもそうだ」

結局スタッブに説得されて、自分に似合わぬ役をやりに来たというわけなのであった。

三等航海士であるフラスクよりも、二等航海士であるスタッブの方が、立場としては上であり、これはしかたのないことでもあった。

フラスクが語った話というのは、かいつまんで言えば、次のようなことだった。

二

そもそものことで言えば、ガブリエルは、ネスキューナ・シェイカー教徒であった。

それも、狂信的な。

ネスキューナ・シェイカー教——キリスト教プロテスタンティズムの一宗派で、ニューヨーク州のオルバニー近郊にその共同体があった。礼拝や祈りの最中に高揚してくると、身体を震わせる、つまりシェイクする踊りでそれを表現したことから、シェイカー教と呼ばれるようになった。

ガブリエルは、この共同体の出身で、いつの頃からか、自身のことを、大天使ガブリエルであると口にするようになった。本人が本気でそう信じていたか、嘘を口にしていたのか、口にしているうちに、自分でもそれを信じ込んでしまったのか、それは、本人以外の

誰にもわからない。

ただ、ジェロボーム号でのことで言えば、ガブリエルは、自分が大天使ガブリエルであるということを、出港してからもしばらくは口にしなかった。それを口にするようになったのは、ジェロボーム号が、大海のただ中に出て、もう引き返せぬところに来てからであったということを考えれば、ガブリエルは意識的な嘘つきであったと言えるかもしれない。もし本気で信じていたとしても、自分をもう降ろすことのできない場所までそれを黙っていたということは、爪を隠して獲物に近づく狡猾(こうかつ)な獣の如き智恵を持った人物であると考えて間違いなかろう。

ガブリエルのやったことは、船内で揉(も)めごとがあったり、自分のことを悪(あ)し様(ざま)に言う者がいたりすると、その者たちの前へ出て、チョッキのポケットから小瓶を取り出し、それを掲げ、

「第七の鉢の中身を空中に注ぐぞ！」

と叫ぶことであった。

この第七の鉢は、『新約聖書』の「ヨハネの黙示録」第十六章に出てくる、七つの黄金でできた鉢のうちの、七番目の鉢ということである。

使徒ヨハネが幻視した、世の終わりの光景を語ったという黙示録によれば、ハルマゲドン（最後の日の戦いがある土地）において、七人の御使いが現れる。その七人の御使いは、それぞれ、手にひとつずつ黄金の鉢を持っていて、それを順番にこの世界に注いでゆくのである。

きっかけとなるのは、神のおわす〝聖所(せいじょ)〟からの、

「往(ゆ)きて神の憤恚(いきどおり)の鉢を地の上に傾けよ」

という大きな声である。

〝斯(かく)て第一の者ゆきて其の鉢を地の上に傾けたれば、獣の徽章(しるし)を有(も)てる人々とその像を拝する人々との身に悪しき苦しき腫物(しゅもつ)生じたり〟

とヨハネは語る。

ここで第一の者というのは、一番目の御使いということになる。

二番目の御使いが、ふたつ目の鉢を海の上に傾けると、海は死人の血のようになって、海にある生き物のことごとくが死んだ。

三つ目の鉢が、もろもろの河と水の源へ傾けられると、全てが血となった。

四つ目の鉢が太陽に向かって傾けられると、太陽は

火をもって人々を焼くことを許されて、人はもがきながら死んでいった。

　五つ目の鉢が、獣の座位の上に傾けられると、獣の国は暗くなって、その国の人々は痛みによって己の舌を嚙み、その痛みと腫物によって天の神を瀆し、かつ己が行為を悔い改めなかった。

　六番目の鉢が、ユウフラテス河の上に傾けられると、河の水が涸れてしまった。

　ヨハネは言う。

〝我れまた龍の口より、獣の口より、偽預言者の口より、蛙のごとき三つの穢れし霊の出づるを見たり。これは徴をおこなう悪鬼の霊にして、全能の神の大いなる日の戦闘のために全世界の王たちを集めんとて、その許に出でゆくなり〟

　第七番目の鉢が空中に傾けられると、聖所より御座より大きな声があがって、

「事すでに成れり」

　このように叫んだ。

〝斯て、数多の雷光と声と雷とあり、また大いなる地震おこれり、人の地の上に在りし以来かかる大いなる地震なかりき。大いなる都は三つに裂かれ、諸国の町々は倒れ、大いなるバビロンは神の前に思い出されて、劇しき御怒の葡萄酒を盛りたる酒坏をあたえられたり。凡ての島は逃げ去り、山は見えずなれり。また天より百斤ほどの大いなる雹、人々の上に降りしかば、人々雹の苦難によりて神を穢せり。是その苦難甚だしく大いなればなり〟

　ガブリエルが開けるぞと脅した小瓶というのは、ヨハネが黙示録において語った、島も山も消え去る大地震を起こすという、この七番目の鉢を意味するものだったのである。

　白人であれ、黒人であれ、東洋人であれ、キリスト教徒のほとんどは、信ずる信じないにかかわらず、この終末を預言したエピソードについては知っている。

　ガブリエルが持っていたこの瓶の中身が実は阿片であったことは、後になってわかるのだが、最初のこの頃は、むろん、他人の知るところではなかった。

　もうひとつ、記しておくべきことがあるとすれば、それは『聖書』に出てくる天使についてである。

　ユダヤ教、キリスト教における『聖書正典』、いわゆる『旧約聖書』や『新約聖書』、そして幾つかの『外典』において、何人もの、いや、何十もの天使が

出てくる。

そのうちの代表的なものが七大天使と呼ばれる存在である。

時代や宗派によって違うが、それは、おおむね、次の七天使である。

ミカエル、ガブリエル、ラファエル、ウリエル、セアルティエル、イエグディエル、バラキエル――これが七大天使であり、このうちのミカエル、ガブリエル、ラファエルが、それを代表する三大天使であり、ミカエルは天使長ということになる。

ちなみに八番目の天使にルシフェルというのがいて、この天使は、神に叛（そむ）いたことによって、地獄に落とされ、悪魔サタンとなったのである。つまり、悪魔サタンは、もと天使であったということになる。

もうひとつ、キリスト教徒の名前の多くは『聖書』からとられていて、そのため、人の名前が天使の名前であったりすることも、往々にしてある。知られているところで言えば、ミケランジェロ、レオナルド・ダ・ヴィンチと同時代の画家、ラファエロもそういった人物のひとりである。

したがって、ガブリエルが人の名として使われているのは不思議なことではなく、本人がガブリエルという自身の名前から、自分がその天使であると思い込んでしまうという例も、稀（まれ）にはあったかもしれない。

しかし、それは、今話題にしているガブリエルがそうであったか、なかったかということについて、それをいずれかに結論づけるものではない。

だが――

この捕鯨船という閉ざされた社会において、ガブリエルの言うことを信じてしまった人間も、何人かはいたのである。

ガブリエルが、船の上で何人も信者を獲得することになったのは、ジェロボーム号を熱病が襲ってからのことであった。

さらにつけ加えておけば、アルバトロス号の船長は、ジェロボーム号の熱病はガブリエルから始まったと、口にしたが、それは、必ずしも真実ではない。これは、ガブリエルに対するジェロボーム号でのいかがわしい信仰が熱病のように広まったことから、メイヒュー船長が〝熱病より始末の悪いやつだよ〟と告げたのを、アルバトロス号の船長が間違えて受けとってしまったためと思われる。

きっかけは、白鯨――モービィ・ディックであった。

それを最初に発見したのは、アルバトロス号の船長が口にしていた通り、ガブリエルであった。

しかも、ガブリエルは、主檣の上にあがっていたわけではなく、右舷の舷墻の前に立って海を眺めている時に、この白い鯨を発見したのであった。

右舷に立っていたガブリエルが、海を眺めながら、急に何やら唸り出したというのである。

「ううぬ、ううぬ、あやつだ。あやつめ、こんなところにまで姿を現すのか――」

それを耳にした他の水夫たちが集まってきたのは、ガブリエルの声が、あまりに不気味に響いたからである。

「どうしたのだ」

「あいつが、あやつがあそこを泳いでおる。三年だ。三年前にも、おれはあやつに会っている。発見したのは、その時もおれだった。白鯨だ。悪魔の使い、モービィ・ディックだよ。呪われた鯨だ。あやつが、エイハブの脚を喰いちぎったのだ」

ガブリエルが言いおえた時には、ほぼ全ての船員が、モービィ・ディックに視線を向けていた。モービィ・ディックは、信じられないほど船の近くを、悠々と泳いでいた。

鉄砲の弾が届く、その半分以下の距離だった。

まるで、ジェロボーム号に旧知のガブリエルがいるのを知って、挨拶にやってきたかのようであったとは、メイヒュー船長の話だ。

しかし、主檣に登っていた男が、何故、すぐにモービィ・ディックに気がつかなかったのか。

それについては、メイヒューは次のように答えている。

「モービィ・ディックは、深海からやってきたのだ。海面近くを泳ぎながら近づいてきたのでも、海面近くを泳いでいるあいつに、我がジェロボーム号が近づいていったのでもない。あやつが、海の底から、我らのところへやってきたのだ」

状況から考えて、おそらくそれが一番妥当な考え方であったろう。

そのあまりの巨大さに、誰もがボートを下ろすことさえ忘れていたのだが、

「ゆくぞ!」

叫んだ者がいた。

それが、一等航海士のメイシー・ラッドである。

「何をやってるんだ。あやつを仕とめれば、一頭で、二頭分以上の脂がとれるのだぞ。ボートを下ろせ!!」

メイシー・ラッドは、もう、銛を摑んで、それを上下に振っている。

「何を言う。あれは、神の御使いであるぞ。すなわち海の天使だ。それに銛を打ち込もうなどと考えてはならぬ。白を畏れよ。巨大なるものを敬え。あやつに銛を打ち込むつもりか。そんなことをしてみろ。エイハブのように片足を失くすだけでは、すまされぬぞ」

ガブリエルは、わからずやの異教徒を、大声で叱りつけるように叫び、メイシーに仕事をさせまいとした。

「神の御使いが、海になぞいるものか。メイヒュー船長、ゆきますぜ!」

ボート、下ろせえ!

ボート、下ろせえ!

メイシーは、叫びながら駆け出した。

モービィ・ディックの、あまりの大きさ、その桁違いの量感に、その姿をひと目見た瞬間、メイシーは狂ってしまったようであった。メイシーをこれまで支えてきた、理性の箍のひとつがはずれてしまったのであろう。

その剣幕に驚いて、三艘のボートが下ろされて、その一番ボートの先端に、メイシーは乗り込んだのである。

多くの場合、ピークオッド号がそうであるように、一等航海士は一番ボートの船尾に乗るものであるのだが、メイシーはボートの先端に仁王立ちになった。

メイシーの両眼が吊りあがっている。

尋常の顔ではない。

「同じだ。エイハブと同じだ。あの白い鯨を見たものは、みんなああいう顔になる。よく見よ、みんな、悪魔に憑かれると、あのような顔になるのだぞ。覚えておけ!」

船の上から、ガブリエルが叫ぶ。

ボートが動き出した。

モービィ・ディックは、自分を何艘ものボートが追ってくるのを、まるで気に留めていないように、悠々と泳いでいる。

最初にモービィ・ディックに追いついたのは、メイシーのボートだった。

メイシーの眼は、血走っていた。

もちろん、メイシーも、ナンタケットの銛打ちであるから、白鯨の伝説は耳にしている。あのエイハブが、この白鯨に足を喰われたのも知っている。

その白鯨、モービィ・ディックを、この自分が仕とめてやるのだという思いが、両眼の中でめらめらと燃えている。

「うきゃあっ!!」

メイシーは、銛を投げた。

その銛は、確かに、白鯨の背に突き立った。

その瞬間、白鯨が、高だかと尾を立てたのである。

そして、潜った。

青い天から、モービィ・ディックの白い尾が落ちてきた。

ばきゃあん!

はたかれていた。

その一撃で、ボートはばらばらになっていた。しかし、奇跡的に、その漕ぎ手たちもメイシーも生きていた。

尾にはたかれる瞬間、全員がボートの外へ、飛び出していたからである。

「逃げるか、モービィ・ディックよ、このメイシーさまが怖いか!」

メイシーは、顔を海面から出して、咆(ほ)えていたという。

見ていた者たちの話では、その時、叫んでいるメイシーの顔が、海面からだんだん持ちあがってきたのだという。肩、胸、腹、腰の順で、メイシーの身体が海面より上に持ちあがっていった。

海中から、メイシーの身体を、モービィ・ディックの大きな白い尾が、持ちあげていたのである。

その時、メイシーの声は止み、顔は恐怖でひきつっていたという。

いきなり、メイシーの身体が天に跳ねあげられた。

青い天に、飛沫(しぶき)と共に、くるくる回りながらメイシーの身体が浮きあがってゆく。

ジェロボーム号の、主檣(メイン・マスト)の上にいた男の話によれば、

「メイシーのやつ、おれとおんなじ高さまで飛んできたぜ」

そういうことであったらしい。

メイシーの身体が落ちてくる。

その途中で、モービィ・ディックの巨大な尾が、横

から軽くひと撫（な）でした。

メイシーの身体が、大きく放物線を描いて飛んだ。

六十フィートを飛んで、メイシーの身体は落ち、そして、そのまま白鯨は消えてしまったというのである。

あとで、メイシーの死体が回収された。

その死体は、吐き気を催すような形状となっていた。

メイシーは、内臓の半分を口から吐き出し、もう半分を、尻（しり）からひり出していたというのである。

この時から、ガブリエルの布教が始まったのだという。


「白鯨こそは、神の化身である」

ガブリエルはそう言った。

「この航海から、皆、生きて帰りたかったら、このおれを通じて神に祈れ」

ジェロボーム号に熱病が広まった時も、

「これこそは天罰である」

ガブリエルはそう言った。

「神が、このおれを通じて、この船に天罰を下したのである。しかし、これは、神の試みである。その証（あか）しに、このおれは、ほれ、このように熱病がなおった。おまえたちも、死にたくなければ、祈れ」

このガブリエルに、何か意見を言う者がいると、あの小瓶を取り出して掲げ、

「第七の鉢の中身を空中に注ぐぞ！」

そう言って、皆を脅していたのである。

そういう時に、ジェロボーム号とピークオッド号がギャムを行って、エイハブ船長が、ガブリエルを連れてもどってきたということなのであった。

この話の一部始終は、フラスクと話した平水夫によって、たちまち、ピークオッド号の乗り組員全員の知るところとなったのである。

三

深夜だった。

万次郎は、前甲板の左舷に立って、海を眺めていた。

舷墻の上に両肘（りょうひじ）をのせている。

正面の、水平線に近い場所に、赤い、大きな月が出ていた。

これから、海の中へ没してゆく月だ。

中天にある月と違って、明るい月ではない。

波に、きらきらと月の光が揺れるほどではない。海

には、ただ一面に黒々とした波がうねっているばかりである。

　それでも、わずかながら、波の上を月明かりが照らしているので、海のうねり具合などをかろうじて見ることができた。

　不思議だ。

　波は――というより海は、暗い単色でできているように思えるのだが、こうして見つめていると、うねりの中に、この世に存在するほとんどの色が溶け込んでいるのではないか。案外に、この黒というのは、実は多くの色の生まれ出る大本の色なのではないかと思えた。

　見つめていると、心がうねりに乗せられて、水平線の向こう――地球の向こう側にまで運ばれてゆくような気がした。

　土佐(とさ)はどこだろう。

　あの波に乗ってゆけば、揺られているうちに、いつか、たとえば死体となって中浜(なかのはま)にたどりつくことがあるのだろうか。

　土佐は北であるとはわかっているが、今自分がいるのがどこで、どういう風と海流を利用すれば帰ることができるのかというところまでは、もはや万次郎の知識の外であった。

　子供の頃、中浜の海岸で、見たことのない実が流れついたのを拾ったことがある。

「そりゃあ、椰子(やし)の実じゃ」

　父の悦助(えつすけ)がそう教えてくれたのを覚えている。

「椰子の実?」

「ずっと南の方の国だか島だかに生えている木に成る実じゃ」

「その国はどこじゃ。その島にわしも行けるかのう」

「大きくなれば……」

「父(おと)やんは、そん国へ行ったことがあるがか――」

「ない」

　そういう会話をした。

　今、自分は、あの時拾った椰子の実のようなものか
――

　万次郎は、そう思った。

　このまま、流されていけば、いつか自分は、あの椰子の実のように中浜へ帰りつくことができるのであろうか。

　いいや、違う。

それは、眼をつむって中浜から歩いていたら、知らぬうちに、高知の城の門の前に立っていたというようなものだ。城の門の前に立つというのは、そこへ立とうという意志を持って、足を踏み出した者だけができることなのだ。

中浜へ帰ることも同じだ。

流されて、流されて、気がついたらなつかしいあの浜に立っているなんてことがあるはずがない。どんなにたいへんであろうが、どんなにつらい道のりであろうが、中浜へ帰ることができるのは、あそこへ帰ろうと強く思い、強く願って、願って、努力した者のみがなすことのできることなのだ。

なら、自分が拾ったあの椰子の実も、中浜へたどりつきたいと強く願っていたんじゃろか——

必ず、帰ってやるがよ。

万次郎は、心の中でそんなことをつぶやいている。

「なんじゃ、小僧。おまえさんも眠れんのか——」

その時、背後から声がかかった。

万次郎が振り返ると、そこにガブリエルが立っていた。

「おじさんもかい」

万次郎は言った。

「ああ、眠れん」

ガブリエルは、自然に万次郎の左横に並んで、肘を舷墻にのせた。

「この船は、なかなか居心地が悪うてな」

ガブリエルがピークオッド号にやってきてから、すでに十日余りが過ぎている。

〝居心地が悪い〟

というその言葉の意味も背景も、万次郎には見当がついている。

誰もが、必要以上に、ガブリエルと話をしようとしないのだ。

「おれは、嫌われているらしい」

ただ、ガブリエルは、万次郎とはよく話をした。

それは、万次郎が、自分と同様にあとからこのピークオッド号に乗ってきた人間であると、ガブリエルがわかってからのことであった。

後から船に乗り込んできた同志——万次郎のことを、ガブリエルはそう考えているらしい。

万次郎は万次郎で、このガブリエルに対して含むものは、さほどあるわけではない。

それは、ガブリエルがおりにふれて口にする第七の鉢の件にしても、天使の話にしても、異教徒である万次郎にとっては、お伽話のようで、信仰の話として届いてこないからであった。

　同じ異教徒でも、フェダラーの場合は、拝火教徒であり、仏教以上に宗教上の軋轢が存在する。

　ユダヤ教からキリスト教は生まれ、そのふたつの宗教を背景として、イスラム教は生まれている。ユダヤ教とキリスト教が崇める神はヤハウェ、エホバであり、イスラム教が崇める神はアッラーと呼ばれるが、これは、元は同じ神なのである。

　どうして、同じ神でありながら、名前と性格に差が生じてしまったのかというと、それは、この三つの宗教の預言者が別の人間であったからである。

　ユダヤ教の預言者は、モーゼである。

　キリスト教の預言者は、イエスである。

　イスラム教の預言者は、ムハンマドである。

　それぞれの宗教の信者たちに共通しているのは、自分たちの宗教の預言者の方が、預言者として、他の預言者より優れていると考えていることである。厳密にはそれぞれ様々な歴史的事情が複雑にからみあっているのだが、てっとり早く言ってしまえば、そういうことになる。

　話題をピークオッド号にもどせば、ガブリエルが、この船で皆から敬遠されているというのは、むろん宗教上の理由のみによるものではない。彼の性格自体が、ひとつの閉ざされた世界である捕鯨船という社会になじまなかったからであろう。

　ともあれ、ピークオッド号の中で、ガブリエルと一番会話をする機会が多い人間が、万次郎であるというのは、確かなことであった。

　万次郎は、ガブリエルと並んで、しばらく暗い海を眺めていた。

「お聞きしたいことがあります」

　最初に口を開いたのは、万次郎だった。

　以前から、訊ねようと思っていたことがあったのだ。

　他に人がいては、ガブリエルも話しにくかろうと考えて、これまで訊ねたりはしなかったのだが、今はふたりきりだ。

「なんだね」

　ガブリエルが、ちらりと万次郎に視線を向ける。

「エイハブ船長のことです」

「ほう、エイハブの?」

「ガブリエルさんは、以前、このピークオッド号に、エイハブ船長と乗っていたんですね?」

「いたよ」

その時、一緒にこのピークオッド号に乗り込んでいたのは、スターバック、スタッブ、タシュテーゴ、そしてフェダラーたちであった。

そこまでは、万次郎もわかっている。

その名前を、ひとりずつ、万次郎はあげていった。

万次郎が、その名前を言い終えると、

「ひとり、大事な名前が抜けてるよ」

ガブリエルが言った。

「誰です?」

「エライジャという男さ。あんたは知らんだろうけどね。見るところ、スターバックと同じように、奴はこの船にはおらんのだな」

ガブリエルは言った。

「いませんが、その名前なら、聞いています」

「誰からだ」

「イシュメールさんからです。ピークオッド号に乗り込む前に、イシュメールさんとクイークェグさんは、エライジャに会ったことがあるそうです」

万次郎は、イシュメールから聴かされた話を、ガブリエルにした。

「そうか、そんなことを言っていたか、エライジャめ――」

そう言って、ガブリエルが、かかか、と烏(からす)のような声をあげて嗤(わら)ったのは、エライジャが、去り際にふたりに向かって語ったことを、万次郎がしゃべり終えた時であった。

それまでは、ふむ、とか、なるほど、とか、それで、とか、話の合い間に短い言葉をはさんでいたのだが、嗤い声をあげたのは初めてだった。

〝もしも、この男(フェダラー)とガブリエルという男が、ピークオッド号に乗り込むようなことがあったら、どちらかを船から突き落とすか自らが海へ飛び込むしかないとしれ。海に飛び込んだ方が、まだ命が助かる可能性が高い。わしがもし、漂流者で、海で溺(おぼ)れかけていたとしても、手を差しのべてくれた船の船長がエイハブで、その船にフェダラーとガブリエルが乗っていたら、わしはその手を振り払うだろうよ〟

イシュメールから聞かされたエライジャのこの言葉

は、印象に残っていたので、万次郎もはっきり覚えている。それを、万次郎はほぼ正確に、ガブリエルに伝えたのである。

「あの男らしいわ」

そうつぶやいて、ガブリエルは、顎をかいてうなずいた。

「しかし、おまえはかわっているな」

ガブリエルが、万次郎を見る。

「何がかわってるんですか」

万次郎は訊ねた。

「普通はな、誰も、このおれに、わざわざそんなことは言わんよ」

「どうしてですか？」

「面倒を起こしたくないからさ。そんなことを話して、もしもおれが不機嫌になってみろ、いつ、このガブリエルが、今の話をエイハブかフェダラーに言わぬとも限らぬではないか。この航海が、あと一年かかるか二年かかるかはわからんが、その間中、そいつはおれの顔色をうかがって、びくびくして過ごさにゃならんからな」

「そういうものですか」

「そういうもんさ。まさか、おまえ、この話をエイハブ船長にも――」

「していません」

「そりゃあ、賢明だ。あいつは、白鯨のこととなると、別の人間になるからな」

「これは、白鯨――モービィ・ディックと関係があるのですか」

「あるとも。おおありだよ」

「どんな関係があるんですか。そもそも、エライジャとは、どういう人なんですか」

「話してやろう。今の話を聞かせてくれた礼にな。いいか、よく聞くんだ。そして、忘れるんじゃないぞ。いけれど、誰にも言うんじゃない。おふくろの葬式の時だって、口にしちゃあいけない。言っていいのは、自分の死ぬ間際だ。いいか、よくおぼえておけよ」

ガブリエルは、宇宙についての深遠なる秘密を弟子に語ろうとする錬金術師のように、声をひそめた。

「エライジャは、よく吠える犬だ。自分の影に向かって、びくびくして吠えかかる、臆病な犬だよ。あいつも、モービィ・ディックには、びびってやがった。銛打ちのくせによ。その点、同じ銛打ちでも、スターバックの方が、まだ、マシだったよ。やつのきんたまは、モービィ・ディックについて語る時だって、縮んじゃいなかったよ。で、エライジャの左腕だがな、それは、三年前の航海の時、つまり、エイハブ船長の足が白鯨に喰われた時に、同じようにやられたんだ……」

　こう前置きして、ガブリエルは、その時のできごとについて、語りはじめたのであった。

四

ガブリエルは語る

「それなら、まず、エイハブのことから話をしておかなくちゃな。

　ものごとには、順序があるからね。

いきなり、エイハブが、あのモービィ・ディックに足を喰いちぎられた話をしたって、それじゃあ伝わらないものがあるんだよ。

　エイハブがどういう奴か。

　今のエイハブを多少なりとも知っているあんたには信じられないかもしれないがね、あいつは、物静かで教養のある、森の中に湧く深い泉のような男だったよ。怒らせたら怖いところは、もちろんあったよ。それこそ、こっちが震えあがるくらいにね。もっとも、そのくらいでなけりゃあ、捕鯨船の船長なんてのは務まらないけどね。

　今はどうかわからないが、昔は、やつの船室には、いつも、『聖書』が置いてあったんだ。

敬虔（けいけん）なクリスチャンで、家庭を大事にする男だったってわけだ。

　そうさ、知ってるかい。エイハブには、カミさんがいるんだよ。おれは見たことがないがね。船主（ふなぬし）のピーレグに言わせれば「若くて可愛い、覚悟のできた女」だよ。子供だっているんだ。たぶん、五歳か六歳の男の子だよ。

　もちろん、家の方はうまくいってたさ。エイハブは捕鯨船の船長の中でも稼ぎ頭だよ。あの男に不満を持つカミさんなんていなかろう。あったとすれば、一度海に出たら、二年、三年は帰ってこないというくらいだろうよ。しかし、そりゃあ、捕鯨船の船長のカミさんなら、当然覚悟すべきことだろう。

　それでも、エイハブは腕がよかったからね、他の船よりも、半年は早く、時には一年も早く、船の油樽（あぶらだる）を全部満杯にして港にもどってきたんだよ。

つまり、家庭も、エイハブの人生も、うまくいっていたってことだ。

三年前、あいつに出合うまではね。

あいつ？

もちろん、モービィ・ディックだよ。

白鯨さ。

白い、でかい鯨に、左足を喰われて、やつは、十字架に架けられたイエスのようになっちまったってわけだ。

知ってるかい。

イエスはね、十字架に架けられて、いよいよ槍（やり）をその脇腹に突っ込まれる時、こう叫んだんだよ。

「おう、我が神よ、我が神よ、我を見捨てたもうたのか？」

それも、二度叫んだと言うやつもいるね。

足を喰われたその時から、エイハブは、自分が神に見捨てられたと思い込んでいるんだろうよ。

だから、やつは、白鯨を、モービィ・ディックを追っかけるんだよ。もう一度、神を信ずるためにね。

そう、そのモービィ・ディックのことだけどね。捕鯨船に乗ってる連中の間では、少しは知られてたんだよ。白くて、でかいマッコウクジラがいるっていう噂はね。

水夫の半分くらいは知っていたろうよ。その知っている連中の半分は、知ってはいても信じちゃあいなかったよ。そんなでかい鯨が、この世にいるものかってね。わかるかい、捕鯨船よりでかい鯨だよ。そこまでは、なかなか信じられんわなあ。

残りの半分は、白い鯨くらいはいるだろうって、そう考えていたと思う。

だって、白い蛇や、白い鹿なんか、時々いるからね。自然界には時おり、そういう色素がない生物が生まれるんだっていうことは、みんな知ってるからね。けれど、神がどのようなお考えで、そのような生き物をお造りになったのか、そこまではわかるもんか。神の御（み）心（こころ）は量（はか）ることができないからね。

でも、わかるのはそこまでだ。

白い鯨がいるというところまでだよ。

その鯨が、捕鯨船よりも大きくて、人間よりも狡猾で、千年以上を生き、世界の海のあちこちに遍在して、時に神の言葉で人に語りかけてくる――

そこまで信じている者は少ない。

大きいにしても、普通のマッコウクジラより、せいぜいひと回りかふた回りだろうってね。

おれだって、そう思っていたよ。

おれだけじゃない。三年前、ピークオッド号に乗っていた人間は、みんなそう思っていたよ。

もし、白鯨に出合うことがあったら、このおれが銛を打ち込んでやろう――

モービィ・ディックのことを耳にした銛打ちは、全員がそう思っていたと思うよ。

おれだって、似たようなもんさ。

いや、それは、神を信じないっていう意味じゃないよ。

いや、いやいや、今おれが口にしたのは、おれが神を信じているという意味でもないんだ。神のことを、あんたに言ってもしょうがないか。いや、しょうがないということはないな。あんただからこんなことも言えるんだからね。おまえさんが、異教徒で、しかも、拝火教徒でもイスラム教徒でもないから、勝手なことを言えるんだろうよ。

そうだよ。

おれは、どんな神だって信じちゃいないくせに、神なんてもんこの世界にいるわけはないって、そう思っているわけじゃないんだ。それは、おれが――いいか、ここだけの話だがな、それは、おれが、スタッブやフエダラーを信じてないっていうのと似ている。やつらがこの世にいるってことは、わかってる。信じてるって言いかえたっていい。だけど、おれは、あいつらの言うことは信用しちゃいないんだ。そういうことだよ。

いや――

そういうことじゃないな。ちょっと違う。神のことはもうちょっと別なんだ。ああ、畜生。心の中じゃわかっているのに、説明しようとした途端に、うまく言葉にならなくて、話そうとすればするほど、こんがらがってくる。

親父とおふくろの話をしておこう。

いいかい、今、おれが親父と口にしたけれど、それは本当の親父じゃないんだ。おれの本当の親父が死んで、母親が、その後で結婚したのが、これから話をする親父だよ。

おれが五歳の時に、本当の親父が死んじまったのさ。

海で、鯨に殺されたんだ。親父はナンタケットの銛打ちだったんだよ。

それで、おれが六歳の時に、ペンシルバニアの新しい親父のところへ移ったんだ。

仲がよかったよ、その親父とおれとは。

おれは、親父に気にいられようとしたし、親父は親父で、おれに気に入られようとしていたからね。でも、それは、おれが七歳までのことだった。七歳の時に、おふくろと親父の間に、子供が生まれたんだよ。

それからだった、親父が変わったのは。ちょっとしたことで、おれを叩くようになったんだ。八歳の時には、ぶん殴られるようになったよ。

その親父は、農夫でさ。狭い畑があって、牛を五頭くらいは飼ってたんだよ。

もちろん、おれは、働いてたよ。

学校には行かせてもらえなかった。

農夫に学問はいらねえってね。

それでおれは、六歳の時から、畑仕事と牛の世話をしてたんだ。

そのおれの仕事が気にいらないって、ぶん殴るのさ。

どうってこたあないんだよ。殴る理由はね。牛の乳の出が悪いと言っちゃあぶん殴られ、食事の時に行儀が悪いと言っちゃあぶん殴られた。ひどい時には、雨で、予定していた畑仕事がはかどらず、それでぶん殴られた。

そういう時は、パンも食わせてもらえなかった。冬の日に、外におっぽり出されて、朝までだよ。

「これは、神の与えたもうた試練だ」

ってね。

風邪をひいたって、休ませちゃあもらえなかった。

でも、あとでわかった。

あとでわかったんだよ。

猿がいるんだよ。インドだったか、あっちの方にね。

それで、ボス猿が一頭いる。その一頭が、その群の子造りをするんだ。

だから、その群じゃ、どの雌の子供もみんなその雄の子供なんだ。それで、その雄より強い別の雄がやってきて、その雄を追い出して、群のボスになる。そうすると、その新しいボスは、前のボスの子供を、みんな嚙み殺しちまうんだってな。

そうしないと、雌猿がやらせてくれないらしい。前のボスの子供がいなくなると、雌がやらせてくれるんだよ。で、前のボス猿の子供を殺して喰っちまうんだって。母猿も、自分の子供の肉を喰うっていうんだよ。

理由？

理由なんかは、わからねえな。

どうも、そういうものらしい。

神が、そのように決めて、そのようにお造りになったからだろう。

理由は神に訊けばいい。

おれは、何度も、死にかけたよ。おふくろは、新しい親父、その雄の言いなりさ。

はじめは、おれのことをかばってくれたんだが、そのたんびに親父がおふくろのことをぶん殴るもんだから、すぐに何も言わなくなっちまった。

おふくろの前歯は、三本ないんだけどね、それは親父にぶん殴られて、折れたんだよ。

ひどいことに、途中から、

「おまえの躾が悪いからだ」

親父に言われて、おふくろがおれを殴るようになったんだよ。

泣けば、もっと殴られる。

毎日顔を腫らした、痩せっぽちのガキだったよ、おれは――

ひでえことだろ。

猿とおんなじじゃあねえか。

地獄だよ。

それが、おれの日常だよ。

でも、不思議なことにね、親父もおふくろも信心深くてね、日曜日には、いつも教会に行ってたよ。

おれは、嬉しかったね。

少なくとも、教会へ行く二日前くらいからは、親父もおれをぶん殴らないからだよ。

顔や腕に痣があると、

「どうしました？」

訊いてくるやつもいるからね。

「昨日、転んだんですよ」

親父のやつは、にこにこしながら言うんだよ。

あんな笑顔ができるんだって、思ったね。

だから親父は、近所の評判はよかったんだ。

おれが、少しでも神に感謝したことがあるとしたら、そのことだね。

だけど、親父は悪魔のように狡猾な奴でね。

そのうち、教会へ行く日が近くなると、顔は殴らないようになった。見えないところを棒で叩いたり、蹴ったりしてくるんだ。だから、服で隠れるところだよ。腹や、脚や、胸、背中だよ。

ひでえよな。

だけどさ、そのうちにさ、親父が、それまでと違う眼で、おれを見るようになったんだ。

何故かって?

わかるだろ。

おれが、だんだんと成長して、大きくなってきたからだよ。

十二の時に、親父に殴られて、おもわず突きとばしたことがあったんだよ。

親父がぶっ倒れた。

それが、納屋でね。

牛にやる餌の干し草なんかが積んであってね、それを掬うための、でかいフォークがあったんだよ。

そのフォークを持って、おれは上から親父の腹を刺してやろうとしたんだよ。

さすがに、やらなかった。

その時はね。

でも、その時から親父が変わったんだ。

いつも、ナイフか、斧か、拳銃を持ち歩くようになったんだよ。

あっちはさ、知ってるわけだ。

これまで、おれにどんなことをしてきたか。

そのことを、おれがどう思ってるかをね。

油断しなくなった。

それで、おれを殺ろうとするようになったんだ。

事故に見せかけてね。

そりゃあ、わかるさ。

フォークを持って後ろに立ってたり、親父が薪を割ってる時に、斧がすっ飛んできたり――

気が狂いそうだったね。

親父も、おふくろも、みんなおかしくなって、眼だけがぎらぎらして、夜も眠れなくなって――

十三の時だったな。

親父が、とうとうおれを刺したんだ。

いつも持ってた、でかいナイフでね。

おれが、納屋へ入っていったら、隠れていた親父が、おれの背中にナイフを突き立ててきやがったんだ。

おれもね、いつかはやられると思ってたんだ。

だから、先にこっちがやってやるつもりだったんだ。

でも、親父の方が、たまたま先になってしまったんだな。

そこで揉みあいになった。

浅手だったから、おれも動けたんだ。

それで、近くにあったフォークを握って、親父にそれを向けたんだ。

そうしたら、親父はあわてて後ろに下がったんだよ。

その時に、足がもつれてさ、そのまま仰向(あおむ)けに倒れたんだよ。

おれも、夢中だったからね。

駆け寄って、真上から親父の腹にフォークを……

へへ。

どうしたと思う。

いいよ、答えなくて。

おれも、言わないよ。

それで、そのまま家を飛び出して、それっきり、家へは帰ってないんだ。

でも、人って、ああいう時、あんな声をあげるんだなあ。

その声は、まだ、耳に残ってるよ。

ああ、しゃべり過ぎたか。

でも、いいよね。

何をしたのかは、口にしてないんだから。

それからニューヨーク州をうろうろしたあげく、オルバニーのシェイカー教徒のコミュニティに入ったんだよ。そこに十六歳までいてね、そのあとあちこちを放浪して、ナンタケットにもどって、捕鯨船に乗るようになったんだ。

まあ、みんな、捕鯨船に乗るような連中は、何かしらいろんな事情があるってことだね。

それは、訊かないのが礼儀だし、船でうまくやってゆくコツだよ。

訊いたって、誰も本当のことは言わないし。

今日のおれが、特別だってことだよ。

ああ、どこまで話をしてたんだっけ。

そうそう、エイハブのやつが、どうしてモービィ・ディックに足を喰われちまったかって、その話だったよね。

はじめから話をするとね、おれが最初に見つけたんだよ。

モービィ・ディックをね。

このピークオッド号の、ほら、あの主檣(メイン・マスト)の上に立っていた時だ。

よく晴れた日だったよ。

水平線の近くに、虹が見えたんだよ。

微かな虹だ。

でも、それが何であるか、すぐにおれにはわかったよ。

「鯨だっ!!」

おれは叫んだね。

鯨が吹きあげた潮に、陽が当たってできる虹だよ。こっちは、西陽を背負っていたからね、やつが潮を吹くたびに、そこに虹が見えるのさ。

東の方角だったね。

その時、ピークオッド号は、南を向いていた。

それでね、ピークオッド号を大きく東へ回してさ、追ったんだよ。

その後もね、やつは何度も潮を吹いてさ、近づくにつれて、それがだんだん大きくなっていくんだ。

でも、距離とさ、その潮の高さと大きさが合わないんだ。あの潮の高さと大きさだったら、距離はこのくらいかと思っていたら、もっと離れていたんだね。

こりゃあ、最初に考えていたよりも、もっと大きい鯨だって、おれはわかったね。

だから、近づいてゆくのが、ちょっと恐かった。何だかわからないんだが、おれの心臓は、その時にはもうざわめいていたね。何かとんでもないものに出合う予感っていうのかね。遠いから、まだその鯨が黒いか白いかなんて、わかりゃしないよ。神か悪魔かなんて、まだ考えてもいないよ。ただこいつはやばいことになりそうだって、それは思っていたね。

それでね、最初にあいつを見た時よりも、半分以上は距離を縮めたかと思ったその時、奴は、つまり、モービィ・ディックは、いきなり潜ったんだ。

だから、奴のいた海域に到着した時には、もう、奴の姿どころか、奴の吐き出した泡だってわからなかった。

だから、しばらくは、風まかせで、ピークオッド号は走ってたのさ。

そうしたら、いきなり出現したんだよ。

何がって、白鯨だよ。モービィ・ディックの奴だよ。船の右舷の海水が、こう、山のように盛りあがってね。その盛りあがった波の中から、モービィ・ディックが姿を現したんだよ。

船と同じ進行方向へ――

背の半分以上は見えたよ。

そのでかさ。

白さ。

何もかもが、圧倒的だったよ。

魂を抜かれたね。

背中にね、何本も銛を生やしていたよ。

純白だ。

雪のような白だ。

額のところに瘤があって、それが、青い海を左右に分けてゆくんだよ。

美しかったね。

おれは、それを、檣の上から見下ろしてたんだ。

それで、わかったんだよ。

ああ、こいつは無理だって。

こいつは、人間の手の届く相手じゃないんだって。

だって、そうだろ。何しろ、おれが見下ろしていた白鯨は、ピークオッド号よりあきらかに大きかったんだから。

理屈じゃないよ。

その瞬間に、おれは、モービィ・ディックにひれ伏したよ。

ああ、これは神なんだ。

神が、その意思の象徴として、この世界にもたらしたものなんだって。

そうでなけりゃ、悪魔だ。悪魔が、この世界に恐怖をもたらすために、具現化させたのが、こいつなんだって。

まあ、どっちだっていいね。

神だって、悪魔だって、同じコインの表と裏みたいなもんだろう。

それからさ――

おれはね、モービィ・ディックについちゃぁ、いろいろ聞いていたよ。

モービィ・ディックは、群れない。

いつも単独で、一頭で行動している。で、こいつが他の鯨と一緒に現れる時は、他の鯨を守る時だってね。

五年前の、イギリスのマーリン号がやられた時もそうだったって、おれは聞いてるよ。マーリン号が、子連れの雌鯨を追っかけてる時に、モービィ・ディックが現れて、ボート三艘をみんな沈めちまったんだよ。

八年前の、ピエール号の時も、そうだったって話だね。

ピエール号は、逃げ遅れた子鯨を捕ってたんだってよ。

よっぽど、空の樽が余ってたんだろうな。それを少しでも一杯にしたかったんだろう。

子鯨に銛を打ち込んで、いざ仕留めようとした時に、モービィ・ディックがあらわれて、ボート二艘をこなごなにして、本船の胴体に、えらいでかい穴をあけられて、人が、六人死んだんだってな。

ピエール号は、それから十日間、ポンプとバケツで水を掻(か)い出し続け、やっとハワイに入港した時にゃ、半分沈みかけてた。それが証拠に、接岸したその日のうちに沈んでしまったって話だよ。

そんな話を、耳にしていたからね、情に厚い、仲間思いの鯨なんだろうとおれは思ってたよ。実物を見るまではね。

見た途端に、そんな考えは、吹き飛んでしまったよ。

こいつは、そんな甘っちょろいしろものじゃないんだって。

見るまで、どんな思いを心に抱いていようが、見た瞬間、それは粉微塵(こなみじん)さ。

おれはねえ、その時思ったよ。

これは、哀しみの色だって。

モービィ・ディックの白、それは巨大な哀しみの色だろう。

おれだ、と思ったね。

こいつは、おれだ。

涙が出たね。

他の奴とは違っていて、仲間はずれで、いつも独りで。本当は、仲間に入れてもらいたい。独りでなんかいたくない。その哀しみがこいつを白くしたんだろうってね。神だか悪魔だか知らないが、そいつが、こいつの哀しみをそのまんま白い色に変えてやったんだろうってね。

そういう意味じゃ、おれも白だ。

そして、エイハブは、足を喰われて、それで、モービィ・ディックの奴に、〝白〟にしてもらったんだよ。

エイハブも白だ。

エイハブは、モービィ・ディック自身だよ。エイハブは、エイハブ自身を追っかけて、殺そうとしてやがるのさ。

ああ、おれは混乱しているな。

モービィ・ディックとエイハブのことをしゃべろうとすると、まともな考え方ができなくなるんだ。筋道だてた話を、きちんとしゃべれなくなっちまうんだ。

もしも、おれのこの話がどこかで矛盾していても、それは、本当のことなんだ。世の中は、筋がきっちりまとまった物語でできあがってるわけじゃない。混沌(こんとん)として、わからない、矛盾だらけの話の方が、より真実に近いことだってあるんだよ。いや、そっちの方が真実そのものかもしれない。

どうだい、あんた、おれは間違っているかね。おれはおかしいかね。狂ってるかね。

ああ、話をもどさなきゃならないね。

モービィ・ディックを見た途端、おかしくなっちまった奴が、おれの他にもいたんだよ。

そう。

エイハブだよ。

エイハブも、あいつを見た途端、おかしくなっちまったんだ。狂ったんだな、あれは。狂うというのが間違っているっていうんなら、何て言えばいいかね。そう、恋だな。恋に近いのかもしれないな。

ひと目惚(ぼ)れ。

そういうやつだな。

ほら、人はね、選べないんだよ、その瞬間(とき)をね。事故と一緒さ。

街を歩いていたら、いきなり上からなにかが落ちてくる。工事中の材木でもいいし、レンガだって、植木鉢だっていい。それが、ある時、落ちる。落ちてきて、下を歩いている人間に当たる。恋ってのはそういうもんさ。

ある時、いきなり出合っちまうんだ。

エイハブがそうだったんだ。

恋に落ちた途端、そいつは人格が変わるんだ。他のことはどうでもよくなっちまう。寝ても覚めても好きになった相手のことばっかりで、日常のことはおろそかになり、心がどこかに行ってしまうんだ。

エイハブは、あいつを、モービィ・ディックを見た途端、心の奥の奥——ことによったら、普通は死ぬまで開けることのない扉、そんな扉があることすら気がつかないような、その心の底の扉を開けられてしまったんだよ。

白鯨にね。

そうだよ、人の心のどんづまりにある扉さ。

その扉の中には、獣が棲んでいるんだよ。もちろん、人によって、そこに棲んでいる——飼われている獣はみんな違うよ。でも、その扉が開けられて、獣がそこから這い出てくるまで、人はその獣の存在にすら気がつかない。

そして、いったん出てきてしまったら、それはもう、誰にも、本人ですらどうすることもできなくなっちまうのさ。

エイハブの叫び声が聴こえたよ。

「ボート、下ろせえ!!」

凄まじい声だったよ。

「ゆくぞ。やつを殺すんだ。あいつをやっつけるぞ!」

しかし、誰も動かなかった。

そりゃあ、そうさ。

誰がそんな馬鹿なことをするもんか。

だいいち、皆、モービィ・ディックの大きさにどぎもを抜かれていたと思うよ。

みんな、動けない。

そこへ、エイハブの声が響くんだ。

「行くぞ、銛をとれ! あの一頭で、この船の空樽はみんな満杯だ! どうした、怖じ気づいたか、スターバック!!」

おれはね、檣から降りることにしたんだ。本当は、降りちゃあいけないんだけどね。

もしかしたら、鯨がまた潜って、別の所から浮きあがってくるかもしれないからね。そのために、檣の上に、見張りは残らなきゃあいけない。でも、そこに残ってるなんてことができなかった。

何故かって?

もちろん、エイハブを止めるためだよ。

いくら金のためだって、やっちゃあいけねえことがある。それは、モービィ・ディックに銛を打ち込むことだよ。

神だっていい、悪魔だっていい、どっちにしろ、人はそういうものに手を出しちゃあいけねえんだ。

しかし、降りた時には、もう、スターバックが、おれのかわりにそれをやってたんだよ。

「そりゃあ、いけない。こいつは、おれたちの手におえる相手じゃあない」

スターバックが、走り出そうとするエイハブの前に立って、両手を広げてそう叫んでいたんだ。

そうだよ。

スターバックにはわかったんだな。

モービィ・ディックは人間が相手にできるシロモノじゃないんだって。神だの、何だのっていう前にね。

わかるだろう。たとえば、ライオンを相手に素手で闘うことができるのかどうか。ライオンが神だからとか、尊い生き物だからとか、そんなんじゃないんだ。ライオンと素手で闘ったら、どんなやつだってかなわない。勝つことはできないんだ。

モービィ・ディックと闘うってことは、つまり、そういうことなんだ。

スターバックは、それがわかってたってことだ。

「やめてくれ、エイハブ。あいつは人智を超えたものだ。このまま行かせてやれ。あんたが生きて帰りたいんならな。おれたちを生きて帰したいんならな」

スターバックが言っても、エイハブはそれを聞こうとはしなかった。

「スターバックよ、鯨捕りは、鯨を見たら、銛を打ち込むものなのだ。鼠を見たら、猫が追いかけるように。獅子が鹿を見たら、追いかけるように。それは生まれついてのものだ。このエイハブは鯨捕りで、銛打ちで、このピークオッド号の船長だ。ならば、おれは、あいつに銛を突き立てに行かなくちゃならんのだ。そうでなければ、おれはおれでなくなっちまう。このエイハブが銛打ちでなくなっちまうってことは、このエイハブがエイハブでなくなっちまうことなのだ。水が高きから低きへ流れるように、このエイハブは、あいつに銛を突き立てるために行かなければならないのだ」

ここで、おれはスターバックの横に並んで、エイハブを睨んでやったんだ。

「エイハブ船長」

おれは言ったよ。

かなり、大きな声を出していたと思うね。

「やめてください。あの鯨は、神がこの世に遣わされたものですぜ。神が、人を試そうとしてるんです。神でなけりゃあ悪魔がね」

「証拠は!?」

エイハブ船長は言ったね。

「こいつですよ。こいつが今、ここに、眼の前にいる。それが証拠でさあ。神か悪魔でなきゃあ、いったい、どんな鯨が、こんなでかいやつをひり出せるっていうんです!?」

「神⁉　悪魔⁉　どっちにしたって糞くらえだ」

「人が、人を超えたものに手を出したら、滅びるだけですぜ。バベルの塔を造って、天に手を伸ばそうとした連中がどうなったかは、あんただって知ってるはずだ」

「平水夫の身で、このおれに『聖書』について神学問答をふっかけようってのか、ガブリエルよ。その度胸は認めてやるが、そもそも、こいつは、おまえが見つけたものだぞ。見つけておいて、何を言い出すんだ、え？　ガブリエル」

「見つけたことを後悔してますよ。もっとも、潮吹きを見たときは、それがモービィ・ディックのものだなんて、わからなかったんですよ。わかってたら、声なんか出さなかった」

「違うぞ、ガブリエル。おまえは、運命というものを馬鹿にしておるのか。おまえは、モービィ・ディックを見つけるために、この世に生まれたんだよ。この日、この海でモービィ・ディックを見つけ、おれに知らせるためにな。アダムとイヴを、神がお造りになった時から、そう決まってたんだよ――」

おれとエイハブが言いあっているうちにも、モービィ・ディックは、ピークオッド号の横を悠々と泳いでいるんだよ。逃げたりせずにね。

エイハブは、もうおれの方を見なかったね。

「ボートは下ろしたか。スターバックよ、おまえが臆病風に吹かれてはいないってことを、おれに証明してみせろ。スタッブよ、まさか震えてなぞいなかろうな」

「おれは、いつだって準備はできてますよ。鯨がいるんなら、天国にだって、地獄にだって、ボートを漕いで行きますぜ。そうだろう、タシュテーゴ」

タシュテーゴは、自分の銛を手にして、スタッブの横に立っていたのだが、やつは迷うことなく、

「もちろんです」

そう答えていたのさ。

結局ね、スターバックも、スタッブも、ボートに乗り込んだよ。

エイハブはもちろんね。

で、このエイハブのボートの銛打ちが、拝火教徒のフェダラーだったんだな。

で、みんなが、すぐそこを泳いでいるモービィ・ディックにボートを漕ぎ寄せていったんだ。おれは、そ

れをピークオッド号の上から全部見ていたよ。

ああ、言ってなかったな。

スターバックのボートの銛打ち、それが、例のエライジャさ。

銛打ちはね、どんなに鯨が怖い時だって、銛を握ってボートに乗ったら、震えは止まるもんなんだよ。しかし、このエライジャだけは、ボートに乗ってからも、哀れなくらいに震えていたのを覚えているよ。

ああ、話してやるとも、ピークオッド号から、おれがこの眼で見た一部始終をね。

ずっと見ていたんだ。

あとから、仲間に訊いて知ったことまでみんなおまえさんに語ってやろうではないか。

モービィ・ディックはね、逃げなかったんだよ。ボートが三艘近づいて、自分を囲んだ時でさえ、悠々と泳ぎ続けていたよ。

一番銛は、もちろん、エイハブさ。

誰にもそれをやらせようとはしなかった。フェダラーをボート頭の位置に座らせて、自分は一番前でオールを握っていたんだよ。

で、ボートがモービィ・ディックを囲んだ時、エイハブは前の三角台の上に立ち上がってね、硬くおっ立てたあれみたいに、銛を握ってさ、

「うがあっ!!」

それを、モービィ・ディックに打ち込んだんだよ。

でも、モービィ・ディックは動かない。

どんな女だって、あれを突っ込まれたら、よがるか、痛がるかするもんだろう。でも、モービィ・ディックは、ただ泳ぎ続けている。

こりゃあ、男にとっちゃあ、屈辱だよ。

それで、みんなが、槍を投げたんだ。

フェダラーも、スターバックも、エライジャも、スタッブも、タシュテーゴも、みんなが槍を投げて、それが全部、モービィ・ディックの背に刺さったんだよ。

それでも、やつは、でかい、白いあの額の瘤で、波を分けながら、ただ泳いでいる。悠々とね。

エイハブは叫んだね。

「おお、モービィ・ディックよ。汝(なんじ)が神ならば、おまえに銛を突き立てたこのエイハブに百の罰を与えよ。もしもおまえが悪魔なら、千度、地獄にこのエイハブを引き込むがいい！」

その時だったよ、モービィ・ディックが動いたのは。

怒ったようには見えなかったよ。

おれには、ちょっとだけ、身じろぎしたように見えたね。

人間だったら、ほら、軒下で揺り椅子にのんびり座っていた爺さんが、ちょっと腰の位置を変えて座りなおしたような。あるいは、眠っていた奴が、ほんの少し、寝返りを打ったような、そんな感じさ。

でも、それが引き起こした結果は凄いもんだったよ。

尾が動いてさ、でかい渦ができて、ちょうどそのあたりにいたスターバックのボートが、渦に呑み込まれて、くるくると回りながら、あっという間に海中に沈んで見えなくなった。

モービィ・ディックの背中がちょっと浮いて、その背に舳先が引っかかって、スタッブのボートはひっくり返った。

ひと呼吸遅れて、エイハブのボートは、宙に持ちあげられたんだ。

尾だよ。

モービィ・ディックの尾が、ゆっくりと、しずしずと海中から持ちあがってきてさ、その上に載せられて、エイハブのボートが天に向かって持ちあげられてゆくのさ。

でかい、巨大な白い掌に載せられて、神に捧げられる供物みたいに、ボートが天に浮きあがってゆくんだ。

きれいだったね。

神々しかったね。

あんなに美しい光景を、おれは見たことがなかったね。

おれは、あまりのことに、小便を洩らしてたよ。

ほんとうさ。

エイハブは、狂ったように吼えていたね。

ボートの上でさ。

でも、おれには、それが、歓喜の声か、祈りの声のようにしか聴こえなかったね。

その時ね、すっ、とボートを持ちあげていたモービィ・ディックの尾が消えたんだよ。

ふわっ、
とボートを宙に浮かせておいて、尾が沈んだんだな。

それで、ボートはいっきに海面に落っことされたんだ。

十メートルはあったのかね。

そこまではなかったのかね。

ちょっと浮かされただけなのに、それだけで、何十メートルも宙を飛ばされていたんだね、あれは――

海面にぶつかってさ、ボートは真っぷたつだよ。

たったそれだけ。

たったそれだけでさ、三艘のボートがやられちまったんだ。

しばらくして、海の上に、やっと、ぽかりぽかりと人の頭が浮きはじめてさ。

エイハブがどうなったのかって、おれは捜したよ。

そうしたら、いたね。

エイハブの奴は、モービィ・ディックの背中に乗っかっていたんだよ。

さっき、自分が打ち込んだ銛に、しがみついていたんだ。

声が聴こえていたね。

とぎれとぎれの声だったよ。

見たら、モービィ・ディックの顎のところに、人が引っかかってる。

時々、モービィ・ディックが、顔を持ちあげるから、そいつの顔が海面から出る。そのたび、そいつが叫んでるってわけだ。

エライジャさ。

エライジャが、左腕をモービィ・ディックに咥えられていたんだよ。それで、エライジャが泣き叫んでやがるんだ。

でも、エイハブは泣き叫んではいなかった。

凄い顔をしていたな。

悪魔が憑いたような顔っていうのかね。

左腕で、モービィ・ディックの背に刺さった自分の銛を抱えて、右手には、ボートの舳先の索切りナイフを握っていたね。刃渡り六インチのでかいナイフだよ。

エイハブはさすがだったよ。

アーカンソーの荒くれ男が、決闘の相手とこれから命のやりとりをしようとするかのように、そのナイフひとつで、モービィ・ディックにたち向かったんだよ。

エイハブは、モービィ・ディックの背に仁王立ちになってね、何か叫んでいたな。

何を言っていたかはわからないよ。中世の騎士のように、闘いの前の名のりをあげていたのかね。それとも、悦んで、神に感謝の祈りを捧げていたのかね。

でも、あいつたちふたりには、わかっていたと思うよ。だから、エイハブとモービィ・ディックのふたりだよ。

モービィ・ディックが浮くとさ、エイハブの全身が波の下から現れる。沈むと、エイハブの胸のところまで波が被(かぶ)る。

その最中、エイハブは見ていたんだな。

やつの、潮吹き穴を。

そんなに遠くじゃない。

そこにナイフが届く位置まで移動するには、銛から手を放さなくちゃいけない。しかし、手を放したら流されてしまう。だからエイハブは、その間(ま)を計っていたんだろうよ。自分の身体が波を被る間をね。

それで、エイハブは、ついに決心したんだ。

自分の身体が足首まで出た時、銛から左手を離し、ナイフを両手で握ったんだよ。

それで、跳んだんだ。

潮吹き穴までね。

跳んで、その潮吹き穴に、全部の体重を乗せて、ナイフを突き立てたんだ。

刃が、全て潜り込んでいたよ。

おれは、それをはっきり見たんだ。

その時、初めて、モービィ・ディックが声をあげたんだよ。

おれは、その声をはっきり聞いたんだ。

神は、いつだって語らないんだ。

人間に声をかけない。

人の子として生まれたイエスが、自分を見捨てたのかと、死ぬ間際に泣き叫んだ時だって、黙っていた。

神の答えは常に沈黙だよ。

その神が、エイハブという人間に、初めて応(こた)えたんだな。

おおおおおん……

おおおおおん……

そんな風に聞こえたね。

もしかしたら、そんな声は出していなかったのかもしれないけどね。でも、おれの耳にははっきりそう聞こえたんだ。

ああ――

あれは、歌だね。

歌のように聞こえたね。

何を歌っていたのかね。

もしかしたら、初めて、人というちっこいものを認識して、それで悦びのあまり声をあげていたのかね。

凄い光景だったね。

エライジャが泣き叫んでいる。

エイハブが咆えている。

白鯨が歌っている。

それでさ、モービィ・ディックは、潜ったんだ。

いったん、海の中にね。

一瞬、モービィ・ディックも、エイハブも、エライジャも、その姿が見えなくなった。

とてつもなくでかい泡の塊が、もくもくと海中から湧きあがってきてね。

それで、その泡の中に、モービィ・ディックの姿が浮きあがってきたんだよ。

頭からさ。

頭から海の上に立ちあがって、その時、やつはおれたち全部を見たんだ。

海を――

地球をそこから見下ろしたんだ。

その時、おれは見たよ。

モービィ・ディックの顎に咥えられているものをね。人だよ。

でも、それは、エライジャじゃあなかった。

エイハブだった。


モービィ・ディックが、海の中で咥えなおしたんだね。

エイハブは、モービィ・ディックに左足を咥えられ、やつの顎の左側に宙吊りに、逆さまにぶら下がっていたんだ。

そこで、おれは見たんだ。

エイハブが落下するのを。

モービィ・ディックが放したんじゃない。

エイハブの左脚が、膝の下からちぎれたんだね。それで、エイハブは落ちたんだ。

モービィ・ディックは、尾で地球の上に立ちあがり、それで、また潜った。

それっきりさ。

それっきり、モービィ・ディックは浮いてこなかったんだよ。

予備のボートが一艘あったんで、それを下ろして、生きているやつらを拾ったんだよ。

その中には、片足を喰われたエイハブも、左腕を喰われたエライジャもいたよ。

スターバックも、スタッブもタシュテーゴも、フェダラーも生きて助けられた。しかし、ボートの漕ぎ手のうち、四人は助からなかった。死体はふたつ浮いていたが、残ったふたつの死体は見つからなかったよ。

　それで、おれたちは、ナンタケットに引き返すことに決めたんだ。

　ボートが一艘しかないのに、どうやって鯨を捕りゃあいいんだい。もう、帰るしかなかったんだ。

　それでさ、もう、エイハブもエライジャも、助からないだろうって、みんなそう思っていたんだよ。たくさん血も流れたしね。でも、ふたりとも、死ななかった。

　ふたりとも、命に対する執念が凄かったんだろう。タイプは違うけれどね。

　エイハブは、ずっと、咆えていたな。

　最初は、意味なんかわからない声さ。三日三晩、眠っている間中、エイハブは魔人の赤子のように咆えていた。闇の中でね、薄っ気味悪い声で唸るんだ。

　それでも、たまに意味のわかる言葉も叫ぶんだよ。

「おのれ、モービィ・ディックよ」

「逃げるのか。きさま、このエイハブを畏れて逃げようってのか」

「帆をあげよ、やつを追え、モービィ・ディックを追うんだ」

「おれは、殺してやるぞ。海の果てまでも追いかけて、いつか、必ずきさまを殺してやるからな」

　ってね。

　エライジャのやつは、ずっと、泣いていたな。

めそめそ泣いて、

「死にたくない、死にたくない」

　ってさ。

　それで、結局、助かっちまった。

　エイハブは、眼覚めてからも、モービィ・ディックを追おうとしたよ。

「もどれ、舵（かじ）を回せ。やつを追うぞ」

「スターバックよ、ついてこい」

　凄い漢（おとこ）だと思ったよ。

「あいつが、おれを呼んでるんだ。来い、自分を追ってこいとな」

　そう言って、エイハブは狂ったようにあばれるんだよ。

「追うぞ」

　モービィ・ディックに喰いちぎられた足からは血が出るし、それでおれたちはみんなでエイハブを押さえつけてさ、ベッドに縛りつけてやらなけりゃあならなかったんだ。

でも、エイハブは、その縄を今にもひきちぎりそうに、身悶えして、あばれるんだよ。縄が当たるところの皮膚なんかは、破れて血まみれになっちまってよ。

あんた、わかるかい。

オデュッセウスだよ。

だから、ホメロスの書いた『オデュッセイア』ってえ、長い物語があるんだよ。その主人公のオデュッセウスさ。

セイレーンていう、おそろしい海の妖怪がいるっていうんだよ。女の妖怪でね、美しいんだ。顔は、美女。でも、身体は鳥で、翼があるらしい。いや、下半身は魚だったかな。どっちでもいいか。そのセイレーンたちが、ある島に棲んでいて、歌を唄うんだってさ。その歌声が、あまりに蠱惑的でさ、その声を聴くと、船乗りたちはみんな島に船を漕ぎよせちまうんだよ。

ある者は、海に飛び込んで島まで泳いでいって、それきり、もどらない。

セイレーンが、そいつらをみんな喰っちまうからだよ。

島の近くの岩礁に、セイレーンたちが座って歌を唄う。

で、オデュッセウスはその唄を聴きたかったんだな。

それで、水夫たち全員に耳栓をさせて、自分だけは耳栓をせずに、縄で帆柱に身体を縛りつけさせてさ。

「いいか、おれが何を言っても、叫んでも、この縄を解くのではないぞ」

そう言って、その島の近くを通り過ぎようとしたんだよ。

すると、声が聴こえてきた。

セイレーンの唄声だよ。

でも、聴こえるのはオデュッセウスだけだ。

他の水夫には聴こえない。

「おい、この縄を解くんだ」

オデュッセウスが言うんだよ。

「どうした、何故解かない。あの島に漕ぎ寄せるんだ。わからないのか」

オデュッセウスは狂ったように泣き叫ぶ。

「おれは死んだっていいんだ。あいつに喰われたっていいんだ。おれの命令がきけないのか——」

でも、水夫たちにはセイレーンの声は聴こえないからね。

　もちろん、オデュッセウスの泣き叫ぶ声も聴こえない。

　だから、船を漕ぎ続けた。

　それで、なんとか、その船はセイレーンの島から逃れることができたんだよ。

　エイハブが、オデュッセウスだっていうのはそういう意味さ。

　モービィ・ディックの声は、エイハブにしか聴こえないんだ。

　だから、どんなに泣き叫んだって、誰もエイハブの縄なんか、解こうとしないんだ。

　わかるだろ。

　あ——

　ひとりだけいたな。

　フェダラーのやつだよ。

　奴だけは、エイハブの縄を解けって、そんなことを言っていたな。

「聞け、皆の者よ。エイハブを自由にせよ。人には、最後に権利があるのだ。愚かを承知で、その愚かなことに命を捧げてもよい権利がな」

　それを聴いたスターバックが言ったよ。

「我らには、逆に愚かな者が愚かなことで身を滅ぼすのを、止める権利があるのだ」

　ってね。

　それでも、フェダラーは、

「エイハブを、海に飛び込ませてやれ。エイハブは、それで幸せなのだ」

　そんなことを言うんだよ。

　もちろん、おれたちは、縄を解いたりなんかしなかったけどね。

　思い出したよ、そういや、フェダラーは、モービィ・ディックを捕るためにボートを下ろせと叫んでいるエイハブをおれたちが止めている最中に、ひとりだけ、

「ゆかせよ。アダムに禁断の果実を食わせてやれ」

　そんなことを言っていたな。

　エイハブが、やっと静かになったのは、ホーン岬が見えてきた頃だよ。

　静かになったかわりに、やつはほとんどしゃべらなくなった。自分という孤独の海に潜って、出てこないようになっちまった。

モービィ・ディックに、白くされちまったからな。

おれもそうだよ。おれも白くされた。おれは歪んだ人間だよ。いびつな人間だ。でも、モービィ・ディックに白くしてもらって、こうやって生きている。

もっとも、エライジャのやつは、白くなりそこねちまったようだがな。

フェダラーも、もしかしたら、白くされちまったのかもしれないな。あいつは、ベッドに縛りつけられたエイハブの横にずっとついていてね。

「その縄、いつか必ずこの私が解いてさしあげましょう。あなたが再びこのピークオッド号で海に出る時には、このフェダラーが、あなたの水先案内人として、従いましょう。あなたを白鯨のもとまで御案内いたしましょう。たとえそれが、死の淵へとあなたを案内することになったとしても、その死の淵までお供いたしますよ――」

エイハブの耳に、そんな言葉を囁き続けていたんだな。

ああ、そうだった。

エイハブが静かになった話だったな。

そうさ、やつは、それで、哀しみの王になっちまったんだよ。後甲板の下――船の地下にある船長室の哀しみの玉座に座るようになったんだ。

知ってるかい。

イタリアのさ、ローマのさ、地下には古い神々が眠ってるんだ。一番上は、我らがイエス、キリスト教の神の棲む神殿が建っている。しかし、その地下には、ギリシャの神々を祭る神殿があるのさ。でも、それで終わりじゃない。

そのさらに地下を掘るとね、その下にも神殿がある。キリスト教よりも、古代ローマの神々よりも、さらに古層の神の神殿がね。

牛を贄とする、ミトラ神の神殿があるんだ。

そして、その神殿の暗がりの中にね、三千年、四千年、誰も座ったことのない石の玉座があるんだよ。

哀しみの王の玉座――それはそう呼ばれている。

人間が信仰した、最も古層の神と対話をするための玉座だ。

その玉座が、このピークオッド号にもある。

それが、後甲板の下にある船長室の椅子さ。そこに、片足の、哀しみの王が座っている。そして、その王は、自分を殺すための旅に出ている最中なんだ。

それがエイハブだよ。

エイハブが、今、このピークオッド号の神なんだ。

おまえ、気づかないのか。この船の乗り組員の全てに、今、エイハブが憑(のりうつ)っている。全員がエイハブに憑(とりつ)かれている。みんな、自分じゃ気づいちゃいないがな。

このおれが、いくら、何と言ってももう無理だろうよ。

この船は、いつか、白鯨に、モービィ・ディックに出合うんだ。

おれがいるからね。

おれがいる船は、白鯨に出合う。

そして、白鯨に出合ったら、フェダラーがエイハブを案内するんだ。地獄までの道をな。

ああ——

こんな時に、あいつが、あのスターバックがいてくれたらと思うよ。あいつが、スターバックこそが、エイハブの良心さ。いや、少し違うな。エイハブが道に迷いそうになった時、それを止める唯一の力がスターバックだったのさ。

しかし、この船に、スターバックはいない。

見たかい、あれを。

あれってのは、モービィ・ディックの背中のことさ。

あの背に突き立った、あの傷(いた)みの銛の数はどうだ。

あれこそは、イエスが背負った、おれたち人間の原罪そのものだ。

受難そのものだ。

ああ、そうだった。

おまえは、あれを見てはいないのだったな。

まあいい。

見ていない——だから、おまえは今、まともなのだ。

しかし、それもあいつを見るまでだ。ただの一度でもあれを見てみるがいい。

あいつを、モービィ・ディックを見たら最後、そいつがこれまでどれだけの人生を歩んで、どれだけのものを見てきたか知らないが、そのすべてを根こそぎひっくり返されちまう。人を、はらわたからひっくり返しちまうんだ。

おまえだって、そうだよ。

見ればわかる。

それこそ見た瞬間にね。

その時に、おれの言ったことが嘘じゃなかったってわかるだろうよ。

おまえは、近い将来、やつを、白い神を、モービィ・ディックを見るだろう。このガブリエルがこの船に乗っているからだ。そして、闘うことになる。フェダラーがこの船に乗っているからね。そして、何よりも、エイハブがいるからだ。

その時に、何もかもわかるだろうよ。

ああ——

ただひとり、スターバックだけが、エイハブの、このピークオッド号の救いだっていうのに、やつはいない。

それなのに、どうして、エイハブは、スターバックが、まるでこの船にいるかのようにふるまうんだ。それをわかっていて、どうして誰もエイハブにひと言も言わないんだ。

「エイハブよ、スターバックはこの船におりません」

とな。

それを訊ねたって、みんな曖昧(あいまい)な返事をするだけで、誰もちゃんと答えようとしない。

え!?

何故なんだ。

マンジローだったか。

あんただって、おれと同じように気づいているはずだ。それとも、スターバックは、この船のどこかにいるのかい。

どうなんだ、スターバックのシャツを着ているあんた。

知っていたら、おれに教えてくれ。

十三章

クイークェグ、自分の棺桶を作ること

そのうえ、蒼白ではあったが、以前のように毅然とした落ち着きのある相貌をとりもどし、その口からおだやかな声で命令が発せられるようになると、航海士たちはおぞましい狂気が船長から去ったことを神に感謝したものだが、そのときでさえ、エイハブは自我の隠蔽された部分でひそかに狂いつづけていたのである。人間の狂気はしばしば狡猾であって、すこぶる猫に似ている。消えたと思っても、じつはもっと微妙なものに変身しているだけかもしれないのだ。

——ハーマン・メルヴィル『白鯨』
岩波文庫　八木敏雄・訳

一

ガブリエルとの対話があってから、万次郎は、慎重になった。

発言をする時にも注意深くなり、誰かの言うことを聞く時でも、その言葉の裏に、どのような意味が潜んでいるのかを、考えるようになったのである。

誰のどの言葉に、実は隠されていた狂気が潜んでいるか、たとえばちょっとした表情や笑顔の裏側に、本人さえ気づいていないような、滅びへの願望が隠されていないかを、観察するようになってしまったのである。

症状がすぐには表面化しない熱病のように、エイハブの狂気に感染している者はいないかと、船員たちの表情を眺めるようになっていた。

それは、仲のよいイシュメールに対する時も、同じであった。

ガブリエルと話をしてみてわかったことだが、皆が考えるほどには、ガブリエルが面倒な人間だとは、万次郎には思えなかった。

彼らの国の古代の神の話や、知らぬ土地の物語については、わかりかねることも少なからずあったが、スタッブなどがあそこまで毛嫌いするほどの人間ではないと、ガブリエルについて、思うようになった。

やはり、気になったのは、白鯨とエイハブ船長のことはおいておくとしても、一番はスターバックのことであった。

万次郎が感じていた不自然さを、ガブリエルも感じていたのだ。

この船――ピークオッド号の乗り組員全員が、スターバックについて、何か隠しているのではないか。

そのことについては、以前、イシュメールに訊(たず)ねたことがある。

その時言われたのは――

〝いずれにしろ、この船では、スターバックの名前を口にするのは避けた方がいい。特にエイハブ船長に聴こえるようなところではね――〟

ということであった。

以来、万次郎は、スターバックについて、誰かに訊ねるようなことはしてこなかった。

その疑問は、しばらく心底に沈めておいたのだが、ガブリエルと会ったことによって、また蘇(よみがえ)ってきてしまったのである。

ガブリエルによれば、自分が着ているシャツは、スターバックのものであるという。

これは、いったいどういうことなのか。

自分が今、身につけているのは、洗いざらしの綿のシャツとズボンである。

万次郎がピークオッド号に助けられて、眼覚めた時に、身につけていたものだ。

丈(たけ)はちょうどよく、腰まわりや胸まわりは少しだぶついている。

「ピークオッド号で、余っていた服だ」

イシュメールにそう言われて、他に青いシャツを一枚、ズボンを一本、上着をひとつもらっている。いずれも、丈や、腰まわり、胸まわりが同じくらいであるので、同じ人間のものであろうと思っていたのだが、まさか、これがスターバックのものであったとは――

前の航海で、ガブリエルは、スターバックが身につけている服を何度も見ているので、わかったのであろう。

とはいえ、すぐにスターバックのことで、イシュメールを問いつめるのもどうかと思い、まだそのことについては訊ねることができないでいる。

そのうちに、機会を見つけて問えばいいだろう。

少なくとも、今は、うまくやっているのだ。余計なことを訊ねて、ピークオッド号での今の居心地のよさが、失われてしまうことは避けたかった。

「あれは、聖痕(せいこん)だよ」

甲板で話をしたおり、別れ際に、ガブリエルが口にした言葉を、万次郎は覚えている。

「エイハブの、ここのところに傷があるだろう」

ガブリエルは、自分の左手の人差し指を、左の額にあてた。

その指先を、下に滑らせてゆく。左眼の上を通り、左頬を抜け、そしてシャツの襟の中まで――

「あの傷は、左足を喰われた時に、モービィ・ディックの歯に引っかけられたんだよ。それでできた傷さ。水中でやられたんだとさ」

ガブリエルは、小さく首を左右に振った。

「やつから聖痕を与えられた者は、いつか、やつに呼ばれて、自分からその顎の中に入ってゆくんだよ。おれもそうさ。モービィ・ディックのやつに呼ばれている。今度の航海は、わざと、エイハブの船には乗らなかったんだよ、本当はね。それでも、モービィ・ディックと出合っちまった。この前のギャムの時、エイハブがジェロボーム号にやってきた。その時、おれは観念したんだよ。やつからは、モービィ・ディックからは逃げられないってね。運命が、エイハブの姿をかりてやってきたんだって。それでも、唯一の救いは、スターバックだったんだ。でもあいつは、この船にはいない。あいつの代わりになるとしたら――」

ガブリエルは、万次郎を見つめ、

「新しくこの船に乗り込んで、スターバックのシャツを着ているあんたかね」

そう言った。

万次郎は、答えることができなかった。

「いいさ。これも運命だ。おれは、覚悟を決めているからな……」

最後のところは、ひとり言のようにガブリエルはつぶやいた。

そして、ガブリエルは去っていったのである。

そのおりのことを、万次郎は、スターバックのことと共に、思い出していたのである。

そうして、表面上は何事もなく数日が過ぎた時――

突然、クイークェグが、棺桶を作ると言い出したのだった。

ピークオッド号には、多くの捕鯨船がそうであるように、船大工が乗っている。

ボートが壊れたり、船が破損したりした時に、修理ができるようにするためだ。当然、工具も用意してあるし、修理に使われるための木材も積まれている。

その船大工に、

「おれの棺桶を作ってくれ」

　クイークェグが頼んだのである。

「いったい、何ごとだね。見たところ、あんたは、銛(もり)が刺さる前の鯨(くじら)よりも、ぴんぴんしているように見えるがね」

「おれは、もうじき死ぬ」

「なんだって？」

「ヨージョがそう言ったのだ」

　クイークェグが信仰する神、ヨージョのことは、誰もが知っている。ヨージョのことで、クイークェグが何かを言い出したら、めったなことでは後に退かないことも、わかっていた。

「いったい、どんな風にして、死ぬのかね。何で死ぬかについて、ヨージョはあんたに何か言ったのかね」

　船大工が訊ねると、

「それについては、ヨージョは何も告げてはいない。いずれにしても、おれには関係がない。おれはただ、死がいつであるにしろ、それまでの間、おれらしく生きるだけだ」

　クイークェグは胸をそらせてそう言った。

「あんたらしく？」

「卑怯(ひきょう)な生き方はしないということだ。明日死のうが、百年後に死のうが、そのことに一切変わりはない」

　そう言ったクイークェグを、万次郎は見ていた。

　クイークェグの横に立っていたイシュメールの顔は、少し哀しげに見えたが、クイークェグを止めたりたしなめたりしようという気配はどこにも見えなかった。

「いいだろう。立派なのを作ってやろう。では、まず、あんたの寸法を測らせてくれ」

　このようにして、クイークェグの棺桶が作られることになったのである。

　棺桶ができあがったのは、二日後であった。

　完成したという知らせを聞いて、船員たちが、甲板に集まってきた。

　クイークェグとイシュメールだけでなく、船の半数以上の水夫たちが、見物のためやってきてしまったのだ。集まった者たちの中には、もちろん、万次郎も交ざっている。

　できあがった棺桶は、甲板の上に直接置かれていた。

「どうだい、いいできだろう」

　船大工のホフマンが言う。

「ああ、いいな」

クイークェグは、しゃがんで、棺桶の蓋(ふた)の表面を撫(な)でた。

それを見た時、万次郎の心の中に湧きあがってきたものがあった。

この大きさ、このかたち、木の色。

これを、以前に見たことがある——

そういう思いであった。

いつか?

すぐに思いあたった。

あの日だ。

自分が海へ流され、たった独りで漂流することになった日。島の岩礁(がんしょう)に、木の箱のようなものが流れついてひっかかっていた。それをとりに行ったのだ。その箱の中に、白人の男の死体が入っていたのだ。そのことに驚いて、自分は流されてしまったのである。

あの箱と同じものだ。

それはつまり、あの箱は棺桶であったということだ。それはつまり、あの棺桶は、このピークオッド号から、海へ流されたということになる。どういうことか。考えるまでもない。あの箱の中の死体は、このピークオッド号の乗り組員であったということになる。

あの死体は、いったい誰なのか。

思いあたる名前が、たったひとつだけあった。

それは——

スターバック!?

万次郎は、それを、今、口にできなかった。

その名前を出して、皆に問うことができなかった。

その時——

低い、澄んだ歌声が、船首の方から聴こえてきた。

ピップの声だった。

ピップが歌を唄(うた)っているのである。

〽わが神よ　御許(みもと)に近づかん
御許に近づかん
たとえ十字架にかかるとも
など悲しむべき
なおも　わが歌のすべては
わが神よ　御許に近づかん
わが神よ　御許に近づかん

讃美歌(さんびか)だった。

ピップが、船首に立って、この世のものとは思われぬくらい澄んだ声で、讃美歌を唄っているのである。

〽さすらう間に日は暮れ
　暗闇が我を覆い　石の上に枕しても
　されどわが夢の内に
　　天を望む

その声が、甲板の上にいる皆の耳に届いてくるのである。

『主よ御許に近づかん』という歌である。

クイークェグの神ヨージョに捧(ささ)げる歌でこそなかったが、クイークェグも、思わず棺桶を撫でる手を止め、おごそかな面持ちで、船首の方へ視線を向けた。

もしもこの唄声が聴こえてこなかったら、万次郎は、スターバックの名を、あやうく口にしていたかもしれなかった。

ピップのこの唄声が、万次郎をぎりぎりのところで踏みとどまらせたのであった。

「おれにちょうどよさそうだ」

クイークェグが、あらためて、棺桶を軽く叩(たた)いて、立ちあがった。

その時だった。

〽御使いたちが私を

そこで唄声が途ぎれ、

「ヒャッ！」

という声の後に、水音があがったのである。

「落ちた！」

船首の方から、声があがった。

「ピップが落ちたぞ!!」

その声を聴いて、真っ先に駆け出したのは、フラスクであった。

フラスクは、船尾に向かって走り、艫(とも)に置いてあった救命ブイを抱えあげ、

「どっちだ！」

叫んだ。

「右舷(うげん)の方に流されました」

船首にいた乗り組員から声がかかる。

フラスクは、救命ブイ――実際のところは、鉄の箍(たが)がはめ込まれた細長い樽(たる)に、ロープを何本か縛りつけ

てあるだけのシロモノなのだが――を抱え、右舷に走った。

海を覗くと、船首の方からピップが流されてくるのが見えた。

フラスクは、やがて、流れてくればピップが通過するであろうと思われるあたりに向かって、迷わず手にした樽を投げ込んだ。

「ピップ、それにつかまるんだ」

フラスクは叫んだのだが、その声は、ピップの耳には届いていないようであった。

ピップの頭が、何度も波の下に潜る。

そのたびに、また、海面にピップの顔が浮きあがり、口から大量の海水を、飛沫として吐き出している。浮きあがるたびに、何か叫んでいるのだが、何と叫んでいるのかは、聴きとりようがなかった。

頭が浮きあがると、両手を振り回して海面を叩く。

もともと、ピップは泳ぐことができたのだ。

万次郎がピークオッド号に助けられた日から数えて五日ほど前にも、ピップは海に落ちている。その時は、五時間ほど海の上で漂流した後、助けられている。泳ぐことができなければ、摑まるもののない海で、五時間も漂流することはできない。

しかし、その事件に加えて、ついしばらく前、万次郎が最初に鯨を仕留めた日、ピップはまた海に引きずり込まれそうになっている。銛に繋がれた縄がピップの身体にからみつき、解けなくなったのだ。この時は、ダグーが斧で縄を切り、ピップは死なずに済んでいる。

だが、そのふたつの事件によって、ピップは精神を病んでしまったのである。

今、ピップは誤ってまた海に落ちた。

この三つのできごとにより、ピップが海水恐怖症となって、今、泳ぐことができなくなっているというのなら、それもしかたのないことと言うしかない。

つまり、ピップは、溺れていて他のことには注意がむかず、従って、フラスクの投げた救命用のブイ――樽にもまったく気づいていなかった。もちろん、フラスクや、他の水夫たちの声も、耳に届いてはいなかった。

だから、ピップの手が、樽から出ているロープに触れたのは、偶然であったと言っていい。溺れてもがいているうちに、たまたまその指が樽から出ているロープに触れて、ピップはそれを必死で握ったのである。

しかし、どこかに隙間があるのか、そこから海水が入ったらしく、樽の浮力がどんどん失われてゆくのが、見ていてもわかる。樽の、海面から出ている部分が、どんどん少なくなってゆくからだ。

それに気づいたピップが、また、叫びはじめた。

「助けて、助けて、死にたくないよう！」

叫びながらむせ、海水を吐き出す。

しかし、この間に、すでにボートは下ろされていて、樽の浮力が失われる寸前に、ピップは助け上げられたのである。

ピークオッド号にあがってきたピップは、大量の海水を吐いた。

「助かってよかったぜ」

フラスクが声をかけると、ピップは怯(おび)えて後ずさり、近くにいた万次郎にしがみついて、激しく泣きじゃくりはじめた。

「おい、ピップ。樽を投げてくれたのは、そのフラスクだぞ」

ダグーが声をかけたのだが、ピップはさらに大きく声をあげて泣いた。

「いいんだ、ダグー。ピップは、あの時、おれの眼を見ちまったからな」

「眼？」

「ピップの身体にからまった縄を切るため、おまえが斧を持った時、おれは一瞬迷ったんだよ。鯨をとるのか、ピップをとるかってな。その時のおれの眼をピップは見ちまったんだよ——」

そうつぶやいて、フラスクは首を左右に小さく振って、その場を去っていったのである。

しかし、それからしばらく、ピップは万次郎にしがみついて、泣き続けていたのである。

ピップの涙がシャツに染みをつくり、その温度が肌に伝わってきた時、万次郎の脳裏に蘇ったのは、中浜(なかのはま)の家族のことであった。

この泣きじゃくっている黒人の少年が、万次郎にはふいに、齢(とし)こそ違え、兄時蔵(ときぞう)のように感じられたのである。

「兄(にい)やん……」

万次郎は、ピップを抱き締める両腕に力を込めていた。

　そして、溺れた者が摑まるための、握りのついた命綱が何本か、鋲（びょう）で棺桶に留められていた。

「これはいい」

　クイークェグは、満足そうにうなずいた。

「これなら、何人か海に落ちても、一緒にしがみつくことができるだろうよ」

　こうして、クイークェグの棺桶は、かつて樽の救命ブイがあった場所――船尾に置かれることとなったのである。

二

「棺桶の蓋を、釘（くぎ）で打ちつけてくれ」

　クイークェグがそう言い出したのは、ピップのことがあってから、二日後であった。

「どうしたんだ」

　と、船大工のホフマンが問うと、

「二日前、救命用の樽を捨ててしまったからな――」

　クイークェグは言った。

「おれの棺桶を、救命ブイとして使えばいい」

「おまえさんが入る時はどうする」

「おれが死んだ時、釘を抜いて、おれを入れてくれ。その後で、またもうひとつ、樽を作って、それを救命ブイにすればいい」

　そういうことになったのである。

　クイークェグの棺桶を、救命ブイにするには、それほど時間はかからなかった。

　蓋を釘で打ちつけ、隙間に槇皮（まいはだ）を詰め、そこにまた瀝青（ピッチ）――アスファルトを塗ったものが、翌日にはできあがってきた。

十四章

万次郎海の森を発見すること

そうだ、わしはあの娘を結婚すると同時に未亡人にしてしまったのだ、スターバック。それからというもの、この年老いたエイハブは狂い、逆上し、血をたぎらせ、額から湯気をたて、一千回もボートを下ろし、白波をけたてて獲物を追ってきた――人間というより悪魔だ！――そうだ、しかり、四〇年にわたって、このエイハブはなんと愚かな――愚かな――愚かな年をかさねたたわけ者であったことか！　鯨の追跡のために、なぜあれほど血道をあげたのか？　オールをこぎ、銛を打ち、槍を投げるために、なぜあれほど腕を酷使し、痛めつけ、萎えさせたのか？　そのためにエイハブはどれだけ豊かになり、どれだけまともな人間になったというのか？　見るがよい、おお、スターバックよ！

――ハーマン・メルヴィル『白鯨』
岩波文庫　八木敏雄・訳

一

ピークオッド号全体に、エイハブの狂気がのりうつっているのは、もう、間違いなかった。

それまで、樽の中に入れられていた米であったり葡萄の汁であったものが、だんだんと発酵して酒成分に変わって、それで満たされてゆくように、ピークオッド号という樽の内部は、今や、エイハブという狂気に憑かれ、その狂気によって満たされつつあった。

もちろん、乗り組員の個々には、そういう自覚はなかったであろう。しかし、いつもと変わらぬように見えて、それぞれの心の内部には、無自覚であったにしろ、この船の運命についての覚悟が、少しずつ醸し出されていたのである。

いつか、このピークオッド号は、つまり自分たちは、必ずあの白鯨――モービィ・ディックと出合うであろうと、誰もが無意識のうちに覚悟していたのである。

出合い、そして銛をとり、全員があの白鯨と闘うことになるであろうと。

しかもその時期はそれほど遠くないということも、

多くの者が予感していた。

クイークェグが、自らの死を予言して自分の棺桶を作らせた時から、乗り組員たちは、モービィ・ディックと出合った時のための準備を、それぞれ始めていたのである。

クイークェグやフラスク、タシュテーゴもフェダラーも、もちろん、ダグーも、スタッブたち銛打ちはもちろん、この頃は、自分の銛を折に触れては何度も研いでいたし、他の乗り組員も、槍などを磨いたりしはじめていた。

いつもと同じと言えば同じ光景だった。銛や槍は、使われるたびに手入れをすることになっているし、使われなくとも、少し捕鯨の間が空けば、誰もが自然に手入れをする。何しろ海の上のことであり、鉄は、放っておけばすぐに錆びついてくるからである。

しかし、その手入れの回数が、いつもより自然に多くなっていた。さらに言えば、手入れのしかたもより念入りであった。

これは、ピークオッド号の乗り組員全員が、眼に見えぬなにかの予兆を感じていたということなのであろう。

ピップが海に落ちたというのも、たとえばガブリエルの心の中では、ひとつの意味をもって捉えられていたのである。

「あれは、最初に呼ばれたんだな……」

ガブリエルが、万次郎の耳に口を寄せて囁いてきたのは、その事件があってから、二日後のことであった。

場所は、前甲板の右舷だった。

夜だ。

万次郎が、ひとりで海を眺めていた時に、ガブリエルが近づいてきて、横に並び、その言葉を口にしたのである。

「最初に？」

万次郎が問うと、

「そうだよ。最初に呼ばれたんだ」

ガブリエルがうなずいた。

「何に呼ばれたんですか？」

「何だろうなあ……」

ガブリエル本人にも、よくわかっていないらしかった。

「白鯨に？　モービィ・ディックに呼ばれたということですか――」

「うーん。そこが、おれにもよくわからないところなんだが。そうだと言えばそうなんだろうけど、そうだと答えたのでは、少し違ってしまいそうなところもあるのさ」

「運命ですか？」

「おお。運命。運命。便利な言葉だな。しかし、そう言ってしまうと、我々は常に運命から呼ばれているようなものだからな。運命は、さっきのおれみたいに、そうっと後ろから忍び寄ってきて、そいつの耳に、そいつだけにしか聴こえない声で囁くんだ、あんたの番がきたよ、ってな——」

「——」

「だから、二日前の時も、そうだったんだ。そいつが囁いたんだよ。おいで、ピップ、おまえの番が来たぞって——」

言ってから、ガブリエルは首を二度、三度、振って、

「もちろん、おれは、そんな声は聴いちゃいないさ。でも、ピップの耳には聴こえたんだろうよ。おれは、見てたからな」

「見てた⁉」

「ああ、見てたんだよ。これまで誰にも言っちゃいないけどな。見てたら、ピップのやつ、歌いながら、船首の先に立ってさ、まだそこから甲板が続いているみたいに、海に向かって足を踏み出したんだよ。神に召されたみたいにね。船が揺れたからじゃないし、うっかり足を踏みはずしたわけでもない。ピップのやつは、海に向かってただ歩いてたんだよ……」

万次郎は、自分にしがみついて激しく泣きじゃくっていた時の、ピップの身体の震えや涙の温度を思い出していた。

「まあ、そういうことだ。信じるも信じないも、これはおまえさんの自由だがね。だけど、もしそういう声がおまえさんの耳に聴こえた時には、今のおれの言葉を思い出して、海に向かって歩き出さないように気をつけるんだな。次が誰かなんて、おれにもわかっちゃいないんだけどね。あんただから教えてやったんだよ。他のやつらには絶対言わないがね」

それだけ言って、ガブリエルは去っていったのである。

ガブリエルのその発言の背景には、ガブリエルたちの神への信仰があるのだということは万次郎にもわかっているのだが、その神が具体的にどう彼らの発言に関わっているのかというところまでは、むろん理解で

きなかった。

　それでも、ピークオッド号全体が、これまでになかった異様な空気で満たされつつあるのは、万次郎にもわかっていた。

　船内の、その異様な空気を作り出している中心が、エイハブ船長であることにも、万次郎は気づいていた。

　ピークオッド号は、すでに、誰も知らない未知の海域に向かって、大きく帆を張っていたのである。

　その帆を孕(はら)ませていたのは、誰にも止められない風であった。

二

　万次郎は、寝つけなかった。

　寝台が背中を押しながら持ちあがってくる。

　波が、黒い骨でできたピークオッド号を持ちあげて、そして落とす。

　その無限の繰り返しを、万次郎は背で受けているのである。

　それにも、もう慣れた。

　この揺れがないと、むしろ寝つけないくらいである。

　しかし、この夜はなかなか眠りに落ちてゆかないのだ。

　心に浮かんでくる様々なことがらと、それこそ波の数だけ、無限に対話を重ねているのである。

　対話は、とりとめがない。

　中浜(なかのはま)でのこと。

　木端(こっぱ)グレを釣ったこと。

　家族のこと。

　そういうことが、幾つも泡のように浮かんで消える。

　嵐で流され、島にたどりついてそこで暮らした日々も、今は夢のようだ。

　海に流され、ピークオッド号に助けられ、鯨を捕ったこと。

　ガブリエルのこと。

　時々、半九郎(はんくろう)の声も聴こえる。

　〝小僧、鯨が好きか……〟

　一番多く脳裏に浮かんでくるのは、まだ、会ったことのない、スターバックのことだ。

　いや、あの、島に流れついた棺桶の中に入っていた死体がスターバックならば、すでに会っている。

　思えば、あの死体を見つけたことで、自分は海に流されたのだ。

そして、棺桶の板——あの板の浮力があったからこそ、自分は助かったのだ。あの板がなかったら、自分は、ピークオッド号に助けられる前に、海に沈んでいたはずだ。それは、ほぼ間違いない。

そして、あの死体がスターバックならば、自分はスターバックによって海に流され、スターバックの棺桶——つまり、スターバックの手によって命を助けられたのだ。

ああ——

ということは、つまり、自分はスターバックに呼ばれたのではないか。スターバックに手を引かれて、このピークオッド号まで案内されたのではないか。しかも、今身につけているのはスターバックのシャツとズボンである。

では、何のために、スターバックは、自分をこのピークオッド号まで呼び寄せたのか。

自分が、このピークオッド号に助けられ、今、そのピークオッド号に船員として乗っているというのは、この自分に、

〝わたしのかわりをしてくれ〟

と、スターバックが言っているのかもしれない。

スターバックが、このピークオッド号でやるはずであったことを、自分にかわってやってくれと言っているのかもしれない。スターバックがやるはずであった役わりを、自分がかわりにつとめること——それが、自分がこのピークオッド号に乗っている意味ではないか。

闇の中で、万次郎は、眠れぬまま、そんなことを考え続けている。

波の音。

帆に風のあたる音。

縄を揺らす風の音。

船の軋(きし)む音。

その全ては、子守唄(うた)のようだ。

しかし、寝つけない。

その中に、もうひとつ、さっきから響いている音があるのだ。

ハタ、

という音と、

コツン、

という音。

ハタ、

コツン、

ハタ、

コツン、

という音が、頭の上を通り過ぎて向こうへ遠ざかってゆき、そしてまた、もどってくる。

それが、波の音のように、ずっと繰り返されている。

何の音かはわかっている。

エイハブ船長の足音だ。

ハタ、というのが靴の音で、コツン、というのが、義足であるマッコウクジラの骨が甲板にあたる音なのである。

夜になると、よく聴こえてくる音――

「あれは、何ですか」

イシュメールに訊(たず)ねたことがある。

「みんなは、デイヴィ・ジョーンズの監獄から蘇(よみがえ)った、死者の足音だと言っているよ」

イシュメールはそう答えた。

しかし、万次郎にはわかっている。あれは、エイハブ船長の足音だと。もちろん、それはイシュメールも他の乗り組員だって、わかっていることだ。

夜になると、エイハブは、船長室を抜け出し、こうやって、ほとんどひと晩中、甲板を行ったり来たりするのである。

そして、その音が聞こえている限り、どんなに船首楼が暑くとも、誰も、甲板に出て、夜風にあたろうなどとは、考えない。

しかし――

それなら逆に、エイハブとふたりきりで話をするのなら、この足音が聴こえた時に、おもいきって甲板に出てみればいいのではないか。

万次郎は、そんなことも考えている。

そして、万次郎は、それを実行したのである。

寝台から下り、階段梯子(ばしご)を登り、ハッチの蓋(ふた)の格子窓を押し開けて、甲板に出た。

甲板に立つと、あたたかく、悩ましい、苦しいほどに潮の香(か)を含んだ風が吹いていた。

ぎ……

ぎ……

と、主檣(メイン・マスト)の軋む音が、闇の中で聴いていたよりも鮮明になった。

月明かりが、注いでいる。

月の周辺に、雲の塊(かたまり)がふたつ、三つあって、青く光っている。

ハタ、

コツン、

ハタ、

コツン、

後甲板から、エイハブの足音が近づいてきた。

エイハブが、歩きながら、何かをつぶやいている。

「おお、スターバックよ、スターバックよ……」

万次郎が今、袖を通しているシャツの、もとの持ち主の名であった。

「どうして、おまえは、あの時、あんな真似をしたのか……」

そのつぶやく声が、だんだん大きくなってくる。

「おまえとは、長いつきあいであった。まだ、このおれの肉が若々しく、肌にも艶があり、血も赤かった頃から、おまえと一緒に鯨を追ってきたのだ。三十年余りの間、鯨捕りが自分の銛に対して持つ深い信頼と愛情以上の関係を、おれとおまえは結んできた……」

万次郎は、一番前の檣に身体を寄せて立っているのだが、まだエイハブは気がついていない。

「そうだ……」

エイハブは立ち止まる。

「もしも、おまえが、おれのことを気に入らないというのなら、おれが間違っているというのなら、おれを迎えにくればよいではないか。もちろん、あやつとおれの決着がついた後でな……」

エイハブは、左舷の先の海を見やり、

「うん。そうだ」

うなずいた。

「おまえは、その深い海の底から、おれのやることを見ているのだろう。間違っても、あの月よりも高いところになんておらぬのであろう。われらは、死んだら海になればよい。死体は海に捨てられ、海の底で、蟹やら海老やら、深海の魚やらに喰われて、身体は散りぢりになって、海に散らばり、溶け、それがもと人間であったか、スターバックであったか、エイハブであったかなど、何もわからなくなってしまうのでいいのだ。それでよいでないか、なあ、スターバックよ……」

そしてまた、エイハブはゆっくり歩き出す。

ハタ、

コツン、

ハタ、
コツン、
その音が近づいてくる。

幽鬼のように、エイハブは歩いてくる。

まさか、夜毎に、エイハブはこのような独白を繰り返しながら、無限にこの甲板を歩きまわっているのであろうか。

エイハブは、前檣の近くまで歩いてくると、そこに立つ万次郎に、ようやく気がついたようであった。

エイハブは、万次郎を見つめ、

「スターバック……？」

そうつぶやいた。

「なんだ、スターバックよ。そんなところにいたのか。このエイハブを迎えにくるには少し早いぞ。まだ、やつとの決着が済んでおらぬからな……」

左舷の舷墻を背にして、万次郎に語りかけてくる。

「まさか、おまえは、このエイハブが命惜しさに、こんなことを口にしているのだとは思っておるまいな」

エイハブの顔に、月光が差している。

左の額から眼の上を通って、襟の中まで続いている傷が、青白く光っている。

エイハブは、自分のことをスターバックだと勘違いしているのだ。それはおそらく、自分がスターバックのシャツを着ているからだと万次郎は思った。

「神だとか、天国だとか、家族だとか、そういうものは、もう、おれにはどうでもよいのだ。いや、どうでもよいのとは少し違うな。こう言えばよいか、そういうものを手にしているうちは、あやつの心臓に届く銛を持つことはできぬと。そういうことなのだ。何もかも捨てた者だけが、あやつと闘うことができるのだ。闘う資格を得ることができるのだ。あやつは、あのモービィ・ディックはそういうものだ……」

言ってから、エイハブは万次郎をあらためて見つめた。

万次郎にも、月光が注いでいる。

ん!?

「おまえ、スターバックではないのか……」

そこで、万次郎は身を硬くした。

次の瞬間に、怒ったエイハブの雷鳴の如き声が轟くかと思ったからだ。

しかし、エイハブは大声を出さなかった。

かわりに、エイハブの口から出てきたのは、ひどく優しい、低い声であった。

「小僧、おまえだったのかね……」

初めて聴く、エイハブの穏やかな声であった。

こんな声でしゃべることのできる男だったのか。

「はい」

うなずいて、万次郎は、二歩、三歩、檣(マスト)の横からエイハブの方に歩み寄った。

「若者よ……」

エイハブが、静かに語りかけてきた。

「おまえは、このエイハブが怖くはないのかね……」

老いた父が、息子に語りかけるような声だった。

「このおれが、夜に甲板の上を歩き出すと、皆、船室に引っ込んで、誰も出てこようとはせぬ。皆このエイハブを怖(おそ)れているのだ。デイヴィ・ジョーンズの監獄から出てきた亡霊などと言うておるらしいな……」

エイハブは、前甲板の船室——船首楼で水夫たちがおそるおそる口にしていることを知っているらしい。

デイヴィ・ジョーンズの監獄——

これは、海の底にあると考えられている、架空の場所だ。

水死人や沈没船がそこに集まってくる海の墓場とも言える場所だ。

だから、船乗りたちの間で、

「やつはデイヴィ・ジョーンズの監獄に送られた」

という言葉が使われる時は、

「やつは死んだ」

という意味になる。

デイヴィ・ジョーンズ——もとは、インド洋あたりで仕事をしていた海賊であったと言われたりもしているが、昔から、もっともらしく船乗りたちの間で伝えられているのは、

「ありゃあヨナの亡霊だよ」

という台詞(せりふ)である。

ヨナというのは、『旧約聖書』の「ヨナ書」に出てくる預言者である。

八番目の天使ルシフェルが、神に逆らい、地獄に落とされて悪魔サタンとなったように、ヨナもまた神に逆らい、船から海に投げ込まれ、巨大魚に呑(の)まれて、ついには水死した亡霊たちを統(す)べる魔人となったと、まことしやかに語る者もいる。

しかし、『旧約聖書』をきちんと読めば、ヨナは巨大魚に呑み込まれたあと、三日三晩その腹の中で祈っ

て、結局魚に吐き出されて命をながらえている。

ここで書いておくべきことと言えば、その巨大魚は、レヴィヤタン——鯨であると考えている者が船乗りたちの間には少なからずいるということであろう。

いずれにしろ、イシュメールから多少の説明は聞かされているものの、万次郎には、〝デイヴィ・ジョーンズの監獄〟という言葉について、はっきりしたイメージがあるわけではない。ただ、その言葉を口から発する時の、ピークオッド号の乗り組員たちの表情や声の調子から、何やら怖ろしげなものを感じとっているだけだ。

さらに言えば、その言葉を口にする時に彼らが感じている恐怖というのは、デイヴィ・ジョーンズにというよりは、エイハブ船長その人について抱いているものであろうとは、万次郎も気づいている。

だが、今、万次郎の眼の前にいる人物——エイハブ船長は、怖ろしくなかった。

むしろ、気弱げな、六十歳を間近にした初老の、自宅の椅子に座って孫でもあやしていそうな人物であった。

「おまえも、可哀そうに……」

エイハブは、右手を伸ばして、万次郎の頰を撫(な)でるような仕草をした。

もちろん、まだ距離があるので、その指は、万次郎の頰には届かない。

「せっかく、助けられたというのに、その命を、このエイハブの復讐(ふくしゅう)のために捧(ささ)げることになる……」

エイハブは、いやいやをするように、静かに首を振りながら、伸ばしていた右手をもとにもどした。

「若者よ、もしも、命あらば、急げ……」

エイハブは言った。

「急ぐ?」

「そうじゃ、急げ。時は待たぬぞ。白い馬のたて髪の如くに、あっという間に眼の前を通り過ぎてゆく。それを摑(つか)む間などない……」

エイハブは、哀れな者でも眺めるように万次郎を見ている。

「よいか、小僧よ」

エイハブの声が響く。

「人は、いつも、正しい道を選ぶとは限らぬのだ。おおかた、人は、間違った道を選ぶ。しかも、人は、間違った答えを手にしてしまっても、そのことに気づかぬ。たとえ正しい答えを見つけたとしても、それが正しい答えかどうかということにも気づかぬのだ。いやそもそも、正しい答えがこの世にあるのかどうか。これが、小僧よ、生きてゆくことのおそろしいところなのだよ。ならば小僧よ、われらはどうしたらよいか。このエイハブはどうしたらよいのか――」

　エイハブの声が、だんだんと大きくなってくる。

「それはな、小僧よ、道を選ぶ時に、それが正しい答えか間違った答えであるかを考えてはいけないということだ。なら、どうやって道を選ぶか。答えは決まっている」

　エイハブは、万次郎を睨んでいる。

「よいか、小僧よ。生き死にで、それを決めてはならぬ。金の多寡で、それを決めてはならぬ。よいか、小僧よ、人の為す業は、全て愚かなことだ。人の為すことで愚かでないことなどひとつもない。愚かを恥じるな。愚かを寿げ。愚かこそが人であることの証しなのだ。小僧よ、己れの魂が示す方向を見極めよ。その魂が示す方向を見極めよ。その魂が示す方向へ、ただゆく。ただゆく。人にできるのはそれくらいじゃ。なあ、そうだろう、スターバックよ！」

　エイハブが、しゃべりながら、自らの言葉にだんだんと酔い、昂ぶってゆくのが、万次郎にもわかった。

「エイハブ船長」

　万次郎が、声をかける。

「なんだ、スターバック」

「船長、わたしは、スターバックではありません。あなたに助けられた、中浜の万次郎です」

「なんだと⁉」

　エイハブが、万次郎を睨む。

　その眸の中に点っていた強い光が、ゆっくりと柔らかなものに変わっていった。

「そうか、おまえはスターバックではないのだったな、小僧よ……」

　エイハブの身体の中に漲りつつあった力が、急速に縮んでゆく。

「おれは、少し錯乱していたようだな」

「いいえ」

　そう答えながら、万次郎は考えていた。

　――今しかない。

と。

　今しかない。

訊くとしたら、今だ。

今訊ねなければ、その機会は永久に失われてしまうであろう。

今、訊かねばならない。

スターバックのことを。

「エイハブ船長」

万次郎は、あらたまった声で言った。

「なんだ、小僧」

声を出そうとすると、口の中が乾いているのに気がついた。

言葉が出にくい。

しかし、問わねばならない。

「お訊ねしたいことがあるのですが、それを、今、ここでうかがってもかまいませんか――」

「かまわんよ、何を訊きたいのだ」

それは――

と、言いかけて、肺の中にある空気が足らないことに気づき、万次郎は息を吸い込んだ。

一度では足らなかった。

一度、二度、三度、万次郎は息を吐き、息を吸い込み、そして――

その言葉を口にしようとして、万次郎はそこに凍りついていた。

それを、見たからであった。

口は、半開きになったままだ。

動きを止め、息さえ止めて、万次郎はそれを見ていた。

エイハブ船長の背後に出現したものを。

エイハブ船長の背後は、夜の海である。

中天に満月があり、その満月の明かりが、きらきらと海面で光っている。

海の色は、ただ黒い。

その黒い海が、月光を反射させながら、エイハブの背後に、ゆっくりと盛りあがってきたのである。

小山のように。

その表面に、きらきらと月光が輝いている。

海面下にある何かが、浮上しようとしているのだ。

しかし、その何かが余りにも巨大なため、波が左右にこぼれ落ちないうちに、それが海水ごと海の中から盛りあがってきているのである。

もりもりと、エイハブの背後に、小山のように盛りあがってくるもの――

その波の上に見えたのは、森であった。

幾つもの、古い、銛。

そして、槍。

そういうものが、何本も何本も、海の小山の上に生えているのである。

考えてみれば、それは、さっきからずっとそこにあった。

ピークオッド号の隣を、それは、しばらく前から並走しているのである。

そして、波がこぼれ落ちるまえに、それは再び沈みはじめた。

が、沈みきらないうちに、それはまた背を持ち上げてくるのである。

その背に、銛と槍の、巨大な森ができあがっている。

いつから、こいつは、このピークオッド号と並走しはじめたのか。

「どうした、小僧」

エイハブが訊ねてくる。

しかし、万次郎は、口をぱくぱくさせるだけで、答えられないでいた。

本当は、叫び出したかった。

だが、声が喉（のど）に詰まっている。

海が、盛りあがってくる。

これまで以上に。

海水が、そいつの背からこぼれ落ちてゆく。

そこに見えた色は、

〝白〟

であった。

月光の中に、その巨大な白い背が浮かび上がってくる。

これまで自分が見てきたもの——足摺岬（あしずりみさき）の海、海から見た中浜の山の菜の花、日の出、嵐、それがいったい何であったのか。中浜での遊び、釣り、喧嘩（けんか）して海に飛び込み泳いだ夜の海、それらがみんな、散りぢりになって消えた。

これを見た瞬間に、自分はもう、もどれない道に足を踏み出してしまったのだ。それも否応（いやおう）なしに。もう、このモービィ・ディックを見る前の自分にもどれない。

それがわかった。

エイハブが、万次郎の表情から、何かを感じとったらしい。

「小僧、何を見ている!!」

エイハブが吼えた時、それが海面に姿を現した。

背中だけだ。

それでも、その巨大さはわかった。

その背には、無数の銛が突き立っており、それが、夜の海の森のように見えた。

「見ればわかる」

ガブリエルが言った言葉があった。

見た瞬間にわかるのだと――

その通りだった。

エイハブは、万次郎の表情だけで、自分の背後に何が生じたのか、理解したらしい。

「小僧!!」

叫びながら、エイハブは後方を振り向いた。

振り向いて見、そして、その瞬間に、エイハブはそれが何であるかわかったのだ。

「モービィ・ディック!!!」

あらん限りの声で、エイハブは叫んでいた。

「小僧、あのダブロン金貨はおまえのものだ!」

エイハブは叫んでいた。

エイハブが一変した。

エイハブが、根こそぎ裏返ってしまった。

さっきまでそこに、万次郎の前にいたエイハブが、もうどこにもいなかった。

いるのは、全身から、噴きこぼれるような憎悪と怒りをほとばしらせている、万次郎の知っている、あのエイハブであった。

「起きよ!」

エイハブが咆えた。

「出てこい。皆の者! そして見るんだ。白鯨を。モービィ・ディックを。おまえたちの前に現れた運命を。銛を持て。槍を持て。お前たちが惰眠を貪っている間に、運命の方から、扉を叩きに来たのだ。起きよ。審判の日は来た。それは今だ。天使どもよ、ラッパを吹き鳴らせ!!」

エイハブの声に、ピークオッド号全体が震撼した。

眠っている者全てが、エイハブの声で、その脳を激しくはたかれたのだ。

次々に、乗り組員たちが、甲板に出てきた。

全員が左舷に集まってくる。

ピップも、団子小僧もいる。

船大工のホフマンも、イシュメールも、クイークェグもいる。スタッブも、タシュテーゴも、フラスクも、ダグーも、フェダラーもいる。

そこに、エイハブの声が響く。

「見よ、あの巨大な白い海の大男根を!!」

エイハブは狂乱していた。

モービィ・ディックは、悠々とピークオッド号の横を泳いでいる。

海中からモービィ・ディックが頭を持ちあげてくると、海が盛りあがる。しかし、まだ、モービィ・ディックの本体は、海面下にいる。海面より上に出てくるのは、白い瘤だ。背が持ちあがってきても、その上にまだ大量の海水を被っている。それでも、モービィ・ディックの白ははっきりと見てとれた。

月光の中で、その海面下の純白が青く見える。

「おお、モービィ・ディックよ。おれがわかるか。このエイハブがわかるか。どうだ、おまえは、この船にこのおれが乗っていることをわかっているのだろう。おれは、世界で唯一、おまえに声をあげさせた男だからな。そうか、おれがおまえを覚えているように、おまえもおれを覚えていたのだな」

それに応えるように、さらに大きく、モービィ・ディックは、その巨大な背を月光のもとにさらした。


ブォオオオオオオオオ……

モービィ・ディックが、激しく潮を噴きあげた。

「おお、そうか。そうか。わかるとも、おまえもこのエイハブが恋しかったのだな。おれの銛がおまえの心臓に突き立てられるか、おまえのそのでかいものが、このおれに、このピークオッド号に突き立てられるか、どっちが先か、それを試そうじゃないか!!」

エイハブが叫んだ時、

「これで、おれの役目は終わったな……」

万次郎の横で声がした。

ガブリエルだった。

ガブリエルが、万次郎の横に並んで、モービィ・ディックを見ながらつぶやいたのだ。

「役目?」

「ああ。ピークオッド号とモービィ・ディックを出合わせる。それがおれの役目だったからな。それが済んだということだ。あとは……」

「あとは?」

「フェダラーの役目ということさ」

ガブリエルが言った時、甲板がどよめいた。

万次郎は、ピークオッド号に湧きあがったそのどよめきの理由がわかっていた。

見たからだ。

モービィ・ディックがさらに身体を大きく海面から持ちあげてきた時、ほぼ全員がそれを見たのだ。

モービィ・ディックの下半身——人間で言えば、腰から下に、何かがからみついているのを。

それは、おそろしく巨大な触手であった。

長い触手が、腰に、尾に、そして腹にからみついていて、しかも、それがぬめぬめと動いていたのである。

一本や二本ではない。

三本、四本、五本、六本以上の触手が複雑にからみあいながら、モービィ・ディックをからめとろうとしていたのである。

モービィ・ディックが、さらに大きく海面に頭を突き出した。

顎が見えた。

かつて、エイハブの足を咥えたその顎が、奇怪な生命体を咥えていたのである。

「クラーケン！」

「クラーケン！」

乗り組員たちの間から、叫び声があがった。


皆が、それを見た。

巨大なイカであった。

そのイカの頭部——外套膜のあたりを、モービィ・ディックの巨大な顎が、嚙んでいたのである。

それで、その巨大なイカは、モービィ・ディックから、逃れられずにいるのである。

船乗りたちが叫んだクラーケンというのは、伝説上の海の怪物のことで、ノルウェー語である。

このクラーケンは、海で船に出合うと、その巨大な触手でからめとり、海の底へ引きずり込むと言われている。それは、捕鯨船のように三十メートル以上の大きさを持つ船でも例外ではない。

このクラーケン、巨大な蛸であるとも、あるいはイカであるとも、船乗りたちの間では考えられていた。

現代においては、それはダイオウイカのことではないかと考えられている。

当時から、捕鯨船の乗り組員たちの間では、ダイオウイカの名前は知られていた。

それは、マッコウクジラを捕獲している最中に、銛を打たれたクジラの口から、しばしばこの巨大なイカの触手が吐き出されることがあったからである。

その大きさについては、百二十メートルもあると記す書物もあるが、実際のダイオウイカの大きさは、巨大なものでも、頭から触腕の先まで、十八メートルほどである。

　マッコウクジラがこのダイオウイカを日常的に食していることは、ほぼ間違いない。マッコウクジラは、どのクジラよりも深く海に潜ることができる。水深六百五十メートル以上の深海とも言われているダイオウイカの生息域まで、この偉大なクジラは潜って、これを捕食するのである。

　マッコウクジラの胃の中から消化されかかったダイオウイカが発見されるのは、珍しいことではない。捕獲されたマッコウクジラの身体の表面に、ぞっとするような、丸いダイオウイカの吸盤の跡が残っていることは、普通にある。

　ダイオウイカの吸盤には、歯のような牙のようなものがついていて、これが、マッコウクジラの肌に、件の、ぞっとするような跡をつけるのである。

「ダイオウイカだ」

　皆の驚きを横目に見ながら、低い、唸るような声で言ったのは、エイハブであった。

クラーケン——ダイオウイカが、モービィ・ディックの腹の下から、ぬめぬめと這いあがってくる。

　モービィ・ディックに喰われぬよう逃げようとしているようにも、その触手で攻撃しているようにも見える。

　ダイオウイカの巨大な眼が見えた。

　桶のような大きさの眼だ。

　月光を受け、その眼がぎろんと動く。

　モービィ・ディックは、悠々と動き続けている。

　触手が、モービィ・ディックの身体を這い回るように動く。

　それが、妙にエロティックだ。

　男女の密事のように、艶めかしい。

　時おりモービィ・ディックが、こみあげてくる甘美感を訴えるように、泳ぎながらその身をよじる。

「おのれ、クラーケンよ、化け物イカよ。誰の許しを得て、おれのモービィ・ディックと、そのように、睦みおうておるのか——」

　エイハブが、呻く。

　エイハブは、このふたつの生き物の痴態に、感応したように悶えた。

嫉妬(しっと)の炎が、エイハブの身を焼いているようにも見えた。

「槍だ！」

エイハブが叫んだ。

「誰か、槍をもて!!」

「これに——」

という声がして、エイハブの横に立った人物がいた。

頭にターバンを巻いた、フェダラーであった。

フェダラーは、槍を両手に持って、エイハブに向かって差し出した。

エイハブが、その槍を右手に握った。

左手で舷墻を摑み、槍を構えて呼吸を計った。

浮いたり、沈んだりするモービィ・ディックと、その身体にしがみついているダイオウイカを睨む。

「モービィ・ディックは、誰にもやらぬ!!」

呼吸を計り、投げた。

槍が、ダイオウイカの巨大な眼に突き立っていた。

槍が、その眼に突き立った瞬間、ダイオウイカは、悶えた。

その時、その巨大イカが、悲鳴のような声をあげたように、万次郎には思えた。

何本かの触手がモービィ・ディックの身体から離れ、宙に翻(ひるがえ)り、そのうちの二本が、ピークオッド号の舷墻に打ちつけられ、吸盤が張りついた。

ピークオッド号が、大きく傾いた。

ぎょおん……

ピークオッド号が軋み、呻いた。

モービィ・ディックが、海中に潜ったり浮いたりしながら泳ぐため、それに合わせて、ピークオッド号が傾くのである。

ピークオッド号が壊れるか、その前に海に沈められるか。

船は、苦し気な呻き声を発し続けている。

万次郎と、ガブリエルのすぐ眼の前にも、触手の先端が張りつき、ぬめぬめと動いている。

「斧(おの)！」

エイハブが叫ぶ。

「どけどけどけっ！」

斧を両手に持ったダグーが、駆け寄って、その触手に斧を打ちつける。

二度、三度——

触手が舷墻から離れ、月の天に持ちあがって、宙でくるりと回って海中に没してゆく。

「フェダラーとエイハブは、張りついたこのクラーケンの触手みてえに、からみあって、お互いに離れられねえ仲なんだよ」

少し退がったところから、舷墻にしがみついて蠢く触手を睨みつけながら、ガブリエルが言う。

その顔は、笑っているようにも、ひきつっているようにも、万次郎には見えた。

「どけっ！」

ダグーがやってきて、万次郎を押しのけた。

斧を、触手に叩きつける。

触手が、その先端を舷墻に残して、離れた。

離れた触手が、宙でくるりと翻り、ふいに舷墻を越えて伸びてきた。

万次郎は、あやうく頭を下げてそれをかわしたが、その触手は、万次郎のすぐ隣にいたガブリエルの身体をからめとっていた。

「な、なにをしやがる！」

その声は、途中からは空中から落ちてきた。

ガブリエルの身体が、昇天するように、月の天に向かって運ばれてゆく。

「ガブリエルさん！」

万次郎が、声をあげる。

「誰か、クラーケンにさらわれたぞ！」

「誰だ⁉」

遠くにいた者たちが、天を移動してゆくガブリエルを見ながら叫ぶ。

遠くにいる者には、ダイオウイカの触手に誰かがからめとられたのは見えても、それが誰であるかまではわからない。

「ガブリエルだ」

「ガブリエルがさらわれたんだ」

何人かが、叫び返す。

海に向かって、大きく傾いでいたピークオッド号が、もどってゆく。

ふいに、モービィ・ディックが、ダイオウイカと共に、沈みはじめた。

「おう、潜ってゆくぞ」

エイハブが呻くように言った。

「追えっ。ボートを、ボートを」

しかし、下ろそうとする者は、誰もいなかった。

夜に、鯨を捕るためにボートを出すことが、どれだ

け危険なことか、誰もがわかっているからだ。まして
や、相手は、あのモービィ・ディックである。

エイハブ船長も、それは、わかっているはずであった。

モービィ・ディックが沈んでゆく。

それと一緒に、ダイオウイカもまた沈んでゆく。

ついに、モービィ・ディックの身体が沈み、ダイオウイカの足——触手もまた見えなくなってゆく。

空中で、ガブリエルが何やら叫んでいるようなのだが、何を叫んでいるのかはわからなかった。

最後まで、宙に残っていたのは、ガブリエルだった。

しかし、ほどなく、ガブリエルの身体もまた、海に沈んでいった。

「神よ……」

海に没する寸前、ガブリエルが、そう言ったような気がした。

しかし、もちろん距離があったため、ガブリエルの声がはっきりと聞こえたわけではない。

ガブリエルが没した後、海は凪（な）いだようになめらかになった。

やがて、その上に、宇宙の沈黙が静かに降りてきた。

十五章

エイハブ、フェダラーと
銛試しすること

「おお、スターバック！　なんというおだやかな風だ、なんというおだやかな空だ。そんな日だった——これそっくりの、おだやかな日だった——わしが最初に鯨をしとめたのは——わしがまだ一八の若き銛打ちの時だった！　四〇年——四〇年——四〇年まえのことだ！——そんなむかしのことだった！　それから間断なく鯨を追う四〇年！　困窮と、危険と、嵐の四〇年！　非情の海での四〇年！　その四〇年のあいだ、エイハブは平和な陸地を見すてておったのだ！　その四〇年のあいだ、海の恐怖とたたかってきたのだ！　そうだ、そうなのだ、スターバックよ、わしは、そのうちの三年とは陸(おか)ですごさなかった。思えば、わしがおくってきたこの生涯は、まことに荒寥(こうりょう)として寂寞(せきばく)たるものであった」

——ハーマン・メルヴィル『白鯨』
岩波文庫　八木敏雄・訳

一

白鯨と遭遇してから、二日が過ぎていた。

この間、ピークオッド号は、モービィ・ディックを追い続けている。

あの晩、沈んだきり、モービィ・ディックは二度と姿を現さなかった。

あれからモービィ・ディックがどこへ行ったのか、どちらに向かって進んでいるのか、誰にも見当がつかなかった。しかし、エイハブ船長は、甲板の定位置、舵輪(だりん)の前の、甲板の上にあけられた穴——窪(くぼ)みの中に、鯨の骨で作った左足の先を突っ込んで立ち、ずっと海を睨(にら)んだまま動こうとしなかった。

この穴は、主檣(メイン・マスト)の前だけでなく、船の何ヶ所かに穿(うが)たれているのである。

本来であれば、一度だけ、ほんの一瞬出合った一頭の鯨と、再び海の上でまみえることなど、まず、ない。ましてや、あれから二日が過ぎてしまっているのである。

しかし、エイハブは、ピークオッド号が、モービイ・ディックを追っていることを信じて疑っていなかった。

それは、乗り組員も同じであった。

あの、普段は冷静なイシュメールまでもが、ピークオッド号はもう一度モービィ・ディックと遭遇し、その時こそが真の闘いになるのだということを覚悟しているようであった。

この間、万次郎が考え続けていたのは、ガブリエルのことであった。

ガブリエルは、あの巨大なイカ——クラーケンの触手にからめとられて、モービィ・ディックと共に、海の底に沈んでしまった。

ガブリエルは、今、どこでどうしているのであろうか。深い海の底のどこかで、まだ、その肉体はモービィ・ディックとクラーケンと共にあるのであろうか。

その魂は？

人の死は、あまりにあっけない。

ガブリエルは、おそらく、自分の死を予感していたであろう。ピークオッド号が白鯨と出合い、闘いとなって、船が沈められ、そして死ぬ。

ガブリエルの頭の中にあったのは、そういう死だったのではなかろうか。

確かに、モービィ・ディックには出合った。しかし、闘いになる前に、その顎にかかるでもなく、船を沈められるのでもなく、クラーケンの触手に捕らえられて、ガブリエルは死んだ。

死さえも、思うようにはならない。いや、死であるからこそ、思うようにゆかないのか。

おそらく、人の死というものは、もともとそういうものなのであろう。

ガブリエルの神は、それを予告したのであろうか。それを伝えたのであろうか。ガブリエルの死を——

——もう、そろそろよいか。

そのように問うたであろうか。

運命は、その時、背後からガブリエルの耳に口をよせて、

「おまえの番が来たよ……」

そのように囁いたのであろうか。

触手によって、空中に運ばれていった時、ガブリエルは、自分の運命に気づいたのであろうか。

海へ没する寸前、ガブリエルは何を叫んだのであろうか。

何を言おうとしたのであろうか。

〝これで、おれの役目は終わったな……〟

ガブリエルの言葉が、まだ、万次郎の耳の奥には残っている。

ピークオッド号——つまり、エイハブとモービィ・ディックを出合わせることが、自分の役目であったのだとガブリエルは言っていた。

あとは、

〝フェダラーの役目ということさ〟

それが、万次郎の聴いた最後の言葉であったか。

いいや、その後にもガブリエルは何か言っていた。

〝フェダラーとエイハブは、張りついたこのクラーケンの触手みてえに、からみあって、お互いに離れられねえ仲なんだよ〟

それがガブリエルの最後の言葉だったのではないか。

それとも、

〝な、なにをしやがる！〟

であったか。

いずれにしても、その最後の言葉を耳にしたのは、自分だけだ。

その後、ガブリエルは、何を言おうとしていたのか。

エイハブとフェダラーについて、なにか語ろうとしていたのではなかったか。しかし、ガブリエルが死んだ今、それが何であったかは、もう、海の底だ。それとも、モービィ・ディックの腹の中か。

いったい、フェダラーとエイハブとの間には、過去にどのようなできごとがあったのであろうか。

万次郎は、前甲板の舷墻（げんしょう）に左右の肘（ひじ）を突いて、海を眺めながら、そんなことを考えている。

ガブリエルは、自身の役目を終えて、死んでいったことになる。

ならば、自分は、どのような役目を負って、このピークオッド号に乗ったのであろうか。

〝あいつの代わりになるとしたら——〟

と、ガブリエルは言った。

〝新しくこの船に乗り込んで、スターバックのシャツを着ているあんたかね〟

スターバックの代わりになるのは、この自分なのか。

スターバックの代わりということなら、自分はこの船で何をすればいいのか。

エイハブ船長に、モービィ・ディックを追うのを、やめさせることか。

しかし、すでに、このピークオッド号全体に、エイハブの執念が憑ってしまった。誰かひとりの思いや言葉が、それを変えられるものではない。

それに——

そこまで考えた時、ぞくり、と万次郎の背に疾り抜けるものがあった。

この自分も、心の中で、もう一度あの巨大な鯨——モービィ・ディックに会いたいと思っていることに気がついたのだ。

もしもそれがかなったら——

あのモービィ・ディックと闘ってみたいと、自分は思っているのだ。

それも、強く。

エイハブのように。

そして、半九郎のように。

エイハブの追っているモービィ・ディックは、半九郎の言っていたあの白い化け鯨と同じものなのであろうか。

その時——

「死ぬぜ……」

という声が、背後から響いた。

振り返ると、そこに、スタッブが、パイプを右手に握って立っていた。

「小僧、そんな面をして海をながめている奴は、いずれ、海にとられて死ぬぜ」

「海にとられる？」

「そうだよ。海が、とって喰うんだよ」

スタッブは、万次郎の左横に並んだ。

「何を考えてたんだ」

スタッブが、訊ねてきた。

「ガブリエルのことを——」

万次郎は、正直に言った。

「ガブリエルは死んだ。それ以上のことを考えちゃあいけねえよ。考えるんなら、陸へ帰ってからにすることった」

陸というのは、中浜のことか。

「小僧よ、おおかた、ガブリエルのやつに、色々吹き込まれたんだろう」

「吹き込まれる？」

「そうだ」

スタッブは、パイプを口に咥えながら言った。

スタッブは、右手でぽんと万次郎の背を叩き、また、右手にパイプを握った。

「ガブリエルから、ここだけの話でも聞かされたか?」

「ここだけの話?」

「そうだよ。おまえだけに話す、他の奴には話したことはない、いいか、このことは誰にも言うんじゃないぞ、おまえだから話すんだからな——」

え⁉

どうして、スタッブがそのことを知っているのか。

まるで、あの晩の会話を、近くにいて立ち聞きしてでもいたようではないか。

「図星だったな」

スタッブは、ふふん、と鼻を鳴らして笑った。

「親父を殺す話でもされたんじゃないのか。フォークで、胸をざっくり。それとも、おまえの時は、寝ている親父の頭に、でかい石を落として殺したという話になってたかい。ああ、その時、親父の足を押さえていたのは、おふくろだったかね。妹の時だってあったなあ……」

「フォークで、フォークで、父親を……」

「ざっくりとな」

「いいえ、そこまでは言っていませんでした。途中でやめたので……」

「へえ、そりゃあ、おれも初めて耳にする話だなあ。しばらく会わねえうちに、そんな盛りあげ方もできるようになったんだ」

「そ、そんな……」

そこから先を、万次郎は続けることができなかった。

口を半開きにして、スタッブの顔を見つめた。

「ガブリエルの話が、本当だったか、嘘だったか、それは、真剣に考えることじゃあねえよ。本当かもしれねえ。嘘かもしれねえ。もしかしたら、嘘と本当が混ざっているのかもしれねえ。しかし、それを考えたって、いいこたあひとつもないよ。この海の上ではね」

言葉が出なかった。

そんなはずはない。

あの話が、全部嘘だったなんて。

いや、スタッブは、全部嘘だとは言っていない。

スタッブが言ったのは——

「考えるなと言ったろう」

スタッブは、万次郎を見、小さく首を左右に振ってみせた。

ここで、万次郎は、大きく息を吸って、大きく吐いた。

落ちつくためだ。

「若いの。惑わされちゃあならねえぜ。この世の中は、そんな風と波でできあがってるんだ。この世間を無事に航海してゆきたいってんなら、そんなもんに踊らされちゃならねえぜ」

スタッブの声を聞きながら、何度か呼吸を繰り返していると、少し落ちついてきた。

「そうだ。そういう顔をするんだな」

スタッブの言葉で、万次郎の呼吸はさらに楽になった。

万次郎は、ここで話題を変えることにした。

何の話がいいか。

それなら、ひとつ、訊きたいことがあった。

「訊きたいことがあるんですが……」

「なんだい」

「エイハブ船長と、フェダラーのことです」

万次郎は、声をひそめて言った。

すぐ向こうに、エイハブが立っていて、海を睨んでいるからだ。

二人の声が、聴こえてしまうかもしれない。

スタッブは、またパイプを咥え、万次郎の肩をぽんと叩き、

「ついてきな」

船尾の方に向かって歩き出した。

話してくれるということであろう。

船尾の左舷まで場所を移し、

「ここでいいだろう」

足を止めて、舷墻の前に立った。

その右側に、万次郎は並んだ。

「エイハブと、フェダラーのことかい」

スタッブは、周囲をちらっと見やってから、万次郎に向かってそう言った。

「そうです。スタッブさんは、ふたりとは長いんでしょう」

「まあね」

スタッブがうなずく。

「ふたりのことが、気になるのかい」

「ええ……」

うなずきはしたものの、万次郎の心の中には、ふたりのことを聞くのにまだためらいがあった。

人には、誰にでも秘密がある。

それを他人に知られたくない。知られるくらいなら死さえ選んでしまうこともある。

　そういうものが、この世にあることくらいは、万次郎もわかる年齢になっている。

　それを、ここで聞いてしまってよいのか。

　エイハブとフェダラーの過去について、ピークオッド号の乗り組員たちは、どこまで知っているのであろうか。

　多くの者が、知らないのではないか。それは、エイハブとフェダラーが、そのことについて語らないからだろう。何故語らないかと言えば、それを知られたくないからである。

　エイハブもフェダラーも、そのことを隠しておきたいのではないか。当人が、心を開いて語ってくれるのならともかく、それを他人の口から聞いてしまってもよいのであろうか。

　それとも、実は他の者はみんな知っていて、自分だけが知らないということもあるかもしれない。

　人が隠そうとしている秘密をあばいてはいけない——それはわかっていたが、しかし、万次郎は、好奇心をおさえることができなかった。知りたいと思う気持ちの方が勝ってしまったのである。

「ぜひ、聞かせてください」

　正直に、万次郎は言った。

二

フェダラーの奴が、ピークオッド号に乗り込んだのは、七年前だよ。

　その時には、もう、おれもスターバックも、ピークオッド号に乗っていたけどね。

　フェダラーの奴は、渡りの銛（もり）打ちでね。あちこちの国や捕鯨船を渡り歩いては、自分の技を売っていたんだよ。いつも、支那（シナ）人の仲間を何人か連れていてね。

　ちょうど、七年前ってのは、それまでピークオッド号に乗っていた銛打ちのリチャードってえ男が引退しちまった年でね、それで、誰か適当な銛打ちがいないだろうかって、探してた時だったんだよ。

　それで、エイハブが連れてきた銛打ちが、フェダラーだったのさ。

　もっとも、エイハブとフェダラーは、もっと前から顔見知りだったみたいでね。

リマだったか、マニラだったかね、捕鯨船が、食料の補給や船の修理のために、時々たちよる港があるんだよ。

そこにね、鯨亭という酒場があるのさ。

船の修理か何かで、その港にピークオッド号が半月ほど滞在したことがあってね、その鯨亭に、エイハブとスターバックが、毎晩通っていたと思ってくれ。

おれは、そこには行かなかった。

何故?

女がいなかったからさ。

女だよ、女。だから、てっとり早くやれる女のことさ。ややこしい手つづきなんかいらないところの方が、おれは、面倒がなくて好きなんだよ。女と飲みたかったら、そこから女を連れ出せばいいだけだからね。

いや、鯨亭にも女はいるんだけどね。ちょっと値がはるし、手つづきがいるんだよ。気の利いた話をして、くどかなけりゃあいけないんだ。

まあ、おれは、くどくのが面倒なだけだったんだがね。だいたい、捕鯨船に乗るようなやつはみんなそうなんだが、エイハブとスターバックは、ちょっと違ってたってことだな。その店で、エイハブは、フェダラーと出会ったってわけだ。

そこから、エイハブとフェダラーの、腐れ縁ていうのかね、絆(きずな)っていうのかね、それが始まったんだ。

鯨亭で、エイハブとフェダラーは出会って、それが縁でふたりは結ばれたんだよ。

愛より深い絆でね。

愛より深い絆っていやあ、それは、憎しみに決まってるだろう。

まあいいや。

話をややこしくしようとしているわけじゃあないよ。でも、その鯨亭では、まだ憎しみは生まれてなかったと思うよ。

知りあったきっかけ?

喧嘩(けんか)だよ、喧嘩。

いや、喧嘩というよりは勝負だな。

エイハブとフェダラーは、そこで勝負をしたんだよ。命のかかった勝負をね。

エイハブも、スターバックも、まだ若かった。

血の気が多かったんだな。

その酒場の二階が宿になっててね、女と話がついたら部屋を借りて、そこでよろしくやることもできるんだけどね、まあ、だいたいそういうところでするおれたちの会話ってのは、決まってる。女の話か鯨の話だ。

　エイハブと、スターバックは、その時、それぞれ女を横においてさ、鯨の話をしてたってわけさ。

　お決まりの話だよ。

　太平洋のどこそこで捕った鯨はでかかった。一頭で、百樽が鯨油でいっぱいになった、その鯨があまりにでかいんで、船が海に引き込まれそうになった、その時一番銛を打ち込んだのが誰それで、心臓にとどめの一撃を入れてやったのがおれだ――たわいもない自慢話だよ。

　そういう話をしていると、

「おれは、もっとでかい鯨を知ってるぜ」

　隣の席から、そういう声が聴こえてきたんだってよ
――

　見たら、そこに、頭にターバンを巻いたフェダラーが座っていたっていうことなんだよ。

　フェダラーも、若かった。

　エイハブよりも歳は上だったけれどね。あっちはあっちで自分の仲間を何人かひきつれて、その席にいたってわけだ。そうだよ、フェダラーの乗っていた船も、食料の補給でリマ――そう、ペルーのリマの港に入っていたんだな。それで、やつも鯨亭で一杯やってたってわけだよ。

　で、エイハブが訊いたわけだ。

「口だけなら何とでも言えるんだ。あんた、それをいつ、どこで見たのか言ってみろ」

「二年前、太平洋、日本沖」

「なに⁉」

「モービィ・ディック」

「白鯨か⁉」

「いかにも」

「その白い鯨の噂なら、おれも何度か耳にしたことがある。しかし、捕鯨船よりもでかいクジラがいるなんて話、信じるわけにはいかんね」

　これを、エイハブが言ったっていうんだよ。

　信じられねえだろ。

　あのエイハブが、白鯨なんてこの世にいないって言ったんだからよ。

「見てどうした？　おまえさんは、そのでかいのに銛の一本でも打ち込んでやったのかい？」

　これは、スターバックが訊いたんだよ。

　すると、フェダラーはこう言ったのさ。

「いや、あいつは、そういうもんじゃない。銛を打ち込むとか、捕るとか、そういう相手じゃあないんだ」

「まさか、あそこをちぢこまらせて、震えてただけなんじゃあないんだろうな」

「いいや、わしは祈ったのだ」

　フェダラーは、真顔でそう言ったんだとさ。

え？

　何で、おれがそんなことまで知ってるのかって？

　スターバックだよ。

　その場にいたスターバックから、後で聞かされたんだよ。

「祈っただと？」

　エイハブが訊く。

「そうさ、神にな」

「その神ってのは、どこの神だ。頭にそんな布を巻いている神かい」

「もちろん、我らの神だ。しかし、あれは、そういう人の信仰を超えたものだ。おまえは勝手に、あれを見た時に、おまえの神が造ったものだと思えばいい。おまえは、おまえの神をあいつの中に見て、その神々しさにひれ伏せばいいのだ——」

「銛は打たなかったのだな。おれが知りたいのは、それだけだ」

「だから、打たなかったと言ったろう。あんたと同じ神を信仰する船長も、銛打ちたちも、みんなあきらめた。信仰を抜きにしたって、あいつを見たら、あのでかい尾のひと打ちで、どんな船だってばらばらにされちまうってことがわかる。奴に銛を打ち込むのを、信仰であきらめたやつだって、自分の命惜しさであきらめたやつだって、その意味じゃあ、何かにひれ伏したってことなんだ。いいかい、あんたが、どんな船に乗って、これまでどれだけでかい鯨を捕ったのか知らないが、人にはひれ伏すものが必要なんだ。こいつをよく覚えておくんだな」

　フェダラーは、エイハブにそう言ったんだな。

「あんたのひれ伏している神は、何ていうんだい。まさか、モービィ・ディックって名前じゃないんだろうな」

　エイハブが訊くと、

「アフラ・マズダ」

　フェダラーは、言った。

「拝火教徒だな」

「いかにも」

「あんたの神より、千年古い神だよ」

フェダラーはうなずき、そう言ったというんだな。

おい、若いの、わかるかい。

拝火教徒ってのは、ゾロアスターという預言者が広めたペルシアの神々を信仰する連中のことさ。千年かどうかは知らんが、確かに歴史だけなら、我らの神よりも古い。

いちばんえらい神は、名をアフラ・マズダといって、光の神だよ。光とは神のことで、つまり、火はアフラ・マズダそのものってわけさ。

光は善なる神アフラ・マズダ、闇は悪なる神アンラ・マンユ。この世は、光の善神アフラ・マズダと、闇の悪神アンラ・マンユが闘う場所であり、いつか、この世の終わりに光の神アフラ・マズダが勝利して、世界は光に包まれるんだと、奴らは信じてるんだよ。

これをお伽話と言っちまったら、おれらの神の物語も似たようなものだろう。肝心なのは、フェダラーが、それを信じてるってことだな。

わかるかい。

つまり、フェダラーにとっちゃあ、黒いマッコウクジラは、アンラ・マンユが遣わした悪なる存在で、白い鯨、モービィ・ディックは光であり、アフラ・マズダの化身ということになる。

だから、フェダラーが、モービィ・ディックに銛を打ち込むことができなかったんだろうって、おれはそう思ってるんだがね。もっとも、これは、本人に訊いてみなけりゃあわからんことだけどね。

ま、いいか。

話を続けるよ。

フェダラーの言葉を受けて、

「古いものがありがたいんなら、はきだめの横にころがっている石ころでも拝んでるんだな――」

エイハブはそう言っちまったんだ。

まあ、お互いに酒が入っていたしね。

普通であれば、だんだん、口にする言葉が相手をののしるような汚いものになってくるのは、おまえさんだってわかるだろう。

――おまえのおふくろの墓に糞をぶっかけてやる。

――てめえのおふくろは、いくらで買えるんだい。

そんなことを言いあうようになる。

しかし、このふたりは普通じゃなかったんだな。そこまでののしりあいにはならなかった。はきだめの横にころがっている石ころ——で止まったんだよ。

で、どういう話になったのかというと、〝白〟だな。白い色の話になったんだ。これが、エイハブとフェダラーの奇妙といやあ奇妙なところさ。

なんでそういう話になったか、おれは知らないよ。おれにこの話をしてくれたスターバックのやつだって、酒が入っていたからな。

ただ、スターバックの話では、どちらかが、こんなことを言ったというんだな。

——よいか、白というのは、それ自体が完璧(かんぺき)なる呪術(じゅじゅつ)なのだ。その呪術を、われらはまだ解明しておらぬ。

おそらくこれは、おれが推察するに、フェダラーの言葉だな。

あいつなら充分そんなことを言いそうだし、白はアフラ・マズダだからな。しかし、そうなら、神に対して呪術などという言葉をフェダラーが口にするかどうかという疑問が残るがな。

だが、エイハブにしたって、この酒場で飲んでいた時は、まだモービィ・ディックに出合う前だから、こんな台詞(せりふ)は口にしたかどうか——

それとも、これは、スターバックが勝手に話の中に盛り込んだのかもしれねえ。

まあ、どっちだっていいか。

だから、これからおれが話すことについちゃあ、その台詞を、エイハブかフェダラーか、どっちが言ったのかは考えねえことだ。どっちも口にしなかったのかもしれねえ。ふたりが口にしたことかもしれねえ。会話のように見えても、どっちかひとりが勝手にしゃべったことを、スターバックがふたつに分けて話したってこともありそうだしね。

ああ、そうだ。

スターバック自身の言葉も、この中にゃあ入っているかもしれねえよ。しかし、どっちだっていいってのは、さっき言ったよな。そうさ、あんたが勝手にどっちが口にしたのかを決めりゃあいい。

いいかね、お若いの。

続けるよ。

――太古以来、何故、我々が白を畏怖してきたか、時に恐怖し、時にあがめてきたか、それがわかるかね。

――白というのは、色の欠如ではないのだ。全ての色を含めばこそ、色はそれぞれの特性を失って、真実の白になる。知っているかね。青、赤、緑、全ての色の光を、一ヶ所に集めると、白い光となることを。その光をプリズムによって分ければ、そこにこの現世の色である七色が出現することを。

――白とは、死体の持つ特性だ。それは、全ての人類が、その心の底に持っているものだ。死は、暗黒の先にある、よりまったき暗黒なのだ。

――それはつまり、悪魔の先におわす霊的なまったき存在が白ということなのかね。

――悪魔サタン――ルシフェルというのは、重力に負け、無限に自由落下していく光なのだ。

――白の中には、青が棲んでいる。「ヨハネの黙示録」に現れた、青ざめた馬の色というのは、実は、純粋なる白のことなのだ。

――白い鹿、白い蛇、本来の色を持たず白く生まれてきたものは、いずれも神か神の使いではないか。さもなくば、悪魔の使徒なのではないか。


――いや、我々は、白の狩人なのだよ。

――波の内側にいる白鮫の群を見たか。あれは亡霊たちの群だよ。

――夜、幾つもの岩礁のある海域を過ぎる時、夜の底で、白い波が群れる。まるで、白熊の群に船が囲まれているようだ。そのまま、我らは、あちらの世界へ運ばれていってしまうのだ。

――ビルマの古き王朝ペグーの大王は、自らを白象の王と名のっていた。

――神聖ローマ帝国を見よ。そこでは、この白をもって、皇帝の色としたのだ。

――極北の荒野の雪の白を見たかね。あれこそが、神の属性というものを正確に表現しているものさ。

――白には、何もない。よって、全てがそこにある。

――白を前にすると、我々は、なす術を持たない赤ん坊のようになる。


このくらいにしておこうか。

きりがないからね。

まさに、我々人類は、太古の時代、白の呪術にかかって、それから、いまだに解き放たれていないのだろうね。

　まあ、今おれが言ったふたり――いや、スターバックを入れれば三人かな。そうだ、おれも勘定に入れるべきだろう。いつの間にかおれの考えや、感情も、この台詞の中にはまぎれ込んでいるだろうからね。

　まあいい。

　とにかく、フェダラーとエイハブは、そんな会話をしてたってわけだ。

　この、白鯨を追っかけているピークオッド号の物語が、いつか船乗りたちの間で伝説として語られるのなら、ふたりの対話は、その神話にあたる章になるんだろうよ。この船の中でそんなものを書きたがるのは、たぶん、イシュメールくらいのもんだろうけどね。

　え？

　何を言いたかったんだっけ。

　そうだ、エイハブとフェダラーの勝負のことだったよな。つまり、フェダラーは、この問答のおしまいに、こう言ったんだ。

「わしは、モービィ・ディックの巨大さと白に畏怖した。しかし、死に恐怖した臆病者ではない。船長や、他の銛打ちのことは知らぬがな……」

　すると、エイハブが言ったんだ。

「それを、このおれに、信じてもらいたいというわけだな」

　とね。

「証明しよう」

　ここで、フェダラーのやつが奮然として立ちあがったっていうんだな。

「銛試しの用意をしてくれぬか」

　この言葉には、みんな驚いた。

　店中の、聴き耳をたてていたやつらが、

「おう」

　と声をあげたんだよ。

　銛試し、知ってるかい。

　知るわきゃないよな。

　教えてやろう。

　おれたち鯨捕りの中じゃあ、知られているゲームだよ。まあ、度胸試しだな。しかしただの度胸試しじゃない。そいつが嘘をついているか、いないか、それで試すんだ。どんな馬鹿なことだっていい。たとえ本当に嘘でもな。しかし、いったんその銛試しをやってのけることができたら、その嘘だって、本当のことになるんだよ。

どんなやり方かって。

だから、頭の上に、銛をぶら下げるんだよ。銛に縄を括(くく)りつけて、その縄を、家の中なら梁(はり)、外ならたとえば木の枝に引っかけて、吊(つ)り下げるんだ。その切先(きっさき)が、銛試しをする人間の、頭の上、ちょうど三フィート（約九十一センチ）あたりにくるようにしてね。

縄の端は、岩でも机の脚でも、そこらにある適当なものに括りつける。

縄が、銛の重さでピンと張るよな。

その縄の下に蠟燭(ろうそく)を立てて、火をつける。蠟燭の火で縄をあぶるんだ。

縄が、火で切れるまで、銛の下に立つ人間は、逃げちゃあいけない。逃げたら、臆病者だという烙印(らくいん)がついてまわることになる。一生ね。

逃げるのは、縄が切れてからだ。

いそいで逃げないとね、上から銛が落ちて、頭のてっぺんにずぶりと刺さるんだよ。そうなったら、まず、死ぬね。頭じゃなくたって、身体(からだ)のどこかに刺さったら大怪我(おおけが)だ。なかなかやるやつはいないよ。

でも、やったやつをふたり知っている。

それが、フェダラーとエイハブ船長だよ。

え⁉

フェダラーがやるんじゃなかったのかって？

そうだよ。

初めはね。

でも、フェダラーのやつがやるって言い出した時、

「では、おれもつきあおう」

エイハブが、そう言って、席を立ちあがったんだよ。

スターバックは、おれにそう言っていたよ。

「おれはその時、止めたんだよ」

「一度だけね」

一度だけは止めた。

それはまあ、スターバックとエイハブにとっちゃあ、儀式みたいなもんでね。

スターバックだって、エイハブが一度口にしたことはひっこめないってよくわかっていたし、何しろ、船乗りたちのいるところで口にしちまったことだ。仲間に止められたくらいでやめたんじゃあ、次の航海から、誰もエイハブの船に乗らなくなっちまうよ。噂が広がるのは太平洋の南西の風より速いからね。

エイハブは、まだ、五十代になっていなかったんじ

ゃないかな。フェダラーだって、五十代の半ばにはなっていなかったんじゃないか。

まあ、なんだろうと、酔っ払って口にしたことだろうと、口にした以上は責任を取る。やる。それがどんなに馬鹿げたことでもね。

エイハブも、フェダラーという拝火教徒に、何か感じるものがあったんだろうよ。

それで、始まっちまったんだな、ふたりの銛試しがね。

その時は、ふたりだったからね。ひとりの時とはやり方が少し違う。

こんなかんじだよ。

それなりの長さのある一本のロープの両端に、銛が結ばれる。鯨亭の梁にそのロープを引っかけて、二本の銛を、梁から吊るす。

二本の銛の切先が、下を向く。

その銛の下に、エイハブとフェダラーが立つ。

ふたりの頭の上、ちょうど三フィート（約九十一センチ）くらいのところに、その切先がある。

ロープの方は、梁から斜め下に引っ張られて、十五インチ（約四十センチ）ほど離して並べられたふたつの椅子の脚をくぐらせる。

その椅子が動かないように、椅子にはもちろん人が座っている。

ちょうど、銛の下に立つエイハブとフェダラーと向きあうかたちでね。

左のエイハブの側の椅子には、スターバックが座り、右のフェダラーの側の椅子には、フェダラーの仲間の支那人が座っている。

ここでね、立ち合い人が前に出てくる。

この立ち合い人は、鯨亭の主人だよ。

主人は、七十くらいの、白髪の爺さんでね。

もともとは銛打ちで、五十歳でその仕事をやめて、鯨亭を始めたんだ。

あきれてるのか、よくあることなのか、慣れた様子で、主人はふたりの前に立ったわけだ。

「両名とも、十分に祈ったかね」

「おれは、祈らんよ」

そう言ったのは、エイハブだよ。

「神は、こういうことには手を出さないんだ。出してくるなら悪魔の方だろうからな」

エイハブは、表情を変えなかったそうだよ。

それは、フェダラーの方も同じでね。

いきがかり上、ついフェダラーも酒の勢いで銛試しのことを口にしてしまったのかもしれないが、しかしどうしてそれに、エイハブがつきあうことになったのか。

もしも、このなりゆきでフェダラーが命を落とすようなことになったら、世間の者たちは言うかもしれないかと、何故そのようなことをさせたのかと。その世間の風に対して、あの時は自分だって、同じことをしたんだと、エイハブは言いわけの手段として、フェダラーにつきあおうとしたのかもしれない。

自分も同じことをやったのだ——

と。

しかし、それは、生き残らねば口にできない台詞だな。

フェダラーにしたって、エイハブが証明せよと口にしたわけではない。名誉のためか、他の何かであるのか、それはわからないが、この銛試しはフェダラーが自分から口にしたのだ。真意はわからんよ。まあ、神か悪魔の御意思としておくしかないだろうね。

まあ、でも、見物してる方にとっちゃあ、それはどっちだっていいことさ。何かおもしろいこと、後で語りつがれるようなことが目の前で起こり、その現場に自分がいたんだと自慢できるんなら、どんなできごとであろうと、自分がいるところでそれが起こってほしい。連中はそう考えているわけだ。

「わしは、そこのエイハブというのを、試そうとしただけだ。わしが銛試しをやると言ったら、どのような顔をするのか、それを見てやろうと思っただけでね。だから、祈って神の手をわずらわせるようなことはしないよ」

フェダラーはフェダラーで、祈ってないというわけさ。

鯨亭の主人には、エイハブも、フェダラーも、狂ってるようにしか見えなかったかもしれないね。

「では、蠟燭を——」

そこで、用意されていた蠟燭が、運ばれてきた。

持ってきたのは、主人のカミさんだよ。

小皿の上に、火の点いた蠟燭を立ててね、それを持って、主人の前に立ったんだ。

「では、それを、縄の下に置きなさい」

いつもなら、適当な『聖書』の言葉を口にして、おさまりのいい説教をすることになってるらしいんだが、この時は、それをすっとばして、蠟燭を置かせたっていうことだね。

　蠟燭の立てられた皿が、スターバックが座った椅子とフェダラーの仲間が座った椅子の間に渡されたロープ——縄の下に置かれたんだ。

　主人も、主人のカミさんも、すぐに下がってね。

　みんなの前に、エイハブとフェダラーの姿がさらけ出されたってわけだ。

　酒場には、ランプが、吊るされていたらしいね。八つか、九つか、そのくらいだろう。

　その灯りが、エイハブとフェダラーの眼の表面に映ってね、ちろちろと光ってたって話だよ。頬や、額にも火の色が揺れていたっていうのは、スターバックが言ってたことさ。

　エイハブとフェダラー、どちらも瞬きをしなかったそうだよ。一度もね。

　そりゃあそうさ。

　たった一度、瞬きして、その時に縄が焼き切れたら、逃げるのが遅れるからね。

　逃げ方によったら、脳天から入った銛先が、眼玉の方から突き出てくることだってあるらしいな。

　だから、眼が離せない。

　誰も口を利かない。

　縄の焦げる臭いだけが、どんどん強くなって、ついには縄が燃えだした。

　エイハブの額にも、フェダラーの額にも、汗の粒が浮いて、それがだんだんと大きくなってゆく。

　もちろん、逃げ出してもいいんだよ。

　縄が切れる前にね。

　でも、逃げるわけにゃいかんさ、これはね。

　頭の中にゃ、色んなことが浮かぶだろうさ。

　家族のこととか、カミさんのこととか、子供のこととかね。その時、エイハブにゃ、カミさんも子供もいなかったんだが、それでも何か考えていたろうさ。しかし、考えていたら、縄が切れた時、逃げ遅れる。それはわかっている。しかし、わかっていても考えてしまう。それが人間だよ。

　でも、エイハブがその時何を考えていたかなんて、誰にもわからねえ。

　そこにいたスターバックにだってね。

　ついにね、ちりちりって音がしはじめた。

焼けて細くなった縄の繊維が、一本ずつ、銛の重みでちぎれてゆく音だよ。

ふたりの顔に浮かんだ、汗の玉が倍くらいにふくらんで、そこに、蠟燭の炎の色が映ってる。

エイハブは、歯をくいしばっている。

フェダラーは、歯を見せてはいなかったらしいね。

唇が少しめくれて、嚙みしめたその歯が見えている。

でも、結んだ唇の端から血が流れていたんだってね。

唇の内側の肉を、歯で嚙んでいたんだろうよ。

たぶんさ、スターバックのやつが、一番度胸があったのかもしれねえな。

椅子の上にどんと座って、腕を組み、エイハブのことを信用してるのか、おっ死んじまってもいいと思ってるのか、唇に笑みまで浮かべて、エイハブを眺めていたそうだよ。

もっとも、これは、スターバックが言ったことじゃないね。だって、これを語ってくれたのはスターバック本人だからさ。本人が本人の顔を見てるわけがないからね、自分が微笑してるかどうかなんてわかるもんか。

だから、その光景はおれの妄想だろう。

どっちだっていいか。

それでね、ついにね――

切れたんだ。

三

結果は？

そりゃあ、わかってるだろう。

ふたりとも死ななかった。

だから、エイハブもフェダラーも、今このピークオッド号に乗ってるってわけだ。

逃げたんだよ、ふたりとも。ぎりぎりのところでね。

落ちてくる銛をかわしたんだ。

それでね、奇妙なことにね、このことがきっかけで、なんとふたりは仲がよくなったんだな。

これは神のはからいかね。それとも悪魔のたくらみかね。どっちだっていいか。

それで、七年前、リチャードが引退した時、エイハブが、フェダラーをピークオッド号に呼んだんだよ。

その時、一緒にピークオッド号に乗ることになったのが、ピーターだよ。

え⁉

ピーターが誰かって？

そうだよ、若いの。

今、確かにピークオッド号には、ピーターがいない。

何故かって？

わかるだろ、考えてみれば。

そう。そうだよ。ピーターは死んじまったんだ。だから、この船にはいないんだよ。で、肝心なのは、ここからだ。

何故、ここまで細かくおまえさんに話をしてやったのかっていうと、これを言うためだよ。ピーターってのは、あのフェダラーの息子だったんだよ。

ああ、そうだね。

フェダラーには息子がいたんだよ。フェダラーが四十も真ん中を過ぎてから生まれた子でね。フェダラーのやつは、可愛がってたよ。

だから、ピーターは、七年前、フェダラーがピークオッド号に乗り込む時に、一緒にやってきたんだ。その時で、十六歳だったかねえ、それとももう少し若かったかねえ。どっちにしても、今のおまえさんと、あまり変わらない齢（とし）だったんじゃないかね。

親父のフェダラーは、この息子のピーターを、そりゃあ大事にしてたんだな。

もともと、ピーターを鯨捕りにしたくなかったんだよ、フェダラーのやつは。

でも、ピーター本人は相当、捕鯨船に乗りたかったみたいでね。

エイハブが、フェダラーをピークオッド号に誘った時、ピーターが、エイハブに直談判（じかだんぱん）したらしいのさ。

自分も一緒に、ピークオッド号に乗せてくれってね。

「銛打ちになりたいんです」

ってな。

フェダラーは、反対してたんだよ。

ちゃんとした教育を受けさせて、教師か医師にしたかったみたいだね。しかし、ピーターは親父と同じ鯨捕りになりたかったってわけだ。それもね、ひそかに銛を買い込んで、フェダラーに内緒でずっと稽古（けいこ）をしていたっていうんだな。

結局、エイハブは、ピーターをピークオッド号に乗せることにしたんだよ。

うん。

いい息子だったねえ。仕事の覚えは早いし、船の仕事は、すぐに、何でもやれるようになったんだ。

それで、海に出てから二年目の時に、エイハブはピーターに銛を持たせたんだよ。

もちろん、腕はよかったよ。

そうでなけりゃ、エイハブは銛を持たせないからな。人情で誰かを船に乗せてやることはあるよ。誰にでもできる仕事はあるからね。しかし、銛打ちだけは、そうじゃあない。ちゃんとした実力がないとね、銛は持たせちゃもらえないんだ。その点についちゃあ、エイハブは厳しかったよ。だから、エイハブが銛を持たせたってこたあ、ピーターにそれだけの腕があったってことさ。

ピーターも、きちんと仕事でそれを証明しようとしたんだよ。自分を選んでくれたエイハブに恥をかかせるわけにはいかないからさ。

まあ、今のおまえさんと同じようなもんさ。

マンジローだったっけ、おまえも知ってるだろうが、フェダラーの野郎はいつも無口でよ。表情が読めねえ。いつもおんなじ顔をして、怒ってるんだか怒ってないんだか、何を考えてるのか他人にゃさっぱりわからねえ。

薄っきみの悪い爺(じじ)いだよ。

おまけに、フェダラーのやつは、拝火教徒でよ。

やつの先祖は、遠い昔にペルシアから支那に渡ってきて、長安(ちょうあん)だったか、西安(せいあん)だったか、そんな名前の街に住みついたんだってな。

それから千年以上だよ。

それで、フェダラーのやつは、十八になるまで、その街に住んでたんだ。しかし、その年の夏に父親が死んで、支那を出て、流れ流れていくうちに、今は、渡りの銛打ちだ。カミさんと知り合ったのは支那を出てからで、インドだか、あっちの方の出らしいね。ひとりっこだよ、ピーターは。カミさんの方は、フェダラーが海の上にいる時、流行(はや)りの病(やまい)で亡くなったらしいね。だからピーターは、フェダラーの唯一の身内ってわけさ。

フェダラーなんかより、ピーターの方が、船の仲間にゃ人気があったよ。みんなに可愛がられていたな。

でも、ピーターは死んじまったんだ。

ピークオッド号に乗り込んで、二年目——

鯨を見つけたんだ。

日本沖でね。

モービィ・ディックじゃない。

でかいマッコウクジラだったけどね。

その時に、

「ピーター、銛をやってみろ」

エイハブがそう言ったんだよ。

もちろん、フェダラーは止めたよ。

「まだ、こいつは一人前じゃない」

ってね。

でも、

「誰でも最初の一回を通過しなくちゃならん」

そう言って、エイハブは、ピーターをボートの先に立たせたのさ。

もちろん、みんなに異存はなかったよ。

誰もが、ピーターはうまく、その最初の仕事をこなすことができるだろうと思っていたからね。止めたフェダラーだって、そう思っていたはずだ。

自分の息子は、これを上手にこなすだろうってね。

それで、あの事故が起こったんだ。

鯨だよ、でかいマッコウクジラ。

そいつをみんなで追っかけて、追いつめて、囲んで、ついに銛を打ち込むところまでいったんだ。

皆は、わざとゆっくりやったんだ。

ピーターが、一番銛を打ち込みやすいようにね。やつに一番銛を譲ったんだよ。

で、ピーターは、確かにうまくやったよ。みごとに投げた銛は鯨に打ち込まれたんだ。

しかし、ピーターが一番銛を打ち込んだ途端、今まで静かだった鯨が、いきなりあばれだしたんだよ。

ピーターのボートは、尾であっという間に引っくり返されちまってね。

全員が海へ放り出された。

ピーターは、浮きあがったところで、真上からおもいきり尾を打ち下ろされたんだ。それで、ピーターは死んじまったんだ。あっさりね。

その時からだなあ、フェダラーが、エイハブの背に、もののけのようにくっつくことになったのは――

それで、夜毎にフェダラーは、エイハブに囁くようになったのさ。

「わしは言うたはずじゃ、エイハブよ。こやつは、まだ若いと――」

「言うたぞ」

「ピーターは、教師にするのだと」

「ピーターは、わしの生きがいであった」

「ああ、エイハブよ、ピーターは、神に召されたのか。それとも、おまえが、ぬしの神への贄としたのか――」

「そうならば、わしは、ぬしの神へ復讐をせねばならぬ」

「わしは、ぬしを呪わねばならぬ」

「よいか、エイハブよ。ぬしは、この先一生、海から逃げてはならぬ。鯨から逃げてはならぬ。いつか、エイハブよ、ぬしよりも強い、どうしようもないほどの鯨とぬしが出合う時までな」

「それまでは、このわしが、ぬしの水先案内人じゃ」

「よいか、やめてはならぬぞ、エイハブよ」

「ぬしは、その息が途切れるその時まで、銛を握り続けなければならぬ」

「おまえは、鯨以外の、他の何ものによっても死んではならぬ。殺されてはならぬ。エイハブよ、ぬしは、我が息子がそうであったように、鯨のことで死ね」

「もしも、エイハブよ、ぬしが命ながらえて、その手に銛すら持てなくなったら、その時こそ、ぬしを自由にしてやろうではないか」


こういうことを、フェダラーは、エイハブに言い続けたのだ。

エイハブも、フェダラーの想いに応えている。


「おれが逃げるものか。知っているか。鯨のことでは、おれは、一度たりとも退がったことがないのだ」

「おれは、我が命果てるその日まで、銛を握り続けるだろう。もしも、まだ、おれが銛を握ることができるというのに、海から逃げ出そうとしたり、背を向けて鯨から逃げるようなことがあったとしたら、その時は、フェダラーよ、逃げるおれの背へ、おまえの銛をつきたてればよいのだ」

「おお、フェダラーよ。哀しみの王よ。ぬしはこのエイハブの、生涯の水先案内人ぞ。もしも、おれが、鯨のいない、間違った場所へ向かって帆をあげようとしたら、おれを正しく鯨のいる方角へ向けてくれ」

「案内せよ、フェダラーよ。このエイハブはもとより、鯨から逃げようと思うたことはない」

「フェダラーよ。我が神より古き神の言葉を知る者よ……」

「おお、フェダラーよ、おまえは見よ、見続けよ。一番近い場所から、このエイハブが苦しみもがく姿をな……」

「おお、フェダラーよ、フェダラーよ……」

四

まあ、そういうわけさね。

それで、エイハブとフェダラーの、クラーケンの足と足がもつれたような関係が始まったというわけだな。

それで、三年前、ついにエイハブは出合っちまったのさ。

モービィ・ディックにな。

そのことは、もう、知っているよな。

それで、昔からの連中は、みんな、いやがったのさ。

何をかって？

だから、エイハブとフェダラーが一緒の船に乗ることをだよ。

これに、ガブリエルまでが加わっちまってよ。

スターバックのやつが、一番いやがったんじゃないかな。

おれも、いやだったね。

それで、今回の航海に誘われた時、確認したんだよ。

今度の航海で、フェダラーは、ピークオッド号に乗るのか、乗らないのかってな。

「そんな予定はない」

「聞いてない」

船の持ち主の、ピーレグも、ビルダッドも、おれたちにそう言ったよ。

それで、おれたちは、ふたりを信用して、ピークオッド号に乗ったんだよ。ガブリエルもいなかったしね。

こりゃあ、エイハブも、モービィ・ディックにやられて、柔らかくなったもんだってな。

そうしたらば、こっそり乗ってたんだよ、フェダラーたちがな。

ピークオッド号が、もう、引き返すことのできないところまでやってきたのを見はからって、奴らは船倉から姿を現したんだ。

もちろん、おれたちは驚いたさ。

しかし、ピークオッド号が最初の鯨と出合った時だったんでな。とても、これはどういうわけだと、エイハブに食ってかかるような時間はなかったんだ。

それで、なし崩し的に、フェダラーたちは、今じゃ普通の顔をして、このピークオッド号に乗ってるってわけさ。おまけにガブリエルまで途中から現れた。この前死んだがな。

　そして、ついに、おれたちはモービィ・ディックに出合ってしまい、今、奴の後を追っかけてるってわけだな。

　いいかね、若いの。

　いずれにせよ、これは、エイハブとフェダラーの問題で、おれたちには関係のない話さ。しかし、今は、船中がエイハブの狂気に感染したようになっちまってる。

　このおれにもな。

　もう、止められねえよ。

　行くところまで行くしかないんだよ、おれたちは。その行く先が、天国だろうと地獄だろうとね。

　ああ、もしも、スターバックが今、この船にいてくれたらって、おれは思っているけどね。

五

　スタッブと万次郎の会話が中断したのは、中央甲板のあたりで騒ぎが起こったからだった。

　ふいに、

「船長、何をするんですか⁉」

　船大工のホフマンの声が響いたのである。

　高い、悲鳴に似た声だった。

「やめてください、船長！」

　ホフマンの叫び声の合い間に、獣の唸るような声が混ざる。

「みんな、止めてくれ。船長が羅針盤を！」

　ホフマンのこの台詞を、万次郎は、スタッブと一緒に走りながら聞いた。

　万次郎とスタッブが駆けつけると、舵輪の前に、もう、人が集まっていた。

　イシュメールの顔も、クイークェグの顔も、フラスクとダグーの顔もあった。

　船員たちの輪の中で、エイハブとホフマンが揉みあっている。

　エイハブが、その両手に、羅針儀台からはずした羅針盤を抱えている。

　ホフマンが、エイハブの手から、必死にそれを奪おうとしている。

「離せ、ホフマンよ。この役立たずの羅針盤などは、もうこのおれには邪魔なだけなのだ」

「しかし、船長、この羅針盤がなければ、我々は生きて帰ることができません」

「黙れ。もはや、どこも指差さぬこんな機械など捨ててしまった方がよいのだ。あの嵐の晩以来、こいつは盲（めし）いた羊よりも行方が定まらず、勝手なところをうろうろするばかりだ」

あの、嵐の晩以来、羅針盤が狂ってしまったということは、万次郎にもわかっていた。

おそらく、雷にやられて、その機能がほとんど失われてしまったのであろう。

羅針盤は重い。

エイハブは、それを抱えて舷墻までゆき、そこから海へ投げ捨てようとしているらしい。それを知ったホフマンが、エイハブをなんとか止めようとしている——そういう図であった。

左足が、鯨の骨でできているエイハブの方が、なんとホフマンよりも力で勝り、ホフマンを引きずって、何歩か舷墻へ近づいたところで、皆に囲まれたのだ。

囲んだ者の中に、ダグーの顔を見つけて、

「おい、ダグー、おまえの力で船長を止めてくれ！」

ホフマンが、黒人の大男に向かって叫ぶ。

しかし、ダグーは答えない。

「よいか、ダグーよ。このおれに触れるんじゃないぞ。もしも、どの指でもおれに触れたら、その指を噛みちぎってやるからな」

エイハブが、凄（すご）い形相で、ダグーを睨む。

「おい、みんな、どうしちまったんだ。どうして誰も助けてくれないんだ」

泣きそうな顔になったホフマンの力が緩んだのであろう、エイハブは、ホフマンの身体をずるずると引きずって右舷の舷墻に近づいてゆく。誰も、それを止めようとしないのは、エイハブの剣幕に気圧（けお）されているのか、その羅針盤が役に立たないのを知っているからなのか、あるいはその両方なのか。

エイハブは、二歩、三歩とホフマンを引きずって、両手に抱えた羅針盤をさしあげて、

「くわっ！」

海に向かって放り投げた。

羅針盤は、情けないくらい小さな水音をたてて、あっさりと青い海に沈んだ。

「ああっ」

悲痛なホフマンの声があがる。

エイハブは、投げたあと、勢い余って舷墻に倒れるようにもたれかかっていたのだが、身を起こし、集まった者たちを睨むように眺め回した。

「モービィ・ディックを追うのに、羅針盤はいらぬ！」

叫んだ。

「運命こそが、我らの羅針盤なのだ。よいか、我らは、運命によって、再び、モービィ・ディックと相見える（あいまみえる）のだ!!」

これまでずっと、疲労感に苛（さいな）まれていたようなエイハブの顔に赤みが差していた。

そのエイハブに、静かに歩み寄ってゆく者がいた。

フェダラーだった。

フェダラーは、エイハブの両肩に両手を置いて、

「わが輩（ともがら）よ……」

つぶやくように言った。

「我ら、必ずやあの白き鯨に巡り会わん」

フェダラーは、エイハブの肩に置いた手に、優しく、しかし強く力を込めたのであった。

十六章

白鯨その顎により
神を裂くこと

おお、船長！　わたしの船長！　やはり、あなたは高貴な魂の持ち主です！　偉大なるこころの持ち主です！　あの憎むべき鯨を追う理由がどこにありましょうか！　いっしょに帰りましょう！　この危険な海域から去りましょう！　故郷(くに)へ帰りましょう！　妻と子はスターバックにもあります――兄と妹のような幼なじみの青春の日に得た妻と子です。晩年の慈父のような愛と憧憬が獲得したあなたの妻子と、すこしも変わらぬ妻と子です。去りましょう！　即刻、わたしに針路を変えさせて下さい！

――ハーマン・メルヴィル『白鯨』
岩波文庫　八木敏雄・訳

一

空は、澄んでいた。

おどろくほど透明な空で、そのまま宇宙を覗(のぞ)き込んでいるかのような青さであった。

黒いほどの青。

その中に、宇宙の虚空が溶け込んでいる青だった。

波は、おだやかだった。

船は、風のままに走り、海流に乗って、勝手な方向へと旅をした。

エイハブが、羅針盤(らしんばん)を海へ投げ込んでから、三日が過ぎていた。

カモメが一羽、高い空に舞っている。

陸地は、見渡す限り、四方のどこにも見えなかった。

おそらく、あのカモメの高さまで舞いあがれば、どこかに陸地は見えるのであろう。

しかし、船の檣(マスト)の高さからでは、どこにも陸地の影は見えなかった。

万次郎(まんじろう)は、左舷(さげん)の舷墻(げんしょう)に立って、イシュメールと並んでさっきから話をしているのである。

話題は、とりとめもないことであった。

万次郎も、イシュメールも、白鯨とエイハブの話題を口にしなかった。無意識のうちに、互いにそれを避けていたのかもしれない。

イシュメールが万次郎に問うのは、日本のことであり、万次郎がイシュメールに問うのはアメリカのことであった。

時に、話は、万次郎やイシュメール自身のことにもおよんだ。

「ぼくはね、船というのは、いや、捕鯨船というのは、ひとつの壮大な物語のようなものだと思ってるんだ」

凪いだ海を見つめながら、イシュメールは言った。

「物語？」

万次郎が訊ねる。

「物語が必要としている全てのものが、捕鯨船には、このピークオッド号にはある……」

イシュメールは、真面目な口調で言った。

何か、イシュメールは心の裡に思うところがあるらしい。それは万次郎にもわかるのだが、ではそれが何であるのかというところまではわからない。

「まず、様々な登場人物。いわくありげな人物や、正体がわからない人物。そして、途中から現れる不思議な人物たち。時には、その物語でどういう役目を荷っているのか最後までわからない人物まで、物語は必要とするんだ——」

「————」

「時に、物語は、予定調和を拒否する。答えがないことが答えの時があるんだよ。物語は混沌でいいんだ。混沌——カオスこそが物語の本質だよ。決まった結末や、内容がよくできあがっている物語は、結局そこまでの物語だね。全てのものを、その物語の中に内包させたかったら、混沌こそが正しい道だろうと思う。何故なら混沌というのは、まだ、名付けられないものの集合体だからだ。故に、混沌の中にこそ全てがあるんじゃないかとさえ思うんだよ。極端なことを言ってしまえば、物語には、結末なんていらないんじゃないかと思う。だって、そうだろう。この世の中で、きちんと結末があって、次の物語に移ってゆくようなできごとが実際にあるかい。ない。みんな、前の物語を引きずって、過去の物語を背負ったまま、次の物語の中に入ってゆくんだよ。いや、次の物語じゃない。実はみんな、ひとつの物語なんじゃないだろうか——」

イシュメールは、饒舌になっている。

毎夜、夜毎、寝台の闇の中で毛布にくるまって考えていたことが、今、イシュメールの口から堰を切ったように外へ溢れ出てきているらしい。

「もしかしたら、物語にとって、書き終わる、結末があるということは、悪なのではないかとさえ思うんだ。永久に書き続けられて、終わらない物語、それこそが、正しい物語のあり方なんじゃないかと思うんだ。作者の死によって、ある時、その物語はふいに途切れる。それでいいんじゃないか。それでこそ、物語は神話と呼べるものになってゆくんじゃないのかってね……」

　身体の位置を入れかえ、舷墻に腰をあずけて、イシュメールは空を見あげた。

　つられて、万次郎も空を見あげた。

　遥か、高い空に、一羽の白い鳥が舞っていた。

　さっきのカモメだろうか。

　そのカモメが、ふいに、ピークオッド号の前方の、ある一点を目がけて、一直線に飛びはじめた。

　何だろう？

　万次郎がそう思った時、高い叫び声が天から降ってきた。

「鯨だっ！」

　主檣の上にいる、見張りの声だった。

　たて続けに声が降ってきた。

「鯨あっ！」

「鯨発見!!」

「でかいぞ!!」

「なんてでかい潮吹きだ!!」

「白い」

「白いぞ!!」

「モービィ・ディックだ!!」

「モービィ・ディック発見!!!」

　その瞬間、船が——ピークオッド号が音をたてて揺らぎ、煮えたようになった。

「全ての帆をあげよっ！」

　エイハブの声が響いた。

「みなのもの、今やっている全ての手を止めよ」

　舵輪の前に、エイハブが立っていた。

　立ち、叫んでいた。

「死ぬ準備をせよ!!」

　あらん限りの声で言った。

「皆、死ね。そして、生きよ、生きよ!!」

　エイハブは、その口から、身体中の血を吐き出すように、叫んだ。

二

　水平線の上に、鳥山が見えた。

幾百、幾千、幾万――いったいどれだけの数のカモメであろうか。

カモメの群が、球体となって、舞い狂っているのである。

そして、その下に、背に森を生やした白い山が見える。

それが、ゆっくりと近くなってくる。

モービィ・ディックだ。

運命の羅針盤によって、ピークオッド号は、再び白鯨と遭遇したのである。

空を舞う、カモメの声が届く距離になった。

モービィ・ディックはその白い背を海中に沈め、そして、また浮き上がらせることを繰り返しながら、東に向かって進んでいた。

ゆっくりと――

カモメの群が、どうしてその上空を舞っているのか、万次郎には見当がつかない。

通常、鳥山ができるのは、その下に、鰯などの、小魚の群がいる時だ。

鰹の大群に、海面まで追いつめられ、逃げ場を失って、鰯などの群が跳ねあがってくる。これがナブラだ。

それを、上空から、カモメなどの海鳥がねらうのである。空から海へ急降下を繰り返し、鰯を捕食するのだ。

今はその捕食行為がないのだ。

ナブラがない。

それなのに、海鳥が、モービィ・ディックの上に群れているのである。

どこにも陸地は見えない。

カモメの群は、白鯨の背を陸地と間違えているのであろうか。

それにしても、群れる理由がわからない。

単に、休む場所が欲しいだけなら、海面に浮いてもいいし、ピークオッド号の方にやってきてもいいはずだ。

それが、ない。

何羽かのカモメが、モービィ・ディックの背に生えた銛に止まっているだけだ。

さらに、モービィ・ディックが近くなってくる。

いつでも、ボートを下ろす準備はできていた。

しかし、まだ、エイハブは命令を下さない。

このままの速度でモービィ・ディックが進んでゆく

限り、ボートでは追いつけない。

ほんの一時、力の限り漕(こ)いで、モービィ・ディックに追いつくことはできても、その時には力尽きているだろう。

それは、誰もがわかっている。

まだ、ボートを下ろす時ではない。

距離、百メートル。

依然としてモービィ・ディックは、悠々と泳ぎ続けている。

万次郎も、いつ、ボートを下ろせという命令が下されてもいいように、銛を握りしめて、モービィ・ディックの背を睨(にら)んでいる。

心臓が、激しく鳴っている。

エイハブは、フェダラーと並んで、モービィ・ディックを見つめている。

「エイハブよ……」

声をかけたのは、フェダラーであった。

「これから、おまえは試される」

フェダラーは、エイハブを見ていない。

前をゆく、モービィ・ディックを睨んでいる。

それは、エイハブも同じであった。

「いや、おまえだけではないな。我らふたりが試されるのだ」

「違うぞ、フェダラーよ」

エイハブが、喉(のど)の奥で、岩を擦(こす)り合わせるような声で言った。

「何がだ」

「試されているのは、我らではない。モービィ・ディックだ」

「ほう?」

「あやつがただの鯨なのか、それとも神がこの世に遣わした何かの徴候(しるし)なのか、それがこれからわかるのだ――」

「ふふん」

と、フェダラーは嗤(わら)って、

「どちらでもいいことだな」

そう言った。

「ああ、確かにどちらでもいい。ただ、フェダラーよ、ひとつ、言うておく」

「なんだ」

「おれは、死ぬ準備はできた」

「うむ」

と、フェダラーがうなずく。

「あとは、生きるだけだ」

エイハブは言った。

その、モービィ・ディックを睨む眼が、熾火(おきび)の如くに赤くらんらんと光っている。

「あやつを殺せたら、おれは、この航海を最後に、もう、一生海にはもどらぬ……」

「それが、できるのか」

「知らん」

エイハブは、先をゆくモービィ・ディックの背を見つめながら言った。

「しかし、おそらくできるだろう。スターバックと約束したからな……」

「おお、スターバック……」

「そのスターバックだって、奴を見たのだ。おまえも見たろう、フェダラーよ、あのモービィ・ディックを――」

「見た」

「一度でもあのモービィ・ディックを見た者は、その一瞬で、心にあの姿を焼きつけられてしまうのだ。一生消えぬ焼き鏝(ごて)を脳に押しあてられたようにな。おまえだってそうだろう、フェダラーよ。おれたちは、モービィ・ディックによって、標徴(しるし)をつけられたのだ。スターバックもだ。ガブリエルの奴は、白くされたなどと言うていたがな……」

「――――」

「奴を殺せたらば……。奴のいない海には、もう未練がない。おれは、残りの一生を、暖炉(だんろ)のそばですごせる。ただ独りになってもな。暖炉の炎に手をかざすように、奴の思い出に手をかざせば、寒い夜にも、それがおれを温めてくれるだろうよ……」

「惚(ほ)れた女の思い出のようにか」

「ばかな。モービィ・ディックは、女以上だ」

エイハブは、モービィ・ディックを見つめながら、そう言った。

と――

ふいに、モービィ・ディックの姿が、海面から消えていた。

白い背が、見えなくなったのだ。

「潜ったぞ、どっちだ!?」

檣(マスト)の上に向かって、エイハブが叫ぶ。

「わかりません!」

檣（マスト）から声が降ってきた。

「見えません。奴の姿が見えません！」

見張りが叫んでいる。

「逃げるものか、奴が、おれたち人間に追われたからといって、逃げるものか――」

エイハブは、前方の海面を睨みながら、唸（うな）り続けている。

「いるぞ。まだ奴はいるぞ」

エイハブは、空を見た。

そこでは、海鳥の群が、まだ鳥山を作っている。そして、その鳥山は動いていた。ピークオッド号に向かって――

「来るぞ。奴は、こっちへ向かってる！」

エイハブが叫んでいる間にも、鳥山がぐんぐん近づいてくる。鳥たちが、騒がしく鳴きあげる声が、迫ってくる。

鳥山は、もう、すぐ先だ。

「衝突するぞっ!!」

誰かが叫んだ。

「取舵（とりかじ）いっぱい!!」

エイハブが怒鳴る。

とぉおりかぁじいっぱあい――

舵輪が激しく左へ回された。

ピークオッド号が、ぐうっと右へ傾いた。

波を割るようにして、ピークオッド号は船体を大きく右へ傾けたまま、海面を左へ滑ってゆく。

右の舷墻に立つ者が、手で波に触れることができそうなくらい、海面が近くなっている。

鳥山が迫ってきた。

カモメたちが、激しく鳴きかわしている。

その声と鳥山が、近づいてくる。

「ぶつかる、ぶつかるぞ!!」

誰かが叫ぶ。

斜め右前方の海面がもりもりと盛りあがってきた。

青い波の色が白く泡だち、その泡の中から、雪のように白い巨大なものが姿を現した。

海底から、島が浮上してきたようであった。

まず、見えたのは、瘤（こぶ）のある頭だった。

そして、次が眼だ。

それだけでは終わらなかった。

人で言えば、眼から、鼻、口――巨大な顎（あぎと）が見えてくる。

そして、さらに肩。

全身から滴り落ちる幾万、幾億のしぶき。

それだけでは終わらなかった。

まだだ。

まだだった。

さらに、モービィ・ディックの身体が見えてくる。

モービィ・ディックが、まるで海を脱ぎ捨てるかのように上昇してくる。この地球の重力から逃れて宇宙へ向かおうとするように。

なんという生き物であろうか。

海が吐き出そうとしている、この地球に生じた生命の進化が生みだした、この史上最大の生命体。

モービィ・ディックは、さらに尾で海面をひと掻きし、地球をはらいのけるようにして、その全身を空中に踊らせたのである。

信じられない光景であった。

どのようなマッコウクジラであれ、成獣が、その全身を空中にさらすことなどない。あり得ない。それが、今、眼の前で起こっているのである。

明らかに、ピークオッド号より大きかった。

モービィ・ディックは、衝突する寸前で、ピークオッド号の舳先十メートルほどのところを、大きく横へ跳んでいたのである。

なんという光景か。

まるで、自分の姿の全てを晒すことによって、モービィ・ディックは、人間たちに、そこにひれ伏せと言っているようであった。

その白い巨体が、地球にもどってきた。

巨大な波と、水飛沫が、ピークオッド号の横腹を叩いてきた。

ピークオッド号が、激しく揺れた。

「おおの、ざまな（凄え）！」

万次郎は、土佐弁で叫んでいた。

「ざまな!!」

「ざまな!!!」

たまらなかった。

何がたまらないのかもわからない。

自分の身体が、自分のものでないようだった。

魂と、声と、肉と、血が、逆流し、発熱し、煮え、沸騰し、自分がその混乱の中で、肉のどの場所にいるのかもわからなくなった。

「凄え！」

ただ叫んでいた。

凄え！

凄え!!

凄え!!!

魂が散りぢりになっていた。

「ボート、下ろせえっ！」

エイハブが叫ぶ。

滑車(かっしゃ)が回る。

万次郎は、自分の銛を摑(つか)んで走った。

恐怖は、なかった。

全身の血が、温度をあげている。

その血の温度で、肉が焼け、身体(からだ)中が煮えたようになっている。

今、畏怖(いふ)はあっても恐怖はない。

あの、巨大なものに挑んでみたい。

その想いだけがあった。

三

四艘(そう)、全部のボートが海に浮いていた。

万次郎は、ボートの前方で、一番オールを握っている。後方の、クイークェグの指示通りに、ボートを漕ぐ。

エイハブのボートが先頭だった。

エイハブは、オールを持たず、ボートの先に立って前方を睨んでいる。

相手が、ただの鯨ならば、そこに立つべきはフェダラーであったのだが、これから相手にするのは、ただの鯨ではない。モービィ・ディックである。

ならば、ボートの先に立つのは、エイハブでなければならない。

先頭のボートの舳先に立つならば、モービィ・ディックに、一番銛を打ち込むことができるからだ。

どのボートも、エイハブのボートを追い越そうとはしない。

エイハブが、モービィ・ディックに最初の銛を打ち込むべき人間であると、全員が考えていたからだ。そして、最後のとどめの槍(やり)を打ち込むべき人間も、エイハブでなければならないと。

しかし、次にモービィ・ディックがどこに浮上するかは、誰にも、エイハブにもわからない。モービィ・ディックが浮上する場所によっては、一番銛を打ち込む人間がエイハブではなくなってしまう可能性もあるが、他のボートの銛打ちの誰も、それをやろうと考えてはいないだろう。

万次郎だって、考えてはいない。

そして、この時、エイハブ自身も、自分が一番初めにモービィ・ディックに銛を打ち込むべき人間であることを、信じて疑わなかった。

エイハブの予想は、正確だった。

優れた銛打ちは、そのおり鯨が潜った時の角度、勢い、速度、風、波――そして鯨の心理までを読んで、次に鯨が浮上する場所を予測する。

それが、みごとに当たったのだ。

いや、予想というよりは、エイハブが持つ運命の羅針盤が、その場所までボートを運んだというべきか。

いずれにしても、モービィ・ディックは、エイハブの乗るボートに一番近い場所に、再びその姿を現したのである。

それは、突然ではなかった。

何故なら、空に群れる海鳥たちが、モービィ・ディックの出現を、あらかじめ知らせてくれたからである。

モービィ・ディックが海面から跳びあがり、再び海中に姿を消した時、海鳥の群は、いったん散った。空のあちこちを、一羽一羽が自由に飛び回るようになった。

その海鳥たちが、再び、群れはじめていたのである。

エイハブのボートの、ちょうど上あたりであった。

「来るぞっ！」

エイハブが、大声をあげた。

「心せよ!!」

エイハブは、鯨の骨でできた左脚の膝(ひざ)を膝受けにあて、銛受け(クロッチ)から銛を摑みあげて、それを両手に握った。

顔が、赤く染まっている。

歯をくいしばっている。

海鳥の群れが、どんどんエイハブの頭上に集まってくる。

騒がしく鳴きあげる鳥たちの声が、頭の上で交錯する。

「エイハブ！」

後ろから、フェダラーが叫んだ。

「おまえのありったけを、ここで示すのだ。ここで死んでみせよ。それを、このわしが、語り継いでやろうではないか。おまえの妻に、おまえの息子に、おまえの最期を語って聞かせてやろうではないか。それを思え。どのように語られたいかを思えっ!!」

フェダラーも、昂ぶっていた。

何かを叫び続けている。

その声が、どこまでエイハブに届いているのか。

エイハブの正面——

十メートル先の海面が、盛りあがってきた。

ゆっくりと。

盛りあがり、膨らみ、そしてその盛りあがりの上に、海中から点々と見えてきたものがあった。銛と槍の森の頂部分であった。

無数の十字架。

そして、その森の下から、白い山が出現してきたのである。

エイハブは、ぎちぎちと歯を軋らせている。

まだだ。

まだ。

もっと姿を現せ。

白い山肌を、青い海水が滑り落ちてゆく。

エイハブは、モービィ・ディックのその白い背から、海水が全て流れ落ちてしまうのを待っているのである。

エイハブは、歯を嚙みしめて、何かに耐えている。

こらえている。

こらえながら睨み、その白を眼に焼きつけている。

しかし——

もう、待てない。

身体がちぎれそうだ。

自身の身体の内圧で、肉という肉が、ことごとく潰れてしまいそうだった。

まだ、盛りあがってくる。

まだ、盛りあがってくる。

くうう。

くわわ。

もう、限界だった。

「おわあああああっ!!」

エイハブは叫んだ。

見よ、フェダラーよ。

見て、その眼に焼きつけよ、このエイハブが、逃げなかったことを。このエイハブが、神に闘いを挑んだことを。

「かあああっ!!」

エイハブは投げた。

銛を。

銛は、飛んだ。

大気を削るようにして銛は宙を疾(はし)り、モービィ・ディックの背に突き立ったのである。

おおおおお……

他のボートに乗った男たち全員が、それを見て声をあげていた。

万次郎も、それを見ていた。

今、地球が生みだしたばかりのもうひとつの地球に、エイハブの投げた銛が突き立つのを。

モービィ・ディックの背から流れ落ちる海水は、滝のように見えた。

その海水が、全て海にこぼれ落ちる前に、モービィ・ディックは、またもや海に沈みはじめたのである。

縄桶(なわおけ)から、縄が走り出す。

「おう、走るわ走るわ」

フェダラーが声をあげる。

「もはや、どれだけ走ろうと、離さぬぞ。この縄の絆(きずな)のある限り、おまえと一緒だ。逃がさぬぞ、モービィ・ディックよ」

背から、腰、尻(しり)と、モービィ・ディックの身体が海へ潜ってゆく。そして、最後に海中からせりあがってきたものがあった。

おそろしく巨大な尾であった。

その尾は、エイハブのボートの、思いがけなく近い場所から持ちあがってきた。ボートの左舷だ。その尾は、ボートの左舷をこすりあげるようにして空中高く持ちあげられてゆく。

高く。

高く。

そして、ふいに、天から、神の審判の如くにその尾が打ち下ろされてきたのである。

尾が、ボートを打った。

逃げる間など、なかった。

ボートに当たったのは、尾の右半分であった。しかし、その尾に上からはたかれて、ボートの中央部分は、尾と海面との間に挟まれて潰されていたのである。

めきゃっ、
という音がした。

ボートの中央にいた漕ぎ手は、その一撃で即死していたに違いない。

無事だったのは、舳先にいたエイハブと、最後尾にいたフェダラーだけであった。

ボートは中央部でひしゃげ、前と後ろの部分が跳ねるように持ちあがった。

エイハブの身体は、宙に飛ばされていた。

くるくるとエイハブの身体は宙で回転し、そして、海に落ちていた。

フェダラーは？

飛ばされていなかった。

フェダラーの右足に、構（チヨック）からはずれた縄がからみついており、フェダラーは、そのまま引きずられて、海に向かって足から引き込まれてゆくところだった。

その瞬間、フェダラーは、何か叫んだ。

しかし、何を叫んだのかわからなかった。それを言い終えぬうちに、フェダラーは海に引きずり込まれ、放つはずであった言葉と共に、沈んでしまったからである。その後、モービィ・ディックは、潜りながら身体を一回転、二回転させて、そのまま遥か深みに消えて、見えなくなってしまったのである。

惨劇のあとの海面には、さっきまでボートだったものの残骸（ざんがい）が、数えるほど浮いているだけだった。

万次郎は、その一部始終を見ていた。

万次郎だけではない。イシュメールも、クイークェグも、ダグーも、スタッブも、タシュテーゴも、フラスクも。そして、ボートに乗っていない他の乗り組員たちも、ピークオッド号の上からそれを見ていたのである。

他の鯨と、モービィ・ディックは、何かが圧倒的に違っていた。

エイハブがどれだけ吼（ほ）えようと、ピークオッド号の乗り組員たちが、どれだけ心の中に強い意志と感情を持っていようと、モービィ・ディックには届きようがない。

山は、人が拳（こぶし）で打とうが槍で突こうが少しも動かない。川の流れは、人が小便をしようが唾（つば）を吐こうが何ほどのこともなく流れ続けてゆく。そこにはただ沈黙があるばかりだ。

人間は、モービィ・ディックに届かない。

万次郎は、それを思い知らされていた。

残ったボートの乗員の誰も、オールを動かそうとしなかった。誰も、モービィ・ディックを追えと叫ばなかった。

モービィ・ディックは、再び、地球の中に潜り込んでしまったのである。

と——立っている万次郎の膝先の船べりを、海中から現れた右手が、摑んでいた。

海中から、エイハブの顔が現れた。

「小僧、追うぞ！」

万次郎を見あげ、エイハブは呻きながら叫んだ。

「追え、追え。地の果てまでも、モービィ・ディックを追うのだ！」

その言葉が、呆然として声を失っていた男たちの心に、火を注ぎ込んでいった。

十七章

スターバックのかくれんぼうのこと

船長の個室をノックする直前、なぜだかスターバックはふと足をとめた。船長室のランプは、右に左に大きくゆれながらちらちらと燃え、その明滅する影を、かんぬきをかけた個室のドアの上に投げかけていた――ドアといっても、薄手のお粗末なもので、上部はパネル板のかわりに固定式のブラインドがはめこんであるだけのものである。船長室は後甲板の下の地下牢のように孤絶した場所にあったので、周囲は波や風のうなりでかしましいのに、そこには耳鳴りがするような静けさが支配していた。銃架には装塡されたマスケット銃が数丁、隔壁の前面を背にして鈍くかがやきながら立っているのが目にはいった。スターバックはこころ正しい人間であったが、そのマスケット銃を見た瞬間、どういうわけか、その正しいこころのなかに邪悪な想念が芽生えたのだった。

――ハーマン・メルヴィル『白鯨』
岩波文庫　八木敏雄・訳

一

ピークオッド号は、三日の間、漂流しつづけた。

帆の全ては風を孕み、大きく膨らんで、ピークオッド号は波の上を走り続けているのだが、どこへ向かおうとしているのか、誰にもわかっていなかった。

もちろん、エイハブ船長にもわかってはいなかった。陽が昇る時と沈む時に、かろうじて、東と西の方角はわかるのだが、あとは、どちらに向かっているかはわからないままだった。

つまり、漂流しているのと何も変わらない状態だったのである。

最初の一日は、エイハブが皆の心に注ぎ込んだ火によって、ピークオッド号は走ることができた。

船に戻ったエイハブは、まだ濡れている髪を搔きあげて、

「ピークオッド号の針路はいずれか⁉」

船中に響く声で激しく問い、

「針路は、モービィ・ディック‼」

自らその答えを叫んだのである。

向かう先が、北であろうが南であろうが、その先にはモービィ・ディックがいる――その思いが、いったんは萎えかけた乗り組員たちの心を支えていたのである。

しかし、モービィ・ディックの姿が見えぬまま、二日、三日と日がたつうちに、乗り組員たちの多くが、再度、無力感に囚われるようになってしまったのであった。

無理もなかった。

その時、ピークオッド号の全乗り組員が、船の上で、あるいはボートの上で、その光景を眼にしていたのである。

全身を現したモービィ・ディックの姿。

その後、尾のひと打ちで、ボートをふたつに割って、漕ぎ手の四人の命を奪ってしまったのである。

圧倒的なその姿。

それが、誰の心にも焼きついている。

あれは、巨大な山だ。

山に、いったい何本の銛を打ち込めば、声をあげさせることができるのか。

できない。

皆、それがわかっている。

動く山――

モービィ・ディック――あれはそういうものだ。

ピークオッド号は、まるで、疫病が蔓延している船さながらに、三日目には、波間に漂う木の葉ほどにも、無力なものになってしまったのである。

かろうじて、己れを保っている者は、わずかだった。

ボート長のクイークェグ、フラスク、スタッブ、そしてイシュメール――その仲間には、万次郎も入っていた。ダグーも、タシュテーゴも、もちろん正気ではあるものの、普段の生気がその身体から抜け落ちていた。

だが、エイハブは、煮えた岩のようであった。

乗り組員の誰よりも、その眸は光っていた。

しかし、それは、正気の光ではなかった。

狂気の光。

怒りの色。

復讐の念に憑かれた人間の眼であった。

ただ、眼以外の場所――口元や、頬のたるみや、髪や、肩や、背、その姿は、船内の誰よりも病み疲れていて、顔色も死人のようであった。

致命的であったのは、エイハブの左足であった。

鯨の骨で作られたその左足は、途中で折れ、二十センチ近くも短くなっていたのである。斜めに折れたため、折れ口は鋭く尖って、歩こうとするたびに、甲板にその先が刺さるのではないかと思われた。

とても、まともに歩けるような状態ではなかった。

それでも甲板に立とうとするエイハブを見かねて、船大工のホフマンが船長室から椅子を持ち出し、舵輪の前の甲板にその椅子の脚を釘で打ちつけ、そこにエイハブが座れるようにしたのである。

その椅子に座って、エイハブは、日がな一日、海を睨んで過ごしているのである。

そこへ、時おり、ピップが歌う讃美歌の澄んだ声が聴こえてくる。

〽主われを愛す
　主は強ければ
　われ弱くとも
　おそれはあらじ

讃美歌『主われを愛す』であった。

繰り返し歌われるその歌を、誰もうるさいとも、やめろとも言わなかった。

クイークェグが、イシュメールと万次郎の前で言ったのは、

「人は、誰でも、いつ、どこで死ぬかというのは決まっているものなのだ」

ということであった。

「おそれようとも、おそれなくとも、その時は必ずその人におとずれる。だから、人の役目というのは、運命のその日まで、己れのままに生きるということなのだ」

イシュメールは、その言葉に深くうなずいていた。

スタッブは、お気に入りのパイプをふかしながら、

「なるようにしかならん。自分の運命が決まっていようが、決まっていなかろうがな」

このように言った。

「自分が選んだ道が、必ずしもそいつをよい場所へ導いてくれるとは限らぬのだ。だからタシュテーゴよ、相手がモービィ・ディックであれ、明日の天気であれ、それを心配するのは、するだけ意味がないということだな」

タシュテーゴは、もともと無口な方であったが、この頃はさらに口を利かなくなり、ずっと海を見つめていることが多くなった。

「もう、ナンタケットへもどったらどうだ」

皆に向かってそう言い出したのは、リアリストのフラスクである。

この小柄な男は、自分の言に理ある時は、たとえ相手がエイハブ船長であっても、後へ退がらない。しかし、これまでフラスクがエイハブに折れてきたのは、

「よいか、フラスクよ、おれは、おまえが気にいらぬというそれだけの理由で、おまえの給料の一部を減らすことができるということを覚えておくのだな」

エイハブが、最後にはこの言葉を発することができたからだった。

だが、白鯨が姿を消してから三日目、エイハブの呪縛が解けかけてきたのを幸いに、フラスクは、船内の多くの人間が心の裡に思っていることを、皆にかわって口にするようになっていたのである。

「なあ、ダグーよ、おまえもそう思ってるんじゃないのか。おまえが、このごろ、そのでかい図体に似合わずふさぎ込んでいるのは、おれと同じことを思っていて、しかしそれを言うことができないからではないのか――」

二

その時、万次郎は、エイハブの横に立って、一緒に海を見つめていた。

エイハブに呼ばれたからである。

少し前に、イシュメールが、エイハブに言われて船首楼にいた万次郎を呼びに来たのだ。

やってきた万次郎は、椅子に座して前方を見つめているエイハブの左横に立った。

「呼んできました……」

そう言って、イシュメールは、すぐにその場から立ち去ってしまった。

しかし、万次郎にはわかっていた。イシュメールが、どこか、自分たちの声が届くあたりの物陰に隠れて、こちらの様子をうかがっていることを。あの、冒険心と好奇心に富んだ人物――イシュメールは、これから、この場で何が起こるのかを知りたがっているはずだからだ。

万次郎は、いったい、エイハブがこの自分にどのような用事があるのか、それが気になっている。

しかし、エイハブは、イシュメールが去った後も、同じ姿勢で海を睨んだまま、しばらく口を開かなかった。

その沈黙があまりにも長かったので、自分の方から声をかけようかと万次郎が思った時、エイハブは、低い、やっと聴きとれるような声でしゃべり出したのである。

「スターバックよ……」

エイハブは、海を見つめたまま、万次郎に、

「どう思うか」

ぼそりとそう問うてきたのであった。

違いますよ、自分はスターバックではありません――

万次郎は思わず、そう言いそうになったのだが、それをやめた。

エイハブが、以前から、時おり、自分のことをスターバックと呼ぶのはわかっていたし、ここでそれを正していては話が前に進まぬであろうと考えたからであった。

もうひとつには、近くで見たエイハブの姿が、あまりにもやつれていたからだ。

かわりに、

「何のことですか」

そう問うた。

「モービィ・ディックのことだ」

「モービィ・ディックの?」

「そうだ」

「モービィ・ディックがどうしたのですか?」

「おれは、間違っているか?」

「あなたが?」

「おれは、この三日間、ずっと考えてきた。考え続けてきた……」

エイハブは、うねる青い海を見つめている。

見つめ続けている。

「何を考えていたのです」

「このまま、あやつを、モービィ・ディックを追い続けてよいのかとな」

エイハブは、ここでようやく、視線を万次郎に向けた。

「このおれの、勝手な欲望のために、おれは、乗り組

員の多くを死へと誘おうとしている……」

エイハブは、小さく、首を左右に振った。

「よいのか、スターバックよ」

また、問うてきた。

万次郎は、答えられない。

沈黙していると、

「おまえは、いつもこのおれを止めてきた。このおれの心に、邪な気持ちが動く時、おまえはいつもおれに忠告してくれた」

万次郎は、考えている。

こういう時、スターバックであれば、何と答えるのであろうか。

優しくエイハブをいたわるのか、はっきりモービィ・ディックを追うのをやめよと言うのか。

おそらく、話に聞くスターバックであれば、エイハブを止めるであろう。しかし、万次郎は、沈黙することしかできなかった。

「おまえは、いつも、おれに優しかった。おそらく、おまえがおれを殺す時でさえ、おまえは優しくその仕事をなすであろう。ああ、それはわかっていたのに……」

「ほんとうですか、船長」

万次郎は言った。

いつの間にか、万次郎は、エイハブの言葉にひきずられ、自分がスターバックになったような気がしている。

「ほんとうだとも。スターバックよ、おまえはいつも、このエイハブの羅針盤であった。おれが、どのような嵐の中にいようと、どのような闇の中にいようと、おまえはいつもおれのゆくべき道を示してくれた……」

「はい」

「だが、スターバックよ、おお、心優しき銛打ちよ、しかし、あやつだけは違うのだ。あのモービィ・ディックだけは……」

「どう違うのです?」

「あやつは、人の、どのような理屈も寄せつけぬ。人の、どのような感情も届かぬ。まるで、神のように……」

ここで、ようやく万次郎は、エイハブの口にした神というものが、おぼろげながらわかるような気がした。

人が、何をしようが、何を祈ろうが、永遠に答えることのない神——

「人が心に描くどのような思いも、理屈も、あやつに出合った途端に木っ端微塵だ。いったい何であろうかな、あのモービィ・ディックというのは……」

　エイハブは、低い声で独語する。

「永遠に手にすることのできぬ、憧れのようなものか、はたまた黄金郷か、人が、心の奥で、焦がれずにはいられぬもの、求めずにはいられぬもの、それがモービィ・ディックなのか？」

　エイハブの独語が止まらなくなっている。

「スターバックよ、おれは、時々、わからなくなることがあるのだ。もしかしたら、おれは、モービィ・ディックを憎んではいないのではないかとな。本当は、焦がれ焦がれて、愛しくさえ思っているのではないかとな。しかし、あやつは、このおれを振り向きもしない。おれはただ、やつに振り向いてもらいたいだけなのかもしれぬ。あるいはこのおれを殺して欲しいと、心の底ではそんなことを思っているのではないか。そうなのだよ、スターバック、おれは、あやつに殺してもらいたがっているのではないか……」

　スターバックである万次郎は、答えられなかった。

　ただ、うなずくことしかできなかった。

　自分は、スターバックではありません——その言葉をエイハブに言うことができなかった。

「おれに、ピークオッド号の乗り組員たちに、死を要求する権利があるのか。もしも、このおれに、その権利があるのなら、乗り組員たちひとりひとりにも、おれに、このエイハブの死を要求する権利があるのではないか。ならば、スターバックよ、おまえにも、このエイハブを殺す権利があるというものだ。ああ、スターバックよ、このエイハブは、今こそおまえを必要としているのだ。このエイハブは、今こそおまえの助言を必要としているのだ……」

　いつの間にか、エイハブと万次郎の周囲に、乗り組員たちが集まっていた。

　そして、その一番前に立っていたのが、フラスクであった。

　フラスクの後ろには、ダグーがいる。

　そして、波の音。

　風。

　帆のはためく音。

　向こうから聴こえてくる、ピップの透きとおった歌声——

〽主われを愛す
　主は強ければ
　われ弱くとも
　　おそれはあらじ

エイハブは、いきなり、十歳も、二十歳も齢をとった、やつれきった顔になった。

その顔をあげて、皆を見た。

フラスクを見て——

「おう、スターバックよ、来たか」

そう言った。

次に、スタッブを見、

「おう、スターバック」

同じ言葉を口にした。

一同を見回し、

「おう、スターバック、スターバック、スターバックよ、よう来てくれた……」

エイハブは、掠れた、細い声で、スターバックの名を繰り返し口にした。

「これまで、どこに隠れていたのだね……」

一瞬、エイハブは、幼児のような顔になっている。

「エイハブ船長——」

フラスクが声をかける。

「なんだ、スターバック」

エイハブが言う。

スターバックと呼びかけられても、フラスクはそれを否定しなかった。

そして、その場にいる誰もが、エイハブのその言葉を否定しなかった。これまでと同じだ。今まで、幾度となく、エイハブは、この船にいないはずのスターバックの名を口にしてきた。しかし、誰も、エイハブのその言葉を否定しなかった。これまでと同じことが、今、またここで起こっているのである。

これまでと違っていることと言えば、ここにいるほとんど全ての人間に、エイハブは、今、スターバックと声をかけていることであった。

そして、もうひとつ違っていることがあった。それは、今、エイハブがひどく弱よわしくたよりなく見えるということだ。

幼児か、もう、歩くこともままならぬ老人のようであった。

フラスクは、エイハブに優しく声をかけた。

「もう、ナンタケットに、もどりましょうや。たしかに、もしもあのモービィ・ディックを仕留めることができりゃあ、でかい稼ぎになる。残りの樽の全てを奴の油で満たしてまだ余る。しかし、奴を仕留めるのは、並たいていのことじゃあない。まだまだ死人が出るだろうさ。それに、ボートを一艘やつに壊されたんだから、もう、三艘しか残っちゃあいねえ。これじゃあ、やつを仕留めることはできなかろうよ」

ここで、フラスクは、そこにいる者たちに視線を向けた。

「しかし、今、船倉の樽は、あらかた――七割がたは、鯨の油で満たされている。これでよしとすべきだろうよ。なあ――」

すると――

「何を言うのだ、スターバックよ」

エイハブが、椅子から立ちあがろうとしてよろけた。

万次郎が駆けより、肩を貸し、エイハブを支えて立ちあがらせた。

「またしても、同じことを言いだすつもりか。よいか、スターバックよ。おまえが口にすることは、いつも正しい。しかし、スターバックよ、人はいつもその正しい行動をとるとは限らぬのだぞ――」

「だが、これは、この船に乗っている者の総意だよ」

エイハブは、スターバックの台詞を自ら口にした。

「なんだと、なんだと、なんだとスターバックよ。この件では、おまえと何度も話をしたはずだ。この前の時も、おまえは、意見を変えようとせず、おまえは、おまえは、このおれを銃で、マスケット銃で、撃ち殺そうとした。何故だ。何故だ、スターバック。どうして、古くからの馴染みのこのおれを殺そうとしたのだ。おまえの抱いた女の数も、おれは知っている。おれが、港でねんごろになった女の数だっておまえは知っている。それなのに、何故だ。モービィ・ディックに嫉妬したか。あんまりおれが、やつに夢中になっているので、悋気しておれを殺そうとしたんじゃないのか、スターバックよ！」

エイハブの声が、だんだん大きくなってきていた。

「おまえは、おれを、銃で殺そうとしたのだ。弾をこめてな。だからおれは、だからおれは、ああ、スターバックよ、スターバックよ！　だから、おれは、おまえを殺したのだ、スターバックよ‼」

万次郎の肩によりかかったエイハブの身体が震えている。その身体が鳴っている。その声が、エイハブの身体の中に響いてくる。

それが、エイハブの身体から万次郎の身体に、直に伝わってくる。

衝撃的な言葉であった。

かつて、こんな風に、肩を貸したことのある老人がいた。

その老人のことを、万次郎は思い出していた。

羽刺の半九郎――

化け鯨の半九郎だ。

〝あいつ、殺しちゃる。殺しちゃる……〟

泣きながら、半九郎はそうつぶやいていた。

窪津の浜で、半九郎が、若い男から蹴り倒された時だ。

あの時も、万次郎は、こうして、半九郎の身体を支えていたのだ。

〝こらえてや、爺っちゃん〟

あの時、自分も泣きながら、半九郎を支えていたのではなかったのか。

「小僧、もうえい……」

その時、エイハブの声が、半九郎の声と重なって、万次郎の身体の中に響いてきた。

「もう、よい、小僧――」

万次郎が離れると、エイハブは、独りで立った。

身体が左に傾いてはいたが、しっかりと、甲板を踏みしめていた。

エイハブの今の声の響き……

スターバックでなく小僧と呼んだ今の、言葉……

それが、わかった。

エイハブは、正気に戻っている。

エイハブは、そこに立ったまま、肩で大きく息をしながら、皆を睨んでいる。

口を利く者はなかった。

万次郎の肩を、誰かが背後から優しく叩いた。

イシュメールだった。

「きみを、海で助ける十日ほど前の晩だよ……」

イシュメールが、背後から、万次郎の耳に唇をよせて、低い声で囁いた。

「その日の夕方、エイハブとスターバックは、モービィ・ディックのことで、激しい言いあいをしたのだ……」

その晩、スターバックは、独りで船長室を訪れた。

おそらく、夕刻に中断した話の続き、モービィ・ディックを追うのをやめて、引き返したらどうかという提案を改めてエイハブに伝えるために、スターバックは、船長室をたずねたのではないか——と、イシュメールは言った。

そして、これは想像なのだがと前置きして、イシュメールは万次郎に語った。

船長室のドアの横の壁に、マスケット銃が掛けられている——これは想像ではなく本当のことだ——のだが、ドアの前に立ったスターバックは、そのマスケット銃を手に取った。

話し合いをしても、決裂するのは、どうせわかっている。話が決裂すれば、ピークオッド号は、モービィ・ディックを追い続けることになる。そうなれば、全員が死ぬ。

しかし、出合わぬ可能性だってある。出合わぬ前から、こんなに真剣になるのは、もちろんおかしいが、逆に、出合ってからではもう遅いこともわかっている。

出合えば、エイハブは、必ずモービィ・ディックを追うだろう。

ならば、いっそ、この銃で、今、エイハブを撃ち殺してしまったら——

スターバックが、マスケット銃を手にしてドアの前で考えていた時——

そこへ、エイハブ船長が帰ってきたんだ。

エイハブは、その時、部屋にはおらず、独りで甲板の上にいたんだな。

そして、帰ってきた時に、銃を持ったスターバックを見つけてしまったのだ。

もちろん、スターバックは、本気ではなかったと思う。

しかし、銃を手にしていたのは本当だった。

そして、おそらく、心の中におそろしい考えが生まれていたのもね。

でも、スターバックは、その考えを実行しなかったはずだ。

スターバックに、そんなことができるわけがないのは、誰だってわかっている。

でも、スターバックは、銃を手にしていた。

それを見られた。

それは事実だ。

「何をしている、スターバック！」

これは、みんなが耳にしている。

大きな声だったからね。

「そのマスケット銃でおれを殺す気か⁉」

この声は、ぼくも耳にしたよ。

そして、次にぼくが話すのは、想像じゃない、実際にこのぼくが見た光景だよ。

駆けつけたぼくたちの前で、エイハブとスターバックは、銃を間に挟んで揉みあってたんだ。

そして――

銃が暴発したんだ。

そして、その弾丸は、スターバックの胸を貫いたんだ。

エイハブは、そこに、呆然と立ち尽くしていたよ。

ああ、スターバック、スターバックよ、どうしてこんなことに。ああ、なんということだ、なんということを、おれはしてしまったのか――

それで、我々は次の日、スターバックの葬儀を済ませ、その死体をホフマンの作った棺桶に入れて、海に流したのだ。

そして、十日後に、きみを海で見つけたんだ。しかも、きみは、スターバックの棺桶の板を持っていた。スターバックがきみを救ったのだ。それで、すでに心を病んでいたエイハブは、きみのことを、時おり、スターバックであると思い込むようになってしまったんだ。

よほど、強い衝撃を、スターバックの死は、エイハブ船長の心に与えたんだろうね。スターバックが死んだその日から、エイハブ船長は、時おり、まるで、スターバックが、生きてピークオッド号にいるかのようにふるまうようになっていたんだけどね。でも、我々は、それを放っておいたのだ。エイハブ船長のためにね。

いつだったか、きみに、このピークオッド号では、スターバックの名を口にしない方がいいと言ったのは、そういう意味だったんだよ……

そういうことを、イシュメールは、万次郎の耳元で、短く低い声で語ってくれたのである。

エイハブの、荒かった息が、だんだんともとにもどってきていた。

「スターバックは、死んだのだな……」

エイハブは、つぶやいた。

「おれは、それを忘れたわけではない。覚えているとも。自分が、時おり、この船の上に、スターバックの亡霊を見るようになったことも、自覚している……」

　エイハブの眸が、澄んでいる。

　ピップの、歌声が響いている。

「ナンタケットか……」

　エイハブは、その名を口にした。

「麗しの、われらが故郷——妻や、子が、そこで我らの帰りを待っている。そこへ、帰りたくないなどとは、誰も思っていない。もちろん、このおれもだ……」

　エイハブの眼から、憑きものが落ちたようであった。

　穏やかな眼であった。

「いいだろう」

　エイハブは、そう言ってうなずいた。

「諸君……」

　と、エイハブが皆を見回したその時であった。空から、神の天啓のように、声が降ってきたのだった。

「鯨発見!!」

　大きな声だった。

「モービィ・ディックだ。白鯨発見、前方、六十メートル!!」

なに!?

　エイハブの眼に、別の光が点っていた。

「発見！」

「発見!!」

　声は叫び続けている。

　そして、皆は、前甲板へ走ったのである。

　エイハブに肩を貸したのは、万次郎であった。

見る。

いた。

　ピークオッド号の前方、六十メートル先の海面に、白い小山がもりもりと姿を現し、そして沈み、また浮いてくるということを繰り返していた。

　悠々と、モービィ・ディックは泳いでいた。

　まるで、ナンタケットへ帰ろうとするピークオッド号を誘うように。

　そして、一同は、そこに見たのであった。

　フェダラーの姿を——

　三日前、打ち込まれたエイハブの銛に繋げられていた縄が、モービィ・ディックの背から生える幾本もの銛にからみついていた。

　その縄にからめとられて、フェダラーが、モービイ・ディックの背に仰向けになっているのである。

フェダラーは、天を見あげている。

すでに生きていないのはわかっている。

しかし、フェダラーの身体で、生きているかのように動いているものがあった。

それは、右腕であった。

モービィ・ディックが浮き沈みするたびに、フェダラーの右腕が持ちあがり、ひょい、と動くのである。

モービィ・ディックの身体が沈み、また海面に持ちあがってくる。

すると、フェダラーの右腕が、ひょい、と持ちあがるのである。

まるで、おいでおいでをしているように。

さあ、来い。

何をしているのだ。

わしのことを忘れたか。

エイハブよ。

フラスクよ。

スタッブよ。

皆のものよ……

「おお、フェダラーよ、フェダラーよ」

エイハブは呻いた。

「忘れるものか、我が水先案内人よ。おぬしは、おれの、弱い心を、鼓舞しに来てくれたのだな。帰ることはならぬと、言いに来てくれたのだな。約束を破る気かと。逃げて、ひとりだけ暖かい暖炉の側へゆこうとするのを、止めに来てくれたのだな。わかっているとも。もちろんわかっているとも、忘れるものか、フェダラーよ、忘れるものか!!」

エイハブは、吼えた。

獅子のように。

そして、虎のように。

魔王のように、歯を嚙み鳴らした。

「追え！」

「追え!!」

「追うのだ!!!」

エイハブは、猛った。

「スターバックを吊せ！」

狂おしく身をよじって叫んだ。

「モービィ・ディックを追うんだっ!!」

十八章

万次郎マスケット銃にて試されること

「おお、エイハブ！」スターバックがさけんだ。「いまからでも遅くはありません。ご覧ください！　モービィ・ディックはあなたを求めてはいません。やつを狂ったように求めているのは、あなた、あなたなのです！」

——ハーマン・メルヴィル『白鯨』
岩波文庫　八木敏雄・訳

一

モービィ・ディックが、ゆっくりと遠ざかってゆく。

すでに、距離は一千メートルは開いたであろうか。

水平線の手前に、海鳥が群れている。

その下に、モービィ・ディックがいることはわかっている。

エイハブは、それを睨み続けているのである。

どんなに帆を張って、風を受けても、ピークオッド号は追いつけず、モービィ・ディックは遠くなってゆくばかりだった。

そのうちに、日が暮れて、たそがれが海に迫ってきた。

暗い。

もう、誰の眼であっても、モービィ・ディックの上を舞う、カモメの群の姿をとらえることはできない。

それでも、エイハブは、椅子に座り続け、前方の闇を睨んでいる。

皆が食事を口にしても、エイハブだけは食事をとらなかった。

夜になって、中天に月が昇った。

明るい月だ。

万次郎は、ずっと、エイハブの横にはりついている。

いつの間にか、万次郎は、この老船長に愛情のようなものすら持ちはじめていた。

「水……」

と、エイハブが言う。

「はい」

万次郎は、船室に降り、木のカップに水を入れて持ってくる。

エイハブは、その全てを飲み干した。

「もう一杯？」

「いや、充分だ……」

エイハブは前方を睨み続けている。

「モービィ・ディックが見えるのですか？」

万次郎が問う。

「見えている」

エイハブが、前方を睨みながら答える。

「モービィ・ディックも、その上を舞う鳥の群も。鳥が鳴きかわす声も聴こえるし、モービィ・ディックの背で、月を見あげているフェダラーの姿もな。ほら、今、また潮をふいた……」

本当であろうか。

と、万次郎は思う。

しかし、エイハブ本人が見えていると言うのなら、彼の眼には間違いなく鳥の姿が見え、その声が聴こえ、潮吹きも見えているのであろう。

カップを置いてもどってきても、まだエイハブは、同じ姿勢で海を睨んでいた。

幾度となくエイハブの様子を見にやってくる者もいたが、誰もエイハブには話しかけないし、エイハブもまた、彼らに声をかけることはなかった。

エイハブは、眠らないつもりなのだ。

それがわかる。

万次郎もまた、眠らずに、エイハブにつきあうつもりだった。

イシュメールがやってきた時、

「眠った方がいい」

万次郎に声をかけてきた。

しかし、万次郎は首を左右に振って、

「眠くないんです」

そう答えた。

イシュメールが去って、しばらくした時、

「小僧、眠らぬのか」

エイハブが、珍しく水以外のことで話しかけてきた。

「眠くないんです」

万次郎は、イシュメールに言ったのと同じ言葉を口にした。

それでまた、少しエイハブは沈黙した。

後は、帆が風を受ける音と、船体に波がぶつかる音が響くばかりだった。

すると――

「なあ、小僧よ……」

エイハブが、また声をかけてきた。

「何ですか」

「おれは、幻を追っているのか……」

　エイハブは言った。

「幻？」

「そうだ、モービィ・ディックは幻なのではないか」

「――」

「追えば追うほど、モービィ・ディックは遠くなってゆく。やつは夢か。どれほど追っても手に入らぬ夢のようなものか――」

　もちろん、これは、万次郎の手に余る問いであった。

「夢だというのなら、追うことに、追い続けることに価値があるのか……」

　エイハブは首を左右に振った。

「いいや、違うぞ」

　自分で、自分の言葉にうなずく。

「うん。違う。あれは、モービィ・ディックは、夢や幻などではない。この世に間違いなくあって、間違いなく生きているものだ。夢が、おれの片脚を喰（く）うものか。幻が、ここまでおれを駆りたてるものか――」

　エイハブは、ひと晩中、似たような独白を繰り返し続けた。

二

　翌朝――

　陽が昇ってみると、モービィ・ディックは、もう、どこにも見えなくなっていた。

　どこから飛んできたのか、一羽のカモメが、主檣（メイン・マスト）のてっぺんにとまっている。

　それでも、ピークオッド号は、眼に見えぬ遠い水平線の向こう側にむかって進み続けていた。

　昼になった。

　エイハブは、眠らなかった。

　そして、食わなかった。

　ただ、万次郎が運んでくる水だけを口にした。

　万次郎もまた、エイハブの傍らにあって、眠らなかった。

　途中、わずかな水を飲み、イシュメールが持ってきたパンを口にしただけだ。

　そして、ついに、その日の昼すぎ、乗り組員たちが、再びエイハブの周りに集まってきたのである。

　皆の中心にいるのは、フラスクであった。

「船長……」

と、フラスクが声をかけてきた。

「何だね」

エイハブが、フラスクを見ずに言う。

エイハブが見つめているのは前方の波だ。

「ピークオッド号の乗り組員全員のかわりに、あんたに言いたいことがある……」

フラスクは言った。

「言うてみよ」

「それは、あんたには、我々の命を自由にする権利はない、ということだ」

フラスクは、はっきりとそう言った。

ここで、ようやく、エイハブはフラスクたちを見た。フラスクをしばらく見つめ、次に、フラスクの背後にいる乗り組員や、その横にいる水夫たちを見やった。

そこには、スタッブの顔もあった。ダグーの顔も、タシュテーゴの顔も、ホフマンの顔も、団子小僧の顔もあった。後ろの方には、クイークェグとイシュメールの顔もあった。

どこからか、ピップの歌う讃美歌の声が聞こえてくる。

しばらく、彼らの顔を見つめ、やがて、何ごとか決心したように、

「小僧、マスケット銃をここに――」

エイハブは、万次郎に言った。

「おれの部屋の、ベッドの上に置きっ放しになっている。それをここに持ってくるのだ」

「はい」

万次郎は、うなずき、駆け出した。

すぐに、マスケット銃を手にしてもどってきた。

エイハブは、それを両手で受け取った。

舵輪に背を預けてはいるものの、エイハブは、今、自力でそこに立っている。

「よく聞いてくれ、諸君――」

エイハブは、おごそかな声で言った。

「わしは今、わしの復讐のために、諸君の命を奪おうとしている……」

エイハブは、いったん言葉を切り、あらためて乗り組員たちを見つめ、

「諸君には、それを拒否する権利がある」

そう言った。

「それは、このエイハブを殺す権利である」

全員を睨んだ。

「わしが、諸君の命を奪おうとしているように、諸君も、このエイハブの命を奪ってよいのだ。モービィ・ディックを追う旅にゆきたくない者は、このマスケット銃で、このエイハブを、今ここで撃ち殺すがいい」

答える者はなかった。

「これから、ひとりずつ、このマスケット銃を手渡す。全員だ。ゆきたくない者は、銃口をこのエイハブの胸にあて、引き鉄を引けばよい。それ以外に、このエイハブを止める手だてはないと知れ」

声は低かったが、凄まじい宣言であった。

誰も、身動きしない。

「ここにいる全員が証人だ。誰が引き鉄を引いても、それは殺人ではない。わしは誰も恨まぬ。むしろ、引き鉄を引いてくれた者に感謝すらするだろう。わしの死体は、そのまま海へ放り込んで、鮫の餌とするがよい。それこそが、このエイハブにふさわしい葬儀である……」

エイハブは、フラスクを見やり、

「おまえからだ、フラスク」

マスケット銃を差し出した。

フラスクは、動かない。

「どうした。受け取らぬのか。早くその両手でこの銃を持つがよい。弾は込めてある。銃口をこのエイハブの胸にあてて、引き鉄を引くだけでよい」

エイハブが、フラスクの胸に、マスケット銃を押しつけるようにすると、フラスクは、ようやくそれを両手で受け取った。

「こいつは、ずるいですぜ、船長。しかも、このおれが最初だなんて――」

「そうさ。おまえが最初だ。おまえが皆にかわって引き鉄を引くのだ。そうすれば、皆が楽になる……」

「くそっ」

フラスクは呻いた。

「どうだ。撃たぬのなら、次は誰でもよい。おまえの好きな人間に、その銃を渡すがよい」

ぐぐぐっ、
と、フラスクは、喉に声を詰まらせた。

フラスクは、銃を、自分の身体から突き放した。

「いいさ。もう、モービィ・ディックとは出合うわけがねえんだ。おれたちは、もう、やつには出合わない。つまり、結論は、おれたちの行く先は、海の底じゃあなく、ナンタケットのバーってわけだ。そうだろ？」

フラスクは数度首を振って、マスケット銃を近くにいたタシュテーゴに手渡した。

「おまえの番だ」

フラスクは、そう言って大きく息を吐いた。

タシュテーゴは、マスケット銃を受けとって、途方に暮れたような表情をして、救いを求めるように、仲間の顔を順番に見つめ、やがて、覚悟を決めたように、

「白状しておくよ……」

その言葉を吐き出した。

「おれは、本当は、臆病(おくびょう)な人間だ。鯨が怖いんだ。ただ、これまで逃げたことだけはない。銛(もり)を握ったら、臆病だろうが何だろうが、たとえおふくろが死んだって、それを鯨目がけて投げなきゃあいけない。それは、おれが銛打ちだからだ。泣きながらだって、震えながらだって、銛を投げなきゃあならない。それは、おれが銛打ちだからだ。しかし……」

タシュテーゴは、泣きそうな眼つきになり、

「しかし、こんどだけは、こんどだけはおれは、生きてナンタケットへ帰りつきたい。本当にそう思ってるんだ。だが、人殺しにだけは……人殺しにだけは、なるわけにゃあいかねえ……」

持っていたマスケット銃を、スタッブに渡した。

スタッブは、明らかに困惑していた。

「待てよ。何で、こんな茶番に、おれがつきあわなきゃあ、ならねえんだ。人を試していいことと、悪いことがあるだろう。こんなことはやめて、もう、それぞれの持ち場へ戻ろうじゃないか。どうせ、もう、モービィ・ディックに遭遇することはないんだ。そんな奇跡が起こるものか。もしも、モービィ・ディックのやつが現れて、エイハブ船長が、奴を追っかけろなどと言うんなら、そん時は、エイハブをふんづかまえて、縄で縛り、おれたちみんなでナンタケットへ向けて、帆を膨らませりゃいいってことだろう」

次は、ダグーだった。

ダグーは、マスケット銃を両手で持ち、哀しそうに首を左右に振って、無言のまま、それをクイークェグに手渡した。

クイークェグは、渡されたその銃を手にして、イシュメールの前に立った。

澄んだ眸(め)でイシュメールを見つめ、

「友よ、おれは震えているかね？」

そう問うた。

「いいや、きみの背骨はいつだって、天に向かって真っ直だよ」

イシュメールが言う。

「我が友イシュメールよ、おれを見ていてくれないか。死の間際に、おれが怯まぬように。おれが、見苦しい悲鳴をあげて、やつに背を向けることのないように――」

「もちろんだとも――」

「結果を思って、仕事をするのは卑しい。おれはいつだって、眼の前のやるべき仕事に向かって全力を尽くすだけだ。それだけだ。他にいらない。人の仕事というのは、そういうものだ――」

「ぼくもそう思うよ」

「ありがとう、我が友よ。今、ここで言っておこう。おまえに出会えておれは本当に幸せだった。人とは、いずれゆくものだ。この大海原で、ひとつの波ともうひとつの波が出合うのは稀だ。しかし、おれたちは出会い、ほんの一時同じ風の中にいた。それでいい。それで、充分おれは満ち足りている。どのような風の中であれ、いついかなる時であれ、おれは、ただひとつのことしかできない。それは、おれの仕事をまっとうするということだ――」

言い終えて、クイークェグは、マスケット銃をイシュメールに手渡し、その肩を優しく抱擁した。

そして、エイハブのところまで歩いてゆき、その横に、並んで立った。

イシュメールは、しばらく無言だった。

そして、手にしていたマスケット銃を、横にいた万次郎に手渡した。

イシュメールは、万次郎の肩を叩いてから、

「きみにも権利がある。トサに帰りたいんだろう?」

そう言って、クイークェグの横に並んだ。

万次郎は、思いがけなく手渡されたマスケット銃に、眼をやった。

さっき、エイハブの船室から運んできた時より、倍以上に重さが増しているような気がした。

その増えた重さは、万次郎自身の迷いの重さだった。

万次郎は、考えている。

どうする。

どうしたらいいのか。

この重さを、どうしたらいいのか。

　万次郎は、エイハブを見やり、

「これは、ぼくが好きにしていいのですか」

　そう訊（たず）ねた。

「もちろんだ。小僧よ、おまえの好きにしてよい」

　エイハブの声に、迷いはなかった。

　スターバックなら、どうするだろう。もしも、自分がスターバックのかわりにピークオッド号に乗ったのなら、どうするのが正しいのか。

　いったい、自分の役目は何なのか。

　万次郎は、天を見あげた。

　人をこのような試みの前に立たせてよいのか——

　青い天に、白い雲が流れていた。

　爺（じ）っちゃんの墓の上を流れていた雲と同じだった。

　その白い雲が眼に入った時、万次郎は、自分の内部にその答えがあることを知った。

　万次郎は、マスケット銃を抱えたまま、走った。左の舷墻（げんしょう）まで駆け、その勢いのまま、手にしていた銃を、おもいきり海に向かって放り投げた。

　マスケット銃は、二度、三度、宙で回転し、海に落ちて、すぐに見えなくなった。

　万次郎が振り返ると、皆の視線が自分に集まっているのがわかった。

「小僧……」

　エイハブがそう言った時——

「鯨発見‼」

　見張りの声が、落下する鳥のように、主檣（メイン・マスト）のてっぺんから、甲板に降ってきた。

　そのひと声で、船内の空気が一変していた。

「右舷前方、三百メートル！」

「鯨発見！」

「鯨発見！」

　たて続けに、声が落ちてくる。

　続いて降ってきたのは、

「二頭です、マッコウクジラが二頭！」

　そういう声であった。

「奴か！」

　エイハブが叫んだ。

「モービィ・ディックか‼」

「違います！」

　声が言う。

「一頭は、母親。もう一頭は、子鯨です‼」

　一瞬、ピークオッド号に張り詰めた緊張が、そのひと言で、わずかに緩んでいた。

誰もが、その時、見つかった鯨はモービィ・ディックであろうと考えたのだ。

しかし、そうではなかった。

エイハブは、ひと呼吸、ふた呼吸、沈黙し考え、そして叫んでいた。

「ボート、下ろせえ！」

十九章

最後の闘い、
カモメを摑んだ手のこと

すると、巧妙なバネ仕掛けと抜群の浮揚力によって船体から分離された例の棺桶の救命ブイが、猛烈な勢いで海面に浮上し、縦ざまに空中にとびあがり、横ざまに海に落ち、わたしのすぐそばに漂流してきたのである。わたしはその棺桶につかまり、ほとんどまる一昼夜、おだやかに挽歌をかなでる海原をただよった。サメどもは口に錠前をかけたように敵意なく泳ぎ去り、トウゾクカモメたちはくちばしに鞘をしたようにおとなしく空を舞っていた。二日目に、一隻の帆船がちかづいてきて、ついにわたしをひろいあげた。それは迂回しながら航行するレイチェル号であった。失われたわが子をもとめて往復運航をしていたレイチェル号は、わが子ならぬもうひとりのみなしごを見つけたのであった。

――ハーマン・メルヴィル『白鯨』
岩波文庫　八木敏雄・訳

一

「やめい、やめい！」

エイハブが叫んだ。

「銛も槍も、もう打ち込んではならぬ!!」

エイハブが、三艘のボートにそう命令したのは、クイークェグが、みごとに子鯨に銛を突き立てた時であった。

その声は、ピークォッド号の上から、なりゆきを見守っていた万次郎の耳にも届いてきた。

漕ぎ手がオールを引く手を止めると、ボートも動かなくなった。

エイハブは、ボートを下ろした時から、

「母鯨には何もするな。子鯨をねらうのだ」

そう叫んでいた。

スタッブとタシュテーゴのボート。

フラスクとダグーのボート。

そして、エイハブとクイークェグのボート。

海に浮いているのは、この三艘のボートだった。

イシュメールはクイークェグのボートの二番オール

を握っている。

舳先に立って、一番銛を子鯨に打ち込んだのは、クイークエグであった。エイハブは、そのボートの一番後ろにあって、義足の折れた左膝を船縁にのせて立ち、指揮をとっているのである。

どうして、このような編成となっているのか。

それは、前回のモービィ・ディックとの闘いで、エイハブとフェダラーの乗ったボートが壊され、エイハブ以外の漕ぎ手全員が死んでしまったからだった。

それで、エイハブが、万次郎と代わって、クイークエグのボートに乗ることになったのである。

しかし、エイハブは、左脚の義足である鯨の骨を折られてしまったため、ボートの前方に立って、銛を打ち込むことができなくなってしまった。それで、エイハブが後方に回り、クイークエグが前に立つことになったのだ。

「母鯨は、追わぬでよい。我らのねらいは、この子鯨だ」

この声も、万次郎の耳まで届いてきた。

子鯨との、ほとんど一方的な闘いは、ピークオッド号のすぐ眼の前で行われたので、万次郎にも、その様子はよく見え、エイハブの叫ぶ声も聞こえてくるのである。

「あとは何もするな、ただ、待て――」

その声を耳にした時、万次郎は、ほとんど悪魔的な、エイハブのたくらみを理解したのだった。

半九郎が、白い化け鯨と出合ったのは、子鯨を仕止めたおりのことだ。

これは、万次郎が、直接半九郎から聞かされたことであった。

〝新太も、甚平も、長太郎も、喜助も、もう腰が抜けてよ、船ん中でがたがた震えちょうだけやった〟

そして、子鯨を助けにやってきた化け鯨に、半九郎を残して全員が殺されたのだ。

ピークオッド号に乗ってからも、モービィ・ディックが子鯨を助けに来たという話は耳にした。

その話をしてくれたのは、ガブリエルだったはずだ。

〝モービィ・ディックは、群れない。いつも単独で、一頭で行動している。で、こいつが他の鯨と一緒に現れる時は、他の鯨を守る時だってね〟

〝五年前の、イギリスのマーリン号がやられた時もそうだったって、おれは聞いてるよ。マーリン号が、子連れの雌鯨を追っかけてる時に、モービィ・ディックが現れて、ボート三艘をみんな沈めちまったんだよ〟

その時、ガブリエルが口にした言葉も、声の抑揚も、みんな覚えている。

そして、もちろんそれは、すべてエイハブの知るところなのであろう。

今、エイハブは、死に瀕した子鯨と、その周囲を心配そうに回っている母鯨を囮にして、モービィ・ディックをおびきよせようとしているのである。

おそるべき、エイハブの執念であった。

二

鯨が、水中で、互いに会話をしていることは、広く知られている。鯨の種類によって、その声は違っているのだが、棲む海域や家族、群によって、方言まで存在しているのである。

声の音域は、これも種類によって違うのだが、低い音、低周波であるというのは共通している。

では、その声はどこまで届くのか。

シロナガスクジラでは、通常で、どれほど少なく見つもっても百キロ——場合によっては、八百キロ、千キロ先までその鳴き声が届く。

声の大きさは、シロナガスクジラで、最大、百八十八デシベルが観測されている。ジャンボジェット機のエンジン音が、百七十デシベル前後であることを考えれば、鯨が、いかに大きな声を出せるかがわかるであろう。

ところが、観測史上、最も大きい声が記録されたのは、シロナガスクジラではない。マッコウクジラである。その音量、二百三十六デシベル。

その声は、千数百キロの彼方まで届いたことであろう。

鯨が、鳴き声によって会話しており、その声が遠くの海域まで届くということは、捕鯨船乗りの間では、広く知られていた。

そして、人間と同様に、家族思いであるということも、よく知られていたのである。

一頭の鯨を仕とめた時、仲間の鯨が、死んでゆく鯨を気遣うように、周囲をいつまでも回っていたという光景は、多くの捕鯨船乗りの目撃しているところであった。

子鯨は、三艘のボートに囲まれている。

背に突き立った銛に、縄が繋（つな）がっているので、潜るに潜れない。大人の鯨であれば、ボートを引き込んで潜ることもできるが、子鯨ではそうもいかない。

ボートより、ひと回りは小さい子鯨だった。

子鯨の周囲に、赤く血が広がっている。

「さあ、来い。モービィ・ディックよ。こやつの泣き叫ぶ声が聞こえぬか——」

エイハブが、子鯨を眺めながら言う。

「どんなに離れていようが、この声はおまえに届いていよう。この子鯨の声は、おまえを呼ぶこのエイハブの愛の言葉と知れ」

エイハブのその声は、ピークオッド号の甲板にいる万次郎の耳にも届いている。

エイハブの言葉通り、子鯨が、さかんにもがいて声をあげているのがわかる。

赤い血の色はいよいよ広がって、あたりには血の臭いが満ちた。

しかし——

モービィ・ディックは姿を現さなかった。

万次郎がピークオッド号からその光景を眺めれば、子鯨の血でできた赤い海に、三艘のボートが浮いているように見えた。

子鯨の鳴きあげる声は、万次郎の耳にも届いている。

万次郎は、それが、故郷の中浜（なかのはま）にいる母志（し）を呼ぶ自分の声のようにも思えた。

ここまでするのか——

そう思った。

ここまでやるのか、エイハブ。

モービィ・ディックを、求めるあまり、狂ったか。

向こうで、時おり潮を噴きあげながら、周囲を行ったり来たりしている母鯨が、志をのような気もしてきた。

もとより、この母子の鯨には、どういう罪もないのだ。それを言うなら、そもそも、モービィ・ディックにだって罪はない。あの白い化け鯨は、人間に襲われ、自分の身を守るために、人間と闘っただけではないのか。

しかし、今は、万次郎のどのような思いも、エイハブには届かない。そしてモービィ・ディックにも——

ただ、時が過ぎてゆく。

風が止んだ。

何ごとも起こらない。

薄気味悪いほどに、風が凪（な）いでいる。

ゆるやかに上下する波の上で、ボートとピークオッド号だけが揺れている。

万次郎は、右舷（うげん）の舳先近くに立って、自分の銛を左腕で抱え、舳先の向こうにいるボートを眺めている。

子鯨に銛が打ち込まれてから、一時間は過ぎたであろうか。それとも、二時間が過ぎたであろうか。

誰も、声を発する者はいない。

ただ、ピップが時おり歌う讃美歌（さんびか）の声だけが、響いてくる。

この世のものではないくらいに、高く、澄んだ声が、天の高いところから、薄い羽根のようなものをつけて、きらきらと光りながら降りてくるようであった。

さらに時間が過ぎてゆく。

と――

万次郎は、何かの気配のごときものを感じとっていた。

何だ!?

何なのか、これは。

音なのか、臭いなのか、視覚なのか――自分の身体（からだ）の何かがそれを感じとっているらしい。しかし、その身体の部位がわからないのだ。

しかも、それは、ゆっくりと近づいてきている。

それがわかる。

何だかはわからないが、その気配の背後に、おそろしく巨大なものの発する熱量のようなものが感じられるのである。

いったい、自分の身体のどこがそれに反応しているのか。

わかった。

手であった。

右手だ。

舷墻（げんしょう）の上にのせた手に、それが伝わってくるのである。

震えだ。

ごく微（かす）かな。

最初は、あまりに微かな震えであったので、気づかなかったのである。

しかも、それは、ゆっくり大きくなっている。

それが、近づいてくる。

だんだんと、大きくなってくる。

とてつもなく巨大なものだ。

それが、わかる。

しかし、海の上には何も見えるものはない。

近づいてくるとしたら、それは海の中だ。

船体が、びりびりと小刻みに震えているのが、今は、はっきりとわかるようになった。

この量感。

質量。

山か。

山が、海の底から浮上してこようとしているのか。

それとも、地球の地殻そのものが、深海から持ちあがってこようとしているのか。

違う。

これは、あいつだ。

あの、白い化け鯨。

モービィ・ディックだ。

この時には、ピークオッド号全体が、この海の底から近づいてくるものに、共鳴しはじめていた。

はっきりとわかる。

「な、なんだ、これは？」

万次郎の少し右にいる船大工のホフマンも、それに気づいていた。

おん……

と、ピークオッド号が鳴った。

まるで、楽器のように。

長さ五十五メートルを超える、チェロ。

それが、ピークオッド号だ。

おん、
おん、
ピークオッド号が鳴っている。

海底から近づいてくるものに反応し、共鳴し、海の楽器のように鳴っているのだ。

おん、
おん、
帆が膨らんで、鳴る。

何本もの帆綱が、弦のように鳴っている。

オン、
オン、
オン……………

三

子鯨を囲んだ三艘のボートでも、同じ現象が起こっていた。

びりびりと船体が震え、
オン、
オン、
と、ボート全体が鳴りはじめたのである。

「こりゃあ、何でえ」

座っていたスタッブが立ちあがる。

「何かが、やってくる⁉」

タシュテーゴも立ちあがって、銛を構えてボートの周囲に、視線を送った。

「来るぞ、何かが来やがるぜ！」

フラスクが、声をあげる。

「何だってんだ、いったい何がくるってんだ⁉」

身体の大きなダグーが、脅えたように、半分腰を落とした格好で、船縁を両手で摑んでいる。

その正体について、はっきり叫んだのは、エイハブだった。

「やつだ。やつが来るぞ。モービィ・ディックが襲ってくるぞ！」

身体の左側が傾くのもかまわず、ボートの上に立った。

「クィークェグ、銛を構えよ！　油断するな、来るぞ！」

エイハブは、自らも両手に銛を握り、それを杖として、海を睨む。

クィークェグは、無言で、銛を右手に、槍を左手に持って、舳先の上に立った。

「皆のもの、腹をくくったか。おふくろに挨拶を済ませたか。ここから先は、モービィ・ディックのこと以外は考えるな。死にもの狂いというのが何であるのか、このエイハブに見せよ。狂え、狂ってよいぞ‼」

エイハブは、叫び続けている。

三艘のボートが、鳴り続けている。

海底から浮上してくるモービィ・ディックの鳴きあげる声に、海に浮く全てのものが共鳴しているのである。

それを、最初に見たのは、エイハブだった。

エイハブのボートの真下——深い海の底に、青いものが見えた。

海の表面が揺れているので、最初、それは小動物のように見えた。

オン、

オン、

それは、鼬(いたち)だった。

白い鼬が、海の中で踊っているのである。

白いものが、青く見えるのは、それは、その白いものと自分との間に、海の水があるからだ。それが、踊っているように見えるのは、海面を波が動いているからである。

もちろん、それは、鼬ではなかった。

だんだんと、近づいてくるにつれて、それが大きくなってくる。

白くなってくる。

そして、踊らなくなった。

オン！

オン!!

オン!!!

「来るぞ、やつだ!!」

エイハブは、そう叫び、

「うおおおおっ!!」

それが浮上してくる寸前、雄叫(おたけ)びをあげて、その瘤(こぶ)のような白い盛り上がりに、おもいきり銛を突き下ろしていた。

その瞬間、海から、モービィ・ディックが、その白い姿を現したのであった。

地球が吐き出した怪物。

荒ぶる海の神のように、その瘤に銛をはやしたまま、モービィ・ディックが地球の上に立ちあがろうとしたのである。

エイハブのボートの真下からだった。

モービィ・ディックは、浮上しざまに、その巨大な顎(あぎと)にボートを咥(くわ)え、宇宙に向かって、鼻面を持ちあげ、風の中にその巨体を躍りあげていたのである。

ばらばらと、ボートから、海に向かってボートの漕ぎ手がこぼれ落ちてゆく。

イシュメールは、かろうじて船縁に両手で摑まって、ボートにぶら下がっていた。

高い。

高い。

ボートは、どんどん持ちあがってゆく。

そのボートの舳先に、まだ、クイークェグは仁王立ちになっている。

その姿が雲に届きそうだ。

「イシュメールよ！」

クイークェグが叫ぶ。

「おれを覚えておけ!!」

そして、クイークェグは、銛を真下に向けたまま、モービィ・ディックの、大きな歯に囲まれた顎の中に、身を躍らせたのである。

「クイークェグ!!」

イシュメールが叫ぶ。

その時が、イシュメールの手の力の限界だった。かろうじてボートの船縁にひっかかっていた指先が離れた。

泡立つ海に向かって、イシュメールの身体が落ちてゆく。

「ううぬ！　ううぬ!!」

エイハブだけが、まだボートに残っている。

エイハブのすぐ横で、モービィ・ディックの顎によって、船体が潰されてゆく。

悲鳴のような音をたてて、ボートがふたつに割れた。

エイハブは、より高い空中に放り出された。

モービィ・ディックが、海にもどってゆく。

その白い背が、宙に浮いたエイハブの足の遥か下方に見えている。

落ちはじめた。

「おのれ、モービィ・ディック！」

どうしてくれようか。

もう、エイハブの手に銛はない。

両手は空だ。

どうしたらよいのか。

もう、やることは本当にないのか。

いいや、まだ、やれる。

まだ、やらねばならない。

命がある限り、生きる。生きるということは、モービィ・ディックと闘うことだ。

モービィ・ディックの身体が、海面に触れて、再び、その姿は海中に潜ってゆこうとしていた。

その背に、フェダラーが仰向けになって、エイハブを見あげていた。フェダラーの手が、おいでおいでをするように、エイハブをまねいている。

ここだよ、エイハブ。

それで終わりか、エイハブよ。

わしは、ここにいるぞ。

さあ来い、エイハブよ。

人には、生きている限り、やらねばならぬことがあるのだ。

フェダラーは笑っていた。

「おお、フェダラーよ」

待っていろ。

おれは、決してあきらめたりしないからな。

今、これから、おまえのところへ行ってやる。

あるぞ。

あるのだ。

まだ、やることが。

エイハブは、真(ま)っ直(すぐ)に、落ちた。

足から。

マッコウクジラの骨で作られた、義足から。

「モービィ・ディックよ、おれと共に死ね!!」

鋭く尖(とが)った義足の先が、モービィ・ディックの背の中に潜り込んだ。

　空中から落下した全ての勢いと重さをのせて、義足が、エイハブの想いの如(ごと)くにモービィ・ディックの背に突き立ったのである。

その瞬間――

折れた。

エイハブの、左脚の、大腿骨(だいたいこつ)が。

そして、その折れた先が、エイハブの内臓に、下から突き刺さったのである。

おそるべき激痛が、エイハブを襲った。

エイハブは、咆(ほ)えた。

モービィ・ディックが動くたびに、刺さった大腿骨が動いて、エイハブのはらわたを掻(か)きまわすのである。

しかし、エイハブは死ねなかった。

おれは、プロメテウスか……

エイハブは、激痛の中で思う。

プロメテウスは、ギリシャ神話の神であり、人間に火を与えた。

　それを大神ゼウスが怒り、プロメテウスを捕らえて、カウカーソス山の頂に磔(はりつけ)にしてしまったのである。

　そこへ、毎日、大鷲(おおわし)が飛んできて、プロメテウスの肝臓を食べるのだ。しかし、神であるプロメテウスは死ぬことができない。食われた肝臓は、ひと晩で再生する。かくして、プロメテウスは、永遠に続く苦痛の中に身をおくことになったのである。

後に、英雄ヘラクレスの手によって救出されるまで、それは続いたのだった。

「見よ、フェダラーよ」

苦痛の中で、エイハブは、傍のフェダラーに語りかけた。

「おれは、生きながら神話になったぞ……」

四

スタッブと、タシュテーゴのボートの前に、巨大なモービィ・ディックの顎が出現した時、ふたりは見た。

その口の中にクイークェグがいるのを。

クイークェグは、まだ生きていた。

クイークェグは、モービィ・ディックの口の中で両膝を突き、両手に持った槍を立てて、その巨大な顎が閉じられるのを防いでいたのである。ふたりは、その大きな歯に囲まれた顎が閉じられ、クイークェグが支えにしていた槍が折られるのを見た。そして、それが、ふたりがこの世で見た最後の光景となった。

何故なら、その顎が閉じられた時、スタッブもタシュテーゴも、ボートごと、その口の中にいたからである。

五

ダグーの死は、まさにこの男らしいものであったと言っていい。

真上から、モービィ・ディックの大きな白い尾が打ち下ろされてきた時、ダグーは、銛を捨て、両手を持ちあげて、まるで落ちてくる天を支えようとでもするかのように、仁王立ちになって、その両の掌で、その一撃を受けたのである。

即死であったが、まさにこの行為によって、ダグーの死すべき時間が、一秒の何千分の一かは先に延びたことであろう。

同じボートのフラスクは、何もしなかった。

船縁に腰を下ろした老人が、白い雲を見あげるような顔で、落ちてくる尾を、優しげな微笑さえ浮かべて見つめていたのである。

即死。

モービィ・ディックがひとしきり暴れた後に、海面に浮いているのは、かってボートであったものの残骸と、無数の死体だった。

あたりは、もとのような、穏やかな海にもどりつつあった。すでに、あの母子の鯨の姿はどこにも見えなかった。

勝利を宣言するように、モービィ・ディックは、大きく音を立てて潮を吹いた。

そこに、美しい虹ができた。

そして、モービィ・ディックは、見つけたのであった。

まだ、その形を残して海に浮いているもの――

それは、ピークオッド号であった。

六

万次郎は、その全てを、ピークオッド号から見ていた。

フラスクのボートが、叩き潰された時――

ピークオッド号の甲板に悲鳴があがった。

そして、それよりさらに高い悲鳴があがったのは、ピークオッド号に向かって、モービィ・ディックが進んできた時であった。

「くそったれ、あいつめ、こんどはこっちに突っ込んできやがった」

ホフマンが、頭に両手を当てて、唸り声を発した。

「神さま」

そういう声があがる。

〽主われを愛す
主は強ければ
われ弱くとも
おそれはあらじ

ピップの歌声が、どこからか聴こえてくる。

万次郎は、ピークオッド号の上から、近づいてくるモービィ・ディックを見つめていた。

白い、巨大な海の一部。

その頭部に、盛りあがった青い海水が被さって、それが左右に分けられ、白い泡立ちとなって広がってゆく。

そして、無数の銛の林――

美しい夢のように、モービィ・ディックが近づいてくる。

万次郎は、それが、不思議と怖くなかった。

夢。

記憶。

思い出。

それは、人の脳の中から立ちあらわれてくる、実体化した幻のようであった。

人が、畏れ、崇拝するもの。恐怖し、忌み、遠ざけようとするもの――それが、近づいてくるのである。

神が下した審判のように……

あるいは、神というかたちをなす前の、根元的な、自然の底にあるもの。それがまだ神と悪魔とに分かたれる前の姿、かたち――それこそがこの自分であると、モービィ・ディックは言っているようであった。

「来るぞ！」

「摑まれ！」

何人かが叫んだ時、ピークオッド号の横腹、右舷に、激しくモービィ・ディックがぶつかってきた。

轟音‼

凄まじい音がした。

めきっ、
めかっ、
と、船体をかたち作っている船板が、軋み、折れる音がした。

右舷の舷墻に左手で摑まっていた万次郎は、海に転げ落ちそうになった。

両足と、右手に握った銛を支えにして踏んばり、左腕で舷墻を抱えて、万次郎は、やっと、海に向かって自分の身体が投げ出されるのを防いだ。

何人かが、海に転げ落ちた。

モービィ・ディックの姿が消えていた。

逃げたか⁉

そう思っていると、

「左だ！」

「左舷からくるぞ！」

そういう声があがった。

左舷、八十メートルの海面に、モービィ・ディックの、白い背が出現して、また、こちらに向かって泳ぎ出した。

二度目の衝撃は、一度目よりも、さらに凄まじかった。

さらに数人が海に落ち、ピークオッド号が、歪(いび)つなかたちに折れ曲がっていた。

「浸水したぞ！」

船倉から、声があがった。

強い、鯨の油の香りが、万次郎の鼻に届いてきた。積んでいた油の入っていた樽(たる)が倒れ、割れて、そこから油が流れ出したらしい。

「もう、駄目だ」

という絶望の声があがる。

三度目は、なかった。

モービィ・ディックの姿が消えたのである。

助かったか――

誰もがそう思いかけた時、

「前だ、次は前だぞ」

誰かが叫んだ。

見れば、前方百メートルのあたりに、モービィ・ディックの背がまたもや出現していたのである。

「見ている！」

「やつが、こっちを見ているぞ！」

その姿は、巨大な獣が、自分の獲物が弱ってゆくのを、遠くから凝(じ)っと観察しているようにも見えた。

何かの、燃える臭いがした。

鯨の油が、燃える臭いだった。

樽から漏れた油に、ランプか、何かの炎が引火したのだろう。

船室へ降りてゆく入口から、黒い煙が吐き出されていた。その煙の量が、どんどん増えてゆく。

ついに、ピークオッド号が、大きく傾きはじめていた。

モービィ・ディックが、また、動き出した。

ピークオッド号に向かって――

「ボートもない」

「銛打ちも、みんなやられてしまった」

「もう最期だ」

もはや、誰のものかわからない、悲鳴のような声があちこちからあがった。

なんだって⁉

万次郎の胸の中に、火のように熱いものが膨れあがった。

銛打ちがみんなやられてしもうたって⁉

違うけん。

もう最期、じゃない。

万次郎は思う。

自分がおるではないか。

土佐国は中浜の羽刺――中浜でただ一人の羽刺のこの自分が。

万次郎の肉の中で、何かが滾っていた。

ここで、死んでたまるか。

死ねん。

生きて、中浜に帰るんじゃ。

「ここに、おるけん！」

万次郎は、叫んだ。

「中浜の万次郎が、ここにおるけん!!」

万次郎は、銛を右手に握って、傾きかけた甲板を、船首に向かって走った。

舳先から突き出ている、船首斜檣の上に、駆け登った。

その上を、徒歩で進んでゆく。

その先端に立った。

向こうの水平線から、海を左右に分けて、モービィ・ディックが迫ってくる。

銛を両手に握って、万次郎は、モービィ・ディックを見た。

ざまな（凄え）……

そう思った。

何という光景であろうか。

動く、白い大陸のように、モービィ・ディックが迫ってくる。

ざまなやつじゃ、モービィ・ディック……

わしゃあ、おまんに、恨みも何もないけん――

むしろ、尊敬しちゅう。

なんとざまなやつじゃろうと思うちょる。

しかし、わしゃあ、おまんを倒さにゃならん。

わしの命をくれちゃるけん。

わしのありったけと、おまえの命の交換じゃ。

ここで、モービィ・ディックを倒したからといって、生きて土佐に帰ることができるかどうかはわからない。

しかし、ここはやらねばならん。

何故なら、わしは、羽刺だからじゃ。

ただの中浜の万次郎じゃったら、ここで震えちょってもえいかもしれん。

しかし、羽刺の万次郎じゃったら、ここで震えちょるわけにゃいかんのじゃ……

モービィ・ディックが迫ってくる。

銛の林が見える。

そこに、フェダラーとエイハブ船長の身体が、襤褸(ぼろ)屑(くず)のように引っかかっているのが見える。

いくぞ。

この半九郎(はんくろう)の銛は、わしの命じゃ。

急所はどこじゃ。

この高さから、おもいきり飛び降りざまに、おまんの心の臓まで、こん銛を、突き立ててちゃる。

生きる、死ぬは、もう考えない。

〽主われを愛す
　主は強ければ
　われ弱くとも
　おそれはあらじ

真下に、モービィ・ディックの巨体がやってきた。

その頭部が、足の下を通過する。

——いつか、あの白い鯨に、こいつをぶち込んじゃってくれ。

半九郎の声がする。

手にしているのは半九郎の銛だ。

爺(じ)っちゃん。

教えてくれ。

どこをねろうたらえいんじゃ。

ここじゃ、小僧——

また、声がした。

そして、モービィ・ディックの背の一部が光ったように見えた。

あそこじゃ！

「かあああああっ!!」

万次郎は、咆えた。

内臓から何から、全部を自分の口から吐き出してしまうように。

みんな吐いてしまえ。

この一度だけ。

あとは、空っぽでいい。

飛んだ。

銛を両手で抱え、その光った場所目がけて。

銛が、確かな手応(てごた)えと共に、モービィ・ディックの背に突き立った。

その瞬間、モービィ・ディックは、傾いたピークオッド号と正面から激突していたのである。

凄まじい衝撃だった。

竜骨のへし折れる音を、万次郎は聞いた。

後は、いきなり、沈黙がやってきた。

モービィ・ディックが、海に潜ったのである。

万次郎は、銛を握った手を離さなかった。

息が続く限り、この化け鯨とやりあうつもりだった。

しかし、どれだけこの息が続くのか。

苦しい。しかし、手は離さない。気が遠くなる。顔が膨らんでくる。しかし、離さない。どれだけ苦しくても、つらくても、この手を離しはしない。離すものか。

頭が朦朧(もうろう)となっている。もう、頑張ろうとも、モービィ・ディックを倒してやろうということすらも考えられなくなってくる。何故、この銛にしがみついているのか。どうしてこんなことをしているのか。それすらもわからなくなっている。

誰かが声をかけてくる。

〝海はえいのう……〟

〝小僧、鯨は好きか……〟

〝小僧……〟

誰の声か。

父、悦助(えつすけ)の声か。

化け鯨の半九郎の声か。

小僧よ……

その声が頭の奥で響いている。

そして――

ざああっ、

という音がした。

モービィ・ディックが、浮上したのである。

がはっ、

がはっ、

激しく水を吐き、息を吸い込み、また息を吐き、また吸い込む。

向こうに、ピークオッド号が見えた。

すでに、その船体は、ふたつに折れて、半分沈みかけている。

そして、炎があがっている。

鯨の油が燃えているのである。

モービィ・ディックは、万次郎が打ち込んだ銛など、いささかも気にかけていないかのように、沈みゆくピークオッド号の周囲を、悠々と泳いでいる。

波が被さるたびに、万次郎の足は、膝まで沈んだり、足首まで水面に出たりしている。

と――

万次郎は、荒い呼吸の中で、握っている銛に、不思議な感触のあることに気がついた。

銛の刺さりが、思ったより浅く、そして、返しがついているにもかかわらず、緩いのである。引けば簡単に抜けそうであった。銛の先端が、モービィ・ディックの肉の中で、何か、固いものに触れているのである。

何や⁉

軽く、両手で引いてみると、ずるずると銛が抜けてきた。そこだけ、肉が柔らかくなっているようであった。

その行為が、刺激になったのか、モービィ・ディックの身体が揺すられた。万次郎は背から落ちそうになって、銛を握った手に力を込めた。そのとたん、銛が抜けていた。

万次郎の手から、銛が離れて、モービィ・ディックの背を滑って海に落ちた。

万次郎自身もそこに倒れて、背から滑り落ちそうになっていた。

しがみつくものは――

なかった。

そこで、万次郎がやったのは、今、銛が抜けたばかりの穴へ、手を突っ込むことであった。

肘まで入った。

肘から先を穴に引っかけて、かろうじて、万次郎は、落ちるのを防いだのである。

その時、万次郎は気がついた。

右手の指先に、何か、触れるものがあったのである。固いものだ。そして、ざらざらしている。さっき打ち込んだ銛の先に、肉の中で当たっていたものだ。これがあったために、銛は、深く潜らなかったのである。そして、今、抜ける時に、銛の切先が、今、指に触れているものを引っかけて、ここまで持ちあげてきたのだろう。

万次郎の胸に、騒ぐものがあった。

肉の中で、万次郎は、それを摑む。

運命を握った。

それを、引きずり出す。

それを、見る。

「これは——」

銛の、先端であった。

遥か昔、モービィ・ディックに打ち込まれ、柄（え）や途中が腐ってもげ、先端だけが、肉の中に残ったものであろう。

これは⁉

見覚えがあった。

異国の銛ではない。万次郎の知っているかたちだ。

つい今まで自分が持っていた銛の切先と同じ形状のもの。錆（さ）びて、赤くなって、ぼろぼろになってはいるが、かろうじて、そこに文字が読みとれる。

日本の文字だ。

〝半〟

と読めた。

ああ……

「爺っちゃん……」

万次郎は、呻（うめ）くようにつぶやいた。

小僧よ、やっと会えたなあ……

「爺っちゃん……」

わしゃあ、ずっと、ここにおる……

万次郎の眼から、熱い涙が、火のように噴きこぼれた。

「小僧よ……」

声がした。

半九郎の声ではない。

現実の声だ。

弱よわしくはあったが、しかし、それは、土佐弁ではなく、英語であった。

エイハブであった。

左脚を、モービィ・ディックの背に差し込んで、フエダラーの横に仰向けになったまま、エイハブが声をかけてきたのである。

エイハブは、まだ、生きていた。

「わしのピークオッド号が沈んでゆく……」

エイハブがつぶやいた。

万次郎が見ると、もう、ピークオッド号は、船体の一部と、三本の檣（マスト）しか、海面上に出ていない。

主檣（メイン・マスト）の先端に、一羽のカモメがとまっている。

みんな、どこへ行ってしまったのか。

ピークオッド号の残骸は浮いているものの、人の姿はどこにもない。

イシュメールの姿も、クイークェグの姿も、ホフマンの姿も、フラスクの姿も、タシュテーゴの姿も、スタッブの姿も、ダグーの姿も、ピップの姿も、団子小僧の姿もない。

ただ、モービィ・ディックの背に、フェダラーの死体とエイハブと万次郎だけがいる。

万次郎は、左手で、背からはえた槍の一本に摑まっている。

海に点々と浮かぶ残骸の中を、ピークオッド号の最期を見届けようとするかのように、悠々とモービィ・ディックが泳いでいる。

そして、万次郎は、気がついた。

自分が立っているモービィ・ディックの背が、ぼろぼろであることを。

傷だらけで、いたるところに赤い肉や白い脂身が覗き、その表面にはフジツボが付着していた。

傷からは、腐った肉の臭いが漂っている。

昔の傷口の全てが、今、腐りはじめているのである。

それは、おそろしく年老いた、鯨の背であった。

エイハブよりも、そして、半九郎よりも、老いた生き物……

あたりは、静かだった。

「みんな、どこへ行ってしまったのだ、小僧よ……」

その静寂の中で、エイハブが言う。

「もう、みんな、終わってしまったのか……」

エイハブは、沈みゆくピークオッド号を見つめている。

「いいや、いいや、いいや……」

エイハブは、つぶやく。

「終わらぬぞ。終わってたまるものか。なあ、小僧よ……」

エイハブは、独り言のように、つぶやき続けた。

「我らの物語は、終わらぬぞ。終わってたまるものか。我らの物語は、語り継がれねばならぬ。物語は、語り続けられねばならぬ。人ある限り、物語は終わらぬのだ。終わってたまるものか。たとえ、この海が涸れ、人が死に絶えようとも、我らの物語は、虚空の風に吹かれて、消えることなく漂うのだ。小僧よ、ぬしが我らの物語を語り継ぐのだ。わしは、このままこやつと永遠の旅に出る。小僧よ、いつか、わが後を追うてこい、小僧よ、小僧よ……」

エイハブは、神に祈るが如くにつぶやいている。それは、呪文のようでもあった。

「小僧よ、今は、生きよ……」

エイハブの右手が伸びてきて、万次郎がしがみついていた槍を引き抜いた。

槍は、たやすくはずれて、万次郎は、モービィ・ディックの背を滑って海に落ちた。

「エイハブ船長！」

海面から顔を出して、万次郎は叫んだ。

エイハブは、もう答えない。

だんだんと、モービィ・ディックの背が、遠くなってゆく。

すでに、ピークオッド号の船体は海の中に沈んでいた。ただ、カモメの止まった主檣（メイン・マスト）の先端だけが、海面から突き出ている。

多くの海鳥たちが、遠くなってゆくモービィ・ディックの上空に群れて、騒いでいる。

青い空が高い。

そこに、白い雲がただひとつ、風に吹かれて流れてゆく。

今にも、檣（マスト）の先端は、沈みそうだ。

その時、海中から、一本の腕が伸びてきた。

海底から、檣（マスト）をよじ登ってきて、海面へ出ようとするその時に、腰か足かにからみついていた帆綱のために、もう、上へゆけなくなってしまった者が、そこにいるのか。

その手は、小さく黒かった。

その指先は、天まで這（は）い昇ろうとするかのように、虚空を泳ぎ、そして、檣（マスト）のてっぺんにいたトウゾクカモメの足を掴んでいた。トウゾクカモメは、天に飛び立とうと、翼を何度も何度も打ち振ったが、その手から逃れることはできなかった。

ほどなく、檣（マスト）も、トウゾクカモメも、その足を掴んだ黒い手も、全てが海の中へ沈んでいった。

後に、青い海と、青い空、そして、白い雲が残った。

七

万次郎は、海に浮かんで漂っている。

ただ、波に運ばれている。

できるだけ力を使わない。

体力は残しておかねばならない。

周囲に、最初は、ピークオッド号の残骸や、船から流れた鯨の油が浮かんでいたのだが、流されてゆくうちに、いつの間にかそれもばらばらになって離れてゆき、今、浮かんでいるのは、万次郎だけであった。

万次郎が、上半身を被せているのは、ピークオッド号のどこに使われていたかわからない、割れた板一枚だ。

何度目の漂流になるのか。

さすがに、こんどは助からないかもしれない。

他の者は、どうしたのか。

最初はしばらく、あたりに声をかけていたのだが、答える者はなかった。皆、死んでしまったのか。誰か、助かった者はいるのだろうか。いたとしても、いずれ、溺(おぼ)れて死ぬことになるのだろう。たぶん、それは、自分の運命でもあるのではないか。

いいや。

そんなことを考えてはだめだ。

必ず助かる。

必ず生きて帰る。

それだけを、万次郎は、海の上で考え続けた。

しかし、さすがに、夜になってあたりが暗くなった時には、もう、明日の夜明けはむかえられないのではないかと思った。

それでも、疲れでうとうととした。

大量の水を飲み、咳(せ)き込んで眼を覚ましたのは、明け方近くだった。

腹に抱えるようにして乗っていた木の板が手からはずれて、上体が海に落ち、海水を肺に吸い込んでしまったのだ。

むせた。

激しく咳き込みながら、立ち泳ぎをし、やっとそれが治まった時には、しがみついていた板は、どちらへ流れていったのか、どこにも見えなくなっていた。

そこではじめて、万次郎は、夜明けが近い明るさの中に自分がいることを知ったのである。

しかし、明るくはなったものの、もう摑まるものはない。

仰向けになって浮く。

南の海で、海水が温かいとはいえ、身体はすっかり冷えきっていた。

夜が明けて、陽が差してきて、わずかに身体が温かくなった。

身体が痺(しび)れている。

エイハブ船長を乗せて、モービィ・ディックは、今ごろどこにいるのか。

だんだんと意識が朦朧となってくる。

もしかしたら、これは夢か。

実は、エイハブ船長もおらず、ピークオッド号などこの世になく、自分は、筆之丞(ふでのじょう)たちと流れついたあの島から流されて、海の上で長い夢を見ていただけなのかもしれない。

しかし、今、自分が身につけているのは、長い袖(そで)のあるシャツで、これは、スターバックが身につけていたものだ。

だが、本当にそうか。

だんだんと、ものが考えられなくなる。

浮いているのも辛(つら)くなる。

その時——

こつん、と、頭にぶつかるものがあった。

姿勢をかえて、それを見る。

太い、長い丸太だった。

見覚えがある。

しかも、金色に光るものが眼に入った。

丸太の割れ目に打ち込まれた、ダブロン金貨だった。

それが、打ち込まれるのを、自分は見ていたはずだ。

〝小僧、あのダブロン金貨はおまえのものだ!〟

すると、これは、ピークオッド号の主檣(メイン・マスト)か。ならば、この丸太は、エイハブ船長たちが、日本の海岸で調達して、檣(ほばしら)として使ったものであったはずだ。

海の真ん中で、どこをどう漂ってきたのか、万次郎は、日本と出合ったのであった。

万次郎は、日本にしがみついた。

それには、充分な浮力があった。

そして、半日——

日が暮れかかる頃、万次郎は、船影を見た。

捕鯨船だ。

その船が、近づいてくる。

船から、声が届いてきた。

不思議だった。その声の中に、日本語も混ざっているようであった。

近くによってきた、船を見る。舷墻から、何人もの人間が自分を見下ろしていた。

船体に、船名が書かれていた。

それは、ジョン・ハウランド号と読めた。

終章

万次郎の病床から見つかった二冊の本のこと

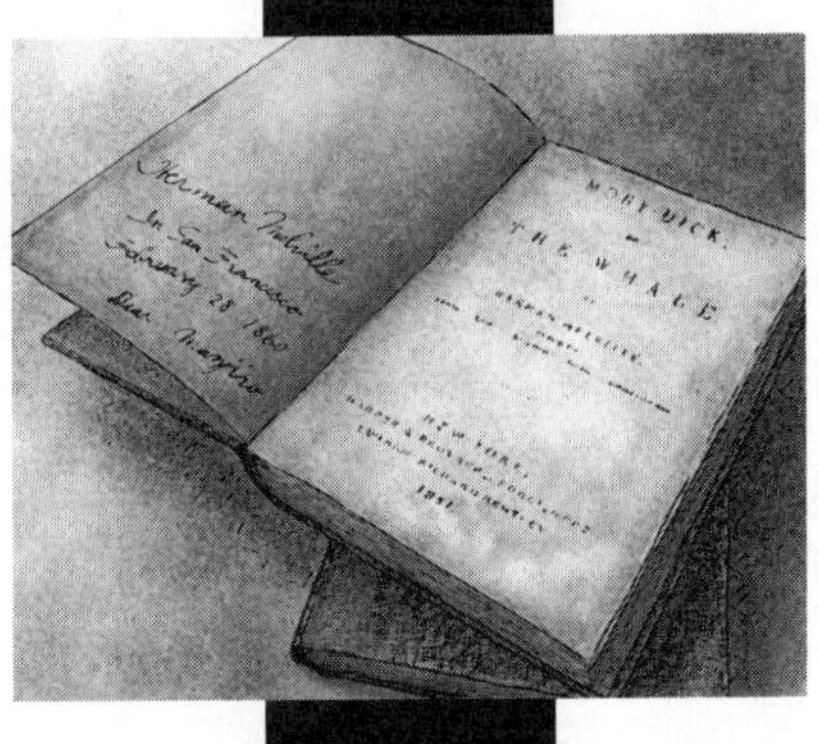

誇りたかき舵よ、極北をさす舳先よ——死の栄光をたたえる船よ！　汝も滅びねばならぬのか、しかもこのわしを乗せずに？　どんなにしがない難破船の船長にもゆるされている、あのたわいない最後の誇りさえ、このわしにはゆるされていないのか？　孤独なる人生の孤独なる死よ！　おお、わが至上の悲しみにあることを、いまこそわしは身にしみて感じる。ホー、ホー！　わが過ぎ去りし全人生の大波よ、海の果ての果てから寄せてきて、この死の白波の盛りあがりをいっそう高く盛りあげてくれ！　わしはその波にのって、鯨よ、すべてを破壊しながら征服することを知らぬ汝に、最後の力をふりしぼって打ちかかってやる。

——ハーマン・メルヴィル『白鯨』
岩波文庫　八木敏雄・訳

一

中浜万次郎は語る

ええ、そうですね。

わたしを救ってくれたのは、ジョン・ハウランド号だったというわけです。

船長は、ジョン・ホイットフィールド。

そして、ジョン・ハウランド号には、別れ別れになっていた仲間、筆之丞、五右衛門、寅右衛門、重助がいて、我々は、ようやく数ヶ月ぶりに再会を果たしたのでした。

もっとも、ピークオッド号がアルバトロス号とギャムをした際、

「南の島に漂着した仲間が、ジョン・ハウランド号という捕鯨船に助けられた」

という話は耳にしていましたが、まさか、自分を助けてくれた船が、同じジョン・ハウランド号であったというのは、不思議なできことであったという他ありません。

わたしたちは、生きて再び会えたことを悦びあい、なんとしても死なずに土佐まで帰るのだということを、あらためてそこで誓いあったのでした。

はい。

その後は、すでにみなさまが御存知の通りです。

我々はハワイに立ちより、わたしはそのままジョン・ハウランド号に乗って、鯨を捕り、アメリカ本土へ渡って、彼の地で生き、十年後の嘉永四年（一八五一）に、日本国に帰りついたのです。

しかし――

わたしは、わたしが出合った不思議な体験のことを誰にも語りませんでした。

何があったかわからない、あの島から流されて、気がついたら、海に浮かんでいて、ジョン・ハウランド号に助けられるまでの記憶はないと、そのように言いはったのです。

ジョン・ホイットフィールド船長には、アメリカ滞在中に、

「どうぞ、わたしが助けられたのは、皆と同じように、あの島であったということにして下さい」

と、お願いをいたしました。

幸いにも、彼はわたしのその願いを聞き入れてくれました。

筆之丞、五右衛門、寅右衛門にも、日本へ帰ろうとハワイで集まったおりに、そのことを頼み込んで、承知してもらいました。

つまり、徳富くん、白鯨モービィ・ディックと、ピークオッド号の船長エイハブ氏との神話の如きできごとを私が語るのは、この地上であなたが最初なのです。

え？

これまで、どうしてこのことを誰にも話さなかったのか、ということですか。

それは、話しても誰にも信じてもらえないと思ったからですよ。なにしろ五十メートルを超える、白いマッコウクジラの話ですからね。そんな話をしたら、変人あつかいされて、とても、日本に帰ることなどできなかったでしょう。帰っても、ずっと、長い牢での暮らしが待っていると思ったからです。

ええ、この話をしそびれたまま、ずっと、これまで生きてきました。ただ、わたしの人生の残り時間が少なくなった時、誰かにこの物語を伝えておかねばと思ったのです。

それで、徳富くん、あなたに声をかけさせてもらったのです。

今でも、覚えてますよ。忘れるものですか。

眼を閉じ、耳を澄ませば、エイハブ船長のあの声が蘇ってきます。

「追え、追うのだ。世界の果てまでも、モービィ・ディックを追え!!」

ガブリエルの声も、イシュメールの声も、ピップのあの歌声も、色褪せることなく、脳裏に、耳に蘇ってくるのです。

夜、ピークオッド号の寝台に横になっている時に、聞こえてくる船体の軋む音。

船に当たる波の音。

男たちの汗の臭い。

時に、あのできごとは、本当にあったことであろうかと考えることもあります。

わたしの妄想ではないかと――

ピークオッド号は、神話や物語の海を永遠に漂い続ける船で、この世と別の世界との間に浮いているものではないかと。

深夜、この部屋で、ただ独り様々のことを想っていると、色々なものが、わたしの頭の中を駆け巡るのです。

子供の頃、木端グレを釣ったことや、半九郎のこと、中浜の我が家の囲炉裏端に皆で座り、様々な話をしたこと――

「おれも、鯨捕りになれるがか?」

これまで生きてきて、いつが一番楽しかったかと言えば、子供の頃と、漂流してピークオッド号に拾われ、たくさんの仲間と一緒に、モービィ・ディックを追ったあの日々です。

モービィ・ディックは、今も、エイハブ船長を背に乗せたまま、どこかの海を、悠々と泳いでいるのでしょうか。

ピークオッド号の仲間たちは、今ごろは、みんな、海底のデイヴィ・ジョーンズの監獄に囚われているのでしょうか。

もしも、あの時の仲間に再び会えるのなら、それが海の底の監獄でもいい――そんなことも思っています。

さあ、もう、暗くなりました。

長い時間、年寄りの話を聴いてくださってありがとうございます。

わたしの話をお信じになるかどうかは、あなたにおまかせいたします。

では、どうぞ、この桐の箱をお持ち下さい。家に帰ったらお開け下さい。

帰り道、どうかお気をつけて――

二

勝海舟（かつかいしゅう）へあてた、徳富蘇峰（そほう）の読まれることがなかった手紙

謹啓

寒い日々が続いておりますが、いかがおすごしでしょうか。つい先日も、先生が元老諸公に意見書を提出されたこと、あちこちでうかがっております。七十八歳にして、ますます意気軒昂（けんこう）、若輩者の小生など足もとにも及ばずながら、かくありたしと、日々精進する覚悟をあらたにいたしました。

先日は、昨年十一月に亡くなられた中浜万次郎先生について、色々うかがうことができたこと、幸甚に思っております。

本日、こうして手紙をしたためておりますのは、中浜先生についてあらたなことがわかったからです。

勝先生とお会いしたおりに、アメリカの方に色々と問い合わせをしていることはお話しいたしましたが、ナンタケットの役場から、ようやく返事の手紙が来たのです。それによりますと、

「ナンタケットに残る全ての記録をあたったのだが、ピークオッド号という船名は、存在する資料のどこにもなく、エイハブ船長以下、スターバック、スタッブ、タシュテーゴなどの銛（もり）打ちの記録もない」

とのことでした。ピークオッド号の船名も、エイハブの名も、一八五一年に出版されたハーマン・メルヴィル氏の著作である『Moby-Dick or The Whale』の中に登場するものであり、実在の船名、人名ではないとのことでした。

「貴殿は、何か勘違いをして、小説と現実とを混同しておられるのではないか」

そのようなことを言われてしまいました。

中浜先生が亡くなられた時、その『モービィ・ディック』と、同じくハーマン・メルヴィル氏の著作である『タイピー』の、いずれも初版の原著が枕元から発見されたことは、すでにお話しいたしましたが、そのふたつの物語を中浜先生が混同し、現実との区別がつかなくなったのではないかというのが、唯一、この現象について、説明のつくものではないでしょうか。

化け鯨の半九郎については、実在したことは調べが

ついております。

おおむねは、中浜先生が語った通りのできごとがあったようですが、その化け鯨が、白かったかどうかまでは、確認ができておりません。

勝先生には、岡田以蔵のことをうかがわせていただきましたが、確かに岡田以蔵は、勝先生の用心棒をやっていた時期はあったが、中浜先生の護衛を彼に命じたことはないとのお話でした。このあたりのことについても調べたのですが、少なくとも、中浜先生の妻であった鉄の父親が、団野源之進という高名な剣豪であったというのは確かなのですが、この鉄と中浜先生が結婚した年、嘉永七年（一八五四）に、団野源之進は八十九歳で亡くなっています。岡田以蔵が、勝先生の護衛をしていたのが、文久三年（一八六三）ですから、その後に、団野源之進が、中浜先生の護衛をするということはあり得ません。

鉄が、中浜先生と一緒になったのが、十六歳の時ですから、源之進が真の父親であるなら、七十三歳の時の子ということになります。

つまり、これはまだ確認がとれていないのですが、鉄は源之進の実の子ではなく養女である可能性があります。話がそれましたが、いずれにいたしましても、団野源之進が岡田以蔵の後に、中浜先生の護衛をやっていたということはあり得ません。その逆と考えても、色々辻褄の合わぬことが多く、それが鉄との結婚の少し前と考えても、源之進の歳は、八十七か八十八——これは、いくら達人とはいえ、剣をふるうには少し歳がゆきすぎていると思います。

これは、中浜先生がお歳をめされて、思い違いをしたか、別のできごとの記憶が混ざってしまったために起こったことなのでしょうか。

『タイピー』は、ハーマン・メルヴィル氏の体験にもとづいた作品ですが、ここに、マルケサス諸島の、ヌクヒヴァという食人種のいる島のことが出てきます。もしも中浜先生が、これをお読みになっていたのなら、おそらく、この本が、クイークェグという人物の造形に、ひと役買っていたのではないかと思われます。まさに、クイークェグは、この島の出身であると、中浜先生のお話の中にはございましたから。

小生、拙い英語力ながら、二書とも拝読しましたが、中浜先生は、もちろん『モービィ・ディック』の物語には登場していらっしゃいませんし、スターバックが死ぬのは物語がずっと後になってからです。

そうでした。ひとつ大事なことを、お知らせするのを忘れておりました。

中浜先生の病床から発見された、『タイピー』と『モービィ・ディック』のことです。

この二冊に、著者ハーマン・メルヴィルのサインが入っていたことは、まだ、お伝えしておりませんでした。実は、そのサインのあとに、日付が書かれており、そこになんと、

『一八六〇年三月二十八日サンフランシスコインターナショナルホテルにて——

親愛なるマンジローに』

と英語で記されていたのです。

勝先生、この日付が何を意味するのか、おわかりでしょうか。一八六〇年三月二十八日と言えば、勝先生と中浜先生が、咸臨丸（かんりんまる）にてアメリカへむかい、まさに、おふたりがサンフランシスコにおられた日付だったのです。

ということは、つまり、中浜先生と、ハーマン・メルヴィル氏は、サンフランシスコで邂逅（かいこう）していたということになります。

調べましたところ、この時期、ハーマン・メルヴィル氏は、弟トマスが船長を務める船に乗って、サンフランシスコにいたことがわかりました。

ああ、なんということでしょう。これを調査せずにおくものかと思い、中浜家に許可をいただいて、件（くだん）の二書をあずかり、サインの部分を写真に撮って、それをアメリカの、ハーマン・メルヴィル氏の遺族に送って、その真贋（しんがん）を見てもらったのです。すでに、メルヴィル氏は、一八九一年——つまり、八年前に亡くなっているので、遺族の方にお願いするしかなかったのです。

その返事は、

「確かにこれは、ハーマン・メルヴィルのサインである」

というものでした。

ということは、中浜先生は、間違いなく、その日、サンフランシスコで彼と会っていたのです。しかし、どうして、ふたりはサンフランシスコのホテルで会ったのでしょうか。

以前からの知りあいでなければ、会うはずのないふたりなのではありませんか。

わたしは、遺族への手紙と共に、勝先生や中浜先生が宿泊していたホテルへも、同時に問い合わせの手紙を出しておりました。その手紙の返事が、遺族からの手紙に遅れること五日——まさに今日、わたしのもとに届いたのです。

サンフランシスコインターナショナルホテル支配人ベンジャミン・ダグラスからの手紙

お問い合わせの件ですが、確かにその日、ハーマン・メルヴィル氏は、当ホテルにいらっしゃいました。覚えております。なにしろ、私が受けつけて、私がナカハマ氏に取りついだのですから。私もびっくりしましたよ。まさか、あの高名な作家、ハーマン・メルヴィル氏が、当ホテルにおみえになるとは思ってもいませんでしたからね。

メルヴィル氏は、

「日本人の一行の通訳をしているマンジロー氏に取りついでくれ」

と、このように言われました。

もちろん、私はすぐにナカハマ氏に取りつぎました。なにしろ、あの、高名なメルヴィル氏の頼みですからね。

幸いにも、その時、通訳の仕事にしばしの空き時間があったようで、すぐにふたりは対面することができました。

ホテルのロビーで出会った時、ナカハマ氏の叫んだ言葉が、今も忘れられません。

「イシュメール、生きていたんだね!!」

それはそれは、大きな声でしたよ。

ふたりは、そこで抱き合い、涙を流して出会いを悦んでおられました。

「クイークェグが作らせた棺桶が、海に浮いているぼくの眼の前に、海中から飛び出してきたんだ。それにつかまって、流されていくうちに、運よく、ぼくはレイチェル号という捕鯨船に発見されて、助けられたんだ」

メルヴィル氏は、そのように言いました。

ああ、これは、あの『モービィ・ディック』のラストシーンのことを言っているのだな、おふたりは、どこで知り合ったのかはわからないが、こういう冗談を言い合えるほど親しい間柄なのだなと、私はその時、思いましたよ。

ホテルのレストランで、おふたりは、食事をしながら一時間ほども談笑しておられたでしょうか。

メルヴィル氏は、ご自身の本、『タイピー』と『モービィ・ディック』を持ってきていて、それにサインをして、ナカハマ氏に渡していたようでしたよ。

そのうちに、ナカハマ氏の通訳の仕事の時間がせまってきて、わたしは、そのことを、おふたりにお伝えいたしました。たいへん残念そうに、おふたりはそこで立ちあがりました。

そして、ふたりはそこで固い握手をして別れたのです。私は、その時の、おふたりの楽しそうな姿を、今でも思い出すことができます。

どうでしょう、このような返事で、あなたのお役にたてたのでしょうか。もしそうなら、私もたいへん嬉しく思います。


こういう手紙だったのです。

でも、どうして、中浜先生は、メルヴィルのことを、イシュメールと呼んだのでしょうか。その答えは、勝先生、実は、わたしが持っていたのです。

中浜先生からわたしがいただいた桐の箱のことは、お話ししたでしょうか。わたしはそれをすっかり忘れていて、実は、ついさっき、その桐の箱を開けてみたのです。そうしたら、中から、青い、シャツの切れ端のような布に包まれたものが出てきました。

何だったと思います?

重い、硬いもの。金色に光るもの。

驚かないで下さい、それは、何か、槌のようなもので叩かれてひしゃげた、一枚のダブロン金貨だったのです。

勝先生、わたしがどんなに興奮したか、おわかりでしょうか。もしかしたら、ピークオッド号もエイハブ船長も、本当に存在したのかもしれないのです。何か、大きな、我々のあずかり知らぬ秘密が、中浜先生の物語にはあるような気がいたします。

その興奮さめやらぬまま、今、この手紙をしたためているのです。

ああ、今夜は、興奮のため、眠れそうにありません。

これから、この金貨の真贋を調べたりと、色々といそがしくなると思いますが、まずは、先日の御礼と合わせて、このことをお知らせしたくて、筆をとった次第です。
では、寒い日が続きますが、どうぞ御自愛ください。
謹白
明治三十二年一月十九日
徳富蘇峰
勝海舟先生

三

この手紙は、投函（とうかん）されなかった。
それは、まさにこの手紙の書かれた、明治三十二年一月十九日に、勝海舟が、脳溢血（のういっけつ）によって急逝したからである。

（了）

『白鯨』のこと　――あとがきとして――

一

　ぼくが、初めて『白鯨』を読んだのは、五十五年ほど前のことだと思います。十五歳か、十六歳くらいの時ですね。

　平凡社『世界名作全集』の十一巻――文庫サイズで、八一四ページのもので、宮西豊逸（みやにしほういつ）氏訳のものです。

　当時は、ＳＦとミステリーばかり読んでいて、『ＳＦマガジン』も毎月読みはじめていた頃で、たぶん、『白鯨』は、少し毛色の変わったＳＦ、ファンタジィ、冒険小説のつもりで買い込み、読み出したのではないか。ところが、なかなか、読み終えませんでした。読了するのに、二年か三年かかり、途中も少し読みとばしたような気がします。

　これは、まあ、つまり、あまりおもしろくなかったということですね。

　しかし――

　この『白鯨』のことが、ずっと頭から離れなかったのです。職業作家となってからも、ずっと、頭の隅に引っかかり続けていたのです。読んだ時に、何かの病原体が入り込んで、それがずっと、ぼくの文芸的な細胞の中に潜んで、微熱を発し続けていたのだと思います。身体の底の底の方のどこかに隠れて、いつか、呼吸するために、意識の海面に浮上してやろうという生きもののように

――まさに、白鯨（クジラ）が棲みついてしまったということですね。

理由は、今は、なんとなくわかっています。そして、それが、案外に、この『白鯨』の本質的なところに触れているのだということも。

それは、たぶん、あやしげな宇宙論として、ぼくは、この物語を、心の、いや、肉でできた引き出しの中に、ずっとしまっていたということですね。本文中、宇宙とか地球という言葉が時々使われているのは、このためです。

聖書からの引用や、あやしげな神話からの引用――小説として考えたら、いらないものの量が多すぎて、不可解。しかし、どうやらそのいらないもののオーラに、どこか、魅かれていたようなんですね。

イメージは、凄い。

真っ白な、でかい鯨を追っかける、エイハブ船長の物語。

おもしろくないわけがない設定ですよ。

なのにどうして、ぼくは、この物語をなかなか消化できずにいたんだろう――そんな感じでしょうか。

この、十代の時にぼくの心の中に棲みついた妖怪とは、職業作家として、いつか対決しなければいけない時が来るのではないか――そんなことがずっと心の隅に引っかかっていたんですね。

思えば、『カエルの死』と並ぶ、二十代の時に書いたぼくのデビュー作と言ってもいい『巨人伝』は、地球の上をただ歩き続ける白い巨人を倒そうとする老人と少年の物語ですが、これなんてもろに『白鯨』の影響を受けています。

しかし、まだ、『白鯨』本編までは遠い時間と距離がある。

それを書くとして、いったい、どういう手口があるのか。

その見当がつきませんでした。

しかし、その手口というか、手段に出合ってしまったんですね。

それが、土佐の中浜生まれのジョン万次郎だったんです。

二

四国の土佐には、この三十数年余り、ずっと通っておりました。

基本は釣りのためです。

土佐は、釣りの場として、日本でありながら本当に外国のようです。よい釣りをするために、場の荒れた日本ではなく、外国へ出かけてゆく、という発想は、釣り人の多くは持っているのですが、外国へ行く必要がない。だって、日本には、土佐、高知県があるじゃないか、ということがわかってしまったんですね。

で、四国へ通うようになっちゃった。

そこで、出会ったのが、中浜万次郎でした。

中浜万次郎は、十四歳の時に、漁船に乗っていて漂流し、鳥島に漂着して、アメリカの捕鯨船に助けられるんですね。

彼が出港したのが、一八四一年一月二十七日。

『白鯨』の作者ハーマン・メルヴィルが、捕鯨船に乗って、アメリカのフェアヘイブン港から出港したのが、それより少し前の、一八四一年一月三日です。

ほぼ、同じ。

しかも、『白鯨』の主人公たるエイハブ船長のピークオッド号も、（物語上は）ほぼ同じ頃に、アメリカのナンタケットを出ている。

漂流した、万次郎を助けたのが、実はエイハブ船長のピークオッド号だったらどうよ、と思いついた時に、ようやく、〝ぼくの『白鯨』〟の物語を書く手口に結びついたんですね。

万次郎を助けた捕鯨船の船長が、片足で、

「小僧よ、おれたちは、おれのこの足を喰っていった白い化鯨を追っかけているのだ。おまえも仲間になれ」

こんなことを言うわけですね。

いいでしょう。

これが、八年ほど前でしょうか。

実際に捕鯨船は日本の近海にも、頻繁にやってきていて、『白鯨』の中でもそのことは度々触れられており、モービィ・ディックとエイハブの死闘は、日本の三陸沖であったという説もあります。ペリーが、日本にやってきたのも、アメリカが、捕鯨船の補給基地にするためという理由が大きかったのです。

こんな話を、土佐で釣りをいつも一緒にやっているK笹さんにある時してみたら、

「それ、高知新聞で書きませんか」

という話になり、これが、しばらくしたら、以前にも『ヤマンタカ　大菩薩峠血風録』でお世話になった学芸通信社というところから発信するというかたちで、全国七社の新聞連載ということに、話がまとまってしまったわけですね。

しかし、手口が見つかったからといって、すぐに書き出せるものではありません。

相談をしたのは、日本メルヴィル学会というところで副会長をしている巽孝之さんです。巽さんとは、彼が十代の頃からの知り合いで、SFの古い仲間です。

『白鯨』についても、本を出しているたいへんな先生ですよ。

この話をしたら、

「おお、それはおもしろいですね」

と言われ、さっそく、『白鯨』について御自身の書いた本を送っていただいて、読ませていただきました。

さらには、メルヴィル学会の会合にも呼んでいただいて、そこで、この無謀な試みについて講演をいたしました。

講演といっても、皆さん、メルヴィルと『白鯨』の権威の方ばかりで、かたちとしては、講演ではなく、ぼくが皆さんに相談をあおぐという場でした。ぼくが、前に立って、皆さんに質問をする。

「今、こんなところで、困ってるんですよ」

と言えば、たちまち答えが返ってくる。

わからなければ、誰かがその場でアメリカの研究者にメールで問い合わせ、やはり答えが返ってくる。

凄い場所でしたねえ。

ひとつ、具体的なお話をしておくと、エイハブ船長が寝ているのが、ハンモックなのか、寝台なのかということで、悩んでおりました。というのは、『白鯨』本編を読むと、エイハブ船長は、ハンモックで寝ているんですね。しかし、調べてみると、当時の捕鯨船の水夫たちは、ハンモックでなく寝台で寝ているんです。いったいどっちなのか。

その場で、どなたかが、アメリカの研究者に問い合わせたら、

「メルヴィルは、海軍の船に乗っていたことがあり、それが、ハンモックであった。メルヴィルが、これを混同しているか、あえて、何もかも承知でハンモックとしたのではないか」

ということだったんですね。

凄いでしょう。

中浜にも、取材で何度かうかがいました。

土佐清水（しみず）市中浜地区の区長である西川英治さんには、一日中地元を案内していただき、一緒に万次郎の実家の裏山に登り、竹を切って、少年万次郎が使ったであろう釣り竿（ざお）を作ったりしました。

これで、少年の頃の万次郎のイメージができあがりました。

中浜万次郎国際協会の北代淳二（きただいじゅんじ）さんにもお世話になりました。

土佐清水の方言については、高知新聞の竹内一（たけうちはじめ）さんに御指導いただきました。

他にも、相談にのって下さった方、資料を送って下さった方、実に多くの方々に、お世話になりっぱなしの連載でありました。

ほんとうに、幸せな作業となりました。

三

ピークオッド号は、アメリカの縮図です。

ある意味、アメリカそのものと言ってもいい。

これまで、大きな事件やできごとがあるたびに、この『白鯨』はひきあいに出され、語られてきました。

9・11の事件の時も、ウサマ・ビン・ラディンはモービィ・ディックに譬（たと）えられました。もちろん、エイハブは、アメリカの大統領ですね。

また、ＩＳＩＬ（イスラム国）という『白鯨』と、アメリカはどう向きあうか。

アメリカが、大きな試みにあうたびに、この『白鯨』は、歴史の深みから浮上してくるのです。

アメリカには古典がない、などとまことしやかに言う方もおりますが、ぼくはここにはっきりと、

「『白鯨』があるじゃないか」

と、声を大きくして言いたいです。

ついでながら、エドガー・アラン・ポーも。

書いている時、ラスト近く、書き終えたくない、書き終えたくない、という想いでいっぱいで、どうしようもなく、ついにそれがエイハブのラストの言葉となってしまい、深夜、激しく落涙。

物語作家になってよかったと、しみじみ思います。

自分の底にある本人にもわからなかったものまで、この作品がひきずり出してくれました。

楽しい楽しい、作業でした。

『週刊少年チャンピオン』を含む、連載十三本の中でこの新聞連載を書きあげちゃいましたよ。

地獄もまた、楽しい。

ああ、おれって天才！

夜中に何度か、声に出して叫んでしまったこともありましたが、アドレナリンが出まくってたんでしょうねえ。

これは、どうしたって映画化するんじゃないの。

多くの皆さんに、ぼくのありったけの感謝を込めて。

ありがとうございました。

二〇二一年二月四日　小田原（おだわら）にて

夢枕獏

《初　出》――高知新聞（朝刊）二〇一九年三月十八日～二〇二〇年七月三十日

《参考文献》――次の資料を参考にさせていただきました。

『白鯨』（上・中・下）ハーマン・メルヴィル／作　八木敏雄／訳　岩波文庫

『タイピー　南海の愛すべき食人族たち』ハーマン・メルヴィル／著　中山善之／訳　柏艪舎

『『白鯨』アメリカン・スタディーズ』巽 孝之　みすず書房

『ユリイカ』二〇〇二年四月号（特集＝メルヴィルから始まる　アメリカ文学航海誌）青土社

『中浜万次郎集成』川澄哲夫／編著　鶴見俊輔／監修　中浜 博／史料監修　小学館

『漂巽紀畧　全現代語訳』ジョン万次郎／述　河田小龍／記　谷村鯛夢／訳　北代淳二／監修　講談社学術文庫

『私のジョン万次郎　子孫が明かす漂流の真実』中浜 博　小学館ライブラリー

『中濱万次郎「アメリカ」を初めて伝えた日本人』中濱 博　冨山房インターナショナル

『雄飛の海　古書画が語るジョン万次郎の生涯　THE SEA OF GREAT AMBITION』永国淳哉　高知新聞社

『鯨人』石川 梵　集英社新書

『鯨を捕る　鯨組の末裔たち』須田慎太郎　翔泳社

『鯨と捕鯨の文化史』森田勝昭　名古屋大学出版会

『ニタリクジラの自然誌　土佐湾にすむ日本の鯨』加藤秀弘　平凡社

『ジョン万次郎の英会話　幕末のバイリンガル、はじめての国際人』乾 隆　Jリサーチ出版

『土佐捕鯨史』（上・下）伊豆川淺吉　日本常民文化研究所

『高知県方言辞典』土居重俊、浜田数義／編　高知市文化振興事業団

「〈中浜万次郎国際協会〉研究報告」第9集　中浜万次郎国際協会

「〈中浜万次郎の会〉研究報告」第8集　中浜万次郎の会

他

夢枕 獏（ゆめまくら　ばく）
1951年、小田原生まれ。『上弦の月を喰べる獅子』で第10回日本SF大賞、『神々の山嶺』で第11回柴田錬三郎賞、『大江戸釣客伝』で第39回泉鏡花文学賞、第５回舟橋聖一文学賞、第46回吉川英治文学賞を受賞。著書に「キマイラ」「餓狼伝」「陰陽師」「魔獣狩り」「闇狩り師」シリーズ、『沙門空海唐の国にて鬼と宴す』『シナン』『大帝の剣』『大江戸恐龍伝』『ヤマンタカ 大菩薩峠血風録』『大江戸火龍改』『小説 ゆうえんち バキ外伝』など多数。2017年に第65回菊池寛賞、第21回日本ミステリー文学大賞を受賞。18年には紫綬褒章を受章した。

白鯨（はくげい）　MOBY-DICK

2021年４月14日　初版発行

著者／夢枕 獏（ゆめまくら ばく）

発行者／堀内大示

発行／株式会社KADOKAWA
〒102-8177　東京都千代田区富士見2-13-3
電話　0570-002-301（ナビダイヤル）

印刷所／旭印刷株式会社

製本所／本間製本株式会社

●お問い合わせ
https://www.kadokawa.co.jp/（「お問い合わせ」へお進みください）
※内容によっては、お答えできない場合があります。
※サポートは日本国内のみとさせていただきます。
※Japanese text only

定価はカバーに表示してあります。

ISBN 978-4-04-111162-8　C0093